世說新語

[南朝宋]刘义庆 撰
张㧑之 译注

上

上海古籍出版社

图书在版编目(CIP)数据

世说新语译注 / （南朝宋）刘义庆撰；张㧑之译注. —上海：上海古籍出版社，2007.3（2025.1重印）
ISBN 978-7-5325-4592-6

Ⅰ.世… Ⅱ.①刘… ②张… Ⅲ.①笔记小说—中国—南朝时代 ②世说新语—译文 ③世说新语—注释 Ⅳ.I242.1

中国版本图书馆 CIP 数据核字 (2006) 第 129216 号

世说新语译注（图文本）

全二册

[南朝宋] 刘义庆　撰

张㧑之　译注

上海古籍出版社出版、发行

（上海市闵行区号景路159弄1-5号A座5F　邮政编码201101）

(1)网址：www.guji.com.cn

(2)E-mail：gujil@guji.com.cn

(3)易文网网址：www.ewen.cc

上海展强印刷有限公司印刷

开本 889×1194　1/20　印张23.8　插页 4　字数 584,000

2007 年 3 月第 1 版　2025 年 1 月第 15 次印刷

印数：64,201-65,500

ISBN 978-7-5325-4592-6

I·1913　定价：62.00 元

如有质量问题，请与承印公司联系

电话：021-66366565

目　录

前　言

《世说新语》是中国传统的志人小说的名著，主要记述了汉末魏晋人物的言谈风尚和遗闻轶事。它涉及的内容包括政治、经济、社会、文学、思想等许多方面，因而也是研究这一时期历史的重要资料。

鲁迅先生在《中国小说史略》和《魏晋风度及文章与药及酒之关系》中，对《世说新语》作了典范的论述。这里，笔者试图以鲁迅的论述为指导思想，说几点对《世说新语》及与之有关的方面的认识和体会。

一

《世说新语》共 36 篇 1130 则，所记的人物故事，上起于秦末的陈婴和他的母亲，西汉的东方朔和京房，下至南朝宋文帝时的谢灵运和孔淳之，但绝大部分篇幅记的是东汉末直到刘宋初近三百年间的人和事。因此，说到《世说新语》的时代背景，就从东汉末说起。

东汉末年开始，大官僚地主依靠政治、经济上的特权，逐渐形成为大姓豪族，称为士族或世族，也称高门。不属于士族的，称为庶族，又称寒门。士族和庶族之间有着严格的等级区别，相互间不能通婚，甚至不得平起平坐。庶族出身的人，即使做上了高官，自视也不敢与士族相较量。一部《世说新语》，这种士庶之别的事状，几乎比比皆是。

东汉时期，封建地方势力发荣滋长，从史书中常可以见到大姓、著姓、冠族、甲族等名称，这就是逐渐形成的世家大族；与之相对的是所谓单家，即孤寒而无所倚恃的微贱之家。汉代的地方长官州刺史、郡守和县令，是朝廷任命的，但是地方官的僚佐属吏却必须由地方上的本地人充当，而大姓子弟享有优先进用的权利。单家之人要挤进去是很困难的。这样，州郡的大吏，就带有世袭性质。所以，东汉尤其是东汉末年，地方政权在相当程度上是控制在世家大族手里的。东汉朝廷选拔官吏主要用察举制度，也有朝廷或三公以下征辟的制度。察举和乡里的清议有密切关系，察举的科目有孝廉、秀才等，察举的必要条件是“经明行修”。主持乡里清议的是名士。当时，一些人在某种道德方面有超乎寻常的表现，经过清议品评，出了名，也被认为名士，那么，察举孝廉或秀才就有他的份，乃至公府州郡征辟也会有他的份。于是进而朝廷下诏特征，平步青云；退而居于乡里，操纵选政。《世说新语》里记及的郭泰、许劭就是汉末品评人物的大名士，他们几乎是以人伦臧否为专业。诸郡通常由名士主持乡里清议，清议的主要内容就是臧否人物，像许劭在他的家乡汝南还有所谓"月旦评"，连曹操也请他品评，评语是"治世之能臣，乱世之奸雄"(《识鉴》1 刘注引孙盛《杂语》)。可见东汉末的名士们的活动对当时的政治起了相当大的作用，对于察举几乎起决定性的作用。

名士不一定出身于大姓世族，但出于大姓世族的居大多数，像许劭出自汝南许氏，是累世三公之家。大名士郭泰出身低微，大名士陈寔也出自单微，但成为大名士之后，通过这条道路，郭、陈两家也成为大姓冠族了。名士主持乡里清议，因而实质上是当地大姓操纵察举。

东汉末的大姓冠族的代表人物还有能力组织武装队伍。大姓的武装队伍是由宗族成员和收纳庇护的宾客组成的。

大姓冠族控制地方，成为东汉末割据政权的基础。

东汉末年，有两次党锢之祸。反对宦官擅政的名士们被称为党人，受到禁锢，即不准出仕做官，严重的被处死。黄巾起义时，汉灵帝曾下诏大赦；黄巾起义被镇压后，当权宦官与党人名士之间的斗争重新激化。中平六年(189)，灵帝死，少帝刘辩即位。国舅何进和太傅袁隗辅政。何进与袁隗的侄子袁绍共谋诛杀宦官。在这场斗争中，何进被杀，宦官也被翦灭，朝廷大权落入奉诏领兵入洛阳的董卓之手。袁绍出奔。董卓入洛阳，做了三件大事：一是扩大自己的武力，二是废少帝而立献帝刘协，三是为被杀害的大名士陈蕃、窦武及其他党人平反昭雪，并大量进用名士，《世说新语》中提到的荀爽、陈纪都是以大名士而征辟进用的。初平元年(190)冬，以袁绍为首的山东州牧郡守，联合讨伐董卓，当时，董卓进用委任的人都站到了他的对立面。三国魏、蜀、吴的创业者都参加了声讨董卓的联军。曹操出身宦官家庭，算不上清流，但他已挤入了名士行列。刘备不在名士之列，但他也是世仕州郡的大姓，而且是著名经学家卢植的弟子。孙坚也不算名士，但家世仕吴，是富春豪强，资望较深，又有实力。以上情况，可见东汉末年大姓、名士处于左右政局的重要地位。

三国政权中的上层分子，主要也是从老一代到年轻一代的大姓、名士中选拔出来的，他们是构成魏晋士族的基础。

曹操掌握朝政大权，为了恢复统一和实行集权，需要人才。他提倡"唯才是举"，主张"治平尚德行，有事赏功能"。这种举措，在一定程度上是对察举制度下乡里清议的打击，不允许利用乡里清议来干扰朝廷用人之权。但是，曹操用人，仍然只能从大姓、名士中选用他所需要的人才，也仍然需要名士们推荐他所需要的人才。他所收罗到的命世大才荀彧就出自颍川高门，是荀淑之孙、荀爽之侄。还有陈群、钟繇也都是出自颍川高门，都是从父祖一辈起世代传袭的名士。荀彧又向曹操推荐了司马懿，出于河内大姓；杜畿，是京兆大姓；华歆、王朗，都是声名尤重的名士；郗虑，为郑玄弟子；孙资，汉末太学生。自此以后，平原华氏、东海王氏、高平郗氏、太原孙氏都成为魏晋士族。

曹操进用颍川人士，由郡人荀彧推荐；平荆州后进用荆州人士，特命州人韩嵩条列优劣。尽管曹操"唯才是举"，而录用人才仍须听取当地大名士的意见，而所用之人多为大姓、名士，事实上乡里清议仍在起作用。

汉献帝建安后期，人士流移的情况没有起根本的变化，兵乱之后，要详实地考核某人的操行，依靠乡里发生了困难。这样，朝廷察举和名士品评要取得一致，朝官荐举和乡里清议要取得一致，成为必须设法解决的问题。

九品中正制就应运而出。延康元年(220)，曹操死，儿子曹丕继承了魏王、丞相之位，由吏部尚书陈群建议，制定九品官人之法。

九品官人之法，在各州郡县设置大小中正，品第当地人。中正官由本地人在朝廷担任现职官员者兼任。各地小中正先就其所知，汇报本州大中正；大中正根据乡评，定其品级，以上司徒；司徒再核，然后交付吏部选用。于是原先在野的名士品评变成了官府品第，核之乡里成为访之中正；而且凡属州郡人士，无论已仕未仕，都须在本州郡入品，连已经入仕者的官职升降，也操于中正的品第，而不取决于政绩的考核。兼任中正的现职官员，都是世家大族，像太原王氏的王述，兼并、冀、幽、平四州大中正，从弟王蕴，兼本州大中正，儿子王坦之，兼本州大中正；吴郡陆晔，弟陆玩，玩子陆纳，都曾领本州大中正。中正一职，永远握在大姓高门手中，攀援延揽，是当然的事。"上品无寒门，下品无世族"(《晋书・刘毅传》)两句话，概括了九品中正制的弊端——形成了一种变相的封建世袭制度。

再看江南地区，东汉以来经济、文化都有很大发展，各郡也形成了大姓强宗，像会稽虞氏、贺氏，吴郡朱氏、张氏、顾氏、陆氏，钱唐全氏，阳羡周氏，丹阳朱氏等。到了孙吴时期，这些大姓强宗的子弟在地方上也有优先选拔为州郡掾属的权利。孙吴也有中正，而且也是以朝官兼任，与曹魏相同。

从汉末的大姓世家到魏晋士族，从乡里清议到九品中正制，而九品中正制则保证了士族在政治上的世袭特权。这是理解《世说新语》中许多人和事的一个大背景。

二

汉末的大姓、名士是魏晋士族的基础。士族形成于魏晋，九品中正制保证了士族在政治上的世袭特权，实质上是保证当朝显贵的世袭特权。汉末颍川郡众多大名士，只有荀氏、陈氏、钟氏成为士族，是因为这几家在魏晋时子孙是显贵，而成为士族的颍川庾氏倒是拔自卑微的。从宋人汪藻《世说叙录》中人名谱看，颍川庾氏一世庾乘出身卑微，受大名士郭泰赏识，才能摆脱卑微地位，游于学宫，为诸生佣，学业有成而仍然自处卑微。他的儿子庾嶷，仕曹魏为太仆，孙子庾峻，为晋侍中，奠定了士族的地位；曾孙庾琛联姻皇室，玄孙庾亮、庾冰等以外戚先后执政，官高爵显，成为大士族。再如阳翟褚氏，一世褚碧，为县吏，后来得羊祜进用；直到孙子褚裒，联姻皇室，晋穆帝即位，为太后之父，尊贵无比，成为东晋大士族。

原来中正品第人才是依据德、才、家世三项的，但家世一项在品第中所占分量越来越重，终于成为事实上的唯一标准。魏晋所重的是父祖官爵，换句话说，中正考虑的主要是当代显贵，定品的标准主要是"新贵"。魏晋相承，晋代的开国勋贵也就是曹魏功臣的子孙，所以计算门第家世是从曹魏算起的。汉末的大姓、名士，他们的士族地位决定于某一家族在魏晋时的政治地位，即当时的官位。某些家族在汉末算不上大姓，甚至出身卑微，只要在魏晋时有某种机遇在政治上获得高位，也可以上升为士族。

到了东晋，士族业已定型，士族地位稳定，中正定品变成了例行公事，士族、庶族之间的分隔似乎是"天隔"。但是，士族内部的高下序列仍有升降。例如颍川庾氏，西晋时已列士族，而成为一流高门却在东晋联姻皇室之后。后来庾氏受到桓温、桓玄的打击，刘宋以后地位降低了。陈郡谢氏，大家都知道在东晋是与琅邪王氏并列的第一流大士族，然而还被阮思旷认为是"新出门户"（《简傲》），谢氏的地位是后来上升的。

从上举事实中可以看到联姻皇室对于一些家族的地位起着极为重要的作用。所以在士族制度下，婚姻是受到特别重视的一件大事。《世说新语》中有关这方面的故事不少。如汝南李氏是富人，但是寒门庶族，不惜以女儿络秀给周浚做妾；直到络秀生了周𫖮兄弟，还对儿子说自己做妾是"门户计耳"（《贤媛》）。可见寒门高攀士族，地位自高。又如王导初到江南，要笼络吴中大族，想与吴郡陆玩结为亲家，为陆玩所拒绝（《方正》）。这两家都是士族，但陆玩吴人，视北人为伧父，不屑与之联姻。

士族注重门第，势必重视家谱。九品中正制实行后，呈报品状，一定要稽考谱牒。魏晋还设谱官，凡百官族姓之家有谱传者，都呈于谱官，为之考订正讹，藏于秘阁。《世说新语》刘孝标注中所引家谱多至三十六种。

门第家世受到如此重视，相应的就重视家讳，用以表示自己家世的优美和传统的高贵。日常应接中，如有人误犯家讳，就要极为敏感地悲泣趋避，做出奇怪的举动。《世说新语》记录此类避讳、犯讳的故事也不在少数。陆机以卢志家讳相戏，竟招日后杀身之祸（《方正》、《尤悔》）。甚至有相互间以故犯家讳为嘲戏的，如司马昭之与钟会、陈骞、陈泰（《排调》）。官员到任，属吏就要请示避讳，如王述之拜扬州刺史（《赏誉》）。偶一不慎，犯人父祖之讳，贻笑非浅，如晋元帝之误犯贺循父贺邵讳，惭愧得三日不出（《纰漏》）。

士族又特别重视流品。寒门庶族出身的人，即使才能超越，也不能和士族交游并列。何充亲昵庸杂，就此有损声誉（《品藻》刘注引《晋阳秋》）。习凿齿学问出众，王献之却看轻他出身寒士，不肯和他并榻（《忿狷》）。

士族既居达官高位，聚敛积实，占有大量财富；富有之后便是大规模兼并土地。王戎性好兴利，广收膏田水碓，洛下无比（《俭啬》）；祖约好财，使人占夺乡里先人田地(《雅量》刘注引《约别传》)。士族还占有山湖川泽,百姓樵采渔钓,都要交税。他们占据了山泽,不但坐收渔猎畜牧之利,还建造园亭宅墅,以供赏玩。如石崇的金谷园,谢安的经营楼馆。他们还任用仆役,大量经商。像石崇,为荆州刺史,还劫夺杀人,以致巨富(《汰侈》刘注引王隐《晋书》);像郗愔,大事聚敛,有钱数千万(《俭啬》)。

士族高门不仅有政治经济上的特权,而且是文化的传统继承者。士大夫要以玄理文笔作为他们出身高贵和才华出众的表现,所以,典籍文义正是士族子弟用以显示高贵的招牌。魏晋文士学人的社会地位,主要决定于他们的门第和官爵,他们的诗文的优劣高下倒是次要的。曹丕《典论·论文》中提到的建安七子,其中孔融、王粲、应玚、陈琳都出身于高门世族。西晋初年,一时文士多依附于贾充之门;贾谧干政之后,他身边的文士有"二十四友"之称,陆机、陆云、潘岳、石崇、欧阳建、左思、刘琨等都在其内。过江以后,士族势力更加发展,文士凭门第进仕的也更多,而且进升很快,才力用到文义方面去,所以一门能文的现象也常有出现。《隋书·经籍志》集部著录琅邪王氏的有二十人,陈郡谢氏的有十二人,就是例子。

至于寒门出身的文人也是有的,他们孜孜勤苦,以文籍学业为进身之资,也间或有被赏识而成功的,如张华、山涛、乐广等。

因为魏晋文人的社会地位是依他们的门第官爵而定,他们的诗文不一定特别好,但一定时期的文风潮流却是由他们领导着的。寒士要把文义作为仕进手段,他的诗文一定要能受到大家称赞,他就不能不心摹手追当时的文风。所以,士大夫们清谈玄学,文学上就会时行玄言诗;士大夫们崇尚隐遁,文学上就会有招隐诗;士大夫们的作品绮靡,文学上可以形成俪典新声的风气;士大夫文重事义,可以使文章殆似书抄。魏晋诗文的作者多在上层士大夫中,他们只是生活在公宴、游览等圈子里,因而读他们的作品,总感到时代性明显而彼此的个性不强。

三

魏晋的玄学清谈,在《世说新语》里资料很多,《文学》一篇尤其集中。

清谈的前身是汉末的清议。名士群集,互相品题,臧否人物,嘘枯吹生。例如:李膺赞叹荀淑、钟皓说:"荀君清识难尚,钟君至德可师。"(《德行》)陈蕃评周乘是:"真治国之器。譬诸宝剑,则世之干将。"(《赏誉》)李膺被当时人品题为"谡谡如劲松下风"(《赏誉》)。党锢之祸,很多名士杀身破族,于是一部分名士渐渐缄默了。有一代人伦之誉的大名士郭泰也闭门教授以终。黄巾起义以后,当时的州牧、郡守大多是名士,他们都善于臧否人物,称为清谈。这时的清谈仍是清议的另一种说法。曹操杀孔融,杀崔琰,放逐祢衡,尤其到魏晋之际,"天下多故,名士少有全者"(《晋书·阮籍传》),不仅是曹氏党羽的何晏、邓飏、诸葛诞、夏侯玄、李丰、嵇康、吕安等,均为司马氏所杀,就是党附于司马氏的钟会,也不能免祸。只有阮籍,"言及玄远,未尝臧否人物",被司马昭称为"至慎"(《德行》)。清谈发展到此时,过去的讥评时事、臧否人物的清议的精神完全丧失，代之而起的是言及玄远的玄学清谈了。不过品评人物的清议形式并没有绝迹，只是这时的清议已掌握在九品中正制下的士族官员手里了。像山涛为吏部尚书，“周遍百官，举无失才。凡所题目，皆如其言”（《政事》）。

从清议到清谈，是由评论时事、臧否人物逐渐变成谈论这种评论所依据的原理原则，从具体变成抽象，从实际政治变成内圣外王、天人之际的玄远哲理，从人物评论到才性四本以及性情之分。曹魏齐王芳正始以后，这种清谈已经发展成熟，“清谈”一词，就专指玄远虚胜之言，就其内容所反映的意义而论，清谈即玄学，清谈所谈的原理就是玄学的内容。

从学术思想的发展来看，玄学思想的产生也自有其渊源。西汉武帝罢黜百家，独尊儒术，虽然当时还是综合名法，不废黄老，但儒家思想在学术思想中已占支配地位。东汉后期，矛盾百出，危机四伏，儒家思想的统治基础动摇了，儒家经学也或支离破碎地解释经文，或流于谶纬迷信，几已沦入末流。曹魏以来，世家大族经济日益发展，带有“自然”、“无为”对命运不作反抗的老庄思想，开始抬头。

魏晋之际的士族名士认为《周易》的“寡以制众”，“变而能通”，《老子》的“崇本息末”，“执一统万”，《庄子》的“不谴是非”，“知足逍遥”，都是对士族享有特权的有用的思想资料，因此推崇这三部著作，总称“三玄”（《颜氏家训·勉学》），这并非偶然。

清谈的具体情景，一般是名士会集，分成宾主两方，谈主首先叙述自己的论题和意见，称为“通”；难者即就其论题加以诘辩，称为“难”。一个论题，可以经过“数番”讨论。例如支道林、许询、谢安等，聚集在王濛家里，进行有关《庄子·渔父》为论题的清谈。支道林先“通”，四座之人也各言其怀，然后谢安来“难”，结果是四座之人莫不满意（《文学》）。有时也由谈主本人自为宾主，翻覆分析义理。例如何晏为吏部尚书，谈客盈座，年未弱冠的王弼去作客，就先前别人谈过的论题“自为客主数番，皆一坐所不及”（《文学》）。清谈结束，有时宾主双方，一胜一负，有时不能决出胜负。如支道林、许询会集于会稽王司马昱斋头，谈论佛经义理，“支通一义”，“许送一难”，结果是难分胜负，“共嗟咏二家之美，不辩其理之所在”（《文学》）。另外还有一种情况是由第三者来作总结性发言，如傅嘏“善言虚胜”，荀粲“谈尚玄远”，争论而不相下，由裴徽“释二家之义，通彼我之怀”（《文学》）。

作玄学清谈的时候，名士们往往手执麈尾，以之指划，也是一时风尚。王衍妙于谈玄，经常手持白玉柄麈尾，与手同色，传为美谈（《容止》）。孙盛和殷浩谈论名理，争辩急切，饭也没有工夫吃，两人各执麈尾奋掷，麈尾上的毛都脱落下来落在饭菜中（《文学》）。

《世说新语》里有两处提到“正始之音”。王导与殷浩清谈，直到三更天，结果是“竟未知理源所归”，王导认为“正始之音，正当尔耳”（《文学》）。另一处是王敦和卫玠相见，谈了一整天，王敦对谢鲲说“不意永嘉之中，复闻正始之音”（《赏誉》）。“正始”是曹魏齐王芳的年号（240—248），是魏晋玄学清谈发展得非常快的时期，代表人物是何晏和王弼。

何晏是曹操的养子，又娶操女金乡公主，封列侯。正始年间，任吏部尚书，有重名。他祖述老庄，大阐玄论，曾经注《老子》，看到王弼的《老子注》，自以为不如而不再注，作《道德论》。他又著《论语集解》，并不非薄孔子，也承认孔子是圣人；不过他解《论语》，用玄学观点解释孔子思想，儒家的孔圣人差不多改造成玄学家的圣人了。

王弼受到何晏的赏识，著有《老子注》、《周易注》、《周易略例》，死时只有二十四岁。

正始清谈的主要特点就是重《易》崇《老》，发挥玄理，说“无”是开物成务、无往而不存的万物本体。

王弼、何晏稍后，有所谓竹林风气。七贤中阮籍有《通老》、《通易》、《达庄》三论，嵇康有《养生》、《声无哀乐》、《难张辽叔自然好学》等论。竹林诸人，虽然也出自世家大族，但思想行为由反对当时的礼法而趋于极端，表现为任诞放达，《世说新语》中记述相当多。他们注重内心而忽略外表，是所谓任真自然的表现。

西晋时的清谈之风，以王衍、乐广为领袖。王衍出自一流士族琅邪王氏，早年贵显，位极人臣。乐广女儿嫁成都王司马颖，也是国戚。他们既是大族名士，又是朝廷显要，分居要职而不营物务，一味挥麈谈玄，因而朝野翕然，清谈成风，成为士大夫生活中的必要点缀。西晋名士清谈，《易》、《老》之外，更着意于《庄》。他们谈论时要求片言析理，出口成章，措辞简约，重在自然。《世说新语》中也有记述，这里不一一具引。

值得注意的是“将无同”的故事（《文学》）。王衍问阮修（一说是王戎问阮瞻），老庄与儒术是同还是异，阮修说“将无同”（恐怕没有什么两样吧）。王衍大加赏识，辟阮修为掾，世称“三语掾”。这则故事透露了一个信息：清议重名教，清谈尚自然；“将无同”就是名教与自然可以巧妙地统一，阮修是祖述了何晏、王弼的说法。

东晋一代，清谈仍旧。重臣如王导、庾亮、谢安，都是士族大名士，都尚清谈。王导引用王濛，赞赏刘惔，庾亮引用殷浩，都是以清谈见赏而重用的。东晋简文帝（会稽王）司马昱几乎可以称清谈之君，他宠遇殷浩、王濛、刘惔，优待僧人支道林，器重许询、韩伯。上述诸人，在《世说新语》里记述非常之多，多半有关清谈，要举例是不胜枚举的。善于清谈还可以获得做官的捷径。如张凭举孝廉，到京师建康，拜访刘惔，不为刘惔所重，处之末座。等到众宾客清谈有不通时，张凭远从末座发言，言约旨远，受到刘惔赏识，延请上坐，还推荐给执政的抚军大将军司马昱（即后来的简文帝），张凭因而得官。东晋时已有人反对清谈。陶侃、应詹、卞壶、江惇等都力攻清谈放达之弊。王羲之也对谢安说清谈是“虚谈废务，浮文妨要，恐非当今所宜”（《言语》）。桓温北征，眺望中原，还感慨地责备王衍等人清谈误国（《轻诋》）。但是在朝廷显贵都提倡清谈的风气下，士大夫间自然是清谈依旧。

东晋清谈在玄学理论上并无特殊建树，但那时正是佛教思想逐渐传播的时候，所以名僧加入清谈，佛义搀入玄理。支道林引佛义解释《庄子·逍遥游》，标新立异，而为当时名士所认可(《文学》)。甚至名僧讲佛经，也采取清谈辩难的方式，如于法开之与支道林(《文学》)。这都是以前所无的现象。

清谈的论题，除了"三玄"即《老子》、《庄子》、《周易》中的哲理为经常谈资外，《世说新语》提到的还有"才性四本"、"声无哀乐"、"养生"、"言尽意"等(《文学》)。"才性四本"在曹魏嘉平元年(249)到甘露二年(257)，含有曹氏与司马氏的政治斗争因素(参阅《文学》第5则及注)，到东晋及以后，已成为玄谈的哲理探讨，失去了现实的政治意义。

四

名士风度，或者说魏晋风度，是《世说新语》的重要内容。

名士是什么样的人？很难下定义。不过，东汉末的名士和魏晋名士是有些区别的。魏晋风度指的是魏晋名士的风度。东晋王恭说过一段话："名士不必须奇才，但使常得无事，痛饮酒，熟读《离骚》，便可称名士。"(《任诞》)王恭的话，虽然不能说就是关于名士的确切而全面的诠释，但也说出了值得我们去体会的意思。从负面说，"名士不必须奇才"，王恭自己就是"有清辞简旨，能叙说，而读书少"的人(《赏誉》)，但他出身士族高门——太原王氏，又联姻皇室——他是孝武帝王皇后之兄，这倒是做名士的重要条件。有这一条件，当然不必是奇才，也当然安富尊荣，生活优裕，奴仆侍奉，不必亲自操劳，所以从正面说，可以"常得无事"而优游自得了。至于饮酒而须"痛饮"，是优裕生活中应有的享受之事，还可以显示放诞旷达的气派；读《离骚》而须"熟"，则是弄一点典籍文义，作为名士必不可少的外包装，还可以借点屈原的光。

先说名士与酒的关系。远在魏晋以前，酒早就有了，但痛饮酒到"以酒为池"却成为殷纣的罪状(《史记·殷本纪》)，何以到了魏晋，酒成为名士生活的重要部分呢？东汉末年，天下大乱，曹操也说"白骨露于野，千里无鸡鸣"(《蒿里行》)，尽管是英雄，也说"何以解忧？唯有杜康"(《短歌行》)。汉末饮酒之风大盛，一个直接的原因是社会大动荡使人们的非自然死亡可能性大大增强，对生命的强烈留恋，对死亡突至的恐惧，于是"不如饮美酒，被服纨与素"(《古诗十九首》)。刘伶著《酒德颂》(《文学》)，表示对死的达观，另一面正是对死的无可奈何。张翰说"使我有身后名，不如即时一杯酒"(《任诞》)，毕卓说"拍浮酒池中，便足了一生"(《任诞》)，都是从这种思想导致的两方面的表现：沉湎于酒和放浪形骸。

再进一层说，在险峻的社会形势下，为了逃避现实，为了保全性命，逼得名士们不得不以沉湎于酒为韬晦手段。所以，饮酒似乎是快乐的追求，而隐藏在后的是痛苦忧患。用喝醉酒作保护手段，既麻醉了自己，又躲开了别人，阮籍在名士少有全者的时候而得以保全，即是明显的实例。从阮籍推广到竹林名士，行为任达放荡而内心痛苦，他们的任达是对现实不满，对别人不满，甚至对自己也不满。阮籍不许儿子阮浑也来“作达”(《任诞》),是对自己没有别的办法而只得以饮酒狂放为高的不满。竹林名士之后,很多名士只知饮酒放达,但时异境迁,成为纵欲享乐的东晋名士了,饮酒也成为士族名士生活享受的点缀了!像阮瞻、王澄、谢鲲、胡毋辅之等就是(《德行》)。

还有一些名士,如王蕴说“酒,正使人人自远”;王忱说“三日不饮酒,觉形神不复相亲”(均见《任诞》)。这也是名士要痛饮酒的一种理由。按照《庄子·达生》篇的说法,喝得烂醉的人从车上掉下去,即使有疾也不死,因为“其神全”。形神相亲正是神全,从而可以求得一种物我两忘的冥想幻觉,行为也可以任诞不拘,忽略形骸。喝酒喝到这个地步,他们以为得到了任真酣畅的真趣和欢乐,就自得高远之致。这时候,饮酒本身就是欢乐,倘使有人再问饮酒有什么好处,这问题就失去了意义,名士们是不作答案的。

名士中相当多的人还讲究服五石散,又名寒食散。这种药毒性很大,服的时候如果措置不当,危险性很大。但在魏晋,服五石散的风气很盛,而且都是士族高门,富贵人家。为什么要服这种药?王恭有一次服五石散后出门“行散”(服药后缓步调适宣导),到他弟弟王爽门前,说古诗中“所遇无故物,焉得不速老”为佳句(《文学》)。原来王恭在服五石散后想到的是生死问题。联系到魏晋人诗中流露得最多的感叹时光飘忽和人生短促的思想感情,可以透露出魏晋名士之服五石散,是为了延年益寿。五石散,据说服后有“心加开朗,体力转强”的效果(隋巢元方《诸病源候总论》卷六载皇甫谧语)。

首先提倡服散的是正始大名士何晏。他“美姿容,面至白”(《容止》),动静粉白不去手,行步顾影。何晏这种爱美的行为,是魏晋名士的一般风气,是以此互相矜伐的习尚。《世说新语·容止》篇就是专讲某人某人是如何如何的美的。至于美的标准,也并非一般的仪表堂堂之类,倒是给人一种感觉,魏晋名士要长得像美貌女子,而且最好带些病态,如卫玠,才是名士最美的仪容。何晏说:“服五石散,非唯治病,亦觉神明开朗。”(《言语》)可见他服药后面色红润,精神爽朗,这正是美姿容的表现,也可以视为可能长寿的象征。服五石散为求美貌,这是魏晋名士服散的又一个原因。当然,魏晋名士也不能一刀切,其中也有不讲姿容的人,如竹林诸贤,除了嵇康之外,其余人都放浪形骸,终日酣醉的。

与服药有关的还有两种现象。一是魏晋名士穿衣崇尚宽大,爱穿木屐,这是药性猛烈而感到燥热,怕擦伤皮肤而求轻便舒适。一是药性会影响人的性格,变得急躁狂傲,不近情理。王述性急,吃鸡蛋不顺利而对鸡蛋大发其火(《忿狷》);王忱、王恭为饮酒而竟至准备厮杀(《忿狷》);王徽之在谢安座上当面轻蔑苻宏(《轻诋》)——这些人都是服散的。

与清谈、饮酒、服药有着内在联系的是追求飘然高逸,放浪旷达,不营物务,栖心玄远。于是崇尚隐逸。《世说新语·栖逸》篇所记甚多,散见于其他各篇的也不少。栖隐山林在物质享受上并不是很舒服的事情。隐居是逃避,对现实不满而又无力改变或不想去改变,自然只得隐居遁世,所以多半发生在社会不安定的时候。

这也是老庄哲学的一个基本点。

汉末大乱，是隐逸之风兴起的最直接的原因。三国鼎立，司马代曹，八王之乱，永嘉南渡，南北分裂，这是魏晋纷纭不安定的政治社会背景，也是使魏晋士大夫希企隐居避世、明哲保身的根本原因。玄学标榜老庄，而老庄哲学正是隐士行为的理论升华，宅心玄远，就必然要超脱世俗，注重自然，必然会希求隐逸。这是魏晋名士企求隐逸的思想上的原因。

隐逸而有玄学思想为基础，于是认为隐逸本身就是高尚的，是一种合乎自然的逍遥人生，不再需要其他的缘由，既没有对现实的不满，也没有存身待命的期待，只剩下单纯的追求玄远，崇尚超脱。阮裕在东山，“萧然无事，常内足于怀”，王羲之说他“此君近不惊宠辱”（《栖逸》）。这就是合乎理想的，自然旷达的。谢安起初隐居东山，后应桓温征辟出山，就被郝隆讥笑，“处则为远志，出则为小草”，弄得谢安“甚有愧色”（《排调》）。可见以隐逸为清高的思想，是普遍存在于魏晋名士之间的。

隐居而达到“内足于怀”就是理想境界，就是说隐逸的目的即在于隐逸本身的意义。既然重在得其意，那么，只要“内足于怀”，即使身在朝市，也不失为隐逸之意。于是，就有朝隐之一说。朝隐之说，当然为生活在富贵汰侈环境中的士族名士所接受。既可以不去过那种心迹双寂的枯槁生活，又可以风神散朗，不营世务，自己感觉良好，心安理得。王徽之做桓冲的骑兵参军，连官署名称也说不准，马有多少也不知道（《简傲》）。桓冲有一次问王徽之近来对公务是否有所处理，回答是“西山朝来，致有爽气”（《简傲》）。这就是不屑于物务而心神超越的名士风度。

以上从饮酒、服药、隐逸三方面说了魏晋名士风度，前面说的玄学清谈实在更是名士风度的集中表现。名士崇尚适意自然，旷达率真，所以，王徽之雪夜访戴逵，坐了一夜小船，及门不入，说是“兴尽而还，何必见戴”（《任诞》）；经过吴郡，去一个士大夫家看竹子，连主人也不问（《简傲》）——这也是一种率意而行的名士风度。谢安在与人下棋时接到淝水之战的捷报，“默然无言”，直到客人问起，才说“小儿辈大破贼”（《雅量》）；桓温请谢安、王坦之赴宴，埋伏甲士，而谢安神色不变，还“作洛生咏”（《雅量》）——喜怒不形于色，从容镇定而神情旷远，这是高层次的名士风度。

名士风度不是一成不变的：汉末名士重操守，讲气节；魏晋名士尚玄远，崇旷达。同是魏晋名士，正始名士如何晏、王弼、夏侯玄，与竹林名士如嵇康、向秀也有所不同。所可注意者，魏晋名士风度，正是士族把持了政治、经济、文化等方面，士族达到了权势顶峰的产物，所以能“常得无事”，不问物务，结果是走向衰颓，流风所及，到了南朝，士族名士几乎没有什么治国经世之才了！

五

《世说新语》是一部志人小说。这里的“小说”，与今天文学上讲的小说不同。

照《汉书·艺文志》的说法，“小说家者流，盖出于稗官，街谈巷语，道听途说者之所造也。”《世说新语》记的是真人真事，不过只是遗闻轶事，言谈风尚；但是所记各事，可补史阙。唐修《晋书》就采用了许多《世说新语》的资料。尽管唐代刘知几《史通》讥评这一点，但笔者以为唐修《晋书》在二十四史中，是《史记》、《汉书》、《后汉书》、《三国志》之后富于文采，读来有味的一部，恐怕正是采掇了小说家言的缘故。不过，作为小说，注重在传说或事件本身的奇异或有趣，而作为史书却重在事件中的人物，这是小说和史传的主要区别。那时候的小说，可以说是依附于史的，关系是很密切的。魏晋小说盛极一时，《世说新语》是最好的一部，正是它的记述给我们以很有用的历史资料和思想资料，具有很高的史料价值和认识价值。

从文学艺术方面来看《世说新语》，它的成就也很突出。鲁迅说它“记言则玄远冷俊，记行则高简瑰奇”（《中国小说史略》），确为至论。对这方面，各种文学史著作中都有所论述，这里不必多说。只要看《俭啬》篇记王戎，只写了四件小事：从子结婚，他只送了一件单衣，后来又要了回去；既富且贵了，还每天和夫人在蜡烛下摆出筹码，算计家财；家有良种李子，卖出时要把李子的核钻破，为的是怕买去的人得了良种；女儿嫁裴頠，向他借了点钱，他总不高兴，女儿急忙还债，他才释然。这四则故事，总共只有九十一个字，就像四幅漫画，通过细节把王戎的贪鄙性格写得栩栩如生。再如刘伶酗酒，妻子担心，流泪劝他戒酒。他先是一本正经地说要在鬼神前起誓戒酒，要妻子准备祭鬼神的酒肉；然后说“妇人之言，慎不可听”，把酒肉归己，醺然大醉（《任诞》）。文笔简练，写了一个场面，却是如闻其声，如见其人，读后不免发笑。

《世说新语》的语言含蓄隽永，简约玄淡，给人以无穷韵味。有不少成为后来习用的成语、熟语的来源。

《世说新语》中还保存了很多魏晋当世词语，是研究中古汉语的重要的第一手材料。元明清三朝研究《世说新语》词语的学者很多，清代郝懿行的《晋宋书故》和《证俗文》两部书中考释六朝俗语词，书中不少条目与《世说新语》有关。

六

《世说新语》的书名，历来是一个聚讼纷纭的问题。《世说新语》的版刻流传和卷次分合也相当复杂。近人朱一玄的《朱铸禹先生〈世说新语汇校集注〉序》一文（载《南开学报（哲社版）》1981 年第 4 期），考订详明，足资参考，这里就不多说了。

《世说新语》的作者，历来著录都题南朝宋临川王刘义庆。鲁迅在《中国小说史略》里提出：“乃纂缉旧文，非由自造：《宋书》言义庆才词不多，而招聚文学之士，近远必至，则诸书或成于众手，未可知也。”这一推断很有道理。《宋书·临川烈武王道规传》附《刘义兴传》载：“太尉袁淑，文冠当时，义庆在江州，请为卫军谘议参军；其余吴郡陆展、东海何长瑜、鲍照等，并为辞章之美，引为佐史国臣。”据此推测，袁淑、陆展、何长瑜、鲍照等，当是参与《世说新语》编纂工作的人。不过，说《世说新语》是在刘义庆主持之下，或者说在他思想指导之下编成的，那也是可以的。

刘义庆（403—444），南朝宋彭城（今江苏徐州）人，移居京口（今江苏镇江）。父亲刘道怜是宋武帝刘裕之弟，封长沙王。刘裕幼弟道规无子，以义庆为嗣。刘道规在东晋时历任荆州刺史。刘宋建国，追封为临川王，刘义庆袭封。刘义庆一生的主要活动时间在宋文帝刘义隆元嘉年间：元嘉六年（429）为尚书左仆射、丹阳尹；元嘉九年（432）为荆州刺史，在任八年；元嘉十六年（439）为江州刺史，在任一年；后为南兖州刺史，直到病故。

刘义庆为什么要编写《世说新语》这样一部书呢？近人周一良据《刘义庆传》中一段记载："少善骑乘，及长以世路艰难，不复跨马。招聚文学之士，近远必至"，在《〈世说新语〉和作者刘义庆身世的考察》一文（载《中国哲学史研究》，1981 年第 1 期）中指出"世路艰难"是指宋文帝刘义隆对宗室诸王怀疑猜忌而加以屠杀，"不复跨马"是表示没有政治野心；刘义庆为了全身远祸，于是招聚文学之士，寄情文史，编成《世说新语》这部清谈之书。《世说新语》里记载的故事和议论，有些在故事发生的当时是颇具政治意义的，但到刘义庆的生活时代，政治社会背景已相去悬远，不相涉及了，而这正是刘义庆著述的宗旨所在。周文的论断，对研究《世说新语》成书之由，颇可参考。

为《世说新语》作注是刘峻。

刘峻（458—521 或 522），南朝梁平原（今山东平原南）人，字孝标，本名法武，以字行。他八岁时在青州被北魏虏去为奴，迁至平城为平齐民。寄居在人家庑下，烧麻炬夜读。南朝齐永明中奔回江南，博极群书。南朝梁天监初召入西省典校秘阁。安成王萧秀引为户曹参军。他讲学东阳紫岩山，从学者极多。他注过《汉书》（《隋书·经籍志》著录），编纂《类苑》（见《梁书》及《南史》本传）。最著名的是他为《世说新语》作注。他的注有如下特点：引事以补正文之不足，引类似之事以补充正文，注文与正文相映成趣，辨证正文的真伪错讹。刘孝标注（以下简称"刘注"）中引书达四百余种，如今已亡佚十之八九，依赖刘注才有流传。故历来对刘注评价很高。

目前流传的《世说新语》版本主要有：

1. 明嘉靖间袁褧嘉趣堂本，商务印书馆《四部丛刊》初编据以影印；

2. 清光绪间王先谦思贤讲舍校订本，王本是据清道光间周氏纷欣阁本校订重刻的，上海古籍出版社于 1982 年据以影印，后附日本影印宋本《世说新语》中宋人汪藻的《叙录》和罗振玉影印《唐写本〈世说新语〉残卷》；

3. 日本影印宋绍兴刻本，文学古籍刊行社于 1955 年、中华书局于 1962 年影印（以下简称"影宋本"）。

我们这本《世说新语译注》以上海古籍出版社影印的思贤讲舍本为底本，校以《四部丛刊》影印明嘉趣堂本和日本影宋本。凡据影宋本校改的字都在注释中注出，其他不出校。只有少数音义相同的较僻的异体字改成现在通行字。

原书分三十六篇（或称三十六门），一仍其旧。不过不再分卷。篇中各则故事的序数是原书所没有的，为便于查检而加上，如“《德行》1”即《德行》篇的第1则，余类推。各篇中的序数自成起讫。全书共计1130则。

注释的内容包括：1. 词语；2. 有关人物的介绍；3. 有关史事的简要叙述；4. 对正文有不同说法的介绍；5. 少数改字或异文的交代。

丰富的刘注，绝大部分已吸收进注释文字，一般不标明“刘注”。例如人物介绍，依据刘注，参酌史书和后来著述，加进了可以考定的生卒年，加注了有关地名的今地名，就不便再标刘注。刘注中有驳正正文的，有指明另一种说法的，则标明“刘注”而加以转述，有的文辞并不艰深的，就直引刘注原文。

在注释中，间或有阐发文义的按语，用“按”字标出，也作为注释的组成部分。

注释时，参考了前辈学人的著作，于近人余嘉锡《世说新语笺疏》和徐震堮《世说新语校笺》，得益尤多。因为只想为读者提供一个便于阅读的本子，未一一注明。

今译部分，基本上是直译，供读者参考。中古汉语和现代汉语本有差异，有些词语难以对译，加上笔者学力不足，只能力求达意，至于传神，则不敢妄说。例如《轻诋》篇第20则，连读通都不敢说，译文也只能姑且如此，敬恳高明指教。

张 㧑之

1996年3月，于上海教育学院古籍整理研究室

德行第一

道德、品行

（一）陈仲举言为士则[1]，行为世范，登车揽辔[2]，有澄清天下之志。为豫章太守[3]，至，便问徐孺子所在[4]，欲先看之[5]。主簿白[6]："群情欲府君先入廨[7]。"陈曰："武王式商容之间[8]，席不暇暖[9]。吾之礼贤，有何不可？"

今译 陈蕃的言谈是士人的准则，行为是世间的典范，登上公车手执缰绳，为官赴任，怀抱着使天下清平的志向。他出任豫章太守，刚到，就问徐稺住在哪里，打算先去探望他。主簿向他禀告："大家都希望府君先进官府。"陈蕃说："周武王即位之后，就立即到商容的住处去访问致敬。我尊重贤人，有甚么不对呢？"

注释 ①陈仲举：陈蕃（？—168），字仲举，东汉汝南平舆（今河南平舆北）人。桓帝时历任尚书仆射、太尉等职，刚直方峻，屡遭贬谪。灵帝初，任太傅，与大将军窦武合谋诛灭宦官，谋泄，被杀。他是东汉末年士大夫中很有影响的人物，有"不畏强御陈仲举"之誉。 ②登车揽辔（pèi 配）：登上公车，执持缰绳。指做官赴任。汉代朝廷征召授官，用公车传送。 ③豫章：汉代郡名，治所在今江西南昌。刘孝标注（后简称"刘注"）引《海内先贤传》：陈蕃为尚书，因忠正忤违贵戚，出为豫章太守。 ④徐孺子：徐稺，字孺子，东汉豫章南昌（今属江西）人。家贫好学，隐居不仕，时称"南州高士"。陈蕃在南昌不接待宾客，但尊重徐稺，特为徐设一榻，徐去后就悬挂起来。 ⑤看：探望，访问。 ⑥主簿：官名。汉以后在朝廷及郡县官府设主簿，掌文书印信，为掾史之首。 ⑦府君：汉魏时对太守的称呼。亦用为对人的尊称。廨：官署。 ⑧武王：周武王姬发。 式：同"轼"。车上扶手的横木板。这里用作动词，乘车时站着俯身双手扶式，以示敬意。商容：相传是商纣时贤人。 间：里巷之门。 ⑨席不暇暖：连席子都来不及坐暖。形容繁忙迫切。

（二）周子居常云[1]："吾时月不见黄叔度[2]，则鄙吝之心已复生矣[3]。"

今译 周乘经常对人说："我如果几个月没有看到黄宪，那庸俗贪鄙的心思就又萌生了。"

①周子居：据《赏誉》1 刘注引《汝南先贤传》：周乘，字子居，东汉汝南安城（今河南正阳东北）人。与黄宪、陈蕃相友好。为泰山太守，有惠政。　按：《后汉书·黄宪传》亦载此语，作陈蕃与周举相谈论的话。周举，字宣光。但《后汉书·周举传》并未提及此事。　②时月：泛指数月。　黄叔度：黄宪，字叔度，汝南慎阳（今河南正阳）人。出身贫贱，父为牛医。以德行著称，当时人称誉他是颜渊复生。　③鄙吝：庸俗贪婪。

（三）郭林宗至汝南①，造袁奉高②，车不停轨③，鸾不辍轭④。诣黄叔度⑤，乃弥日信宿⑥。人问其故，林宗曰："叔度汪汪如万顷之陂⑦，澄之不清，扰之不浊⑧，其器深广，难测量也。"

郭泰到汝南，拜访袁阆，一到就走，连车轮辙印都没有消失，鸾铃还在车轭上震响。访问黄宪，竟逗留整日，还留宿两夜。有人问他原因，郭泰说："黄宪器度深广，好像万顷湖池，你去澄清它也不显得清亮，你去搅扰它也不显得浑浊。他的度量之深广，实在难以测量。"

①郭林宗：郭泰（127—169），字林宗，东汉太原介休（今山西介休）人。东汉末年太学生的领袖。家世贫贱，学问博通，到洛阳，得李膺赏识。后返回乡里，不就征召，他知人善论，奖拔士人；反对宦官专政，但不作"危言覈论"。党锢之祸起，他未遭害，闭门教授，弟子上千。死后，蔡邕为他撰《郭有道碑》，说：我替人作碑铭很多，未尝不自觉惭愧，只有为郭泰作碑颂扬他，是问心无愧的。　②造：过访。　袁奉高：袁阆，字奉高，慎阳（今河南正阳）人。他与黄宪是同乡朋友，又曾荐举陈蕃。被辟为太尉掾。按：刘注引《汝南先贤传》误袁阆为"袁宏"。　③轨：指车行所留的辙印。　④鸾：古代车乘上的铃，系在车轭上。　轭：车辕前横木，状如"人"字，驾车时套在马的颈部。　⑤诣（yì 谊）：拜访。黄叔度：黄宪，见前则注②。　⑥弥日：整天。　信宿：连宿两夜。⑦汪汪：形容深广。　陂（pí 皮）：池塘。　⑧澄之不清，扰之不浊：黄宪为人柔顺缄默，言论无所传闻，官府荐举他为孝廉，征召他做官，他都不拒绝，但一到京城就回乡，也不做任何事。这两句形容他的高深莫测。

（四）李元礼风格秀整①，高自标持②，欲以天下名教是非为己任③。后进之士，有升其堂者，皆以为登龙门④。

李膺风度秀美，品格严正。他对自己评价很高，要把天下正定名分、评论是非的事作为自己的使命。那些资历浅、辈分低的士人，有能登上他家厅堂受到接待的，都感到非常荣幸，认为是"登龙门"而身价大大提高了。

①李元礼：李膺（110—169），字元礼，东汉颍川襄城（今属河南）人。汉末清议的领袖人物之一。桓帝时任司隶校尉，结交郭泰，反对宦官专政。太学生称他为"天下模楷李元礼"。遭宦官谗害下狱，释放后禁锢终身。灵帝时，外戚窦武执政，陈蕃为太尉，起用他任长乐少府。他与窦武、陈蕃谋诛宦官，失败，被废。

最后被捕入狱而死。　风格：风度品格。　②标持：犹标置。③名教：指儒家以正定名分为中心的礼教。　④登龙门：刘注引《三秦记》："龙门一名河津，去长安九百里。水悬绝，龟鱼之属莫能上，上则化为龙矣。"这里比喻身价倍增。

（五）李元礼尝叹荀淑、钟皓曰[1]："荀君清识难尚[2]，钟君至德可师。"

译　李膺曾经赞叹荀淑、钟皓说："荀君见识清明，难以胜过；钟君品德极高，足为师表。"

注释　①荀淑：字季和，东汉颍川颍阴（今河南许昌）人。少有高行，博学，当世名儒李固、李膺都以他为师。官至朗陵侯相。后归隐。　钟皓：字季明，东汉颍川长社（今河南长葛）人。隐居密山，教授门徒千余人。曾为郡功曹，后自劾去，官府屡次征召，皆不就。　按：荀淑、钟皓与陈寔、韩韶，当时并称"颍川四长"。②尚：胜过。

（六）陈太丘诣荀朗陵[1]，贫俭无仆役。乃使元方将车[2]，季方持杖后从[3]。长文尚小[4]，载著车中。既至，荀使叔慈应门[5]，慈明行酒[6]，余六龙下食[7]。文若亦小[8]，坐著膝前。于时太史奏[9]："真人东行[10]。"

译　陈寔去拜访荀淑，他家境贫穷，没有仆人。于是叫长子陈纪驾车，幼子陈谌拿着拐杖在后面跟随着。孙子陈群还年幼，放在车中。到了荀家，荀淑叫第三个儿子荀靖出来应接客人；坐定之后，叫第六个儿子荀爽斟酒，其余六个儿子安排菜肴食物。孙子荀彧也还年幼，坐在荀淑膝前。当时太史上奏："从星象上看出有贤人向东出行。"

注释　①陈太丘：陈寔（104—187），字仲弓，东汉颍川许县（今河南许昌东）人。曾任太丘长，故称"陈太丘"。党锢之祸，被牵连，不逃亡而自请囚禁，并说："吾不就狱，众无所恃。"党禁解，辞征辟。卒后赴吊者三万余人。　荀朗陵：荀淑，见本篇5注①。　②元方：陈纪，字元方，陈寔长子。　将（jiāng浆）车：扶车前进。　③季方：陈谌，字季方，陈寔少子。　后从：一本作"从后"。　④长文：陈群（？—237），字长文，陈寔之孙，陈纪之子。三国时人。初为刘备别驾，后归曹操，任吏部尚书，建议推选各郡有声望之人出任中正，将当地人士分为九品，朝廷按品选用，称"九品官人法"，即九品中正制。魏明帝时，任司空、录尚书事。　⑤叔慈：荀靖，字叔慈，荀淑第三子。　应（yìng映）门：应接叩门的客人。　⑥慈明：荀爽，字慈明，荀淑第六子。　行酒：巡行酌酒劝饮。　⑦六龙：荀淑有八子：俭、绲、靖、焘、汪、爽、肃、敷，都有才能，时称"颍川八龙"。六龙，指靖、爽以外的六人。　下食：供设食品。　⑧文若：荀彧（163—212），字文若，荀淑之孙，荀绲之子。三国时人。少有才名，初依袁绍，后归曹操。建议迎汉献帝都许昌，使曹操取得有利的政治形势。任尚书令，参与军国大事。　⑨太史：官名，汉魏时为太常属官，掌国之治、教、礼、政及天文历法等。

⑩真人：有才德的人，这里指陈寔父子等。刘注引檀道鸾《续晋阳秋》，说贤人上应星象，陈寔父子出行向东，太史从星象上看了出来。

（七）客有问陈季方[①]："足下家君太丘[②]，有何功德，而荷天下重名[③]？"季方曰："吾家君譬如桂树生泰山之阿[④]，上有万仞之高[⑤]，下有不测之深；上为甘露所霑[⑥]，下为渊泉所润。当斯之时，桂树焉知泰山之高、渊泉之深？不知有功德与无也。"

注释 ①陈季方：陈谌，见本篇6注③。　②足下：对人的敬称。这里指陈谌。　家君：本为对人称自己父亲，这里在前面加上"足下"敬称，用以称呼谈话对方的父亲。　太丘：陈寔，见本篇6注①。　③荷：担当；承受。　重（zhòng 仲）名：大名；高名。　④阿（ē 婀）：山的曲隅，角落。　按："吾"下疑当有"于"字。　⑤仞：古代长度单位，八尺为一仞。一说七尺。⑥霑（zhān 沾）：浸润。

译 有人问陈谌："您的父亲太丘先生，究竟有些甚么功业和德行，而蒙受着天下如此崇高的名望？"陈谌回答："我父亲就好比桂树生长在泰山山坳里，上有万仞高的山峰，下有难以测量的深潭；上面受到甜美的露水的滋润，下面为清冽的深泉所浸染。在这样的时候，桂树哪里能知道泰山有多高、渊泉有多深呢？我不知道有功德呢还是没有功德啊。"

（八）陈元方子长文[①]，有英才，与季方子孝先[②]，各论其父功德。争之不能决，咨于太丘[③]，太丘曰："元方难为兄，季方难为弟[④]。"

注释 ①陈元方：陈纪。　长文：陈群。并见本篇6注②、④。②季方：陈谌，见本篇7。　孝先：陈忠，字孝先，陈谌之子。③咨：询问。　太丘：陈寔，见本篇6注①。　④难为：不容易做。本篇6刘注引《先贤行状》，说陈纪和他父亲陈寔，都"至德绝俗"，"高名并著"，而陈纪的弟弟陈谌又同父兄相匹配，当世有"三君"的称号。这里两句是说陈纪、陈谌兄弟两人才德俱优，难分高下。成语"难兄难弟"出此。

译 陈纪的儿子陈群，有杰出的才智，和陈谌的儿子陈忠，各自讲述他们父亲的功业德行。两人争论，相持不下，就去问祖父陈太丘，请他裁断。陈寔说："元方做哥哥不容易，难以和弟弟分高下；季方做弟弟也不容易，难以和哥哥分高下。"

（九）荀巨伯远看友人疾[①]，值胡贼攻郡[②]，友人语巨伯曰："吾今死矣！子可去[③]。"巨伯曰："远来相视，子令吾去。败义以求生，岂荀巨伯所行邪[④]？"贼既至，谓巨伯曰："大军至，一郡尽空，汝何男子[⑤]，而敢独止[⑥]？"巨伯曰："友人有疾，不忍委之[⑦]，宁以我身代友人命。"贼相谓曰："我辈无义之人，而入有义之国[⑧]！"遂班军而还[⑨]。一郡并获全。

译 荀巨伯到很远的地方去探望正在生病的朋友，恰巧碰上胡人军队攻打郡城，朋友对荀巨伯说："我今天死定了！您应当离开此地。"巨伯说："远道到此探望您，您却要我离开这里。损坏道义而求生存，难道是我荀巨伯所做的事吗？"胡军进城之后，对荀巨伯说："大军一到，整个郡城都逃得空空的，你算个甚么好汉，竟敢单独停留在此地？"巨伯说："我的朋友有病，我不忍心丢下他，宁愿用我的身体来换朋友的性命。"胡军相互议论说："我们这些不讲道义的人，偏偏闯进了讲道义的地方！"于是撤回了军队。整个郡城都得以保全。

【注释】①荀巨伯：东汉颍川(今属河南)人。刘注引《荀氏家传》，说是东汉桓帝时人，生平不详。 ②胡：古代泛指西北少数民族。 攻郡：据《后汉书·桓帝纪》，桓帝永寿、延熹年间，南匈奴、乌桓、鲜卑等族，多次侵扰缘边九郡。其中鲜卑军常自来自去。本文所记，具体经过和年月，都无考。 ③子：第二人称代词，您。 ④邪(yé)：通"耶"，表示疑问。 ⑤汝何男子：你是甚么汉子？含有轻蔑之意。 ⑥止：停留。 ⑦委：抛弃，丢开。 ⑧国：地区；地方。 ⑨班军：撤回军队。

【今译】华歆对待晚辈十分严肃，即使在非正式的场合，也庄重得好像是在朝廷典礼上。陈纪两兄弟格外施行温柔互爱的办法。不过两家人家，都不离和睦亲善之道。

(一〇)华歆遇子弟甚整[①]，虽间室之内[②]，严若朝典[③]。陈元方兄弟恣柔爱之道[④]。而二门之里，两不失雍熙之轨焉[⑤]。

【注释】①华歆(huà xīn 化欣，157—231)：字子鱼，三国平原高唐(今山东禹城西南)人。举孝廉，为尚书郎。东汉献帝时任豫章太守。后被征入京，累迁至尚书令。魏国建立，任司徒，封博平侯。 遇：对待。 整：严肃；庄重。 ②间(xián 闲)室：私室。 ③严：庄严。一本作"俨"。 朝典：朝廷上的制度、规矩。 ④陈元方：陈纪，见本篇6注②。 恣：放任。 ⑤雍熙：和睦亲善。 轨：法度。

【今译】管宁和华歆一起在园中刨地种菜，看到地上有一片金子。管宁仍旧挥动锄头，把金子看得如同瓦片石块一样，华歆却把金子拾了起来，后来才扔掉。他们又曾经同坐在一张席上读书，有乘坐华丽车子的贵官经过门前，管宁照旧读书，华歆却丢下书本跑出去看。管宁就割断席子，跟华歆分开坐，说："你不是我的朋友！"

(一一)管宁、华歆共园中锄菜[①]，见地有片金，管挥锄与瓦石不异，华捉而掷去之[②]。又尝同席读书[③]，有乘轩冕过门者[④]，宁读如故，歆废书出看[⑤]。宁割席分坐[⑥]，曰："子非吾友也！"

【注释】①管宁(158—241)：字幼安，三国北海朱虚(今山东临朐东南)人。东汉末，避居辽东三十多年，后还乡。魏文帝、明帝先后征召，他都固辞不就。年轻时和华歆、邴原相友好，刘注引《魏略》，说管宁淡泊安分，常常笑邴原、华歆有做官的念头。华歆：见本篇10注①。 ②捉：持；拾。 ③同席：古人在地上铺席，席地而坐。 ④轩冕：古代一种有帷幕而前顶较高的车叫"轩"；天子、诸侯、卿大夫的礼帽叫"冕"。乘轩戴冕的是大夫以上的贵人。此处只取"轩"的意义，是偏义复词。 ⑤废：放下。 ⑥割席：割开席子。原来两人同坐一席，割断席子分开坐，表示鄙视对方。后用"割席"为绝交的典故，出此。

【今译】王朗经常推崇华歆的见识和气度。华歆在年终蜡祭的日子，曾经聚集子侄辈一起宴饮，王朗也学他的做法。

(一二)王朗每以识度推华歆[①]。歆蜡日[②]，尝集子侄燕饮[3]，王亦学之。有人向张华说此事[4]，张曰："王之学华，皆是形骸之外[5]，去之所以更远。"

有人向张华说起这件事，张华说："王朗学华歆，都是一些表面形式的东西，因而距离华歆反倒更远了。"

注释 ①王朗（？—228）：字景兴，三国东海郯（今山东郯城）人。东汉末，曾任会稽太守。后曹操辟为谏议大夫，参司空军事。魏文帝时，由御史大夫转司空。明帝即位，转司徒。 识度：见识气度。 华歆：见本篇10注①。 ②蜡（zhà 诈）日：古代于农历年终合祭百神的大祭之日。刘注引《礼记·郊特牲》："天子大蜡八，伊耆氏始为蜡。蜡也者，索也，岁十二月，合聚万物而索飨之。"蜡祭之日，有会饮的习俗。 ③燕饮：设宴喝酒。燕，通"宴"。 ④张华（232—300）：字茂先，西晋范阳方城（今河北固安西南）人。曾助晋武帝定灭吴之计。晋惠帝时历任侍中、中书监、司空。以博学著称，诗词藻浮丽。后为赵王司马伦所杀。 ⑤形骸：形体，这里比喻外在的东西。

一三 华歆、王朗俱乘船避难[1]，有一人欲依附，歆辄难之[2]。朗曰："幸尚宽，何为不可？"后贼追至，王欲舍所携人。歆曰："本所以疑，正为此耳。既已纳其自托，宁可以急相弃邪？"遂携拯如初[3]。世以此定华、王之优劣。

今译 华歆、王朗一起乘船逃难，有一个人要求搭船跟从，华歆总是拒绝。王朗说："好在船还有宽裕的地方，为甚么不可以带带他呢？"后来，贼人追上来了，王朗想把所带的那人丢下。华歆说："我当初所以犹豫，正是担心会出现这种危急之中不能相顾的情况。现在既然已经接受了他的请求，难道可以因为情况紧急而抛弃他吗？"于是仍旧像开头那样携带救助这个人。世人就根据这件事情来评定华歆和王朗的优劣。

注释 ①华歆、王朗：见本篇10注①及12注①。 ②辄（zhé 哲）：总是。 难（nàn 南去声）：拒斥。 ③拯（zhěng 整）：救援。

一四 王祥事后母朱夫人甚谨[1]。家有一李树，结子殊好，母恒使守之。时风雨忽至，祥抱树而泣。祥尝在别床眠，母自往闇斫之[2]。值祥私起[3]，空斫得被。既还，知母憾之不已，因跪前请死。母于是感悟，爱之如己子。

今译 王祥侍奉后母朱夫人非常恭敬。他家有一株李树，结的李子很好，后母经常叫王祥去守护这株李树。有时突然来了狂风暴雨，王祥就抱着树哭泣。有一次，王祥在另一张床上睡觉，后母亲自过去暗中用刀砍他。恰好王祥因为小便而起床，后母砍了个空，只砍在被子上。王祥回来，知道后母恨他，不肯罢休，就跪在她跟前，自请处死。这样，后母被感动而觉悟了，从此爱王祥如同爱自己的亲生儿子。

注释 ①王祥（184—268）：字休徵，西晋琅邪临沂（今属山东）人。东汉末，隐居庐江。后出仕于魏，累迁大司农、司空、太尉。入晋，官至太保。魏晋间琅邪王氏从王祥与弟王览起成为高门大族。刘注引《王祥世家》，说王祥之父王融，娶薛氏，生祥；继娶朱氏，生其弟览。又引《晋阳秋》，说隆冬冰冻，后母要吃活鱼，王祥解下衣服，打算用力敲开冰捉鱼，忽然有一小块地方冰融开了，有鱼游出，就捉到了活鱼。后世所传"二十四孝"中有王祥"卧冰求鲤"

的传说。　②闇（àn 暗）：暗中。　斫（zhuó 灼）：用刀斧砍。③私起：因小便而起床。私，小便。

今譯 晋文王司马昭称道阮籍，说他为人极其谨慎，每次跟他谈话，他的言论都玄妙超脱，难以捉摸，从来不曾褒贬过别人的长短。

一五 晋文王称阮嗣宗至慎[①]，每与之言，言皆玄远，未尝臧否人物[②]。

注釋 ①晋文王：司马昭（211—265），字子上，三国河内温县（今属河南）人。司马懿次子。魏帝曹髦在位时，继其兄司马师任魏大将军，专擅朝政，并谋代魏。曹髦曾说："司马昭之心，路人所知也。"后杀曹髦，立曹奂为帝。又灭蜀汉，称晋公，后为晋王。死后谥文，因称"晋文王"。　阮嗣宗：阮籍（210—263），字嗣宗，三国陈留尉氏（今属河南）人。他能诗善文，与嵇康齐名，为竹林七贤之一。因曾官步兵校尉，世称"阮步兵"。崇老庄，性旷放，尝以"白眼"看待"礼俗之士"。后期则极其谨慎。嗜酒。司马昭曾欲为子求婚于籍，他大醉六十日，不得言而止。钟会想办他的罪，也以酣醉而免。魏晋间名士多遭谗害，阮籍以"至慎"得保全。②臧否（zāng pǐ 赃痞）：褒贬；批评。

今譯 王戎说："我和嵇康相处二十年，从来不曾看见过他脸上露出高兴或发怒的神色。"

一六 王戎云[①]："与嵇康居二十年[②]，未尝见其喜愠之色[③]。"

注釋 ①王戎（234—305）：字濬冲，西晋琅邪临沂（今属山东）人。好清谈，与阮籍、嵇康等为友，为竹林七贤之一。累官尚书令、司徒。他贪吝爱财，积钱无数，自执牙筹昼夜计算；又苟媚取容，为当时人所鄙视。　②嵇康（223—262）：字叔夜，三国谯郡（今安徽亳县）人。本姓奚，他是曹操之子沛王曹林的孙女婿，官中散大夫，世称"嵇中散"。他崇尚老庄，讲求养生服食之道。因声言"非汤武而薄周孔"，且对当时掌握朝政的司马氏集团有所不满，遭钟会构陷，被司马昭所杀。　③喜愠之色：喜怒的表情。刘注引《康别传》："康性含垢藏瑕，爱恶不争于怀，喜怒不寄于颜，所知王濬冲在襄城面数百，未尝见其疾声朱颜。"

今譯 王戎和和峤同时遭到大丧，他们都以孝顺著称。王戎瘦瘠憔悴，躺在床上。和峤痛哭流涕，丧礼周到完备。晋武帝对刘毅说："你经常去看望王戎和和峤吗？听说和峤哀伤痛苦超过了礼数，使人为他担忧。"刘毅说："和峤虽然礼数周备，人的神气却并不衰减。王戎虽然不拘礼制，却哀恸伤身而形销骨立。我以为和峤尽孝道而无害于性命，而王戎尽孝，悲痛哀伤到死才罢休。陛下不必为和峤担忧，倒应当为王戎忧虑。"

一七 王戎、和峤同时遭大丧[①]，俱以孝称。王鸡骨支床[②]，和哭泣备礼[③]。武帝谓刘仲雄曰[④]："卿数省王、和不[⑤]？闻和哀苦过礼[⑥]，使人忧之。"仲雄曰："和峤虽备礼，神气不损。王戎虽不备礼，而哀毁骨立[⑦]。臣以和峤生孝，王戎死孝[⑧]。陛下不应忧峤[⑨]，而应忧戎。"

注释 ①王戎:见本篇16注①。和峤(?—292):字长舆,西晋汝南西平(今属河南)人。初为太子舍人,累迁中书令,参预灭吴之谋。惠帝时,官太子少傅。家富资财而性吝啬,杜预说他有"钱癖"。 大丧:指父母之丧。据《晋书·王戎传》,当时王戎遭母丧,和峤遭父丧。 ②鸡骨:比喻瘦瘠。 支床:支离憔悴于床席。刘注引《晋阳秋》,说王戎性至孝,居母丧时不拘礼制,饮酒食肉,有时还看下棋,但是容貌憔悴,杖而后起。 ③备礼:礼数周到完备。刘注引《晋阳秋》,说和峤以礼法自持,居父丧时,量米而食,然而憔悴哀毁,不及王戎。 ④武帝:晋武帝司马炎(236—290),字安世,司马昭之子,西晋的建立者。继父为魏相国、晋王,不久代魏称帝。晚年荒淫,立痴呆儿子司马衷为太子,启贾后之祸及八王之乱。 刘仲雄:刘毅(?—285),字仲雄,西晋东莱掖(今山东掖县)人。官至司隶校尉,尚书左仆射(yè 夜)。直言敢谏,主张废除九品中正制。"上品无寒门,下品无世族"就是刘毅所论。 ⑤卿:第二人称代词。这里是帝王对臣下的当面称呼。 数(shuò 朔):经常。 省(xǐng 醒):看望。 不(fǒu 缶):同"否"。 ⑥过礼:超过礼制的要求。 ⑦哀毁:因居大丧而哀恸伤身。 ⑧死孝:指居亲丧而哀毁尽孝。 ⑨陛下:殿阶之下。用为对君主的尊称。据东汉蔡邕《独断》说,群臣对天子讲话,不敢面指天子,所以呼"在陛下者"转告,是"因卑达尊"之意。

一八 梁王、赵王①,国之近属②,贵重当时。裴令公岁请二国租钱数百万③,以恤中表之贫者④。或讥之曰:"何以乞物行惠⑤?"裴曰:"损有余,补不足,天之道也⑥。"

今译 梁王和赵王是朝廷的宗室近亲,位尊任贵,著称于当时。中书令裴楷要求每年从两国封地的租税收入中拨出几百万钱,用来救济中表亲中的贫困者。有人讥讽他说:"为什么乞讨钱物来施行恩惠?"裴楷说:"减损有余的,补给不足的,这是天道啊。"

注释 ①梁王:司马肜(tóng 同;一作彤,音 róng 容),字子徽,司马懿之子,官至太宰,封梁王。 赵王:司马伦,字子彝,司马懿之子,官至相国,封赵王。 ②国:指晋王朝。 近属:近亲。 ③裴令公:裴楷,字叔则,西晋河东闻喜(今属山西)人。少与王戎齐名,通《老子》、《周易》。魏末为司马昭辟为相国掾,迁尚书郎,参与修《晋律》。入晋,任中书令、加侍中,与张华、王戎并掌机要,时称"裴令公"。 二国租钱:指梁、赵两个封国的税收。 ④恤:救济。 中表:父亲姊妹(姑母)的儿女叫外表,母亲的兄弟(舅父)、姊妹(姨母)的儿女叫内表,互称中表。 ⑤行惠:施行恩惠,指以财物与人。 ⑥"损有余"三句:《老子》第七十七章:"天之道,其犹张弓欤?高者抑之,下者举之,有余者损之,不足者补之。天之道,损有余而补不足,人之道则不然,损不足以奉有余。" 按:裴楷在当时有清明通达的称誉,他这次损有余以补不足的举措,就是"清通"的事例。

（一九）王戎云①："太保居在正始中②，不在能言之流③。及与之言，理中清远④，将无以德掩其言⑤？"

注释 ①王戎：见本篇16注①。　②太保：指王祥，见本篇14注①。　居在：处于。　正始：三国魏齐王芳年号（240—248）。当时，王弼、何晏等人崇尚玄学清谈。后称当时的风尚言谈为"正始之音"。　③能言之流：指善于清谈的人物。　④理中：得理之中。中，六朝人语，凡事理得当都称"中"。　⑤将无：莫非；也许。六朝人口语，表示揣测而倾向于肯定的口气。

今译 王戎说："王祥太保处于正始年间，并不是善于清谈的一流人物。到同他谈论的时候，他说理得当，清雅高远，莫非他德行高明，因而掩没了善于言谈的名声？"

（二〇）王安丰遭艰①，至性过人。裴令往吊之②，曰："若使一恸果能伤人，濬冲必不免灭性之讥③。"

注释 ①王安丰：王戎，见本篇16注①。因伐吴有功，进爵安丰侯，故称。　遭艰：遭父母之丧。　②裴令：裴楷，见本篇18注③。　吊：哀悼死者并慰问其家属。　③濬冲：王戎字。灭性：因遭亲丧过于悲恸而危及生命，这是不符合礼制的。刘注引《孝经》："毁不灭性，圣人之教也。"参看本篇17。

今译 王戎居亲丧，纯孝之性，过于常人。裴楷前去表示哀悼并慰问王戎，说："假使一哀恸就果真损伤人体的话，那么你王戎就免不了哀伤过份危及性命的讥刺了。"

（二一）王戎父浑①，有令名②，官至凉州刺史③。浑薨④，所历九郡义故⑤，怀其德惠，相率致赙数百万⑥，戎悉不受⑦。

注释 ①王浑：字长原，历任尚书、凉州刺史。　②令名：美好声誉。　③凉州：州名，汉代辖区相当今甘肃、宁夏和青海、内蒙古部分地区。魏晋沿置。　④薨（hōng 轰）：周代诸侯死称薨。后君主及高官死都可称薨。　⑤九郡：指凉州所属统的郡。《晋书·地理志》记凉州统八郡，即金城、西平、武威、张掖、西郡、酒泉、敦煌、西海。《太平御览》卷五五〇引作"州郡"，当是。义故：义从故吏，指部曲和旧部下官吏。泛指蒙受过恩泽的故旧。⑥赙（fù 富）：资助别人办理丧事的财物。　⑦受：收。刘注引虞预《晋书》，说王戎因此而出名。

今译 王戎的父亲王浑，有好名声，官做到凉州刺史。王浑死后，凉州各郡蒙受过他恩惠的人，怀念他的恩德，彼此相继致送丧礼，多达几百万，王戎都不收受。

（二二）刘道真尝为徒①，扶风王骏以五百疋布赎之②，既而用为从事中郎③。当时以为美事。

今译 刘宝曾经是服苦役的囚犯，扶风王司马骏用五百匹布把他赎了出来；不久，又任用他为从事中郎。当时将这件事传为美谈。

注释 ①刘道真：刘宝，字道真，高平人。 徒：刑徒；囚徒。 ②扶风王骏：司马骏，字子臧，司马懿第七子。晋朝建立后封扶风王，镇关中。 疋：同“匹”。 赎：用财物换回。 ③从事中郎：魏晋时官名，为将帅的幕僚。

二三 王平子、胡毋彦国诸人①，皆以任放为达②，或有裸体者③。乐广笑曰④：“名教中自有乐地⑤，何为乃尔也？”

今译 王澄、胡毋辅之等人，把任性放纵作为通达的表现，有人甚至赤身裸体的。乐广笑他们说：“正名定分的礼教中自有快乐的境界，为甚么竟然如此呢？”

注释 ①王平子：王澄（267—312），字平子，西晋琅邪临沂（今山东临沂北）人。王衍弟。曾为成都王司马颖从事中郎。后任荆州刺史。日夜纵酒，投壶博戏，不理政事；又残杀巴蜀流民，激起杜弢等流民起义。后征为军谘祭酒，途中为王敦所杀。胡毋彦国：胡毋辅之，字彦国，晋泰山奉高（今山东泰安东）人。嗜酒，不拘小节。初为繁昌令，迁尚书郎，以参与讨平齐王司马冏功封平阴男。中原大乱，渡江后官至湘州刺史。他自幼有高名，善知人，与王澄、王敦、庾颉俱为太尉王衍亲近，号称“四友”。 ②任放：任性放纵。 ③裸体：刘注引王隐《晋书》，说三国魏末，阮籍嗜酒放任，露头散发，裸露身体，伸开两脚，箕踞而坐，不拘礼法。后来的一些贵族子弟，像阮瞻、王澄、谢鲲、胡毋辅之等人，都学阮籍，说是“得大道之本”。他们解下头巾，脱掉衣服，不堪入目。其中最厉害的称为“通”，其次的也称为“达”。 ④乐广（？—304）：字彦辅，晋南阳淯阳（今河南南阳东南）人。少孤贫，王戎举为秀才。善清谈，尚名教，论人必先称人之所长。与王衍齐名。代王戎为尚书令，故称“乐令”。 ⑤名教：以正定名分为中心的儒家礼教。依魏晋人之说，“君臣父子，名教之本也。”三国魏以后，名教成为与老庄自然之教的对立面。阮籍、嵇康等发展了蔑弃礼法名教之说。乐广也是玄学名士，却不满意于任性放荡的风气。 乐地：快乐的境地。

二四 郗公值永嘉丧乱①，在乡里，甚穷馁②。乡人以公名德③，传共饴之④。公常携兄子迈及外生周翼二小儿往食⑤，乡人曰：“各自饥困，以君之贤，欲共济君耳，恐不能兼有所存。”公于是独往食，辄含饭著两颊边⑥，还，吐与二儿。后并得存，同过江⑦。郗公亡，翼为剡县⑧，解职归，席苫于公灵床头⑨，心丧终三年⑩。

今译 郗鉴碰上永嘉之乱，避居在家乡，十分贫困，还挨饿。乡里人因为他有名望有德行，大家轮流供给他饭食。他常常带着侄子郗迈和外甥周翼两个孩子一同去吃。乡里人说：“大家都很饥饿穷困，因为您是贤德君子，才打算一起周济您而已，恐怕很难兼顾到两个孩子活命了。”于是郗鉴就一个人去吃饭，总是在嘴里两颊边含满了饭，回家后再吐出来给两个孩子吃。后来，两个孩子都得以存活下来，一同过了长江。郗鉴去世，周翼时任剡县令，放弃官职，回到家乡，在郗鉴灵床前铺上居丧用的草垫，穿丧服期满后，还守心丧整整三年。

注释 ①郗（xī 希）公：郗鉴（269—339），字道徽，晋高平金乡（今属山东）人。博览经籍，以儒雅著称。西晋时累官太子中舍人、中书侍郎。东晋元帝时为兖州刺史。明帝即位，使都督扬州江西诸军，镇合肥，以牵制王敦。后迁兖州刺史，镇广陵。成帝时，领徐州刺史，与陶侃、温峤同平祖约、苏峻之乱，以功征拜司空，加侍中。后进位太尉。他位至三公，故称"郗公"。 永嘉：晋怀帝年号（307—313）。永嘉五年，匈奴族刘渊南侵，其将石勒攻陷西晋首都洛阳，俘怀帝。史称"永嘉之乱"。 ②穷馁（něi 内上声）：穷困饥饿。 ③名德：名望和德行。 ④传：轮流。 饴（sì 嗣）：通"饲"，拿食物给人吃。 ⑤迈：郗迈，字思远。长大后有才干，累官少府、中护军。 周翼，字子卿，晋陈郡（今属河南）人。历官剡县令、青州刺史、少府卿。 ⑥著（zhuó 着）：放置。 ⑦过江：永嘉乱后，晋宗室琅邪王司马睿在江南重建政权，史称东晋。当时中原士大夫纷纷渡过长江南下。 ⑧为剡（shàn 善）县：任剡县（今浙江嵊县）令。 ⑨苫（shān 衫）：居丧期间所睡的草垫。这里用作动词。 灵床：为死者神灵虚设的坐卧之具，备祭奠之用。 ⑩心丧：古代弟子悼念师长之礼，后来不限于弟子对师长。不穿丧服而在心中悼念。

二五 顾荣在洛阳[①]，尝应人请。觉行炙人有欲炙之色[②]，因辍己施焉。同坐嗤之[③]。荣曰："岂有终日执之，而不知其味者乎？"后遭乱过江，每经危难，常有一人左右己[④]，问其所以[⑤]，乃受炙人也。

今译 顾荣在洛阳时，曾经应人邀请赴宴。在宴会上，顾荣发觉那个端送烤肉的人流露出想尝尝烤肉的神色，于是把自己那一份炙肉送给了他。同席的人讥笑顾荣，他说："哪有整天端着烤肉，却不知道烤肉滋味的道理呢？"后来遭遇永嘉战乱，顾荣渡江避难，每到危急的时候，常常有个人来扶助自己。顾荣问那个人所以这样做的缘故，原来那人就是当初吃到顾荣给烤肉的侍从。

注释 ①顾荣（？—312）：字彦先，晋吴郡吴县（今属江苏）人。三国吴丞相顾雍之孙。吴亡，与陆机、陆云同到洛阳，号为"三俊"。八王之乱后还吴，与甘卓等讨平陈敏之叛。琅邪王司马睿镇建康，用为军司，加散骑常侍。他是支持司马睿建立东晋王朝的江南士族领袖。 ②行炙人：端送烤肉的侍者。炙，烤肉。 ③同坐：同席的人。 嗤：讥笑。 ④左右：扶助。 ⑤所以：缘由。

二六 祖光禄少孤贫[①]，性至孝，常自为母炊爨作食[②]。王平北闻其佳名[③]，以两婢饷之[④]，因取为中郎[⑤]。有人戏之者曰："奴价倍婢[⑥]。"祖曰："百里奚亦何必轻于五羖之皮邪[⑦]？"

今译 光禄大夫祖纳年少时孤苦贫穷，本性极其孝顺，常常亲自给母亲烧火做饭。平北将军王乂听到他的美好名声，就赠送给他两个婢女，并且任用他为中郎。有人开祖纳的玩笑，说："男奴的身价不过倍于女婢。"祖纳说："百里奚为什么一定比五张黑公羊皮价值低呢？"

注释 ①祖光禄：祖纳，字士言，晋范阳遒县（今河北涞水）人。祖逖同母兄。历官太子中庶子、廷尉卿。西晋乱，他避地东南，任琅邪王司马睿军谘祭酒。后与异母弟祖约不协，免官。祖约与苏峻起事败后，温峤荐祖纳为光禄大夫。 ②炊爨(chuī cuàn 吹窜)：烧火做饭。 ③王平北：王乂，字叔元，晋初琅邪临沂(今属山东)人。司马昭为相国，征乂为司马。累迁大尚书，都督幽州诸军事、平北将军。 ④饷：赠送。 ⑤取：选录。 中郎：官名，为将帅幕僚。 ⑥奴：男性奴仆。六朝人语又以"奴"为一种卑称。这里双关指祖纳。 ⑦百里奚：春秋时人，字井伯。原为虞国大夫。晋献公灭虞，他被俘归晋。晋嫁穆姬于秦，他被用作陪嫁的臣仆。奚以为耻辱，逃到宛，为楚国人所执。秦穆公闻其贤，用五羖羊皮赎回，委以国政，称五羖大夫。与蹇叔、由余等助穆公成霸业。 羖(gǔ 古)：黑色公羊。 按："奚"与"奴"同义，"皮"与"婢"古音同声韵。这里是巧用同义双关和同音双关。

二七 周镇罢临川郡还都[①]，未及上住，泊青溪渚[②]。王丞相往看之[③]。时夏月，暴雨卒至[④]，舫至狭小，而又大漏，殆无复坐处。王曰："胡威之清[⑤]，何以过此！"即启用为吴兴郡[⑥]。

注释 ①周镇：字康时，晋陈留尉氏(今属河南)人。官临川、吴兴郡守，清廉有政绩。 临川郡：郡名，在今江西。 还都：返回首都。东晋首都建康(今江苏南京)。 ②青溪：水名，三国吴大帝赤乌四年开凿。发源于钟山西南，逶迤入秦淮河，长十余里。六朝时为京都漕运要道，溪上置栅，亦为防守要地。五代吴越以后渐湮，今仅存入秦淮河的一段。 渚(zhǔ 主)：水中小块陆地。这里指水边。 ③王丞相：王导(276—339)，字茂弘，东晋琅邪临沂(今属山东)人。西晋末，为琅邪王司马睿献策移镇建康。辅司马睿称帝，即晋元帝，任丞相。堂兄王敦掌重兵，镇长江上游；族人多居要职。当时有"王与马，共天下"之称。他历元帝、明帝、成帝三朝，都居宰辅之位，是调节南迁士族与江南士族关系，稳定东晋政权的重要人物。 ④卒(cù 促)：同"猝"，突然。 ⑤胡威：字伯武，晋淮南寿春(今安徽寿县)人。少有清操，父胡质为荆州刺史，威往省，归时父给绢一匹。威问清绢为父之俸禄之余，然后接受。官安丰太守，迁徐州刺史。晋武帝擢拜前将军、青州刺史，以功封平春侯。 ⑥启用：举用。吴兴郡(今浙江湖州)：这里指吴兴郡守。吴兴与吴郡、会稽郡合称"三吴"，是东晋时的经济发达地区。立即任周镇为吴兴郡守，含有重用之意。

今译 周镇被罢免临川郡太守的官职后，返回首都建康，没有来得及上岸居住，船停泊在青溪的小洲边。丞相王导去看望他。当时正是夏天，暴雨突然来了。周镇乘的船极为狭小，加上漏得厉害，几乎没有可坐的地方。王导说："即便是胡威那样的清廉，又怎么能超过这种情况呢！"当即举用周镇为吴兴郡太守。

二八 邓攸始避难[①]，于道中弃己子，全弟子。既过江，取一妾[②]，甚宠爱。历年后，讯其所由，妾具说是北人遭乱[③]，忆父母姓名，乃攸之甥也。攸素

今译 邓攸当初避难的时候，在半路上丢弃了自己的儿子，保全了弟弟的儿子。过江以后，妻子不再怀孕，就娶了一个小妾，他很宠爱她。过了年余，讯问她的来历，小妾详尽地叙说原来是北方人，遭遇战乱而避难过江的，回忆她父母的姓名，竟是邓攸的外甥女。邓攸一向很有德行，一言一行都没有污点，听到小妾竟是自己的外甥女，十分哀伤悔恨，从此终身不再养妾。

有德业，言行无玷[4]，闻之哀恨终身，遂不复畜妾[5]。

注释 ①邓攸（？—326）：字伯道，晋平阳襄陵（今属山西）人。为河东太守，石勒起兵，攸被俘，后得逃出，携家避难，危急中不能兼顾子侄，遂弃子存侄。东晋元帝时为吴郡太守，官至尚书右仆射（yè 夜）。无后嗣，当时人云："天道无知，使邓伯道无儿！" ②取：通"娶"。 ③具说：详尽诉说。 ④玷（diàn 店）：玉上斑点。比喻污点。 ⑤畜（xù 绪）：养。

二九 王长豫为人谨顺[1]，事亲尽色养之孝[2]。丞相见长豫辄喜[3]，见敬豫辄嗔[4]。长豫与丞相语，恒以慎密为端[5]。丞相还台[6]，及行，未尝不送至车后。恒与曹夫人并当箱箧[7]。长豫亡后，丞相还台，登车后，哭至台门。曹夫人作簏，封而不忍开。

今译 王悦为人谨慎恭顺，侍奉父母能曲尽孝道。王丞相看到王悦总是高高兴兴的，看到王恬就总生气。王悦与丞相讲话，经常把谨慎周到当作最要紧的事。丞相回尚书省去，到走的时候，王悦从来没有不送到车后的。他常常和母亲曹夫人一起收拾箱子什物。王悦死后，丞相回尚书省时，上车以后一直哭到尚书省门口。曹夫人则把贮存衣物的竹箱封起来，不忍心打开。

注释 ①王长豫：王悦，字长豫，王导长子。弱冠有高名，与王羲之、王承并称"王氏三少"。初侍讲东宫，历官吴王友、中书侍郎。早卒，无子。 ②色养：和颜悦色地奉养父母。一说，能承顺父母脸色而孝养。语出《论语·为政》"子夏问孝。子曰：'色难'"。 ③丞相：指王导，见本篇27注③。 ④敬豫：王恬，字敬豫，王导次子。少时恶文尚武，诞傲不拘礼法，不为王导所重。后好士，多才艺。官至会稽内史，加散骑常侍。 ⑤恒：经常。 慎密：谨慎小心。 端：首要的。 ⑥台：晋宋间称中央衙署。这里指尚书省。当时王导以丞相领尚书省事。 ⑦曹夫人：王导之妻，名淑，彭城（今江苏徐州）人。 并当：收拾；料理。 箧：小箱。

三〇 桓常侍闻人道深公者[1]，辄曰："此公既有宿名[2]，加先达知称[3]，又与先人至交[4]，不宜说之。"

今译 散骑常侍桓彝听到有人议论高僧竺法深的，总是说："这位深公既是一向有名的人物，加上前辈名流的赏识赞许，又与先父是交情深厚的朋友，不宜背后说他。"

注释 ①桓常侍：桓彝（276—328），字茂伦，东晋谯国龙亢（今安徽怀远）人。少孤贫，起家州主簿，累迁吏部郎、散骑常侍。参预定策讨王敦有功，封万寿县侯。晋成帝时，苏峻作乱，他集兵赴难，屯兵泾县，固守经年，城陷而死。五子温、云、豁、秘、冲，皆著名于东晋。 深公：竺法深（286—374），晋高僧，名潜，一名道潜，字法深。出身世家。十八岁出家，师事中州刘元真。永嘉初，避乱过江。晋元帝、明帝、丞相王导、太尉庾亮均加礼敬。晚年隐居剡山以避世。　②宿名:素来的名声。　③先达:有声望的前辈名流。　知称:赏识赞许。　④先人:子女称已去世的父亲。

（三一）庾公乘马有的卢①,或语令卖去。庾云:“卖之必有买者,即当害其主。宁可不安己而移于他人哉?昔孙叔敖杀两头蛇以为后人②,古之美谈,效之,不亦达乎?”

注释　①庾公:庾亮(289—340),字元规,晋颍川鄢陵(今属河南)人。东晋元帝为镇东将军时,辟西曹掾,转丞相参军。妹为明帝皇后。明帝时,代王导为中书监。成帝初,以帝舅身份与王导一同辅佐,任中书令,掌朝政。苏峻、祖约起兵,他与温峤共推陶侃为盟主,平乱。后任江、荆、豫三州刺史、征西将军,代陶侃镇武昌,掌握重兵。曾拟北伐,未成而病死。追赠太尉。　的(dì 地)卢:马名。相传是骏马,也是凶马。刘注引《伯乐相马经》:“马白额入口至齿者,名曰‘榆雁’,一名‘的卢’。奴乘客死,主乘弃市,凶马也。”　②孙叔敖:春秋时楚令尹,芀氏,名敖,字孙叔。楚晋邲之战,助庄王大胜晋军。相传他儿时在路上见到两头蛇,据传看到的人必死,他怕别人在他之后再看到而被害,就把两头蛇打死并埋掉。这一传说一向为人所称道。

今译　庾亮骑乘的马中有一匹的卢马,有人劝他卖掉。庾亮说:“我如果卖它,就一定有买它的人,那就又害了马主人。岂可因此马对自己有害而把祸害转嫁给别人的呢?从前孙叔敖为了后来的人而杀死两头蛇,成为古来的美谈,我仿效他,不也是通达事理吗?”

（三二）阮光禄在剡①,曾有好车,借者无不皆给。有人葬母,意欲借而不敢言。阮后闻之,叹曰:“吾有车而使人不敢借,何以车为②?”遂焚之。

注释　①阮光禄:阮裕,字思旷,东晋陈留尉氏(今属河南)人。初为王敦主簿,以酒旷职而免祸。性好静,任临海、东阳太守,均不久即去职,退隐剡山。征秘书监、侍中、散骑常侍、金紫光禄大夫,皆不就。精《四本论》,主傅嘏才性同之说。卒年六十二。　剡(shàn 善):县名(今浙江嵊县)。　②何以车为:要车子何用?何……为,表示反诘。

今译　阮裕在剡县时,曾经有一辆很好的车子,向他借车的人没有不借给的。有一个人要安葬母亲,很想借阮裕这辆好车而又不敢开口。事后,阮裕听说了这件事,叹气说:“我有车子而使别人不敢来借,要车子有甚么用?”于是把车子烧了。

（三三）谢奕作剡令①,有一老翁犯法,谢以醇酒罚之,乃至过醉而犹未已。太傅时年七八岁②,著青布裤,在兄膝边坐,谏曰:“阿兄,老翁可念③,何可作此?”奕于是改容曰④:“阿奴欲放去邪⑤?”遂遣之。

今译　谢奕作剡县县令时,有个老翁犯了法。谢奕罚他喝浓烈的酒,竟使老翁大醉过量,但谢奕还不罢休。太傅谢安当时只有七八岁,穿着青布裤子坐在哥哥谢奕膝边,他劝道:“阿哥,这老翁很可怜,你怎么可以这样做呢?”谢奕听了,立即改变了神色,说:“阿囡要放他走吗?”于是打发这老翁走了。

注释 ①谢奕(？—358)：字无奕，晋陈郡阳夏(今河南太康)人。谢安之兄，谢玄之父。曾任剡令，后官至安西将军、豫州刺史。 ②太傅：指谢安(320—385)，字安石。孝武帝时为宰相。前秦苻坚大军南下，他任征讨大都督，指挥谢石、谢玄等大破前秦军于淝水。继而北伐收复洛阳及青、兖、徐、豫等州。会稽王司马道子执政，他受排挤，出镇广陵。卒后追赠太傅。这里追记他幼年故事，但称"太傅"，表示尊重。 ③可念：可怜悯。 ④改容：改变神态。这里指谢奕受到幼弟谢安规劝的影响。 ⑤阿奴：六朝人语，一种表示亲暱的称呼，用于长呼幼、尊呼卑。

今译 谢安很看重褚裒，常常赞扬说："褚季野虽然不说话，但是内心里就像四季那样分明，褒贬之意是具备的。"

(三四)谢太傅绝重褚公[①]，常称："褚季野虽不言，而四时之气亦备[②]。"

注释 ①谢太傅：谢安，见前条注②。 褚公：褚裒(póu 抔，303—349)，字季野，东晋河南阳翟(今河南禹县)人。郗鉴辟为参军，苏峻事平，封都乡亭侯。女为晋康帝皇后。官征北大将军，镇京口。石虎死，他任征讨大都督率众三万进彭城，后败于代陂，上疏自贬。性慎于言，外无臧否而内有褒贬，桓彝说他有"皮里阳秋"。 ②四时：四季。四季之气，有春有秋之意，即隐含如同《春秋》内寓褒贬的意思。

今译 丹阳尹刘惔在郡城，病情危重，临终弥留之际，听到楼阁前有祭祀神灵击鼓舞蹈的声音，就脸色庄重地说："不要滥行祭祀！"外面有人来请示打算杀驾车的牛来祭神。刘惔回答说："正像孔子说的'我祈祷已经很长久了'，不要再费事了。"

(三五)刘尹在郡[①]，临终绵惙[②]，闻阁下祠神鼓舞[③]，正色曰[④]："莫得淫祀[⑤]！"外请杀车中牛祭神[⑥]。真长答曰："丘之祷久矣[⑦]，勿复为烦。"

注释 ①刘尹：刘惔(tán 谈)，字真长，晋沛国相(今安徽濉溪西北)人。晋明帝婿，谢安妻舅。累官至丹阳尹，为政清静，好老庄，善清谈。卒年三十六。孙绰诔辞中称誉他："居官无官官之事，处事无事事之心。"时人以为名言。 ②绵惙(chuò 辍)：临终之时，气息若断若续，在鼻孔置丝绵以察看气绝与否。 ③祠神鼓舞：祭神时巫者击鼓舞蹈。 ④正色：颜色庄重。 ⑤淫祀：不合礼制地滥行祭祀。 ⑥车中牛：驾车的牛。晋人驾车用牛，乘骑方用马。杀驾车之牛祭神，是晋人常有之事。 ⑦丘之祷久矣：语出《论语·述而》。孔子病重，子路请求祈祷。孔子说："丘之祷久矣。"邢昺疏："孔子不许子路，故以此言拒之。"这里刘惔借此说自己一生正直，不须祈祷。

今译 谢安夫人常常教育子女，她问谢安："怎么从来没有看到您教育孩子们？"谢安回答说："我的言行经常都在教育孩子。"

(三六)谢公夫人教儿[①]，问太傅[②]："那得初不见君教儿[③]？"答曰："我常自教儿。"

注释 ①谢公夫人：谢安的夫人，刘惔（真长）之妹。　②太傅：指谢安，见本篇33注③。　③那得：如何；怎么。　初：表程度副词。相当于“从来”，后常接否定词“不”或“无”。

三七 晋简文为抚军时[1]，所坐床上尘不听拂，见鼠行迹，视以为佳。有参军见鼠白日行[2]，以手板批杀之[3]，抚军意色不说[4]。门下起弹[5]，教曰[6]：“鼠被害，尚不能忘怀；今复以鼠损人，无乃不可乎[7]？”

注释 ①晋简文：晋简文帝司马昱（yù 育，320—372），字道万，晋元帝少子。初封琅邪王，徙封会稽王。穆帝即位时，褚太后摄政，他以抚军大将军总理政务。历事哀帝、废帝，位居丞相，而大权一归于桓温。后被桓温立为帝，不到一年，病死。　②参军：官名，晋以后军府及王国置为官员，助理政事。　③手板：即笏。古时官员随身携带的狭长形小板，质地有竹、木、象牙之别。插于腰带，有事就握在手中以记事。　批：击。　④说（yuè 悦）：愉快。　⑤门下：下属。　弹：弹劾。　⑥教：古称王侯、大臣发布的指示、命令。　⑦无乃：恐怕。表委婉语气。

今译 晋简文帝还在做抚军大将军的时候，他所坐的榻上灰尘也不让别人擦拭，看到老鼠走过的痕迹，认为很好。有个参军见到老鼠白天出来行走，就用手板打死了它，抚军露出不愉快的神情。下属提出弹劾，抚军发下指示说：“老鼠被杀，尚且不能不放在心；现在又因为老鼠而损害到人，恐怕不合适吧？”

三八 范宣年八岁[1]，后园挑菜，误伤指，大啼。人问：“痛邪？”答曰：“非为痛，身体发肤，不敢毁伤[2]，是以啼耳。”宣洁行廉约，韩豫章遗绢百匹[3]，不受。减五十匹，复不受。如是减半，遂至一匹，既终不受。韩后与范同载[4]，就车中裂二丈与范，云：“人宁可使妇无裈邪[5]？”范笑而受之。

注释 ①范宣：字宣子，晋陈留（今属河南）人。幼聪慧，博综群书，精《三礼》。太尉郗鉴命为主簿，征太学博士、散骑郎，皆不就。居家清贫，以讲诵为业。　②“身体发肤”两句：旧时认为人的身体发肤，受于父母，无故毁伤被视为不孝。见《孝经》。　③韩豫章：韩伯，字康伯，晋颍川长社（今河南长葛）人。晋简文帝为藩王时引为谈客。官豫章太守，入为侍中。因称“韩豫章”。死后赠太常。　遗（wèi 胃）：赠送。　匹：布帛四丈为一匹。　④同载：同乘一车。　⑤裈（kūn 昆）：裤子。

今译 范宣八岁时，在后园挖菜，不小心伤了指头，大声啼哭。旁人问他：“痛吗？”范宣回答：“并不是因为痛，身体发肤是受之于父母的，不敢毁伤，因此而哭。”他品性纯洁，生活俭约，豫章太守韩伯送他一百匹绢，他不肯接受。减为五十匹，还是不受。就这样减半减半，减到只剩一匹，结果还是不受。后来韩伯和范宣同乘一辆车，就在车中扯了二丈绢给范宣，说：“一个人难道可以让老婆连裤子都没有吗？”范宣才笑着接受了。

三九 王子敬病笃[1]，道家上章[2]，应首过[3]。问子

今译 王献之病重，请道士向天帝上表祈求消灾除病，延长寿命，按例病人应当自陈罪过。道士问献之：“历来有甚么过失？”献之回答：“我不觉得有别的事情，只回忆起同郗家离婚的事。”

敬:"由来有何异同得失[4]?"子敬云:"不觉有余事,惟忆与郗家离婚[5]。"

注释 ①王子敬:王献之(344—388),字子敬,东晋琅邪临沂(今属山东)人。王羲之之子,凝之、徽之之弟,晋安帝王皇后之父。起家州主簿。后为谢安长史,建威将军、吴兴太守,官至尚书令,人称"大令"。善丹青,工书法,奔放豪迈,与羲之并称"二王"。传世书迹有《鸭头丸帖》、《十二月帖》等。 ②道家:指道教徒。道教创始于东汉张道陵,入道者出五斗米,世称五斗米道,亦称天师道。《晋书·王羲之传》:"王氏世事张氏五斗米道。" 上章:道士替患病者向天帝上奏章。即把病人引咎自责、祈求保佑、以求愈病延年等内容写成奏章形式的黄表,由道士焚香陈读,与香火一起焚烧,说可以上达天庭。 ③首过:道教用语,指道教徒自己交代罪过。 ④由来:历来;向来。 异同得失:偏义复词,指违反常理的行为和过失。 ⑤与郗家离婚:王献之原娶郗昙之女,名道茂,后离婚,原因不详。又选尚晋简文帝之女新安公主,生女王神爱,为安帝皇后。

四〇 殷仲堪既为荆州[1],值水,俭食,常五碗盘[2],外无余肴[3]。饭粒脱落盘席间,辄拾以啖之。虽欲率物[4],亦缘其性真素[5]。每语子弟云:"勿以我受任方州[6],云我豁平昔时意[7]。今吾处之不易。贫者士之常,焉得登枝而捐其本?尔曹其存之[8]!"

注释 ①殷仲堪(?—399):晋陈郡长平(今河南西华东北)人。殷仲文从兄。善清谈,与韩康伯齐名。孝武帝时授都督荆、益、宁三州军事、振威将军、荆州刺史,镇江陵。晋安帝时,王恭起兵诛王国宝,讨王愉,他都以军响应。后王恭被杀,他与桓玄相攻伐,兵败,为桓玄所杀。他在荆州,"纲目不举,而好行小惠"。又信天师道,俭于自奉而以大量财物奉神。见《晋书·殷仲堪传》。 ②五碗盘:魏晋六朝流行于南方的一种成套食器。由一个圆形托盘和盛放其中的五只小碗组成。亦称"五盏盘"。一般形制都较小,用以盛菜,种类有限,量亦不多。 ③肴:荤菜,指鱼、肉等菜肴。 ④率物:做众人的榜样。 ⑤真素:淳朴;自然。 ⑥方州:大州。方,大。一说即指州郡。 ⑦豁:舍弃。 ⑧尔曹:犹言你们。 其:助词。表示祈使、期望的口气。

四一 初,桓南郡、杨广共说殷荆州[1],宜夺殷觊南

今译 殷仲堪任荆州刺史之后,正碰上水灾,食物不丰足,他吃饭常用五碗盘装少量菜肴,此外再没有别的荤菜了。吃饭时饭粒脱落在盘外席上,总是拾起来吃掉。虽然他这是要为众人做榜样,却也由于他生性比较淳朴。他常常告诫子弟们说:"不要以为我担任了大州刺史,就说我舍弃了往常的夙愿。现在我仍处在这种境界,并没有什么改变。清贫,原是士人的本分,怎么可以登上高枝而丢弃根本呢?你们要好好记住我说的道理!"

今译 先前,南郡公桓玄和杨广一起游说荆州刺史殷仲堪,劝他夺取殷觊的南蛮校尉官职和所辖地区,以壮大自己的力量。殷觊也随即了解了他们的意图。一次,趁着服用五石散后出去行散的时候,随便地离开了自己的住宅,就再也没有回来。里里外外没有人预先知道他这一举动的。他一直安详潇洒,如果同遥远的古人相比,就像楚国令尹鬬穀於菟先生那样离开官位而一无怨怒。当时的舆论也因此而赞扬他。

蛮以自树[②]。觊亦即晓其旨。尝因行散[③]，率尔去下舍[④]，便不复还，内外无预知者。意色萧然，远同鬬生之无愠[⑤]。时论以此多之。

注释 ①桓南郡：桓玄（369—404），字敬道，小字灵宝。桓温子，袭父爵为南郡公。晋安帝时为江州刺史、都督荆州等八郡军事。元兴二年（403）率军东下，攻入建康，迫安帝禅位。建国号"楚"，年号"建始"，旋改"永始"。被刘裕起兵击败，斩于建康。杨广（？—399）：字德度，东晋弘农华阴（今属陕西）人。历官淮南太守、南蛮校尉，宜都、建平太守，征虏将军。安帝隆安三年，与弟佺期俱为桓玄攻杀。 说（shuì 税）：劝说，用言语打动。 殷荆州：殷仲堪，见前则注①。 ②殷觊（jì 计）：《晋书》作殷颢（yǐ 以），字伯通，一作伯道，晋陈郡长平（今河南西华东北）人。殷仲文兄。通达有才气，与从弟殷仲堪俱知名。孝武帝太元中由中书侍郎出为南蛮校尉，有政绩。王恭兴兵诛王国宝，仲堪邀他响应，他固辞不从。托疾离职，竟以忧死。 南蛮：指南蛮校尉。校尉是汉代军职，略次于将军。东汉以后，管领少数民族地区的长官亦有称校尉者。南蛮，古称南方少数民族。 ③行散：魏晋人喜服五石散，因药性猛烈，服后需缓步调适宣导，称"行散"。 ④率尔：随意；随便。去：离开。 下舍：官员在衙署附近的宅舍。 ⑤鬬生：指春秋时鬬穀於菟（dòu gòu wū tú 豆构乌徒）：字子文，楚成王时为令尹。忠心为国，家无余财。三为令尹而无喜色，三去职而无忧色。孔子称他为"忠"。见《论语·公冶长》。 愠：埋怨，发怒。

（四二）王仆射在江州[①]，为殷、桓所逐[②]，奔窜豫章[③]，存亡未测。王绥在都[④]，既忧戚在貌，居处饭食，每事有降[⑤]。时人谓为"试守孝子"[⑥]。

今译 仆射王愉在江州刺史任上时，被殷仲堪、桓玄所驱逐，仓皇逃亡到豫章郡，生死莫测。他的儿子王绥在京都得此消息，既是愁容满面，又在起居饮食等各方面都自我抑制。当时人把王愉叫作"见习孝子"。

注释 ①王仆射：王愉（？—404），字茂和，晋太原晋阳（今山西太原）人。王坦之次子。任辅国将军、江州刺史，都督豫州四郡。安帝隆安二年（398），桓玄、殷仲堪起兵，他仓惶逃往临川，为桓玄所获。桓玄专权，征他为尚书仆射。刘裕攻破桓玄，他谋反裕，事泄被杀。 ②殷、桓：殷仲堪，见本篇40注①。桓玄，见前则注①。 ③豫章：郡名，治所在今江西南昌。 ④王绥（？—404）：字彦猷，王愉子。少有美称。桓玄为太尉，他以桓氏甥任右长史。玄称帝，他任尚书令。刘裕攻破桓玄，他任荆州刺史。与父共谋反裕，被杀。 ⑤降：抑制。 ⑥"试守孝子"：犹言见习孝子。试守，本为始于秦汉的官员任命办法，在正式任某官之前，先试任该职。

四三 桓南郡既破殷荆州[①]，收殷将佐十许人，咨议罗企生亦在焉[②]。桓素待企生厚，将有所戮，先遣人语云：“若谢我，当释罪。”企生答曰：“为殷荆州吏，今荆州奔亡，存亡未判，我何颜谢桓公？”既出市[③]，桓又遣人问所欲言，答曰：“昔晋文王杀嵇康[④]，而嵇绍为晋忠臣[⑤]。从公乞一弟以养老母。”桓亦如言宥之。桓先曾以一羔裘与企生母胡，胡时在豫章，企生问至[⑥]，即日焚裘。

注释 ①桓南郡：桓玄，见本篇41注①。　殷荆州：殷仲堪，见本篇40注①。　按：淝水之战(383)后，谢安被迫离开朝廷，不久死(385)。晋孝武帝同母弟会稽王司马道子为相，掌大权。孝武帝以王恭为南兖州刺史，又以殷仲堪为荆州刺史，想以方镇力量牵制朝中权臣。孝武帝死(396)，安帝即位。安帝痴而无能，大权仍在司马道子手中，道子又重用主张削弱方镇的王国宝。隆安元年(397)，王恭从京口起兵，以诛王国宝为由。殷仲堪也在荆州起兵响应。司马道子杀王国宝，请王恭退兵。隆安二年(398)，王恭再次起兵，荆州刺史殷仲堪、雍州刺史杨佺期、广州刺史桓玄起兵响应，沿江东下。后王恭部将刘牢之倒戈杀王恭，殷仲堪、桓玄等仓惶退兵至浔阳(今江西九江)，共推桓玄为盟主。晋朝廷离间杨佺期、殷仲堪与桓玄关系，加桓玄都督荆州四郡。桓玄攻江陵(399)，殷仲堪、杨佺期均败死。　②咨议：官名。晋以后诸王府设咨议参军，备咨询谋议。省称“咨议”。　罗企生：字宗伯，晋豫章(今江西南昌)人。殷仲堪镇江陵时为功曹，迁武陵太守。仲堪兵败，企生不屈而死，年三十七。　③市：指杀人刑场。　④晋文王：司马昭，见本篇15注①。　嵇康：见本篇16注②。　⑤嵇绍(253—304)：字延祖，嵇康长子。康被杀时，绍十岁。晋武帝时经山涛推荐，征为秘书丞。官至侍中。敢直谏不阿权贵。八王之乱时，随晋惠帝与成都王司马颖战，侍卫皆败散，惟有他以身护惠帝，被乱箭射死，血溅帝衣。　⑥问：音问；消息。这里特指凶讯。

译 南郡公桓玄打败荆州刺史殷仲堪之后，收捕了殷的将官僚属十多人，咨议参军罗企生也在其中。桓玄一向厚待罗企生，当他要杀一些人的时候，先派人去对罗说：“你如果向我认错道歉，我一定开脱你的罪责。”罗企生回答说：“我做了殷荆州的官，现在他逃亡出去，生死未卜，我有什么脸面去向桓公赔礼谢罪呢？”等到已经绑赴刑场的时候，桓玄又派人去问罗企生还有什么话要说的，罗说：“从前晋文王杀了嵇康，但他的儿子嵇绍却成了晋朝的忠臣。我想向桓公请求留一个弟弟来奉养老母。”桓玄也按罗企生的请求赦免了他的弟弟。桓玄以前曾经送给企生的母亲胡氏一件羔羊皮袄，胡氏当时在豫章郡，当罗企生被杀害的凶讯一传到，胡氏当天就烧掉那件羔羊皮袄。

四四 王恭从会稽还[①]，王大看之[②]。见其坐六尺簟[③]，因语恭：“卿东来[④]，故应有此物，可以一领及我。”恭无言。大去后，即举所坐者送之。既无余席，便坐荐上[⑤]。后大闻之甚惊，曰：“吾本谓卿多，故求耳。”对曰：“丈人不悉恭，恭作人无长物[⑥]。”

译 王恭从会稽回建康，王大来看望他。看到他坐着一领六尺的竹席，就对王恭说：“你从东边回来，自然会有这样的东西，可以拿一领给我。”王恭默不作声。王大离去之后，王恭就拿自己所坐的那领送给王大。他没有多余的竹席，就坐在草垫子上。后来王大听说此事，大为惊讶，对王恭说：“我本以为你有多余的，所以才向你要啊。”王恭回答：“阿叔您不了解我，我王恭为人处事，从没有多余的东西。”

注释 ①王恭(？—398)：字孝伯，晋太原晋阳(今山西太原)人。孝武帝王皇后兄，安帝舅父。孝武帝时出为前将军、青兖二州刺史，假节，镇京口。后与殷仲堪、桓玄等起兵，兵败被杀。参见前则注①。　会(kuài 快)稽：郡名。治所在山阴(今浙江绍兴)。　②王大：王忱(？—392)：字元达，小字佛大，晋太原晋阳人。王坦之第四子。与王恭、王珣均享誉一时。孝武帝太元中为荆州刺史、建武将军。性嗜酒，或连月长醉。　③簟(diàn 垫)：竹席。　④卿：六朝语，尊称卑，平辈而亲昵的，可称“卿”。王忱与王恭同族，但王忱高于恭一辈，故以“卿”称恭，而下文恭以“丈人”尊称忱。　⑤荐：草垫子。　⑥长(zhàng 丈)物：多余的东西。

四五 吴郡陈遗[1]，家至孝，母好食铛底焦饭[2]。遗作郡主簿[3]，恒装一囊，每煮食，辄贮录焦饭[4]，归以遗母[5]。后值孙恩贼出吴郡[6]，袁府君即日便征[7]。遗已聚敛得数斗焦饭，未展归家，遂带以从军。战于沪渎[8]，败。军人溃散，逃走山泽，皆多饥死，遗独以焦饭得活。时人以为纯孝之报也。

今译 吴郡陈遗，性行孝顺。他母亲爱吃锅底焦饭，陈遗任郡主簿，经常带着一个布袋，每次烧饭，就把焦饭贮藏在袋子里，回家时送给母亲。后来碰上孙恩在吴郡叛乱，太守袁山松当天就出兵讨伐。陈遗已经收集到的几斗焦饭，来不及送回家，就带着从军出发了。在沪渎作战，官军打败了。士卒溃散，逃到山林水泽，大部分都饿死了。只有陈遗靠带着的焦饭得以活了下来。当时人都认为这是他大孝所致的好报。

注释 ①吴郡：郡名，治所在今江苏苏州。　陈遗：刘注：“未详。”《南史·孝义传上》有陈遗，东晋末吴郡人，少为郡吏，卒于南朝宋初。　②铛(chēng 撑)：平底锅。　③主簿：官名。主管簿籍。　④贮录：储藏。　⑤遗(wèi 胃)：送给。⑥孙恩(？—402)：字灵秀，晋末琅邪(今山东临沂北)人。世奉五斗米道。安帝隆安二年(398)，其孙泰聚众起事被诛，恩遂领其众，自号征东将军，以东南沿海岛屿为依托，往来攻打会稽、京口、建康诸郡，东晋朝廷全力防守。后为刘裕所败，投水死。　⑦袁府君：袁山松，晋陈郡阳夏(今河南太康)人。尝著《后汉书》百篇。任吴郡太守，孙恩起事，他守沪渎，城陷，死。府君，对太守的称呼。⑧沪渎：水名。在今上海市东北，即吴淞江下游一段，简称“沪”。

四六 孔仆射为孝武侍中[1]，豫蒙眷接[2]。烈宗山陵[3]，孔时为太常[4]，形素羸瘦[5]，著重服[6]，竟日涕泗流涟，见者以为真孝子。

今译 仆射孔安国是晋孝武帝的侍中，蒙受过优厚的宠遇。烈宗皇帝驾崩，孔安国当时任太常卿，他身体素来瘦弱，穿了重孝服，整天满脸眼泪鼻涕，看见他的人都以为他是真孝子。

注释 ①孔仆射：孔安国(？—428)，晋会稽山阴(今浙江绍兴)人。孝武帝时任侍中、太常。安帝时历任会稽内史、领军将军，尚书左、右仆射。　侍中：官名。魏晋间通常设专职者四人，备切问近对，拾遗补缺，预闻朝政，为皇帝左右亲信贵职。　②眷接:垂爱;厚待。 ③烈宗:晋孝武帝司马曜的庙号。山陵:这里是皇帝死亡的婉辞。 ④太常:官名。位为列卿,掌礼乐郊庙等礼仪事宜。 ⑤羸(léi雷)瘦:瘦弱。 ⑥重服:穿重丧(父或母去世)的孝服。

四七 吴道助、附子兄弟居在丹阳郡后①,遭母童夫人艰②,朝夕哭临③,及思至④宾客吊省⑤,号踊哀绝,路人为之落泪。韩康伯时为丹阳尹⑥,母殷在郡,每闻二吴之哭,辄为凄恻。语康伯曰:“汝若为选官⑦,当好料理此人⑧。”康伯亦甚相知。韩后果为吏部尚书⑨。大吴不免哀制⑩,小吴遂大贵达。

注释 ①吴道助:吴坦之,字处靖,小字道助,晋濮阳鄄城(今属山东)人。仕西中郎将袁真功曹,因母丧去官,哀泣而死。 附子:吴隐之,字处默,小字附子。坦之之弟。历任晋陵太守、广州刺史等职,以清廉著称。 丹阳:郡名,治所在今江苏南京东南。 郡后:指郡守府舍之后。 ②遭艰:遭逢父母丧事。亦称“丁艰”、“丁忧”。 ③哭临:举行仪式痛哭哀悼去世的父母。 ④思至:通“缌绖”,指穿孝服守孝。 ⑤吊省(xǐng醒):哀悼死者,看望家属。 ⑥韩康伯:见本篇38注③。 ⑦选官:负责选举之官。 ⑧料理:安排,引申为照顾。 ⑨吏部尚书:吏部的首长。吏部,主管官吏任免、铨叙、考绩、升降等。 ⑩不免哀制:不胜服中的哀伤,指因守服而死。哀制,服中。

译 吴坦之、隐之弟兄俩,住在丹阳郡太守府宅之后。他们遭到母亲童夫人的丧事,早晚举行仪式痛哭哀悼母亲,至守孝时,宾客来祭吊慰问,他们更是哭叫跳脚,哀痛欲绝,路过的人听了也为之感动落泪。韩康伯当时任丹阳尹,他母亲殷夫人也在郡中,每当听到吴氏弟兄的哀哭,总是也为之哀伤。她对康伯说:“你如果做了职司选举的官,应当好好安排这弟兄俩。”韩康伯也很了解吴氏兄弟。康伯后来果真做了吏部尚书。这时哥哥吴坦之守丧尽礼,已因哀痛而死,弟弟吴隐之终于显贵发达了。

言语第二

思想敏捷,长于辞令

(一)边文礼见袁奉高[1],失次序[2]。奉高曰:"昔尧聘许由[3],面无怍色[4],先生何为颠倒衣裳[5]?"文礼答曰:"明府初临[6],尧德未彰,是以贱民颠倒衣裳耳。"

注释 ①边文礼:边让,字文礼,东汉陈留浚仪(今河南开封)人。善为文。官九江太守。献帝初平中因世乱去官归家。恃才使气,诽议曹操,遂被杀害。　袁奉高:袁阆,见《德行》3注②,以喜奖掖后进著称。　②次序:顺序,条理。失次序,犹言手足无措。　③尧:唐尧。　聘:招请。　许由:相传唐尧时人,隐于箕山。尧要让位给他,不受;又请他为九州长,由谓污其听,洗耳于颍水之滨。古人视为清隐不仕的高士。　④怍(zuò作)色:愧色。　⑤颠倒衣裳:语出《诗·齐风·东方未明》,原诗描写臣下以为天已明而急于上朝以至举止慌乱。后用以比喻急忙窘迫而失常态。　⑥明府:汉魏以来对太守的尊称。

(二)徐孺子年九岁[1],尝月下戏。人语之曰:"若令月中无物[2],当极明邪?"徐曰:"不然,譬如人眼中有瞳子,无此必不明。"

注释 ①徐孺子:徐稺,见《德行》1注④。　②若令月中无物:刘注引《五经通议》,说月中有兔和蟾蜍。

(三)孔文举年十岁[1],随父到洛[2]。时李元礼有盛

今译 边让去拜见袁阆,显得手足无措。袁阆说:"从前唐尧招请许由,许由面无愧色。边先生为什么像穿错了衣裳那样呢?"边让回答:"明府刚刚到,像唐尧那样的德行还没有明显地表现出来,所以我这个老百姓就窘迫慌张得如同穿颠倒了衣裳了。"

今译 徐稺九岁时,有一次在月光下玩,有人对他说:"假使月亮中什么东西也没有,那一定会极其明亮了吧?"徐稺说:"不是这样,譬如人眼睛中有瞳人,如果没有瞳人一定不明亮了。"

今译 孔融十岁时,跟着父亲到了洛阳。当时李膺名气很大,任司隶校尉。登门拜访的都是英俊有名之士和他的内外亲属,才可以通报进门。孔融到了李府门前,对守门人说:"我是李府君的亲戚。"通报以后,孔融进去坐在前面。李膺问:"您和我是什么亲戚?"孔融回答说:"从前我的祖先仲尼与您的祖先伯阳,有师友的关系,所以,我和您是世代通家之好啊。"李膺和在场的宾客对孔融的回答,没有不感到惊奇的。太中大夫陈韪后到,别人把孔融刚才的话告诉了他。陈韪说:"小时候聪明伶俐,长大以后未必会出色。"孔融接口说:"推想您小时候,一定是聪明伶俐的了!"陈韪十分尴尬。

名[3]，为司隶校尉[4]。诣门者[5]，皆俊才清称及中表亲戚乃通[6]。文举至门，谓吏曰："我是李府君亲[7]。"既通，前坐。元礼问曰："君与仆有何亲[8]？"对曰："昔先君仲尼与君先人伯阳[9]，有师资之尊[10]，是仆与君奕世为通好也[11]。"元礼及宾客莫不奇之。太中大夫陈韪后至[12]，人以其语语之。韪曰："小时了了[13]，大未必佳。"文举曰："想君小时，必当了了！"韪大踧踖[14]。

注释 ①孔文举：孔融（153—208），字文举，东汉末鲁国（今山东曲阜）人。曾任北海相，称"孔北海"。后入朝拜太中大夫。性宽容好士，宾客盈门。他名重天下而常讥曹操，终为操所杀。善诗文，与刘桢、王粲等并称"建安七子"。 ②父：孔融父名宙，官泰山都尉。 洛：洛阳，东汉京都。 ③李元礼：李膺，见《德行》4注①。 ④司隶校尉：官名。初掌纠察京师百官及所辖附近各郡犯法者，后改专察三辅及弘农七郡。 ⑤诣（yì义）：至；到。 ⑥中表：见《德行》18注④。这里是泛指内外亲属。 通：通报。 ⑦李府君：对李膺的敬称。当时李膺以司隶校尉兼洛阳太守。 ⑧仆：古代男子对自己的谦称。 ⑨仲尼：孔子名丘，字仲尼。 伯阳：相传老子姓李，名耳，字伯阳。见《史记·老子列传》司马贞索隐。 ⑩师资：老师，师长。相传老子曾任周朝"守藏室之史"，孔子曾向他问礼。见《史记·孔子世家》。 ⑪奕世：一代接一代，犹言累世。 通好：世交友好。 ⑫太中大夫：官名，掌议论。 陈韪（wěi伟）：东汉桓帝时任太中大夫。《后汉书·孔融传》作"陈炜"。 ⑬了了：聪明伶俐。 ⑭踧踖（cù jí促籍）：局促不安的样子。

（四）孔文举有二子[1]，大者六岁，小者五岁。昼日父眠，小者床头盗酒饮之。大儿谓曰："何以不拜？"答："偷，那得行礼！"

今译 孔融有两个儿子，大的六岁，小的五岁。有一天，他们的父亲正午睡，小儿子到床头边偷酒喝。大儿子说："为什么不向爸爸行了礼再喝？"小的回答："偷酒喝，怎么还行礼！"

注释 ①孔文举：孔融，见前则注①。

（五）孔融被收[1]，中外惶怖[2]。时融儿大者九岁，小者八岁。二儿故琢钉戏[3]，了无遽容[4]。融谓使

今译 孔融被逮捕，朝廷内外都惊恐不安。当时孔融的儿子大的九岁，小的只有八岁。孔融被捕时，两个儿子仍旧做琢钉游戏，一点恐惧的样子也没有。孔融对来逮捕他的使者说："希望罪过只限于我自身，两个孩子能不能保全性命呢？"孔融的儿子从容不迫地对他们的父亲说："大人您难道看到过打翻了的鸟窝下面，还有完整的鸟卵吗？"不久，两个儿子也被逮捕了。

者曰:"冀罪止于身,二儿可得全不[⑤]?"儿徐进曰:"大人岂见覆巢之下,复有完卵乎?"寻亦收至[⑥]。

注释 ①收:逮捕。 按:孔融有盛名而不附曹操,且多讥议,曹操以孔融在清谈中有违背名教之言为由,把孔融全家杀了。 ②中外:指朝廷内外。 ③故:仍旧。 琢钉戏:古代一种儿童游戏。 ④了:全。 遽容:惊慌的神色。 ⑤全:保全。不(fǒu):通"否"。 ⑥寻:不久。

(六) 颍川太守髡陈仲弓[①]。客有问元方[②]:"府君何如?"元方曰:"高明之君也。""足下家君何如?"曰:"忠臣孝子也。"客曰:"《易》称[③]:'二人同心,其利断金;同心之言,其臭如兰[④]。'何有高明之君,而刑忠臣孝子者乎?"元方曰:"足下言何其谬也!故不相答。"客曰:"足下但因伛为恭[⑤],而不能答。"元方曰:"昔高宗放孝子孝己[⑥],尹吉甫放孝子伯奇[⑦],董仲舒放孝子符起[⑧]。唯此三君,高明之君;唯此三子,忠臣孝子。"客惭而退。

注释 ①髡(kūn 昆):古代一种刑罚,剪去罪犯的长发。 陈仲弓:陈寔,见《德行》6 注①。按:颍川太守是谁,为什么逮治陈寔,均不详。《后汉书·陈寔传》说陈寔年轻时隐居阳城山中,时有杀人者,同县杨吏怀疑陈寔,陈被逮捕,考掠无实而放出。又因党锢之祸,自请入狱,遇赦得出。刘注认为陈寔有盛德,不可能遭受刑罚,驳斥此则故事。 ②元方:陈寔子,见《德行》6 注②,又《德行》8。 ③《易》:《周易》,儒家经典之一。 ④"二人同心"四句:见《易·系辞上》。臭(xiù 嗅),气味。这里指香气。 ⑤伛(yǔ 禹):驼背。 ⑥高宗放孝子孝己:刘注引《帝王世纪》,说殷高宗武丁有贤子名孝己,其母早死,武丁惑于后妻之言,把孝己放逐而死。 ⑦尹吉甫放孝子伯奇:刘注引《琴操》,说周宣王之贤臣尹吉甫,误听后妻谗言,放逐前妻所生之子伯奇。宣王出游,尹吉甫从,伯奇高歌于野,宣王听到后说:"此孝子之辞也。"尹吉甫乃接伯奇回家而射杀后妻。 ⑧董仲舒:西汉景帝时博士,武帝时任江都相、太中大夫。治《春秋》。他放逐孝子符起一事,刘注:"未详。"

(七) 荀慈明与汝南袁阆相见[①],问颍川人士,慈明先及诸兄[②]。阆笑曰:"士但可因亲旧而已乎?"慈

今译 颍川太守对陈寔施加了髡刑。有人问陈的儿子元方:"颍川太守是个怎样的人?"元方答:"是高明的府君。"又问:"您的父亲是怎样的人?"元方说:"是忠臣孝子。"客人说:"《周易》上说:'二人同心,其利断金;同心之言,其臭如兰。'怎么会有高明的府君去加刑于忠臣孝子的呢?"元方说:"你的话多么荒谬啊!所以我拒绝回答。"客人说:"您只不过像驼背装作恭敬的样子来掩盖自己的毛病,用不屑回答来掩饰不能回答罢了。"元方说:"从前殷高宗武丁放逐孝子孝己,尹吉甫放逐孝子伯奇,董仲舒放逐孝子符起。这三个人都是高明的君子;这三个被放逐的人,也都是忠臣孝子。"客人听了,惭愧地走了。

今译 荀爽与袁阆相见,袁阆问颍川有哪些知名人士,荀爽先提到自己的几个哥哥。袁阆笑着说:"知名之士,难道仅仅是跟您有亲属关系的几位才算吗?"荀爽说:"您这样指责我,依据的是什么经典上的道理呢?"袁阆说:"刚才问的是一国之内的杰出人士,而您所举出的是几位令兄,所以我提出责问了!"荀爽说:"从前祁奚荐举人才,家族之中,他不避开自己的儿子;家族之外,他不丢弃自己的仇人。大家认为他是极其公正的。周公旦作《文王》之诗,不是论述唐尧、虞舜的圣明贤德,而是颂扬周文王、周武王。这是符合敬爱自己的

亲人的道理的。《春秋》的宗旨,是对内尊崇周王室,对外疏远诸侯国。再说,如果不爱自己的亲人而去爱别的人,不是正如《孝经》所说的违背道义的行为吗?”

明曰:“足下相难[3],依据者何经[4]?”阆曰:“方问国士[5],而及诸兄,是以尤之耳!”慈明曰:“昔者祁奚内举不失其子,外举不失其仇[6],以为至公。公旦《文王》之诗[7],不论尧、舜之德而颂文、武者,亲亲之义也[8]。《春秋》之义,内其国而外诸夏[9]。且‘不爱其亲而爱他人者’[10],不为悖德乎?”

注释 ①荀慈明:荀爽(128—190),字慈明,一名谞,东汉颍川颍阴(今河南许昌)人。荀淑第六子。年十二通《春秋》、《论语》,时人称“荀氏八龙,慈明无双”。党锢之祸中隐居十余年,著《礼传》、《易传》、《诗传》、《春秋条例》等百余篇。董卓掌权,迫使出仕,官至司空。他与司徒王允等共谋诛卓,会病卒。 袁阆:见《德行》3注②。 ②慈明先及诸兄:荀淑有八子:俭、绲、靖、焘、汪、爽、肃、敷,俱有名,世号“颍川八龙”,是荀爽先荐其诸兄。 ③足下:对人的敬称。难(nàn南去声):诘责。 ④经:经典,引申为道理。下文荀爽的话都是引经据典的。 ⑤国士:一国之内的杰出人才。 ⑥“昔者”二句:祁奚是春秋时晋国人。官中军尉,告老回家,推荐大夫解狐继其职,解狐一向与祁奚有仇。尚未接任,解狐死了。晋侯又问谁可接替,祁奚荐其子祁午。因有“外举不弃仇,内举不失亲”之称。见《左传·襄公三年》,又《二十一年》。 ⑦公旦:周公,姓姬名旦,周文王子,辅武王灭殷纣,建周朝。 《文王》之诗:《诗·大雅》有《文王之什》,其中《文王》、《大明》、《緜》、《棫朴》、《思齐》、《皇矣》、《灵台》皆颂文王之德,《下武》、《文王有声》颂武王能继文王之业。相传为周公所作。 ⑧亲亲:敬爱亲人。 ⑨“《春秋》”二句:《春秋》是儒家经典之一,其著述旨义,在于尊王攘夷,巩固周室。“内其国而外诸夏”,意谓亲近周室王族,疏远中原诸国。内,亲近。外,疏远。诸夏,周天子分封的中原各国。语见《公羊传·成公十五年》。 ⑩“不爱其亲而爱他人者”:语见《孝经·圣治章》。

今译 祢衡被曹操贬为鼓吏,受命于正月十五试鼓。到时祢衡举起鼓槌,击奏了鼓曲《渔阳掺挝》,深沉而凝重的鼓声,如同金石撞击,在坐的人都感动得改变了面色。孔融说:“祢衡的罪过跟从前殷高宗时的刑徒傅说差不多,不过,他不能引起贤明君王的求贤之梦。”曹操感到羞愧而赦免了祢衡。

(八)祢衡被魏武谪为鼓吏[1],正月半试鼓,衡扬枹为《渔阳掺挝》[2],渊渊有金石声[3],四坐为之改容。孔融曰:“祢衡罪同胥靡[4],不能发明王之梦[5]。”魏武惭而赦之。

注释 ①祢(mǐ 糜)衡(173—198):字正平,东汉末平原般(今山东临邑东北)人。少有才辩,长于笔札。性刚傲物。与孔融交好,融荐之与曹操。他自称有病不去,还有所议论。曹操怒而召为鼓吏。鼓吏击鼓，例当换特制衣帽，操欲以此当众辱衡。衡在操前裸身而立，徐徐换衣击鼓，复大骂曹操。操反为所辱，怒而送衡至荆州刺史刘表处，表又送衡于江夏太守黄祖，终被杀。 魏武：曹操死后被追谥为魏武帝。 ②枹（fú 孚）：鼓槌。 《渔阳掺挝》（càn zhuā 灿抓）：古鼓曲名。 ③渊渊：形容鼓声。 ④孔融：见本篇3注①。孔融长于祢衡二十岁，敬衡才秀，结为不拘形迹的忘年交。 胥靡：服刑的犯人。这里指傅说（yuè 悦）。刘注引《帝王世纪》，说殷高宗武丁梦见天赐贤人，就描绘其形象，使人寻访，结果在傅岩地方找到了正在服劳役的刑徒说，用为大臣，是谓傅说。 ⑤发：引发；引起。 明王：贤明的君王。这里表面上指殷高宗武丁，实影射曹操。 按：曹操进爵为魏王在建安二十一年（216），此处并非实指其王爵。

（九）南郡庞士元闻司马德操在颍川①，故二千里候之。至，遇德操采桑，士元从车中谓曰：“吾闻丈夫处世，当带金佩紫②，焉有屈洪流之量，而执丝妇之事？”德操曰：“子且下车。子适知邪径之速，不虑失道之迷。昔伯成耦耕③，不慕诸侯之荣；原宪桑枢④，不易有官之宅。何有坐则华屋，行则肥马，侍女数十，然后为奇？此乃许、父所以忼慨⑤，夷、齐所以长叹⑥。虽有窃秦之爵⑦，千驷之富，不足贵也。”士元曰：“仆生出边垂，寡见大义，若不一叩洪钟、伐雷鼓⑧，则不识其音响也！”

今译 南郡庞统，听说司马徽在颍川，特地从二千里之外去拜访他。到后，正遇见司马徽在采桑，庞统从车上对他说：“我听说大丈夫立身处世，应当成为带金印、佩紫绶的显贵，哪有委屈宏大的志向，而去做织妇所做的事的？”司马徽说：“您先下车。您刚才只知道斜路近便，可以走得快些，而不去考虑迷失道路的危险。从前伯成子高从事农耕，不羡慕诸侯的荣耀；原宪住在简陋的房子里，不肯去换取官宅。哪里有住着华丽房屋、出行骑肥壮马匹、身边环绕着几十个侍女，这样才算不同寻常的？这正是许由、巢父之所以慷慨激昂地辞让天下，伯夷、叔齐之所以长叹而耻食周粟的原因。即使像吕不韦那样用狡诈的手段窃取了秦国的爵位，家有千辆车子之富，也没有什么值得看重的啊。”庞统说：“我生长在边远之地，很少听到大道，今天如果不是敲响大钟，扣击雷鼓，就不能识得它们宏大深沉的音响了！”

注释 ①南郡：郡名，治所在今湖北江陵东北。 庞士元：庞统（177—214），字士元，东汉末襄阳（今湖北襄樊）人。刘备访世事于司马徽，徽举荐诸葛亮、庞统，称之为“伏龙、凤雏”。刘备用统为军师中郎将。攻雒城时为流矢所中，卒。司马德操（？—208）：司马徽，字德操，东汉末颍川阳翟（今河南禹县）人。善识人，洞明世事，庞德公称之为“水镜”。居荆州，知刘表性暗嫉能，遂佯愚自晦，不求闻达。曹操破荆州，欲大用之。不久，徽病死。②带金佩紫：秦汉时相国、列侯可带金印，佩紫绶。后用以指高官显爵。 ③伯成：伯成子高，唐尧时诸侯。夏禹为天子，他认为当时德衰而刑立，辞诸侯而从事农耕。见《庄子·天地》。 耦（ǒu 偶）耕：古代耕作方式，两人各执一耜，并肩而耕。 ④原宪：字子思，又称原思，春秋时鲁人。一说宋人。孔子弟子。相传他安贫乐道，蓬户褐衣蔬食而处之怡然。事迹见《庄子·让王》、《史记·仲尼弟子列传》。 桑枢（shū 舒）：桑木制的门户转轴。形容居室简陋。⑤许、父：指许由、巢父。两人俱尧时隐士。尧让天下于许由，许由不受，遁耕于颍水之滨。尧又欲召许由为九州长，由不欲闻，洗耳于颍水。时巢父牵牛欲饮之，见其洗耳而问，知后，说："污我犊口！"遂牵牛至上流而饮之。事见皇甫谧《高士传》。　忼慨：同"慷慨"，激昂。　⑥夷、齐：指伯夷、叔齐。商代孤竹君二子。孤竹君死前遗命立叔齐为嗣君。后叔齐让伯夷，伯夷不肯违父遗命，遂逃去。叔齐亦逃。周武王伐商，夷、齐叩马而谏。周有天下之后，夷、齐耻食周粟，隐居首阳山，采薇而食，饿死。事见《史记·伯夷列传》。⑦窃秦之爵：战国时阳翟大商人吕不韦，经商于赵，见到当时在赵为人质的秦公子子楚，子楚正穷困，吕不韦说："此奇货可居！"即行贿于秦华阳夫人，立子楚为嗣。子楚归秦即位，是为庄襄王。吕不韦得为丞相，封文信侯。庄襄王死，子政嗣立（即后之秦始皇），尊不韦为相国，号仲父。事见《史记·吕不韦列传》。吕不韦以诈谋得居高官显爵，故称"窃秦之爵"。　⑧洪钟：大钟。　伐：敲击。雷鼓：古乐器，祀天神时用。

一〇　刘公幹以失敬罹罪①。文帝问曰②："卿何以不谨于文宪③？"桢答曰："臣诚庸短，亦由陛下网目不疏④。"

译　刘桢因为失敬而获罪，曹丕问他："你为什么在遵奉法纪方面这样不谨慎呢？"刘桢回答："臣下确实是才干平庸，见识短浅，不过，也由于陛下法网过密，太不宽容。"

注释　①刘公幹：刘桢（？—215），字公幹，东汉末东平（今属山东）人。诗人，"建安七子"之一。为曹丕文学侍臣。他口才辩捷，能随声应答。　以失敬罹（lí离）罪：因有失尊敬而遭到罪罚。刘注引《典略》及《文士传》，说曹丕与文学之士宴饮，酒酣欢乐，使夫人甄氏出拜，众宾客都拜伏致敬，唯独刘桢面对直视，因失敬罪而配输作部，罚他磨石。后值曹操到尚方观作者，刘桢乘此得以喻己自理而获赦。　②文帝：曹丕（187—226），字子桓。曹操次子。后代汉为帝，国号魏，建都洛阳。是为魏文帝。　③文宪：法令。　④网目：法网。"网"本作"纲"，据王先谦本改。

一一　钟毓、钟会少有令誉①，年十三，魏文帝闻之，语其父钟繇曰②："可令二子来。"于是敕见③。毓面有汗，帝曰："卿面何以汗？"毓对曰："战战惶惶，汗出如浆④。"复问会："卿何以不汗？"对曰："战战栗栗，汗不敢出⑤。"

译　钟毓、钟会在少年时就有美好的声誉，十三岁时，魏文帝曹丕听说后，就对他们的父亲钟繇说："应当让你的两个孩子来见我。"于是奉命进见。钟毓脸上有汗，文帝问："你脸上为什么出汗？"钟毓回答说："颤抖惊惶，汗出如水浆。"文帝又问钟会："那么，你为什么不出汗？"钟会回答说："惊恐战栗，汗都不敢出。"

注释　①钟毓（？—263）：字稚叔。钟繇长子。十四岁为散骑侍郎。后因失曹爽意，徙侍中，出为魏郡太守。曹爽死，他入为御史中丞、廷尉。以平毌丘俭、文钦等功，屡官都督荆州。钟会（225—264）：字士季，钟毓弟。有才艺，为司马师、司马昭所亲重，凡有征伐，会皆预谋，多立功勋。以平蜀汉功，官至司徒，封县侯。他自以功高震主，内不自安，暗中与蜀将姜维谋，据蜀地叛，被其部属击杀。　令誉：美好的名声。　②钟繇（151—230）：字元常，三国魏颍川长社（今河南长葛）人。东汉末为御史中丞，封东武亭侯。曹操执朝政，他镇守长安，经营关中，曹操把他比作萧何。曹丕代汉后，任廷尉。魏明帝时迁太傅，进封定陵侯。人称“钟太傅”。工书法，与王羲之并称“钟王”。　③敕（chì 斥）见：奉诏进见。敕，诏令。　④战战惶惶：恐惧惊惶，浑身发抖。　浆：水，这里指汗液。“惶”、“浆”叶韵。　⑤战战栗栗：义同“战战惶惶”。“栗”、“出”叶韵。兄弟二人随口应对，同义异辞，都成韵语，以显机敏。

一二　钟毓兄弟小时①，值父昼寝，因共偷服药酒。其父时觉，且托寐以观之②。毓拜而后饮，会饮而不拜。既而问毓何以拜，毓曰：“酒以成礼③，不敢不拜。”又问会何以不拜，会曰：“偷本非礼，所以不拜。”

注释　①钟毓兄弟：见前则注①。　②托寐：假装入睡。　③酒以成礼：古时每逢婚、丧、祭祀等典礼，都聚会饮酒，所以说酒是用来使礼仪完备的。　按：本则内容与本篇4孔融二子事相类似，疑为一事而传闻有异。

今译　钟毓、钟会兄弟俩小时候，碰上父亲午睡，就趁此一同偷喝药酒。其父钟繇这时醒了，姑且假装睡着来看两个孩子是怎么干的。钟毓是先拜然后喝酒，钟会只管喝酒，拜也不拜。事后，父亲问钟毓偷酒喝为甚么还下拜，钟毓说：“酒是用以使礼仪周备的，所以不敢失礼不拜。”又问钟会为什么不拜，钟会说：“偷，本来就非礼，所以不必拜。”

一三　魏明帝为外祖母筑馆于甄氏①，既成，自行视②，谓左右曰：“馆当以何为名？”侍中缪袭曰③：“陛下圣思齐于哲王④，罔极过于曾、闵⑤。此馆之兴，情钟舅氏⑥，宜以‘渭阳’为名⑦。”

注释　①魏明帝：曹叡（ruì 瑞，205—239）：字元仲。文帝曹丕子，甄皇后所生。幼以好学多识称，为祖父曹操所爱重。黄初七年（226）文帝死，即位，是为明帝。用曹真、司马懿等，多次与蜀汉诸葛亮交战，各有胜负。他在军役繁兴时又大治洛阳宫室，起昭阳殿、太极殿、总章观等，奢侈无度，不恤民情。　甄（zhēn 真）氏：魏明帝的生母甄皇后（182—221），东汉末中山无极（今属河北）人。本袁绍次子袁熙之妻。曹操破袁绍，曹丕见甄氏美貌绝伦，纳为妇，生明帝和东乡公主。曹丕代汉称帝后，宠郭皇后，甄后在邺，有怨言，赐死。明帝立，追谥为文昭皇后，并追封其外祖父甄逸，叙用逸孙甄象（一作“像”）。　按：本则谓明帝为外祖母起观庙，刘注

今译　魏明帝在甄家后园为外祖母建造馆舍，造好之后，他亲自去察看，问左右随从的人说：“这个馆起个甚么名称才适当？”侍中缪袭说：“陛下圣明的思想与古昔贤明君主相等，陛下无限的孝心超过了曾参和闵子骞。这个馆舍的兴建，深厚的亲情专注于舅家，用‘渭阳’为名是适宜的。”

引《三国志·魏书》，指出明帝在甄家后园为甄象之母起观庙，当为明帝之舅母，并非外祖母。　②行视：巡行察看。　③侍中：官名，见《德行》46 注①。　缪袭（186—245）：字熙伯，三国魏东海兰陵（今山东枣庄）人。有才学。与尚书郎仲长统友善。官至尚书、光禄勋。　④圣思：圣明的思想。　哲王：贤明的君主。语出《书·酒诰》"在昔殷先哲王"。　⑤罔极：指无穷无尽的孝诚。语出《诗·小雅·蓼莪》"欲报之德，昊天罔极。"　曾、闵：指孔子弟子曾参（字子舆）和闵损（字子骞）。两人都以孝行著称。　⑥钟：专注；汇聚。　⑦渭阳：本为《诗·秦风》篇名，秦康公罃为太子时，送别舅父晋公子重耳（后为晋文公）于渭河北岸时所作。《诗序》谓康公之母秦姬已先此去世，故云"我见舅氏，如母存焉"。后用"渭阳"为典故，表示外甥对舅氏的情谊，且用于自己母亲死后。此处用"渭阳"为馆名，表示魏明帝笃爱舅氏、怀念已故生母甄皇后之情。

【译】何晏说："服用五石散，不但可以治病，而且觉得精神爽快，思绪开朗。"

一四　何平叔云①："服五石散②，非唯治病，亦觉神明开朗③。"

【注释】①何平叔：何晏（190？—249），字平叔，三国魏宛（今河南南阳）人。东汉何进孙。母尹氏为曹操所纳，随母而为操所收养。美姿容，好修饰，平时粉白不离手，人称"傅粉何郎"。累官尚书，掌选举。晏好《老》、《庄》，与夏侯玄、王弼等倡导玄学，竞尚清谈。后因党附曹爽，为司马懿所杀。　②五石散：丹药名。以紫石英、白石英、赤石脂、钟乳、硫黄五种药石为主，佐以人参、白术、桔梗、海蛤、防风、附子、桂心、干姜、细辛、栝楼等配制而成，见唐孙思邈《千金翼方》卷二二。传为何晏据东汉张仲景紫石散及侯氏黑散两方增减所创，云可治男子劳伤虚羸。因须冷服，又名"寒食散"。自何晏服用有效后，魏晋六朝上层人士竞相仿效，为当时玄风之一种表现。药性猛烈，服后需行走调适，谓之"行散"。服者食宜冷，衣宜薄，酒须温，但每致中毒，染成痼疾，性格暴躁，至有伤残夭死者。参阅鲁迅《魏晋风度及文章与药及酒之关系》。　③神明开朗：精神爽朗。　按：东汉以来的人伦识鉴讲究瞻形得神，士族名人就重视仪表和风姿，服用药石为长生，亦为姿容美好。

【译】嵇康对赵至说："你眼中瞳人黑白分明，有战国白起的风貌。遗憾的是器度稍嫌狭小。"赵至说："一尺长的标杆能够察知天体运行的度，一寸长的律管能够测量来回往返的气。为什么一定在于大，只要问见识如何就可以了。"

一五　嵇中散语赵景真①："卿瞳子白黑分明，有白起之风②。恨量小狭③。"赵云："尺表能审玑衡之度④，寸管能测往复之气⑤。何必在大，但问识如何耳。"

①嵇中散：嵇康，见《德行》16 注②。　赵景真：赵至，字景真，晋代郡（今山西蔚县）人。出身贫寒，在邺遇嵇康，从归山阳。为人议论精辟，才气纵横。后为辽东从事，断狱精审。晋武帝太康中，因母亡伤心吐血而死。　②白起之风：白起，战国时秦昭王名将，善用兵，封武安君。刘注引严尤《三将叙》，说白起小头而面锐，为敢于断决；瞳子白黑分明，主见事明；视瞻不转，乃执志强。刘注又引嵇绍《赵至叙》，说赵至长七尺三寸，洁白黑发，赤唇明目，鬓须不多。赵至貌似白起，故称“有白起之风”。　③量（liàng 亮）：气量；器度。　小：稍微。　按：这里是嵇康对赵至形貌风神的评论。　④尺表：一尺长的仪表。指测日影的标杆。　玑衡：即璇玑玉衡。古代观测天体的仪器，见《书·舜典》。这里借指天体运行。　⑤寸管：一寸长的律管。　往复：来往；往返。

一六　司马景王东征[1]，取上党李喜[2]，以为从事中郎[3]。因问喜曰：“昔先公辟君不就[4]，今孤召君[5]，何以来？”喜对曰：“先公以礼见待[6]，故得以礼进退；明公以法见绳[7]，喜畏法而至耳。”

司马师东征毌丘俭、文钦时，挑选上党李喜，用他为从事中郎。于是问李喜说：“过去先父征聘您，您不肯就职；现在我聘召您，您怎么来了？”李喜回答说：“您的先父是用礼节来对待我的，所以我能够按照礼的规范决定自己的进退；而您明公是用法令来约束我的，我是畏惧法令而来的啊。”

①司马景王：司马师（207—255），字子元。司马懿长子。懿死，他以抚军大将军辅政。嘉平元年（254），废魏帝曹芳为齐王，立高贵乡公曹髦。次年，征毌丘俭、文钦时，卒于军中。晋国建，追尊为景王。司马炎代魏，追尊为景皇帝。　东征：指征讨镇东大将毌丘俭、扬州刺史文钦的叛乱。　②上党：郡名。魏晋时属并州，辖境在今山西长治一带。　李喜：名《晋书》作“憙”，字季和，晋上党铜鞮（今山西沁县南）人。少有高行，博学，朝廷征召，称病固辞。司马师辅政，召为大将军从事中郎，随讨毌丘俭。后迁御史中丞，官至尚书仆射、光禄大夫。　③从事中郎：官名。为将帅的幕僚。　④先公：子女称去世的父亲。亦用为对王侯先辈的尊称。这里指司马懿。　辟（bì 壁）：征召；招聘。　不就：不应聘；不就职。汉末魏晋间，一般名士以不即时应征为清高。　⑤孤：王侯自称。　⑥见：用在动词前，相当于前置宾语的“我”。以礼见待，用礼节规范来对待我。　⑦明公：对有名位者的尊称。这里指司马师。　绳：约束。

一七　邓艾口吃[1]，语称“艾艾”[2]。晋文王戏之曰[3]：“卿云‘艾艾’，定是几艾？”对曰：“‘凤兮凤兮’[4]，故是一凤。”

邓艾口吃，对别人说话称自己的名时总是连说“艾……艾……”。司马昭开他的玩笑说：“你老是‘艾……艾……’，到底是几个艾？”他回答说：“古人说‘凤兮凤兮’，实在是一只凤。”

注释 ①邓艾(197—264):字士载,三国魏棘阳(今河南新野东北)人。多智谋,善用兵。官至镇西将军、都督陇右诸军事,封邓侯。后率魏军灭蜀,封太尉。钟会诬艾谋反,被监军卫瓘冤杀。 口喫:说话结巴。 按:"喫"当作"吃"。"吃"有两读,口喫义旧读jí(音吉)。 ②艾艾:古人言谈,常自称己名以表谦恭。邓艾口吃,自称时连说"艾……艾……"。成语"期期艾艾",其中"艾艾"即出于此。("期期"出《史记·张丞相列传》) ③晋文王:司马昭。见《德行》15注①。 ④凤兮凤兮:凤啊凤啊。语出《论语·微子》:"楚狂接舆歌而过孔子,曰:'凤兮凤兮,何德之衰?'" 按:邓艾引《论语》为自己解嘲,又不失礼,可称能言善对。

今译 嵇康被杀之后,向秀应郡的荐举,偕同上计吏到了洛阳。司马昭召见他,问他道:"听说您有许由、巢父那样归隐箕山的志向,怎么会到这里来的?"向秀回答道:"巢父、许由只是拘谨自守之士,不值得赞扬和效法。"司马昭对此大加赞赏。

一八 嵇中散既被诛①,向子期举郡计入洛②,文王引进③,问曰:"闻君有箕山之志④,何以在此?"对曰:"巢、许狷介之士⑤,不足多慕⑥!"王大咨嗟⑦。

注释 ①嵇中散:嵇康,见《德行》16注②。 ②向子期:向秀(约227—272),字子期,魏晋之际河内怀(今河南武陟西南)人。少为山涛所知,与嵇康、吕安游处,为"竹林七贤"之一。嵇康、吕安被杀之后,他应计出仕,官至黄门侍郎、散骑常侍,但不任实职。作有《思旧赋》,悼念嵇康。参阅鲁迅《为了忘却的纪念》。 举郡计入洛:应郡的推荐,偕同计吏到洛阳。计,指上计吏,郡国地方于年度末向朝廷报告本地财务的官吏。汉魏制度,被荐举的士人偕同上计吏前往京师。 ③文王:司马昭。 ④箕山之志:箕山在今河南登封东南,相传唐尧时许由隐居于此。后遂以喻隐遁。 ⑤巢、许:巢父、许由,见本篇9注⑤。 狷介:拘谨自守。 ⑥多慕:赞许和仿效。 ⑦咨嗟:赞叹。

今译 晋武帝开始登上皇位,就抽签占卜,抽到了"一"。帝王家世代相传之数,取决于这抽签占卜所得的数目多少。只抽到"一",晋武帝既不高兴,群臣也为之惊惶失色,没有人能够讲什么话的。侍中裴楷上前说:"臣下听说天得'一'而清明,地得'一'而安宁,侯王得'一'而为天下首领。"晋武帝大悦,群臣也赞叹佩服。

一九 晋武帝始登阼①,探策得"一"②。王者世数,系此多少③。帝既不说④,群臣失色⑤,莫能有言者。侍中裴楷进曰⑥:"臣闻天得一以清,地得一以宁,侯王得一以为天下贞⑦。"帝说,群臣叹服。

注释 ①晋武帝:司马炎,见《德行》17注④。 登阼(zuò坐):即皇帝位。阼,朝堂东阶。古时帝王即位,登东阶而上。 ②探策:犹抽签。策,占卜用的竹签。 得"一":得到的是"一"。 按:《晋书·裴楷传》:"武帝初登阼,采策以卜世数多少,而得‘一’。”晋武帝一登皇位，即占卜晋王朝传嗣世代之多少，得“一”，意味着只传一世，所以不高兴。 ③系：取决于。 ④说：同“悦”。 ⑤失色：因惊恐、紧张而改变神色。 ⑥裴楷：见《德行》18注③。 ⑦“天得一以清”三句：语出《老子》第三十九章。一，即“道”。清，清明。宁，安定。贞，通“正”，首领。 按：这是裴楷援引《老子》语来附会解释晋武帝占卜所得的“一”。

二〇 满奋畏风①，在晋武帝坐②，北窗作琉璃屏③，实密似疏，奋有难色④。帝笑之，奋答曰：“臣犹吴牛，见月而喘⑤。”

注释 ①满奋：字武秋，晋高平（今山东微山西北）人。自吏部郎出为冀州刺史。晋惠帝元康中累迁至尚书令、司隶校尉。后为苗愿所杀。据说他肥胖而有皮肤病，所以怕风。 ②晋武帝：司马炎，见前则。 坐：座位。 ③琉璃：一种有色而半透明的矿石，近似玻璃。 ④难色：感到为难的神色。 ⑤吴牛：吴地的牛。刘注：“今之水牛，唯生江淮间，故谓之吴牛也。南土多暑，而此牛畏热，见月疑是日，所以见月则喘。” 按：成语“吴牛喘月”，比喻因见到曾经受到苦难的类似事物而生疑惧。语出汉应劭《风俗通义》。满奋语亦本此。

今译 满奋怕风，一天，在晋武帝座位旁，北向的窗为琉璃屏风制成，实际是很严密的，但看上去好像稀疏透风，他就显出很为难的神色。武帝就笑他竟然这样疑惧，满奋回答说：“臣下好比吴地的牛，看到月亮也会发喘。”

二一 诸葛靓在吴①，于朝堂大会②，孙皓问③：“卿字仲思，为何所思④？”对曰：“在家思孝，事君思忠，朋友思信，如斯而已！”

注释 ①诸葛靓（jìng 静）：字仲思，三国阳都（今山东沂水南）人。魏司空诸葛诞少子。诸葛诞叛魏，遣靓入吴为质。仕吴为右将军、大司马。吴亡，隐居不出。 ②朝堂：国君与大臣聚会议事的厅堂。 ③孙皓（243—284）：字元宗；一名彭祖，字皓宗。孙权孙。初封乌程侯，景帝孙休死，皓继孙吴帝位。荒淫残暴，士众离心。晋灭吴，皓降，封归命侯。 ④何所：什么。

今译 诸葛靓在东吴，在朝堂上参与大朝会。孙皓问他：“你的字是仲思，是思念什么？”他回答说：“在家思孝，事君思忠，对朋友思信，如此而已。”

二二 蔡洪赴洛①，洛中人问曰：“幕府初开②，群公辟命③，求英奇于仄陋④，采贤俊于岩穴⑤。君吴、楚之士⑥，亡国之余⑦，有何异才，而应斯举⑧？”蔡答曰：“夜光之珠，不必出于孟津之河⑨；盈握之璧，不必采于昆仑之山⑩。大禹生于东夷⑪，文王

今译 孙吴覆亡之后，蔡洪举秀才而到洛阳，洛阳的人问他说：“目前官府刚刚开设，军政要员都在征召人才，从出身卑微者中寻求优秀特出的人才，在深山僻野中选拔贤能英俊之士。您是吴、楚一带的士人，是东吴亡国的遗民，有什么特殊才能，竟来应承这次选才之举呢？”蔡洪回答说：“夜光明珠，不一定出在孟津河中；满握大璧，不一定采自昆仑山上。大禹出生在东夷之地，周文王出生在西羌地方。圣贤的出现，为什么一定要在固定的地方呢？从前周武王讨伐殷纣，把那些顽固不化的殷商遗民迁到了洛邑，莫非诸位是他们的子孙吗？”

生于西羌[12]。圣贤所出，何必常处[13]？昔武王伐纣，迁顽民于洛邑[14]，得无诸君是其苗裔乎[15]？”

注释 ①蔡洪：字叔开，晋吴郡吴（今江苏苏州）人。初仕吴。晋朝建立，他举秀才，赴洛阳，晋惠帝元康初为松滋令。 ②幕府：古代将领出征，施用帐幕，故称将军府为幕府。后亦泛称军政大吏的官署。 ③辟（bì 壁）命：征召任命。这里指求贤才。 ④仄陋：指出身卑微。 ⑤岩穴：山洞，指隐士居处。 ⑥吴、楚：借指原三国东吴所有的南方、东南一带。 ⑦亡国之余：被灭亡之国的遗民。亡国，指孙吴。这是洛阳士人骂南方人的话。魏晋间上层人士内部，北方人和南方人互有偏见。孙吴覆亡后，原属吴的世家士族境遇相当难堪。 ⑧斯举：这次朝廷选拔人才的举措。 ⑨夜光之珠：古代传说中的夜明珠。指随侯珠，相传随侯救伤断之蛇，后蛇于江中衔明珠为报。事见《淮南子·览冥》高诱注。 孟津：古黄河津渡名。 ⑩盈握之璧：握之满把的玉璧。昆仑：山名。古代神话传说谓上有仙境，又以产美玉著称。 ⑪东夷：古华夏族称东方诸族。此指东夷所在之地。 ⑫西羌：古代西北族名。此指西羌所在之地。 ⑬常处：固定的地方。 ⑭迁顽民于洛邑：周武王灭商，把殷商遗民中不顺服的人，从殷（今河南安阳）迁至洛邑（今河南洛阳），以便统治。 ⑮得无：莫非；或许。 苗裔：后代子孙。

二三 诸名士共至洛水戏[1]，还，乐令问王夷甫曰[2]：“今日戏，乐乎？”王曰：“裴仆射善谈名理[3]，混混有雅致[4]；张茂先论《史》、《汉》[5]，靡靡可听[6]；我与王安丰说延陵、子房[7]，亦超超玄著[8]。”

今译 各位以学术、诗文著称的名人一同到洛水游宴，回来以后，乐广问王衍说：“今天的游览，快乐吗？”王衍说：“裴颜仆射善于谈论名理之学，滔滔不绝，有高妙的情致；张华论《史记》、《汉书》，娓娓动听；我和王戎评说延陵季子和张子房，也议论高超而玄妙。”

注释 ①洛水：即洛河。源出陕西洛南，东入河南，经洛阳等地，至巩县洛口入黄河。 ②乐令：乐广，见《德行》23 注④。王夷甫：王衍（256—311），字夷甫，晋琅邪临沂（今属山东）人。与乐广同为西晋清谈领袖。喜谈老庄，虽居宰辅之位，不以治国为念，开清谈浮诞之风，所论义理，随时更改，时人谓之“口中雌黄”。其女为愍怀太子妃，太子为贾后所诬，他自请离婚以避祸。赵王司马伦杀贾后，他因属贾氏戚党，被禁锢。及伦诛，官至尚书令、司空、司徒、太尉。永嘉五年为石勒所俘，寻被勒所杀。 ③裴仆射（yè 夜）：裴颜（wěi 猥，267—300），字逸民，晋河东闻喜（今属山西）人。累官侍中、尚书左仆射。奏修国学，刻石写经，撰《崇有论》，尊崇礼法，针砭时俗放荡，斥何晏、王衍言“无”之蔽。与贾后为姻亲而不附。赵王司马伦诛贾氏，以私怨杀颜。 名理：从研究名实出发的学问，即形名之学。大致以考察名与实的关系，作为推行正名与循名责实政治的张本，目标是在原则上确立选举和人才与职位相配的标准。名理是针对东汉名教的流于虚名不实的弊病的。　④混混（gǔn gǔn 滚滚）：波涛翻滚的样子。比喻说话滔滔不绝。　⑤张茂先：即张华，见《德行》12⑤。　《史》、《汉》：指司马迁所撰《史记》、班固所撰《汉书》。　⑥靡靡：娓娓。　⑦王安丰：即王戎，见《德行》16注①。　延陵：春秋时吴公子季札，封于延陵，称延陵季子，有贤能名，以博闻称。　子房：西汉张良，字子房，助刘邦定天下，封留侯。晚年好黄老，学神仙长生之术。　⑧超超玄著：议论高超玄妙。

二四　王武子、孙子荆各言其土地人物之美[1]。王云："其地坦而平，其水淡而清，其人廉且贞。"孙云："其山崔巍以嵯峨[2]，其水泙渫而扬波[3]，其人磊砢而英多[4]。"

今译　王济和孙楚两人各说自己家乡的土地和人物的美好。王济说："我那家乡的土地平坦宽广，河水甘美洁清，人物清白坚贞。"孙楚说："我的家乡山高大而巍峨，河水层层涟漪扬清波，人物俊美卓越英才多。"（按：原文王、孙各说三句都叶韵："平"、"清"、"贞"为韵，"峨"、"波"、"多"为韵。）

注释　①王武子：王济（约240—285），字武子，晋太原晋阳（今属山西）人。长于清谈，善《易》及《老》《庄》，与和峤、裴楷齐名。娶晋武帝女常山公主。历任侍中、太仆。好弓马，有勇力，性豪侈。　孙子荆：孙楚（？—294），字子荆，晋太原中都（今山西平遥西）人。才藻卓绝，豪迈不群，年四十余始仕，后为扶风王司马骏参军。惠帝初为冯翊太守。　②崔（zuì 罪）巍：形容山势高峻雄壮。　③泙渫（yā dié 押谍）：形容波浪重叠相连。　④磊砢（lěi luǒ 累裸）：形容人俊伟卓越。

二五　乐令女适大将军成都王颖[1]，王兄长沙王执权于洛[2]，遂构兵相图[3]。长沙王亲近小人，远外君子[4]，凡在朝者，人怀危惧。乐令既允朝望[5]，加有婚亲，群小谗于长沙。长沙尝问乐令，乐令神色自若，徐答曰："岂以五男易一女[6]？"由是释然[7]，无复疑虑。

今译　尚书令乐广的女儿嫁给大将军成都王司马颖，成都王之兄长沙王司马乂在洛阳掌握朝政大权，两人于是兴兵作战，互相敌对。长沙王亲近小人，疏远君子，凡是在朝廷上的，人人都心怀危惧。乐广既处于朝廷上声望卓著的地位，加上与成都王有婚姻亲戚关系，一帮小人就在长沙王面前说乐广的坏话。长沙王曾经责问乐广，乐广神色自如，不慌不忙地回答说："难道我竟会用五个儿子来换一个女儿吗？"从此长沙王消除了顾虑，不再怀疑他了。

注释　①乐令：乐广，见《德行》23注④。　适：嫁。　成都王颖：司马颖（279—306），字章度。晋武帝子，封成都王，镇邺（今河南临漳）。赵王司马伦篡位，他与齐王司马冏等讨伦。长沙王司马乂杀齐王冏，在洛阳执政；他在邺以大将军名义遥控。又借口长沙王乂"论功不平"，联合河间王司马颙攻洛阳。东海王司马越拘禁长沙王乂，他进洛阳，为丞相，复镇邺，以皇太弟遥制朝政。

后与东海王越战，败逃河北，被杀。他是乐广女婿。　②长沙王：即司马乂（yì 毅，276—303），字士度，晋武帝子，封长沙王。赵王司马伦篡位，他助齐王司马冏攻杀伦，齐王冏入洛阳辅政。河间王司马颙自长安起兵攻洛阳，他在洛阳为内应，杀齐王冏而执政。河间王颙和成都王颖连兵攻洛阳，他在京郊与颙等大战三月。东海王越把他拘送颙部，被杀。　③构兵：起兵；发动战事。　图：设法对付；谋取。　④远：疏远。　外：当作外人。　⑤允：符合。一本作“处”，处于。　朝望：朝廷中声望卓著。　⑥“岂以”句：意谓决不因女儿是成都王颖之妻而附颖；一旦附从，五男被诛。⑦释然：消除疑虑。　按：《晋书·乐广传》说长沙王乂“犹以为疑，广竟以忧卒”。

（二六）陆机诣王武子[①]，武子前置数斛羊酪[②]，指以示陆曰：“卿江东何以敌此[③]？”陆云：“有千里莼羹[④]，但未下盐豉耳[⑤]！”

今译　陆机去拜访王济，王济在案上放了很多羊乳酪，足有几斛。他指着羊乳酪对陆机说：“先生江东家乡有什么美味能比得上它吗？”陆机说：“有千里湖莼菜羹，只是没有放进盐豉罢了！”

注释　①陆机（261—303）：字士衡，晋吴郡吴县华亭（今上海松江）人。祖逊、父抗，俱东吴将相。晋灭吴，他与弟云入洛阳。为贾谧“二十四友”之一。累迁太子洗马、著作郎。曾任平原内史，故称“陆平原”。事成都王司马颖，“八王之乱”，颖攻长沙王司马乂，任机为后将军、河北大都督。战败，受谗害，与弟云同为成都王颖所杀。　王武子：王济，见本篇24注①。　②斛（hú 鹄）：容量单位，十斗为一斛。　羊酪：羊奶制成的半凝固食品。　③江东：指自今安徽芜湖以下的长江南岸地区。　④千里：传为湖名。在今江苏溧阳东南，以产莼菜闻名。一说，千里指面积广阔。莼（chún 纯）羹：用莼菜茎和叶做的羹汤，为吴地风味名菜。　⑤盐豉（chǐ 耻）：即豆豉。用黄豆煮熟后发酵制成的食品，亦用为调味佐料。　按：南宋陆游《剑南诗稿》卷二十七《戏咏山阴风物》自注：“莼菜最宜盐豉，所谓‘未下盐豉’者，言下盐豉则非羊酪可敌，盖盛言莼菜之美尔。”意思是莼羹味美，未加盐豉调料，已可与羊酪匹敌；假如加了盐豉，羊酪就比不上了。一说，“未下”当作“末下”，为地名，然无确证。

（二七）中朝有小儿[①]，父病，行乞药。主人问病，曰：“患疟也。”主人曰：“尊侯明德君子[②]，何以病疟[③]？”答曰：“来病君子，所以为疟耳[④]。”

今译　西晋时有个小男孩，父亲病了，他去向人家讨药。主人问生的什么病，他回答说：“生疟疾病。”主人说：“尊大人是有美好德行的君子，怎么会生疟疾呢？”小男孩回答说：“正因为来使君子生病，所以称‘为疟’（虐）。”

注释　①中朝：晋朝南渡以后，称建都于中原的西晋为“中朝”。②尊侯：犹尊大人，尊称人之父。　明德：美德。　③何以病疟：为什么生疟疾病。刘注：“俗传行疟鬼小，多不病巨人。"《后汉书·景丹传》李贤注引《东观记》,说景丹患疟疾,汉光武帝笑着说:"闻壮士不病疟,今汉大将军反病疟邪?" ④为疟:用"疟"谐音"虐",为虐,犹言恶作剧。语出《诗·卫风·淇奥》:"有匪君子……善戏谑兮,不为虐兮。"这是小儿借《诗经》以维护他父亲的德望。

(二八)崔正熊诣都郡①,都郡将姓陈②,问正熊:"君去崔杼几世③?"答曰:"民去崔杼④,如明府之去陈恒⑤。"

译 崔豹到都郡去拜访郡守,郡守姓陈,他问崔豹道:"您上距崔杼有几代?"崔豹回答:"我上距崔杼的世系,正像明府上距陈恒的世系一样。"

注释 ①崔正熊:崔豹,字正熊,西晋燕(今河北一带)人。惠帝时官至太傅,作《古今注》。 都郡:郡的长官是以他郡太守兼都督本郡军事的,称"都郡"。 ②都郡将:都郡的首长。③去:距离。 崔杼(zhù 伫):春秋时齐国大夫。棠公死,崔杼往吊,见棠公妻棠姜美,娶之。后齐庄公与棠姜私通,杼弑庄公而立景公,身自为相。后为庆封攻杀。参阅《史记·齐太公世家》。④民:部民对地方长官的自称。 ⑤明府:对郡首长的尊称。陈恒:即田恒。《史记》作"田常"。春秋时,陈公子完以内乱奔齐,改陈氏为田氏。其后田氏日强。至齐简公时,完后人田乞专齐政。乞死,田恒继,广收民心,杀简公而立平公,自任齐相,齐国大权尽归田氏。参阅《史记·田敬仲完世家》。

(二九)元帝始过江①,谓顾骠骑曰②:"寄人国土,心常怀惭③。"荣跪对曰:"臣闻王者以天下为家,是以耿、亳无定处④,九鼎迁洛邑⑤。愿陛下勿以迁都为念⑥!"

译 晋元帝刚过江建国,对顾荣说:"寄居在别人国土上,心里常常觉得很惭愧。"顾荣跪下回答说:"臣下听说帝王是以天下为家的,因此殷商的首都先在耿,后来迁亳,并无固定之处;大禹所铸作为王室传国之宝的九鼎到周朝就迁移到了洛邑。希望陛下不要把迁都之事放在心上!"

注释 ①元帝:司马睿(276—323),字景文。司马懿曾孙,琅邪王司马伷孙。初袭封琅邪王。永嘉元年(307)任安东将军、都督扬州江南诸军事,以王导为辅,出镇建康(今江苏南京)。依靠中原南迁士族,联合江南大族顾荣、贺循等,统治长江中下游和珠江流域。刘曜破长安,晋愍帝死,他即帝位,建立东晋,是为晋元帝。后为王敦挟制,忧愤而死。 ②顾骠骑:顾荣,见《德行》25注①。死后赠侍中、骠骑将军,故称。 ③"寄人国土"两句:西晋建都洛阳,在中原。东晋建国于江东,为三国孙吴旧有之地。晋灭吴后,吴地世家大族的势力与社会地位,仍有举足轻重之势。司马睿移镇建康之初,江东大族态度冷淡。经过王导的协调,顾荣、贺循等拥戴司马睿称帝。故晋元帝对顾荣说"寄人国土",含有笼络之意。 ④耿:地名。又名邢,商代自祖乙至阳甲建都于此,故址在今河南温县东。　亳(bó 薄):地名。商汤曾建都于此。约在今河南商丘北。　⑤九鼎:相传夏禹用九州之金铸成九鼎,为王位象征。商灭夏,迁之于商邑;周灭殷商,又迁之于洛邑。　洛邑:周代都邑名。周平王、敬王先后迁都于此,为王城、成周二城。故址皆在今河南洛阳。　⑥迁都:指晋代都城原在洛阳,东晋迁至建康。按:顾荣语表示拥戴。

三〇 庾公造周伯仁[①],伯仁曰:"君何所欣说而忽肥[②]?"庾曰:"君复何所忧惨而忽瘦?"伯仁曰:"吾无所忧,直是清虚日来[③],滓秽日去耳[④]。"

今译 庾亮拜访周顗,周顗说:"您有什么高兴的事而忽然肥胖起来了?"庾亮说:"您又有什么忧愁痛苦而忽然消瘦了?"周顗说:"我没有什么忧苦,只是清静虚无日渐来到,而渣滓污秽日渐远去罢了。"

注释 ①庾公:庾亮,见《德行》31 注①。　造:拜会;往访。　周伯仁:周顗(269—322),字伯仁,晋汝南安成(今河南平舆西南)人。周浚长子。少有重名。东晋时官至尚书左仆射。嗜酒,常醉不醒,人称"三日仆射"。王敦叛乱,他斥敦"犯顺"而力称王导无罪。王敦攻入建康,杀顗,王导未加劝阻。导后知顗曾相救,悔曰:"吾虽不杀伯仁,伯仁由我而死。"　②欣说(yuè 悦):喜悦。　③直:通"特",只。　清虚:清静虚无。　④滓秽:渣滓污秽,不洁之物。

三一 过江诸人[①],每至美日,辄相邀新亭[②],藉卉饮宴[③]。周侯中坐而叹曰[④]:"风景不殊[⑤],正自有山河之异[⑥]!"皆相视流泪。唯王丞相愀然变色曰[⑦]:"当共戮力王室[⑧],克复神州[⑨],何至作楚囚相对[⑩]!"

今译 从中原南渡长江到建康来的一些人,每逢风和日丽的日子,常常相邀到江边的新亭,在草地上野宴。周顗在宴会中哀叹说:"眼前的风景与洛阳无异,只是山河破碎,跟中原大不相同!"众人听了,都相对落泪。只有王导丞相脸容严肃地说:"大家应当齐心合力,效忠朝廷,恢复中原,怎么至于如此消沉,像楚囚那样相对哭泣呢!"

注释 ①过江诸人:指自中原渡江在东晋朝廷任职的士大夫们。②新亭:亭名。三国吴建。旧址在今江苏南京西南长江边。③藉卉(huì 讳):以草为垫而坐卧其上。卉,草的总称。④周侯:周顗,见本篇 30 注①。顗袭父爵武城侯,故称。　⑤不殊:无异。　⑥正:仅;只。　山河之异:谓建康山河与洛阳不一样。含有怀念故国的情感。　⑦王丞相:王导,见《德行》27 注③。　愀(qiǎo 巧)然:面容严肃。　⑧戮力:勉力。　王室:帝王之家。借指朝廷。　⑨神州:战国时邹衍称中国为"赤县神州"。这里指中原。　⑩楚囚:《左传·成公九年》载:楚国伶人钟仪为晋国所俘,晋侯让他鼓琴,他奏楚声。晋大夫范文子说钟仪是楚囚,"乐操土风,不忘旧也。"这里用以比方过江诸人,虽怀念故国而窘迫无计,徒然悲怆。

三二 卫洗马初欲渡江[①]，形神惨悴，语左右云："见此芒芒[②]，不觉百端交集[③]。苟未免有情，亦复谁能遣此[④]！"

注释 ①卫洗(xiān 先)马：卫玠(287—313)，字叔宝，小字虎，晋河东安邑(今山西运城东北)人。风神秀美，雅善玄言，绝重当世。历太傅西阁祭酒、太子洗马。以中原大乱，于永嘉四年(310)移家南渡，经江夏至豫章，依王敦。王敦称其所谈为"不意永嘉之末，复闻正始之音"。后转向建邺，人们争睹其秀美风采，他本羸弱，因劳疾终。后人评为中兴名士第一。 洗马，即太子洗马，官名。太子属官，掌图籍，太子出行则为前导。 ②芒芒：广远无尽的样子。 ③百端：指种种纷繁复杂的感情和思绪。 ④遣：排遣；排除。

今译 卫玠当初要渡江避难的时候，形容憔悴，神情忧伤，对身边的人说："看到这广阔旷远日夜奔流的大江，禁不住身世之感，家国之忧，千头万绪，百感交集。人假如不能免除情感，这么多的愁绪又怎么能排遣啊！"

三三 顾司空未知名[①]，诣王丞相[②]。丞相小极[③]，对之疲睡。顾思所以叩会之[④]，因谓同坐曰："昔每闻元公道公协赞中宗[⑤]，保全江表[⑥]。体小不安，令人喘息[⑦]。"丞相因觉，谓顾曰："此子珪璋特达[⑧]，机警有锋[⑨]。"

注释 ①顾司空：顾和(285—351)，字君孝，晋吴郡吴(今江苏苏州)人。幼知名，受族叔顾荣器重。王导治扬州，辟为从事。晋成帝咸康初，拜御史中丞，迁侍中，转吏部尚书、领军将军等职，立朝刚正，不畏权贵。卒赠侍中、司空，故称。 ②王丞相：王导，见《德行》27 注③。 ③小极：略感疲困；小倦。 ④所以：用来……的方法。 叩会：犹问答交谈。 ⑤元公：顾荣，见《德行》25 注①。荣谥元，故称。 协赞：协助辅佐。 中宗：晋元帝的庙号。 ⑥江表：指长江以南地区。从中原看，其地在长江之外，故称。 ⑦喘息：呼吸急促。这里表示焦急之状。⑧珪璋特达：语出《礼记·聘义》："珪璋特达，德也。"珪、璋，玉器。珪，长条形，上圆(或剑头形)下方；璋，形如珪的一半。古代帝王、诸侯于典礼或朝会时所执。古人以玉为美，故以"珪璋"喻美德或聪慧。 按：《礼记》郑玄注："惟有德者，无所不达，不有须而成也。"王导引《礼记》语赞誉顾和，谓顾不须绍介自足通达。 ⑨机警：机敏警觉。

今译 司空顾和在尚未知名的时候，去拜见丞相王导。王丞相当时略感疲倦，对着他竟打瞌睡了。顾和想用什么办法来使王丞相跟自己问答交谈，就对同坐的人说："以前常常听到家叔谈起丞相辅助皇上，保全江南的种种业绩。丞相贵体小有不适，别人都会焦虑不安的。"王导于是醒来了，对顾和说："这个人啊，真是'珪璋特达'，德才出众，机智灵敏而有锋芒。"

三四 会稽贺生[①]，体识清远[②]，言行以礼。不徒东南之美[③]，实为海内之秀[④]。

今译 会稽贺循先生，品质清明，见识高远，一言一行，都按礼节。不仅是东南的美才，确实是国内的俊杰。

【注释】①会(kuài快)稽:郡名。地当今江苏东南部及浙江西部,治所在山阴(今浙江绍兴)。　贺生:贺循(260—319),字彦先,晋会稽山阴人。贺邵子。博览群书,尤精《三礼》。历任阳羡、武康令,政令宽惠。陆机荐他入洛,补太子舍人。八王之乱起,辞官归。曾镇压石冰领导的反晋武装。晋元帝以为吴国内史,与顾荣同为支持东晋元帝的江南士族领袖。官至太常,领太子太傅。卒赠司空。生,先生的省称。指有身份或有品学者。　②体识:品质见识。　③东南之美:《尔雅·释地》:"东南之美者,有会稽之竹箭焉。"后用以赞美东南的出色人才。　④秀:优秀杰出的人才。

(三五)刘琨虽隔阂寇戎[①],志存本朝[②],谓温峤曰[③]:"班彪识刘氏之复兴[④],马援知汉光之可辅[⑤]。今晋阼虽衰[⑥],天命未改,吾欲立功于河北,使卿延誉于江南[⑦],子其行乎[⑧]?"温曰:"峤虽不敏,才非昔人,明公以桓、文之姿[⑨],建匡立之功[⑩],岂敢辞命!"

【今译】刘琨在北方,虽然被来犯中原的外族敌军阻隔,但是他志在保卫晋朝,他对温峤说:"从前班彪认识到汉朝刘氏必然复兴,马援知道东汉光武帝值得辅佐。现在晋朝的国运虽然衰微,但上天赋予晋朝统治天下的使命并未改变,我打算在黄河以北建立功业,让你到长江以南去传播声誉,你可去吗?"温峤说:"我温峤虽然并不聪明,才能也比不上前人,但明公以齐桓公、晋文公那样的品质气度,要建立辅佐朝廷奠定大业的功绩,您的命令,我难道还敢推辞吗!"

【注释】①刘琨(270?—318):字越石,晋中山魏昌(今河北无极)人。少与祖逖一同鸡鸣起舞,冀有用于当世。以文才与石崇、陆机等同为贾谧"二十四友"之一。怀帝初年任并州刺史。愍帝初,任大将军、都督并冀幽三州诸军事,招抚流亡,力拒刘聪、石勒。后与鲜卑贵族段匹磾(dī低)相结,被石勒所迫,投奔匹磾。旋被害。追赠侍中、太尉。谥愍。　隔阂寇戎:谓刘琨远在北方,与来犯中原的匈奴、鲜卑族军阻隔。　②本朝:自己所在的王朝。这里指晋朝。　③温峤(288—329):字太真,晋太原祁(今属山西)人。初在并州,从姨夫刘琨抗刘聪、石勒。建武元年(317)奉刘琨命南下,拥戴晋王司马睿(元帝),留为散骑常侍。明帝时任侍中,转中书令,深受信赖。王敦反晋,他与庾亮等筹画攻灭王敦。明帝病重,他与王导、郗鉴等同受顾命。成帝咸和中,为江州刺史、平南将军,镇武昌。苏峻、祖约作乱,他与庾亮、陶侃出兵讨平。拜骠骑将军,封始安郡公。班师武昌,途中病死。谥忠武。　④班彪(3—54):字叔皮,东汉扶风安陵(今陕西咸阳东北)人。西汉末大乱,他在隗嚣部下。光武初,举茂才,历任徐令、望都县等官。有文才,作西汉史,未成,其子班固、女班昭先后续成,即《汉书》。在隗嚣处曾著《王命论》,称述汉德,谓刘氏应承嗣天命。　⑤马援(前14—49):字文渊,东汉扶风茂陵(今陕西兴平东北)人。初依隗嚣,后归刘秀(汉光武帝)。建武十一年(35)任陇西太守,击破先零羌。十七年,任伏波将军,镇压交趾郡徵侧、徵贰起义。封新息侯。后在武陵进击"五溪蛮"时,病死军中。他曾说:"丈夫为志,穷当益坚,老当益壮。”又说:“男儿要当死于边野,以马革裹尸还。” 汉光:东汉光武帝刘秀(前6—57)。 按:刘琨引班彪、马援之归于东汉光武帝为例,表明自己忠于晋朝,希望复兴,并以此勉励温峤。⑥阼(zuò 祚):皇位;国统。 ⑦延誉:传扬声誉。 ⑧其:助词。表示祈使、期望。犹“可要”。 ⑨明公:对有名位者的尊称,犹“阁下”。 桓、文:指春秋时期的齐桓公和晋文公,先后为诸侯盟主。“桓、文之姿”是指建立霸业的品质。 ⑩匡立:辅助朝廷,建立功业。

三六 温峤初为刘琨使来过江①。于时,江左营建始尔②,纲纪未举③。温新至,深有诸虑。既诣王丞相④,陈主上幽越、社稷焚灭、山陵夷毁之酷⑤,有《黍离》之痛⑥。温忠慨深烈,言与泗俱⑦,丞相亦与之对泣。叙情既毕,便深自陈结,丞相亦厚相酬纳⑧。既出,欢然言曰:“江左自有管夷吾⑨,此复何忧!”

注释 ①温峤初为刘琨使:见本篇35注①、③。 ②江左:指长江下游以东地区,因古人叙地理以东为左。这里指东晋王朝。 营建:经营创建。 始尔:开头。尔,助词,无实义。③纲纪:法度;秩序。 举:建立。 ④王丞相:王导。 ⑤陈:述说。 主上:指晋愍帝。 幽越:幽囚颠越。晋愍帝建兴四年(316),匈奴刘曜围攻长安,城中粮绝,愍帝出降。刘曜送愍帝及公卿以下于平阳。西晋亡。次年十二月,刘聪命愍帝执戟前导,又使行酒、洗爵、执盖,晋臣多哭,遂杀愍帝。 社稷:祭土神和谷神的神坛。古代天子立社稷而祭。社稷有无,表示国家存亡。因以“社稷”指国家。 山陵:指帝王坟墓。 夷毁:削平摧毁。 ⑥《黍离》:《诗·王风》篇名,开端为“彼黍离离,彼稷之苗”。相传周平王东迁后,周大夫经过故都镐京,目睹宫室宗庙尽为禾黍,因而忧伤彷徨,作此诗以悲西周之覆亡。后遂以“黍离”为感慨国家衰亡之典故。 ⑦泗:鼻涕。 ⑧酬纳:酬答接纳。 ⑨管夷吾:管仲(? —前645),名夷吾,字仲,春秋时齐桓公相,助桓公九合诸侯,一匡天下,成其霸业。这里用以比王导,谓王导为良相,能辅佐晋元帝成其大业。

今译 温峤起初作为刘琨的使者渡江而来。在这时候,东晋政权刚刚创建,一切法令秩序都没有建立好。温峤从北方新到,心中深深地怀着种种忧虑。过不久,他去拜访丞相王导,陈述晋愍帝被囚禁颠越、社稷祭坛被焚烧毁坏、晋帝陵墓被削平挖毁的种种残酷事实,颇有《黍离》诗篇那样的哀国伤痛。温峤一片忠诚,愤慨激昂,说得声泪俱下,王丞相也同他相对落泪。温峤叙说情况完毕,就深深地倾诉心事,殷勤交结,王丞相也真诚地酬答接待。辞别出来,温峤高兴地说:“江东原来有管仲那样的贤相,这还有什么可忧虑的呢!”

三七 王敦兄含①,为光禄勋②。敦既逆谋③,屯据南州④,含委职奔姑孰⑤。王丞相诣阙谢⑥。司徒、丞相、扬州官僚问讯⑦,仓卒不知何辞⑧。顾司空

今译 王敦的哥哥王含,任光禄勋之职。王敦起兵谋反,屯兵占据南州城(姑孰),王含丢下官职投奔去姑孰。丞相王导是王敦的族弟,到皇宫门前向晋元帝请罪。当时王导以丞相兼任扬州刺史,刺史府的属官要问候王导,仓猝间不知道如何措辞。顾和此时任扬州刺史别驾,拿起笔来写道:“光禄勋王含远避流言,明公您却为此蒙受风尘,辛苦奔走,我们众属下官吏十分不安,不知道贵体可安好?生活作息情况怎样?”

时为扬州别驾[9]，援翰曰[10]：“王光禄远避流言[11]，明公蒙尘路次[12]，群下不宁[13]，不审尊体起居何如[14]？”

注释 ①王敦（266—324）：字处仲，晋琅邪临沂（今属山东）人。王导从兄。妻为晋武帝女襄城公主，拜驸马都尉。西晋末，支持琅邪王司马睿移镇建康，他任扬州刺史、都督征讨诸军事。以镇压杜弢起义，升镇东大将军、都督江扬荆湘交广六州诸军事，握重兵，镇武昌。西晋亡，与王导同拥司马睿（晋元帝）建立东晋，他升任大将军荆州牧。后元帝以刘隗、刁协等人为腹心，充实朝廷军力，抑制王氏势力。他于永昌元年（322），起兵“清君侧”，攻入建康，杀刁协、周顗、戴渊等，自任丞相，还屯武昌，遥控朝政。元帝死，明帝立，他移镇姑孰，自为扬州牧，再次起兵。明帝乘其病危，下诏讨伐。不久病死军中，军败。 王含（？—324）：字处弘。晋元帝时为南中郎将，曾派兵助祖逖北伐。累官庐江太守、徐州刺史。王敦起兵向朝廷，他为光禄勋，叛奔相助。敦专权，他累迁征东大将军、都督扬州江西诸军事。太宁二年（324），为王敦军元帅，与钱凤率军再攻建康。兵败，奔从弟荆州刺史王舒，被舒沉杀于长江中。 ②光禄勋：官名。管领光禄、大中、中散、谏议等大夫及羽林郎、五官、虎贲等中郎将。 ③逆谋：谋反。一说，当为“谋逆”，疑倒。 ④南州：城名。东晋时筑，又名姑孰，故址在今安徽当涂。地当长江重要渡口，为京师建康西南门户。 ⑤委职：丢下官职。 姑孰：见本则注④。 ⑥王丞相：王导，见《德行》27注③。 阙：皇宫门外左右相对的高建筑物。借指皇宫。 谢：自责；请罪。王敦谋逆起兵，导为敦从弟，又身居相位，故自行请罪。 ⑦司徒、丞相、扬州：皆当时王导所任官职。扬州，指扬州刺史。 按：永昌元年王敦起兵时，王导任司空，不为司徒，此处误记。 官僚：指王导兼任扬州刺史府中的属官。 问讯：问候；慰问。 ⑧仓卒（cù 猝）：突然；匆忙。 ⑨顾司空：顾和，见本篇33注①。 扬州别驾：扬州刺史佐吏。别驾，因从刺史出行时另乘传车，故称。 ⑩援翰：拿起笔。 ⑪王光禄：王含，见本则注①。“远避流言”是对王含丢下官职奔向姑孰的一种婉转讳饰的说法。 ⑫蒙尘：在外蒙受风尘。比喻身居高位者遭受垢辱。 路次：途中停留之处。 ⑬群下：指众属吏。 ⑭不审：不知道；不清楚。 尊体：犹言贵体。 起居：日常生活作息。 按：这是用问候身体健康、生活起居的办法暗示属吏对长官的慰问和信任。

（三八）郗太尉拜司空[1]，语同坐曰：“平生意不在多[2]，值世故纷纭[3]，遂至台鼎[4]。朱博翰音[5]，实愧于怀。”

今译 太尉郗鉴在被任命为司空的时候，对同座的人说：“我这一辈子并不奢望做大官，恰逢世道混乱，就位至三公。就像从前朱博任丞相那样虚名远闻而得以晋升，实在是有愧于心。”

注释 ①郗太尉：郗鉴，见《德行》24注①。太尉，官名，三公之一。拜：按一定的仪式授予官职，犹言被任命为。　司空：官名，三公之一。晋代属一品官。郗鉴拜司空是因与陶侃、温峤平定祖约、苏峻起兵叛乱有功。　②多：大。　③世故：世事。④台鼎：三台星（上台、中台、下台六星）与三足鼎。比喻三公之位。⑤朱博：字子元，西汉杜陵（今陕西长安东南）人。以行侠好交著名。哀帝时，拜御史大夫，代孔光为丞相，封阳乡侯。后以事自杀。刘注引《汉书·五行志》记载朱博为丞相受策命时，有一声如钟鸣。哀帝问扬雄、李寻，以为是人君不明，空名得进之兆。　翰音：语出《易·中孚》："翰音登于天，贞凶。"飞向高空的声音，比喻虚声远闻而信实不继。

三九　高坐道人不作汉语[①]。或问此意，简文曰[②]："以简应对之烦。"

今译 高坐道人不讲汉语。有人问这是何意，司马昱说："这是避免应对之烦。"

注释 ①高坐道人：晋高僧帛尸黎密多罗（Srimitra）的别称。刘注引《高坐别传》作"尸黎密"。原为西域龟兹（qiū cí 丘词）国人，怀帝永嘉中来至中原，深得当时显贵王导、周𫖮等人的尊崇。长于高唱梵呗，又能诵咒。他不说汉语，应对皆经传译。参阅慧皎《高僧传》卷一。道人，晋宋时僧徒称"道人"。　按：魏晋清谈玄学之风大盛，佛教思想才开始传播，故僧人通过玄学清谈来接近士族，使佛教教义获得传播。　②简文：晋简文帝司马昱，见《德行》37注①。

四〇　周仆射雍容好仪形[①]。诣王公[②]，初下车，隐数人[③]，王公含笑看之。既坐，傲然啸咏[④]。王公曰："卿欲希嵇、阮邪[⑤]？"答曰："何敢近舍明公[⑥]，远希嵇、阮！"

今译 周𫖮姿态从容大方，有很好的仪表形貌。他去拜访王导，刚下车，就依凭着几个人走路，王导含笑看着他。入坐之后，显出满不在乎的样子，又是长啸，又是歌咏。王导说："您要学嵇康、阮籍的风度吗？"周𫖮说："我怎么敢丢开近在眼前的明公的风范，而去希慕离我已远的嵇康、阮籍呢！"

注释 ①周仆射：周𫖮，见本篇30注①。　雍容：仪态大方从容。仪形：仪容形貌。　②王公：王导，见《德行》27注③。③隐（yìn 印）：依；靠。　④傲然：形容高傲。　啸咏：且啸且咏。啸，吹口哨，发长声，其音或清越，或婉约，是魏晋名士表示风度洒脱的行为。咏，有节奏地朗诵或歌唱。　⑤希：仰慕；企求。　嵇、阮：嵇康，见《德行》16注②；阮籍，见《德行》15注①。两人都是"竹林七贤"中的名士。　⑥明公：对有名位者的尊称。这里称王导。

四一　庾公尝入佛图[①]，见卧佛[②]，曰："此子疲于

今译 庾亮曾经到佛寺中去，看见卧佛像，他说："此人忙于超度众生，以至于困倦了。"当时人们认为这是名言。

津梁③。”于时以为名言。

注释 ①庾公：庾亮，见《德行》31 注①。　佛图：佛寺。　②卧佛：指侧身躺卧的释迦牟尼像。刘注引《涅槃经》：“如来背痛，于双树间北首而卧，故后之图绘者为此像。”　③津梁：摆渡架桥。这里比喻佛说法接引，济度众生。

四二 挚瞻曾作四郡太守、大将军户曹参军①，复出作内史②。年始二十九。尝别王敦，敦谓瞻曰：“卿年未三十，已为万石③，亦太蚤④。”瞻曰：“方于将军少为太蚤⑤，比之甘罗已为太老⑥。”

注释 ①挚瞻：字景游，晋长安（今属陕西）人。少善为文。依王敦为户曹参军，历安丰、新蔡、西阳太守，后迁随郡内史。　大将军：指王敦，见本篇 37 注①。　户曹参军：官名。掌民户、祠祀、农桑等。　②内史：官名。魏晋时采郡县与封建并行之制，在王国中设内史，职位、体制同于郡太守。　③万石：万石之俸，指高官。汉制官吏以所得俸禄多少分等级，郡太守俸禄等级为二千石。汉代石奋及其四子均官至二千石，汉景帝称石奋为“万石君”。这里以挚瞻数任郡太守，又迁内史，均为二千石官，故称“万石”。　④蚤：通“早”。　⑤方：比。　少：稍微。　⑥甘罗：战国楚下蔡（今安徽凤台）人。秦相甘茂孙。十二岁时为吕不韦家臣，受命出使赵国，说服赵王割五城与秦，以功封上卿。

今译 挚瞻曾任四郡太守、大将军户曹参军，后来又出任内史，年龄才二十九岁。他曾向大将军王敦告别，王敦对他说：“你年不满三十，已经做了万石高官，也太早了吧。”挚瞻说：“与将军您相比，稍微早了些；但是比起甘罗来，我已经太老了。”

四三 梁国杨氏子九岁①，甚聪惠②。孔君平诣其父③，父不在，乃呼儿出。为设果，果有杨梅。孔指以示儿曰：“此是君家果。”儿应声答曰：“未闻孔雀是夫子家禽④。”

注释 ①梁国：汉高祖时改砀郡为梁国，治所在睢阳（今河南商丘南）。　②惠：通“慧”。　③孔君平：孔坦，字君平，晋会稽山阴（今浙江绍兴）人。方直有雅望。历官尚书左丞、吴郡太守、吴兴内史，迁侍中。成帝时以忤王导而出为廷尉，因病离职。　④夫子：对男子的尊称。这里指孔君平。　按：本则故事，《太平御览》卷五二八引《郭子》、敦煌本《残类书》均作杨修与孔融的故事，可见传闻甚广。

今译 梁国杨家有个孩子，才九岁，很聪明，孔坦去拜会他的父亲，他父亲不在家，就叫这小孩出来。他为客人摆设果品，其中有杨梅。孔坦指着杨梅对小孩说：“这是您家的果子。”小孩应声回答说：“可没听说过孔雀是您先生家的家禽。”

四四 孔廷尉以裘与从弟沈①，沈辞不受。廷尉

今译 廷尉孔坦把一件皮衣送给堂弟孔沈，孔沈推辞不肯接受。孔坦说：“从前晏平仲的节俭，祭祀他祖先的时候，所用的祭品猪腿小得装不满一个豆，尚且穿狐皮外套穿了几十年，你又何必推辞呢？”于是孔沈接受了皮衣而穿了起来。

曰："晏平仲之俭[②]，祠其先人，豚肩不掩豆[③]，犹狐裘数十年，卿复何辞此？"于是受而服之。

注释 ①孔廷尉：孔坦，见本篇43注③。 裘：皮衣。 从弟沈：孔沈，字德度。孔坦从弟。有美名。何充荐之于王导，辟丞相司徒掾、琅邪王文学，均不就。 ②晏平仲：晏婴（？—前500）：字平仲，春秋齐国夷维（今山东高密）人。历灵公、庄公、景公三朝为齐卿。以节俭力行著称。 ③豚肩：猪腿。这里用作祭品。 不掩豆：不能遮盖一豆。豆，古代食器，形似高脚盘，多有盖。语见《礼记·杂记》。

四五 佛图澄与诸石游[①]，林公曰[②]："澄以石虎为海鸥鸟[③]。"

译 佛图澄和石勒、石虎交游，支道林说："佛图澄是把石虎当作海鸥鸟。"

注释 ①佛图澄（约232—349）：西晋末后赵高僧，西域龟兹（qiū cí 丘词）国人。本姓帛。永嘉四年（310）至洛阳，后投石勒。以法术得石勒、石虎信任，被尊为"大和尚"，常谘以军国大事。在他影响下，石虎允许汉族人出家为僧，北方佛教因而大盛，建寺数百。他的弟子前后达万人，其中道安、法雅最著名。 诸石：指石勒、石虎。十六国时期后赵国君，羯族。 游：交往。 ②林公：支道林（约314—366）：名遁，东晋高僧。本姓关。世称"林公"或"支公"。陈留（今河南开封东）人，一说河东林虑（今河南林县）人。年二十五出家。晋哀帝时诏至洛阳东安寺。继竺潜讲法于禁中。善谈玄理，注《庄子·逍遥游》，为士大夫叹服，名动当时。谢安、王羲之等均与交游。隆和元年（362），他在建康东安寺讲《道行般若经》，宣扬"色即是空"。参阅慧皎《高僧传》卷四。 ③石虎（295—349）：字季龙，十六国时期后赵国君。羯族。石勒之侄。初随石勒征战，勇冠当时。累迁太尉、守尚书令，封中山王。石勒死，他废勒子弘而自立为大赵天王。穷兵黩武，劳役繁兴，民不堪命。他死后，国即乱亡。 海鸥鸟：《列子·黄帝篇》中说，海边有个人喜欢海鸥，天天到海上去与海鸥玩。一天，他父亲要他捉一只海鸥回家玩，结果海鸥"舞而不下"。这里是说佛图澄清净无机心，物我相忘。

四六 谢仁祖年八岁[①]，谢豫章将送客[②]。尔时语已神悟[③]，自参上流[④]。诸人咸共叹之，曰："年少，一坐之颜回[⑤]。"仁祖曰："坐无尼父[⑥]，焉别颜回？"

译 谢尚八岁的时候，他父亲豫章太守谢鲲带着他送客人。这时候他讲话已经异常聪敏有悟性，参与上流人物的行列。当时众人都赞扬他，说："年纪轻轻，是一坐之中的颜回。"谢尚说："在坐并没有孔夫子，如何识别颜回？"

注释 ①谢仁祖：谢尚（308—357），字仁祖。谢鲲子。幼聪慧颖悟，王导器重他，比之王戎。历官给事黄门侍郎，出为历阳太守，转都督江夏、义阳、随三郡军事，江夏相。后为西中郎将、豫州刺史。穆帝时，拜尚书仆射，进号镇西将军。世称“谢镇西”。在任有政绩。　②谢豫章：谢鲲（280—322），字幼舆，晋陈郡阳夏（今河南太康）人。酷好《老》、《易》，恬于荣辱，能歌善琴，任达不修威仪。王敦引为长史，他不屑政事，与桓彝、阮孚等纵酒。后出为豫章太守。　将：带领；携带。　③尔时：此时。　④自参：参与。自，助词，无实义。　上流：上品；上等人物。　⑤颜回（前521—前490）：字子渊，春秋鲁国人。孔子弟子。在孔门中以德行称。　⑥尼父：指孔子。孔子名丘，字仲尼，谥称“尼父”。

四七　陶公疾笃①，都无献替之言②，朝士以为恨③。仁祖闻之④，曰：“时无竖刁⑤，故不贻陶公话言⑥。”时贤以为德音⑦。

今译 陶侃病重，一点都没有留下建议兴革、劝善规过的话，朝廷上的士大夫都引为憾事。谢尚听说此事，就说：“当前并没像竖刁那样的人，所以没有留下陶公的遗言。”当时贤明人士都认为这是有远见卓识的言论。

注释 ①陶公：陶侃（259—334），字士行，晋庐江浔阳（今江西九江）人。以军功累迁江夏、武昌太守，荆州、广州、江州、湘州刺史，侍中、太尉，都督荆雍梁益交广宁江八州军事，封长沙郡公。他勤于职事，严于约下，重实际而戒浮华，甚有时誉。　疾笃：病重。　②献替：献可替否的省称，谓向君上提出正确可行的建议，否定错误不当的政令。　按：本则叙陶侃病重无献替之言，但刘注引王隐《晋书》，有陶侃临终上表全文。今本《晋书·陶侃传》亦载此表，文字较详。　③朝士：朝廷上的官员。　④仁祖：谢尚，见本篇46注①。　⑤竖刁：春秋时齐国人。自施宫刑入侍齐桓公，甚受宠任。相国管仲以其举动不近情理，劝桓公疏远他。管仲病重，桓公问可否以竖刁代为相，管仲以为必不可用。后来果乱齐国。竖，指服役于宫中的臣仆。　⑥贻：遗留；留下。　话言：临终遗言。　⑦时贤：当代有才德之人。　德音：善言；明哲之言。

四八　竺法深在简文坐①，刘尹问②：“道人何以游朱门③？”答曰：“君自见其朱门，贫道如游蓬户④。”或云卞令⑤。

今译 竺法深在司马昱（简文帝）的客座上，刘惔问他说：“和尚为什么和达官显贵交游？”竺法深回答说：“在您自看去是富贵之家，而贫道就像和贫穷人家交游一样。”有人说是卞壶问的。

注释 ①竺法深：见《德行》30注①。　简文：晋简文帝司马昱，见《德行》37注①。　②刘尹：刘惔，见《德行》35注①。　③道人：僧人；和尚。　朱门：王侯贵族之家，大门漆作朱红色，以示显贵。借指豪门贵官。　④贫道：和尚自称的谦词。蓬户：用蓬草编成的门户。借指贫穷人家。 ⑤卞令：卞壸（kǔn 捆），字望之，晋济阴冤句（今山东菏泽西南）人。明帝时为尚书令。成帝立，与庾亮同辅政。苏峻攻建康，他扶病率军抗拒，战死。

四九 孙盛为庾公记室参军①，从猎，将其二儿俱行②。庾公不知，忽于猎场见齐庄③，时年七八岁，庾谓曰："君亦复来邪④？"应声答曰："所谓'无小无大，从公于迈'⑤。"

今译 孙盛在做庾亮的记室参军时，一次跟从庾亮出去打猎，他带领两个儿子一同去。庾亮事前不知道，在猎场上忽然看见孙放，当时年龄只有七八岁，庾亮对孙放说："你也来啦？"孙放应声回答说："这就叫做'无小无大，从公于迈。'"

注释 ①孙盛（302？—373）：字安国，晋太原中都（今山西平遥西）人。博学善谈名理，与殷浩齐名。先后为陶侃、庾亮、庾翼、桓温幕僚。从桓温平蜀、洛，封吴昌县侯。累迁秘书监。著《魏氏春秋》、《晋阳秋》。 庾公：庾亮，见《德行》31注①。 记室参军：官名。魏晋时诸王、三公及将军、都督幕府中置，是掌管文书的幕僚。 ②将：带领。 ③齐庄：孙放，字齐庄，孙盛次子。幼以清秀辩捷著称。官至长沙王相。 ④亦复：也。复，助词，无实义。 ⑤"无小无大，从公于迈"：两句引自《诗·鲁颂·泮水》。原义谓不论尊卑，都随着鲁公行进。孙放借用《诗》句，解成无论小孩大人，都随着明公行进。巧妙运用意义双关，得体地答复了庾亮的问话，又点明自己是父亲带领来的。

五〇 孙齐由、齐庄二人①，小时诣庾公②。公问齐由何字③，答曰："字齐由。"公曰："欲何齐邪？"曰："齐许由④。"齐庄何字，答曰："字齐庄。"公曰："欲何齐？"曰："齐庄周⑤。"公曰："何不慕仲尼而慕庄周⑥？"对曰："圣人生知⑦，故难企慕。"庾公大喜小儿对。

今译 孙潜、孙放弟兄二人，小时候去谒见庾亮。庾亮问孙潜的字叫什么，回答说："潜字齐由。"庾亮说："要向何人看齐呢？"说："向许由看齐。"庾亮又问孙放的字叫什么，回答说："放字齐庄。"庾亮说："要向谁看齐？"说："向庄周看齐。"庾亮说："为什么不仿效孔子而去仿效庄周？"孙放回答："孔子圣人，天生智慧，是难以仰望仿效的。"庾亮非常喜欢小孩的回答。

注释 ①孙齐由：孙潜（？—397？），字齐由。孙盛长子。仕至豫章太守。殷仲堪讨王国宝，逼他做谘议参军，不从，忧死。 齐庄：孙放，见本篇前则注③。 ②庾公：庾亮，见《德行》31注①。 ③字：人的表字，即正名外的另一个名字。自称用名，以示谦恭；称人用字，以示尊敬。名和字之间一般有某种意义上的关联。 ④齐：向……看齐；与……等同。 许由：见本篇1注③。⑤庄周（约前369—前286）：战国时宋国蒙（今河南商丘东北）人。他继承和发展老子"道法自然"的观点，主张清静无为，安时处顺，逍遥自得。所著《庄子》，与《老子》、《周易》成为魏晋玄学家清谈的思想资料，总称"三玄"。 ⑥慕：向往；仿效。 仲尼：孔子，字仲尼。　⑦圣人：指孔子。　生知：意谓不待学习，生而知之。

译　张玄之和顾敷，是顾和的外孙和孙子，两人都年幼而聪明，顾和对他们都很好，但常常认为顾敷胜过张玄之，对顾敷更加偏爱和看重。张玄之心里很不满意。那时，张玄之九岁，顾敷七岁，顾和带他们一起到佛寺里去，看到释迦牟尼佛般泥洹像，佛侧卧着，身旁的弟子们，有的在哭泣，有的不哭。顾和拿这个情景问两个孙辈何以如此。张玄之说："蒙受到佛的亲爱的当然哭泣，没受到亲爱的必然不哭。"顾敷说："不是这样的。应当是由于忘却喜怒哀乐等常人之情所以不哭，不能忘情当然要哭泣。"

（五一）张玄之、顾敷是顾和中外孙[1]，皆少而聪惠，和并知之，而常谓顾胜[2]，亲重偏至，张颇不恹[3]。于时，张年九岁，顾年七岁[4]，和与俱至寺中，见佛般泥洹像[5]，弟子有泣者，有不泣者。和以问二孙。玄谓："被亲故泣，不被亲故不泣。"敷曰："不然。当由忘情故不泣[6]，不能忘情故泣。"

注释　①张玄之：一作张玄，字祖希。历官吏部尚书、吴兴太守、会稽内史等。与谢安侄谢玄齐名，时称"南北二玄"。　顾敷：字祖根。幼聪颖，时人期以大成，惜年仅二十三而卒。仕至著作郎。　顾和：见本篇33注①。张玄之、顾敷事又见《夙惠》4。　中外孙：儿子所生称"中"，即孙子；女儿所生称"外"，即外孙。　②胜：超过。　③恹（yàn 宴）：满意。　④"张年九岁，顾年七岁"：《夙惠》4作"年并七岁"，二说不一，未知孰是。　⑤般泥洹（bō niè huán 波蹑桓）：梵文 parinirvāna 的音译。亦作"般涅槃"，略作"涅槃"。义为脱离生死，入于寂灭。佛教认为般泥洹是脱离一切烦恼、进入自由无碍的最高境界。佛般泥洹像，指释迦牟尼圆寂之像，即卧佛像。如四川广元千佛崖的造像，佛作侧卧状，右手支颐，左臂伸直，后面环立诸弟子，表现释迦牟尼向弟子嘱咐后事的情景。　⑥忘情：不为情感所动，对于喜怒哀乐等常人之情，淡然若忘。

译　康法畅去拜会庾亮，他手中所握的麈尾极好。庾亮说："这麈尾好极了，怎么能够还在你手里？"法畅说："廉洁的人不会贪图而索取，贪婪的人索取也不给，因此能留在我手中。"

（五二）庾法畅造庾太尉[1]，握麈尾至佳[2]。公曰："此至佳，那得在？"法畅曰："廉者不求[3]，贪者不与，故得在耳。"

注释　①庾法畅：东晋高僧。刘注："法畅氏族所出未详。法畅著《人物论》，自叙其美云：'悟锐有神，才辞通辩。'"　按：慧皎《高僧传》卷四有康法畅，本康国人。晋成帝时与康僧渊、支敏度南渡至建康，著《人物始义论》。常执麈尾，每值名宾，辄清谈尽日。当即此僧。　庾太尉：庾亮，见《德行》引注①。　②麈（zhǔ 主）尾：魏晋六朝时一种兼具拂尘和凉扇功能的器具。长尺余，形状与掸子相近，由固定有两排麈尾毛的轴杆与把柄相接而成。把柄一般为木质，涂漆或以玉石、玳瑁饰之。当时清谈之士常执以助谈锋，遂成风雅之物。麈，兽名，似鹿而大。　③求：贪图。

(五三) 庾稚恭为荆州[①]，以毛扇上武帝[②]，武帝疑是故物[③]。侍中刘劭曰[④]：“柏梁云构[⑤]，工匠先居其下；管弦繁奏，钟、夔先听其音[⑥]。稚恭上扇[⑦]，以好不以新。”庾后闻之，曰：“此人宜在帝左右。”

译 庾翼做荆州刺史的时候，把羽毛扇献给晋武帝，武帝怀疑这羽扇是用过的旧东西。侍中刘劭说：“柏梁台是高耸入云的壮丽建筑，造台的工匠先居在台下；管弦乐器美妙的合奏，知音的钟子期和夔先听音乐的声音。现在庾稚恭进献羽扇，是因为这把扇子好，并不是因为它新。”庾翼后来听说此事，就说：“此人善于言辞，适宜在皇帝左右。”

注释 ①庾稚恭：庾翼（305—345），字稚恭，晋颍川鄢陵（今属河南）人。庾亮弟，少有大志，初辟陶侃府参军，后历官振威将军，鄱阳太守，建威将军、西阳太守，有政绩。庾亮死后，他任都督江荆等六州诸军事、安西将军、荆州刺史，代亮镇武昌。他锐意北伐，在任尽职，公私充实。康帝立，他屡次上表北伐，进位征西将军，领南蛮校尉，故称“庾征西”。　②毛扇：羽扇，魏晋时流行的用具。　武帝：晋武帝司马炎，见《德行》17 注④。　③故物：旧东西。　④侍中：官名。掌傧赞威仪，备切问近对，常在皇帝左右，预闻朝政，为亲信贵官。　刘劭：字彦祖，晋彭城（今江苏徐州）人。博学多才艺，善草隶。历官御史中丞、侍中、尚书、豫章太守。⑤柏梁：汉代台名。故址在今陕西长安。据《三辅黄图》卷五记载，为汉武帝元鼎二年（前 115）春建，以香柏为梁，武帝尝置酒台上，召群臣和诗。　云构：高耸入云的构筑。　⑥钟：钟子期，春秋时楚人。善辨乐知音。　夔（kuí 逵）：相传为舜之乐官。“钟夔”合称，指古之精于音乐者。　⑦稚恭上扇：刘注谓以白羽扇献晋武帝是庾怿的事，不是庾翼。《晋书·庾怿传》记载怿以白羽扇上晋成帝，非武帝。当是。

(五四) 何骠骑亡后[①]，征褚公入[②]。既至石头[③]，王长史、刘尹同诣褚[④]，褚曰：“真长，何以处我[⑤]？”真长顾王曰：“此子能言。”褚因视王，王曰：“国自有周公[⑥]。”

译 骠骑将军何充死后，朝廷征召褚裒入朝，要他执政。褚到了石头城，王胡之和刘惔一同来拜访他。褚裒说：“真长（刘惔字），怎么安排我呢？”刘惔回头看王胡之，说：“此人善于言辞。”褚裒就看着王胡之，王说：“国家原来有像周公般的人在。”

注释 ①何骠骑：何充（292—346），字次道，东晋庐江灊（今安徽霍山东北）人。晋成帝时，与庾冰同参录尚书事。康帝立，他避庾氏而出为骠骑将军，领徐州刺史，故称“何骠骑”。康帝死，入朝辅幼主穆帝。使桓温统领庾部镇荆楚，荐褚裒参录尚书，为时所重，称他不树亲党。性好佛理，崇修佛寺，耗费极多，当时颇有讥议。　②褚公：褚裒，见《德行》34 注①。此时他在外任刺史，镇京口；其女康帝皇后褚蒜子正以皇太后临朝。征他入朝，是要他录尚书事，参掌朝政。　③石头：城名。故址在今南京石头山后，三国吴所筑，为军事要地。　④王长史：王胡之，字脩龄，东晋琅邪临沂（今属山东）人。历官吴兴、南平太守，侍中，丹阳尹。穆帝永和初为褚裒长史。长史，官名。　刘尹：刘惔，见《德行》35 注

①。 ⑤处:安排。 ⑥国自有周公:朝廷上原本有周公。这里以周公比方会稽王司马昱。刘注引《晋阳秋》,说当时要让褚裒执掌朝政,吏部尚书刘遐劝褚裒让位给会稽王,长史王胡之也这样规劝。于是褚裒力辞朝命,回镇京口。《晋书·褚裒传》所记相同。

译 桓温发兵北征,经过金城,看见他以前做琅邪内史时所种的柳树,都已经长得有十围粗大了,他感慨地说:"树木尚且如此,人怎么经受得了岁月流逝呢!"他边说边攀折枝条,情不自禁地落下泪来。

五五 桓公北征[①],经金城[②],见前为琅邪时种柳[③],皆已十围[④],慨然曰:"木犹如此,人何以堪[⑤]!"攀枝执条,泫然流泪[⑥]。

注释 ①桓公:桓温(312—373),字元子,东晋谯国龙亢(今安徽怀远西北)人。桓彝子。穆帝永和元年(345)任荆州刺史,定蜀,进位征西大将军,封临贺郡公。曾几次北伐前秦、前燕等,一度收复洛阳。官至侍中、大司马、都督中外诸军事、录尚书事,威权极盛。晋废帝太和六年(371),温废帝为海西公,立会稽王司马昱(简文帝),他专擅朝政,意欲代晋,未成,病死。谥宣武。北征:指太和四年,北攻前燕。 ②金城:地名。东晋成帝咸康元年割丹阳郡江乘县境设置琅邪侨郡,治所在金城(今江苏句容北)。③前为琅邪时:以前做琅邪内史的时候。桓温于咸康七年(341)任琅邪内史,镇金城。 ④围:量词。两臂合抱的圆周为一围。一说,两手的拇指与食指合拢成圈为一围。十围,形容粗大。 ⑤"木犹如此,人何以堪":这两句后常用为感慨时光流逝而功业未就的典故。桓温此次发兵伐前燕,距离他任琅邪内史时,已将近三十年了。 ⑥泫(xuàn 渲)然:流泪的样子。

译 简文帝在作抚军大将军的时候,曾经和桓温一起上朝,两人相互谦让,请对方在前面走。桓温不得已而走在前头,因而说:"伯也执殳,为王前驱。"简文帝说:"所谓'无小无大,从公于迈'。"

五六 简文作抚军时[①],尝与桓宣武俱入朝[②],更相让在前。宣武不得已而先之,因曰:"伯也执殳,为王前驱[③]。"简文曰:"所谓'无小无大,从公于迈'[④]。"

注释 ①简文:晋简文帝司马昱,见《德行》37 注①。 抚军:抚军大将军,将军称号。司马昱于穆帝永和元年(345),以会稽王进位抚军大将军、录尚书六条事,辅佐朝政。 ②桓宣武:桓温,见本篇前则注①。 ③"伯也执殳,为王前驱":两句引自《诗·卫风·伯兮》。原义谓伯啊,执着长殳,做王的前驱。伯,妻对夫的称呼。殳(shū 殊),古兵器,长一丈二尺,有棱无刃。桓温引此诗是借谓走在前面是做王的前锋,表示谦恭。 ④"无小无大,从公于迈":两句见本篇 49 注⑤。司马昱引此诗借谓不论官小官大,走在后面是随公行进,也是表示谦让。其实当时是慑于桓温的威势。

五七 顾悦与简文同年①，而发蚤白②。简文曰："卿何以先白？"对曰："蒲柳之姿③，望秋而落④；松柏之质，经霜弥茂⑤。"

注释 ①顾悦：字君叔，名一作悦之，晋晋陵（今江苏武进）人。初为殷浩扬州别驾。浩卒，上疏为浩诉屈。官至尚书左丞。简文：晋简文帝，见《德行》37 注①。 ②蚤：通"早"。③蒲柳：即水杨，一种秋天早凋的树木。 ④望：临近。 ⑤弥：更加。

今译 顾悦与简文帝同岁，但头发早就白了。简文帝说："你为什么头发比我先白？"顾悦回答说："蒲柳那样的体态，临近秋天就落叶了；松柏那样的本质，经过霜打却更加茂密。"

五八 桓公入峡①，绝壁天悬，腾波迅急，乃叹曰："既为忠臣，不得为孝子②，如何？"

注释 ①桓公：桓温，见本篇 55 注①。 入峡：进入三峡。桓温于晋穆帝永和二年（346）冬，自江陵发兵攻蜀，沿长江上行，经过三峡。 ②既为忠臣，不得为孝子：谓奉君命西征，恐难保全性命，尽忠而不能尽孝。刘注引《汉书》，说王阳任益州刺史时，行部到邛僰九折坂，慨叹说：自己奉父母留给的身体，怎么来多次冒险呢？就称病辞官。后来王尊做刺史，也经过九折坂，他知道这是王阳害怕丧生的地方，命令驾车人驱车前进，他说：王阳做孝子，王尊做忠臣。

今译 桓温西征，进入三峡，只见陡峭的山壁，像从天空悬挂而下，奔腾的波涛，又快又急，就说："既然做忠臣，就不能做孝子了，怎么办？"

五九 初，荧惑入太微①，寻废海西②。简文登阼③，复入太微，帝恶之④。时郗超为中书⑤，在直⑥。引超入曰："天命脩短，故非所计。政当无复近日事不⑦？"超曰："大司马方将外固封疆⑧，内镇社稷，必无若此之虑。臣为陛下以百口保之⑨。"帝因诵庾仲初诗曰⑩："志士痛朝危，忠臣哀主辱。"声甚凄厉。郗受假还东，帝曰："致意尊公⑪，家国之事⑫，遂至于此。由是身不能以道匡卫⑬，思患预防。愧叹之深，言何能喻⑭！"因泣下流襟。

今译 先前，荧惑星进入太微垣，不久，就发生了桓温废皇帝为海西公的事。简文帝即位之后，荧惑星又进入太微垣，简文帝很厌恶这个征兆。当时郗超任中书侍郎，正在宫中值班，简文帝招郗超进来，对他说："做皇帝的天命是长还是短，本来不是我所要计较的。只是想起来也许不会再有前些日子所发生的事情了吧？"郗超说："大司马正将筹画对外巩固边防，对内安定国家，一定不会有这样的考虑。臣下愿以全家性命为陛下担保。"简文帝因而吟诵庾阐的诗句说："志士痛朝危，忠臣哀主辱。"声音非常伤感凄凉。郗超被准假回东方去探望他父亲郗愔，简文帝说："请向令尊转达我的心意，皇家朝廷上的事情，竟然到了如此地步。由于我不能以正道来匡救保卫，想到祸害而预作防备。我惭愧和感叹之深，难以用言语表白！"于是哭泣落泪，沾湿衣襟。

注释 ①荧惑：星名，即火星。因隐现不定，令人迷惑，故名。古人视为灾星。 太微：星宿名，三垣之一，位于北斗之南，以五帝位为中心，作屏藩状。古人视为天庭，对应于人间朝廷。②寻：不久。 废海西：桓温北伐在枋头败后，为挽救自身威望的低落，用参军郗超之谋，于太和六年(371)，废皇帝司马奕为海西公，更立会稽王司马昱为帝，即简文帝。古人相信天人感应，以为这种废立大事，当有天象预兆。刘注引《晋阳秋》："泰和六年闰十月，荧惑守太微端门。十一月，大司马桓温废帝为海西公。" ③登阼：即皇帝位。 ④复入太微：荧惑星又入太微垣。刘注引徐广《晋纪》："咸安元年十二月，荧惑逆行入太微，至二年七月，犹在焉。帝惩海西之事，心甚忧之。" 恶(wù 务)：厌恶。 ⑤郗超(336—377)：字景兴(或作敬舆)，一字嘉宾，东晋高平金乡(今属山东)人。郗愔子。任桓温大司马参军，深得信任，以郗氏所部归桓温统领。桓温兵败枋头后，他向温进行废立之谋，于是废海西公而立简文帝。迁中书侍郎，权重当时。转司徒左长史，以母丧去职。 ⑥在直：正在(宫中)值班。 ⑦政：通"正"，只，仅。 当：或许，表示揣度的口气。 复：再，还。 近日事：前些日子的事。这里指桓温废立皇帝的事。 不(fǒu 缶)：同"否"。 ⑧大司马：指桓温。 封疆：疆界，引申为边防。 ⑨百口：指整个家族。 ⑩庾仲初：庾阐，字仲初，晋颍川鄢陵(今属河南)人。以平苏峻有功拜彭城内史。寻为郗鉴从事中郎。召为散骑侍郎，领大著作。尝作《扬都赋》，为世所重。这里所引两句，见于庾阐《从征》诗。 按：桓温废立，是郗超的谋画，简文帝引此两句，用意甚深。 ⑪尊公：对别人父亲的敬称。指郗超之父郗愔，时任镇军将军、都督浙江东五郡军事、会稽内史。郗愔是忠于晋王室的。 ⑫家国之事：皇家朝廷上的政事。此指朝廷上发生的废立之事。 ⑬身：代词，我。 匡卫：挽救保卫。 ⑭喻：表明。

今译 晋简文帝坐在暗室中，宣召桓温来见。桓温到了暗室，问皇上在甚么地方，简文帝说："某在斯。"当时人们认为简文帝有才能。

六〇 简文在暗室中坐①，召宣武②。宣武至，问上何在③。简文曰："某在斯④！"时人以为能⑤。

注释 ①简文：晋简文帝司马昱，见《德行》37 注①。 ②宣武：桓温，见本篇 55 注①。 ③上：皇上，这里指简文帝。 ④某在斯：某人在这里。语出《论语·卫灵公》，记师冕(乐师，盲人)来见孔子，孔子给他指出阶沿和坐席的所在，都坐定了，孔子又告诉他说："某在斯，某在斯。"原义是逐个介绍在座的人，因说某人在这里。简文帝引用此语用"某"指代我。 ⑤能：有才能。一说，"能"当作"能言"，善于言辞。

今译 晋简文帝到华林园，环顾身边的随从人员说："使人心神交融、和谐舒畅的地方不必寻求遥远之处，翳荫幽深的林木流水，就会让人有置身于濠梁、濮水间的情趣和韵味，觉得飞鸟走兽、鸣禽游鱼，都自然来和人们亲近。"

六一 简文入华林园①，顾谓左右曰："会心处不必在远②，翳然林水③，便自有濠濮间想也④，觉鸟兽禽鱼自来亲人⑤。"

注释 ①华林园：宫苑名。西晋时洛阳有华林园。南渡后在建康另建，亦名华林园，在今江苏南京鸡鸣山南古台城内，为三国吴建，六朝均续加整修。参阅赵翼《陔余丛考》卷一六。 ②会心处：心神交融谐合之处。 ③翳然：荫蔽的样子。 ④濠濮间想：濠梁、濮水间的情趣韵味。语出《庄子·秋水》，叙及庄子与惠施游于濠梁之上，羡鱼之乐；又叙庄子钓于濮水上，却楚王之聘，而宁可自由自在地生活。后因以"濠濮"指高人隐士游钓之处。 ⑤觉：别本作"不觉"。

六二 谢太傅语王右军曰[①]："中年伤于哀乐[②]，与亲友别，辄作数日恶[③]。"王曰："年在桑榆[④]，自然至此，正赖丝竹陶写[⑤]，恒恐儿辈觉，损欣乐之趣。"

今译 太傅谢安对右军将军王羲之说："人到中年，常常为一些哀苦伤感的事情所激动，每逢和亲友分别，总要好几天不愉快。"王羲之说："桑榆晚年，自然会到达这种地步，正需要靠音乐来陶冶性情，排遣忧闷，还常常恐怕儿女晚辈发觉，减少了欣喜快乐的情趣。"

注释 ①谢太傅：谢安，见《德行》33注②。 王右军：王羲之（303—361，或321—379）：字逸少，东晋琅邪临沂（今属山东）人。王导侄，郗鉴婿。起家秘书郎，累迁宁远将军、江州刺史、护军将军、右军将军、会稽内史，习称"王右军"。工书法，博采众长，推陈出新，自成一家，后世誉为"书圣"。传世墨迹有《兰亭序》、《丧乱帖》（均摹本）等。 ②哀乐：悲哀和快乐。这里偏指哀苦伤感。 ③作：发出；发动。 恶：不适；不舒服。 ④桑榆：落日余辉所照射的桑树、榆树的顶端。转指夕阳。语出《淮南子》（《初学记》卷一引）。比喻人的晚年。 ⑤丝竹：弦乐器和管乐器。借指音乐。 陶写：陶冶宣泄。 按：《晋书·谢安传》记谢安"性好音乐"，作了丞相之后，即使在一年丧服期间也不废音乐。

六三 支道林常养数匹马[①]。或言："道人畜马不韵[②]。"支曰："贫道重其神骏[③]。"

今译 支道林经常养着几匹马。有人说："和尚养马，不雅。"支道林说："贫僧看重它有神采。"

注释 ①支道林（314—366）：名遁，东晋高僧，陈留（今河南开封东）人，一说河东林虑（今河南林县）人。本姓关。尝隐居支硎山，世称"支公"、"支硎"、"林公"。年二十五出家。继竺法深（见《德行》30注①）讲法于宫禁中。形貌丑异而善谈玄理，长于草隶。一时名流王洽、刘惔、殷浩、许询、郗超、王羲之、谢安等，均与之游。晋哀帝隆和元年（362），在建康东安寺讲《道行般若经》，宣扬"即色是空"，为当时般若学的代表人物。 ②道人：僧人。 畜（xù 蓄）：畜养。 韵：风雅。 ③神骏：有神采。

六四 刘尹与桓宣武共听讲《礼记》[①]。桓云："时

今译 刘惔和桓温一同听讲《礼记》。桓温说："间或有领悟之处，就觉得离玄妙境界近在咫尺了。"刘惔说："这还没有达到最高的境界，所讲的只是金华殿中儒生讲说经书的常谈。"

有入心处[2]，便觉咫尺玄门[3]。”刘曰：“此未关至极[4]，自是金华殿之语[5]。”

注释 ①刘尹：刘惔，见《德行》35注①。　桓宣武：桓温，见本篇55注①。　《礼记》：书名。又称“小戴记”，西汉博士戴圣编定，共四十九篇。是研究儒家思想和古代礼乐、教育、仪节等方面的典籍。有东汉郑玄注。　②入心：会心；领悟。　③咫尺：距离很近。咫，八寸。　玄门：本谓老庄学说。语出《老子》“玄之又玄，众妙之门。”比喻高深的境界。　④关：到，及。　至极：指最高境地。　⑤自是：只是。　金华殿：西汉未央宫中殿名。汉成帝时，郑宽中、张禹在殿中讲《尚书》、《论语》。事见《汉书·叙传》。“金华殿之语”，意谓儒生为帝王讲书之常谈。

今译 羊秉任抚军参军，年纪很轻就亡故了，有美名，夏侯湛为他写了叙，对他备加赞美，极表哀悼。羊权做黄门侍郎，在简文帝身边侍候。简文帝问道：“夏侯湛作《羊秉叙》，我读后非常称心。羊秉是你的什么人？可有后代吗？”羊权流着泪回答说：“羊秉是我亡故的伯父，他很早就声誉卓著，但没有后代。虽然他名声传播到君王耳中，可是在圣明的时世竟然断绝了后嗣。”简文帝为之感慨惋惜了好久。

六五 羊秉为抚军参军[1]，少亡，有令誉[2]，夏侯孝若为之叙[3]，极相赞悼。羊权为黄门侍郎[4]，侍简文坐。帝问曰：“夏侯湛作《羊秉叙》，绝可想[5]。是卿何物[6]？有后不？”权潸然对曰[7]：“亡伯令问夙彰[8]，而无有继嗣；虽名播天听[9]，然胤绝圣世[10]。”帝嗟慨久之。

注释 ①羊秉：字长达，西晋泰山平阳（今山东新泰）人。仕至抚军参军，以小心谨慎著称。卒年三十二。　抚军参军：官名。抚军大将军的僚属。　②令誉：美好的声誉。　③夏侯孝若：夏侯湛（243—291），字孝若，晋谯国谯（今安徽亳县）人。幼负盛才，文辞宏富。历官中书侍郎、南阳相，惠帝即位，以为散骑侍郎，旋卒。湛容貌甚美，常与潘岳同行止，人称“连璧”。　叙：文体名。刘注引夏侯湛所作《羊秉叙》，赞美并哀悼羊秉，说他“将奋千里之足，挥冲天之翼，惜乎春秋三十有二而卒”。　④羊权：字道舆。羊忱子。历官黄门侍郎、尚书左丞。　黄门侍郎：官名。黄门，宫内官署。　⑤可想：可心；称意。　⑥何物：什么人。物，指人，晋人常语。　⑦潸（shān 山）然：形容流泪。　⑧令问：美好的声誉。　夙：早。　彰：显著。　⑨天听：皇上的听闻。⑩胤绝：断绝后代。胤（yìn 印），子孙后代。

今译 长史王濛与刘惔分别之后再见，王濛对刘惔说：“您学问修养更有长进了。”刘惔回答说：“这就像天的自然而高罢了。”

六六 王长史与刘真长别后相见[1]，王谓刘曰：“卿更长进[2]。”答曰：“此若天之自高耳[3]。”

注释 ①王长史：王濛（309？—347？），字仲祖，晋太原晋阳（今山西太原）人。少放纵不羁，长而砥励操行。历官长山令、中书郎。简文帝时官至司徒左长史。刘真长：刘惔，见《德行》35注①。　②长进：谓学问修养有进步。　③若天之自高：就像天自然的高。语出《庄子·田子方》“若天之自高，地之自厚，日月之自明”。

六七 刘尹云[①]：“人想王荆产佳[②]，此想长松下当有清风耳！”

今译 刘惔说：“人们想象王荆产的美好，这是想象高大的松树之下应当有清风而已！”

注释 ①刘尹：刘惔，见《德行》35注①。　②想：想象。　王荆产：王微（？—312？），名一本作徽，字幼仁，小字荆产，晋琅邪临沂（今属山东）人。王澄子。少有佳名。历官尚书郎、右军司马。

六八 王仲祖闻蛮语不解[①]，茫然曰：“若使介葛卢来朝[②]，故当不昧此语[③]。”

今译 王濛听南方少数民族的言语，不能理解，神情迷惘地说：“假使从前能通牛语的介葛卢前来朝见，可能懂得这种话。”

注释 ①王仲祖：王濛，见本篇66注①。　蛮：古时对南方少数民族的通称。六朝时主要指荆州地区的少数民族。　②介葛卢：春秋时介国国君，名葛卢，能通牛语。事见《左传·僖公二十九年》。　③不昧：懂得；通晓。昧，不明。

六九 刘真长为丹阳尹[①]，许玄度出都[②]，就刘宿，床帷新丽[③]，饮食丰甘。许曰：“若保全此处，殊胜东山[④]。”刘曰：“卿若知吉凶由人，吾安得不保此！”王逸少在坐[⑤]，曰：“令巢、许遇稷、契[⑥]，当无此言。”二人并有愧色。

今译 刘惔自侍中出为丹阳尹，许询离开京都建康，往刘处住宿，床帐簇新而华丽，饮食丰盛而甘美。许询说：“假如能保全这官职俸禄，那比隐居在东山要好得多。”刘惔说：“你如懂得吉凶取决于人的道理，我怎么能不设法保全这官职！”王羲之当时也在坐，他说：“假使当年巢父、许由遇见稷和契，大概不会说出这种话来。”许、刘二人都露出羞愧而尴尬的神色。

注释 ①刘真长：刘惔，见《德行》35注①。刘惔为丹阳尹，事在晋穆帝永和三年（347）十二月，见《建康实录》卷八。尹，官名，一地的行政长官。　②许玄度：许询，字玄度，东晋高阳（今属河北）人。幼有神童之称，长而好泉石，乐隐遁，无仕进之志。与支遁、谢安、王羲之等游于会稽。有才藻，善属文。早卒。　出都：离京。　③床帷：床铺帷帐。　④东山：山名。在今浙江上虞西南。晋时谢安早年隐居于此。　⑤王逸少：王羲之，见本篇62注①。　⑥巢、许：巢父和许由，见本篇9注⑤。　稷、契（xiè屑）：稷，周之始祖，名弃，传为尧之稷官，封于邰，号后稷；契，高辛氏之子，传为舜之司徒，佐禹治水有功，封于商，为商之始祖。后世常以稷、契指称贤臣。　按：比之于巢父、许由和稷、契，则许询非真隐士而刘惔非真贤臣，故有愧色。

（七〇）王右军与谢太傅共登冶城①，谢悠然远想②，有高世之志③。王谓谢曰：“夏禹勤王④，手足胼胝；文王旰食⑤，日不暇给。今四郊多垒⑥，宜人人自效；而虚谈废务，浮文妨要⑦，恐非当今所宜。”谢答曰：“秦任商鞅⑧，二世而亡，岂清言致患邪⑨？”

译　王羲之和谢安一同登上冶城，谢安悠闲自得，玄远畅想，大有超脱世俗之志。王羲之对谢安说：“从前夏禹为国事尽力，手脚都长满了老茧；周文王勤于政事，忙到晚上才进食，仍然觉得时间不够用。现在国家动荡，四野都是军营堡垒，人人都应当主动为国效劳。如果一味空谈，荒废政务，讲究浮华不实的文辞，妨碍了国家要事，恐怕不适宜当前的形势。”谢安答道：“从前秦国任用商鞅，而秦朝只经历了两代就覆亡了，难道也是清谈导致的祸患吗？”

注释　①王右军：王羲之，见本篇62注①。　谢太傅：谢安，见《德行》33注②。　冶城：城名。相传为春秋时吴王夫差冶铸之所，城为三国吴孙权所筑，为鼓铸之所。故址在今江苏南京朝天宫一带。　②悠然：闲适自得的样子。　③高世：超脱世俗。　④勤王：为王事尽力。　⑤旰（gàn 淦）食：天色晚了才吃饭。　⑥四郊多垒：四郊充斥了军事营垒。意谓四境都有战事，动荡不安。　⑦浮文：浮华不实的文辞。　⑧商鞅（约前390—前338）：战国秦孝公时任左庶长，实行变法，奠定秦国富强的基础。封于商。孝公死后，为贵族诬害，车裂而死。　⑨清言：犹清谈。特指魏晋名士崇尚《老》、《庄》、大畅玄风的言谈。

（七一）谢太傅寒雪日内集①，与儿女讲论文义，俄而雪骤②，公欣然曰：“白雪纷纷何所似？”兄子胡儿曰③：“撒盐空中差可拟④。”兄女曰：“未若柳絮因风起⑤。”公大笑乐。即公大兄无奕女⑥，左将军王凝之妻也⑦。

译　一个寒冷的下雪天，谢安一家人聚会，他与儿女们讲论有关诗文的义理。不一会雪下得非常紧，谢安高兴地说：“白雪纷纷像什么呢？”侄子胡儿说：“天空中撒盐，大略可以比拟。”侄女道韫说：“不如说柳絮趁风飘舞。”谢安大笑，非常高兴。道韫是谢安大哥谢无奕的女儿，左将军王凝之的妻子。

注释　①谢太傅：谢安。　内集：家庭内部的集会。　②骤：急。　③胡儿：谢朗，字长度，小字胡儿。谢安次兄谢据长子。善言玄理，文义艳发，为谢安所赏。历官著作郎，仕至东阳太守。　④差：略。　拟：比。　按：谢朗以盐比雪，只注意二者都是白色，忽略盐为颗粒状，不能飘扬。　⑤因风：趁着风。　按：谢道韫以柳絮比雪，二者俱白而轻，趁风而起，描绘出大雪纷飞情状。后来因以“咏絮”来赞扬才女。　⑥大兄无奕女：谢奕，字无奕，谢安兄，见《德行》33注①。其女谢道韫，名韬元，聪敏有才辩，人称其神情散朗，有林下风。嫁王凝之。凝之死后，道韫寡居会稽，持家严谨，仍不失高迈风韵。　⑦左将军：官名。指王凝之（？—399），字叔平。王羲之子。工草隶。历官中护军、江州刺史、左将军、会稽内史。孙恩攻会稽，凝之笃信五斗米道，自谓已请鬼兵相助，不设防备，城破被杀。

七二 王中郎令伏玄度、习凿齿论青、楚人物①。临成②，以示韩康伯③。康伯都无言，王曰："何故不言？"韩曰："无可无不可④。"

注释 ①王中郎：王坦之(330—375)，字文度，晋太原晋阳(今属山西)人。王述子，弱冠即与郗超齐名，有"江东独步"之称。简文帝为抚军将军，辟为掾，累官侍中。简文帝即位，领左卫将军。简文帝病危，诏桓温摄政，他毁诏阻止。孝武帝时，迁中书令，领丹阳尹，都督徐兖青三州军事，北中郎将、徐兖二州刺史，镇广陵。尚刑名之学，以为庄子之学害多利少，著《废庄论》。 伏玄度：伏滔，字玄度，晋平昌安丘(今属山东)人。有才学，桓温引为参军，宴集必与同游。以征伐功封闻喜县侯。温死，为桓豁参军。孝武帝太元中，任著作郎，掌国史，领本州大中正。 习凿齿(？—382)：字彦威，晋襄阳(今属湖北)人。博学，以文笔著称。桓温辟为从事，随温征战，常处机要。官至荥阳太守。后因足疾居家。前秦苻坚陷襄阳，优礼于他。著《汉晋春秋》，以蜀汉为正统。 青、楚：青，州名，今山东东部地区。楚，指长江中下游一带，古为楚国领域。按：论青、楚人物，是伏滔、习凿齿各举本乡名人相比较。刘注引《伏滔集》，述及伏滔引青州人物有春秋时鲍叔、管仲、晏婴等，战国时孟轲、邹衍、田单、荀卿等，西汉伏生、叔孙通等，东汉薛方、郑玄、祢衡、刘熙等，魏代管宁、华歆等。习凿齿则举出神农、孙叔敖、楚狂接舆、汉阴丈人、屈原、庞德公等人，又说伏羲、少昊、舜都葬于楚地。这是晋人清谈承汉末清议余风，对人物作象征性的品题和批评。 ②临成：将近写成时。 ③韩康伯：见《德行》38注③。 ④无可无不可：语见《论语·微子》，谓无所谓可或不可，怎么都可以。这种模棱两可的话，也算清谈名言。

今译 王坦之叫伏滔和习凿齿评论他们两人的家乡青州和楚地的人物，临到文章快写好时，拿去给韩康伯看。韩康伯什么话都不说，王坦之问他："为什么不说话？"韩康伯答："无可无不可。"

七三 刘尹云①："清风朗月，辄思玄度②。"

注释 ①刘尹：刘惔，见《德行》35注①。 ②玄度：许询，见本篇69注②。刘注引《晋中兴书》说许询能清谈，当时士人都仰慕他。

今译 刘惔说："每到清风明月之时，就要想起许玄度。"

七四 荀中郎在京口①，登北固望海云②："虽未睹三山③，便自使人有凌云意④。若秦、汉之君⑤，必

今译 荀羡在京口时，曾登上北固山远望大海，他说："虽然没有看到海中三座神山，已经使人有升上云霄的意念，飘飘欲仙的感觉了。像秦始皇、汉武帝那样的君主，一定将撩起衣裳沾湿双足，要到海上去求仙了。"

当褰裳濡足[6]。"

注释 ①荀中郎：荀羡（322—359），字令则，晋颍川颍阴（今河南许昌）人。与王洽齐名，刘惔、王濛、殷浩诸名士并与交好。尚寻阳公主。官至北中郎将、徐州刺史，监徐、兖、青诸州军事，领兖州刺史。东晋方伯未有如羡之年少者。　京口：地名，今江苏镇江。东晋时为军事重镇。　②北固：山名。在京口北，耸立江边，三面临水，形势险要。　③三山：古时相传海中有三神山，即蓬莱、方丈、瀛洲，为神仙所居，上有不死之药。见《史记·封禅书》。　④凌云意：升上云霄的意念。　⑤秦、汉之君：指秦始皇、汉武帝，两人都希冀长生，求不死之药。见《史记·秦始皇本纪》，又《封禅书》。　⑥褰（qiān 谦）裳濡（rú 儒）足：撩起下衣涉水，浸湿双足。

今译 谢安说："贤人、圣人和普通人之间的距离，这当中也是很近的。"他的子侄辈不同意这说法，谢安叹着气说："假使郗超听到这话，一定不至于认为大而无当，不切实际。"

七五 谢公云[1]："贤圣去人[2]，其间亦迩[3]。"子侄未之许[4]，公叹曰："若郗超闻此语[5]，必不至河汉[6]。"

注释 ①谢公：谢安，见《德行》33 注②。　②去：距离。　③迩：近。　④未之许：不同意这一说法。之，指代谢安所说。　⑤郗超：见本篇 59 注⑤。刘注引《郗超别传》："超精于理义，沙门支道林以为一时之俊。"　⑥河汉：银河（天河）。银汉距离遥远，因借以比喻迂远而不切实际。语出《庄子·逍遥游》："吾惊怖其言，犹河汉而无极也。"

今译 支道林喜爱鹤，他住在剡县东边的岇山。有人赠送给他一双鹤，不多久，鹤的翅膀长成了，想飞走。支道林心里舍不得放鹤离开，就弄断了鹤翅的硬羽。鹤振动翅膀，但是飞不起来，就回过头看看翅膀，又低下头来，看上去好像有懊伤的意思。支道林说："既然具有直上云霄的姿质，怎么肯甘充人们耳目之娱的宠物呢？"于是调养双鹤，使鹤的羽翼长好，就放开它们，任其飞翔而去。

七六 支公好鹤[1]，住剡东岇山[2]。有人遗其双鹤[3]，少时，翅长欲飞[4]。支意惜之，乃铩其翮[5]。鹤轩翥不复能飞[6]，乃反顾翅垂头，视之如有懊丧意。林曰："既有凌霄之姿[7]，何肯为人作耳目近玩[8]？"养令翮成，置使飞去[9]。

注释 ①支公：支道林，见本篇 45 注②。　好（hào 浩）：喜爱。　②剡（shàn 善）：县名，治所在今浙江嵊县。　岇（àng 盎）山：山名，在剡县之东，距会稽二百里。　③遗（wèi 尉）：赠送。　④长（zhǎng 涨）：长成；长大。　⑤铩（shā 杀）：伤残；摧残。　翮（he 核）：翅上的硬羽。　⑥轩翥（zhù 驻）：振翅；高举翅膀。　⑦凌霄：直升云霄。　⑧近玩：宠爱的玩物。　⑨置：释放。

(七七)谢中郎经曲阿后湖[①]，问左右："此是何水?"答曰："曲阿湖。"谢曰："故当渊注渟著[②]，纳而不流。"

注释 ①谢中郎：谢万(约328—约369)，字万石，晋陈郡阳夏(今河南太康)人。谢安弟。累官豫州刺史，领淮南太守，监司豫冀并四州军事。晋穆帝升平中以西中郎将北伐，以矜豪傲物、不抚士卒，败归，免为庶人。后复为散骑常侍。　曲阿后湖：湖名。即练湖，在今江苏丹阳城北。曲阿，本战国楚云阳邑，秦置曲阿县。刘注引《太康地记》，说秦始皇以此地有王气，凿北阬山以败其势，截直道使阿曲，故名。晋代陈敏据有江东，遏马林溪以灌溉云阳，号"曲阿后湖"。　②故当：自然是。　渊注：深水流注。渟(tíng 亭)著(zhuó 茁)：停滞；积聚。

译 谢万经过曲阿后湖，问左右随从的人："这是什么水?"随从回答说："这是曲阿湖。"谢万说："那自然是深水流入而积聚起来，注纳于此而不流动了。"

(七八)晋武帝每饷山涛恒少[①]，谢太傅以问子弟[②]，车骑答曰[③]："当由欲者不多[④]，而使与者忘少。"

注释 ①晋武帝：司马炎，见《德行》17注④。　饷：赠送；馈赠。山涛(205—283)：字巨源，西晋河内怀县(今河南武陟西南)人。好《老》、《庄》，善饮酒，与嵇康、阮籍等友好，为"竹林七贤"之一。历魏郎中、吏部郎等。入晋，累迁冀州刺史、北中郎将、吏部尚书、右仆射、司徒等职。两居选职，十余年间所荐拔均称职。恒：经常。　②谢太傅：谢安，见《德行》33注②。　③车骑：谢玄(343—388)，字幼度，小字遏，一作羯。谢奕子，谢安侄。谢安为相时，举玄应征，拜建武将军、兖州刺史，领广陵相，募练北府兵。太元八年(383)，与谢石、谢琰大破前秦苻坚于淝水，为前锋都督，乘胜收复徐、兖、青、豫诸州，进至黎阳。以功封康乐县公。司马道子忌谢氏势盛，使还镇淮阴。以病转授散骑常侍、左将军、会稽内史。卒赠车骑将军。　④当：也许，表揣度。

译 晋武帝每次赐给山涛礼物，常常给得很少。谢安拿这件事去问子弟们何以如此。谢玄回答说："也许是由于受的人需要不多，从而使给的人也忘了礼品少了。"

(七九)谢胡儿语庾道季[①]："诸人莫当就卿谈[②]，可坚城垒[③]。"庾曰："若文度来[④]，我以偏师待之[⑤]；康伯来[⑥]，济河焚舟[⑦]。"

注释 ①谢胡儿：谢朗，见本篇71注③。　庾道季：庾龢，字道季。庾亮少子。晋穆帝升平中，为丹阳尹，表除重役六十余事。废帝太和中，为中领军。卒于官。　②莫当：或许会。

译 谢朗对庾龢说："众名士或许会来找你谈论，你应当加固壁垒，作好防备。"庾龢说："假如王坦之来，我只用偏师对待他；假如韩康伯来，那我就渡河烧船，背水一战。"

就:靠近;到……来。 ③可:应该。 坚:加固。 城垒:城墙。 ④文度:即王坦之,见本篇72注①。 ⑤偏师:在主力军侧翼协同作战的部队。 ⑥康伯:韩康伯,见《德行》38注③ ⑦济河焚舟:渡过了河就烧掉船。语出《左传·文公三年》。表示决一死战,誓不后退。

八〇 李弘度常叹不被遇[1],殷扬州知其家贫[2],问:“君能屈志百里不[3]?”李答曰:“《北门》之叹[4],久已上闻[5]。穷猿奔林[6],岂暇择木?”遂授剡县[7]。

【注释】①李弘度:李充,字弘度,东晋江夏(治今湖北云梦)人。幼好刑名之学,善楷书。王导辟为掾。后为大著作郎,整理秘阁典籍。在荀勖分类基础上,分为经、史、诸子、诗赋四部,开中国经史子集四部分类法之先河。官至中书侍郎。 不被遇:没有得到机遇。被,遭受。 ②殷扬州:殷浩,任扬州刺史,见《政事》22注①。 按:《晋书·李充传》作征北将军褚裒问李充而授以剡县令。褚裒,见《德行》34注①。 ③屈志:委屈志向,谓曲意迁就。 百里:古时一县辖境,后用为县或县令之代称。 ④《北门》:《诗·邶风》篇名。首章云:“出自北门,忧心殷殷。终窭且贫,莫知我艰。”诗序说是抒写仕宦不得志。李充引此诗即借以表达自己未逢机遇而家境贫困之意。 ⑤上闻:让上面知晓。 ⑥穷猿:走投无路的猿猴。 ⑦剡(shàn善)县:县名。今浙江嵊县。

【译】李充常常慨叹自己没有得到机遇,扬州刺史殷浩知道他家境贫困,问他:“您能委屈一下,大材小用,去做个县令吗?”李充回答:“我常叹息像《诗经》里《北门》篇所说的‘终窭且贫,莫知我艰’,这早已让上级知道了。一只走投无路的猿猴,急急忙忙逃进树林,难道还有时间去选择什么树木吗?”于是就授他剡县令的官职。

八一 王司州至吴兴印渚中看[1],叹曰:“非唯使人情开涤[2],亦觉日月清朗。”

【注释】①王司州:王胡之(?—约349):字脩龄,晋琅邪临沂(今属山东)人。王廙子。历官吴兴、南平太守,侍中,丹阳尹。晋穆帝永和五年(349),后赵石虎死,晋以胡之为西中郎将、司州刺史,拟绥定河洛,未行而卒。 印渚:地名。刘注引《吴兴记》,说在吴兴於潜县东七十里,上承众溪之水,傍有白石山,峻壁四十丈。印渚以上至县,俱石濑险滩,不可行船;印渚以下,则无险阻,行旅群集。 看:察看。 ②非唯:不但;不仅。 人情:人的感情。开涤:开阔。

【译】王胡之到吴兴印渚去察看,感叹地说:“不但使人胸襟开阔,思想净化,也使人觉得日月也清净明亮。”

八二 谢万作豫州都督[1],新拜[2],当西之都邑[3],相送累日,谢疲顿。于是高侍中往[4],径就谢坐[5],

【译】谢万作豫州都督,新授官职,即将向西到驻节的城市去,送行的人连日不断,谢万感到十分疲劳。在这时候,侍中高崧到谢万那里去,直接走到谢的身边坐下,问道:“您现在正受命去治理地方州郡,将统理西边疆域,有什么方略政策呢?”谢万粗略地说了自己的设想。高崧就为谢万分析豫州的情况和形势,说了很多话。吸引了谢万竖起身子倾听。高崧走后,谢万回想起来说:“阿酃确实略有才干。”谢万因此能始终陪坐倾听。

因问："卿今仗节方州[6]，当疆理西蕃[7]，何以为政？"谢粗道其意。高便为谢道形势[8]，作数百语。谢遂起坐。高去后，谢追曰[9]："阿酃故粗有才具[10]。"谢因此得终坐。

注释 ①谢万：见本篇77注①。　豫州：州名。东晋时治所在今河南汝南，辖郡相当今江苏、安徽长江以西，安徽望江县以北的淮河南北地区，为东晋军事重地。　都督：谢万当时官职的全称是"豫州刺史、领淮南太守、监司豫冀并四州军事、假节"，掌军政大权，故称。　②拜：授官。　③当西之都邑：将向西往驻节的城市。　④高侍中：高崧，字茂琰，小字阿酃，东晋广陵（今江苏江都）人。善史传。累官吏部郎、侍中。　⑤径：直接。⑥仗节：手持符节。古时朝廷遣使持节为凭证，因以"仗节"称出任地方长官。　方州：地方州郡。　⑦疆理：治理。疆，划分。　西蕃：指豫州。蕃，通"藩"，指大的行政区域。　⑧形势：指政要。《晋书·高崧传》作"刑政之要"，更明确。　⑨追：追溯；追忆。⑩粗：大略。　才具：才能；才干。

八三 袁彦伯为谢安南司马[1]，都下诸人送至濑乡[2]。将别，既自凄惘[3]，叹曰："江山辽落[4]，居然有万里之势[5]。"

译 袁宏去做安南将军谢奉的司马，京都的许多友人送他到濑乡。将要分手的时候，袁宏本来已经伤感惆怅，这时他感叹地说："江山旷远，确实有相距万里之势。"

注释 ①袁彦伯：袁宏（328—376），字彦伯，小字虎，东晋陈郡阳夏（今河南太康）人。有逸才，能文章。谢尚为豫州刺史，引为参军。累迁大司马桓温府记室。孝武帝太元初，官至东阳太守。　谢安南：谢奉，字弘道，东晋会稽山阴（今浙江绍兴）人。内史何充拔为佐吏。累官安南将军、广州刺史、吏部尚书。　司马：官名。魏晋时将军府及边境州郡设司马，位在长史之下。　②都下：京城。东晋京都在建康（今江苏南京）。　濑（lài 赖）乡：古地名。当在今南京附近，溧阳县境内。　③凄惘：伤感怅惘。④辽落：空旷辽远。　⑤居然：确实；显然。　万里：极言距离长远。

八四 孙绰赋《遂初》[1]，筑室畎川[2]，自言见止足之分[3]。斋前种一株松，恒自手壅治之。高世远时亦邻居[4]，语孙曰："松树子非不楚楚可怜[5]，但永无栋梁用耳！"孙曰："枫柳虽合抱[6]，亦何所施[7]？"

译 孙绰写了《遂初赋》，在畎川造了居室，他说这是表现自己安守本分，知道适可而止。他在房子前种了一株松树，经常亲手壅土培育。高柔当时也与他比邻而居，对孙绰说："小松树并不是不楚楚可怜，但是永远不能派栋梁的用处啊！"孙绰说："枫树、柳树虽然粗到两臂环抱，可又有什么地方可派用场呢？"

注释 ①孙绰(314—371):字兴公,东晋太原中都(今山西平遥西)人。孙楚孙。少与兄统南渡,居会稽,无心仕宦,游乐山水十余年,作《遂初赋》,以明隐逸之志。后先后为庾亮、殷浩、王羲之幕僚,迁永嘉太守,官至散骑常侍、领著作郎。《遂初》:赋名。孙绰仿西汉刘歆《遂初赋》而作,遂初,谓遂其初愿。刘注引《遂初赋·叙》,孙绰自云少慕老庄之道,陈不务名利之意,建宅五亩,隐居而乐。 ②畎(quǎn 犬)川:古地名。或谓在扬州临海郡安固县(今浙江瑞安)。一说,畎川非地名,乃田野平川。 ③见(xiàn 现):显现;表现。 止足之分(fèn 份):知止知足的本分。语出《老子》第四十四章:"知足不辱,知止不殆,可以长久。" ④高世远:高柔,字世远,东晋乐安(今浙江仙居西)人。多才博识,淡于名利。官至冠军参军。 ⑤松树子:小松树。子,表示稚小之物。 楚楚:纤弱的样子。 可怜:可爱。 按:孙绰祖名楚,高柔言语中故意呼其祖名以戏之。晋人对犯其家讳事十分敏感,下文孙绰答语亦当有还呼高柔祖父之名字,惜无从考查。 ⑥合抱:树身有两臂环围那么粗。 ⑦何所:什么地方。 施:使用。

今译 征西大将军桓温把江陵城营建得极其壮丽,他会集宾客僚属到长江渡口远远眺望城景,说:"如果有人能为此城作出品题的,有赏。"顾恺之当时作为桓温的宾客,也在座,他品题道:"遥望江陵,天上层城,红楼耸峙,灿如晚霞。"桓温非常高兴,当即赏给他两个婢女。

八五 桓征西治江陵城甚丽[1],会宾僚出江津望之[2],云:"若能目此城者[3],有赏。"顾长康时为客在坐[4],目曰:"遥望层城[5],丹楼如霞。"桓即赏以二婢。

注释 ①桓征西:桓温,见本篇55注①。 江陵:县名。晋时为南郡治所,今属湖北。 ②会:会集。 宾僚:宾客和属官。出:赴;到。 江津:江边的渡口。 ③目:品题;品评。晋人常语。 ④顾长康:顾恺之(约346—407),字长康,小字虎头,晋晋陵无锡(今属江苏)人。博学有才气,尤善丹青,好谐谑,时传他有"三绝":才绝,画绝,痴绝。桓温引为大司马参军,甚加亲重。后又为荆州刺史殷仲堪参军。晋安帝义熙初,为散骑常侍。 ⑤层城:高大宏伟的城。《淮南子·地形训》、《水经注·河水》均载:昆仑山有层城九重,分三级:下层名樊桐,一名板桐;中层名玄圃,一名阆风;上层名层城,一名天庭,上有不死之树,为太帝所居。顾恺之以此比拟江陵城。

今译 王献之对王恭说:"羊叔子自然是好的,但又关别人什么事呢,实在还不如铜雀台上的歌妓,足以娱人耳目。"

八六 王子敬语王孝伯曰[1]:"羊叔子自复佳耳[2],然亦何与人事,故不如铜雀台上妓[3]。"

注释 ①王子敬:王献之,见《德行》39注①。 王孝伯:王恭,见《德行》44注①。 ②羊叔子:羊祜(221—278),字叔子,西晋初泰山南城(今山东费县西南)人。司马师之妻弟。魏末任相国从事中郎，参预机密。西晋立，与定灭吴大计。晋武帝泰始十年(269)以尚书左仆射都督荆州诸军事，出镇襄阳。在镇十年，临终，举杜预自代。在官清俭，死后荆州人为之立碑，称“堕泪碑”。　自复：自然，确实。　③故：实在。　铜雀台：楼台名。汉献帝建安十五年(210)，曹操所建。位于魏郡邺城(今河北临漳西南)内西北隅，与南之金虎台、北之冰井台并称“三台”。台高十丈，周围殿屋百二十间，楼顶置大铜雀。为当时曹氏集团游宴之所。

八七　林公见东阳长山①，曰：“何其坦迤②！”

注释　①林公：支道林，见本篇45注②。　东阳：郡名。今浙江金华。　长山：山名。又名金华山，山脉相连三百余里，相传为仙人采药处。见《太平御览》卷四七引《郡国志》、《吴录地理志》。　②坦迤：坦荡逶迤。

今译　支道林见到东阳郡的长山，说道：“多么平坦而连绵不断啊！”

八八　顾长康从会稽还①，人问山川之美，顾云：“千岩竞秀②，万壑争流③，草木蒙笼其上，若云兴霞蔚。”

注释　①顾长康：顾恺之，见本篇85注④。　会稽：郡名。治今浙江绍兴。　②千岩：群山。千，状其多。　③万壑：众多的泉溪河流。壑，深沟。

今译　顾恺之从会稽回来，有人问他那边的山水是怎样的秀美，他说：“千岩竞秀，万壑争流，草木茂密，覆蔽其上，如同云霞之兴起。”

八九　简文崩①，孝武年十余岁立②，至暝不临③。左右启④：“依常应临⑤。”帝曰：“哀至则哭⑥，何常之有⑦？”

注释　①简文：东晋简文帝，见《德行》37注①。　崩：指帝王死亡。②孝武：东晋孝武帝司马曜(362—396)，字昌明。简文帝第三子。咸安二年(372)七月乙未立为太子，当日简文帝死，遂即帝位。淝水之战后，排斥谢安，以弟司马道子执政。道子及元显擅权，又擢用王恭、殷仲堪等以为防范。后溺于酒色，被所宠张贵人害死。　年十余岁：孝武帝在位二十四年(372—396)，卒年三十五，则当时为十一岁。　③暝：日暮。　临(lìn 吝)：指哭吊死者。④启：禀报；报告。　⑤依常：按照常理。　⑥至：深切。⑦何常之有：有什么常理。“何……之有”是表示反问的固定格式。

今译　晋简文帝逝世，孝武帝当时年仅十几岁立为皇帝，一直到傍晚，他都不去哀哭。左右侍从向他报告说：“依照常理应当去举哀号哭。”孝武帝回答说：“哀痛到了极点自然就哭，有什么常理可言？”

九〇　孝武将讲《孝经》①，谢公兄弟与诸人私庭

今译　孝武帝将要讲说《孝经》，谢安、谢石兄弟和有关的人们预先在家里讲论研习。车胤想向谢氏兄弟请教，又怕问多了不好，觉得为难。他对袁乔说：“不问吧，就怕高明的见解会有所遗漏；问多了，

又怕烦劳二谢太多。”袁乔说：“你一定不要有这种顾虑，尽管问。”车胤说：“你怎么知道他们不会嫌麻烦的呢？”袁乔说：“你什么时候看见过明亮的镜子因被人多照而疲劳，清澈的流水因和风吹拂而厌烦的呢？”

讲习②。车武子难苦问谢③，谓袁羊曰④：“不问则德音有遗⑤，多问则重劳二谢⑥。”袁曰：“必无此嫌⑦。”车曰：“何以知尔⑧？”袁曰：“何尝见明镜疲于屡照，清流惮于惠风⑨？”

注释 ①孝武：晋孝武帝，见本篇前则。《孝经》：儒家经典之一。内容为孔子与曾子问答，阐明孝道、孝治之义。刘注引《续晋阳秋》，记载宁康三年（375）九月九日，帝讲《孝经》，仆射谢安侍坐，吏部尚书陆纳、兼侍中卞耽读，黄门侍郎谢石、吏部袁宏兼执经，中书郎车胤、丹阳尹王混摘句（指摘其疑以问）。按：晋代司马氏政权标榜名教，说要“以孝治天下”，儿童启蒙，首先读《孝经》，所以十几岁的小皇帝讲《孝经》。②谢公兄弟：谢安和弟弟谢石。谢安见《德行》33注②。私庭：私宅之庭。讲习：讲说研习。这里是指在孝武帝召集讲经之前，侍讲大臣先在家中预习。③车武子：车胤（yìn 荫，？—401）字武子，东晋南平（今湖北公安西南）人。少年家贫而勤学，无灯油，夏夜用绢囊装萤火虫照明读书，以博学著名。初为桓温从事，累官中书侍郎、侍中。晋安帝隆安中迁吏部尚书，因疏奏司马元显过失，被迫自杀。难苦问谢：难于再三向谢氏兄弟请教。④袁羊：袁乔，字彦升，小字羊，晋陈郡（治今河南淮阳）人。历官尚书郎，江夏相。从桓温平蜀有功，封湘西伯。⑤德音：善言。尊称别人的言辞，这里指对《孝经》义理的阐述。⑥重劳：增多烦劳。⑦嫌：疑虑。⑧尔：如此。⑨“何尝见”两句：比喻谢氏兄弟不会以别人多请教为麻烦。

今译 王献之说：“在山阴道上行走，山水景色互相映衬，使人感到目不暇接。假如是秋冬之间，那时的美景更加使人难以忘怀。”

九一 王子敬云①：“从山阴道上行②，山川自相映发③，使人应接不暇④。若秋冬之际，尤难为怀⑤。”

注释 ①王子敬：王献之，见《德行》39注①。②山阴：县名。晋时属会稽郡，治今浙江绍兴。东晋时从北方南迁的士族多聚居于此。③映发：辉映衬托。④应接不暇：目不暇接，应付不过来。刘注引《会稽郡记》：“会稽郡特多名山水，峰崿隆峻，吐纳云雾。松栝枫柏，擢干竦条，潭壑镜澈，清流泻注。王子敬见之曰：‘山水之美，使人应接不暇。’”⑤怀：胸襟；心情。

今译 谢安问他的几个子侄，说：“子弟后辈，关涉别人什么事，为什么却一定要使他们美好呢？”在场的人中没有说话的，谢玄回答说：“就像芝兰玉树，正要使这些美好的事物生长在自家庭院前面而已。”

九二 谢太傅问诸子侄①：“子弟亦何预人事②，而正欲使其佳③？”诸人莫有言者，车骑答曰④：“譬如芝兰玉树⑤，欲使其生于阶庭耳⑥。”

注释 ①谢太傅：谢安，见《德行》33 注②。 ②预：关涉。 ③正：必，一定。 ④车骑：谢玄，谢安侄，见本篇 78 注③。 ⑤芝兰：香草。 玉树：传说中的仙树。 ⑥阶庭：庭院。

九三 道壹道人好整饰音辞[①]。从都下还东山[②]，经吴中[③]。已而会雪下[④]，未甚寒。诸道人问在道所经，壹公曰："风霜固所不论[⑤]，乃先集其惨澹[⑥]；郊邑正自飘瞥[⑦]，林岫便已皓然[⑧]。"

今译 道壹和尚喜爱修饰言辞，使讲话有文采韵味。他从京都建康返回东山，经过吴郡地方。不久，恰巧逢上下雪，天气并不很冷。许多和尚问他一路上经过的景色，道壹说："一路风霜，原本不必多说，倒是先落雪珠，那阴暗的天色，感到萧瑟凄清；城外城里的雪正在飘飘扬扬，林木茂密的山峦上就已经一片晶莹。"

注释 ①道壹：东晋名僧，俗姓陆，名德，吴人。师事竺法汰，魏晋僧人依师为姓，亦称竺道壹。善言辞，富文采。居建康瓦官寺，晋简文帝很推重他。后居吴中虎丘山。安帝隆安中卒。参阅《高僧传》卷五。 整饬：调整修饰。 音辞：言辞。特指有韵味的言语。 ②东山：山名。在今浙江上虞西南。 ③吴中：吴郡地区。 ④已而：过了不久。 会：正碰上。 ⑤固：本来。 ⑥集：聚合。 惨澹：萧瑟，凄清。 按：《诗·小雅·頍弁》有"如彼雨雪，先集维霰"句，道壹暗用此典，以"先集"为"霰"（xiàn 陷，雪珠）的代称，与上句"风霜"相对。 ⑦郊邑：乡间和城镇。 飘瞥：倏忽飘过。 ⑧林岫：林木葱茏的山峦。 皓然：白而有光泽的样子。

九四 张天锡为凉州刺史[①]，称制西隅[②]。既为苻坚所禽[③]，用为侍中[④]。后于寿阳俱败[⑤]，至都，为孝武所器[⑥]，每入言论，无不竟日。颇有嫉己者[⑦]，于坐问张："北方何物可贵？"张曰："桑葚甘香[⑧]，鸱鸮革响[⑨]，淳酪养性[⑩]，人无嫉心。"

今译 张天锡任凉州刺史，在西方边远之地自称君主。不久，他被前秦苻坚俘获，任他为侍中。后来他随苻坚攻打东晋，在寿阳一起战败，到了东晋京都，受到晋孝武帝的器重，每次进宫谈论，没有不是一整天的。当时很有些妒忌他的人，在座位上问张天锡："北方什么东西最可贵？"张答道："桑葚又甜又香，猫头鹰振翅飞翔；纯厚的奶酪滋养人性，北方人没有妒忌之心。"

注释 ①张天锡（346—406）：字纯嘏，小名独活，安定乌氏（今甘肃平凉西北）人。十六国时前凉国君。荒于酒色，委政近幸，依附前秦。苻坚使入朝，不从。战败，降前秦，封归义侯。晋孝武帝太元八年（383），随苻坚攻晋。淝水之战，前秦军大败，他逃归东晋，曾官庐江太守。桓玄篡晋，命他为凉州刺史，病死。 ②称制：行使君主权力。制，帝王的命令。 西隅：西方边缘地带。这里指凉州。 ③既：不久。苻坚（338—385）：字永固，一字文玉，略阳临渭（今甘肃天水东）人，氐族。十六国时前秦国君。任用王猛，加强集权，兴修水利，重视教育。先后攻灭前燕、前凉、代国，招抚慕容垂、姚苌等鲜卑、氐族领袖，统一北方大部分地区，并夺取东晋益州。建元十九年（383）征调大军攻晋，于淝水之战中大败。各族首领乘机反秦。后为姚苌擒杀。前秦随即瓦解。　禽:同“擒”。　④侍中:官名。在皇帝左右,备切问近对,拾遗补缺。　⑤寿阳:即寿春,晋县名。东晋孝武帝为避祖母郑太后阿春讳,改寿春为寿阳。今安徽寿县。当时为南北军事要冲,东晋谢石、谢玄大败前秦苻坚大军于此。　⑥孝武:晋孝武帝,见本篇89注②。　器:看重。　⑦己:第三人称代词,他。　⑧桑葚(shèn 甚):桑树的果实。　⑨鸱鸮(chī xiāo 蚩萧):猫头鹰。《诗·鲁颂·泮水》:“翩彼飞鸮,集于泮林。食我桑葚,怀我好音。”此诗在祝颂鲁僖公能使淮夷来献方物。张天锡用其意既说北方有甜美之桑葚,又称自己如淮夷之来以颂扬孝武帝。　革响:鸟张翅之声。　⑩淳酪:纯厚的乳酪。酪,用牛、羊、马乳汁制成的半凝固食品。

九五　顾长康拜桓宣武墓[①],作诗云:“山崩溟海竭[②],鱼鸟将何依!”人问之曰:“卿凭重桓乃尔[③],哭之状其可见乎?”顾曰:“鼻如广莫长风[④],眼如悬河决溜[⑤]。”或曰:“声如震雷破山,泪如倾河注海。”

译　顾恺之去拜祭桓温的坟墓,写诗道:“高山倒塌,大海干涸,飞鸟游鱼,何所依托!”有人问他道:“你尊重桓温,竟然到了这样的地步,不知你的哀哭的情状可能让我们见识见识吗?”顾恺之说:“我痛哭桓大将军时,鼻子透气像强烈的北风,眼睛落泪,像瀑布倾泻,河堤决口。”还有一种说法是:“哭声像雷霆击破高山,眼泪像倾泻的河水注入大海。”

注释　①顾长康:顾恺之,见本篇85注④。　桓宣武:桓温,见本篇55注①。　顾恺之曾为桓温参军,且受温亲近,故祭扫桓温之墓。桓温始终坚持北伐,主张恢复中原,符合人民利益;晚年觊觎帝位,意在篡夺,事虽未成,但已为时人谴责。　②山崩溟海竭:高山倒塌,大海枯竭。比喻桓温之死,深含仰慕痛悼之情。　③凭重:倚重。　乃尔:竟然如此。　④广莫长风:即广莫风,指北风。语出《淮南子·天文训》。　⑤悬河:指瀑布。　决溜:河堤决口。

九六　毛伯成既负其才气[①],常称:“宁为兰摧玉折[②],不作萧敷艾荣[③]。”

译　毛玄很以他的才华自负,常常声称:“宁可做到兰、玉那样高洁而备遭摧折,也不作萧、艾恶草般的茂盛荣华。”

注释　①毛伯成:毛玄,字伯成,东晋颍川(今河南许昌)人。仕至征西行军参军。　②兰摧玉折:比喻洁身自好而死。摧折,摧毁折断。　③萧敷艾荣:比喻丧失志节安享尊荣。萧、艾,均恶草。敷、荣,开花。

九七　范宁作豫章[①],八日请佛[②],有板[③]。众僧疑,或欲作答。有小沙弥在坐末[④],曰:“世尊默然[⑤],则为许可。”众从其义[⑥]。

译　范宁任豫章太守时,于四月初八日礼请佛像,有礼佛的文书。众和尚对太守礼佛文书该如何处理心存疑问,有的和尚主张写答礼的疏文。有个小沙弥坐在末座,他说:“佛祖默然不语,那就是认可了。”大家认为他的看法是对的。

注释 ①范宁：字武子，东晋顺阳（今河南淅川西南）人。孝武帝时为中书侍郎，其甥王国宝谄事司马道子，他奏请黜之，因出为豫章太守。在郡兴学校，讲五经。今本《春秋穀梁传集解》是他所著。　豫章：郡名，地当今江西省大部分地区，郡治在南昌。这里指豫章太守。　②八日：农历十二月初八。相传为释迦牟尼成道日，寺院于是日诵经，举行法会，民间亦视为盛节。又农历四月初八，相传为释迦牟尼生日，佛寺于此日诵经，用名香浸水，灌洗佛像，作龙华会，俗称“浴佛节”。这里似当指四月初八，参阅《岁华纪丽》卷二引《荆楚岁时记》。　③板：札牍，写在木板上的文书。这里指礼佛之文。　④沙弥：梵文音译，指初出家已受戒的年轻和尚。　⑤世尊：佛家对佛祖释迦牟尼的尊称。　⑥义：通“议”。议论，看法。

九八 司马太傅斋中夜坐[①]，于时天月明净，都无纤翳[②]，太傅叹以为佳。谢景重在坐[③]，答曰：“意谓乃不如微云点缀。”太傅因戏谢曰[④]：“卿居心不净[⑤]，乃复强欲滓秽太清邪[⑥]？”

今译 太傅司马道子有一天晚上坐在书斋里，当时月明天净，一丝云彩都没有。道子为这月夜景色之优美赞叹不已。谢重在座，说：“我的看法，不如稍稍有点云彩点缀其间，可能更好。”道子因而跟谢重开玩笑说：“你这个人啊，心地不清净，竟然硬要玷污清朗的天空吗？”

注释 ①司马太傅：司马道子（364—403），东晋简文帝第五子，初封琅邪王，后改会稽王。淝水之战后，罢谢安等兵权，于孝武帝太元十年（385）掌握朝政，与其子司马元显专事聚敛，奢侈无度。安帝立，他以太傅摄政。征调已免除奴隶身份的佃客当兵，激起孙恩起义。后桓玄东下破建康，他被放逐，后被毒死。　斋：房舍。　②都：完全，多用在否定词前。　纤：细微。　翳：遮蔽。　③谢景重：谢重，字景重，东晋陈郡阳夏（今河南太康）人。谢朗（胡儿）子。有才名，善应对。为会稽王司马道子长史。　④戏：调侃；戏谑。　⑤居心：存心；心地。　⑥乃复：竟然。复，助词，无实义。　滓秽：玷污；污染。　太清：天空；太空。

九九 王中郎甚爱张天锡[①]，问之曰：“卿观过江诸人[②]，经纬江左轨辙[③]，有何伟异？后来之彦[④]，复何如中原[⑤]？”张曰：“研求幽邃[⑥]，自王、何以还[⑦]；因时修制[⑧]，荀、乐之风[⑨]。”王曰：“卿知见有余，何故为苻坚所制？”答曰：“阳消阴息[⑩]，故天步屯蹇[⑪]，否剥成象[⑫]，岂足多讥？”

今译 王坦之非常赏识张天锡，问他：“你看渡江南下的朝廷诸公，他们治理江东的政令法度，有哪些特异之处？后起的才识之士，比起当初中原的人士来又怎么样？”张天锡回答：“研讨探求幽深玄妙之理，自然在何晏、王弼以下；根据时势，修定法制，有荀𫖮、荀勖、乐广的风度。”王坦之说：“你的知识见解，绰绰有余，怎么会被苻坚控制制服的呢？”张天锡答：“阳气消亡，阴气增长，所以时运不济，国步艰难，事物的消亡生息和盈满亏虚，盛衰转化，自有道理，这难道值得多加讥刺吗？”

注释 ①王中郎：王坦之，见本篇72注①。　张天锡：见本篇94注①。　②过江诸人：指东晋朝廷上当政掌权者。参阅本篇31。　③经纬：治理。　江左：江东，指东晋所辖地区。

轨辙:原为车轮所碾痕迹。比喻所遵循的法度。 ④彦:有才能的士人。 ⑤何如:表示比较,比……怎么样。 ⑥幽邃:指幽深玄妙之理。 ⑦王、何:王弼、何晏,均三国曹魏时人,以老庄思想释儒经,谈玄理,开清谈之风。 ⑧因时:根据时势。 修制:修定法制。 ⑨荀、乐:荀颉、荀勖、乐广。均为西晋大臣。 ⑩阳消阴息:指客观事物和现象的变化。阳、阴,指矛盾对立的两个方面,阳为刚,阴为柔。消、息,消亡和生长。 ⑪天步:时运;国运。 屯(zhūn 谆)蹇(jiǎn 简):《周易》的两个卦名。《屯卦》卦形震下坎上,震为雷,坎为雨,《象传》释为譬如阳阴刚柔开始相交而艰难随之萌生。《蹇卦》卦形艮下坎上,艮为山,坎为险,《象传》释为譬如险境在前,行走必难。后因以"屯蹇"谓艰险不顺。 ⑫否(pǐ 痞)剥(bō 博):《周易》的两个卦名。《否卦》卦形坤下乾上,坤为地,乾为天,《象传》释为天地阴阳不相交,君臣上下不相合,天下离异而不成邦国。《剥卦》卦形是下坤上艮,坤为地,艮为山,《象传》释为剥落,譬如阴柔改变了阳刚的本质,小人势众而强,君子势孤而弱,则国家剥落。后因以"否剥"谓事物消长盈虚之象。 象:指《周易》中的卦象、爻象,为代表或象征事物的图象。

一〇〇 谢景重女适王孝伯儿[①],二门公甚相爱美[②]。谢为太傅长史[③],被弹,王即取作长史,带晋陵郡。太傅已构嫌孝伯[④],不欲使其得谢,还取作咨议[⑤],外示絷维[⑥],而实以乖间之[⑦]。及孝伯败后,太傅绕东府城行散[⑧],僚属悉在南门要望候拜。时谓谢曰:"王宁异谋[⑨],云是卿为其计。"谢曾无惧色[⑩],敛笏对曰:"乐彦辅有言[⑪]:岂以五男易一女?"太傅善其对[⑫],因举酒劝之,曰:"故自佳[⑬]!故自佳!"

译 谢重的女儿嫁给王恭的儿子,两亲家相互关系很好。谢重做太傅司马道子的长史,被人弹劾检举,王恭就任用他作长史,统辖晋陵郡。这时,司马道子已经和王恭结上怨仇,不愿让王恭得到谢重,就再用谢重为咨议,表面上表示挽留,其实是用这办法来离间谢重和王恭的关系。到了王恭起兵反对司马道子失败之后,道子绕着东府城缓步行散,他的属下官员都在南门迎候拜见。当时道子对谢重说:"阿宁起兵,图谋不轨,说是你为他策画的。"谢重竟然一点也没有恐惧的神色,收起朝笏,恭敬地回答说:"乐彦辅有过这样的话:难道竟会用五个儿子去换一个女儿吗?"司马道子认为谢重回答的话很好,就举杯向谢重劝酒,说:"确实好!确实好!"

注释 ①谢景重:谢重,见本篇98注③。 适:嫁。 王孝伯:王恭,见《德行》44注①,又《德行》43注①。 ②门公:家主,特指父亲。这里指谢重和王恭两亲家。 爱美:亲爱。 ③太傅:指司马道子,见本篇98注①。 ④构嫌:结怨。 ⑤还:又;再。 咨议:官名。六朝时各王府所置。 ⑥絷(zhí 执)维:挽留。 ⑦乖间(jiàn 涧):分离;隔开。 ⑧东府城:东府,东晋时扬州刺史治所,在今江苏南京市东。刘注引《丹阳记》,说东府城西,有简文帝为会稽王时的府第,东面是司马道子府第。司马道子领扬州刺史,仍旧住原先的府第,俗称"东府"。 行散:服五石散后缓步行走,以资调适,称为"行散"。 ⑨王宁:即王恭,小字阿宁。 异谋:不轨的图谋。指王恭举兵攻建康,反对司马道子。

⑩曾：乃；竟。加强否定语气。　⑪乐彦辅：乐广，见《德行》23 注④；下文"岂以五男易一女"，参阅本篇 25。　⑫善：认为好的；以为对的。　⑬故自：的确。加强判断语气。

一〇一　桓玄义兴还后①，见司马太傅②。太傅已醉，坐上多客，问人云："桓温来欲作贼③，如何？"桓玄伏不得起。谢景重时为长史④，举板答曰⑤："故宣武公黜昏暗⑥，登圣明⑦，功超伊、霍⑧，纷纭之议⑨，裁之圣鉴⑩。"太傅曰："我知，我知。"即举酒云："桓义兴⑪，劝卿酒！"桓出谢过⑫。

注释　①桓玄：见《德行》41 注①。　义兴：郡名。治所在今江苏宜兴。桓温死时，桓玄才五岁，直到二十三岁才拜太子洗马，虽清要而无实权势。次年出为义兴太守，他以为不得重用，不久就弃官回乡。　②司马太傅：司马道子，见本篇 98 注①。　③来：上当脱"晚"字，晚年。《晋书·会稽王道子传》作"桓温晚涂欲作贼"，可证。　作贼：造反。桓温于晋废帝太和四年（369）北伐失败后，为挽救自身威望的低落，于太和六年（371）废黜废帝司马奕而立会稽王司马昱，是为简文帝。明年，简文帝死，子司马曜立，是为孝武帝，桓温辅政，时已六十一岁。刘注引《晋安帝纪》，说桓温要求朝廷加九锡，这是禅位之前的特殊荣典，被吏部尚书谢安、侍中王坦之等拖延，拖了几个月，桓温病死。　按：司马道子当着桓玄的面，直呼其父之名，又说他想造反，口气是很严厉的。　④谢景重：谢重，见本篇前则。　⑤板：手板，即笏。　⑥故：已经逝世的。　宣武公：桓温，死后谥宣武。　黜昏暗：黜退昏暗之君，指废黜晋废帝。　⑦登圣明：拥戴圣明之君，指立简文帝。司马道子是简文帝之子，当然要追念桓温推戴之功。　⑧伊、霍：伊尹和霍光。伊尹，名挚，商汤之相。汤死，孙太甲无道，伊尹放逐了他；后来改过，伊尹又使其复位。霍光，西汉人。官为大将军，掌朝政。汉昭帝死，他迎立昌邑王，又以昌邑王淫乱而废之，立汉宣帝。这里是说桓温废立之功，超过了伊尹、霍光。　⑨纷纭之议：七嘴八舌的议论。　⑩裁：审断。　圣鉴：圣明的鉴识。　⑪桓义兴：桓玄。用义兴太守的官职作称呼，含有尊重之意。　⑫出：到；至。

今译　桓玄从义兴回来之后，去见太傅司马道子。道子已经喝醉了，当时在座有很多客人，他问道："桓温晚年要造反，该怎么办？"桓玄大为吃惊，拜伏在地不敢起来。谢重当时任长史，举着手板回答说："已故的桓宣武公废黜昏暗之主，推戴圣明之君，他的功劳超过了从前的伊尹和霍光，那些七嘴八舌的议论，还望太傅明鉴审裁。"道子说："我明白，我明白。"就举起酒杯说："桓义兴，敬你一杯酒。"桓玄这才起来到道子面前谢罪。

一〇二　宣武移镇南州①，制街衢平直②。人谓王东亭曰③："丞相初营建康④，无所因承⑤，而制置纡曲⑥，方此为劣⑦。"东亭曰："此丞相乃所以为巧⑧。江左地促⑨，不如中国⑩。若使阡陌条畅⑪，则一览

今译　桓温移镇南州，修建的街道又平又直。有人对东亭侯王珣说："当年王丞相营建建康，没有什么可以参照的，而规画布置得弯弯曲曲，比起南州这里来，显得差了。"王珣说："这正是丞相用来显示巧妙的办法。江东地方狭小，不如中原开阔，如果使街道像田间阡陌那样南北东西都笔直相通，就会显得一览无余；故意修造得纡回曲折，让人感到好像深不可测。"

而尽；故纡余委曲[12]，若不可测。"

注释 ①宣武：桓温。 移镇：迁移镇所。镇，地区军政长官的治所。 南州：城名。东晋时筑，又名姑孰，故址在今安徽当涂，地当长江重要渡口。 ②制：修造。 街衢：街道。衢，四通八达的道路。 ③王东亭：王珣（xún 询，349—400）：字元琳，小字法护，东晋琅邪临沂（今属山东）人。王导孙，王洽子。弱冠为桓温主簿，受赏识。封东亭侯。累官尚书令、卫将军、散骑常侍。 ④丞相：指王导，见《德行》27 注③。 初营建康：开始营建建康城。刘注引《晋阳秋》，说东晋初建，都邑荒残，温峤建议迁都豫章，朝士和吴地豪右主张迁都会稽。只有王导坚持定都建业（即建康，今江苏南京），并加修建。 ⑤因承：参照继承。⑥制置：修造布置。 纡曲：弯曲。 ⑦方：比拟；比较。 ⑧所以：用来做某事的办法。 ⑨江左：江东。促：狭小。 ⑩中国：指中原地区。 ⑪阡陌：田间小道。这里比喻道路的平直形式。 条畅：畅通。 ⑫纡余委曲：纡回曲折。

一〇三 桓玄诣殷荆州[1]，殷在妾房昼眠，左右辞不之通[2]。桓后言及此事，殷云："初不眠[3]，纵有此[4]，岂不以'贤贤易色'也[5]？"

今译 桓玄去拜访荆州刺史殷仲堪，殷在小妾房里午睡，左右近侍不去向他通报。桓玄后来谈到这件事，殷仲堪说："我从来不睡午觉，即使有此事，难道我会不用尊贤之心来换掉好色之心吗？"

注释 ①桓玄：见《德行》41 注①。 殷荆州：殷仲堪，任荆州刺史，见《德行》40 注①。 ②左右：身边近侍。 不之通：不向他通报。之，指代殷仲堪。 ③初不：从来不。初，在否定词"不"、"无"前，表示程度。 ④纵：即使。 ⑤贤贤易色：语出《论语·学而》，谓以好色之心换为尊贤之心。

一〇四 桓玄问羊孚[1]："何以共重吴声[2]？"羊曰："当以其妖而浮[3]。"

今译 桓玄问羊孚道："为什么人们都重视吴声？"羊孚说："大概因为它妖冶而又浮艳。"

注释 ①桓玄：见本篇前则。 羊孚，字子道，东晋泰山（今属山东）人。羊绥子。历官太学博士、兖州别驾、太尉记室参军。为桓玄心腹，早亡。 ②吴声：东晋南北朝时南方民歌的一种，即长江下游扬州一带的民歌。《乐府诗集》卷四四："盖自永嘉渡江之后，下及梁、陈，咸都建业，吴声歌曲起于是也。"吴声歌曲今存《乐府诗集》中三百余首，以《子夜歌》、《子夜四时歌》、《前溪歌》、《读曲歌》、《碧玉歌》及《华山畿》等曲为多，内容多为恋歌。③当：大概，表示推断。 妖而浮：妖冶而浮艳，谓美丽动人而辞藻华美。

〔一〇五〕谢混问羊孚①："何以器举瑚琏②？"羊曰："故当以为接神之器③。"

注释 ①谢混（？—412）：字叔源，小字益寿，东晋陈郡阳夏（今河南太康）人。谢安孙，谢琰子。王珣荐之于孝武帝，谓不减于王献之。尚晋陵公主。历官中书令、中领军、尚书左仆射。后以党附刘毅，为太尉刘裕所诛。　羊孚：见本篇前则。　②器：器具；用具。引申为标志尊卑、等级的器物。　瑚琏：二者都是古代祭祀时盛黍稷的器具。因其贵重，故常用以指代珍贵之物或可当重任之人。语出《论语·公冶长》，子贡问孔子，自己是个怎样的人，孔子说他好比宗庙里盛黍稷的"瑚琏"。　③故当：当然，加强判断语气。

今译 谢混问羊孚："为什么讲到器皿总要举出瑚琏来？"羊孚说："当然是因为用来作为迎接神灵之器的缘故。"

〔一〇六〕桓玄既篡位后①，御床微陷②，群臣失色。侍中殷仲文进曰③："当由圣德渊重④，厚地所以不能载。"时人善之。

注释 ①桓玄：见《德行》41注①。　篡位：《晋书·桓玄传》记载：晋安帝元兴二年（403）十二月，桓玄在姑孰（今安徽当涂）称帝，国号楚，年号建始，旋改永始。篡位后，即回建康宫。次年二月，建武将军刘裕等率师讨玄。刘裕入建康，玄挟持安帝还江陵。玄军败于峥嵘洲（今湖北鄂城东）。后被益州督护冯迁所斩，年三十六。　②御床：皇帝的坐榻。　③殷仲文（？—407）：东晋陈郡长平（今河南西华东北）人。殷觊弟，桓玄姊夫。任新安太守。桓玄得势，他弃郡投靠。任侍中，领左卫将军，得重用。玄败，投朝廷，迁东阳太守。后以谋反被诛。　④渊重：深重。

今译 桓玄篡位之后，他的坐榻稍微有点下陷，群臣大惊失色，以为是不祥之兆。侍中殷仲文上前说道："或许由于圣上道德深重，厚重的大地也因而不能承载。"当时人认为他说得很得体。

〔一〇七〕桓玄既篡位，将改置直馆①，问左右："虎贲中郎省应在何处②？"有人答曰："无省。"当时殊忤旨③。问："何以知无？"答曰："潘岳《秋兴赋叙》曰④：'余兼虎贲中郎将，寓直散骑之省⑤。'"玄咨嗟称善⑥。

注释 ①改置：另行设置；调整。　直馆：值班的官署。　②虎贲（bēn奔）中郎：虎贲，官名，言如猛虎之奔走，喻其勇猛。置中郎将，主宿卫。　省：官署；衙门。　③殊：颇；甚。　忤旨：违逆旨意。　④潘岳（247—300）：字安仁，西晋荥阳中牟（今属河南）人。历河阳、怀县令，勤于政事。后谄事贾谧，为"二十四

今译 桓玄篡位之后，打算调整值班的官署，他问左右侍从："虎贲中郎省应该设在什么地方？"有人回答说："没有虎贲中郎省。"当时这样回答是十分违逆圣旨的。桓玄问："根据什么知道没有虎贲中郎省？"回答说："以前潘岳写的《秋兴赋》的叙文里说：'我兼任虎贲中郎将，寄住在散骑省里值班。'"桓玄啧啧称叹，认为回答得好。

友”之首。累官至给事黄门侍郎。与赵王司马伦之亲信孙秀结怨。伦诛贾氏，他被孙秀诬为谋反而遇害，夷三族。他美姿容，工诗赋，谢混赞为烂若舒锦，无处不佳。　《秋兴赋》：文篇名，潘岳所作。见《文选》卷一三。刘注引其叙：“晋十有四年，余年三十二，始见二毛，以太尉掾兼虎贲中郎将，寓直散骑之省。高阁连云，阳景罕曜。仆野人也，猥厕朝列，譬犹池鱼笼鸟，有江湖山薮之思。于是染翰操纸，慨然而赋。于时秋至，故以《秋兴》命篇。”　⑤寓直：寄住在别的衙署值班。　散骑：官名，指散骑侍郎。为皇帝侍从之官，又与散骑常侍、侍中、黄门侍郎共平尚书奏事。南北朝废置。　⑥咨嗟：赞叹。

译　谢灵运喜欢戴曲柄斗笠，隐士孔淳之对他说：“你要醉心于高超旷远的境界，为什么不能够丢弃高官们用的曲柄伞的形迹呢？”谢灵运回答说：“莫非害怕影子的人没能忘记那影子？”

一〇八　谢灵运好戴曲柄笠①，孔隐士谓曰②：“卿欲希心高远③，何不能遗曲盖之貌④？”谢答曰：“将不畏影者未能忘怀⑤？”

注释　①谢灵运（385—433）：南朝宋陈郡阳夏（今河南太康）人。谢玄孙。幼年寄养在外，因名客儿，人称谢客。袭封康乐公，又称谢康乐。仕晋为秘书郎。入宋，初为太子左卫率，出为永嘉太守，日游山水，不理政事。后辞官返会稽祖居，经营园林产业。元嘉初，宋文帝召为侍中，昼夜宴乐，因免官。与谢惠连、羊璿之等共为山泽之游。后被诬谋反，被杀于广州。擅长山水诗赋，为山水诗派创始人。　曲柄笠：形状类似曲盖的斗笠。笠，野人高士所用，而笠上有柄，曲而后垂，绝似高官所用曲柄伞。　②孔隐士：孔淳之，字彦深，南朝宋鲁郡鲁（今山东曲阜）人。性好山水，除著作佐郎、太尉参军，均不就。宋文帝元嘉初，征为散骑侍郎，乃逃入上虞县界，莫知所之。　③希心：倾心；醉心。　高远：高超旷远。　④遗：丢弃。　曲盖：古时官员出行时仪仗所用的曲柄伞。相传为周武王伐纣时太公所制。战国常以赐将帅，参阅崔豹《古今注·舆服》。　貌：外形；形状。　⑤将不：莫非，莫不是，表示测度。　畏影者：事见《庄子·渔父》，说有个愚人，惧怕自己的影子和足迹，为要舍弃影和迹而奔跑不止，举足愈频繁而足迹愈多，奔得愈快而影子不离，终于力竭而死。　按：孔淳之讥讽谢灵运头戴曲柄斗笠形如官员用的曲柄伞，是想超脱世事而丢不掉做官的痕迹。谢灵运以为只要心存淡漠，就不必怕什么痕迹，反讥孔淳之胸中还有贵贱的痕迹，并没有完全摆脱，就像那个害怕影子的人。

政事第三

布政治事

（一）陈仲弓为太丘长[①]，时吏有诈称母病求假，事觉，收之[②]，令吏杀焉。主簿请付狱考众奸[③]，仲弓曰："欺君不忠[④]，病母不孝[⑤]，不忠不孝，其罪莫大。考求众奸，岂复过此？"

【注释】①陈仲弓：陈寔，见《德行》6注①。　太丘：东汉县名，属沛国，故址在今河南永城西北。　长（zhǎng 掌）：万户以下的县的首长，见《后汉书·百官志五》。　②收：逮捕，拘捕。③主簿：官名。此处为县长属官，掌文书簿籍及印鉴等。　付狱：交付给狱吏。　考：考问，讯问。　众奸：更多的邪恶行径。　④君：指长官。东汉时，属吏由长官征辟，与其长官，私为君臣，故称。⑤病母：把母亲说成有病。病，此处为动词。

【今译】陈寔做太丘县长，当时属吏中有一个人谎称母亲有病要求请假，事情被发觉了，陈寔下令逮捕了此人，并命令杀了他。主簿请求把他交给狱吏去审讯，查问他还有什么其他恶行。陈寔说："欺骗长官，就是不忠，诈称母病，就是不孝。不忠不孝，罪行没有比这更大的了。考问他的其他罪行，难道还有超过这大罪的吗？"

（二）陈仲弓为太丘长，有劫贼杀财主[①]，主者捕之[②]。未至发所[③]，道闻民有在草不起子者[④]，回车往治之。主簿曰："贼大，宜先按讨[⑤]。"仲弓曰："盗杀财主，何如骨肉相残[⑥]？"

【注释】①劫贼：强盗。　②主者：主管者。汉代县置尉，主管缉捕盗贼，见《后汉书·百官志五》。　③发所：事情发生之处，犹今之"现场"。　④道闻：在路上听说。　在草：指妇女分娩。草，妇女分娩时垫着的草蓐。　不起子：遗弃不收养生下的婴儿。　⑤按讨：追究惩治。　⑥何如：表示比较，比……怎么样。　骨肉：比喻血缘最亲近的。这里指母子。刘注："按后汉时贾彪有此事，不闻寔也。"　按：《后汉书·党锢传》记贾彪为新

【今译】陈寔做太丘县长时，有强盗劫财杀人一案，主管官吏去搜捕案犯。还没有到出事现场，半路上听说有个民妇分娩以后，把婴儿抛弃掉而不加养育的事，他立即掉转车头，要去惩治那个民妇。主簿说："盗贼杀人案情重大，应当先去追究法办。"陈寔说："抢劫财物，杀害事主，怎么比得上母子骨肉相残的严重呢？"

息县长，时百姓贫困，很多人生了孩子而不愿养育，贾彪订立制度，认为生子不养与杀人同罪。一次，县城南有强盗害人，城北有妇人杀子，贾彪大怒，直奔城北办妇人之罪，说：“贼寇害人，此则常理；母子相残，逆天违道。”

（三）陈元方年十一时①，候袁公②。袁公问曰：“贤家君在太丘③，远近称之，何所履行④？”元方曰：“老父在太丘，强者绥之以德⑤，弱者抚之以仁⑥，恣其所安⑦，久而益敬。”袁公曰：“孤往者尝为邺令⑧，正行此事。不知卿家君法孤⑨，孤法卿父？”元方曰：“周公、孔子，异世而出，周旋动静⑩，万里如一。周公不师孔子，孔子亦不师周公。”

注释 ①陈元方：陈纪，陈寔长子，见《德行》6注②。　②袁公：不详。刘注：“检众《汉书》，袁氏诸公，未知谁为邺令，故阙其文以待通识者。”　③贤家君：对别人父亲的敬称。此指陈寔。　④履行：实行。　⑤强者：势力强大的。　绥：安抚。　⑥弱者：势单力薄的。　抚：安慰。　⑦恣：听任。　安：安适；安心。　⑧孤：王侯自称。此袁公当为王侯。　邺：县名。东汉属魏郡，故址在今河北临漳西南。　令：万户以上的县的首长。　⑨法：效法。　⑩周旋：筹画施为。　动静：行动举止。

今译 陈纪十一岁时，去拜访袁公。袁公问他：“令尊在太丘任职，远远近近的人都称赞他，他实施的是哪些政策措施呢？”陈纪说：“老父亲在太丘，对强大而有势力的，用德教来安抚教育他们，对势单力薄的，用仁义来抚爱安慰他们，容许他们去做自己愿意做而认为适当的事，时间越长久，人们就越加敬重他。”袁公说：“我以前曾经做邺县令，也正是这样做的。不知道是令尊效法我，还是我效法令尊？”陈纪说：“周公和孔子，出现在不同的时代，但是他们的谋画措施和行动举止，虽然相隔极远也都是一样的。周公没有学孔子，孔子也没有学周公。”

（四）贺太傅作吴郡①，初不出门，吴中诸强族轻之②，乃题府门云：“会稽鸡，不能啼③。”贺闻，故出行，至门反顾，索笔足之曰④：“不可啼，杀吴儿⑤。”于是至诸屯邸⑥，检校诸顾、陆役使官兵及藏逋亡⑦，悉以事言上⑧，罪者甚众。陆抗时为江陵都督⑨，故下请孙皓⑩，然后得释⑪。

注释 ①贺太傅：贺邵（227—275），字兴伯，三国吴会稽山阴（今浙江绍兴）人。孙休即位，从中郎为散骑中常侍，出为吴郡太守。孙皓时，入为左典军，迁中书令，领太子太傅，故称“贺太傅”。以上书极谏为孙皓所深恨，被诬讪谤国事，又中风，口不能言，去职数月，为孙皓收杀。子贺循，见《言语》34注①。　作吴郡：做吴郡太守。吴郡，大致相当今江、浙之太湖流域与上海市一带，三国吴时统吴、嘉兴、海盐、盐官、钱唐、富春、建德、乌程、娄县等，治所在吴（今江苏苏州）。　②吴中：指吴郡地区。　③“会稽鸡”二句：这是讽刺贺邵无能。　会（kuài 快）稽：郡名，指贺邵原籍，三

今译 太傅贺邵做吴郡太守，起初不出府门，吴郡地区的各家强宗豪族都轻视他，竟然在郡府门上题字说：“会稽鸡，不能啼。”贺邵听到此事，故意出行，到门口回转头看，索取毛笔，补上两句说：“不可啼，杀吴儿。”于是到各家屯邸，查察顾、陆诸家役使官兵和隐藏逃亡农户等情节，把这许多事情通通禀报上级，获罪的人很多。当时陆抗正做江陵都督，特地从驻地下建业向吴主孙皓请求，然后才得到宽赦。

国吴时大致相当今浙江部分地区，统山阴、上虞、余姚、句章、鄮县、鄞县、剡县、诸暨、乌伤、永康、新安等县，治所在山阴(今绍兴)。④足：补足。　⑤吴儿：吴中小儿，含轻蔑之意。“鸡、啼、儿”叶韵。　⑥屯邸：三国吴大规模屯田，采用军事编制，设管理机构，并把屯田上的隶属农民分赐给出力功臣将领，形成世家豪族的庄园经济。当时顾、陆等世族子弟多带兵屯戍于外，而邸宅在吴郡，故称。　⑦检校：考察。　役使官兵：三国吴的豪门大族都拥有兵，兵不单是作战，还要耕田，所领的兵有时直率地称为“家部曲”，但名义上还是政府的兵。尽管豪族将领可以使官兵为他们私人服役，然而这是私役，有人认真揭发是可以办罪的。　藏逋亡：藏匿逃亡的农户。东汉末农民为躲避苛酷的赋税和兵役，不得不托庇于豪族，向豪族交租服役，以避开政府的赋税徭役。豪族在政府批准赐予的佃户之外私自收录农户是隐匿逃亡，认真计较也是犯法的。⑧言上：向上级禀报。　⑨陆抗(226—274)：三国吴吴郡华亭(今上海松江)人，字幼节。陆逊子，陆机父。年二十为建武校尉，领父众五千人。孙皓即位，任镇东大将军，部督信陵、西陵、夷道、乐乡、公安诸军事，驻乐乡(今湖北江陵西南)。后任大司马、荆州牧。陆氏与朱、张、顾等氏都是吴地豪族，都有兵，都有佃客。　⑩故：特地。　下：陆抗驻地在长江上游，往京都建业，称“下”。　孙皓(242—284)：三国吴末帝，字元宗，吴郡富春(今浙江富阳)人。孙权之孙。继孙休立，暴虐无道。晋兵南下攻陷建业，皓降，封归命侯。　⑪释：赦免。

(五)山公以器重朝望①，年逾七十，犹知管时任②。贵胜年少若和、裴、王之徒③，并共言咏④。有署阁柱曰⑤：“阁东有大牛，和峤鞅，裴楷鞦，王济剔嬲不得休⑥。”或云潘尼作之⑦。

今译　山涛因为在朝廷有很高声望而受到器重，年过七十，还掌管着当时官吏任免的事务。显贵年轻如和峤、裴楷、王济这一辈人，常和山涛一起谈论吟咏。有人就在尚书省的台阁柱子上题字说：“阁东有大牛，和峤鞅，裴楷鞦，王济剔嬲不得休。”有人说这是潘尼写的。

注释　①山公：山涛，见《言语》78注①。　器重朝望：谓因在朝声望高而受到器重。　②知管：掌管，主持。　时任：指当时的官吏任免事宜。　按：山涛卒于晋武帝太康四年(283)，年七十九。此事当在晋武帝咸宁、太康年间。《晋书·山涛传》载：“太康初，迁右仆射，加光禄大夫，侍中，掌选如故。”此时已年过七十。　③贵胜年少：显贵而年轻的。　和：和峤，见《德行》17注①。　裴：裴楷，见《德行》18注③。　王：王济，见《言语》24注①。当时和峤任中书令，裴楷、王济并任侍中。　④言咏：谈论吟咏。“言”，影宋本作“宗”，宗咏，尊奉颂扬。　⑤署：题字。　阁：官署，此指尚书省。东汉以后，朝廷治权实归台阁。台阁，即尚书。⑥“阁东有大牛”四句：此讽嘲山涛，比为大牛。和峤是鞅，裴楷是鞦，王济纠缠不得休。“牛、鞦、休”叶韵。鞅(yāng 央)，套在拉车的牛马颈上的皮套子。鞦(qiū 秋),套车时拴在牲口股后的皮带。剔蹶(niǎo 鸟):纠缠搅扰。意谓和峤如鞅之在前,裴楷如鞦之在后,山涛如驾车之大牛为人所牵制,又有王济之挑逗纠缠不罢休。⑦或:有人。　潘尼(250?—310):字正叔,晋荥阳中牟(今河南中牟东)人。与叔父潘岳俱以文章知名。晋武帝太康中举秀才,为太常博士。惠帝永兴二年(305)为中书令,累迁太常卿。刘注引王隐《晋书》谓潘岳不满于主管尚书吏部之山涛,密为作谣曰:"阁东有大牛。王济鞅,裴楷鞦,和峤刺促不得休。"刺促,烦扰不安。按:《晋书·潘岳传》也有类似记载,文字稍异。

今译　贾充开始制定法令,和羊祜一起去向太傅郑冲请教,郑冲说:"像皋陶那样制律立狱的严明的用意,不是我这样愚昧无能的人所能测度而知的。"羊祜说:"上面的意思是要请您稍微加以扩充润色。"郑冲就粗粗提了些意见。

（六）贾充初定律令[①],与羊祜共咨太傅郑冲[②],冲曰:"皋陶严明之旨[③],非仆闇懦所探[④]。"羊曰:"上意欲令小加弘润[⑤]。"冲乃粗下意[⑥]。

注释　①贾充(217—282):字公闾,西晋平阳襄陵(今山西襄汾东北)人。曹魏时任大将军司马、廷尉,为司马氏之亲信。入晋,任司空、侍中、尚书令。以一女为太子妃,一女为齐王妃,备得宠信。　定律令:制定法律和条令。　按:司马昭为晋王执曹魏国政时,令贾充主持修订法律,有太傅郑冲、司徒荀颉、中书监荀勖、中军将军羊祜等十四人共同参预。就汉之《九章律》增为二十篇。直到晋武帝泰始三年(267)才颁行,是为《晋律》。　②羊祜:见《言语》86 注②。　太傅:官名。品秩第一,辅导皇帝处理朝政,治理天下。　郑冲(?—274):字文和,西晋荥阳开封(今属河南)人。出身寒微,博通儒术。仕曹魏为陈留太守,以清廉称。屡转司徒,拜太保,位列三公而不预世事。入晋,拜太傅,封公爵。③皋陶(yáo 摇):虞舜之臣,制律立狱。此借以恭维制定律令之贾充等。　④仆:郑冲自谦之称。　闇(àn 暗)懦:愚昧无能。探:测知。　⑤上意:上级的意旨。此指司马昭。　弘润:扩充润色。　⑥粗:粗略。　下意:提出意见。

今译　司徒山涛前后所选拔的人才,几乎遍及百官,没有荐举不当的人选,凡是他所品评的,事实证明都同他说的一致。只有用陆亮,这是皇帝下诏令任用的,同山涛的意见不同,他虽曾争辩,但皇帝不听。陆亮不久也因纳贿而被罢官。

（七）山司徒前后选[①],殆周遍百官[②],举无失才,凡所题目[③],皆如其言。唯用陆亮[④],是诏所用[⑤],与公意异,争之,不从。亮亦寻为贿败[⑥]。

注释　①山司徒:山涛,见《言语》78 注①。　选:选拔(官员)。山涛前后两任主持选拔官员的吏部官职,"前后选"含前后两次所选拔人才意。　②殆:几乎。　周遍:遍及。　③题目:品题,品评。山涛在选用官吏时,皆亲作评论,以供皇帝选定,当时有"山公启事"之号。　④陆亮:刘注引《晋诸公赞》,说亮字长兴，河内野王（今河南沁阳）人。与贾充交密。时山涛为左仆射，管领选举，贾充每得遂其所欲，因荐亮为吏部尚书参同选举。山涛累启亮非选官之才。但晋武帝终用亮。果不称职，坐事免官。⑤诏：皇帝诏命。　⑥寻：不久。

（八）嵇康被诛后[1]，山公举康子绍为秘书丞[2]。绍咨公出处[3]，公曰："为君思之久矣。天地四时[4]，犹有消息[5]，而况人乎！"

注释　①嵇康：见《德行》16注②。康与吕安交好，安被兄吕巽诬告下狱，牵连及康。钟会与康有怨，向司马昭进谗言，说吕安、嵇康"言论放荡，非毁典谟，帝王者所不宜容。宜因衅除之，以淳风俗。"遂同被杀。见《晋书·嵇康传》。参看本书《雅量》2。②山公：山涛，见前则。　康子绍：嵇康之子嵇绍（253—304），字延祖。十岁而孤，事母孝谨。二十八岁时经山涛荐举为秘书丞。后至洛阳，深受司徒王戎、尚书左仆射裴颜等器重。官至侍中。性刚烈，敢直谏。八王之乱时，随晋惠帝与成都王司马颖战，兵败，官兵溃散，绍独以身护卫惠帝，被乱兵射杀，血溅帝衣。晋元帝时赐谥忠穆。　秘书丞：官名。秘书省次官，掌宫中图籍文书。位阶高于秘书郎。　③出处：出或处，指出来做官或是不出来。刘注引《竹林七贤论》，说嵇绍因父被杀，怕别人不能容纳他，故向山涛咨询。④四时：春夏秋冬四季。　⑤消息：指盛衰变化。消，灭；息，生。语本《易·丰》："日中则昃，月盈则食；天地盈虚，与时消息，而况于人乎？"

今译　嵇康被杀害之后，山涛荐举他的儿子嵇绍任秘书丞。嵇绍去向山涛请教，是出来做官呢还是不出来，山涛说："我替你考虑了好久了。天地四季，尚且有盈虚盛衰的变化，何况是人事呢？"（山涛的意思是人的出处进退，应当与时屈伸，不宜执一。）

（九）王安期为东海郡[1]。小吏盗池中鱼，纲纪推之[2]。王曰："文王之囿[3]，与众共之。池鱼复何足惜[4]！"

注释　①王安期：王承（275—320），字安期，晋太原晋阳（今山西太原）人。王述父。西晋时为东海王司马越记室参军，东海太守。南渡为元帝镇东府从事中郎。王导、卫玠、周𫖮、庾亮诸东晋名臣皆出其下，颇有时誉。　为东海郡：做东海郡守。东海郡治所在郯（今山东郯城）。　②纲纪：即主簿。　推：推究。③文王之囿：周文王的园囿。囿，蓄养鸟兽的林园。相传周文王有囿，方七十里，凡打猎打柴之人均可以进去，以示与民同乐。见《孟子·梁惠王下》。　④复：还。

今译　王承做东海郡太守。有个小吏偷了水池中的鱼，郡主簿追究此事。王承说："从前周文王的园囿，与众人共同享有。水池里的鱼还有什么值得吝惜的！"

（一〇）王安期作东海郡[1]，吏录一犯夜人来[2]。王

今译　王承做东海郡太守，吏员拘捕了一个违犯宵禁的人。王承问："从什么地方来？"那人回答："从老师家受教读书回来，不觉得天已经晚了。"王承说："鞭打像甯越那样勤学苦读的人来树立威名，恐怕不是求得政治平稳的根本措施。"就派吏员护送他回家。

问："何处来？"云："从师家受书还，不觉日晚。"王曰："鞭挞甯越以立威名[3]，恐非致理之本[4]。"使吏送令归家。

注释 ①王安期：王承，见前则注①。　②录：拘捕。　犯夜：触犯夜行禁令。　③甯越：战国时中牟（今河南鹤壁西）人。他要读书学习，友人说他需苦学三十年才能通达。他说："我要用十五年时间学好。别人休息，我不休息；别人睡觉，我不睡觉。"十五年后学成而为周威公之师。见《吕氏春秋·博志》。此借甯越指勤学苦读之人。　④致理之本：求得政治上安定太平的根本办法。理，当作"治"，唐人避高宗李治讳而改。

（一一）成帝在石头[1]，任让在帝前戮侍中钟雅、右卫将军刘超[2]。帝泣曰："还我侍中！"让不奉诏[3]，遂斩超、雅。事平之后，陶公与让有旧[4]，欲宥之[5]。许柳儿思妣者至佳[6]，诸公欲全之[7]。若全思妣，则不得不为陶全让。于是欲并宥之。事奏，帝曰："让是杀我侍中者，不可宥！"诸公以少主不可违[8]，并斩二人。

今译 晋成帝被苏峻挟持在石头城，助苏峻起兵的任让在成帝面前杀戮护卫成帝的侍中钟雅和右卫将军刘超。成帝哭泣着说："还我侍中！"任让根本不听小皇帝的命令，竟杀了刘超和钟雅。苏峻之乱平定以后，陶侃和任让有老交情，要想宽恕他。同时参加作乱的许柳的儿子思妣品貌极好，众公卿要想保全他。假如保全许思妣，那就不得不为陶侃保全任让。于是打算一并赦免这两个人。此事上奏到成帝处，成帝说："任让是杀我侍中的人，不能赦免！"公卿们认为小皇帝的旨意不能违抗，就把这两个人都杀了。

注释 ①成帝：东晋成帝司马衍（321—342），字世根。明帝长子。即位时才六岁，王导、庾亮辅政。及长，留心政事，但早死，无所成。　石头：城名。故址在今南京石头山后。三国吴时所筑，因山为城，因江为池，地形险要，为攻守建康必争之地。成帝咸和二年（327），历阳内史苏峻以庾亮欲夺其兵权，遂与豫州刺史祖约合谋，以讨伐庾亮为名，举兵南渡长江。次年，攻陷建康，焚烧宫室，挟持成帝于石头城。　②任让（？—329）：东晋乐安（今山东博兴）人。初轻薄无行，后为苏峻参军、司马，助峻起兵。峻死，又拥峻弟苏逸为主。事平，伏诛。　钟雅：字彦胄。钟繇弟仲常曾孙。东晋元帝以为丞相记事参军，转尚书右丞。性亮直，累迁至侍中。刘超：字世瑜。初为县小吏，后以忠直清正为晋元帝识拔，官至义兴太守。苏峻之乱中，王导以超为右卫将军。苏峻逼迫成帝至石头城，超与钟雅随行匡卫。因与石头城中人密谋救帝出逃，事觉，被害。　③不奉诏：不遵奉皇帝的诏令。　④陶公：陶侃，见《言语》47注①。　有旧：有老交情。　⑤宥：赦免。　⑥许柳（？—329）：字季祖。许允之孙。初仕淮南太守。苏峻起兵，柳率军相从。及陷建康，峻以柳为丹阳尹。事平，伏诛。　思妣：许永，字思妣，许柳之子。刘注引刘谦之《晋纪》，说许柳之妻，是祖逖子祖涣之女。　⑦全:保全。　⑧少主:年轻的君主。

一二　王丞相拜扬州①,宾客数百人并加霑接②,人人有说色③。唯有临海一客姓任及数胡人为未洽④。公因便还到过任边⑤,云:"君出,临海便无复人⑥。"任大喜说。因过胡人前⑦,弹指云⑧:"兰阇,兰阇⑨!"群胡同笑,四坐并欢⑩。

注释　①王丞相:王导,见《德行》27注③。　拜扬州:授任扬州刺史官职。　②霑接:亲近抚慰。　③说(yuè 悦)色:喜悦的表情。　④临海:郡名。今浙江临海。　胡人:对西北少数民族的泛称。　洽:融洽。　⑤因:趁着。　便:小便。　⑥"君出"二句:您走了出来,临海郡就没有人了。意谓任姓客人是临海的重要人才,这是奉承语。　⑦因:继而。　⑧弹指:捻弹手指发出声音。佛教风习,弹指表示欢喜、许诺、警诫等。《洛阳伽蓝记》卷四有"弹指赞叹,唱言微妙"句。　⑨兰阇(dū 都):疑梵文 ranj 之音译,意为欢悦。周一良转引陈寅恪说,见《魏晋南北朝史札记》"耆婆与道士"条。　⑩四坐并欢:四周坐位上的人都很高兴。刘注引《晋阳秋》,说王导接待宾客,很少有彼此违忤而不愉快的,即使是生疏普通的客人,一见面大多能恳切交谈,自以为受到王丞相的接待,如同亲近的老朋友。

译　丞相王导拜授扬州刺史之时,到他那里去的宾客几百人都受到了很亲切的接待,人人都面带笑容。只有临海郡一位姓任的客人和几个胡人还不大融洽。王导趁小便回到任姓客人身边,说:"您一出来,临海就没有人了。"任大为高兴。继而又来到胡人面前,弹指说:"兰阇,兰阇。"那群胡人一同大笑,四周座位上的客人也都很高兴。

一三　陆太尉诣王丞相咨事①,过后辄翻异②。王公怪其如此。后以问陆,陆曰:"公长民短③,临时不知所言,既后觉其不可耳。"

注释　①陆太尉:陆玩,字士瑶,东晋吴郡吴(今江苏苏州)人,陆晔弟。晋元帝引为丞相参军。王导初到江东,曾请婚于玩,以结人情,玩辞谢。苏峻起兵,玩与兄晔俱守宫城。以功封兴平伯,转尚书令。官至侍中、司空。为人器量弘雅,谦若布衣。卒赠太尉,此系追记。　王丞相:王导,见《德行》27注③。　咨事:汇报事情。　②翻异:更改前面的说法。　③公长民短:您王公的才能高,下民陆玩的才能低。民,陆玩自称。晋时某地的人对本地方长官自称民,虽显官也不例外。陆玩吴郡吴人,吴郡属扬州,时王导正领扬州刺史,故称。　长短,犹高低。一说,犹尊卑,谓王导位尊,自己位卑。

译　太尉陆玩到丞相王导处去汇报公事,过后总是推翻前面的说法,另有不同意见。王导很奇怪陆玩为什么这样。后来问陆玩,陆说:"丞相才高,下民才低,临到议事时自己也不知道说些什么,后来才觉得不对,如此而已。"

一四　丞相尝夏月至石头看庾公①,庾公正料

译　丞相王导夏天到石头城去看望庾冰,庾冰正在料理公事。丞相说:"天气热,政务可以从简些。"庾冰说:"即如您丞相,如果遗漏政务,恐怕天下之人也未必认为是妥当的。"

事[2]。丞相云："暑，可小简之[3]。"庾公曰："公之遗事[4]，天下亦未以为允[5]。"

注释 ①丞相：王导，见《德行》27注③。　庾公：庾冰(296—344)：字季坚，东晋颍川鄢陵(今属河南)人。庾亮弟。明帝时，为吴国内史。成帝初，苏峻起兵，他率军西援京师。后入为中书监。王导死，代导为相。为政繁细苛察，与王导之宽容大异。成帝死，立康帝，仍以舅氏掌权。康帝死，何充立穆帝，他出为江州刺史，镇武昌，不久病死。　②料事：处理事情。　③小简：稍微疏略些。　④公之遗事：意谓即如您丞相，假若遗漏政务。⑤允：妥当，合适。

（一五）丞相末年[1]，略不复省事[2]，正封箓诺之[3]。自叹曰："人言我愦愦[4]，后人当思此愦愦！"

今译 王导丞相晚年，完全不再处理政务，只是在封好的文书上画诺。他自己叹息说："人家说我糊涂，后代的人将会想念我这糊涂！"

注释 ①丞相：王导，见《德行》27注③。　末年：晚年，晚期。②略：完全，丝毫。表示程度，多与"不"、"无"连用。　省(xǐng 醒)事：视事，犹办公。　③正：仅，只。　箓：簿籍。特指文书。　诺：在公文上批字或签名，表示同意。如今之画圈。④愦愦(kuì 溃)：糊涂。刘注引徐广《历纪》："导阿衡三世，经纶夷险，政务宽恕，事从简易，故垂遗爱之誉也。"　按：王导辅佐晋元帝建立东晋王朝，又在明帝、成帝朝辅政，位居丞相，需要得到江东世家大族的支持，调和北来世家大族和江东世家大族的矛盾，使统治集团内部稳定，所以为政宽缓，自承糊涂。

（一六）陶公性检厉[1]，勤于事。作荆州时[2]，敕船官悉录锯木屑[3]，不限多少。咸不解此意。后正会[4]，值积雪始晴，听事前除雪后犹湿[5]，于是悉用木屑覆之，都无所妨[6]。官用竹，皆令录厚头[7]，积之如山。后桓宣武伐蜀[8]，装船[9]，悉以作钉。又云，尝发所在竹篙[10]，有一官长连根取之，仍当足[11]。乃超两阶用之[12]。

今译 陶侃性情方正，检束严厉，对于政事十分勤勉。他任荆州刺史时，命令造船的官员把锯木屑全都收集起来，不管多少。当时大家都不理解他的用意。后来正月初一集会，恰好碰上久雪初晴，厅堂前的台阶雪后还是湿的，这时陶侃命人用木屑来覆盖在上面，人们进出上下完全不受妨碍。官府用的竹子，陶侃总是命令把锯下来的多余的竹根收集起来，堆积如山。后来桓温进攻蜀中的成汉，装配战船时，都用这些竹头做成竹钉来用。又传说，陶侃曾经征用当地的竹篙，有位官员把竹子连根拔起来使用，把竹根当作竹篙的铁脚，陶侃就超越两级提拔任用此人。

注释 ①陶公：陶侃，见《言语》47注①。　检厉：检束严厉。刘注引《晋阳秋》，说陶侃熟悉众多事务，劝勉农耕，性格仔细认真，自己又十分勤劳，常劝导别人说："民生在勤，大禹圣人，犹惜寸阴，至于凡俗，当惜分阴。"又引《中兴书》，说陶侃不许部下赌博，把赌具都扔掉。　②作荆州时：任荆州刺史时。荆州，州名。晋初治所在襄阳，改治江陵，陶侃移治巴陵（今湖南岳阳）。③敕船官：命令负责造船的官员。　录：收取。　④正会：农历正月初一集会。　⑤听事：厅堂。　前除：堂前台阶。　⑥都无所妨：谓行人上下完全没有妨碍。　⑦录厚头：收集剩余的厚的竹根节。　⑧桓宣武：桓温，见《言语》55 注①。　伐蜀：西晋惠帝太安年间(302—303)，李雄据蜀（今四川）称帝，建立成汉政权。传至李势，日趋衰乱。东晋穆帝永和元年(345)，桓温任荆州都督，次年冬，率兵沿江直上，亲率步卒直指成都。永和三年(347)春，李势战败投降，成汉亡。　⑨装船：修造、装配船只。　按：成语"竹头木屑"比喻细碎之物皆有用，即出上述故事。　⑩发：征调。　所在：指所治辖之地。　⑪仍：乃，于是。　当足：谓用坚硬的竹根当作竹篙的铁足。　⑫超两阶用之：超越两级提拔任用此人。

（一七）何骠骑作会稽[①]，虞存弟謇作郡主簿[②]，以何见客劳损[③]，欲白断常客[④]，使家人节量[⑤]，择可通者。作白事成[⑥]，以见存，存时为何上佐[⑦]，正与謇共食，语云："白事甚好，待我食毕作教[⑧]。"食竟[⑨]，取笔题白事后云："若得门庭长如郭林宗者[⑩]，当如所白。汝何处得此人？"謇于是止。

注释　①何骠骑：何充，见《言语》54 注①。何官骠骑将军，故称。作会稽：任会稽内史。　②虞存：东晋会稽山阴（今绍兴）人，字道长，历官卫军长史、尚书吏部郎。　謇（jiǎn 简）：虞謇，字道直，官至郡功曹。　主簿：郡之属官，掌文书簿籍。　③劳损：因过度劳累而身心损伤。　④白：禀报。按：影宋本无此"白"字。　断：断绝。　常客：一般的客人。　⑤家人：指仆役。节量：斟酌衡量。　⑥白事：下对上陈说事情的文书。　⑦上佐：长官的高级助手，如别驾、长史、司马等。　⑧作教：作出指示。教，王侯大臣发出的命令、指示称"教"。虞存任何充的治中，职主治文书，故可代长官作批复。　⑨竟：终了，完毕。　⑩门庭长："庭"当作"亭"。门亭长，州郡属吏，主管传达、接待。见《后汉书·百官志四》、《晋书·职官志》。　郭林宗：郭泰，字林宗，见《德行》3 注①。刘注引《郭泰别传》，说他"有人伦鉴识"。虞存引他作譬喻，意谓能识别、选择宾客的能力的人。

（一八）王、刘与林公共看何骠骑[①]，骠骑看文书，不顾之[②]。王谓何曰："我今故与林公来相看[③]，望君摆拨常务[④]，应对玄言[⑤]，那得方低头看此邪[⑥]？"何

今译　骠骑将军何充任会稽内史时，虞存的弟弟虞謇任郡主簿。因为何充会见太多的宾客，弄得身心劳损，虞謇就想断绝一般的客人。他叫家人控制数量，选择应当接见的才去通报。他起草了一份文件，先拿给虞存看。虞存当时是何充的重要助手，正和虞謇一同进食，他对虞謇说："文件写得很好，等我吃完饭，再作批复。"吃罢饭，虞存拿过笔来，在文件后面题上字说："如果能找到一个像郭林宗那样的人当门亭长，就可以照文件所拟的办。但是你到什么地方去找这样的人呢？"虞謇于是中止了他的建议。

今译　王濛、刘惔和支道林一同去看望骠骑将军何充，何充只管看文书，没有回过头来答理他们。王濛对何充说："我今天特地和林公一同造访，希望您能摆脱日常俗务，大家一起来谈论玄理。您怎么仍然低头看这些东西呢？"何充说："我如果不看这些文书，你们这些人怎么得以生活下去呢？"大家都以为何充说得好。

曰:“我不看此,卿等何以得存⑦?”诸人以为佳。

注释 ①王、刘与林公:王,王濛,见《言语》66注①。 刘,刘惔,见《德行》35注①。 林公,支遁,见《言语》63注①。王、刘齐名,享誉当时,都是清谈名流。支道林是僧人,也善谈玄理。何骠骑:何充,见前则。 ②顾:回头看。 ③故:特地。④摆拨:撇开,摆脱。 常务:日常俗务。 ⑤应对:答对。 玄言:玄学谈论。影宋本作“共言”。 ⑥那得:如何,怎么。方:尚,仍然。 ⑦存:生存,存活。

今译 桓温在荆州任刺史,极其想用德政来治理江汉地区,认为用威权刑法来整人是可耻的。低级的令史小官,因有罪过而受杖责,只从朱红官服上拍打而过。桓式当时还年轻,从外面进来,说:“刚才从办公厅旁经过,看见令史受杖责,那行刑的杖是高高举起,上掠云边,轻轻落下,下拂地面。”意思是讥讽杖根本没有打着人体。桓温说:“我还担忧打得重了呢。”

一九 桓公在荆州①,全欲以德被江、汉②,耻以威刑肃物③。令史受杖④,正从朱衣上过⑤。桓式年少⑥,从外来,云:“向从阁下过⑦,见令史受杖,上捎云根,下拂地足⑧。”意讥不著⑨。桓公曰:“我犹患其重⑩。”

注释 ①桓公:桓温,见《言语》55注①。 在荆州:在荆州任刺史。②全:极。德:指德政。 被:覆盖,遍及。 江、汉:长江和汉水。此即指荆州地区。 ③耻:以……为耻。 威刑:威权刑法。 肃:整顿;儆戒。 物:人,人物。 ④令史:低级官名。有品秩,可升补为郎。 受杖:因有罪过而受到杖责。 ⑤正:仅,只。 朱衣:朱红官服。 ⑥桓式:名歆,字叔道,小名式。桓温第三子。仕至尚书。 ⑦向:刚才。 阁下:衙署旁边。下,表示范围,多指地点、处所。 ⑧上捎云根,下拂地足:上面掠过云边,下面轻拂地脚。云根,犹言云边。地足,犹言地脚。两句形容杖责甚轻,杖不著人体。 ⑨不著(zhuó着):不中,没碰着。⑩患:忧虑。一说,此系桓温从弟桓冲作荆州刺史时事,见《渚宫旧事》卷五。

今译 简文帝做丞相时,处理事情迟缓,动不动要经过年把,才得办完。桓温非常不满意他的拖拉,常常加以催促和激励。简文帝说:“每天都有成千上万的政事等待处理,怎么快得了呢!”

二〇 简文为相①,事动经年②,然后得过③。桓公甚患其迟④,常加劝勉。太宗曰⑤:“一日万机⑥,那得速!”

注释 ①简文:东晋简文帝,见《德行》37注①。 为相:简文帝司马昱即位前,于穆帝永和元年(345)任抚军大将军、录尚事六条事,掌握朝政,故称“为相”。 ②动:动辄,动不动。③过:做完。 ④桓公:桓温。 ⑤太宗:简文帝死后庙号“太宗”。此系后来追记。 ⑥万机:当政者繁多的日常政务。语出

《书·皋陶谟》"兢兢业业，一日二日万幾。"幾，同"机"。

（二一）山遐去东阳[①]，王长史就简文索东阳[②]，云："承藉猛政[③]，故可以和静致治[④]。"

【注释】①山遐：字彦林，东晋河内怀县（今河南武陟西南）人。山简子，历官余姚令、东阳太守，为政严猛，多施刑杀。 去东阳：离开东阳太守之职。 ②王长史：王濛，见《言语》66注①，曾任司徒左长史，故称。 就：向。 简文：简文帝，见前则。 索东阳：求取东阳太守之职。 ③承藉：继承凭藉。 ④故：定然，自然。 和静：平和安静。 致治：达到太平昌盛。

【今译】山遐离任东阳太守之后，王濛向简文帝求做东阳太守，他说："我承接在严猛苛刻的政治之后，自然可以用平和安静的措施来取得太平昌盛的治绩。"

（二二）殷浩始作扬州[①]，刘尹行[②]，日小欲晚[③]，便使左右取襆[④]。人问其故，答曰："刺史严，不敢夜行。"

【注释】①殷浩（？—356）：字渊源，东晋陈郡长平（今河南西华东北）人。殷羡子。善谈玄，负虚名。穆帝永和二年（346），任建武将军、扬州刺史。执政的会稽王司马昱畏惧桓温势力太盛，引殷浩参预朝政，对抗桓温。后为中军将军、都督扬豫徐兖青五州军事，统军北取中原。永和八年（352），在许昌为前秦军所败。次年，进军洛阳，又因前锋姚襄倒戈，大败于山桑（今安徽蒙城北）。遂为桓温弹劾，废为庶人，徙东阳信安。 作扬州：做扬州刺史。 ②刘尹：刘惔，见《德行》35注①。刘惔任丹阳尹时，殷浩正任扬州刺史，丹阳属扬州，刘为殷之属下官员。又扬州治所在建康（今江苏南京），丹阳故城在今江苏江宁之东，相距甚近。 行：出行。 ③小：稍微。 欲晚：将要傍晚。 ④左右：身边的侍从人员。 襆（fú服）：指用布帛包扎的衣被等物。

【今译】殷浩刚做扬州刺史时，丹阳尹刘惔出行，太阳稍稍偏西，将近傍晚，就叫左右侍从去取行李。有人问他是什么缘故，他回答说："刺史严厉，我不敢夜间行路，怕犯宵禁。"

（二三）谢公时[①]，兵厮逋亡[②]，多近窜南塘下诸舫中[③]。或欲求一时搜索[④]，谢公不许，云："若不容置此辈，何以为京都[⑤]？"

【注释】①谢公：谢安，见《德行》33注②，谢安于孝武帝时为丞相，掌朝政。 ②兵厮：兵士与仆人。 逋亡：逃跑，逃亡。 按：自西晋末、东晋初，中原人民多次流亡南下。谢安当政时，淝水之战后，前秦败亡，黄河流域再次分裂，中原流民逃离动乱，纷纷南下。 ③窜：躲藏。 南塘：地名。建康秦淮河之南塘岸。

【今译】谢安当政之时，兵士奴仆逃亡，很多人就近藏匿在秦淮河南塘一带的许多船中。有人建议要一齐把这些藏匿着的逃亡者搜查出来，谢安不同意。他说："假使不能容纳安置这些人，那还叫什么天子所居的京都呢？"

舫:船。按:东晋时,今山东、苏北、河北、皖北地区的流民多逃到今江苏南京、镇江、常州一带。参阅《宋书·州郡志》。④或:有人。一时:一齐,同时。按:东晋时南下流民不得不依附世家大族以图取得耕种的土地,成为佃客,世家大族也不向朝廷呈报户口。刘注引《续晋阳秋》:"自中原丧乱,民离本域,江左造创,豪族并兼,或客寓流离,名籍不立。"如本篇21所记的为政严猛的山遐,任余姚令,"豪族多挟藏户口,以为私附",山遐到县八十天,从事清查,就查出藏匿户口万余,可见当时世家大族荫庇户口之多。见《晋书·山遐传》。⑤京都:京城,也叫"京师"。《公羊传·桓公九年》:"京师者何?天子之居也。京者何?大也。师者何?众也。"谢安之说,正谓京都大城,众人所居,为政宜从宽缓,不必搜索流民。

二四 王大为吏部郎[1],尝作选草[2],临当奏,王僧弥来[3],聊出示之[4]。僧弥得,便以己意改易所选者近半,王大甚以为佳[5],更写即奏[6]。

译:王忱任吏部郎,曾经写好一份选任官员的人选名单草案,临到将要上奏的时候,恰好王珉来,就随便拿出来给他看。王珉拿到这份名单草案,就按照他自己的意见将其中的人选改掉将近一半。王忱认为改得很好,就重新誊写草案随即奏上。

注释:①王大:王忱,见《德行》44注②。吏部郎:官名。东汉时尚书分曹治事,吏部曹主官吏选举等事,设尚书郎。魏晋时专主官吏之选拔、考核、任免等,尤其重视吏部郎的人选,职位高于诸曹郎。见《晋书·职官志》、《宋书·百官志上》。②选草:准备选拔任用官员的名单草案。③王僧弥:王珉(351—388),字季琰,小字僧弥,东晋琅邪临沂(今属山东)人。王导孙。善行书。曾从帛尸梨密多罗学佛经。历官著作、国子博士、侍中,代王献之为中书令,时称献之为"大令",珉为"小令"。④聊:暂且,含随便意。⑤王大:影宋本作"主人"。⑥更写:改写。

二五 王东亭与张冠军善[1],王既作吴郡[2],人问小令曰[3]:"东亭作郡[4],风政何似[5]?"答曰:"不知治化何如[6],唯与张祖希情好日隆耳[7]。"

译:东亭侯王珣与冠军将军张玄之友好。王去做吴郡太守之后,有人问他的弟弟王珉,说:"东亭侯去担任郡太守,不知教化政绩如何?"王珉回答:"治绩教化怎么样倒也不清楚,只是他和张玄之的交情一天比一天深厚了。"

注释:①王东亭:王珣,见《言语》102注③。封东亭侯,故称。张冠军:张玄之,见《言语》51注①。为冠军将军,故称。善:友好。②作吴郡:任吴国内史(吴郡太守)。王珣在吴郡,为士庶所悦。见《晋书·王珣传》。③小令:王珉,见前则。王珉为王珣弟。④作郡:做郡的长官。⑤风政:教化、政绩。⑥治化:治绩、教化。⑦张祖希:张玄之。《言语》51刘注引《续晋阳秋》,称玄之少以学显,论者以为与谢玄同为南北之望。可见玄之颇为时人所推崇,王珉不便直接赞誉其兄王珣,故引王珣与张玄之相友好以见其意。

（二六）殷仲堪当之荆州①，王东亭问曰②："德以居全为称③，仁以不害物为名④。方今宰牧华夏⑤，处杀戮之职⑥，与本操将不乖乎⑦？"殷答曰："皋陶造刑辟之制⑧，不为不贤；孔丘居司寇之任⑨，未为不仁。"

注释 ①殷仲堪：见《德行》40注①。　当：将要。　之：往，到……去。　荆州：州名，治所在江陵。此指荆州刺史。　②王东亭：王珣，见前则。　③德：德政。　居：据守，掌握。全：完整。　称：声誉。　④仁：仁爱。　害：伤害。　物：人物。⑤宰牧：治理。　华夏：本指中原地区。东晋偏安江东，故称其腹地荆襄一带为华夏。　⑥杀戮：诛杀。殷仲堪作荆州刺史时，带都督荆益宁三州军事、振威将军、假节职衔，有权杀犯军令者。故称其"处杀戮之职"。参阅《晋书·职官志》。　⑦本操：素来的操守。按：殷仲堪在任荆州刺史之前，曾任冠军将军谢玄的长史，上书谢玄，主张释放被官军虏掠的中原流民子女；任晋陵太守时禁止郡民生了孩子不养育等；又精医术，侍奉父病，衣不解带，以孝闻名。故称他素来的操守是讲仁爱、行德政的。见《晋书·殷仲堪传》。乖：违背，不协调。　⑧皋陶（yáo摇）：舜时掌刑狱之臣。　刑辟：处罚，惩罚。辟（bì必），刑法。　⑨孔丘：孔子，名丘。　司寇：官名。掌刑狱、纠察等。孔子曾为鲁国司寇。

今译 殷仲堪将要到荆州刺史任上去，王珣问道："行德政以掌握全局而著称，施仁爱以不伤人物而扬名。现在您治理华夏，处于执掌诛杀大权的职位，这同您素来的操守不是违背的吗？"殷仲堪回答说："从前皋陶制定刑狱的制度，不能说他不贤；孔丘身居司寇的职位，也不能说他不仁。"

文学第四

文章博学，尤重清谈

（一）郑玄在马融门下[①]，三年不得相见，高足弟子传授而已[②]。尝算浑天不合[③]，诸弟子莫能解；或言玄能者，融召令算，一转便决[④]，众咸骇服。及玄业成辞归，既而融有“礼乐皆东”之叹[⑤]，恐玄擅名而心忌焉。玄亦疑有追，乃坐桥下，在水上据屐[⑥]。融果转式逐之[⑦]。告左右曰：“玄在土下水上而据木[⑧]，此必死矣。”遂罢追。玄竟以得免[⑨]。

【譯】郑玄在马融门下学习，三年都没能见到老师，只是由马融的高足弟子授业而已。有一次，马融演算浑天，得不出准确结果，众弟子中也没有人能够解算的。有人说郑玄能解，马融就叫郑玄来算。郑玄转动算具，一推算就解出了结果。大家都很惊讶佩服。等到郑玄学业完成，辞别老师回归家乡，刚走不久，马融就发出“礼乐都到东方去了”的慨叹，恐怕郑玄独擅盛名，心怀嫉妒。郑玄也怀疑会有人追赶他，就坐在桥下，在水面之上，脚穿木屐。马融果然按照旋转栻盘推算的兆象追赶他，对左右侍从的人说：“郑玄在土之下水之上，身体靠着木，这一定死了。”就停止了追赶，郑玄竟因此得以免祸。

【注釋】①郑玄（127—200）：字康成，东汉北海高密（今属山东）人。经学家。他曾入太学学今文《易》和《公羊传》，又从张恭祖学《古文尚书》、《周礼》、《左传》等，最后从马融学古文经。游学十余年后回乡聚徒讲学。他因党锢事被禁，潜心著述，以古文经说为主，兼采今文经说，遍注群经。今通行本《十三经注疏》中《毛诗》、《周礼》、《仪礼》、《礼记》，即采用郑玄注。晚年曾为汉献帝征为大司农，又被袁绍强征随军，至元城（今河北大名东）而病卒。　马融（79—166）：东汉右扶风茂陵（今陕西兴平东北）人，字季长。经学家。曾任校书郎、议郎、南郡太守。他遍注《周易》、《尚书》、《毛诗》、《周礼》、《仪礼》、《礼记》、《论语》、《孝经》，又兼注《老子》、《淮南子》。博学宏通，声望极高，生徒常有千余人，郑玄、卢植皆出其门。他讲学时高坐堂上，施绛纱帐，前授生徒，后列女乐，对魏晋清谈家的扬弃礼教产生一定影响。　②高足弟子：才高而机敏迅捷的弟子。　③浑天：我国古代解释天体的一种学说。认为天地像鸟卵，天包地如卵包黄，天体浑圆，南北两极固定在天的两端，日月星辰绕两极不停旋转。算浑天是古代有关天文的算法之一。　④转：转动计算用具，引申为推算。　⑤礼乐皆东：儒家的学问都传到东面去了。礼乐，代指儒学。马融在今陕西，郑玄在今山东，玄学成辞归，故说“皆东”。⑥据：凭，靠着。屐：木屐，木底有齿的鞋。⑦转式：转动栻盘，用以推算。式，即“栻”，是当时糅合阴阳五行与天象历法而制成的一种转盘式的器具，分上下两盘，上盘圆，为天盘，以枫木为之，下盘方，为地盘，以枣心木为之。使用时转动天盘，地盘不动，称“转式”或“旋式”，以推阴阳，占吉凶。参阅《广雅·释器》。当时观察天象、制定历法、占卜时日吉凶等都用“式”。1977年春，安徽阜阳双古堆西汉汝阴侯墓出土文物中，有形制不同的“式”三件。⑧玄在土下水上而据木：郑玄坐在桥下(土下)，在水之上，脚蹬木屐(据木)。“土、水、木”均属五行，这是转式推算所得之兆。⑨免：避免(灾祸)。刘注认为马融是海内大儒，郑玄又亲传其业，不可能出现马欲害郑之事，传说不可信。

(二) 郑玄欲注《春秋传》①，尚未成。时行，与服子慎遇②，宿客舍，先未相识。服在外车上与人说己注《传》意，玄听之良久，多与己同。玄就车与语③，曰：“吾久欲注，尚未了。听君向言④，多与吾同，今当尽以所注与君。”遂为服氏注⑤。

注释 ①郑玄：见前则。《春秋传》：指《春秋左氏传》，简称《左传》，为编年体史书，以鲁国世代纪元，记述春秋时期诸侯国的大事。②服子慎：服虔，初名重，又名祇，字子慎，东汉河南荥阳(今属河南)人。灵帝末，任九江太守。信古文经学，以《左传》驳难今文学家何休。著《春秋左氏传解谊》。③就：靠近。④向：刚才。⑤服氏注：即《春秋左氏传解谊》。唐孔颖达作《春秋左传正义》，专用杜预注，服注渐佚。今有辑本。

译 郑玄打算为《春秋左氏传》作注释，还没有完成。有一次出行，与服虔相遇，同宿一家旅店，开始两人并不相识。服虔在外面车上对别人说自己注《春秋左氏传》的想法，郑玄听了很久，觉得大多和自己的观点相同。郑玄就走近车子对服虔说：“我早就想为《春秋传》作注，尚未完成。听了您刚才所说的，大多和我相同。现在我应该把所注的部分全都给您。”于是《春秋左氏传》就有了服氏注。

(三) 郑玄家奴婢皆读书①，尝使一婢，不称旨②，将挞之，方自陈说③，玄怒，使人曳著泥中④。须臾，复有一婢来，问曰：“胡为乎泥中⑤？”答曰：“薄言往愬，逢彼之怒⑥。”

注释 ①郑玄：见本篇1注①。②称(chèn趁)旨：符合意图、想法。③陈说：陈述(道理、原因)。④曳著(zhuó着)泥中：拉到污泥中去。⑤胡为乎泥中：为什么在污泥里？《诗·邶风·式微》：“式微式微！胡不归？微君之躬，胡为乎泥中？”毛传以为黎侯避狄失国，流寓于卫，其臣劝归之作。此乃借用其句。毛传又以“泥中”为卫邑名，无考。⑥薄(bó博)言

译 郑玄家里的奴婢都读书。有一次，郑玄差使一个婢女做事，做得不符合主人的心意，郑玄将要鞭打她。婢女正在叙说原因，郑玄大怒，派仆人把婢女拉到了污泥中去。一会儿，又有一个婢女过来，问道：“胡为乎泥中？”先前那个婢女答道：“薄言往愬，逢彼之怒。”

往愬，逢彼之怒：有话去申诉，正逢他发怒。《诗·邶风·柏舟》："亦有兄弟，不可以据。薄言往愬，逢彼之怒。"薄言，语助词，无实义。一说急迫。愬，同"诉"。毛传以为言兄弟之不可据。此亦借用其句，谓触犯了主人，主人发怒而自己受责。刘注谓《式微》、《柏舟》为卫诗，盖今文三家诗旧说，今本《毛诗》在《邶风》。

（四）服虔既善《春秋》[1]，将为注，欲参考同异[2]。闻崔烈集门生讲传[3]，遂匿姓名，为烈门人赁作食[4]。每当至讲时，辄窃听户壁间。既知不能逾己[5]，稍共诸生叙其短长[6]。烈闻，不测何人[7]，然素闻虔名，意疑之。明蚤往[8]，及未寤[9]，便呼："子慎[10]，子慎！"虔不觉惊应，遂相与友善。

服虔擅长《春秋》之学，打算为《春秋左传》作注释，要比较考察各种不同的观点。他听说崔烈正集合门生讲《左传》，就隐姓埋名，受雇于崔烈的门人，替他们做饭。每当崔烈讲述的时候，他总是在门口壁旁偷听。后来知道崔烈并不能超过自己，便渐渐同崔烈的门生们叙说崔烈所讲内容的缺点和优点。崔烈听到此事，猜想不出这是什么人。但他素来听说过服虔之名，心里怀疑是他。第二天一大早崔烈到服虔住处去，趁他还没有睡醒的时候，就喊："子慎，子慎！"服虔惊醒，不知不觉就答应了，于是两人就成了好朋友。

①服虔：见本篇2注②。　善：擅长。　《春秋》：书名。今存我国最早的编年体史书，相传为孔子删补鲁史而成，为儒家经典之一。传述《春秋》者有三家：《左传》、《公羊传》、《穀梁传》。服虔擅长而为之作注的是《左传》。　②参考：比较考察。　③崔烈（？—194）：字威考。东汉涿郡（今属河北）人。家世长于《春秋左传》。历官郡守、九卿，官至司徒、太尉，封阳平亭侯。董卓之乱中，为乱兵所杀。其子州平，与诸葛亮友好。　讲传：讲《春秋左传》。　④赁（lìn 吝）：受雇用。　作食：做饭。　⑤逾：超过，胜过。　⑥稍：逐渐。　⑦测：料想，推测。　⑧蚤：通"早"。　⑨及：趁着。　寤（wù 悟）：（睡）醒。　⑩子慎：服虔字。古人称呼对方之字，表示尊重。

（五）钟会撰《四本论》始毕[1]，甚欲使嵇公一见[2]，置怀中，既定[3]，畏其难[4]，怀不敢出，于户外遥掷，便回急走[5]。

钟会撰写《四本论》，阐述才能和德性可以相合兼备。刚写完，很想让嵇康看看。就把论文藏在怀中，已经来到嵇宅，又害怕嵇康会辩诘驳难，怀着论文而不敢拿出来进去相见，在门外把论文远远地扔了进去，立即转身急急忙忙跑掉了。

①钟会：见《言语》11注①。　《四本论》：文篇名。钟会撰，主张人的才能与德性不相抵触，可以兼备。文已亡佚。四本，刘注说："四本者，言才性同，才性异，才性合，才性离也。尚书傅嘏论同，中书令李丰论异，侍郎钟会论合，屯骑校尉王广论离。"才，指治国用兵的才能；性，指仁孝廉让等德性。同，谓才德一致，才能即德行的表现；异，谓才德相乖；合，谓才德相关，可以结合兼备；离，谓才德分离，二者不一定能兼备。主张才性同或合者，评价人物先操行而后才能；主张才性异或离者，衡量人物先才能而后德性。钟会等争论"四本"，当在三国魏齐王曹芳时高平陵事件前

后(249—257)。曹魏集团和司马氏集团的政治斗争加剧了这场争论。司马氏主张以孝治天下,其党羽皆注重礼法名教,以为才能基于德性,德性为先而才能为次,如钟会、傅嘏;曹魏集团仍主"唯才是举",其党羽认为才能与操行无关,如李丰、王广。结果李、王为司马氏所杀。晋朝建立以后,"四本"之论不再与现实的政治斗争相关,而成为玄学清谈的哲理性论题,清谈家们藉以炫耀其知识。参阅陈寅恪《书世说新语文学类钟会撰四本论始毕条后》。 ②嵇公:嵇康,见《德行》16注②。嵇康是曹魏宗室的女婿,又与钟会有私怨。 ③既定:二字费解。徐震堮以为"既"下脱"诣"字,"定"为"宅"之形讹。 ④难(nàn 男去声):辩诘,驳难。 ⑤回:掉转身。影宋本作"面",便面,遮住脸。

（六）何晏为吏部尚书①,有位望,时谈客盈坐②。王弼未弱冠③,往见之。晏闻弼名,因条向者胜理④,语弼曰:"此理仆以为极⑤,可得复难不⑥?"弼便作难,一坐人便以为屈⑦。于是弼自为客主数番⑧,皆一坐所不及。

注释 ①何晏:见《言语》14注①。 吏部尚书:官名。尚书吏部曹的首长,主管官员的任免、铨叙、考绩、升降,位居诸曹尚书之上。 ②时:时常。 ③王弼(226—249):字辅嗣,三国魏河内山阳(今河南焦作)人。少年即享高名,曾任魏尚书郎。好谈儒道,辞才逸辩,以"无"为万物本体,认为"道者,无之称也","凡有皆始于无",以证名教(有)出于自然(无)。与何晏、夏侯玄等开魏晋玄学清谈之风,世称"正始之音"。著有《周易注》、《老子注》等,注重义理,破汉人经学质朴琐细之风。 弱冠:古代男子年二十而行冠礼,典出《礼记·曲礼上》"二十曰弱,冠"。弱,年少。后以"弱冠"称二十岁或二十岁左右的年纪。 ④条:分条陈述。向者:先前。 胜理:玄深之理。 ⑤仆:自称谦词。 极:终极,穷极。 ⑥难(nàn 男去声):辩难,驳诘。 不:同"否"。 ⑦以为屈:认为(何晏)输了。 ⑧客主:清谈时采取"主"、"客"问难的形式,先由"主"提出讨论的主题、内容,并略陈观点,然后由一"客"或数"客"问难。"自为客主"是自己提出问题,自己解答,以阐发玄理。 数番:几次。番,特指论辩交锋一次,一个回合。

今译 何晏做吏部尚书,有很高的地位和名望,到他家去清谈的客人经常座无虚席。王弼当时还年不满二十,也去拜见何晏。何晏听到王弼的名字,就把往日谈得最为精彩的几个论点,分条讲给王弼听,说:"这几条我以为是达到了终极的理论,你能不能再提出驳难呢?"王弼随即逐条加以驳难,在座的人都认为何晏理屈。于是王弼自作客主双方,自己提出问题,自己辩驳论证,经过几个回合,都是满座的人所不及的。

（七）何平叔注《老子》始成①,诣王辅嗣②,见王注精奇③,乃神伏④,曰:"若斯人,可与论天人之际矣⑤?"因以所注为《道》《德》二论⑥。

今译 何晏注《老子》刚完成,去拜访王弼,看见王弼的注释精彩神妙,于是心服口服地说:"像这样的人,真可以同他讨论自然与人事的关系问题了!"因此把自己所作的注释写成《道》、《德》二论。

注释 ①何平叔：何晏，字平叔，见前则。《老子》：书名。即老子所著《道德经》。凡五千言，主张自然无为。今本分上、下篇。今传本有汉河上公与魏王弼两家注。1973 年 12 月长沙马王堆汉墓出土有帛书《老子》甲本与乙本。王弼《老子注》，共八十一章，是魏晋玄学理论的重要依据。②王辅嗣：王弼，见前则。③精奇：精彩神妙。④神伏：心中服气。⑤天人之际：指自然与人事的相互关系。⑥《道》《德》二论：即《道德论》，分《道论》和《德论》，故称二论。何晏撰，旨在推阐《老子》有关道德的思想。文不传。

（八）王辅嗣弱冠诣裴徽[①]，徽问曰："夫无者，诚万物之所资[②]，圣人莫肯致言[③]，而老子申之无已[④]，何邪？"弼曰："圣人体无[⑤]，无又不可以训[⑥]，故言必及有[⑦]；老、庄未免于有[⑧]，恒训其所不足[⑨]。"

今译 王弼二十岁时去拜见裴徽，裴徽问道："说到'无'，确实是万物之所凭藉，孔子圣人对'无'不肯发表阐述意见，而老子却一再申述不已，这是为什么？"王弼说："圣人体察'无'，而'无'又不能解释清楚，所以言谈到'无'必定会提及到'有'；道家老、庄也免不了谈到'有'，但常补充解释圣人所阐述的不足之处。"

注释 ①王辅嗣：王弼，见本篇 6 注④。裴徽：字文季，三国魏河东闻喜（今属山西）人。善言玄理，有盛名。仕至冀州刺史。②"夫无者"二句：意谓"无"，确实是万物所凭藉的。按：《老子》首章："无名，天地之始；有名，万物之母。故常无，欲以观其妙，常有，欲以观其徼。此两者同出而异名。"老子哲学里把构成万物的原始材料称为"道"，叫不出名字，谓之"无名"，有时用"无"、"无形"等词描述，意思是不能清楚地讲明它的特点。在中国哲学史上，"无"是第一个作为万物之本的负概念，是表明古人认识前进的重要标志。王弼《老子注》阐发自然无为、有生于无等思想，成为魏晋玄学家经常讨论的问题。③圣人：指孔子。下同。致言：发表言论。④老子：即老聃。春秋楚人。曾为周藏书室史官。相传著《老子》（即《道德经》）五千言。申：阐述。⑤体：体察。⑥训：解释。⑦故言必及有：所以讲"无"的时候必定提及"有"。⑧老、庄：指以老子和庄子为代表的道家及其学说。⑨所不足：指对"无"的解释。

（九）傅嘏善言虚胜[①]，荀粲谈尚玄远[②]，每至共语，有争而不相喻[③]。裴冀州释二家之义[④]，通彼我之怀[⑤]，常使两情皆得[⑥]，彼此俱畅。

今译 傅嘏擅长谈论虚无之理的美妙，荀粲言论崇尚玄奥幽远的老庄之道。两人往往在一同谈论的时候，有争论而不相理解。裴徽解释两人的义理，沟通双方的心意，常能使双方心情都融洽，彼此都痛快。

注释 ①傅嘏（gǔ 古，旧读 jiǎ 假。209—255）：字兰硕，三国魏北地泥阳（今陕西耀县东南）人。正始中为黄门侍郎，以与何晏不协，免官。曹爽被杀后，司马氏用为河南尹，迁尚书。后以平毌丘俭、文钦功封阳乡侯。虚胜：谓道家玄虚、虚无之理的美妙境界。　②荀粲：字奉倩，三国魏颍川颍阴（今河南许昌）人。荀彧少子。粲以子贡称孔子之言性与天道不可得而闻，因以《六经》为圣人之糠秕而弃之，独好老庄。魏明帝太和初至洛阳，与傅嘏、夏侯玄游处。　玄远：玄奥幽远的理论。指清静无为、超脱世俗的老庄之道。　③喻：明白，理解。　④裴冀州：裴徽，见前则。任冀州刺史，故称。　⑤彼我：彼此，双方。　怀：心情。　⑥得：谐和，融洽。

一〇　何晏注《老子》未毕[1]，见王弼自说注《老子》旨[2]。何意多所短[3]，不复得作声，但应诺诺[4]，遂不复注，因作《道德论》[5]。

①何晏：见《言语》14注①。　②王弼：见本篇6注④。旨：意思。　③意：才智；见识。　短：欠缺。　④诺诺：答应声。　⑤《道德论》：文篇名。见本篇7注⑥。　按：本则所记与本篇7实为一事两见，略有小异。

何晏注《老子》，尚未完成，见到王弼陈说注解《老子》的意思。何的见解多所欠缺，不能再作声，只是嗯嗯地答应。何晏于是不再注《老子》，而改作《道德论》。

一一　中朝时有怀道之流[1]，有诣王夷甫咨疑者[2]，值王昨已语多，小极[3]，不复相酬答，乃谓客曰："身今少恶[4]，裴逸民亦近在此[5]，君可往问。"

①中朝：东晋南渡以后，称西晋为中朝，以其建都在中原。怀道之流：怀有道术的人。道，多指自然无为之道。　②王夷甫：王衍，见《言语》23注②。　咨疑：咨询疑难。③小极：略感疲倦。　④身：晋人自称为"身"，相当于代词"我"。少恶：稍感不适。恶，不舒服。　⑤裴逸民：裴頠，见《言语》23注③。

西晋时那些胸怀道术的人中，有一位去拜访王衍请教一些疑难问题。恰好碰上王衍前一天说话说多了，略感疲倦，不再应酬回答，就对客人说："我今天略微有点不舒服，裴逸民也近在此地，您可以去问他。"

一二　裴成公作《崇有论》[1]，时人攻难之[2]，莫能折[3]，唯王夷甫来[4]，如小屈[5]。时人即以王理难裴，理还复申[6]。

①裴成公：裴頠，卒后谥成，见《言语》23注③。　《崇有论》：文篇名。裴頠撰，今存。"有"，指"万有"，即现实存在的事物，也包括社会生活内容，如礼教之类。裴頠对当时放荡虚浮、不重儒术的风气十分不满，认为"何晏、阮籍素有高名于世，口谈浮虚，不遵礼法，尸禄耽宠，仕不事事；至王衍之徒，声誉太盛，位高势重，不以物务自婴，遂相放效，风教陵迟"，就著《崇有

裴頠撰作《崇有论》，当时一些人反驳攻击他，但没有人能使他折服。只有王衍来，他似乎稍受挫折。当时有人就用王衍的理论去非难裴頠，裴的观点仍然表述出来。

论》。见《晋书》本传。“崇有”，就是注重现实存在的事物。他认为万物不是由“无”产生的，而是“自生”的；又认为“无”是“有”消失了的状态。他说“夫至无者无以能生”，否定“有生于无”的观点。②时人：指一些崇尚虚无的清谈家，如王衍、乐广等。见刘注引《晋诸公赞》及《晋书》本传。 攻难（nàn 男去声）：攻讦驳难。 ③莫能折：没有人能够（使裴頠）折服。 ④王夷甫：王衍，见前则。⑤如小屈：似乎略受挫折。 ⑥申：表白。

一三 诸葛厷年少[1]，不肯学问[2]，始与王夷甫谈[3]，便已超诣[4]。王叹曰：“卿天才卓出，若复小加研寻[5]，一无所愧。”厷后看《庄》《老》，更与王语，便足相抗衡[6]。

注释 ①诸葛厷（gōng 公）：名一作“宏”，字茂远，晋琅邪（今山东临沂）人。有逸才，仕至司空主簿。 ②学问：学习求教。③王夷甫：王衍，见前则。 ④超诣：达到高超的境界。⑤研寻：研讨探求。 ⑥抗衡：匹敌。

译 诸葛厷年轻时，不肯学习求教，但开始同王衍谈论，他的议论就已经达到很高的境界。王衍慨叹地说：“你天才杰出，远在他人之上，倘使能再稍加研究探讨，就可以完美无缺了。”诸葛厷后来看了《庄子》、《老子》，再去同王衍谈论，便完全和王衍不相上下了。

一四 卫玠总角时[1]，问乐令梦[2]，乐云：“是想[3]。”卫曰：“形神所不接而梦[4]，岂是想邪？”乐云：“因也[5]。未尝梦乘车入鼠穴、捣齑噉铁杵[6]，皆无想无因故也。”卫思“因”经日不得，遂成病。乐闻，故命驾为剖析之[7]，卫即小差[8]。乐叹曰：“此儿胸中当必无膏肓之疾[9]。”

注释 ①卫玠：见《言语》32注①。 总角：古代未成年人把头发梳成双髻，状如角。借指童年。 ②乐令：乐广，见《德行》23注④。 ③想：指思想活动，即醒时思念。 ④形神所不接：形体物象与精神不相联系。 ⑤因：因由，根据。 ⑥捣齑噉铁杵：舂捣菜成细末而把铁棍也吃下去。比喻不可能有的事。齑（jī 鸡），把菜切细或捣碎做成的酱菜或腌菜。噉（dàn 淡），吃。杵（chǔ 楚），捣东西用的棍状工具。 ⑦命驾：命令驭者驾驶车马出发。 剖析：辨析解释。 ⑧小差（chài 柴去声）：通“瘥”，病愈。 ⑨膏肓（huāng 荒）：古代医学称心尖脂肪为“膏”，心脏和隔膜之间为“肓”，认为是药物难以到达之处。膏肓之疾，指难以治疗的重病。

译 卫玠在童年时问乐广，“梦”是怎么回事，乐广回答：“是思想活动。”卫玠说：“形体物象和精神不相联接而做梦，梦怎么会是思想活动呢？”乐广说：“那是有因由根据的啊。你总没有梦见过乘着车子进入老鼠洞，舂捣菜末而把铁棍也吃了下去的事吧，这都是因为醒着的时候没有想过，也失去了形成梦的依据的缘故啊。”卫玠就去琢磨形成梦的因由根据，一整天也没有琢磨出个所以然来，终于得了病。乐广听说了，特地令人备车去给他分析解释，卫玠的病才稍微好了些。乐广感叹说：“这孩子有了问题就要弄清楚，胸中搁不住事情，想来必定不会有膏肓之疾。”

一五 庾子嵩读《庄子》[1]，开卷一尺许便放去[2]，

译 庾子嵩读《庄子》，展开书卷才一尺左右，就放在一边，说：“和我的想法完全没有什么不同。”

曰:“了不异人意[3]。”

注释 ①庾子嵩:庾敳(ái 皑,261—311),字子嵩,晋颍川鄢陵(今属河南)人。为陈留相,未尝以事婴心。太尉王衍重之而迁吏部郎,参东海王越太傅军谘祭酒。在官超脱,无所事事。后与王衍同为石勒所杀。 《庄子》:书名。今本三十三篇,相传内篇七篇为庄周自撰,外篇十五与杂篇十一均后学弟子及道家派别之人所作。《庄子》在魏晋时期和《周易》、《老子》并称“三玄”,为玄学家所宗尚,影响很大。到唐代,玄宗诏号《庄子》为《南华真经》,正式成为道教经典之一。 ②开卷一尺:古代书籍装成卷轴,诵读时执卷展开。此谓展开书卷才一尺,形容所读不多。 许:表示比某一数量稍多或略少。 ③了:全。多与否定词连用。 人:犹言我。

一六 客问乐令“旨不至”者[1],乐亦不复剖析文句,直以麈尾柄确几曰[2]:“至不[3]?”客曰:“至。”乐因又举麈尾,曰:“若至者,那得去[4]?”于是客乃悟服。乐辞约而旨达[5],皆此类。

注释 ①乐令:乐广,见《德行》23 注④。 “旨不至”:《庄子·天下》引述战国时名家学派惠施之说,作“指不至,至不绝”。陆德明《经典释文》引司马彪注:“夫指之取物,不能自至,要假物,故至也,然假物由指不绝也。” 按:这一论题难解,众说纷纭,惠施注意从事物的联系和发展来看待事物差异,发现差异的相对性;但他忽视事物的相对稳定性,不懂得相对中寓有绝对的道理。循此索解,似当谓:指事不能达到物的实际,即使达到也不能绝对的穷尽。 ②直:通“特”,只是。 麈(zhǔ 主)尾:魏晋六朝时一种兼具拂尘和凉扇功用的器具。长尺余,由固定有两排麈尾毛的轴杆与木柄相接而成,形状与掸帚相近。当时清谈之士在谈玄时,往往执麈尾以指划,为一时风尚。因此名士们盛饰麈尾,在木柄上涂漆,饰以玉石、玳瑁等,甚至径用金银、象牙等为柄的。 确:敲击。 ③至:达到。 不:通“否”。 ④那得:如何,怎么。 去:离开;距离。 ⑤辞约:言辞简约。 旨达:意思表达出来。

一七 初,注《庄子》者数十家[1],莫能究其旨要[2]。向秀于旧注外为解义[3],妙析奇致,大畅玄风[4],唯《秋水》、《至乐》二篇未竟[5],而秀卒。秀子幼,义遂零落[6],然犹有别本。郭象者,为人薄行[7],有俊

今译 有个客人问乐广有关“旨不至”这个论题,乐广也不去解析文句,只是用手里的麈尾敲击案几,说:“达到没有?”客人说:“达到了。”乐广继而又举起麈尾,说:“假如说达到了,那怎么离开了?”于是客人大悟而心服。乐广善于用简约的言辞表达出意思来,都与此相类似。

今译 当初,为《庄子》作注释的有几十家,但没有人能探究《庄子》的精神实质。向秀在旧注之外作了解义(解释《庄子》思想含义),精妙地分析了其中的奇特意趣,弘扬了谈论玄理的风气。只有《秋水》、《至乐》两篇的注释尚未完成,向秀就去世了。向秀的儿子年幼,解义的文稿于是散失,然而还有另外的写本。郭象这个人,为人操行轻薄,而有美才。他看到向秀的解义不传于世,就剽窃过来作为自己的注释。他于是自己注释《秋水》、《至乐》两篇,又改换了《马蹄》一篇的注释,其余各篇,有的只是把文字句读修改一下而已。后来,向秀解义的另一个本子发现了,所以至今有向秀、郭象的两个《庄子》注本,但其义理是相同的。

才，见秀义不传于世，遂窃以为己注，乃自注《秋水》、《至乐》二篇，又易《马蹄》一篇[8]，其余众篇，或定点文句而已[9]。后秀义别本出，故今有向、郭二《庄》[10]，其义一也。

注释 ①注《庄子》者数十家：据陆德明《经典释文·叙录》所记，《庄子》有司马彪注，崔譔注，向秀注，郭象注，孟氏注等。现仅存郭象注三十三篇。　②究：探究。　旨要：要领，主旨。　③向秀：见《言语》18 注②。　④畅：弘扬。　玄风：谈论玄理的风尚。　⑤《秋水》、《至乐》：《庄子》中篇名。　⑥零落：凋落，引申为散失。　⑦郭象（约 252—312）：字子玄，西晋河南（郡治在今河南洛阳）人。历官豫州长史，黄门侍郎。东海王司马越专权，引为太傅主薄。他任职当权，逞势扬威，为时论所轻。薄行：操行轻薄。　⑧易：变易，改换。　《马蹄》：《庄子》中篇名。　⑨定点：修改（文稿）。　⑩向、郭二《庄》：向秀和郭象的两种《庄子》注本。　按：向秀注今不传，仅散见于《列子》张湛注和《经典释文》。郭象注今存。郭象是否窃取向秀注，一场公案，迄无定论。《四库全书总目提要》卷一四六《庄子提要》尝就《列子》张湛注、陆德明《经典释文》所引向秀解义，与《庄子》郭象注对校，有向有郭无者，有绝不相同者，有互相出入者，有郭与向全同者，有郭增减字句而大同小异者。可见说郭象"定点文句"，并非无证；但亦可证向、郭二人哲学观点基本一致，盖当时思潮使然。

（一八）阮宣子有令闻[1]，太尉王夷甫见而问曰[2]："老庄与圣教同异[3]？"对曰："将无同[4]？"太尉善其言，辟之为掾[5]。世谓"三语掾"[6]。卫玠嘲之[7]，曰："一言可辟，何假于三[8]？"宣子曰："苟是天下人望[9]，亦可无言而辟，复何假一？"遂相与为友。

今译 阮修有很好的名声，太尉王衍见到他就问："老庄学说与孔圣之道是相同的还是不同的？"阮修回答说："将无同（莫非是相同的吧）？"王衍认为他说得好，就征辟他做僚属。当时人称阮修为凭着三个字就被征辟为属官的人。卫玠讽嘲他说："只要一言说得好，就可以征辟为官，何必依靠三言？"阮修说："假如是天下众望所归的人，也可以无言而受征辟，何必再要凭藉一言？"他们两人就彼此交往成为朋友。

注释 ①阮宣子：阮修（约 270—312），字宣子，晋陈留尉氏（今属河南）人。官至太子洗马。好《易》、《老》，善清言，主儒玄一家。证鬼神无有之说，为时人所服。与王敦、谢鲲等同为王衍"四友"。永嘉之乱南渡时被杀。　令闻：美誉。　②太尉：官名。汉魏六朝与司徒、司空合称"三公"，品秩第一。　王夷甫：王衍，见《言语》23 注②。　③圣教：指周公、孔子之道，即儒家学说。　④将无同：莫非相同。将无，犹言得无、莫非，表示商榷而偏于肯定，语气又较委婉。　⑤辟（bì 壁）：征召。　掾（yuàn 院）：属官的通称。　⑥三语掾：谓凭三个字就被征为僚属的人。三语，指"将无同"三字。　按：《晋书·阮瞻传》所记为王戎问阮瞻，瞻答“将无同”而辟为掾。魏晋玄学家如何晏、王弼，好论儒道，何晏著《论语集解》，以玄学观点解释孔子思想；王弼则以名教为自然之体现，尊孔子为圣人。阮修谓老庄与周孔“将无同”，正是祖述何晏、王弼之说，调和名教与自然，当受到王衍赞赏。参阅周一良《魏晋南北朝史札记·名教自然“将无同”思想之演变》。　⑦卫玠：见《言语》32注①。　⑧假：凭藉。　⑨人望：众望所归之人。

一九　裴散骑娶王太尉女[1]，婚后三日，诸婿大会[2]，当时名士、王裴子弟悉集。郭子玄在坐[3]，挑与裴谈[4]。子玄才甚丰赡[5]，始数交，未快[6]。郭陈张甚盛[7]，裴徐理前语，理致甚微[8]，四坐咨嗟称快[9]，王亦以为奇，谓诸人曰：“君辈勿为尔，将受困寡人女婿[10]。”

注释　①裴散骑：裴遐，字叔道，晋河东闻喜（今属山西）人。裴徽孙。善言玄理。辟司空掾、散骑郎。娶王衍第四女。后为东海王司马越太傅主簿，为越子毗所害。　王太尉：王衍，见《言语》23注②。　②大会：按旧俗，婚后第三天称“三朝”，女家向婿家送礼并宴集宾朋。　③郭子玄：郭象，见本篇17注①。④挑：挑动。　谈：论辩，特指清谈。　⑤丰赡（shàn 擅）：丰富，充足。　⑥快：爽利。　⑦陈张：铺陈。　⑧理致：义理情致。　微：精深微妙。　⑨咨嗟：赞叹。　称快：表示快意，犹今之“叫好”。　⑩寡人：自谦之词，意谓少德之人。古代君主、侯王用以自称，晋代士大夫亦间或用以自称。约唐代以后只有皇帝得自称寡人。

今译　裴遐娶了太尉王衍的第四个女儿，婚后第三天，几个女婿会集在一起，当时的一些名士及王、裴两家的子弟全都到了。郭象在客座上，挑头与裴遐清谈。郭象才华横溢，开头几个回合，谈得并不爽利。郭象张扬其辞，气势很盛。裴遐从容地调整前面所谈论的话语，议论的义理和情致都显得精深微妙。满座宾客都赞叹叫好。王衍也认为精妙，对大家说：“各位不要再这样了，否则将要被我女婿弄困窘了。”

二〇　卫玠始度江[1]，见王大将军[2]，因夜坐，大将军命谢幼舆[3]。玠见谢，甚说之[4]，都不复顾王[5]，遂达旦微言[6]，王永夕不得豫[7]。玠体素羸[8]，恒为母所禁，尔夕忽极[9]，于此病笃[10]，遂不起[11]。

注释　①卫玠：见《言语》32注①。　度：通“渡”。　②王大将军：王敦，见《言语》37注①。　③命：召唤。　谢幼舆：谢鲲，见《言语》46注②。　④说：同“悦”，喜欢。　⑤都：简直；全。　⑥达旦：直到次日清晨。　微言：精深微妙的言辞。　⑦永夕：通宵。　豫：参预。　⑧羸（léi 雷）：衰弱，瘦弱。　⑨尔夕：那夜。　极：疲劳。　⑩病笃：病重。　⑪不

今译　卫玠刚刚渡江南下，拜见大将军王敦，由于夜间交谈，王敦召请谢鲲来作陪。卫玠一见谢鲲，非常喜欢他，简直就不管不睬王敦，就和谢鲲通宵达旦作玄谈，王敦在一旁，整夜没有参预谈论的机会。卫玠身体一向瘦弱，常被他母亲禁止过于劳累，那一夜忽然疲劳，因此而病重，终于死去。

起：犹言死去。

【二一】旧云：王丞相过江左①，止道“声无哀乐”②、“养生”③、“言尽意”三理而已④，然宛转关生⑤，无所不入⑥。

今译 旧说：王导丞相到了江东，只讲论“声无哀乐”、“养生”、“言尽意”三个论题而已，然而谈得宛转曲折，关联推衍，没有一处不涉及到的。

注释 ①王丞相：王导，见《德行》27注③。王导在晋代，也是清谈领袖人物。　江左：江东。指东晋。　②止：只。　道：讲说。　“声无哀乐”：刘注节引嵇康《声无哀乐论》：“夫殊方异俗，歌笑不同。使错而用之，或闻哭而欢，或听歌而戚，然哀乐之情均也。今用均同之情，发万殊之声，斯非音声之无常乎？”全文见《嵇康集》。　按：嵇康认为，声音和人的感情是两种事物；音乐有好坏，但不含哀乐感情；哀乐决定于内心，与音乐并无必然联系。音乐旋律有快慢徐疾，人听了有烦躁或静穆的反应；至于哀乐，完全决定于内心感情。他把心和声严格区分开来，但把主观的心情和客观的声乐完全割裂。　③“养生”：刘注节引嵇康《养生论》：“夫虱箸头而黑，麝食柏而香，颈处险而瘿，齿居晋而黄。岂唯蒸之使重无使轻，芬之使香无使延哉！诚能蒸以灵芝，润以醴泉，无为自得，体妙心玄，庶与羡门比寿，王乔争年。何为不可养生哉？”全文见《嵇康集》，又见《文选》。　按：嵇康承认形体和精神互相依存，而强调了精神的作用。他主张“修性以保神，安心以全身，爱憎不栖于情，忧喜不留于意”，通过精神修养，配合呼吸吐纳和服食养身，以增进身心健康。他还认为善养生者应该“清虚静泰，少私寡欲”，不追求富贵荣华的外部刺激，而要加强内心修养。　④“言尽意”：刘注节引欧阳建（字坚石）《言尽意论》：“夫理得于心，非言不畅；物定于彼，非名不辨。名逐物而迁，言因理而变，不得相与为二矣。苟无其二，言无不尽矣。”《艺文类聚》卷一九所引较此为详。　按：魏晋玄学家都祖述《周易·系辞》所说：“书不尽言，言不尽意”二语。欧阳建针锋相对地提出“言尽意”，认为外界事物是独立于名称、概念之外而存在的，但人认识事物却不可缺少名称、概念。如果没有名称，无法区别事物；如果没有语言，无法交流思想。而名称和语言并非先天制定，而是人为了辨别事物、交流思想而通过名称、概念和语言来表达出来的，名称、概念和语言是随着事物和观念的变化而变化着的。　三理：三个理论问题。理，魏晋时特指玄理。　按：魏晋思想家在“才性”关系论争之外，“声无哀乐”、“养生”、“言尽意”三个问题是他们集中论争的题目，称为“三理”。　⑤宛转：辗转曲折。　关生：关联推衍。　⑥入：涉及。

【二二】殷中军为庾公长史①，下都②，王丞相为之集③，桓公、王长史、王蓝田、谢镇西并在④。丞相

今译 殷浩做庾亮的长史，有事从荆州沿江东下建康，丞相王导为他举办集会，桓温、王濛、王述、谢尚都在座。王导亲自解下挂在帐带上的麈尾，对殷浩说：“我今天要和您一起谈谈玄理。”他们一同清谈，就谈到三更。王导和殷浩反复争论，其余诸位概不参预。彼此双方发挥道理已尽之后，王导就慨叹说：“先前所谈的话，竟然不明白义理本源之所归向。至于文辞、比喻并不欠缺，人们说的‘正始之音’，正当如此。”第二天早晨，桓温对人说：“昨夜听殷、王清谈，非常佳妙，谢尚也不感到冷落，我也有会心之处。回头看那两个姓王的属官，就活脱脱的极像母狗一样。”

自起解帐带麈尾，语殷曰："身今日当与君共谈析理⑤。"既共清言，遂达三更。丞相与殷共相往反，其余诸贤略无所关⑥。既彼我相尽，丞相乃叹曰："向来语乃竟未知理源所归⑦。至于辞喻不相负⑧，正始之音⑨，正当尔耳。"明旦，桓宣武语人曰："昨夜听殷、王清言⑩，甚佳，仁祖亦不寂寞⑪，我亦时复造心⑫；顾看两王掾⑬，辄翣如生母狗馨⑭。"

注释

①殷中军：殷浩，见《政事》22 注①。　庾公：庾亮，见《德行》31 注①。　长史：官名。　②下都：到京师建康。殷浩随庾亮在荆州，赴建康须沿长江东下，故称"下都"。③王丞相：王导，见《德行》27 注③。　集：集会，宴会。　④桓公：桓温，见《言语》55 注①。　王长史：王濛，见《言语》66 注①。王蓝田：王述(303—368)，字怀祖，东晋太原晋阳(今山西太原)人。王承子。袭父爵为蓝田侯。历官宛陵令、临海太守、会稽内史、扬州刺史、尚书令。性真率，受职不虚让，辞必不受。为政简静。　谢镇西：谢尚，见《言语》46 注①。　⑤身：犹言"我"，晋人自称。⑥略无所关：谓(其他人)概不参预谈论。关，涉及。　⑦向来：先前。　理源：义理的本源。　归：归向。　⑧辞喻：言辞和比喻。　负：违背。　⑨正始之音：正始，三国魏齐王曹芳年号(240—249)。魏晋之际，士大夫崇尚清谈，为玄学的开创时期，代表人物有何晏、王弼。后人称当时的言论风尚为"正始之音"。参阅顾炎武《日知录》卷一三。　⑩清言：清谈。　⑪仁祖：谢尚，字仁祖。　⑫造心：谓心有所悟。造，达到……程度。　⑬两王掾：指王濛、王述，两人均为王导属官。　⑭辄：总是。　翣(shà 煞)：很，极。　生：活的。　馨(xīn 欣)：晋人口语，助词。犹今普通话"般"、"样"，吴方言"能"。

二三　殷中军见佛经①，云："理亦应阿堵上②。"

今译　殷浩看到佛经，说："义理也应在这个上面。"

注释

①殷中军：殷浩，见前则。　佛经：佛教经典。指释迦牟尼的弟子传述的佛在世时的说教，也包括以后佛教徒称为佛的言行的著作。　按：佛教在东汉时传入中原地区，永嘉之乱时，不少僧侣也相率南渡。这些僧侣为使佛教教义在思想界获得地位，也注意当时的玄学清谈，接近士大夫。玄学家也开始接触佛学。本书中多次记叙这类故事。　②阿堵：晋人口语，犹言"者个"，即这个。

【二四】谢安年少时[①]，请阮光禄道《白马论》[②]，为论以示谢。于时谢不即解阮语，重相咨尽[③]。阮乃叹曰："非但能言人不可得，正索解人亦不可得[④]。"

【注释】①谢安：见《德行》33 注②。　②阮光禄：阮裕，见《德行》32 注①。　《白马论》：刘注引《孔丛子》："赵人公孙龙云：'白马非马。马者所以命形，白者所以命色。夫命色者非命形，故曰白马非马也。'"　按："白马非马"是战国公孙龙学派的名辩命题，认为"白马非马"与"白马非白"是一样的，"马"的外延比"白马"广，包括白马以外之黄马、黑马；"马"的内涵只求考虑马之形，而"白马"的内涵，却须在马形之外考虑马色。这表明"马"与"白马"两个概念所指范围有大小之别，不能混同。论旨在于揭示事物与概念之间、个体与一般之间的差别。　③重相咨尽：谓重加询问以期尽其义理。　④索：寻求。　解人：能理解的人。

【今译】谢安年轻时，请阮裕讲解《白马论》。阮裕就写了文章给谢安看，当时谢安不能立即懂得阮裕的话，一再询问，希望能穷尽其中道理。阮裕就感叹说："不但能够讲说《白马论》的人难得，就是寻求理解的人也很难得。"

【二五】褚季野语孙安国云[①]："北人学问渊综广博[②]。"孙答曰："南人学问清通简要[③]。"支道林闻之[④]，曰："圣贤固所忘言[⑤]，自中人以还[⑥]，北人看书如显处视月，南人学问如牖中窥日[⑦]。"

【注释】①褚季野：褚裒，见《德行》34 注①。　孙安国：孙盛，见《言语》49 注①。　②北人：北方人。下文"南人"指南方人。一说：褚是阳翟（在今河南）人，孙是太原（在今山西）人，所谓南北，是指黄河南北。东晋时渡江侨居南方的北方士人并不放弃原来籍贯，故褚、孙二人的对话只是黄河南北侨居南方之人彼此推重。　渊综：渊深综括。　③清通：清明通达。　简要：简洁切要。　④支道林：见《言语》63 注①。　⑤忘言：《庄子·外物》："言者所以在意，得意而忘言。"意谓读书重在领会意旨，不拘拘于记诵言语。　⑥中人：中等人，一般人。相对于"圣贤"而言。　以还：以下。　⑦"北人看书"两句：显处，明亮之处。牖（yǒu 有）：窗。两句说北方人看书，像在明亮的地方看月亮；南方人做学问，像从窗户中看太阳。刘注以为支遁所言，是用比喻来助成褚、孙二人之理，"然则学广则难周，难周则识暗，故如显处视月；学寡则易核，易核则智明，故如牖中窥日也。"　按：魏晋间南北学风确有不同，《北史·儒林传序》："南人约简，得其英华；北学深芜，穷其枝叶。"意谓南人精而不博，北人博而不精。

【今译】褚裒对孙盛说："北方人做学问，渊深综括，宽广博大。"孙盛回答说："南方人做学问，清明通达，简明扼要。"支遁听到后说："圣贤读书固然是重在领会意趣而可以忘却言语，但从中等资质的人以下，北方人看书，像在明处看月亮，视野开阔而不周密；南方人为学，像从窗中看太阳，目标集中而不宽广。"

二六 刘真长与殷渊源谈①，刘理如小屈②，殷曰：“恶③！卿不欲作将善云梯仰攻④？”

注释 ①刘真长：刘惔，见《德行》35 注①。　殷渊源：殷浩，见《政事》22 注①。　谈：辩论。　②小屈：稍显劣势。　③恶(wù 悟)：讨厌，不喜欢。　④卿：对谈话对方的尊称。作将：建造，制作。将，用在动词后起搭配作用，意义虚化。　善：修缮。　云梯：古代攻城工具。以大木为底座，下设六轮，上立二梯，各长二丈余，中旋转轴，四面蒙以生牛皮作屏障，内由人推进，抵城，则起飞梯于云梯之上，以窥测城中情况或攀登城墙。

今译 刘惔和殷浩辩论，刘惔的道理略处劣势，殷浩说：“讨厌！您不想制作修整云梯来仰攻吗？”

二七 殷中军云①：“康伯未得我牙后慧②。”

注释 ①殷中军：殷浩，见《政事》22 注①，善《老子》、《周易》，能清谈。　②康伯：韩伯，见《德行》38 注③，是殷浩的外甥。牙后慧：指言辞之外的理趣。成语“拾人牙慧”出此，但意义演变为指拾取别人的片言只语以为己物，含贬意。

今译 殷浩说：“韩康伯还没有得到我齿牙谈论之外的精微理趣。”

二八 谢镇西少时①，闻殷浩能清言②，故往造之③。殷未过有所通④，为谢标榜诸义⑤，作数百语，既有佳致，兼辞条丰蔚⑥，甚足以动心骇听⑦。谢注神倾意⑧，不觉流汗交面。殷徐语左右：“取手巾与谢郎拭面。”

注释 ①谢镇西：谢尚。见《言语》46 注①。　②殷浩：见《政事》22 注①。　清言：清谈。　③造：拜会。　④过：过于，过分。　有所通：有所阐发。通，阐述。魏晋清谈，一般分宾主两方，谈主首先叙述自己的意见，称“通”；难者就其论题而加以辩驳，称“难”。这里是殷浩为谈主，故先通。　⑤标榜：揭示。　⑥辞条丰蔚：文辞条理丰富多彩。　⑦动心骇听：动人心弦，骇人听闻。　⑧注神倾意：全神贯注，意念集中。

今译 谢尚年少时，听说殷浩善于清谈，因而去拜会他。殷浩并没有过于有所阐发，只为谢尚揭示了几点道理，说了几百句，既有美好的情趣，文辞条理又丰富多彩，很足以激动人心。谢尚全神贯注，集中注意力听，不知不觉，汗水在脸上交错淌下。殷浩从容地对左右侍从说：“拿手巾来，给谢郎揩揩面。”

二九 宣武集诸名胜讲《易》①，日说一卦②。简文欲听③，闻此便还，曰：“义自当有难易，其以一卦为限邪④？”

今译 桓温召集了许多名流讲论《周易》，每天讲说一卦。简文帝本来要去听，听说这样就返回了，说：“各卦的义理当然有难有易，岂能以一卦为限呢？”

注释 ①宣武：桓温，见《言语》55注①。 名胜：名流，指名位通显于时的人。晋人语。 《易》：书名。即《周易》。本为占卜之书，后被儒家及道教尊为经典，亦称《易经》。 ②卦：《周易》中象征自然现象与人事变化之符号，用为占卜符号。以阳爻（⚊）和阴爻（⚋）配合成八个单卦：☰为乾，代表天；☷为坤，代表地；☵为坎，代表水；☲为离，代表火；☳为震，代表雷；☴为巽，代表风；☶为艮，代表山；☱为兑，代表沼泽。后又扩展为分别象征八种类型之诸多物象。八个单卦又两两重叠为六十四卦，如䷢为《晋》卦，坤下离上，取日升于东方大地之象，拟取事物处于上进、成长之时；䷣为《明夷》，离下坤上，取日落西方大地之象，拟取事物由光明转向黑暗之变化。每卦六爻，也各具其象。卦有卦辞，爻有爻辞，配合卦形阐发象旨。这里“日说一卦”，即每日讲说六十四卦中的一卦。 ③简文：晋简文帝司马昱，见《德行》37注①。 ④其：加强反问语气的助词，犹“岂”。

三〇 有北来道人好才理①，与林公相遇于瓦官寺②，讲《小品》③。于时竺法深、孙兴公悉共听④。此道人语，屡设疑难，林公辩答清析，辞气俱爽。此道人每辄摧屈。孙问深公：“上人当是逆风家⑤，向来何以都不言⑥？”深公笑而不答。林公曰：“白旃檀非不馥⑦，焉能逆风⑧？”深公得此义，夷然不屑⑨。

注释 ①道人：僧人。 才理：哲理。 ②林公：支遁，见《言语》63注①。 瓦官寺：佛寺名。东晋哀帝兴宁二年（364）造，在都城建康城西南隅。前瞰大江，后据重冈，风景秀丽。 ③《小品》：佛经名。《高僧传》卷四康僧渊传以《道行经》为“小品”，以《放光经》为“大品”。一说谓即《小品般若波罗密经》，今《大正新修大藏经》卷八有此经，为鸠摩罗什所译。支遁不及见此。 ④竺法深：见《德行》30注①。 孙兴公：孙绰，见《言语》84注①。 ⑤上人：对和尚的尊称。此指竺法深。 逆风家：顶风前进的人。此指竺法深，比喻其论辩有才力。 ⑥向来：先前；刚才。 ⑦白旃（zhān 沾）檀：即檀香，一种名贵香木。 馥：香。 ⑧焉能逆风：怎么能逆风散发呢？三国吴祇难等译《法句经》：“奇草芳花，不逆风薰，近道敷开，德人逼香。旃檀多香，青莲芳花，虽曰是真，不如戒香。” 按：此支遁以檀香不能逆风为喻，谓竺法深虽具才能，亦不能抗己。 ⑨夷然：安然，泰然。不屑：不介意，不理睬。

今译 有个北方来的僧人喜欢谈论哲理，与支道林在瓦官寺相遇，讲《小品》经。当时竺法深、孙绰都一起在听。这个僧人的话语里，屡次设下疑难，支道林辩论答对都很清晰，言辞气度都很爽朗。这个僧人总是被驳倒挫败。孙绰问竺法深：“大和尚应当是顶风而进的人，刚才为什么完全不讲话呢？”竺法深笑而不答。支道林说：“白檀香不是不香，可怎么能逆风散发香气呢？”竺法深听到了这样的说法，泰然自若，毫不介意。

三一 孙安国往殷中军许共论①，往反精苦②。客

今译 孙盛到殷浩处一起清谈，二人反覆辩论极为激烈，客人和主人都直来直去，毫无隔阂。左右侍从送上饭菜，冷了又热，热了又冷，反覆了好多次。双方在论争时都用力挥洒麈尾，上面的毛都脱落下来，弄得饭菜里全是毛。宾主双方竟直到晚上也忘了吃饭。殷浩便对孙盛说：“你不要做强口马，我要穿你的鼻子！”孙盛说：“你不见那豁了鼻子的牛吗，人家要穿你的面颊！”

主无间③。左右进食，冷而复暖者数四。彼我奋掷麈尾④，悉脱落，满餐饭中，宾主遂至莫忘食⑤。殷乃语孙曰："卿莫作强口马⑥，我当穿卿鼻！"孙曰："卿不见决鼻牛⑦，人当穿卿颊！"

注释 ①孙安国：孙盛，见《言语》49注①，善言名理。　殷中军：殷浩，见《政事》22注①。刘注谓殷浩善清谈，擅名一时，能与抗论者，惟有孙盛一人。　许：住处。　②往反：反复争辩。　精苦：极为激切。　③无间：没有隔阂。　④彼我：彼此。这里指孙盛与殷浩双方。　奋掷：用力挥洒。　麈尾：拂尘。　⑤莫："暮"的本字。　⑥强口马：烈性马。　⑦决鼻牛：豁鼻子牛。

三二《庄子·逍遥篇》①，旧是难处②，诸名贤所可钻味③，而不能拔理于郭、向之外④。支道林在白马寺中⑤，将冯太常共语⑥，因及《逍遥》。支卓然标新理于二家之表⑦，立异义于众贤之外，皆是诸名贤寻味之所不得。后遂用支理。

今译 《庄子·逍遥游篇》，长久以来是难解之处，也是各知名贤达共同钻研玩味的，但是谁也不能超越向秀、郭象的注释义理。支道林在白马寺中，与太常冯怀共同谈论，就谈到过《逍遥游》。支道林见解高超，能够在向、郭二家之外揭示新理，所立异义，不同于一般名流，都是那些名流贤达研讨玩味而不能得到的。后人就采用支道林的义理。

注释 ①《庄子·逍遥篇》：即《庄子》书中《逍遥游》。大旨主张以无己无待、任性自然而达于闲适自得、逍遥至乐之境界。　②旧：长久以来。　③可：似为讹字，一本作"共"。　钻味：钻研品味。　④拔：超出。　郭、向：郭象和向秀，两人都注《庄子》，参看本篇17。　⑤支道林：支遁，见《言语》63注①。　白马寺：佛寺名。原指东汉明帝永平十一年（68）创建于洛阳之白马寺，为佛教传播入中国后最早之寺院。其后汉晋间各地多有以"白马"命名之寺院，此处白马寺当在建业（今江苏南京），参阅汤用彤《汉魏两晋南北朝佛教史》第一部分第二章。　⑥将：与。　冯太常：名怀，字祖思，东晋长乐（今陕西石泉）人。仕至太常、护国将军。　⑦卓然：高超貌。　标：揭示。　表：外面。刘注引向子期（秀）、郭子玄（象）《逍遥义》曰：

> "夫大鹏之上九万，尺鷃之起榆枋，小大虽差，各任其性，苟当其分，逍遥一也。然物之芸芸，同资有待，得其所待，然后逍遥耳。唯圣人与物冥而循大变，为能无待而常通，岂独自通而已。又从有待者不失其所待，不失，则同于大通矣。"（今译见下附录一）

刘注又引支氏（遁）《逍遥论》曰：

> "夫逍遥者，明至人之心也。庄生建言大道，而寄指鹏鷃。鹏以营生之路旷，故失适于体外；鷃以在近而笑远，有矜伐于心

内。至人乘天正而高兴，游无穷于放浪。物物而不物于物，则遥然不我得；玄感不为，不疾而速，则逍然靡不适。此所以为逍遥也。若夫有欲，当其所足，足于所足，快然有似天真。犹饥者一饱，渴者一盈，岂忘烝尝于糗粮，绝觞爵于醪醴哉？苟非至足，岂所以逍遥乎？”（今译见下附录二）

按：两晋名僧风格，酷肖清谈名士，佛义玄风，共为流行。而名僧又以中国原有思想资料与佛书义理相比拟配合，目的在使人了解信从佛教，同时亦成为清谈内容。支遁说《逍遥游》即此意。《逍遥游》是庄子宣扬追求绝对自由之代表作。魏晋玄学家宣扬精神自由，主张摆脱名教，符合自然；而向秀、郭象之注，认为一切有待之人物，只须安于性分，即为逍遥。支遁所注，更进一步，认为逍遥乃指“至人之心”，只有无待的至人（圣人）才能逍遥，只有至人之心（精神状态）才是逍遥。即至人精神游于无穷之境，随万物而变化，不脱离物又不执着物，而主观上又无所为；精神自足，则无所不通，无所不适，应变无穷，始为逍遥。此则向秀、郭象所未曾拈出者。

【附录一】　向秀、郭象《逍遥义》今译

大鹏高飞九万里，小鷃飞于榆木之间，小大虽然有差别，但各自纵任其本性，如果各自适合其本分，逍遥是一样的。然而万物纷纭繁杂，都需要有所凭藉依待，得到了依待，然后才能逍遥。独有圣人与万物冥合而随顺大的变化，能无所依待而常通，而不只是自通。又有所依待而不失去其所依待，倘能不失，也就相同于大通了。

【附录二】　支遁《逍遥论》今译

所谓逍遥，是讲至人的心。庄子阐发这方面的大道理，用大鹏小鷃为比喻来说明。大鹏生活范围辽远广大，失去适应于身体之外；小鷃生活在近处而笑远处的大鹏，矜持夸耀存于内心之中。至人随顺万物的本性而兴味很高，游历无穷而不受约束。和万物接触而又不执着于物，就悠然自适而非我所得；幽深的感受也不为，不快而快，就优游自得而无不适应。这才所以称为逍遥。如有欲望，当满足之时，就应当满足于所已经满足的，欢快得有如天然本性。就好比饥饿之人得到一顿饱餐，口渴之人得到一次痛饮，岂不是有了干粮就忘了秋冬祭祀的丰盛美味，喝了一点甜酒而谢绝觞爵中的美酒吗？如果不是最高的满足，难道是所以为逍遥吗？

三三 殷中军尝至刘尹所[1]，清言良久[2]，殷理小屈，游辞不已[3]，刘亦不复答。殷去后，乃云：“田舍儿强学人作尔馨语[4]！”

今译 殷浩曾经到刘惔处，两人清谈玄理，谈了好久，殷浩的义理稍处劣势，他便避开正题，老是说些虚浮而不着边际的话，刘惔也不再作答。殷浩走后，刘惔就说：“乡巴佬也勉强学人家说这样的话！”

注释 ①殷中军:殷浩,见《政事》22 注①。　刘尹:刘惔,见《德行》35 注①。　②清言:清谈。　③游辞:指虚浮而不着边际的话。　④田舍儿:乡下人。谓土里土气之人,含贬意。　尔馨:这样,如此。晋人语。本则可与本篇 26 参看。

三四 殷中军虽思虑通长[①],然于才性偏精[②],忽言及《四本》[③],便若汤池铁城[④],无可攻之势。

今译 殷浩虽然对各种理论的思辨全都擅长,然而在"才性"方面特别精深,如果谈到《四本》,就如同汤池铁城,无懈可击。

注释 ①殷中军:殷浩,见《政事》22 注①。　思虑:思辨考虑。通长:全都擅长。　②才性:指关于才和性的涵义及其相互关系的理论。为魏晋玄学重要论题之一。　偏精:特别精深。　③忽:如果,假如。《四本》:关于才和性的涵义及其异、同、离、合四种关系的理论。参看本篇 5 注①。　④若:原文作"苦",疑误,据影宋本改。　汤池铁城:灌满沸水的护城河和铁铸的城墙。比喻极其坚固。

三五 支道林造《即色论》[①],论成,示王中郎[②],中郎都无言。支曰:"默而识之乎[③]?"王曰:"既无文殊,谁能见赏[④]?"

今译 支道林撰写《即色论》,写成以后,给王坦之看。王坦之一言不发。支道林说:"默不作声而记在心中吗?"王坦之说:"既然没有像文殊那样的大智慧者,谁还能被赞赏呢?"

注释 ①支道林:支遁,见《言语》63 注①。　造:写作。　《即色论》:篇名,支遁撰。慧皎《高僧传》卷四支遁传作《即色游玄论》。刘注引《支道林集·妙观章》云:"夫色之性也,不自有色。色不自有,虽色而空。故曰色即为空,色复异空。"此当为其主要论点。色,指物质;空,义为无,非存在。意谓"色"不凭藉其自身而"有"(存在)。"色"既不凭藉其自身而"有",则即便是"色",也仍然是"空"。所以说色即是空,同时又有异于空。参阅汤用彤《汉魏两晋南北朝佛教史》第二分第九章。　按:两晋时佛教大乘中观宗的思想已陆续传入中国,而且奠定了它在佛教界的支配地位,但中观所依据的主要经典《般若经》还只有一些节译本,本篇 30 所述《小品》即是。由于对《般若经》中"空"、"无"概念解释不一,佛教般若学说分成六家七宗,支遁所创"即色宗"即其一。而中国的玄学家也是以"有"、"无"、"本"、"末"、"一"、"多"等为主要论题,《般若经》正是从宗教立场来论证现实世界的一切存在都是不真实的,与玄学一拍即合,因而般若学亦成为当时玄学的研讨对象。②王中郎:王坦之,见《言语》72 注①。　③默而识之乎:默默地记在心里吗?"默而识之",引自《论语·述而》。识(zhì 志),记住。④文殊:佛教菩萨名。全称"文殊师利",意译为"妙吉祥"或"妙德"。像持剑骑青狮,象征智慧锐利而威猛。　见赏:被赏识,被赞赏。见，用在动词前表被动。刘注引《维摩诘经》曰："文殊师利问维摩诘云：'何者是菩萨入不二法门？'时维摩诘默然无言。文殊师利曰：'是真入不二法门也。'"此处王坦之自比于维摩诘而叹无智慧如文殊者能赞赏。

（三六）王逸少作会稽[①]，初至，支道林在焉[②]。孙兴公谓王曰[③]："支道林拔新领异[④]，胸怀所及[⑤]，乃自佳，卿欲见不[⑥]？"王本自有一往隽气[⑦]，殊自轻之。后孙与支共载往王许[⑧]，王都领域[⑨]，不与交言。须臾支退。后正值王当行，车已在门，支语王曰："君未可去，贫道与君小语[⑩]。"因论《庄子·逍遥游》。支作数千言，才藻新奇[⑪]，花烂映发[⑫]。王遂披襟解带[⑬]，留连不能已[⑭]。

【注释】①王逸少：王羲之，见《言语》62注①。　作会稽：做会稽郡内史（太守）。　②支道林：支遁，见《言语》63注①。　③孙兴公：孙绰，见《言语》84注①。　④拔新领异：谓独出新意，见识高超。　⑤胸怀：心胸，胸襟。　⑥不（fǒu 缶）：同"否"。　⑦一往：一腔；满腹。　隽气：俊逸豪迈之气。隽，同"俊"。　⑧许：处所。　⑨都：全；总。　领域：此处作动词。似谓自设界限，深闭固拒。待考。　⑩小语：稍微谈谈。　⑪才藻：才思文采。　⑫花烂映发：繁花竞开，交相辉映。形容才气纵横，文采斐然。　按：支道林论《逍遥游》，参阅本篇32。　⑬披襟解带：打开衣襟，解开衣带。比喻敞开胸襟，直陈己见。　⑭留连：恋恋不舍。

【译】王羲之任会稽内史，刚到任时，支道林正在那里。孙绰对王羲之说："支道林标新立异，他胸中研究思考所及的义理，原本佳妙，您要不要见见他？"王羲之本来就有一腔俊迈之气，很轻视支道林。后来，孙绰与支道林共乘一辆车到王处，王总是设定界限，不与支道林交谈。一会儿支道林退出。后来正当王羲之要出去，车子已备好在门口，支对王说："您请不要离开，贫道要与您稍微说几句。"就谈论起《庄子·逍遥游》。支道林说了几千言，才思辞藻新奇可喜，就像繁花竞放，交相辉映。王羲之终于敞开胸襟，直陈己见，恋恋不舍，不想离去。

（三七）三乘佛家滞义[①]，支道林分判[②]，使三乘炳然[③]。诸人在下坐听，皆云可通。支下坐[④]，自共说，正当得两[⑤]，入三便乱。今义弟子虽传，犹不尽得。

【注释】①三乘：佛教用语。三种修行途径，犹如所乘的三种车。指声闻乘（小乘）、缘觉乘（中乘）、菩萨乘（大乘），为三种得道解脱的修行途径。声闻乘由"小根器"人所行，通过从佛闻法，悟"四谛"道理，而求证"阿罗汉果"；缘觉乘由"中根器"人所行，靠自己借"十二因缘"得到觉悟，而求证"辟支佛果"；菩萨乘由"大根器"人所行，通过利他，修"六度万行"，而求证"佛果"。（据刘注引《法华经》。）　滞义：晦涩难解的含义。　②分判：分析辨别。

【译】三乘是佛教义理中晦涩难懂的，支道林对三乘作了分析辨别，使教义清楚明白。众人在下边座位上听，都说已经懂了。支道林从座位上下来，各人自己讲说，仅仅弄懂两乘，涉及三乘就紊乱了。现今教义虽然弟子们传了下来，还不能全部领悟。

③炳然：显明，明白。　④支下坐：支道林离开座位。　⑤正：止，仅。　得：领会。　两：指两乘。

三八　许掾年少时①，人以比王苟子②，许大不平。时诸人士及支法师并在会稽西寺讲③，王亦在焉。许意甚忿，便往西寺与王论理，共决优劣，苦相折挫④，王遂大屈。许复执王理，王执许理，更相覆疏⑤，王复屈。许谓支法师曰："弟子向语何似⑥？"支从容曰："君语佳则佳矣，何至相苦邪⑦？岂是求理中之谈哉⑧？"

注释　①许掾：许询，见《言语》69注②。　②王苟子：王脩（335？—358？），字敬仁，小字苟子，晋太原晋阳（今属山西）人。王濛子。少有令誉，善隶书，解清言。起家著作郎，为琅邪王文学，转中军司马，未拜而卒。　③支法师：支遁。原文作"于法师"，据影宋本改。　西寺：佛寺名，即光相寺。在会稽城西西光相坊下岸、光相桥之北。　④折挫：反驳问难。　⑤覆疏：反覆分条陈述。　⑥弟子：俗家人对和尚自称。　向语：刚才说的话。　⑦相苦：以言辞使人困窘。相，表示动作偏指一方。　⑧理中：得理之中。

今译　许询年轻的时候，有人拿他与王脩相比，许询大为不满。当时众名士和支道林法师都在会稽西寺谈玄，王脩也在那里。许询心中很恼怒，就到西寺去与王脩谈论玄理，要决个胜负。经过激烈的诘难辩驳，王脩终于理屈词穷。许询又持王脩的论点，王脩持许询的论点，再次进行辩论，反复陈述道理，王脩又败了。许询对支法师说："弟子刚才的辩辞怎么样？"支道林从容地说："您的言辞好倒是好的，但何至要这样苦苦地逼迫为难人家呢？这难道是寻求折衷得当之理的辩论吗？"

三九　林道人诣谢公①，东阳时始总角②，新病起，体未堪劳，与林公讲论，遂至相苦③。母王夫人在壁后听之④，再遣信令还⑤，而太傅留之⑥。王夫人因自出，云："新妇少遭家难⑦，一生所寄，唯在此儿。"因流涕，抱儿以归。谢公语同坐曰："家嫂辞情忼慨⑧，致可传述⑨，恨不使朝士见⑩！"

注释　①林道人：即支道林。　谢公：谢安，见《德行》33注②。　②东阳：谢朗，见《言语》71注③，谢安兄谢据之子，善谈玄理，官至东阳太守。　总角：儿童结发为小髻。借指童年。　③苦：困扰，使处于困境。　④王夫人：名绥，谢朗母。　⑤信：使者，传递消息的人。　⑥太傅：指谢安。　⑦新妇：已婚妇女之称，这里是自称。　家难（nàn 男去声）：家中遭遇的重大不幸事故。这里指其夫谢据早卒，自己早年守寡。　⑧辞情：言辞感情。忼慨：同"慷慨"。情绪激昂。　⑨致：通"至"。　传述：传扬称述。　⑩朝士：泛指朝廷官员。

今译　支道林去拜访谢安，谢朗当时还在童年，病刚好，身体还经受不起疲劳。他与支道林谈论，谈着谈着就相互辩驳诘难起来。谢朗母亲王夫人在壁后听到了，两次派人传话出来让他回去，而谢安却留住他不让他走。王夫人因而亲自出来，说："新妇年轻时就家门不幸，一生所寄托的，只有这个孩子了。"于是流着泪把儿子抱了回去。谢安对在座的人说："家嫂言语情绪都很激昂，很值得传扬称述，遗憾的是不能让朝廷上的官员们见到。"

四〇 支道林、许掾诸人共在会稽王斋头①，支为法师，许为都讲②。支通一义③，四坐莫不厌心④；许送一难⑤，众人莫不抃舞⑥。但共嗟咏二家之美⑦，不辩其理之所在。

【今译】支道林、许询等人同在会稽王司马昱的斋室里，支道林做说经的法师，许询做唱经的都讲。支道林阐明一项义理，座中的人们无不心中感到满意。许询提送一条诘难，众人无不鼓掌欢腾。人们只是赞叹支、许二人讲说、唱诵的美妙，也不去辨别他们讲唱的义理何在。

【注释】①支道林：见《言语》45注②。　许掾：许询，见《言语》69注②。　会稽王：东晋简文帝司马昱，原为会稽王，见《德行》37注①。　斋头：静室。头，助词。　②支为法师，许为都讲：支道林任法师，许询任都讲。魏晋时佛教讲经时，一人唱经，一人解释，唱经提问者称"都讲"，解释者称"法师"。　③通：阐述。　④厌心：满足于心。　⑤难（nàn 男去声）：诘问。　⑥抃（biàn 卞）舞：鼓掌欢跃。　⑦嗟咏：赞叹称扬。

四一 谢车骑在安西艰中①，林道人往就语②，将夕乃退。有人道上见者，问云："公何处来？"答云："今日与谢孝剧谈一出来③。"

【今译】车骑将军谢玄在为其父安西将军谢奕守丧期间，支道林到他那里去谈玄，一直谈到将近傍晚才告退。有人在路上遇见他，问道："您从什么地方来？"他答道："今天跟谢孝子畅谈了一番归来。"

【注释】①谢车骑：谢玄，见《言语》78注③。　安西：谢奕，谢玄父，谢安兄。见《德行》33注①　艰：指父母之丧。艰中，指谢玄在其父谢奕死后居丧期间。　②林道人：支遁。　③谢孝：指谢玄。孝，犹言孝子。　剧谈：快谈；畅谈。　一出：一番；一阵。　按：谢玄居父丧而竟与支道林畅谈，可见当时谈玄风气之盛。

四二 支道林初从东出①，住东安寺中②。王长史宿构精理③，并撰其才藻④，往与支语，不大当对⑤。王叙致作数百语⑥，自谓是名理奇藻⑦。支徐徐谓曰："身与君别多年⑧，君义言了不长进⑨。"王大惭而退。

【今译】支道林刚从东边出来，住在东安寺中。长史王濛预先构思了精深的道理，并且准备了华丽的辞藻，去找支道林谈论玄理，却不大能与支相匹敌。王陈述事理，说了几百句，自以为是辨名析理的妙论。支道林缓缓地对王说："我和您分别多年，您的义理言谈全无长进。"王濛大为羞惭而告退。

【注释】①东：东边。这里指会稽郡。刘注引《高逸沙门传》："遁（支遁）居会稽，晋哀帝钦其风味，遣中使至东迎之。遁遂辞丘壑，高步天邑。"　②东安寺：佛寺名。在建康（今江苏南京）。　③王长史：王濛。见《言语》66注①。　宿构：预先构思。精理：精深的道理。　④撰：准备。　才藻：才思文采。　⑤当对：相称；相匹敌。　⑥叙致：陈说事理。　⑦名理：即形名之学。大抵以名辩方法考察名与理的是非同异。后为魏晋玄学清谈内容之一。　奇藻：卓越的文采。　⑧身：我。晋人自称。　⑨义言：义理言论。　了不：全不。

四三 殷中军读《小品》①，下二百签②，皆是精微③，世之幽滞④。尝欲与支道林辩之，竟不得⑤。今《小品》犹存。

注释 ①殷中军：殷浩，见《政事》22注①。《小品》：佛经名。刘注："释氏《辨空经》，有详者焉，有略者焉。详者为《大品》，略者为《小品》。" ②签：记注。读书有疑难或心得处，加签为志。 ③精微：精妙细微。 ④幽滞：深奥难通。 ⑤不得：没有成功。刘注引《语林》说，殷浩读佛经有不理解处，派人迎支道林去。支准备应邀前去，王羲之劝阻他，认为殷浩思虑周密，知识渊博，支道林未必是他的对手；况且殷所不理解的地方，支也未必通晓。去了，假如辩论得胜，名气也并不会更高；万一败了，就丧失了自己保持了十年的名声。支道林就听了王羲之，没有去会殷浩。

今译 中军将军殷浩读《小品》经，做了二百余处标志，都是精妙细微的道理和世人感到深奥难通的地方。他曾经想与支道林辩难讨论，竟未能实现。如今，《小品》经还在。

四四 佛经以为祛练神明①，则圣人可致②。简文云③："不知便可登峰造极不④？然陶练之功⑤，尚不可诬⑥。"

注释 ①祛（qū区）练：净化磨练。神明：精神；神智。 ②圣人：具有极高智慧和道德的人。佛教指佛。致：得到；达到。刘注引释氏经曰："一切众生，皆有佛性。但能修智慧，断烦恼，万行具足，便成佛也。" ③简文：东晋简文帝司马昱，见《德行》37注①。 ④登峰造极：比喻尽善尽美，无以复加。这里指成佛。不（fǒu缶）：同"否"。 ⑤陶练：陶冶磨练。 ⑥诬：抹杀。

今译 佛经认为净化磨练精神，就可以修行成佛。简文帝说："不知道是否可以立即达到登峰造极的境地？然而陶冶性灵、磨练神志之功，还是不可抹杀的。"

四五 于法开始与支公争名①，后情渐归支②，意甚不分③，遂遁迹剡下④。遣弟子出都⑤，语使过会稽。于时支公正讲《小品》。开戒弟子："道林讲，比汝至⑥，当在某品中。"因示语攻难数十番⑦，云："旧此中不可复通。"弟子如言诣支公。正值讲，因谨述开意，往反多时⑧，林公遂屈⑨，厉声曰："君何足复受人寄载⑩！"

注释 ①于法开：东晋高僧，精佛法，擅医术。尝续修元华寺，移白山灵鹫寺。每与支道林争即色空义。支公：支道林。 ②情：人情；人心。 ③不分：不服气。 ④剡（shàn

今译 于法开起初与支道林争名，后来人心逐渐倾向于支道林，于法开很不服气，就隐居到剡县一带。他派遣弟子到京都去，嘱咐弟子要经过会稽。当时支道林正在会稽讲《小品》经。于法开告诫弟子说："支道林讲经，等你到会，应当是讲到某品中。"就向他演示辩驳诘难的问题有几十个回合，并且说："向来在这些地方是讲不通的。"弟子按照他的话去拜访支道林。正逢支道林在讲经，于是小心地陈述了于法开教给的意见，与支道林反复辩论了多时，支道林理屈，厉声说："你又何必经人授意呢！"

善)下:剡县(今浙江嵊县)一带。 ⑤弟子:名法威,见《高僧传》卷四。 出:赴;往。 ⑥比(bì 庇):及;等到。 ⑦示:教示;演示。 攻难(nàn 男去声):反驳非难。 番:特指辩论一次,一个回合。 ⑧往反:反复辩难。 ⑨林公:即上文所说"支公",支道林。 ⑩何足:何必。 寄载:指传言、授意。一说,委托。

今译 殷浩问:"大自然并不是有意识赋与人以某种品性,为什么恰恰是善人少,恶人多呢?"众人没有能作答的。刘惔说:"譬如倒水在地,水只是自然地纵横流淌,几乎完全没有正好是方或圆的一样。"当时人极为赞叹,认为这是名言。

四六 殷中军问[1]:"自然无心于禀受[2],何以正善人少[3],恶人多?"诸人莫有言者。刘尹答曰[4]:"譬如写水著地[5],正自纵横漫流,略无正方圆者[6]。"一时绝叹,以为名通[7]。

注释 ①殷中军:殷浩,见《政事》22注①。 ②自然:大自然;上天。 禀受:授予;赋与。受,通"授"。 ③正:恰恰。 ④刘尹:刘惔,见《德行》35注①。 ⑤写水:倒水。写,倾泻,倾倒。 按:以水比喻人性,早见于《孟子·告子上》。 ⑥略:全;几乎完全。 ⑦名通:名言;名论。通,解说义理。晋宋人讲经谈理时口头阐述,了无滞义者,都称"通"。

今译 康僧渊刚过江时,还没有人知道他的。他经常在集市上流浪,以乞讨为生。忽然有一天,他到殷浩的住处去,正碰上宾客盈门。殷浩请他入座,略作寒暄,就谈及玄理。康僧渊侃侃而谈,言辞意旨,竟毫无愧色,把所领悟的略加阐释,就径直进入高深境界。从此人家就知道他了。

四七 康僧渊初过江[1],未有知者,恒周旋市肆[2],乞索以自营[3]。忽往殷渊源许[4],值盛有宾客。殷使坐,粗与寒温[5],遂及义理[6]。语言辞旨[7],曾无愧色[8],领略粗举[9],一往参诣[10]。由是知之。

注释 ①康僧渊:东晋高僧。家世西域人,生于长安(今陕西西安),《高僧传》卷四说他"貌虽梵人,语实中国"。晋成帝时与康法畅、支敏度等僧人同渡江。后在豫章山建立寺庙,讲说佛经,直至去世。 ②周旋:盘桓;来往。 市肆:集市。 ③乞索:乞讨。 营:谋生。 ④殷渊源:殷浩,见《政事》22注①。 许:处所。 ⑤粗:粗略。 寒温:犹寒暄。指说些天气冷暖一类的客套应酬话。 ⑥义理:指玄学道理。 ⑦语言辞旨:指康僧渊谈玄的言辞意旨。 ⑧曾:竟;乃。加强否定语气的副词。 ⑨领略:领悟理解。 粗举:大略阐释。 ⑩参诣:进入某种境界。

今译 殷浩、谢安等人一同聚会,谢安就问殷浩:"眼睛去接触万物,万物是不是来进入眼中呢?"

四八 殷、谢诸人共集[1]。谢因问殷:"眼往属万形[2],万形来入眼不[3]?"

注释 ①殷、谢：指殷浩和谢安。 ②属（zhǔ 嘱）：接触。 万形：万物之形。指万物。 ③不（fǒu 缶）：同“否”。 刘注引《成实论》之说，谓“眼不往，形不入，遥属而见也”。又说“谢有问，殷无答，疑阙文”。

（四九）人有问殷中军[1]：“何以将得位而梦棺器[2]，将得财而梦矢秽[3]？”殷曰：“官本是臭腐，所以将得而梦棺尸；财本是粪土，所以将得而梦秽汙。”时人以为名通[4]。

注释 ①殷中军：殷浩。 ②得位：得到官职。 棺器：棺材。 ③矢秽：粪便秽物。矢，通“屎”。 ④名通：名言。见本篇46注⑦。

今译 有人问殷浩：“为什么将要得到官职而梦见棺材，将要得到财宝而梦见粪便等污秽之物？”殷浩说：“官职本来是发臭腐烂的东西，所以将要得到它就会梦见棺材尸体；财宝本来就是粪土，所以将要得到它就会梦见肮脏东西。”当时人们都认为这是名言。

（五〇）殷中军被废东阳[1]，始看佛经。初视《维摩诘》[2]，疑“般若波罗密”太多[3]；后见《小品》[4]，恨此语少。

注释 ①殷中军：殷浩。 被废东阳：被罢官废黜后居住在东阳。东晋穆帝永和九年（353），殷浩为中军将军，出兵北上，大败而归。次年被桓温劾奏，削职为民，移居东阳郡（今浙江金华）。 ②《维摩诘》：佛经名。全称《维摩诘所说经》。为释迦牟尼同时人维摩诘与舍利弗、弥勒及文殊大师等以问答形式讲说佛教大乘教义的经典。今存《大正新修大藏经》中。 ③疑：迷惑。“般若波罗密”：亦作“般若波罗蜜多”，为“六波罗密”（六种修行方法）之一。犹言最高智慧之完成。刘注：“波罗密，此言到彼岸也。”意思是由生死岸，超渡人到菩提、涅般之彼岸，消除人间烦恼。刘注又引佛经，说六波罗密：一是檀，布施之义；二是毗黎，持戒之义；三是羼提，忍辱之义；四是尸罗，精进之义；五是禅，静虑之义；六是般若，智慧之义。五者为“舟”，般若为“导”。 ④《小品》：佛经名。见本篇30注③。

今译 中军将军殷浩被削职住在东阳郡时，开始看佛经。起初看《维摩诘经》，他为经中“般若波罗密”这句话太多而感到迷惑不解；后来看到《小品经》，又为这句话太少而感到遗憾。

（五一）支道林、殷渊源俱在相王许[1]，相王谓二人：“可试一交言[2]，而才性殆是渊源崤函之固[3]，君其慎焉[4]！”支初作，改辙远之[5]，数四交，不觉入其玄中[6]。相王抚肩笑曰：“此自是其胜场[7]，安可争锋？”

今译 支道林和殷浩都在相王司马昱处，司马昱对两人说：“你们试作辩论一场，而才性问题或许是渊源所长，怕是像崤山函谷关那样的牢不可破的，您要谨慎啊！”支道林刚刚进入论辩时，改变路数远离才性问题，交锋三四个回合后，不知不觉被引入了殷浩的玄谈理论之中。司马昱拍拍支道林的肩膀笑道：“这本来是他擅长之处，怎么能跟他争强呢？”

注释 ①支道林、殷渊源：即支遁和殷浩。 相王：指东晋简文帝司马昱。昱曾任丞相，封会稽王，故称。 ②交言：交谈。此指相与谈论玄理。 ③才性：见本篇5注①。清谈论题之一。 崤函之固：崤山、函谷关般的坚固。崤山，在今河南洛宁北，山分东西二崤，均极险峻。函谷关，在今河南灵宝西南，东接崤山，西至潼津，大山中裂，绝壁千仞，深险如函，故名函谷，关城在谷中。崤函相连，古为险塞。 ④其：表示期望的语气副词，犹言一定要。 ⑤改辙：改变路子。 ⑥玄中：玄理之中。 ⑦胜场：擅长的领域。

五二 谢公因子弟集聚①，问："《毛诗》何句最佳②？"遏称曰③："昔我往矣，杨柳依依；今我来思，雨雪霏霏④。"公曰："讦谟定命，远猷辰告⑤。"谓此句偏有雅人深致⑥。

今译 谢安趁子弟们会聚的时候，问："《毛诗》中哪句最好？"谢玄称引说："昔我往矣，杨柳依依；今我来思，雨雪霏霏。"谢安说："讦谟定命，远猷辰告。"说这句最具有高人雅士的深远情致。

注释 ①谢公：谢安。 因：趁。 ②《毛诗》：西汉传《诗》者四家之一，毛公所传称《毛诗》。即今本《诗经》。 ③遏：谢玄，小字遏，谢安侄。见《言语》78注③。 ④"昔我往矣"四句：见《诗·小雅·采薇》。谓离家时是春天，归来时是寒冬。叙写征夫行役之苦而情景交融。依依，轻柔貌。思，助词。雨，动词，落。霏霏，雪盛貌。 ⑤"讦谟定命"两句：有宏大的计划就定为号召，有远大的政策就及时宣告。见《诗·大雅·抑》。原诗叙治国之道，有人以为是刺周厉王。讦谟，宏谋。定命，审定号令。远猷，长远大计。辰，时。 ⑥偏：最。 雅人深致：高雅的人所具有的深远情致。

五三 张凭举孝廉①，出都②，负其才气，谓必参时彦③。欲诣刘尹④，乡里及同举者共笑之。张遂诣刘，刘洗濯料事⑤，处之下坐，唯通寒暑，神意不接⑥。张欲自发无端⑦。顷之，长史诸贤来清言，客主有不通处，张乃遥于末坐判之，言约旨远⑧，足畅彼我之怀，一坐皆惊。真长延之上坐，清言弥日，因留宿。至晓，张退，刘曰："卿且去，正当取卿共诣抚军⑨。"张还船，同侣问何处宿，张笑而不答。须臾，真长遣传教觅张孝廉船⑩，同侣惋愕⑪。即同载诣抚军，至门，刘前进，谓抚军曰："下官今日为公得一太常博士妙选⑫。"既前，抚军与之话

今译 张凭被举为孝廉后，到京都去，他对自己的才气十分自负，说一定要参见当时的名流。他想去拜访丹阳尹刘惔，同乡人和同举孝廉的人都笑他。张凭于是去拜会刘惔，刘惔正在洗涤处理一些东西，把张凭安排在下座，只是稍稍叙了几句寒暄话，而神情态度并没有看重张凭的意思。张凭想自己引起话头，又找不到机会。过了一会儿，长史王濛等名士来清谈，客主双方有不通之处，张凭就在最远的末座上分析评断，言简而意赅，完全畅通了双方的思路。一座的人都很惊讶。刘惔就把张凭请到上座，清谈了一整天，就留他住宿。到天亮，张凭告辞，刘惔说："你先回去，我要邀请你同去拜会抚军大将军。"张凭回到船上，同伴们问他昨晚是在什

言，咨嗟称善⑬，曰：“张凭勃窣为理窟⑭。”即用为太常博士。

注释 ①张凭：字长宗，东晋吴郡（今江苏苏州）人。敏而有才。举孝廉，补太常博士，官至御史中丞。　孝廉：孝悌而廉洁。原为察举人才的科目名。中选者亦称孝廉。程序为初经郡国据乡评等上荐朝廷，经考核，酌授官职。　②出都：到京都去。③时彦：当时有才学声誉之人。　④刘尹：刘惔，字真长，官丹阳尹。见《德行》35 注①。　⑤洗濯：清洗。　料事：处理事务。⑥神意：神情意态。　⑦自发：自己引起话头。　无端：没有机会。　⑧言约旨远：言辞简约而意思深远。　⑨取卿：邀你。抚军：将军称号。此指简文帝司马昱，曾任抚军大将军，掌国政。⑩传教：传达教令。引申指传达教令的人。教，王侯、大臣发布的命令。　⑪惋愕：感叹惊讶。　⑫太常博士：官名。太常属官，掌引导乘舆及议定王公以下之谥号。　妙选：最佳人选。　⑬咨嗟：嗟叹。　⑭勃窣：形容才气横溢，辞采缤纷。　理窟：义理的渊薮。谓富于才学。

五四　汰法师云①：“‘六通’、‘三明’同归②，正异名耳③。”

注释 ①汰法师：竺法汰，晋僧人。东莞（今山东莒县）人。少与释道安同学。有名于时。　②六通：佛教语。指六种神通力：一天眼通，见远方之色；二天耳通，闻障外之声；三身通，飞行隐显；四它心通，水镜万虑；五宿命通，神知已往；六漏尽通，慧解累世。　三明：佛教语。一未来天眼明，能知来世；二过去宿命明，能知前世；三现在漏尽明，能断烦恼。　③正：仅；止。

五五　支道林、许、谢盛德共集王家①，谢顾谓诸人：“今日可谓彦会②。时既不可留，此集固亦难常，当共言咏③，以写其怀④。”许便问主人：“有《庄子》不？”正得《渔父》一篇⑤。谢看题，便各使四坐通⑥。支道林先通，作七百许语，叙致精丽，才藻奇拔⑦，众咸称善。于是四坐各言怀，毕，谢问曰：“卿等尽不？”皆曰：“今日之言，少不自竭。”谢后粗难，因自叙其意，作万余语，才峰秀逸，既自难干⑧，加意气拟托⑨，萧然自得，四坐莫不厌心⑩。

么地方过夜的，张凭笑而不答。不久，刘惔派传达教令的郡吏来寻找张孝廉的船，同伴们都很惊叹。张凭就和刘惔一同乘车去拜访抚军，到了门口，刘惔先进去，对抚军说：“下官今天为您找到一个太常博士的最佳人选。”张凭趋前拜见，抚军和他谈话，感叹不已，连声说好，说：“张凭才情焕发，辞采缤纷，是义理之渊薮。”当即任用他为太常博士。

今译 竺法汰说：“‘六通’和‘三明’，同一归向，不过是名称不同罢了。”

今译 支道林、许询、谢安等名士一同聚集在王濛家，谢安看着大家说：“今天可以说是群贤雅会。时光既然是留不住的，这种集会本来也难以常有，我们应当一起谈论吟咏，来抒发襟怀。”许询就问主人：“有《庄子》没有？”只找到其中的《渔父》一篇。谢安看了篇题，就请四座的人阐释义理。支道林先陈述，说了七百多字，所叙情趣美好，才华奇特，众人都说好。于是四座的人各抒怀抱，讲完之后，谢安问：“您们几位说完了没有？”都说：“今天谈论，很少有不尽其言的。”谢安随后大略驳难了几句，就阐述自己的见解，说了万把字，才华秀逸，既难以辩驳，加上志向气概有所寄托，潇洒放逸，悠然自得，四座的人听了没有不感到心满意足的。支道林对谢安说：“您一吐胸襟，切中要害，所以自然就佳妙啦。”

支谓谢曰："君一往奔诣[11]，故复自佳耳。"

注释 ①支道林：支遁，见《言语》45注①。 许：许询，见《言语》69注②。 谢：谢安，见《德行》33注②。 盛德：指有德有名之人。 王：王濛，见《言语》66注①。 ②彦会：群贤雅会。 ③言咏：谈论吟咏。 ④写：抒发。 ⑤《渔父》：《庄子》篇名。叙孔子与渔父问答，渔父劝孔子弃仁义，绝礼乐，返朴归真，务求保身。 ⑥通：陈述；阐释。 ⑦才藻：才华。 ⑧干：冒犯。 ⑨意气：志向气概。 拟托：比拟寄托。 ⑩厌心：心满意足。 ⑪一往：一吐，谓痛快地宣泄。 奔诣：迫近。

五六 殷中军、孙安国、王、谢能言诸贤[1]，悉在会稽王许[2]，殷与孙共论《易象妙于见形》[3]，孙语道合，意气干云[4]。一坐咸不安孙理，而辞不能屈。会稽王慨然叹曰："使真长来[5]，故应有以制彼。"即迎真长。孙意己不如[6]。真长既至，先令孙自叙本理[7]。孙粗说己语，亦觉殊不及向[8]。刘便作二百许语，辞难简切[9]，孙理遂屈。一坐同时拊掌而笑[10]，称美良久。

注释 ①殷中军：殷浩，见《政事》22注①。 孙安国：孙盛，见《言语》49注①。 王：王濛，见《言语》66注①。 谢：谢尚，见《言语》46注①。 能言：擅长谈论。 ②会稽王：晋简文帝司马昱，曾封会稽王，见《德行》37注① ③《易象妙于见形》：文篇名，孙盛著。《晋书·孙盛传》："盛又著医卜及《易象妙于见形论》，浩(殷浩)等竟无以难之，由是遂知名。"《周易》中八卦或六十四卦均由阴阳两爻(⚋、⚊)组合而成。阴、阳爻象，本于古人对自然界的直接观察，用以象征广泛对立的事物、现象。三爻叠成一卦，共八卦，已发展到对自然界八种基本事物的象征。后来经过扩展增益，作为喻示种种物情事理的象征符号。所谓"象"，即模拟事物成为有象征意义的卦象，如乾为天、坤为地等。以"象"释《易》，是用某种特定的象征，暗示各不相同的哲理意义。孙盛解说卦象，其文已佚。刘注仅引存大略。 ④意气：意志气概。 干云：直上云霄。形容旺盛。 ⑤真长：刘惔，见《德行》35注①。 ⑥不如：不及；比不上。 ⑦本理：原来的义理。 ⑧殊：很。 向：先前。 ⑨辞难(nàn 男去声)：用言辞辩诘。 ⑩拊掌：鼓掌。

今译 殷浩、孙盛、王濛、谢尚等善于清谈的几位名人，都集会于会稽王司马昱家，殷浩和孙盛共同谈论《易象妙于见形论》，孙盛所谈与理相合，就非常得意，旁若无人。满座的人都不赞同孙的道理，但论辩又折服不了他。会稽王感慨地叹道："假使真长来，一定有办法制服他。"就派人去请刘惔。孙盛的意气已经不及先前。刘惔到后，先让孙盛自己叙说原先的义理，孙盛就大略复述了自己的话，也觉得很不如先前说得好。刘惔就谈了二百来句，驳诘的言辞简明贴切，孙盛终于理屈。满座的人同时鼓掌大笑，将刘惔赞美了好久。

今译 僧意在瓦官寺中，王脩来，同他交谈，就请他谈论玄理。僧意问王脩道："圣人有没有情感？"王说："没有。"又问道："圣人像木头柱子吗？"王说："圣人像计算用的筹码。虽然本身没有情感，但运用它的人有情感。"僧意问："谁来运用圣人呢？"王脩不能回答，掉头而去。

五七 僧意在瓦官寺中[1]，王苟子来[2]，与共语，便使其唱理[③]。意谓王曰："圣人有情不？"王曰："无。"重问曰："圣人如柱邪？"王曰："如筹算[④]。虽无情，运之者有情。"僧意云："谁运圣人邪？"苟子不得答而去。

注释 ①僧意：东晋简文帝时僧人。刘注："未详僧意氏族所出。"瓦官寺：东晋建康著名佛寺名。　②王苟子：王脩，见本篇38注②。　③唱理：谈论哲理。唱，通"倡"。　④筹算：计算用的筹码。

(五八)司马太傅问谢车骑[①]："惠子其书五车[②]，何以无一言入玄[③]？"谢曰："故当是其妙处不传[④]。"

今译 太傅司马道子问车骑将军谢玄："惠施的书有五大车，为什么没有一句涉及玄理的呢？"谢玄说："也许是其中的奥妙之处没有传下来吧。"

注释 ①司马太傅：司马道子（364—403），东晋宗室，简文帝子，孝武帝胞弟。孝武帝时领徐州刺史、太子太傅、扬州刺史、都督中外诸军事，势倾天下。不理政务，专事聚敛，刑政谬乱。安帝时任侍中、太傅，与其子元显弄权朝廷，任用小人。先后激起王恭起兵和孙恩起义。后桓玄起兵东下，破建康，道子被放逐，后被毒死。　谢车骑：谢玄，见《言语》78注③。　②惠子其书五车：《庄子·天下》："惠施多方，其书五车，其道舛驳，其言也不中。"惠施，战国时宋人，名家代表人物之一。其书五车，谓其读书多，著述多。③玄：玄理。　④故当：表拟测，可能，或许。

(五九)殷中军被废[①]，徙东阳，大读佛经，皆精解[②]，唯至"事数"处不解[③]。遇见一道人，问所签[④]，便释然[⑤]。

今译 殷浩被罢官为民，徙居东阳郡，大读佛经，都能彻悟，唯有到"事数"处不理解。后来遇见一位僧人，他拿平时做了标志的地方请教，就消除了疑惑。

注释 ①殷中军被废：见本篇50注①。　②精解：精通；透彻理解。　③"事数"：佛教用语。指事物的名相（名称及外观形象）；有关名相的佛教术语的分项条列。刘注："事数，谓若五阴、十二入、四谛、十二因缘、五根、五力、七觉之声（影宋本作"属"）。"　④所签：有疑难而加了标志之处。　⑤释然：形容消除了疑惑。

(六〇)殷仲堪精覈玄论[①]，人谓莫不研究。殷乃叹曰："使我解'四本'[②]，谈不翅尔[③]。"

今译 殷仲堪精于探究玄学理论，人们说他没有什么不研究的。他慨叹说："让我来解说'四本'才性之理，谈论起来当不止如此。"

注释 ①殷仲堪:见《德行》40 注①。　覈(hé 核):研究;考索。玄论:玄学理论。魏晋清谈以《周易》的寡以制众、变而能通,《老子》的崇本息末、执一统万,《庄子》的不谴是非、知足逍遥为思想资料,总称"三玄"。　②四本:清谈论题之一。见本篇 5 注①。　③不翅:不止,不仅。翅,通"啻"。

今译 荆州刺史殷仲堪问慧远和尚:"《周易》以什么为本体?"慧远答:"《周易》以感应为本体。"殷又问:"铜山在西边崩塌,有灵验的钟在东方相应,这就是《周易》吗?"慧远笑而不答。

六一 殷荆州曾问远公①:"《易》以何为体②?"答曰:"《易》以感为体③。"殷曰:"铜山西崩,灵钟东应④,便是《易》耶?"远公笑而不答。

注释 ①殷荆州:即殷仲堪。　远公:慧远(334—416),东晋高僧。据《高僧传》卷六及刘注引张野《远法师铭》,慧远本姓贾,雁门楼烦(在今山西宁武西)人。世为冠族,年十二随舅令狐氏游学许、洛。年二十一出家从释道安为师。博综六经,尤善《老》、《庄》,研求佛典,精般若性空之说。孝武帝太元三年(378,一作六年),由荆州入庐山。后在东林寺倡导弥陀净土法门。与刘遗民等共誓期生西方净土,并组织白莲社。后世净土宗尊为初祖。　②体:本体;根本。　③感:感应。《易·咸》:"咸,感也;柔上而刚下,二气感应以相与。"又"天地感而万物化生,圣人感人心而天下和平。观其所感,则天地万物之情可见矣。"感,谓二气交感互应,两相亲和。　④"铜山西崩"两句:刘注引《东方朔传》,说汉武帝时,未央宫前殿钟无故自鸣,三日三夜不止。问东方朔,他答恐有山崩,故钟先鸣。三日后南郡太守上书言山崩,延袤二十余里。刘注又引《樊英别传》,说汉顺帝时殿下钟鸣,问樊英,谓为蜀岷山崩。后蜀果上报山崩。　按:殷仲堪以山崩钟鸣为感应之事例。

今译 羊孚的弟弟娶王永言的女儿,到了王家接见女婿那天,羊孚陪送弟弟一同去。当时王永言的父亲东阳太守王临之还活着,殷仲堪是王临之的女婿,也在座。羊孚善谈玄理,就与殷仲堪谈《齐物论》,殷仲堪辩难驳诘他。羊孚说:"您谈到四个回合以后定会与我的观点相同。"殷仲堪笑着说:"宁可辩论到底,何必要相一致?"到四个回合以后竟然完全相通一致。殷仲堪赞叹说:"我再也提不出什么不同观点了。"对他新颖特出的见解赞叹了好久。

六二 羊孚弟娶王永言女①,及王家见婿,孚送弟俱往。时永言父东阳尚在②,殷仲堪是东阳女婿③,亦在坐。孚雅善理义,乃与仲堪道《齐物》④,殷难之。羊云:"君四番后当得见同⑤。"殷笑曰:"乃可得尽,何必相同?"乃至四番后一通⑥。殷咨嗟曰:"仆便无以相异!"叹为新拔者久之⑦。

注释 ①羊孚:见《言语》104 注①。其弟名辅,字幼仁,仕至卫军功曹。　王永言:王讷之,字永言,东晋琅邪临沂(今山东临沂)人。晋安帝时官尚书左丞,仕至御史中丞。　②东阳:王临之,字仲产,小字阿林。仕至东阳太守。　③殷仲堪:见《德行》40 注①。　④《齐物》:《庄子》书篇名。论述世间事物,并无差别，齐是非，齐物我，齐美丑，齐寿夭。郭象注："夫自是而非彼，美己而恶人，物莫不皆然。故是非虽异而彼我均也。"　⑤番：次；回合。　见同：与我相一致。　⑥通：贯通。此指见解统一。　⑦新拔：新颖特出。

六三 殷仲堪云[①]："三日不读《道德经》[②]，便觉舌本间强[③]。"

译　殷仲堪说："三天不读《道德经》，就觉得舌根僵硬。"

注释　①殷仲堪：见《德行》40 注①。　②《道德经》：即《老子》。参看本篇 60 注①。　③舌本：舌根。　强（jiàng 匠）：僵硬。

六四 提婆初至[①]，为东亭第讲《阿毗昙》[②]。始发讲，坐裁半[③]，僧弥便云[④]："都已晓。"即于坐分数四有意道人[⑤]，更就余屋自讲。提婆讲竟，东亭问法冈道人曰[⑥]："弟子都未解，阿弥那得已解[⑦]？所得云何[⑧]？"曰："大略全是，故当小未精覈耳[⑨]。"

译　僧伽提婆刚到建康，为东亭侯王珣在宅邸里讲《阿毗昙》。刚开讲，座上的人才到一半，王珉就说："全都已经懂了。"就在座中分出三四个有悟性的和尚，另行到别的屋子里去自己讲。提婆讲毕，王珣问法冈和尚道："弟子都不曾理解，阿弥怎么已经懂了呢？他的心得如何？"法冈说："他大体上理解得都对，只是小地方没有经过详细验证罢了。"

注释　①提婆：僧伽提婆，东晋时西域罽宾国（今克什米尔及喀布尔河下游一带）高僧，姓瞿昙。前秦苻坚建元十七年（381）至长安，译经传道。前秦亡，转徙洛阳。于晋孝武帝太元十六年（391）南渡，至庐山，与慧远（见本篇 61 注①）合译《阿毗昙心论》，见今《大正新修大藏经》卷二八。晋安帝隆安元年（397），游建康，王珣延至其家宣讲传道。卒于建康。　②东亭：王珣，封东亭侯，见《言语》102 注③。　第：宅邸。　《阿毗昙》：亦作"阿毗达磨"，意译"论"或"对法"。僧伽提婆与慧远合译之《阿毗昙心论》，为佛典"论"藏重要著作之一。　③裁：通"才"。　④僧弥：王珉，小字僧弥，王珣弟，见《政事》24 注③。　⑤数四：三四个。有意道人：有才智见识的和尚。　⑥法冈道人：法冈和尚。刘注："法冈，未详氏族。"　⑦阿弥：王珉。　那得：怎么。　⑧云何：如何；为何。　⑨精覈（hé 核）：详细验证。

六五 桓南郡与殷荆州共谈[①]，每相攻难[②]。年余后，但一两番[③]。桓自叹才思转退[④]，殷云："此乃是君转解[⑤]。"

译　桓玄与殷仲堪一起谈论，每每互相辩驳不已。一年多以后，两人再谈，只不过辩驳一两次了。桓玄自叹才气渐退，殷仲堪说："这是您逐渐理解了，所以辩驳少了。"

注释　①桓南郡：桓玄，见《德行》41 注①。　殷荆州：殷仲堪，见《德行》40 注①。　②攻难（nàn 男去声）：辩驳。　③番：次。　④才思：才气。　转：逐渐。　⑤转解：逐渐理解。

【译】魏文帝曹丕曾经命令东阿王曹植在七步之间做出诗来，如果做不成就要处以死刑。曹植应声就做成诗说：“烧煮豆子拿来做羹，滤过豆子成为浆汁。豆萁在锅下燃烧，豆子在锅中哭泣：本从同根生长，煎熬何必太急！”魏文帝脸上露出深深的羞愧之色。

（六六）文帝尝令东阿王七步中作诗[①]，不成者行大法[②]。应声便为诗曰：“煮豆持作羹，漉菽以为汁[③]。萁在釜下燃[④]，豆在釜中泣：本自同根生，相煎何太急[⑤]！”帝深有惭色。

【注释】①文帝：魏文帝曹丕，见《言语》10注②。　东阿王：曹植(192—232)，字子建。曹操子，曹丕胞弟。少博学，善诗文。曹丕废汉称帝后，对他屡加贬抑。丕死，其子魏明帝曹叡立，他屡次上疏求自试，皆不听用，郁郁而死。封陈王，谥思，称陈思王；又曾封东阿，故又称东阿王。　②大法：死刑。　③漉菽：使豆渗出浆汁。菽，豆类总称。　④萁(qí其)：豆秸。　⑤“煮豆持作羹”六句：明代冯惟讷《古诗纪》录《七步诗》，云一作“煮豆燃豆萁，豆在釜中泣：本是同根生，相煎何太急。”仅四句。

【译】魏朝封司马昭为公爵，准备赐予九锡大礼，司马昭坚持辞让不受。文武官员将要到他府第去劝进，司空郑冲急忙派使者到阮籍那里去请他写一篇劝司马昭接受封爵的文章。阮籍当时在袁准家里，前一天晚上酣饮的余醉还未醒，人们把他扶起来，就在书写用的木札上起草，一点也没有涂改，就写成交给来使。当时人认为是“神笔”。

（六七）魏朝封晋文王为公[①]，备礼九锡[②]，文王固让不受。公卿将校当诣府敦喻，司空郑冲驰遣信就阮籍求文[③]。籍时在袁孝尼家[④]，宿醉扶起[⑤]。书札为之[⑥]，无所点定[⑦]，乃写付使。时人以为神笔[⑧]。

【注释】①晋文王：司马昭，见《德行》15注①。文王是后来追称。魏元帝曹奂景元四年(263)，封司马昭为晋公，昭佯为固辞，司空郑冲等文武百官纷纷劝进。　②备礼九锡：准备赏赐他九锡大礼。锡，作“赐”解。九锡，古代天子赐给诸侯或大功臣的九种礼遇。《公羊传·庄公元年》“王使荣叔来锡桓公命”何休注：“礼有九锡：一曰车马，二曰衣服，三曰乐则，四曰朱户，五曰纳陛，六曰虎贲，七曰弓矢，八曰铁钺，九曰秬鬯。”　③司空：官名，三公之一。　郑冲：见《政事》6注②。　信：使者。　阮籍：见《德行》15注①。　求文：谓求阮籍写一篇劝司马昭接受晋公封爵的文章。按：封公爵、赐九锡，是汉魏以来权臣篡位的前奏，司马昭佯辞，请阮籍这样的大名士来草拟劝进文是有利于制造舆论的。　④袁孝尼：袁准，晋陈郡阳夏(今河南太康)人，字孝尼。忠信正直，淡于仕进。晋武帝泰始中，官给事中。　⑤宿醉：隔夜犹存的余醉。⑥书札：写在木札上。　⑦点定：指修改文稿。　⑧神笔：高妙的文章。笔，特指无韵的散文，如书、论、表、奏之类。　按：刘注引阮籍劝进文大略，文亦平平。魏晋间在曹氏与司马氏的政治斗争中，名士少有全者，阮籍既未公开投身司马氏，亦未坚决拥护曹氏皇室，依违两可，而以酗酒放浪掩饰其政治上之彷徨。然至命写劝进之文，为免杀身之祸，亦不得已而为之。所谓“神笔”，为重其大名士声望而已。

六八 左太冲《三都赋》初成①，时人互有讥訾②，思意不惬③，后示张公④，张曰：“此《二京》可三⑤。然君文未重于世，宜以经高名之士。”思乃询求于皇甫谧⑥。谧见之嗟叹，遂为作叙⑦。于是先相非贰者⑧，莫不敛衽赞述焉⑨。

今译 左思刚写成《三都赋》，当时的人纷纷非议诋毁，左思心里很不愉快。后来，他把《三都赋》拿给张华看，张说：“这赋可以同张衡的《二京赋》鼎足而三。可惜你的文章还没有得到世人重视，你应当另请出名的人为你品题吹嘘。”于是左思就去拜求皇甫谧。皇甫谧见了《三都赋》，赞叹不已，就为之作序。于是先前非议怀疑的人，没有不恭敬地赞美称述的了。

注释 ①左太冲：左思，字太冲，西晋临淄（今山东淄博）人。家世儒学，妹左芬为晋武帝贵嫔。官秘书郎。他貌丑口讷而博学能文。司空张华辟为祭酒，贾谧举为秘书，为谧“二十四友”之一。谧被杀，齐王司马冏命为记室，辞不就。作《三都赋》，十年始成，时人竞相传写，洛阳为之纸贵。《三都赋》：赋名，《魏都赋》、《吴都赋》、《蜀都赋》的合称。内容铺陈魏都邺城（今河北临漳西南）、吴都建业（今江苏南京）、蜀都成都（今属四川）的山川城邑、鸟兽草木、风俗物产等。文今存《昭明文选》。②讥訾（zǐ 紫）：指责非议。③不惬：不愉快。④张公：张华，见《德行》12注⑤。⑤《二京》：指东汉张衡所作《西京赋》、《东京赋》，文今存《后汉书·张衡传》，亦见《昭明文选》。可三：可与并列为三。⑥皇甫谧（mì 密，215—282）：晋朝那（今甘肃平凉）人，字士安。汉太尉皇甫嵩曾孙。年二十余始力学，有志著述，屡征不就。后得风痹，犹手不释卷。著有《帝王世纪》、《列女传》、《高士传》、《甲乙经》等。⑦叙：同“序”。按：皇甫谧所作序今存《昭明文选》。《隋书·经籍志四》载：“张载及晋侍中刘逵、晋怀令卫权注左思《三都赋》三卷，綦毋邃注《三都赋》三卷。”而刘注引《左思别传》，说左思向张载请问岷、蜀之事，交情疏远；皇甫谧乃西州高士，非左思可比；刘逵、卫权都早卒：都不为左思的赋作序和注。凡诸注解，皆左思自己所为，要抬高文章身价，故假借时人名姓。⑧非贰：非难怀疑。⑨敛衽：提起衣襟夹于带间，以示肃敬。赞述：赞美称述。

六九 刘伶著《酒德颂》①，意气所寄。

今译 刘伶撰写《酒德颂》，将自己的生平志趣寄托其中。

注释 ①刘伶：西晋沛国（今安徽宿县西北）人，字伯伦。魏末为建威参军。晋武帝泰始初对策，申述无为而治，以不合时旨而罢。与阮籍、嵇康等相善，同为“竹林七贤”。他纵酒放诞，蔑视礼法，常乘鹿车，携一壶酒，使人荷锸相随，说："死便埋我。"卒以寿终。《酒德颂》：文篇名：旨在赞颂饮酒乐趣，借以表示其任性放达、蔑视礼法与名利的生活态度。文今存《昭明文选》。

七〇 乐令善于清言[1]，而不长于手笔[2]。将让河南尹[3]，请潘岳为表[4]。潘云："可作耳，要当得君意[5]。"乐为述己所以为让，标位二百许语[6]，潘直取错综[7]，便成名笔。时人咸云："若乐不假潘之文，潘不取乐之旨，则无以成斯矣[8]。"

注释 ①乐令：乐广，见《德行》23注④。　清言：清谈。　②手笔：撰写散文。　③让：辞去官职。　河南：郡名。治所在洛阳（今属河南），辖境相当今河南黄河以南洛水、伊水下游，双洎河、贾鲁河上游地区。　尹：官名。一地的行政长官。　④潘岳：见《言语》107注④。　表：上奏皇帝的文书。　⑤要：但是。　当：应当。　⑥标位：揭示，阐明。　⑦直：通"特"。只，只是。　错综：组织整理。　⑧成斯：成为这个。斯，此，指表文。《晋书·乐广传》作"成斯美"。

今译 乐广善于清谈玄理，却不擅长撰写文章。他将辞让河南尹的官职时，请潘岳代写一道表章。潘岳说："可以代作，但是应当了解你的主旨。"乐广就向潘岳讲了自己要辞让职位的缘故，阐述了二百来句话。潘岳只是把他的意思加以组织整理，就写成了名篇。当时的人都说："假使乐广不借重潘岳的文才，潘岳不依据乐广的主意，就无法写成这样的好文章了。"

七一 夏侯湛作《周诗》成[1]，示潘安仁[2]，安仁曰："此非徒温雅[3]，乃别见孝悌之性[4]。"潘因此遂作《家风诗》[5]。

注释 ①夏侯湛：见《言语》65注③。　《周诗》：《诗经》三一一篇，《小雅》中"南陔"、"白华"、"华黍"、"由庚"、"崇丘"、"由仪"六篇，原诗亡佚，仅存篇名，故今本《诗经》实存三〇五篇。夏侯湛续其意而作诗，名之为"周诗"。刘注引其诗曰："既殷斯虔，仰说洪恩。夕定辰省，奉朝侍昏。宵中告退，鸡鸣在门。孳孳恭诲，夙夜是敦。"　②潘安仁：潘岳，见《言语》107注④。　③非徒：不仅。　温雅：温和典雅。　④孝悌：孝顺父母，敬爱兄长。⑤《家风诗》：诗篇名。潘岳作，述其祖宗之德及自己戒勉之意。诗见《艺文类聚》卷二三。

今译 夏侯湛写成了《周诗》，拿去给潘岳看，潘岳说："这诗不仅显示了温和典雅的诗风，并且还表现出孝悌的性情。"他因此就作了《家风诗》。

七二 孙子荆除妇服[1]，作诗以示王武子[2]。王曰："未知文生于情，情生于文。览之凄然，增伉俪之重[3]。"

今译 孙楚为妻子服丧期满，作了诗，拿给王济看。王济说："不知是诗文生于感情，还是感情生于诗文。看了你的诗不觉悲从中来，更加深了夫妻之情。"

注释 ①孙子荆：孙楚，见《言语》24注①。 除：指服丧期满脱去丧服。 妇：指孙楚之妻。刘注："妇胡毋氏也。" 服：指丧服。古代丧礼按服丧者与死者的关系亲疏远近分斩衰、齐衰、大功、小功、缌麻等不同丧服，表示不同的丧期。 ②作诗：指孙楚写悼念妻子的诗。刘注引其诗曰："时迈不停，日月电流。神爽登遐，忽已一周。礼制有叙，告除灵丘。临祠感痛，中心若抽。" 王武子：王济，见《言语》24注①。 ③伉俪：配偶；夫妻。

七三 太叔广甚辩给[①]，而挚仲治长于翰墨[②]，俱为列卿[③]。每至公坐[④]，广谈，仲治不能对；退，著笔难广[⑤]，广又不能答。

今译 太叔广口才很敏捷，而挚虞擅长笔墨，二人都在九卿之列。每到稠人广众之间，太叔广谈论，挚虞不能答辩；回去以后，挚虞撰写文章与太叔广辩驳，太叔广又不能回答了。

注释 ①太叔广（？—304）：姓太叔，字季思，西晋东平（今属山东）人。晋武帝时为博士，善谈论。八王之乱，成都王司马颖拜太弟，使广诣洛，惧而自杀。 辩给：口才敏捷。 ②挚仲治：挚虞（？—311）：字仲治，西晋长安（今属陕西）人。少师事皇甫谧，才学通博，著述不倦。惠帝时官至太常。值洛阳大饥，饿死。 翰墨：犹笔墨，指文辞。 ③列卿：在九卿位次。 ④公坐：公众聚会的场合。坐，通"座"。 ⑤著笔：撰写文章。笔，指无韵散文。 难（nàn 男去声）：驳诘。

七四 江左殷太常父子并能言理[①]，亦有辩讷之异[②]。扬州口谈至剧[③]，太常辄云："汝更思吾论。"

今译 江东殷融与殷浩叔侄俩都能清谈，但口才也有敏捷和木讷的区别。殷浩口头谈论十分快捷，殷融往往说："你再思考一下我的立论。"

注释 ①江左：古人叙地理以东为左，故长江下游以东地区称"江左"。亦指东晋。 殷太常：殷融，字洪远，东晋陈郡长平（今河南西华东北）人，殷羡弟，殷浩叔。晋元帝时为丹阳尹，历吏部尚书。晋穆帝初为太常。与侄浩俱好清谈，终日饮酒，以啸咏歌舞自娱。太常，官名。位为列卿，掌礼乐郊庙社稷等三礼事宜。 父子：指殷融及侄殷浩。汉、晋间人叔侄亦称"父子"，如汉之疏广、疏受（见《汉书》），晋之谢安、谢玄（见《晋书》）。 并：皆，都。 言理：谈论玄理。 ②辩：口才敏捷。 讷：言语笨拙。 ③扬州：指殷浩。曾任扬州刺史，故称。 至剧：极为机敏。

七五 庾子嵩作《意赋》成[①]。从子文康见[②]，问曰："若有意邪，非赋之所尽；若无意邪，复何所赋？"答曰："正在有意无意之间。"

今译 庾敳写成了《意赋》。他的侄儿庾亮见了此赋，问道："若是有意呢，不是赋所能完全表达出来的；若是无意呢，又何必作赋？"他回答说："恰恰在有意无意之间。"

注释 ①庾子嵩:庾敳,见本篇15注①。 《意赋》:赋名。文今存《晋书·庾敳传》。他见晋室多难,终将婴祸,作此赋以发挥道家齐万物之说,谓荣辱同贯,死生一体,以示豁达之情。 ②从子:侄儿。 文康:庾亮,见《德行》引注①。亮卒谥文康,此系追称。

七六 郭景纯诗云[1]:"林无静树,川无停流[2]。"阮孚云[3]:"泓峥萧瑟[4],实不可言。每读此文,辄觉神超形越。"

今译 郭璞的诗写道:"林无静树,川无停流。"阮孚评论说:"水深山高,气象萧瑟,实在难以表述。每当读到这诗,总是有精神形体超越凡尘的感觉。"

注释 ①郭景纯:郭璞(276—324):字景纯,晋河东闻喜(今属山西)人。博学而讷于言辞,精天文、历算、卜筮之术。作《江赋》、《南郊赋》,均以辞藻为世所重。南渡后,为王导参军事。元帝时为著作佐郎。迁尚书郎。后为王敦记室参军。王敦起兵反,他力阻,为敦所杀。所注《尔雅》、《方言》、《山海经》、《穆天子传》等,皆传于世。 ②"林无静树"二句:树林中没有静止不动的树,河川中没有停止不流的水。刘注谓为《幽思篇》。 ③阮孚(279—327):字遥集,晋陈留尉氏(今属河南)人。阮咸次子。晋元帝世为安东参军,后历侍中、吏部尚书、丹阳尹。疏狂闲放,嗜酒任情,不以政务经怀。晋成帝咸和初,知京都将乱,求为广州刺史,未至而卒。 ④泓峥:水深而山高。此喻诗境高阔苍凉。萧瑟:风吹林木声。

七七 庾阐始作《扬都赋》[1],道温、庾云[2]:"温挺义之标[3],庾作民之望[4]。方响则金声[5],比德则玉亮[6]。"庾公闻赋成,求看,兼赠贶之[7]。阐更改"望"为"俊",以"亮"为"润"云[8]。

今译 庾阐起初作《扬都赋》,写到温峤、庾亮二人,文中说:"温挺义之标,庾作民之望。方响则金声,比德则玉亮。"庾亮听说赋写成了,请求看一看,并且赠送财物给庾阐。庾阐就改原文的"望"为"俊",把"亮"改为"润"了。

注释 ①庾阐:见《言语》59注⑩。 《扬都赋》:文篇名。庾阐仿扬雄、班固、张衡、左思诸人之作,铺陈东晋都城、扬州治所建康之山川形胜、草木禽兽、宫室人物及都市繁华等。文存《艺文类聚》卷六一,有删节。 ②温:温峤,见《言语》35注③。庾:庾亮,见《德行》31注①。 ③挺:举。 标:风范。 ④望:所仰望的人。 ⑤方:比。 响:声音。 金声:金属乐器之声。 ⑥比德:比拟德行。 玉亮:似玉之润洁。 按:"亮"与"望"为韵。 ⑦赠贶(kuàng况):赠送财物。 ⑧以"亮"为"润":把"亮"改为"润"。原文"亮",是庾亮之名,改字避讳。润,光泽温润。上句"望"改"俊","俊"与"润"为韵。

七八 孙兴公作《庾公诔》[1]，袁羊曰[2]：“见此张缓[3]。”于时以为名赏。

注释 ①孙兴公：孙绰，见《言语》84注①。《庾公诔》：哀悼庾公的诔文。庾公，指庾亮。诔（lěi 耒），叙述死者生平德行以示哀悼的文章。②袁羊：袁乔，见《言语》90注④。③张缓：谓张弛得体。《礼记·杂记下》：“文武之道，一张一弛。”袁语本此。

译 孙绰作《庾公诔》，袁乔说：“我看到这张弛得体的文章了。”当时被认为是著名的鉴赏评论。

七九 庾仲初作《扬都赋》成[1]，以呈庾亮[2]。亮以亲族之怀[3]，大为其名价[4]，云可三《二京》、四《三都》[5]。于此人人竞写[6]，都下纸为之贵。谢太傅云[7]：“不得尔[8]。此是屋下架屋耳[9]。事事拟学，而不免俭狭。”

注释 ①庾仲初作《扬都赋》：见本篇77注①。②庾亮：见《德行》31注①。③怀：心情。④名价：评价。⑤三《二京》、四《三都》：与《二京赋》鼎足而三，与《三都赋》并列而四。意谓可与《二京》、《三都》比美。参见本篇68注①、注⑤。⑥于此：由此。竞写：争相抄写。⑦谢太傅：谢安，见《德行》33注②。⑧尔：如此。⑨屋下架屋：比喻因袭他人而无创新。《颜氏家训·序致》：“理重事复，递相模敩，犹屋下架屋，床上施床耳。”此为六朝人习用语。

译 庾阐写成了《扬都赋》，拿去呈送给庾亮看。庾亮出于亲族之情，给予了很高的评价，说这篇赋可以与班固的《二京赋》鼎足而三，与左思的《三都赋》并列为四。由于这样，人们都争着抄写，连京都中纸价也因此而贵了。谢安说：“不能这样吧。这篇赋是屋下架屋而已，处处模仿人家，而不免简陋狭小。”

八〇 习凿齿史才不常[1]，宣武甚器之[2]，未三十，便用为荆州治中[3]。凿齿谢笺亦云：“不遇明公[4]，荆州老从事耳[5]！”后至都见简文[6]，返命，宣武问：“见相王何如[7]？”答云：“一生不曾见此人。”从此忤旨，出为衡阳郡[8]，性理遂错[9]。于病中犹作《汉晋春秋》，品评卓逸。

注释 ①习凿齿：见《言语》72注①。②宣武：桓温，见《言语》55注①。器之：看重他。③荆州：州名。桓温任荆州刺史。治中：官名。亦称治中从事史。为州刺史的助理，掌文书案卷。④明公：对有名位者的尊称。⑤从事：官名。州刺史的佐吏。刘注引《续晋阳秋》：“凿齿少而博学，才情秀逸，温甚奇之。自州从事岁中三转至治中。”⑥简文：晋简文帝司马

译 习凿齿的史才非同寻常，桓温很看重他，不到三十岁，就用他为荆州治中。他写给桓温表示感谢的书信中也说：“假使不遇上明公您，我一辈子只能是荆州的老从事罢了！”后来到京都去见了会稽王司马昱，回来复命，桓温问他：“你看相王是怎么样的人？”他回答说：“我一生也没有见过相王这样的人。”从此违逆了桓温的意旨，被放出为衡阳郡太守，神智就错乱了。他在病中还作了《汉晋春秋》，品评史事，见解卓越。

昱，当时是会稽王。见《德行》37 注①。　⑦相王：指司马昱。他以会稽王为抚军大将军、录尚书六条事，实任宰相之职，故又称"相王"。　⑧衡阳郡：郡名。治所在今湖南湘潭西。此处指衡阳郡太守。　⑨性理：神智。

【译】孙绰说："《三都赋》和《二京赋》，都是宣扬和辅佐五经的。"

八一　孙兴公云[1]："《三都》《二京》[2]，五经鼓吹[3]。"

【注释】①孙兴公：孙绰，见《言语》84 注①。　②《三都》《二京》：均赋名。见本篇 68 注①、注⑤。　③五经：指《周易》、《尚书》、《诗经》、《仪礼》、《春秋》五书，为儒家尊崇的经典。鼓吹：乐名。主要乐器有鼓、钲、箫、笳。本为军中之乐，汉列于殿廷。初用于仪仗，或赐功臣。此处比喻宣扬某物的东西。刘注："言此五赋是经典之羽翼。"

【译】太傅谢安问主簿陆退说："张凭为什么为母亲作诔文，而不为父亲作诔文？"陆退答道："可能是男子的品德，表现于他的事迹行为上，早为人知；而妇女的美德，只表现在家庭中，非依靠诔文就不能显现。"

八二　谢太傅问主簿陆退[1]："张凭何以作母诔[2]，而不作父诔？"退答曰："故当是丈夫之德[3]，表于事行[4]；妇人之美，非诔不显。"

【注释】①谢太傅：谢安，见《德行》33 注②。　主簿：官名。　陆退：字黎民，晋吴郡吴（今江苏苏州）人。御史中丞张凭之婿。官至光禄大夫。　②张凭：见本篇 53 注①。　诔（lěi 儡）：叙述死者生平德行以示哀悼之文。　③丈夫：成年男子。④事行：事迹行为。

【译】王脩十三岁时写了《贤人论》，他父亲王濛把文章送给刘惔看，刘惔答复说："看了王脩所作的论文，就足以参与玄理的谈论了。"

八三　王敬仁年十三作《贤人论》[1]，长史送示真长[2]，真长答云："见敬仁所作论，便足参微言[3]。"

【注释】①王敬仁：王脩，见本篇 38 注②。　《贤人论》：文篇名。刘注引《王脩集》所载，大旨谓贤者即或未能暗于理会，亦无损其大吉洪福。　②长史：王濛，王脩父，见《言语》66 注①。真长：刘惔，见《德行》35 注①。　③微言：精深微妙的言辞。也指用精深微妙的言辞谈论。　按：刘注所引《贤人论》，义甚浅薄，辞亦晦涩，不知何以得称"微言"？

【译】孙绰说："潘岳的文章灿烂得如同身披锦缎，无处不美；陆机的文章如同披沙拣金，经常会发现珍宝。"

八四　孙兴公云[1]："潘文烂若披锦[2]，无处不善；陆文若排沙简金[3]，往往见宝。"

注释 ①孙兴公：孙绰，见《言语》84注①。 ②潘：潘岳，见《言语》107注④。 烂：灿烂，有光彩。 ③陆：陆机，见《言语》26注①。 排沙简金：犹言"披沙拣金"，比喻在芜杂中选取精华。刘注引《文章传》，说司空张华看到陆机的文章，篇篇说好，但还讥评他阐发尽致，对陆机说："人之作文，患于不才；至子为文，乃患太多也。"

八五 简文称许掾云[①]："玄度五言诗，可谓妙绝时人[②]。"

今译 简文帝称赞许询的诗说："许玄度的五言诗，可以说佳妙超过了当时诗人。"

注释 ①简文：晋简文帝司马昱，见《德行》37注①。 许掾：许询，字玄度，见《言语》69注②。 ②妙绝时人：谓诗之佳妙，超过当时诗人。按：魏晋时代的思想潮流的主要趋势是崇尚《老》《庄》，高谈玄理，不问世务和行为放诞。西晋末到东晋，政治混乱，清谈玄理，逃避现实，玄风盛行，当时的诗作以孙绰、许询为代表的"玄言诗"，成为枯燥无味的玄学讲义。南朝梁代锺嵘《诗品》，就把孙、许列入下品。晋简文帝尚清谈，所以赞赏许询的诗。

八六 孙兴公作《天台赋》成[①]，以示范荣期[②]，云："卿试掷地，要作金石声[③]。"范曰："恐子之金石非宫商中声[④]。"然每至佳句[⑤]，辄云："应是我辈语。"

今译 孙绰写成了《天台赋》，拿去给范启看，并且说："您试试把这赋掷在地上，一定发出金石之声。"范启打趣说："恐怕您的金石不切合宫商音律。"然而每逢读到其中佳妙的语句，总是说："的确是我们这辈人的口吻。"

注释 ①孙兴公：孙绰，见《言语》84注①。 《天台赋》：文篇名。一作《游天台山赋》。文今存《昭明文选》。天台山，在今浙江天台。 ②范荣期：范启，晋慎阳（今河南正阳北）人，字荣期。以才学义理显于世。官至黄门侍郎。 ③金石声：钟、磬发出的乐声。比喻文辞优美，音调铿锵。 ④宫商：五音中宫商二音。引申指音律。 中（zhòng众）：切合。 ⑤佳句：佳妙的语句。刘注："'赤城霞起而建标，瀑布飞流而界道。'此赋之佳处。"

八七 桓公见谢安石作简文谥议[①]，看竟[②]，掷与坐上诸客曰："此是安石碎金[③]。"

今译 桓温看到谢安所作的简文帝谥议，看完以后，掷给在座诸客看，说："这是安石碎金。"

注释 ①桓公：桓温，见《言语》55注①。 安石：谢安，见《德行》33注②。 简文谥议：议定晋简文帝死后谥号的文书。谥（shì嗜）：帝王、贵族大臣或其他有身份地位者死后，据其生前事迹给予的含有褒贬意义的称号。帝王之谥，由朝官议定；官员之谥，由皇帝赐予。刘注引刘谦之《晋纪》载谢安所作简文帝谥议："谨按谥法：'一德不懈曰简，道德博闻曰文。'《易》简而天下之理得，观乎人文，化成天下，仪之景行，犹有仿佛。宜尊号曰太宗，谥曰简文。" ②竟：毕。 ③碎金：比喻零篇佳作。

八八 袁虎少贫①，尝为人佣载运租②。谢镇西经船行③，其夜清风朗月，闻江渚间估客船上有咏诗声④，甚有情致；所诵五言，又其所未尝闻，叹美不能已。即遣委曲讯问⑤，乃是袁自咏其所作《咏史》诗⑥。因此相要⑦，大相赏得⑧。

译 袁宏小时贫穷，曾经受人雇用，运载租谷。镇西将军谢尚坐船经过，那晚清风明月，听到江心洲边商船上有诵诗声，很有情趣；而所诵的五言诗，又是自己没有听到过的，不禁赞美不止。当下派人去详细询问，才知道是袁宏在吟诵他自作的《咏史》诗。因此谢尚邀请他相见，大加赏识。

注释 ①袁虎：袁宏，小字虎，见《言语》83 注①。 ②佣载运租：受人雇用，运载租谷。 ③谢镇西：谢尚，见《言语》46 注①。 ④江渚：江中小洲。 估客船：商贩船。 ⑤委曲：详尽；详细。 ⑥《咏史》诗：《艺文类聚》卷五五引袁宏五言诗，即此。 ⑦要（yāo 邀）：通"邀"。邀请。 ⑧赏得：赏识亲近。

八九 孙兴公云①："潘文浅而净②，陆文深而芜③。"

译 孙绰说："潘岳文章浅近而洁净，陆机文章深奥而芜杂。"

注释 ①孙兴公：孙绰，见《言语》84 注①。 ②潘：潘岳，见《言语》107 注④。 ③陆：陆机，见《言语》26 注①。 按：本则参看本篇 84。

九〇 裴郎作《语林》①，始出，大为远近所传。时流年少，无不传写，各有一通②。载王东亭作《经王公酒垆下赋》③，甚有才情。

译 裴启撰写《语林》，刚写好，就被远近的人大加传扬。当时不论名流或年轻人，无不传抄，各有一部。书中记载东亭侯王珣所作的《经黄公酒垆下赋》，很有才华。

注释 ①裴郎作《语林》：裴启（一作裴荣，当为其字"荣期"而误），字荣期，东晋河东（今山西永济）人。丰城令裴稚子。少有风姿才气。好论古今人物，撰《语林》十卷，一称《裴子》，多为《世说新语》所取材。有鲁迅《古小说钩沉》辑本。 ②一通：一篇。 ③王东亭：王珣，见《言语》102 注③。 《经王公酒垆下赋》：文篇名。"王"当作"黄"，参看本书《伤逝》2，又《轻诋》24 刘注引《续晋阳秋》。 垆，酒店中安放酒罈的土台。借指酒店。

九一 谢万作《八贤论》[1]，与孙兴公往反[2]，小有利钝[3]。谢后出以示顾君齐[4]，顾曰："我亦作，知卿当无所名。"

注释 ①谢万：见《言语》77注①。《八贤论》：文篇名。据刘注，八贤指渔父、屈原、司马季主、贾谊、楚老、龚胜、孙登、嵇康。分为四隐（隐居）、四显（做官），其旨以处者为优，出者为劣。文今不传。②孙兴公：孙绰。往反：反复辩论。③利钝：高低胜负。④顾君齐：顾夷，东郡吴郡（今江苏苏州）人，字君齐。辟州主簿，不就。

今译 谢万写了《八贤论》，与孙绰来回反复辩论，小有胜负。后来谢万把文章拿给顾夷看，顾夷说："我也写了一篇，知道你大概无所成名。"

九二 桓宣武命袁彦伯作《北征赋》[1]，既成，公与时贤共看[2]，咸嗟叹之。时王珣在坐[3]，云："恨少一句。得'写'字足韵当佳[4]。"袁即于坐揽笔益云[5]："感不绝于余心，溯流风而独写[6]。"公谓王曰："当今不得不以此事推袁。"

注释 ①桓宣武：桓温，见《言语》55注①。袁彦伯：袁宏，见《言语》83注①。《北征赋》：文篇名。晋废帝太和四年（369），袁宏从桓温征前燕，奉命而作。今《全晋文》卷五七存其片段。②公：尊称桓温。时贤：当时才德之士。③王珣：见《言语》102注③。④得"写"字足韵当佳：再用"写"字为韵补足一韵要更好些。⑤揽：取。益：增加。⑥"感不绝"两句：感想联翩不绝于我心，迎着和风而独自抒写。

今译 桓温命袁宏撰作《北征赋》，写成之后，桓温和当世名流一起阅读，大家都交口赞美。王珣当时在座，他说："可惜少了一句。倘用'写'字为韵脚，补足一韵，一定更好些。"袁宏在座中就拿起笔来增补道："感不绝于余心，溯流风而独写。"桓温对王珣说："当今不得不以文章佳妙来推重袁宏了。"

九三 孙兴公道曹辅佐[1]：才如白地明光锦[2]，裁为负版绔[3]，非无文采，酷无裁制[4]。

注释 ①孙兴公：孙绰。曹辅佐：曹毗，字辅佐，东晋谯国（今安徽亳县人）。善词赋，尝著《扬都赋》，时论称之。官至光禄勋。②白地：白色底子。③负版绔：服役者穿的裤子。负版，给官府背文书簿籍的人。绔，裤子。④酷：极；甚。裁制：裁剪制作。

今译 孙绰评说曹毗，说他文才如同白底子的明光锦，裁成差役穿的裤子，不是没有文采，却很缺少裁剪缝制的本领。

九四 袁彦伯作《名士传》成[1]，见谢公[2]，公笑曰："我尝与诸人道江北事[3]，特作狡狯耳[4]，彦伯遂以著书。"

今译 袁宏写成了《名士传》，拿去见谢安，谢安笑着说："我曾和一些人谈起南渡前江北的事情，只不过是说着玩玩罢了，彦伯倒拿去写成了书。"

注释 ①袁彦伯：袁宏。《名士传》：书名，魏晋间名士传记。据刘注，袁宏以夏侯玄（太初）、何晏（平叔）、王弼（辅嗣）为曹魏正始时名士；阮籍（嗣宗）、嵇康（叔夜）、山涛（巨源）、向秀（子期）、刘伶（伯伦），阮咸（仲容）、王戎（濬冲）为竹林名士；裴楷（叔则）、乐广（彦辅）、王衍（夷甫）、庾敳（子嵩）、王承（安期）、阮瞻（千里）、卫玠（叔宝）、谢鲲（幼舆）为中朝（西晋）名士。正始、竹林、中朝各为一卷。 ②谢公：谢安。 ③江北：指长江下游以北地区。 ④特：仅，只。 狡狯：开玩笑；戏谑。

九五 王东亭到桓公吏[1]，既伏阁下[2]，桓令人窃取其白事[3]，东亭即于阁下更作[4]，无复向一字[5]。

今译 王珣到桓温手下充当属吏，拜伏在官署下之后，桓温派人偷走他写的报告文书，王珣当即在官署前另写一份，没有一个字是和原先相同的。

注释 ①王东亭：王珣，见《言语》102注③。 到桓公吏：到桓温处做属吏。 ②伏：拜伏。 阁：官署。古代属吏向长官请示报告，例须拜伏在阁下。 ③白事：报告的文书。 ④更作：另行写作。 ⑤向：先前。

九六 桓宣武北征[1]，袁虎时从[2]，被责免官。会须露布文[3]，唤袁倚马前令作[4]。手不辍笔，俄得七纸[5]，殊可观。东亭在侧[6]，极叹其才。袁虎云："当令齿舌间得利[7]。"

今译 桓温北征，袁宏从征，因被处分而免官。恰好急需一篇文告，桓温叫袁宏靠着马写作。他手不停笔，一会儿就写了七张纸，相当可观。王珣在旁边，十分赞赏他的才华。袁宏说："大概想让我在言语辞令之间得点好处。"

注释 ①桓宣武北征：桓温北征，见本篇92注①。 ②袁虎：袁宏，时为桓温记室参军，从征。 ③露布：相当于公告、檄文。官府为征召、声讨用的紧急文书，不加封缄，露而宣布，故称。 ④倚马：倚靠着马。成语"倚马可待"出此，形容文思和写作之敏捷。 ⑤俄：即刻。 ⑥东亭：王珣。 ⑦齿舌：指言语辞令。

九七 袁宏始作《东征赋》[1]，都不道陶公[2]。胡奴诱之狭室中[3]，临以白刃，曰："先公勋业如是[4]，君作《东征赋》，云何相忽略？"宏窘蹙无计[5]，便答："我大道公，何以云无？"因诵曰："精金百炼，在割能断[6]。功则治人，职思靖乱[7]。长沙之勋[8]，为史所赞。"

今译 袁宏起初写《东征赋》，完全没有提到陶侃。陶范把他骗进一间小屋里，用雪亮的刀对着他说："先公的功勋业绩如此盛大，你作《东征赋》，怎么忽略过去了？"袁宏十分困窘，无法可想，只得说："我大大地称道了陶公，怎么说没提起呢？"于是朗诵道"精金百炼，在割能断。功则治人，职思靖乱。长沙之勋，为史所赞。"

注释 ①《东征赋》：文篇名。盛赞江东英杰，为世所重。文今存《全晋文》中。 ②陶公：陶侃，见《言语》47 注①。 ③胡奴：陶范，字道则，小字胡奴。陶侃第十（一说九）子。历官乌程令、光禄勋。 ④先公：先父，子女称已去世的父亲。此陶范称陶侃。 ⑤窘蹙：窘困。 ⑥"精金"二句：精美的金属经过多次锻炼，用于切割确能把东西断开。此以百炼钢比喻陶侃。 ⑦职：主管。 靖：平定。 按：陶侃先后讨平张昌、陈敏、杜弢、苏峻之乱。 ⑧长沙：指陶侃，侃封长沙郡公。 按："断、乱、赞"三字叶韵。

（九八）或问顾长康[①]："君《筝赋》何如嵇康《琴赋》[②]？"顾曰："不赏者作后出相遗[③]，深识者亦以高奇见贵[④]。"

今译 有人问顾恺之："您的《筝赋》，比起嵇康的《琴赋》来怎么样？"顾恺之回答说："不能赏识的人把它看成后出之作而舍弃掉，见识深远的人也会因为它高超拔俗而重视它。"

注释 ①顾长康：顾恺之。见《言语》85 注④。 ②《筝赋》：文篇名。今不传。 嵇康：见《德行》16 注②。 《琴赋》：文篇名。今存《昭明文选》。 ③遗：舍弃。 ④贵：重视。

（九九）殷仲文天才宏赡[①]，而读书不甚广博，亮叹曰[②]："若使殷仲文读书半袁豹[③]，才不减班固[④]。"

今译 殷仲文很有才华，但读书不很广博。傅亮感叹地说："如果殷仲文读书有袁豹的一半，那么他的文才不会比班固差。"

注释 ①殷仲文：见《言语》106 注④。 宏赡：丰富。 ②亮：傅亮（？—426），南朝宋北地灵州（今甘肃宁武）人，字季友。东晋末累官中书黄门侍郎。助宋武帝刘裕代晋有功，封建成县公。 按：此句《晋书·殷仲文传》作"谢灵运尝云"。 ③袁豹（373—414）：字士蔚，东晋陈郡阳夏（今河南太康）人。少为谢安所重，好学博闻，多览典籍。初为著作佐郎，累迁丹阳尹。后从刘裕讨刘毅。刘裕遣朱龄石伐蜀，使豹为檄文。 ④班固（32—92）：东汉扶风安陵（今陕西咸阳东北）人，字孟坚。班彪子。明帝时为兰台令史，迁为郎，典校秘书，著成《汉书》。和帝永元元年（89）为中护军随窦宪出征匈奴。四年，帝与宦官合谋杀窦宪，固为仇家捕系死于狱中。著有《两都赋》、《幽通赋》、《答宾戏》、《封燕然山铭》等，今存《昭明文选》中。

（一〇〇）羊孚作《雪赞》云[①]："资清以化，乘气以霏。遇象能鲜，即洁成辉[②]。"桓胤遂以书扇[③]。

今译 羊孚写《雪赞》道："资清以化，乘气以霏。遇象能鲜，即洁成辉。"桓胤就把它写在扇子上。

注释 ①羊孚：见《言语》104注①。《雪赞》：文篇名。旨在赞美雪之高洁拔俗。文今存《艺文类聚》卷二。②"资清以化"四句：依凭清冷而成形，乘着大气而纷飞。遇上物象能显鲜丽，接触高洁顿生光辉。"霏、辉"叶韵。资，凭藉。霏，雪盛貌。象，物象。即，接近。③桓胤：字茂远。初拜秘书丞，累迁中书郎、秘书监。桓玄爱之，迁中书令。玄篡位，胤为吏部尚书。玄败死，他以祖功赦罪。

一〇一 王孝伯在京[①]，行散至其弟王睹户前[②]，问："古诗中何句为最？"睹思未答。孝伯咏"所遇无故物，焉得不速老"[③]，"此句为佳"。

今译 王恭在京都，服药行散到他弟王爽家门前，问道："古诗中哪句最好？"王爽正在思考尚未答复。王恭吟"所遇无故物，焉得不速老"，说"这句最好"。

注释 ①王孝伯：王恭，见《德行》44注①。②行散：服五石散后漫步以散发药性，称行散。王睹：王爽，字季明，小字睹。王恭第四弟。官至侍中。③"所遇"二句：此《古诗十九首》中句，原诗为："回车驾言迈，悠悠即长道。四顾何茫茫，东风摇百草。所遇无故物，焉得不速老？盛衰各有时，立身苦不早。人生非金石，岂能常寿考！奄忽视物化，荣名以为宝。"

一〇二 桓玄尝登江陵城南楼[①]，云："我今欲为王孝伯作诔[②]。"因吟啸良久[③]，随而下笔，一坐之间[④]，诔以之成。

今译 桓玄曾经登上江陵城南楼，说："我如今要为王恭写一篇诔文。"于是吟咏了很久，随即落笔，在满座人谈论之间，诔文就写成了。

注释 ①江陵：县名。为南郡治所，在今湖北江陵。②王孝伯：王恭，见《德行》44注①。东晋安帝时，太傅司马道子摄政，引用王国宝，勾结弄权。王恭起兵对抗，荆州刺史殷仲堪、广州刺史桓玄起兵响应。后王恭败死。作诔：此指为王恭作诔文以述其德而示哀悼之意。③吟啸：吟咏歌啸。④坐：通"座"。

一〇三 桓玄初并西夏[①]，领荆江二州、二府、一国[②]。于时始雪，五处俱贺，五版并入[③]。玄在听事上[④]，版至，即答版后，皆粲然成章[⑤]，不相揉杂[⑥]。

今译 桓玄当初兼并了长江中上游地区，统领了二州、二府和一国。当时刚降初雪，五处都致祝贺，五份贺笺一起送到。桓玄坐在厅堂上，贺笺一到，就在贺笺背面作答谢，都是文采斐然的好文章，也不把五处的内容相混杂。

注释 ①并：并吞。西夏：东晋六朝以荆楚为西夏，指中原西部，居华夏之西。②"领荆江"句：统领荆州、江州，为二州刺史；二府，指八州都督府和后将军府；一国，指南郡公封国。按：晋安帝隆安三年(399)，桓玄火并了殷仲堪和杨佺期，东晋朝廷以玄为都督荆江司雍秦梁益宁八州军事，领荆州、江州刺史。③五版：谓二州二府一国五处贺笺。此指贺瑞雪丰年。版，简牍。④听事：厅堂。 ⑤粲然：文采光华貌。 ⑥揉杂：混杂。

一〇四 桓玄下都[①]，羊孚时为兖州别驾[②]，从京来诣门，笺云："自顷世故睽离[③]，心事沦蕰[④]。明公启晨光于积晦，澄百流以一源[⑤]。"桓见笺，驰唤前，云："子道，子道，来何迟！"即用为记室参军。孟昶为刘牢之主簿[⑥]，诣门谢，见云："羊侯[⑦]，羊侯，百口赖卿[⑧]。"

注释 ①桓玄下都：桓玄反晋，于晋安帝元兴元年（402），攻入建康。次年，废晋安帝，自称帝，国号楚。三年（404），桓玄兵败西逃，被杀。 ②羊孚：见《言语》104注①。 兖州：州名。东晋时在江南侨置，初寄治京口（今江苏镇江），后寄治广陵（今江苏扬州）。 别驾：官名。州刺史佐吏。 ③世故：世事。睽离：背离。 ④沦蕰：沉积；深深隐藏。 ⑤"明公"二句：您能开启晨光于昏暗之中，澄清百流而统一水源。此称颂桓玄能带来光明，安定时局。 ⑥孟昶（？—410）：字彦达，东晋平昌（今山东安丘南）人。曾从王恭举兵，后随刘牢之背恭归朝廷。桓玄起兵，昶为刘牢之主簿。后任吏部尚书、尚书左仆射。孙恩、卢循起事，他服毒自尽。 刘牢之（？—402）：字道坚，东晋彭城（今江苏徐州）人。出身将门。谢玄组建北府兵，以他为参军。淝水之战中，在洛涧大败前秦军，迁龙骧将军、彭城内史，封武冈县男。掌北府兵精锐，屡为各方势力拉拢。桓玄起兵，他为朝廷军前锋都督，后受玄收买而倒戈。后兵权为桓玄所夺，知祸将至，自缢而死。⑦侯：古时士大夫之间的尊称，犹"君"。 ⑧百口：指全家。

今译 桓玄起兵攻入京都建康，羊孚当时任兖州别驾，从京都到桓玄府上来拜见，送上拜帖说："近来世事违离，心思郁积，您能开启晨光于昏暗之中，澄清百流而统一水源。"桓玄看了拜帖，马上喊他上前相见，说："子道啊子道，你来得怎么这样晚啊！"立即用他做记室参军。孟昶做刘牢之的主簿，到羊孚家去辞行，相见时孟昶说："羊君，羊君，我全家百口都靠您照顾啦。"

方正第五

为人方正

（一）陈太丘与友期行[1]，期日中[2]。过中不至，太丘舍去[3]，去后乃至。元方时年七岁[4]，门外戏。客问元方："尊君在不[5]？"答曰："待君久不至，已去。"友人便怒曰："非人哉！与人期行，相委而去[6]。"元方曰："君与家君期日中。日中不至，则是无信；对子骂父，则是无礼。"友人惭，下车引之[7]，元方入门不顾。

注释 ①陈太丘：陈寔，见《德行》6注①。　期行：约会同行。　②日中：中午。　③舍去：不顾而离去。　④元方：陈纪，见《德行》6注②。　⑤尊君：尊称人父为"尊君"。下文自称己父为"家君"。　不(fǒu 缶)：通"否"。　⑥委：舍弃。　⑦引：拉。此处表示亲近。

今译 陈寔与朋友约定时间一同出行，相约在中午见面。但是过了中午，那位朋友没有到，陈寔就不顾而离去了。他走后，那位朋友才到。陈纪当时七岁，在门外戏耍。客人问他："令尊在不在？"陈纪回答："等您等了好久，您没来，他已经走了。"那朋友就发怒地说："真不是人啊！跟人家约好一同走，却丢开人家而自己先走了！"陈纪说："您与家父约定中午见面。到了中午您不来，就是不讲信用；当着别人儿子的面骂他父亲，就是没有礼节。"朋友感到羞惭，下车来拉陈纪，陈纪跑进大门不去理他。

（二）南阳宗世林[1]，魏武同时[2]，而甚薄其为人，不与之交。及魏武作司空[3]，总朝政，从容问宗曰："可以交未？"答曰："松柏之志犹存[4]。"世林既以忤旨见疏[5]，位不配德[6]。文帝兄弟每造其门[7]，皆独拜床下[8]。其见礼如此[9]。

注释 ①宗世林：宗承，字世林，三国魏南阳安众（今河南获嘉北）人。少而修德雅正，征聘不就，士人争与相交。曹操请交，拒而不纳。曹丕称帝，征为直谏大夫。魏明帝欲以为相，以年老固辞。　②魏武：曹操，曹丕称帝后追尊为魏武帝，见《言语》8注①。　③魏武作司空：曹操拥立汉献帝，于建安元年(196)任

今译 南阳宗承，与魏武帝曹操是同时的人，但他非常鄙薄曹操的为人，不同曹操交往。等到曹操做了司空，总揽朝政大权，曹操从容地问宗承说："我们现在可以相交了吧？"宗承回答说："我松柏之志还在。"他以后就因违忤曹操的旨意而被疏远，不得升官，官职同他的德行不相适应。魏文帝曹丕兄弟每次登宗承之门，都执弟子之礼，各自单独拜在他的坐榻下。他受到的礼遇就是这样。

司空。司空，官名，三公之一。④松柏之志：比喻坚贞之心。《论语·子罕》："岁寒然后知松柏之后凋也。"此处表示坚决不与曹操相交之志犹如往昔。⑤忤旨：违背意旨。见疏：被疏远。⑥位不配德：官位和德行不相称。⑦文帝兄弟：曹丕、曹植等弟兄。文帝，指曹丕。造：到。⑧独拜：单独礼拜，特示敬礼。床：坐具。⑨见礼：被礼遇。

（三）魏文帝受禅[①]，陈群有戚容[②]。帝问曰："朕应天受命[③]，卿何以不乐？"群曰："臣与华歆服膺先朝[④]，今虽欣圣化[⑤]，犹义形于色[⑥]。"

注释 ①魏文帝受禅：东汉献帝延康元年（220），正月，曹操病死，子曹丕嗣魏王，继任丞相；十月，曹丕迫使汉献帝禅位，称帝，国号魏。年号黄初。他在位七年，死后称魏文帝。禅，让出帝位；受禅，接受前朝皇帝"让"给的帝位。②陈群：见《德行》6注④。戚容：愁苦的脸色。按：陈群当时任尚书，曹丕继位为魏王，他就提出"九品官人"的方案。曹丕称帝后，即任命他为镇军大将军、录尚书事。③朕：帝王自称。应天受命：谓承受天命而登帝位。④华歆：见《德行》10注①。按：华歆实拥护曹氏，曹操杀汉献帝之伏皇后，他勒兵入宫收捕皇后。曹丕称帝时，他正任相国，登坛相礼，奉皇帝玺绶，以成"禅让"之仪。服膺：心悦诚服。先朝：指汉朝。⑤圣化：赞誉当朝君主教化的谀辞。⑥义形于色：正义之情现于神色。语出《公羊传·桓公二年》"孔父可谓义形于色矣"。

今译 魏文帝接受禅让登上帝位之后，陈群脸上露出愁苦的神色，文帝问道："朕承受天命，接替皇位，你为什么不高兴呢？"陈群说："臣和华歆，都曾经心悦诚服地服事汉朝，现今虽然欣逢陛下的圣明教化，但不忘前朝的正义之情还不免表露于外。"

（四）郭淮作关中都督[①]，甚得民情，亦屡有战庸[②]。淮妻，太尉王凌之妹[③]，坐凌事[④]，当并诛，使者征摄甚急[⑤]。淮使戒装[⑥]，克日当发。州府文武及百姓劝淮举兵，淮不许。至期遣妻，百姓号泣追呼者数万人，行数十里，淮乃命左右追夫人还。于是文武奔驰，如徇身首之急[⑦]。既至，淮与宣帝书曰[⑧]："五子哀恋，思念其母。其母既亡，则无五子；五子若殒[⑨]，亦复无淮。"宣帝乃表特原淮妻[⑩]。

注释 ①郭淮（？—255）：字伯济，三国魏阳曲（今山西太原）人。曹丕即帝位，他官至刺史，封射阳亭侯。镇守关中三十余年，功绩卓著。魏齐王芳嘉平二年（250），迁车骑将军，进封阳曲侯。关中：地区名。相当今陕西省。因东有函谷关，南有武关，

今译 郭淮任关中都督，很得民心，也屡立战功。他的妻子，是太尉王凌的妹妹，因为王凌犯罪而受到株连，要一同处死。朝廷使者追捕非常紧急。郭淮让她准备行装，按限定日期出发。州府的文武官员和老百姓都劝郭淮起兵反抗，郭淮不同意。到了规定日期，他就打发妻子上路，几万百姓大声号哭，追赶呼喊，走了几十里，郭淮只得让左右侍从去把夫人追回来。于是文武官员奔驰而去，急得好像营救自己的性命一样。妻子回来之后，郭淮就上书给司马懿，说："我五个儿子悲痛眷恋，思念他们的母亲。他们的母亲如果死了，五个儿子也就完了；五个儿子如果死了，也就没有我郭淮了。"司马懿于是上表奏请魏帝，给郭淮妻子以特赦。

西有散关，北有萧关，故称。　都督：官名。魏晋置，都督诸州军事，或领州刺史。　②战庸：战功。　③太尉：官名。汉魏时与司徒、司空合称三公。王淩（172？—251）：字彦云，三国魏太原祁（今属山西）人。曾任曹操丞相掾。魏代汉，拜散骑常侍。以伐吴有功，历建武将军，青、扬、豫州刺史，所在有政绩。司马懿诛曹爽，以他为太尉。他以魏主齐王芳年幼力弱，受制于司马懿，与外甥令狐愚谋立楚王曹彪为帝。事败，自杀。司马懿治其案，灭三族。④坐：牵连入罪。　⑤征摄：捉拿。　⑥戒装：整装。　⑦徇：营求。此指营救。　⑧宣帝：司马懿（179—251），字仲达，三国魏河内温（今属河南）人。其孙司马炎代魏称帝后，追尊他为晋宣帝。本文中称"宣帝"是后来追记之辞。　⑨殒：死亡。⑩表：上表。指司马懿上表给魏主。　原：赦免。

（五）诸葛亮之次渭滨①，关中震动②，魏明帝深惧晋宣王战③，乃遣辛毗为军司马④。宣王既与亮对渭而陈⑤，亮设诱谲万方⑥，宣王果大忿，将欲应之以重兵。亮遣间谍觇之⑦。还曰："有一老夫，毅然仗黄钺⑧，当军门立，军不得出。"亮曰："此必辛佐治也。"

今译　诸葛亮的军队驻扎在渭水岸边，关中地区为之震动。魏明帝深怕司马懿沉不住气而出战，就派辛毗担任军师。司马懿已经和诸葛亮隔着渭水对列军阵，摆出战斗态势，诸葛亮千方百计挑诱对方出战，司马懿果然大怒，准备用重兵迎战。诸葛亮派间谍去窥探敌情，间谍回来说："有一个老头儿，手持黄钺，坚毅果敢地站在军营门口，因而司马懿的军队出不来。"诸葛亮说："此人一定是辛佐治。"

注释　①诸葛亮（181—234）：字孔明，三国蜀琅邪阳都（今山东沂南南）人。蜀汉刘备丞相。备死，他受遗诏辅佐后主刘禅，封武乡侯，领益州牧。建兴十二年（234），与魏将司马懿在渭南相距，病死于五丈原军中，葬于定军山（今陕西勉县西南）。次渭滨：军队驻扎在渭水边上。　②关中：见本篇前则注①。③魏明帝：曹叡，见《言语》10 注②。　晋宣王：司马懿，见前则注⑧。　按：魏明帝即位的第二年（228），诸葛亮即开始北伐攻魏，吴主孙权后来也配合诸葛亮几次进攻合肥新城。魏明帝坚决执行曹操以来实行的战略防御方针，用满宠镇守淮南以防吴，用曹真、司马懿镇守关中以御蜀汉，目的在使对方进不得战，粮尽必退，所以他非常担心司马懿出兵应战。　④辛毗（pí 琵）：字佐治，三国魏颍川阳翟（今河南禹县）人，初从袁绍，后归曹操。魏国建立，累官侍中、卫尉，以直言敢谏著称。　军司马：当为"军司"，"马"字衍。军司，即军师，晋人避司马师讳，改"师"为"司"。　⑤对渭而陈：隔着渭水相对列阵。　⑥诱谲：诱骗。谲（jué 诀），诡诈。　万方：千方百计。　⑦觇（chān 搀）：暗中察看。　⑧黄钺：兵器名，状如斧，以黄金为饰，为天子所专用，或赐给有主持征伐之权的大臣。

今译　夏侯玄被拘捕之后，当时钟毓任廷尉，主持审案。钟会原先想与夏侯玄交好而夏侯玄不同意，就乘机来套近乎。夏侯玄说："虽然我是犯罪之人，但我也不能按照尊命去做。"他受尽拷问，都没有说一句话。临到上刑场时，仍然面不改色。

（六）夏侯玄既被桎梏①，时钟毓为廷尉②，钟会先不与玄相知[3]，因便狎之[4]。玄曰："虽复刑余之人[5]，未敢闻命[6]。"考掠[7]，初无一言[8]，临刑东市[9]，颜色不异。

注释 ①夏侯玄（209—254）：字太初（一作泰初），三国魏谯（今安徽亳县）人。曹爽辅政时，他以爽姑之子累迁散骑常侍、中护军，主持武官之选。后为征西将军、假节、都督雍凉州诸军事。司马氏诛曹爽，专朝政，调他为大鸿胪，又徙太常。中书令李丰等谋刺司马师而以玄代之，事败，同被诛。他是早期的玄学领袖人物。　被：遭受。　桎梏（zhì gù 质谷）：脚镣手铐。　②钟毓：见《言语》11注①。　廷尉：官名。掌刑狱。　③钟会：见《言语》11注①。　④狎：亲近。　⑤刑余之人：受过刑的人，指犯罪的人。一般多用于犯人自称。　⑥闻命：接受命令。刘注引郭颁《魏晋世语》，说夏侯玄到了廷尉官署，不肯供认，钟毓就连夜造了一份供词，附会其事。钟会比夏侯玄年轻，夏侯玄看不起他，不与相交，此时钟会在钟毓处，乘机向夏侯玄表示亲热，夏侯玄说："钟君，何得如是！"　⑦考掠：拷问；刑讯。　⑧初：全，都。　⑨东市：汉代在长安东市处决犯人。后因以东市指刑场。

（七）夏侯泰初与广陵陈本善[1]，本与玄在本母前宴饮，本弟骞行还[2]，径入至堂户。泰初因起曰："可得同[3]，不可得而杂。"

注释 ①夏侯泰初：夏侯玄，见前则。　广陵：郡名。治所在今江苏扬州。　陈本：字休元。历位郡守、九卿，有统御之才。官至镇北将军、假节、都督河北诸军事。　②本弟骞（qiān 牵）：陈骞，字休渊。陈本弟。曹魏时以功累官都督荆州诸军事、征南将军。晋武帝司马炎受禅，以佐命功进车骑将军。官至大司马。行还：从外边回家。　③同：指年齿相当。刘注引《名士传》："玄以乡党贵齿，本不论德位，年长者必为拜。与陈本母前饮，骞来而出，其可得同不可得而杂者也。"意谓交友重年辈。但刘注又引《晋阳秋》，说陈骞"无謇谔风，滑稽而多智谋"。则可能是夏侯玄看不上陈骞的人品，以年辈不相当为托辞而不与相交。

译文 夏侯玄与广陵陈本相友好。一次，陈本和夏侯玄在陈母面前喝酒，陈本的弟弟陈骞外出回来，径直走到堂屋门口。夏侯玄就起身离席，说："可以与年辈相同的交游，不能与年辈不相当的人混杂在一起。"

（八）高贵乡公薨[1]，内外喧哗。司马文王问侍中陈泰曰[2]："何以静之[3]？"泰云："唯杀贾充以谢天下[4]。"文王曰："可复下此不[5]？"对曰："但见其上，未见其下。"

译文 高贵乡公曹髦被杀死后，朝廷内外议论纷纷。司马昭问侍中陈泰说："怎样才能使局面平静下来？"陈泰说："只有杀掉贾充，向天下人谢罪。"司马昭说："能不能找一个地位比他低的人呢？"陈泰回答："只有找比贾充地位高的，不能找地位比他低的。"

①高贵乡公：曹髦（241—260），三国魏皇帝，字彦士。曹丕孙。初封高贵乡公。司马师废齐王曹芳，立他为帝。率宫中宿卫僮仆出攻司马昭，被司马氏的亲信中护军贾充令太子舍人成济杀死。曹髦死后无谥号，史称“高贵乡公”。 ②司马文王：司马昭。 陈泰（？—260）：字玄伯，三国魏颍川许昌（今属河南）人。陈群子。累迁征西将军、假节、都督雍凉诸军事。后征为尚书右仆射，典选举，加侍中、光禄大夫。高贵乡公被杀，他号哭尽哀，呕血而卒。 ③静：平静。 ④贾充：见《政事》6注①。 谢天下：向天下人自责罪错。 ⑤下此：地位低于此人。此，指贾充。 按：后来司马昭杀了成济，夷三族。同时假借太后令诬曹髦图谋弑逆，同时又杀了劝曹髦要慎重的王经。

九 和峤为武帝所亲重[①]，语峤曰：“东宫顷似更成进[②]，卿试往看。”还，问：“何如？”答云：“皇太子圣质如初[③]。”

和峤被晋武帝亲近敬重，武帝对和峤说：“太子近来似乎更成熟有长进了，您试去看看。”和峤看后回来，武帝问：“怎么样？”和峤回答说：“皇太子的素质还如同当初一样。”

①和峤：见《德行》17注①。 武帝：晋武帝司马炎，见《德行》17注④。 ②东宫：古时太子居东宫。后常以东宫指太子。晋武帝太子为司马衷，即晋惠帝。性懦愚，立为太子时，和峤就担忧他不能继承大业，一再向武帝进谏，但武帝袒护其子。事见刘注引干宝《晋纪》。 顷：近来。 成进：成熟长进。 ③圣质：指太子的素质。

一〇 诸葛靓后入晋[①]，除大司马[②]，召不起。以与晋室有仇[③]，常背洛水而坐。与武帝有旧[④]，帝欲见之而无由，乃请诸葛妃呼靓。既来，帝就太妃间相见[⑤]。礼毕，酒酣，帝曰：“卿故复忆竹马之好不[⑥]？”靓曰：“臣不能吞炭漆身[⑦]，今日复睹圣颜[⑧]。”因涕泗百行。帝于是惭悔而出。

诸葛靓后来到了晋朝，晋武帝任命他为大司马，他拒不应命。因为他和晋王室有仇，常常背对洛水而坐，不面向晋都洛阳，以表示不愿归顺。他和晋武帝原有旧交情，武帝想看他又找不出理由，就请叔母诸葛太妃叫诸葛靓来。诸葛靓来了之后，武帝就到太妃处和他相见。叙过礼，喝足了酒，武帝说：“你还记得我们小时候的友情吗？”诸葛靓说：“我不能像豫让那样吞炭漆身，为先父报仇，今天又看到了皇上的尊颜。”说着就涕泪交流。晋武帝于是惭愧地走了出去。

①诸葛靓：见《言语》21注①。 后入晋：诸葛靓先在三国吴，晋灭吴，遂入晋。 ②除：授任。 大司马：官名。③与晋室有仇：诸葛靓父诸葛诞本为魏将，后叛魏称臣于吴，被司马昭所杀，夷三族。故诸葛靓与晋王室司马氏有杀父之仇。④有旧：有旧交情。 ⑤太妃：即前句诸葛妃。司马懿子琅邪王司马伷妃，为晋武帝司马炎叔母，故称太妃。诸葛妃是诸葛靓之姊。间：处，处所。 ⑥竹马之好：指儿童时代的友情。竹马，儿童游戏，以竹竿当马。 ⑦吞炭漆身：战国时期韩、赵、魏三家攻杀智

伯。智伯之门客豫让为报知遇之恩，乃吞咽木炭，用漆涂身，改变音容以刺赵襄子，事败而死。事见《战国策·赵策一》、《史记·刺客列传》。此处借以喻忍垢忍辱，矢志报仇。　⑧圣颜：圣上的容颜。此指晋武帝。

一一　武帝语和峤曰[1]："我欲先痛骂王武子[2]，然后爵之[3]。"峤曰："武子俊爽[4]，恐不可屈。"帝遂召武子苦责之，因曰："知愧不？"武子曰："尺布斗粟之谣[5]，常为陛下耻之。它人能令疏亲，臣不能使亲疏[6]，以此愧陛下。"

今译　晋武帝对和峤说："我要先痛骂王武子，然后再封他爵位。"和峤说："武子俊迈豪爽，恐怕不能使他屈服。"武帝就召见王济，狠责了他一顿，再问他："你知道羞愧吗？"王济说："每想到'尺布斗粟'的歌谣，就替陛下感到羞耻。别人能使亲属疏远，臣却不能使亲属和睦，因此有愧于陛下。"

注释　①武帝：晋武帝司马炎，见《德行》17注④。　和峤：见《德行》17注①。　②王武子：王济：见《言语》24注①。王济妻为武帝女常山公主。和峤是王济的姊夫。　③爵之：给他爵位。　④俊爽：俊迈豪爽。　⑤尺布斗粟之谣：汉文帝弟淮南王刘长，谋反失败，被押解往蜀郡，途中不食而死。民间作歌曰："一尺布，尚可缝；一斗粟，尚可舂。兄弟二人，不能相容。"后以"尺布斗粟"比喻兄弟失和。　按：晋武帝同母弟司马攸，为父司马昭所爱，几乎立为太子。武帝登帝位后，封攸为齐王，总领军事，累转镇军大将军，加侍中，声望日隆。武帝晚年，所立太子司马衷懦愚，朝臣多寄希望于齐王。武帝忌恨而命齐王离京就藩国。王济向武帝陈请留齐王，又叫妻子常山公主进宫请求，因此触怒武帝，被责。王济却引用"尺布斗粟"之歌来讽喻武帝不容同母弟齐王。⑥"它人能令疏亲，臣不能使亲疏"二句：《晋书·王济传》作"他人能令亲疏，臣不能使亲亲。"于义较长，《资治通鉴》从之。

一二　杜预之荆州[1]，顿七里桥[2]，朝士悉祖[3]。预少贱，好豪侠，不为物所许[4]。杨济既名氏雄俊[5]，不堪[6]，不坐而去。须臾，和长舆来[7]，问："杨右卫何在[8]？"客曰："向来，不坐而去。"长舆曰："必大夏门下盘马[9]。"往大夏门，果大阅骑，长舆抱内车[10]，共载归，坐如初。

今译　杜预到荆州去上任，临时停顿在七里桥，朝廷官员都去送行。杜预年轻时地位低微，又好豪侠，不为当时公众所赞许。杨济是出自名门的俊杰之士，不能忍受这种情况，到了那里没有落座就离开了。一会儿，和峤到了，就问："杨右卫将军在哪里？"宾客中有人回答："刚才来了，没有坐就走了。"和峤说："他一定在大夏门下骑马奔驰。"就到大夏门去找，杨济果然在那里大阅骑兵，和峤就将杨济抱入车内，共载而回七里桥，像当初一样入座饮宴。

注释　①杜预（222—284）：字元凯，西晋京兆杜陵（今陕西西安东南）人，司马昭妹夫。晋武帝咸宁四年（278），继羊祜任镇南大将军、都督荆州诸军事，镇襄阳。次年，连表请攻吴。太康元年（280），统兵克江陵，招降南方州郡。以功封当阳县侯。博学而多谋略，时称"杜武库"。著有《春秋左氏传经传集解》，今在《十三经注疏》中。 ②顿：暂时停留。 七里桥：桥名。在洛阳城东。 ③祖：原义为出行祭祀路神，引申为饯行。 ④不为物所许：不被当时公众认可。物，人，公众。杜预少时家道贫寒，性又豪爽，在崇尚门阀的魏晋间，难以受到推重。 ⑤杨济（？—291）：字文通，西晋弘农华阴（今属陕西）人。官至右卫将军、太子太傅。其兄杨骏，为晋武帝杨皇后之父，权势倾天下。 名氏：名门望族。 雄俊：俊杰之士。 ⑥不堪：经不起；受不了。 ⑦和长舆：即和峤，见《德行》17注①。 ⑧杨右卫：指杨济。任右卫将军，故称。 ⑨大夏门：洛阳城门，位在城北。 盘马：驰马盘旋。 ⑩内（nà纳）：通“纳”。放入。

一三 杜预拜镇南将军①，朝士悉至，皆在连榻坐②，时亦有裴叔则③。羊稚舒后至④，曰：“杜元凯乃复连榻坐客⑤！”不坐便去。杜请裴追之，羊去数里住马，既而俱还杜许⑥。

今译 杜预被授予镇南将军，朝廷官员全到了，都在连榻上入座，当时裴楷也在座。羊琇后到，说：“杜元凯竟用连榻请客人坐！”他不坐就离去了。杜预请裴楷去追他，羊琇走了几里勒马停住了，后来与裴楷一起回到杜预处。

注释 ①杜预：见前则。 镇南将军：将军称号。 ②连榻：可并坐数人的坐榻，如今之长凳或长椅之类。古时榻有独榻、连榻之分，独榻坐一人。刘注引《语林》：“中朝方镇还，不与元凯共坐；预征吴还，独榻不与宾客共也。”则是杜预自坐独榻，而使宾客坐连榻。 ③裴叔则：裴楷，见《德行》18注③。 ④羊稚舒：羊琇，字稚舒，晋初泰山平阳（在今山东）人。羊祜从弟。司马师妻羊氏之叔父。少与司马炎相友善，为之策画，炎得立为太子。炎即帝位，琇累迁中护军，典禁兵，预机密，甚得宠遇。 ⑤杜元凯：杜预，字元凯。 ⑥杜许：杜预住处。许，处所。

一四 晋武帝时，荀勖为中书监①，和峤为令②。故事③：监、令由来共车④。峤性雅正⑤，常疾勖谄谀⑥，后公车来，峤便登，正向前坐，不复容勖。勖方更觅车⑦，然后得去。监、令各给车，自此始。

今译 晋武帝时，荀勖任中书监，和峤任中书令。按照以往惯例，中书监和中书令向来共乘一辆公车。和峤性格端方正直，常常憎恨荀勖的谄媚奉承，认为与荀勖共车是耻辱。后来公车来到，和峤就先登上车，坐在前面正中，车厢里再也容不下荀勖。荀勖才再另外寻找车辆，然后能去。为中书监、中书令各派一辆公车，从此开始。

注释 ①荀勖（？—289）：字公曾，西晋颍川颍阴（今河南许昌）人，初仕曹魏。司马炎代魏称帝，他拜中书监，累迁光禄大夫，守尚书令。晋初立，与贾充共定律令；领秘书监，与张华依刘向《别录》整理典籍；又撰次汲郡古文竹书为《中经》。党附贾充父女，时议以为乃损国害民之佞媚者。 中书监：官名。始置于魏文帝时，中书设监、令各一，职责并同。 ②和峤：见《德行》17注①。 令：指中书令。掌机密，传宣诏令。始设于汉，以宦官充任；后多任用有名望或亲近者。 ③故事：成例；旧有的典章制度。 ④

由来：向来。　共车：共乘一辆公车。　⑤雅正：端方正直。　⑥疾：憎恨。　谄谀：讨好巴结奉承人。　⑦方：才。

一五　山公大儿著短帢[①]，车中倚。武帝欲见之[②]，山公不敢辞，问儿，儿不肯行。时论乃云胜山公。

注释　①山公：山涛，见《言语》78注①。　大儿：长子。刘注引《晋诸公赞》："山该，字伯伦，司徒涛长子也。雅有器识，仕至左卫将军。"　短帢（qià 洽）：一种便帽，相传为曹操所创制。形如弁而无四角，用缣帛缝制。　②武帝：晋武帝司马炎。

今译　山涛的大儿子头戴短帢，倚在车中。晋武帝要看看他，山涛不敢推辞，去问儿子，儿子不肯去。当时舆论就认为儿子胜过山涛。

一六　向雄为河内主簿[①]，有公事不及雄[②]，而太守刘淮横怒[③]，遂与杖遣之[④]。雄后为黄门郎[⑤]，刘为侍中[⑥]，初不交言。武帝闻之，敕雄复君臣之好[⑦]。雄不得已，诣刘，再拜曰[⑧]："向受诏而来，而君臣之义绝，何如？"于是即去。武帝闻尚不和，乃怒问雄曰："我令卿复君臣之好，何以犹绝？"雄曰："古之君子，进人以礼，退人以礼[⑨]。今之君子，进人若将加诸膝，退人若将坠诸渊[⑩]。臣于刘河内[⑪]，不为戎首[⑫]，亦已幸甚，安复为君臣之好？"武帝从之。

注释　①向雄：字茂伯，西晋河内山阳（今河南修武西北）人。初仕魏为郡主簿，迁都官从事。入晋，累迁黄门侍郎、秦州刺史、御史中丞、侍中、河南尹。以固谏忤晋武帝，忧愤而卒。　河内：郡名。　主簿：官名。掌文书簿籍及印鉴。　②不及雄：没有送到向雄处。　③刘淮：字君平，西晋沛国（治所在今安徽濉溪西北）人。曾任征东大将军，累迁河内太守、侍中、尚书仆射、司徒。见《晋书·惠帝纪》又《周玘传》。《晋书·向雄传》谓太守刘毅，误，毅未尝任河内太守。　横（hèng 恒去声）怒：没来由的发怒。　④杖遣：杖责驱逐。　⑤黄门郎：官名。黄门为魏晋宫内官署，黄门侍郎在署任职。　⑥侍中：官名。魏晋间常置专职者四人，在皇帝左右，预闻朝政，为亲信贵重之职。　⑦君臣：东汉、魏晋州郡长官与僚属之间，视为君臣关系。太守为君，府吏为臣。　⑧再拜：古礼，拜两次，以表隆敬。　⑨"古之君子"三句：语本《礼记·檀弓》。依此，则谓当初刘淮杖责而驱逐向雄是不合礼的。⑩"今之君子"三句：语本《礼记·檀弓》。谓刘淮用人只凭私心爱

今译　向雄任河内主簿时，一次，有件公事没有送呈到他那里，而太守刘淮却无端发怒，就给他以杖责和革职逐出的处分。向雄后来做了黄门郎，刘淮任侍中，开始时两人互不说话。晋武帝听说此事，就命令向雄去恢复早先的长官僚属的情谊。向雄迫不得已，只好去见刘淮，再拜以后说："我刚才奉皇帝诏令而来，但你我之间长官和僚属的关系早已断绝，你以为如何？"说完就离开了。晋武帝听说两人还是不和，就气愤地责问向雄，说："我命令你去恢复上下级的情谊，为什么还绝交呢？"向雄说："古时的君子，用人时讲究合礼，斥退人也讲究合礼。现今的君子，要用人的时候，恨不得把人抱在膝上，不用他的时候，就像要把他推入深渊。我对刘淮，不做攻击他的带头人，已经很好了，怎么还能再修复上下级的情分呢？"晋武帝也只好由他去了。

憎。　⑪刘河内：指刘淮。刘为河内太守，故称。　⑫戎首：发动战争的主谋者。比喻引发攻击事端者。

一七　齐王冏为大司马辅政①，嵇绍为侍中②，诣冏咨事③。冏设宰会④，召葛旟、董艾等共论时宜⑤。旟等白冏："嵇侍中善于丝竹⑥，公可令操之。"遂送乐器。绍推却不受。冏曰："今日共为欢，卿何却邪？"绍曰："公协辅皇室，令作事可法⑦。绍虽官卑，职备常伯⑧，操丝比竹盖乐官之事⑨，不可以先王法服为伶人之业⑩。今逼高命⑪，不敢苟辞，当释冠冕⑫，袭私服⑬。此绍之心也。"旟等不自得而退。

注释　①齐王冏：司马冏（？—302），西晋皇族，字景治。齐王司马攸子，嗣封齐王。赵王司马伦篡位，他起兵诛讨。晋惠帝复位，他以功拜大司马，加九锡，执朝政。骄恣日甚，亲信小人。后为长沙王司马乂所杀。　②嵇绍：见《政事》8注②。　③咨事：请示公事。　④宰会：设置酒宴邀请僚属集会。宰，官员通称。　⑤葛旟（yú舆）：西晋时齐王司马冏属官。　董艾：齐王亲信，领右将军。葛、董二人在齐王掌朝政时，均滥用威权，后被诛。　时宜：适应时势的政治措施。　⑥嵇侍中：嵇绍，官侍中。　丝竹：弦乐器和管乐器。　⑦可法：切合法度。　⑧备：充数。自陈担任某一官职之谦辞。　常伯：周代官名，王之亲近左右，见《尚书·立政》。后世因称给事天子左右之侍中、散骑常侍为"常伯"。嵇绍任侍中，故称。　⑨操丝比竹：谓演奏乐器。　乐（yuè悦）官：掌管音乐的官吏。　⑩法服：按礼法制定的正式官服。　伶人：乐师。古时从事音乐的艺人被轻视。　⑪高命：尊贵的命令，敬辞。　⑫冠冕：古代帝王、官员所戴的有等级区别的礼帽。此泛指官服。　⑬袭：穿。　私服：便服。

译　齐王司马冏任大司马辅佐朝政，嵇绍任侍中，到司马冏那里去请示公事。司马冏设置宴会邀请官员集会，召来葛旟、董艾等人一同讨论时政措施。葛旟等禀告司马冏："嵇侍中擅长弹奏乐器，您可以请他演奏一番。"于是命人送上乐器。嵇绍推辞，不肯演奏。司马冏说："今天一起欢聚，你为什么推却呢？"嵇绍说："您辅佐皇室，命令作事都要合乎法度。我嵇绍虽然官职卑微，可也备位于天子左右的常伯之列；演奏乐器，那是乐官的事。我不能身穿先王制定的公服，而去做伶工的事。如今被逼于尊命，我也不敢随便推辞，但应脱去官服，穿上便装，才能从命。这是我嵇绍的想法。"葛旟等人自觉没趣而退席了。

一八　卢志于众坐问陆士衡①："陆逊、陆抗是君何物②？"答曰："如卿于卢毓、卢珽③。"士龙失色④，既出户，谓兄曰："何至如此？彼容不相知也⑤。"士衡正色曰："我父、祖名播海内，宁有不知？鬼子敢尔⑥！"议者疑二陆优劣，谢公以此定之⑦。

译　卢志在大庭广众之间问陆机："陆逊、陆抗是你的什么人？"陆机回答："就像卢毓、卢珽同你的关系一样。"陆云听了变了脸色，出门以后，对哥哥说："何必弄到这种地步呢？他或许是不知道吧。"陆机严肃地说："我们父亲、祖父名扬天下，岂有不知之理？鬼儿子竟敢如此无礼！"当时舆论评二陆的优劣还有疑惑，谢安即以此事来判定二人优劣。

注释 ①卢志：字子道，西晋范阳涿（今属河北）人。早知名，为邺令。后为成都王司马颖长史、中书监。晋怀帝永嘉末，转尚书。洛阳陷没，出奔，为刘粲所杀。　陆士衡：陆机，字士衡，见《言语》26注①。　②陆逊（183—245）：字伯言，三国吴郡吴县华亭（今上海松江）人。三国时吴丞相，陆机、陆云之祖父。　陆抗：字幼节，陆逊子，陆机、陆云之父。　何物：什么人。　③卢毓：字子家。卢志祖父。三国魏文帝即位，拜黄门侍郎，迁吏部尚书。高贵乡公即位，进封大梁侯。后迁司空，封容城侯。　卢珽：字子笏。卢毓子，卢志父。三国魏元帝咸熙中为泰山太守，历卫尉卿，位至尚书。　④士龙：陆云（263—303），字士龙。陆机弟。西晋时随兄入洛，官太子舍人。历官尚书郎、侍御史、清河内史等。"八王之乱"中，为成都王司马颖前锋都督，讨齐王司马冏。及兄机兵败，同被谗杀。　⑤容：或许。　⑥鬼子：鬼儿子，鬼的子孙。刘注引《孔氏志怪》，说卢志的祖上卢充尝出郊行猎而入鬼府，与崔少府之亡女温休成婚。婚后三日，少府遣卢充去。四年后之三月三日，充临水游玩，见崔女乘犊车抱一子来，抱儿还充，赠一金碗而别。传此子长大后为二千石官，生子卢植，为汉尚书；卢植生卢毓，即卢志之祖父。故陆机愤而骂卢志为"鬼子"。　敢尔：竟敢如此。按：魏晋六朝人极重避讳，卢志当面直呼二陆祖、父之名，是为无礼；故陆机针锋相对地直呼卢志祖、父之名以相报复，事后还愤愤不平。⑦谢公：谢安，见《德行》33注②。　以此定之：谓以此事来判定陆机、陆云兄弟之优劣。　按：《晋书》记此事于《陆机传》，当是以为陆机优于陆云。后陆机兵败，株连陆云，成都王司马颖欲杀云而迟疑不决者三日，卢志力劝成都王杀陆云，未始不是报复。见《晋书·陆云传》。又卢志出自河北大族，二陆世为江东大族，本则故事也反映北方世家大族与南方世家大族间的矛盾。

（一九）羊忱性甚贞烈①，赵王伦为相国②，忱为太傅长史③，乃版以参相国军事④。使者卒至⑤，忱深惧豫祸⑥，不暇被马⑦，于是帖骑而避⑧。使者追之，忱善射，矢左右发，使者不敢进，遂得免。

注释 ①羊忱（？—311）：一名陶，字长和，西晋泰山（在今山东）人。历官太傅长史、扬州刺史、侍中、徐州刺史。死于永嘉之乱。　②赵王伦：赵王司马伦，见《德行》18注①。　相国：司马伦在晋惠帝永康元年（300）杀贾后，灭贾氏，并杀大臣张华、裴颜，自任使持节、都督中外诸军事、相国、侍中，专朝政。次年，即逼惠帝禅位，自立为帝。　③太傅长史：太傅府的属官。④版：书写在木板上的官府文书。凡王封官用版，称为"版官"。此指赵王以版诏授羊忱官职。　参相国军事：相国手下的参军事官。

今译 羊忱性格非常正直刚烈，当赵王司马伦任相国时，他任太傅长史，赵王就下版诏任羊忱为参相国军事。派遣的使者突然来到，羊忱深怕接受赵王封的官职会被牵连惹祸，连给马披上鞍鞯也来不及，就跨上光背马赶快避开。使者追他，他精于骑射，在马背上或左或右地射箭，使者不敢再追上去，这才得以免任赵王所授之职。

⑤卒(cù 猝):同“猝”,突然。 ⑥豫祸:牵连受祸。豫,通“与”。 ⑦被马:给马披上鞍鞯。 ⑧帖骑:贴身于马背,谓骑无鞍之马。

二〇 王太尉不与庾子嵩交①,庾卿之不置②。王曰:“君不得为尔。”庾曰:“卿自君我③,我自卿卿④;我自用我法,卿自用卿法。”

注释 ①王太尉:王衍,见《言语》23 注②。 庾子嵩:庾敳,见《文学》15 注①。②卿之:称他为“卿”。卿,对对方比较亲近而随便的称呼,相当于“你”。 不置:不止;不已。 ③君我:用“君”称呼我。 ④卿卿:用“卿”称呼你。

今译 王衍不同庾敳交往,而庾敳不停地用“卿”来称呼他。王衍说:“君不能这样称呼我。”庾敳说:“你自用‘君’称呼我,我自用‘卿’称呼你;我自用我的办法,卿自用卿的办法。”

二一 阮宣子伐社树①,有人止之,宣子曰:“社而为树,伐树而社亡;树而为社,伐树则社移矣。”

注释 ①阮宣子:阮修,字宣子,见《文学》18 注①。 社:土地神。此指设立土地神坛。立社种树,作社的标志,称社树。

今译 阮修砍伐土地神坛旁的树,有人阻止他,他说:“设了神坛而种树,砍掉树神坛就不复存在了;假使种了树而后立神坛,砍掉树神坛就迁移了。”

二二 阮宣子论鬼神有无者①,或以人死有鬼,宣子独以为无,曰:“今见鬼者云,著生时衣服;若人死有鬼,衣服复有鬼邪?”

注释 ①阮宣子:见前则。

今译 阮修与人谈论鬼神究竟有没有的问题,有人认为人死后有鬼,唯独阮修认为没有,他说:“现在那些说见到鬼的人,说鬼穿着生前的衣服;假如人死有鬼,那么衣服也有鬼吗?”

二三 元皇帝既登阼①,以郑后之宠②,欲舍明帝而立简文③。时议者咸谓舍长立少,既于理非伦④,且明帝以聪亮英断,益宜为储副⑤。周、王诸公并苦争恳切⑥,唯刁玄亮独欲奉少主以阿帝旨⑦。元帝便欲施行,虑诸公不奉诏,于是先唤周侯、丞相入⑧,然后欲出诏付刁。周、王既入,始至阶头,帝逆遣传诏遏⑨,使就东厢。周侯未悟,即却略下阶⑩;丞相披拨传诏⑪,径至御床前⑫,曰:“不审陛下何以见臣?”帝默然无言,乃探怀中黄纸诏

今译 晋元帝即位之后,因为宠爱郑夫人(即后来的郑太后),要舍弃长子司马绍(即后来的晋明帝)而立郑夫人所生的儿子司马昱(即后来的晋简文帝)为皇储。当时议论的人认为舍长子而立幼子,在道理上既不合常规,而且长子聪明果断,更适宜立为太子。周顗、王导等人都恳切力争,只有刁协要尊奉少主以迎合元帝的心意。元帝就想实行,但又顾虑大臣们不肯奉行诏令,于

裂掷之。由此皇储始定。周侯方慨然愧叹曰:"我常自言胜茂弘[13],今始知不如也!"

注释 ①元皇帝:东晋元帝司马睿,见《言语》29注①。 登阼:登帝位。阼,堂前东阶,皇帝嗣位,由东阶上。 ②郑后:郑阿春,晋荥阳(今属河南)人。先嫁田氏,夫亡,依舅吴氏。晋元帝虞后死,纳为夫人,得宠。生简文帝司马昱。孝武帝时追尊为太后。 ③明帝:东晋明帝司马绍(299—325),元帝长子,宫人荀氏所生。 简文:晋简文帝司马昱,见《德行》37注①。 ④非伦:不合常道。封建宗法制以立嫡立长为常道。 ⑤储副:储君,太子。 ⑥周、王诸公:周顗、王导等人。 ⑦刁玄亮:刁协(?—322),字玄亮,东晋勃海饶安(今河北盐山南)人,晋元帝亲信,拜尚书左仆射,于朝廷制度多所谋画。性刚悍,好媚上抑下。王敦起兵,元帝命他出督六军,兵败被杀。 阿(ē 婀):曲从;迎合。⑧周侯:周顗。 丞相:王导。 ⑨逆:预先。 遏(è 厄):阻拦;阻止。 ⑩却略:倒退着走。 ⑪披拨:用手拨开。 ⑫御床:皇帝坐榻。 ⑬茂弘:王导字。

译 是先召唤周顗、王导进宫,然后派人把诏书拿出去交给刁协。周顗和王导进宫之后,才走到台阶前,元帝预先派在这里的传诏人阻拦他们前进,让他们到东厢去。周顗还没有弄明白是怎么回事,就倒退下了台阶;王导用手拨开了传诏人,一直走到元帝御座前,说:"不知陛下今天为什么召见臣下?"元帝沉默不语,随即从怀中取出已经写好的黄纸诏书,撕碎了扔在地上。从此皇储才确定下来。周顗这时才惭愧而感慨地说:"我常常以为自己胜过茂弘,今天才知道我是不及他的啊!"

(二四)王丞相初在江左[1],欲结援吴人[2],请婚陆太尉[3]。对曰:"培塿无松柏[4],薰莸不同器[5]。玩虽不才[6],义不为乱伦之始[7]。"

注释 ①王丞相:王导。 初在江左:刚到江东。西晋亡(316),琅邪王司马睿在建康即晋王位(317),次年称帝,建立东晋政权。王导为之辅佐。 ②结援:结交以求得援助。 吴人:指江东的世家大族,如吴郡的朱、张、顾、陆等。当时江东的世家大族对初建的东晋政权很冷淡,称北方来的贵族世家之人为"伧父"。司马睿、王导要巩固政权,就要笼络具有代表性的江东世家大族。 ③请婚:谓王导向陆玩请求通婚。 陆太尉:陆玩,见《政事》13注①。 ④培(pǒu 掊)塿(lǒu 篓):小土丘。 ⑤薰:香草。 莸(yóu 犹):臭草。 ⑥不才:不成材;不是人才。⑦乱伦:指辈分不合或门第不称的婚姻。 按:陆玩虽以"培塿无松柏"表示谦卑,其实是自傲,反映了江南贵族对来自北方的大族的敌视情绪。

译 丞相王导刚到江东,要想交好吴地的人们以取得他们的支持,他向太尉陆玩家请求通婚。陆玩回答说:"小土丘上长不出高大的松柏,香草和臭草不能放在同一个器皿里。我陆玩虽然不成材,但是根据道义,我不开门第不当而结为婚姻的先例。"

(二五)诸葛恢大女适太尉庾亮儿[1],次女适徐州刺史羊忱儿[2]。亮子被苏峻害[3],改适江虨[4]。恢儿娶邓攸女[5]。于时谢尚书求其小女婚[6],恢乃云:

译 诸葛恢的大女儿嫁给太尉庾亮的儿子,次女嫁给徐州刺史羊忱的儿子。庾亮儿子被苏峻杀害,诸葛恢大女儿改嫁江虨。诸葛恢的儿子娶邓攸的女儿。当时尚书谢裒求诸葛恢把小女儿嫁给他的儿子,诸葛恢就说:"羊家、邓家与诸葛家是世代姻亲,江家是我顾念他们,庾家是他们顾念我,

"羊、邓是世婚，江家我顾伊[⑦]，庾家伊顾我，不能复与谢裒儿婚。"及恢亡，遂婚。于是王右军往谢家看新妇[⑧]，犹有恢之遗法，威仪端详[⑨]，容服光整[⑩]。王叹曰："我在遣女[⑪]，裁得尔耳[⑫]！"

我家不能再与谢裒的儿子结为婚姻。"等到诸葛恢死后，两家才结了亲。于是王羲之到谢家去看新娘，还具有诸葛恢在世时留下的气度，新娘的行为举止端庄安详，仪容服饰华美整洁。王羲之感叹道："我在打发女儿出门时，只不过做到如此啊！"

注释 ①诸葛恢：字道明，东晋阳都（今山东沂水南）人。诸葛靓子。西晋乱，避地江左，累官江宁令、会稽太守，封博陵亭侯。晋元帝太兴初，以政绩第一增秩中二千石。明帝时，累迁尚书右仆射，封建安伯。成帝立，加侍中、金紫光禄大夫。　适：嫁。庾亮：见《德行》31注①。刘注引《庾氏谱》："庾亮子会，娶恢女，名文彪。"　②羊忱：见本篇19注①。刘注引《羊氏谱》："羊楷，字道茂。……父忱，侍中。楷仕至尚书郎。娶诸葛恢次女。"　③苏峻（？—328）：字子高，东晋长广掖县（今属山东）人。西晋末年，他纠合流人数千家筑垒自守。后率众南渡，晋元帝以为鹰扬将军。明帝时，以平王敦功，进使持节、冠军将军、历阳内史，握重兵。明帝死，庾亮执政，谋夺其兵权，征为大司农。咸和二年（327），遂以讨庾亮为名，与祖约起兵。次年攻入京师建康，专朝政。不久，为温峤、陶侃等击败，被杀。　④江虨（bīn 彬）：字思玄，东晋陈留（今河南开封东北）人。江统子。累官至尚书左仆射。司马昱为相，常咨访政事。后转护军将军，领国子祭酒。　⑤邓攸：见《德行》28注①。刘注引《诸葛氏谱》："恢子衡，字峻文，仕至荥阳太守。娶河南邓攸女。"　⑥谢尚书：谢裒（póu 抔），字幼儒，东晋陈郡阳夏（今河南太康）人。谢安之父。历侍中、吏部尚书、吴国内史。⑦顾：照顾；顾念。　按：诸葛家功名鼎盛，谢家虽是江左大族，然而在谢裒时功业无闻，所以诸葛恢不允结为姻亲。　⑧王右军：王羲之，见《言语》62注①。　刘注引《谢氏谱》："裒子石，娶恢小女，名文熊。"新妇即文熊。　⑨威仪：行为举止。　端详：端庄安详。　⑩容服：仪容服饰。　光整：华美整洁。　⑪在：……时。　⑫裁：通"才"。　尔：如此。

（二六）周叔治作晋陵太守[①]，周侯、仲智往别[②]，叔治以将别，涕泗不止。仲智恚之曰[③]："斯人乃妇女，与人别，唯啼泣。"便舍去[④]。周侯独留与饮酒言话，临别流涕，抚其背曰："阿奴，好自爱[⑤]。"

今译 周谟任晋陵郡太守，他的两个哥哥周顗、周嵩一起去送别，周谟因为将要分别，眼泪鼻涕流个不停。周嵩恼恨地说："这人是个妇女，跟人家分别，只知道哭哭啼啼。"就丢下弟弟离开了。周顗单独留下来与周谟喝酒谈话，临别时也掉了泪，拍拍弟弟的背，说："阿奴，好自珍重吧。"

注释 ①周叔治：周谟，字叔治。周顗弟。历少府、丹阳尹、侍中、中护军，封西平侯。　晋陵：郡名。治所在今江苏常州。②周侯：周顗，字伯仁，见《言语》30注①。　仲智：周嵩，字仲智。周顗弟，周谟兄。晋元帝作相时，引为参军，即帝位后，用为奉朝请。性刚直果敢。刘注引邓粲《晋纪》："颉被害（为王敦所杀），王敦使人吊焉。嵩曰：'亡兄，天下有义人，为天下无义人所杀，复何所吊？'敦甚衔之，犹取为从事中郎，因事诛嵩。"又引《晋阳秋》："嵩事佛，临刑犹诵经。" ③恚（huì 秽）：恼怒。 ④舍去：离去。 ⑤阿奴：晋时习俗昵称，尊长对幼辈之称，犹今吴方言中"阿囡"。

二七 周伯仁为吏部尚书①，在省内②，夜疾危急。时刁玄亮为尚书令③，营救备亲好之至④。良久小损⑤。明旦，报仲智⑥，仲智狼狈来⑦。始入户，刁下床对之大泣⑧，说伯仁昨危急之状。仲智手批之⑨，刁为辟易于户侧⑩。既前，都不问病，直云："君在中朝⑪，与和长舆齐名⑫，那与佞人刁协有情⑬！"径便出。

译 周颉做吏部尚书时，有一天晚上，在官署中突然发病，相当危急。那时刁协任尚书令，亲自操办医疗救护的事，对周颉竭尽亲密友好的情谊。过了好久，周颉的病才略为减轻。第二天早上，派人去告诉周颉的弟弟周嵩，周嵩十分匆忙地赶来，刚进门，刁协就下了坐榻对周嵩大哭，诉说昨晚周颉病危的状况。周嵩扬手打刁协，使他急忙退避到门边。周嵩走上前见了周颉，完全不问病情，直言不讳地说："您在南渡之前，与和长舆齐名，怎么能跟花言巧语谄媚奉承的刁协有交情呢！"说罢就径直出去了。

注释 ①周伯仁：周颉，见《言语》30 注①。 吏部尚书：官名，吏部的首长，主管官员的任免、铨叙、考绩、升降等。 ②省：官署。 ③刁玄亮：刁协，见本篇 23 注⑧。 尚书令：官名。尚书省长官，负责政令。 ④备：全；尽。 ⑤小损：病情稍轻。损，差减。 ⑥仲智：周嵩，见前则。 ⑦狼狈：匆遽；慌忙。 ⑧床：坐榻。 ⑨批：击。 ⑩辟（bì 壁）易：退避。 ⑪中朝：指西晋时，南渡以前。 ⑫和长舆：和峤，见《德行》17 注①。 ⑬那：怎么。 佞（nìng 宁去声）人：善于花言巧语、阿谀奉承的人。按：晋元帝倚刘隗、刁协为心腹，实为抑制王敦、王导兄弟权，当时被目为佞人。 有情：有交情。

二八 王含作庐江郡①，贪浊狼藉②。王敦护其兄③，故于众坐称④："家兄在郡定佳，庐江人士咸称之。"时何充为敦主簿⑤，在坐，正色曰："充即庐江人，所闻异于此。"敦默然。旁人为之反侧⑥，充晏然神意自若。

译 王含做庐江郡太守时，贪污腐败，声名狼藉。王敦庇护他哥哥，特地在大庭广众之间称赞道："家兄在庐江郡一定是政绩优良的，庐江人都称赞他。"当时何充任王敦的主簿，也在座中，严肃地说："我何充就是庐江人，所听到的跟您说的不一样。"王敦默不作声。旁边的人都为之不安，而何充却态度安详，神情自若。

注释 ①王含：见《言语》37 注①。 作庐江郡：做庐江郡太守。庐江，郡名。治所在舒（今安徽庐江）。 ②狼籍：一作"狼藉"。散乱不整饬的样子。此指行为不检点，名声极坏。 ③护：庇护。 ④众坐：大庭广众。 ⑤何充：见《言语》54 注①。 ⑥反侧：不安。

译 顾显曾经向周颉劝酒，周颉推辞不受，顾显于是转向柱子劝酒，对柱子说：“难道就可以作为栋梁来看待自己！”周颉听得这话很高兴，就与顾显结交为知心朋友。

（二九）顾孟著尝以酒劝周伯仁[1]，伯仁不受，顾因移劝柱，而语柱曰：“讵可便作栋梁自遇[2]！”周得之欣然，遂为衿契[3]。

注释 ①顾孟著：顾显，字孟著，东晋吴郡（今江苏苏州）人。顾荣儿子。少有令名。仕为骑郎。早卒。 周伯仁：周颉。见《言语》30注①。 ②讵（jù距）：岂；难道。 遇：看待。 ③衿契：情投意合的朋友。

译 晋明帝在西堂会见群臣，一起饮酒。明帝虽未大醉，但已带酒意，问道：“今天名臣共聚一堂，比起尧舜之时来，怎么样？”那时周颉任尚书仆射，就大声说：“现今虽然同是人主，又怎么能等于尧舜的圣明之治呢！”明帝大怒，回到内室，亲手写了诏书，写满一张黄纸，就交给廷尉，下令逮捕周颉，打算杀了他。几天之后，明帝下诏释放周颉。群臣都来看望周颉，他说：“这几天我知道不应当死，我的罪还不至于此。”

（三〇）明帝在西堂会诸公饮酒[1]，未大醉，帝问：“今名臣共集，何如尧舜时[2]？”周伯仁为仆射[3]，因厉声曰：“今虽同人主，复那得等于圣治[4]！”帝大怒，还内，作手诏满一黄纸，遂付廷尉令收[5]，因欲杀之。后数日，诏出周[6]，群臣往省之[7]，周曰：“近知当不死，罪不足至此。”

注释 ①明帝：东晋明帝，见本篇23注③。 西堂：东晋皇宫中太极殿之西厅。 ②尧舜：相传为上古圣明之君，在位时有众多贤臣。 ③周伯仁：周颉，见《言语》30注①。 仆射（yè夜）：尚书省长官，为尚书令之副。魏晋时尚书仆射职权仅次于丞相。周颉于晋元帝任尚书左仆射。 ④复：无实义，起强调作用。 圣治：圣明之治。 ⑤廷尉：官名。掌刑法，位为列卿。收：逮捕。刘注：“按明帝未即位，颉已为王敦所杀。此说非也。”《晋书·周颉传》叙此事于晋元帝太兴初。 ⑥诏：动词，下诏。⑦省（xǐng醒）：看望。

译 大将军王敦将要引兵东下，当时人们都认为他师出无名，不当如此。周颉说：“当今皇帝并非尧舜，怎么能没有过失？而且臣子怎么可以举兵向朝廷进攻？王处仲傲慢自大，又倔强任性，大家想一想，王平子现在何处？”

（三一）王大将军当下[1]，时咸谓无缘尔[2]。伯仁曰[3]：“今主非尧舜，何能无过？且人臣安得称兵以向朝廷[4]？处仲狼抗刚愎[5]，王平子何在[6]？”

注释 ①王大将军：王敦，见《言语》37注①。 当下：谓将起兵东下。王敦于晋元帝永昌元年（322），以讨刘隗、刁协为名，在武昌（鄂城）起兵，沿江东下建康。 ②无缘尔：谓没有缘由如此。 ③伯仁：周颉，见《言语》30注①。 ④称兵：举兵；兴兵。 ⑤处仲：王敦，字处仲。 狼抗：傲慢自大。 刚愎（bì毕）：倔强任性。 ⑥王平子：王澄，字平子，见《德行》23注①。王澄为荆州刺史，日夜纵酒，不理政事，又残杀巴蜀流民，激起流民起事，被征为军谘祭酒。途中为王敦所杀。事在西晋怀帝永嘉六年(312)。

（三二）王敦既下[①]，住船石头[②]，欲有废明帝意[③]。宾客盈坐，敦知帝聪明，欲以不孝废之。每言帝不孝之状，而皆云："温太真所说[④]。温尝为东宫率[⑤]，后为吾司马，甚悉之。"须臾，温来，敦便奋其威容，问温曰："皇太子作人何似？"温曰："小人无以测君子。"敦声色并厉，欲以威力使从己，乃重问温："太子何以称佳？"温曰："钩深致远[⑥]，盖非浅识所测。然以礼侍亲，可称为孝。"

注释 ①王敦：见《言语》37 注①。　既下：谓兴兵东下之后。②石头：城名。在东晋京师建康西，地形险要，为军事重地。③明帝：东晋明帝，见本篇23 注③。　④温太真：温峤，见《言语》35 注③。　⑤东宫：皇太子所居之宫。　率：官名。按：温峤曾任太子中庶子，事太子司马绍，即明帝。　⑥钩深致远：钩取深处之物，招致远方之人。语出《易·系辞上》："探赜索隐，钩深致远，以定天下之吉凶，成天下之亹亹者，莫大乎蓍龟。"谓人贤能聪明。

译 王敦起兵东下之后，把船停泊在石头城，有废黜晋明帝的意思。在宾客满座的时候，王敦也知道明帝聪明，想要用不孝的罪名来废黜他。常讲明帝如何不孝的情状，又都说："这是温峤所说的。温峤曾经做过侍卫东宫的官，后来做我的司马，非常了解这些。"不一会，温峤来了，王敦立即板起脸孔，问他说："皇太子为人如何？"温峤说："小人无法测度君子。"王敦就声色俱厉，想用威力胁迫温峤听从自己，就重新问道："太子凭什么可以称好？"温峤说："皇太子是不是有钩深致远的贤明才德，那不是我浅薄的见识所能测度的。但他按照礼数侍奉亲长，可以称为孝。"

（三三）王大将军既反[①]，至石头[②]，周伯仁往见之[③]。谓周曰："卿何以相负[④]？"对曰："公戎车犯正[⑤]，下官忝率六军[⑥]，而王师不振，以此负公[⑦]。"

注释 ①王大将军：王敦，见前则。　反：反叛。参看本篇31 注①。②石头：见前则。　③周伯仁：周𫖮，当时任尚书左仆射，率军抗王敦，大败，奉诏去见王敦。　④相负：辜负我。按：晋愍帝建兴元年(313)，周𫖮为益州流民起事领袖杜弢所困，投奔王敦，故敦以为有恩德于𫖮。　⑤戎车：兵车。此指兴兵。犯正：指背叛朝廷。　⑥忝：谦辞。表示行为于人有辱或于己有愧。　六军：周代制度，天子有六军。见《周礼·夏官·司马》。后统称天子的军队。　⑦负公：辜负阁下。周𫖮此语，是以反言讥刺王敦。

译 大将军王敦反叛以后，到了石头城，周𫖮前去见他。他对周𫖮说："你为什么辜负我？"周𫖮回答说："您兴兵冒犯朝廷，下官愧领六军保卫朝廷，但王师不能振作，因此辜负了您。"

（三四）苏峻既至石头[①]，百僚奔散，唯侍中钟雅独在帝侧[②]。或谓钟曰："见可而进，知难而退[③]，古

译 苏峻率领叛军已经到了石头城，朝廷百官纷纷逃散。只有侍中钟雅独自随侍在成帝身旁。有人对钟雅说："'见可而进，知难而退'，是自古以来的通理。您性格忠诚耿直，一定不为仇敌所容。为什么不用随机应变的办法，而坐以待毙呢？"钟雅说："国家混乱

而不去挽救，君主危急而不去救助，却各管各地逃避以求免祸，我害怕古代的良史董狐将要拿着竹简来了。”

之道也。君性亮直，必不容于寇仇。何不用随时之宜，而坐待其弊邪？”钟曰：“国乱不能匡④，君危不能济⑤，而各逊遁以求免⑥，吾惧董狐将执简而进矣⑦。”

【注释】①苏峻：见本篇25注③。　石头：石头城。　②侍中：官名。在皇帝左右，备顾问，参朝政。　钟雅：见《政事》11注②。苏峻之乱，钟雅受诏为前锋监军、假节，领精兵千人拒峻，以兵少退回，任侍中。朝廷军败后，唯钟雅、刘超侍卫晋成帝，次年并为峻所杀。　③“见可而进，知难而退”：见《左传·宣公十二年》。可，适宜。谓当相机行事。　④匡：纠正。　⑤济：救助。　⑥逊遁：退避。　⑦董狐：春秋时晋史官名。《左传·宣公二年》载：晋灵公欲杀大夫赵盾，盾出奔。已而赵穿杀灵公，赵盾回国，不讨伐赵穿。史官董狐记载“赵盾杀其君”。孔子闻之，赞道：“董狐，古之良史也，书法不隐。”　简：古代用以书写的竹片。

【今译】庾亮临到离开建康时，顾念朝廷政事，以之深深地嘱托给钟雅。钟雅说：“现在朝廷倾覆，是谁的责任呢？”庾亮说：“今天的事态，不必再议论了。你只应当期待着成功地击败苏峻，收复京师而已。”钟雅说：“我想足下应当不愧为荀林父啊！”

（三五）庾公临去①，顾语钟后事②，深以相委③。钟曰：“栋折榱崩④，谁之责邪？”庾曰：“今日之事，不容复言，卿当期克复之效耳⑤。”钟曰：“想足下不愧荀林父耳⑥。”

【注释】①庾公：庾亮，见《德行》31注①。苏峻以讨庾亮为名而起兵，见本篇25注③。时庾亮以征讨都督拒苏峻。后兵败，奔温峤。　②顾语：谓顾念嘱托。　钟：钟雅，见《政事》11注②，又参看前则。　后事：善后事宜。此指朝廷政事。　③委：托付。　④栋折榱（cuī 崔）崩：指房屋倒塌。比喻国家倾覆。语出《左传·襄公三十一年》。栋，房梁；榱，屋椽。　⑤期：希冀；期待。　克复：指击退苏峻，收复京师。　⑥荀林父：春秋时晋大夫，曾率师击楚以救郑，败绩而归。晋侯听士贞子之谏，容而不问。后败赤狄于曲梁，为晋获狄之土地士民甚众。事见《左传·宣公十五年》、《史记·晋世家》。

【今译】苏峻占据建康的时候，孔群在横塘受过匡术的威逼。苏峻败后，丞相王导保全了匡术，乘许多人在座戏谑笑谈之时，叫匡术向孔群劝酒，藉以消释横塘之仇。孔群回答说：“我德行不如孔子，而遭到的厄运如同匡人对孔子。虽然仲春二月，气候转暖，老鹰也变化成为布谷鸟了，但到了能辨识者面前，仍然憎恨它那锐利的眼睛。”

（三六）苏峻时①，孔群在横塘为匡术所逼②。王丞相保存术③，因众坐戏语④，令术劝群酒，以释横塘之憾⑤。群答曰：“德非孔子，厄同匡人⑥。虽阳和布气⑦，鹰化为鸠⑧，至于识者，犹憎其眼。”

注释 ①苏峻时：指苏峻举兵占据京师建康时。 ②孔群：字敬林（一作“休”），东晋会稽山阴（今浙江绍兴）人。仕至御史中丞、鸿胪卿。 横塘：塘名。三国吴时筑，在今南京西南。匡术：东晋成帝时人。初为阜陵令，后弃官随苏峻起兵，得宠信。峻迁成帝入石头城，逼城中居民尽聚后苑，是为苑城，令匡术守之。咸和四年（329）春，苏峻死，匡术以苑城降。 逼：《晋书·孔群传》载：“苏峻入石头，时匡术有宠于峻，宾从甚盛。群与从兄愉同行于横塘，遇之。愉止与语，而群初不视术，术怒欲刃之。愉下车，抱术曰：‘吾弟发狂，卿为我宥之！’乃获免。”参看本篇38则。 ③王丞相：王导，见《德行》27注③。 保存：庇护；保全。 ④戏语：戏谑笑谈。 ⑤释：消解。 憾：仇恨。此指匡术欲杀孔群事。⑥德非孔子，厄同匡人：谓自己的德比不上孔子，受到的迫害却同于匡人之对孔子。刘注引《孔子家语》，说孔子到宋国去，匡简子以甲士围之。子路怒，奋戟将战，孔子止之，命子路弹剑而歌，孔子自和之。曲三终，匡人解甲。此孔群借“孔”、“匡”二姓以讥刺匡术。⑦阳和布气：谓仲春时天气和暖。阳和，温和。 ⑧鹰化为鸠：见《礼记·月令》。刘注引《夏小正》：“鹰则为鸠。鹰也者，其杀之时也；鸠也者，非杀之时也。善变而之仁，故具之。”鸠，布谷鸟。

（三七）苏子高事平[①]，王、庾诸公欲用孔廷尉为丹阳[②]。乱离之后，百姓彫弊[③]。孔慨然曰：“昔肃祖临崩[④]，诸君亲升御床，并蒙眷识[⑤]，共奉遗诏。孔坦疏贱，不在顾命之列[⑥]。既有艰难，则以微臣为先。今犹俎上腐肉[⑦]，任人脍截耳[⑧]！”于是拂衣而去，诸公亦止。

注释 ①苏子高：苏峻，见本篇25注③。 事平：指苏峻叛乱已平定。 ②王、庾诸公：指王导、庾亮等人。 孔廷尉：孔坦，见《言语》43注③。晋成帝咸和初，坦为尚书左丞，助平苏峻之乱。王导、庾亮任命他为丹阳尹，辞不受命，遂迁吴兴内史，封晋陵男，加建威将军。 ③彫弊：破败。此指生计艰困。苏峻攻建康时，因风放火，官署民房，一时荡尽，城破之后，又纵兵大掠。④肃祖：晋明帝的庙号。 ⑤眷识：关顾赏识。晋明帝临亡，召太宰西阳王司马羕、司徒王导、尚书令卞壸（kǔn 捆）、车骑将军郗鉴、护军将军庾亮、领军将军陆晔、丹阳尹温峤并受遗诏，辅太子。见《晋书·明帝纪》。 ⑥顾命：本为《尚书》篇名，记周成王临终遗命。后因谓皇帝留下遗诏，委大臣以国家大事。 ⑦俎：切肉砧板。 ⑧脍：细切肉。

今译 苏峻之乱平定以后，王导、庾亮等人要用孔坦做丹阳尹。那时百姓遭受祸乱流离，生计艰难。孔坦感慨地说：“过去肃祖皇帝临终的时候，诸君都是亲升御床，一同蒙受关顾赏识，共同恭受遗命，辅佐朝政。我孔坦论关系则疏远，论门第则微贱，不在顾命大臣之列。现在有了艰难之后，就把小臣安排在第一线。好比砧板上的一块腐肉，任凭人家来切来割而已！”于是拂袖而去，王导、庾亮诸人也中止了这一打算。

孔愉和孔群一起走，在御道上遇见匡术，跟着宾客仆从一大群。匡术过去与孔愉说话。孔群完全不看匡术，只是说："老鹰虽变成了布谷鸟，许多鸟还憎恨它的眼睛。"匡术大怒，就要用刀杀他。孔愉急忙下车抱住匡术，说："族弟精神失常，请你看在我的情份上，原谅了他吧！"孔群这才得以保全了性命。

（三八）孔车骑与中丞共行[1]，在御道逢匡术[2]，宾从甚盛。因往与车骑共语。中丞初不视，直云："鹰化为鸠，众鸟犹恶其眼[3]。"术大怒，便欲刃之。车骑下车抱术曰："族弟发狂，卿为我宥之！"始得全首领[4]。

①孔车骑：孔愉（268—342），字敬康，东晋会稽山阴（今浙江绍兴）人。晋元帝太兴初为丞相掾，成帝时为尚书左仆射。后出为会稽内史，弃官。卒赠车骑将军。　中丞：指孔群，见本篇36注②。　②御道：皇帝车驾通行的道路。　匡术：见本篇36注②。　按，本则所记，与本篇36所记，当为同一事件而传闻异辞，《世说新语》乃两记之。　③"鹰化为鸠"二句：见本篇36注⑧。　④全首领：保全性命。首领，头和颈。

梅颐曾经有恩于陶侃。后来他做了豫章太守，出了事故，丞相王导派人逮捕他。陶侃说："当今皇上年纪还轻，纷繁的政务取决于大臣；丞相王公既然可以逮捕梅颐，我陶公又为什么不能释放他？"就派人在渡口把梅颐夺了过来。梅颐见了陶侃，跪拜谢恩，陶侃急忙阻止他。梅颐说："我梅仲真的双膝，明天难道能再跪下吗！"

（三九）梅颐尝有惠于陶公[1]。后为豫章太守，有事[2]，王丞相遣收之[3]。侃曰："天子富于春秋[4]，万机自诸侯出[5]；王公既得录[6]，陶公何为不可放？"乃遣人于江口夺之[7]。颐见陶公拜，陶公止之。颐曰："梅仲真膝，明日岂可复屈邪[8]！"

①梅颐：字仲真，东晋汝南（在今河南）人。尝为豫章太守。仕至领军司马。　陶公：陶侃，见《言语》47注①。刘注引邓粲《晋纪》、王隐《晋书》，谓有恩于陶侃者乃梅颐之弟梅陶，并非梅颐。　②有事：有事故。　③王丞相：王导。　遣收之：派人拘捕他。　④富于春秋：未来的年华尚多。说人年轻的婉辞。　⑤万机：繁多的日常政务。　诸侯：原指中央政权分封的各国国君，后泛称高级官员。此谓天子年轻，朝廷政务皆决于高官王导等人；又兼谓自己是地方高级官员，也可管政务。　⑥录：逮捕。　⑦江口：渡口。　⑧"梅仲真膝"二句：谓梅仲真不肯轻易向人屈膝。

王导让女伎表演歌舞，布置了坐榻坐席。蔡谟原先在座，不高兴地离开了，王导也不挽留。

（四〇）王丞相作女伎[1]，施设床席。蔡公先在坐[2]，不说而去[3]，王亦不留。

①王丞相：王导。　作女伎：让女伎表演歌舞。　②蔡公：蔡谟（281—356）：字道明，东晋陈留考城（今河南民权东北）人。累官侍中、吴国内史。以平苏峻功，封济阳男。后出任征北将军，都督徐兖青州诸军事，领徐州刺史。穆帝时召为司徒，三

年不受职，免为庶人。闭门教授子弟。复受命为光禄大夫。③说：通“悦”。

四一 何次道、庾季坚二人并为元辅①。成帝初崩②，于时嗣君未定③。何欲立嗣子④，庾及朝议以外寇方强⑤，嗣子冲幼⑥，乃立康帝⑦。康帝登阼，会群臣，谓何曰：“朕今所以承大业，为谁之议？”何答曰：“陛下龙飞⑧，此是庾冰之功，非臣之力。于时用微臣之议，今不睹盛明之世。”帝有惭色。

注释 ①何次道：何充，见《言语》54 注①。庾季坚：庾冰，见《政事》14 注①。元辅：辅佐皇帝的大臣首脑，指宰相。②成帝：晋成帝司马衍，见《政事》11 注①。③嗣君：继承帝位的君主。④嗣子：嫡长子。此指晋成帝之子。按封建宗法制的常规，君主死，当由嫡长子继承。⑤朝议：朝廷上的议论。外寇：主要指当时北方少数民族建立的后赵、前燕等政权。⑥冲幼：年幼；幼小。⑦康帝：晋康帝司马岳(321—344)，字世同。成帝司马衍同母弟。初封吴王，徙封琅邪王。成帝病，中书令庾冰自以舅氏当朝，倘立成帝之子，则戚属将疏，乃以岳为嗣。成帝崩，岳即位，年二十一。在位两年去世。⑧龙飞：比喻帝王的兴起或即位。语本《易·乾》“飞龙在天”。

今译 何充、庾冰两人同时任宰相。晋成帝刚刚去世，当时立谁继承帝位还没有定。何充要立嫡长子，庾冰以及朝廷官员们议论认为外来的敌寇正强盛，嫡长子年幼，于是拥立晋康帝。康帝即位，会见群臣，对何充说：“朕今天所以能够继承大业，是谁的提议呢？”何充回答：“陛下即位，这是庾冰之功，并不是我的力量。当时假使采纳了小臣我的建议，今天就看不到陛下在位的盛世了。”康帝听了，面有惭色。

四二 江仆射年少①，王丞相呼与共棋②。王手尝不如两道许③，而欲敌道戏④，试以观之。江不即下。王曰：“君何以不行？”江曰：“恐不得尔⑤。”傍有客曰：“此年少戏乃不恶⑥。”王徐举首曰：“此年少，非唯围棋见胜⑦。”

注释 ①江仆射：江虨，见本篇 25 注④。②王丞相：王导。③王手：指王导的棋艺。道：围棋盘上的格道。借指围棋子。许：表略数。④敌道戏：指双方下围棋时对子下，不饶子。⑤尔：如此。⑥乃：却；竟。⑦非唯：不仅是。

今译 仆射江虨年轻时，丞相王导喊他来一同下围棋。王导的棋艺曾不及江虨两子左右，但这次他要不饶子而对等地下，试看对方行动。江虨不立即下子。王导问：“您为什么不走棋？”江虨说：“恐怕不能如此。”旁边有个宾客说：“这个小青年棋艺却不错。”王导慢慢地抬起头说：“这个小青年，不仅是以围棋见长。”

四三 孔君平疾笃①，庾司空为会稽②，省之③，相问讯甚至④，为之流涕。庾既下床，孔慨然曰：“大丈夫将终，不问安国宁家之术，乃作儿女子相问⑤！”庾闻，回谢之⑥，请其话言⑦。

今译 孔坦病重，司空庾冰当时任会稽内史，前去探望他。庾冰问候孔坦极为恳切，一边说一边落泪。庾冰离开坐榻之后，孔坦感慨地说：“大丈夫将要离开人世，不问有什么使国家安宁的办法，竟然作出小儿女的样子来问候！”庾冰听到以后，转身向他致歉，并且请他说出他临终要说的话。

注 ①孔君平：孔坦，见《言语》43 注④。　疾笃：病重。　②庾司空：庾冰，见《政事》14 注①。　为会稽：任会稽内史。　③省（xǐng 醒）：探望。　④至：诚恳。　⑤儿女子：犹言小儿女。　⑥谢：致歉。　⑦话言：指孔坦临终要说的话。

四四 桓大司马诣刘尹①，卧不起。桓弯弹弹刘枕②，丸迸碎床褥间③。刘作色而起曰④："使君如馨地⑤，宁可斗战求胜⑥？"桓甚有恨容。

译 桓温去拜访刘惔，刘惔睡着不起来。桓温就用弹弓弹射刘惔睡的枕头，弹丸爆裂成碎片，散落在床褥之间。刘惔气得脸色都变了，起来说："使君竟然如此凶狠，难道可以用武斗的办法来求胜吗？"桓温听了，露出很恼恨的脸色。

注 ①桓大司马：桓温，见《言语》55 注①　刘尹：刘惔，见《德行》35 注①。　②弯弹（dàn 旦）：拉弯弹弓。　③迸碎：爆裂成碎片。　按，古代枕头有以石、玉或陶制者。　④作色：改变脸色，表示恼怒。　⑤使君：称刺史。刘注引《中兴书》，说桓温曾任徐州刺史。刘惔是沛国人，沛国属徐州，故以部民身份来称呼桓温。　如馨地：这样的。馨，词尾。地，助词，无实义。　⑥宁：难道。　斗战：战斗。刘注："斗战者，以温为将也。"意谓桓温是个武夫。

四五 后来年少多有道深公者①。深公谓曰："黄吻年少②，勿为评论宿士③。昔尝与元明二帝、王庾二公周旋④。"

译 后来的少年人多有议论深公的。深公对他们说："黄口小儿，不要评论资深人士。我从前也曾与元帝、明帝两位皇上和王导、庾亮两位前辈应酬交往过。"

注 ①深公：竺法深，高僧，见《德行》30 注①。　②黄吻年少：犹黄口小儿。口边称吻，雏鸟嘴黄，因以喻幼童。　③宿士：素有学问和声望的老一辈人。　④元明二帝：晋元帝和晋明帝。　王庾二公：王导和庾亮。　周旋：应酬交往。刘注引《高逸沙门传》："晋元、明二帝，游心玄虚，托情道味，以宾友礼待法师。王公、庾公倾心侧席，好同臭味也。"

四六 王中郎年少时①，江虨为仆射②，领选③，欲拟之为尚书郎④。有语王者，王曰："自过江来，尚书郎正用第二人⑤，何得拟我⑥？"江闻而止。

译 王坦之年轻时，江虨任尚书仆射，主持选任官员的事，他打算任用王坦之为尚书郎。有人去告诉了王坦之，王坦之说："自从过江以来，尚书郎只用第二流人物来充当，怎么可安排我去做？"江虨听说了就取消了这一设想。

注 ①王中郎：王坦之，见《言语》72 注①。　②江虨：见本篇25 注④。　③领选：主持选举官员。　④拟：拟定；安排。　之：指代王坦之。　尚书郎：官名。尚书省所属诸曹的主办官员。魏晋时置十五至三十五员不等，多以举孝廉而熟习文案事务者为之。参阅《晋书·职官志》。　⑤正：止；仅。　第二人：第二流人物。 ⑥何得拟我：怎么可以安排我。刘注谓郎官乃寒素之品。 按，东汉时尚书郎多以孝廉或博士高第为之，名公巨卿多出其间。西晋初还称尚书郎为清望之职。自名士谈玄之风兴，士人崇尚虚浮，以遗落世事为高，以担任实职为俗，东晋尚沿袭此风。尚书郎主文书起草，无吏部之权势，有刀笔之烦劳，名士均不屑为。王坦之出身太原王氏，世为大族，又自负德望为第一流，故不屑受尚书郎之职。

四七 王述转尚书令[①]，事行便拜[②]。文度曰[③]："故应让杜、许[④]。"蓝田云："汝谓我堪此不[⑤]？"文度曰："何为不堪！但克让自是美事[⑥]，恐不可阙[⑦]。"蓝田慨然曰："既云堪，何为复让？人言汝胜我，定不如我。"

注释 ①王述：见《文学》22注④。 转：调动官职。 尚书令：尚书省长官。 ②事行便拜：谓任命之事下达就要授官。 ③文度：王坦之，王述之子，见《言语》72注①。 ④故：或许。 杜、许：不详何人，刘无注。 ⑤蓝田：即王述，封蓝田侯，故称。 堪：能够胜任。 不（fǒu 缶）：同"否"。 ⑥克让：能够谦让。 ⑦阙：同"缺"。意谓形式上谦让一下也是不可缺少的。

今译 王述调任尚书令，任命诏书一下就授官。他儿子王坦之说："或许应当谦让给杜、许二位。"王述说："你认为我能胜任这个职务吗？"王坦之说："为什么不能胜任！但是能够谦让一下总是好事，即使在礼仪上恐怕也是不能缺少的。"王述感慨地说："既然说我能胜任这一官职，又为什么要让？人家说你胜过我，我看，你一定不如我。"

四八 孙兴公作《庾公诔》[①]，文多托寄之辞[②]。既成，示庾道恩[③]。庾见，慨然送还之，曰："先君与君自不至于此[④]。"

注释 ①孙兴公：孙绰，见《言语》84注①。 《庾公诔》：哀悼庾亮的诔文。 ②托寄之辞：寄托深情厚意的话语。刘注引《孙绰集》所载此文："咨予与公，风流同归。拟量托情，视公犹师。君子之交，相与无私。虚中纳是，吐诚悔非。虽实不敏，敬佩弦韦。永戢话言，口诵心悲。" ③庾道恩：庾羲，字叔和，小名道恩。庾亮之子。少有时誉。任吴国内史。早卒。 ④自：原来；本来。

今译 孙绰在庾亮去世后写了一篇《庾公诔》，文中多寄托深厚情意的话。写成之后，拿去给庾亮的儿子庾羲看。庾羲见了这篇诔文，感慨地把它送还给孙绰，说："先父跟您，原本不至于像文中所说的交情那么深。"

四九 王长史求东阳[①]，抚军不用[②]。后疾笃[③]，临终，抚军哀叹曰："吾将负仲祖[④]。"于此命用之。长史曰："人言会稽王痴[⑤]，真痴。"

今译 王濛请求做东阳郡太守，抚军大将军司马昱不用他。后来王濛病重，将要去世了，司马昱哀伤叹息说："我要对不起王仲祖了。"在这个时候下令任王濛为东阳郡太守。王濛说："人们说会稽王痴，真痴。"

注释 ①王长史：王濛，见《言语》66注①。　求东阳：请求做东阳郡太守。　②抚军：指晋简文帝司马昱，他在即帝位前，以会稽王任抚军大将军，掌朝政。　③疾笃：病重。　④负：辜负。　仲祖：王濛，字仲祖。　⑤会稽王：指司马昱。

五〇 刘简作桓宣武别驾[1]，后为东曹参军[2]，颇以刚直见疏[3]。尝听记[4]，简都无言。宣武问："刘东曹何以不下意[5]？"答曰："会不能用[6]。"宣武亦无怪色。

译 刘简做桓温的别驾，后来做东曹参军，因为性格刚直而很被疏远。有一次，听桓温关于下教命的意见，刘简都不讲话。桓温问："刘东曹为什么不谈谈看法？"刘简回答："终归是不采纳的，说了也白说。"桓温也没有责怪他的表情。

注释 ①刘简：字仲约，东晋南阳（今属河南）人。仕至大司马参军。　桓宣武：桓温。　别驾：州刺史的佐吏。　②东曹参军：官名。东曹，魏晋时军府分东西曹，各置参军。　③见疏：被疏远。　④记：指教、命一类的公文。　⑤下意：提出意见。　⑥会：终究；终归。

五一 刘真长、王仲祖共行[1]，日旰未食[2]。有相识小人贻其餐[3]，肴案甚盛[4]，真长辞焉。仲祖曰："聊以充虚[5]，何苦辞[6]？"真长曰："小人都不可与作缘[7]。"

译 刘惔和王濛一起出行，到天色已晚还没有吃饭。有个相识的百姓送来饭食，菜肴很丰盛，刘惔却推辞不吃。王濛说："姑且充饥罢了，何必苦苦推辞？"刘惔说："凡是小人都不能跟他们打交道。"

注释 ①刘真长：刘惔，见《德行》35注①。　王仲祖：王濛，见《言语》66注①。　②日旰：天晚。　③小人：对平民百姓的蔑称。　贻：赠送。　④案：古时进食用的短足木盘。　⑤充虚：充饥。　⑥苦：竭力。　⑦作缘：打交道；发生联系。按：晋人每以门第自矜，士大夫视平民百姓为"小人"，不愿交往。

五二 王修龄尝在东山[1]，甚贫乏。陶胡奴为乌程令[2]，送一船米遗之[3]，却不肯取[4]。直答语："王修龄若饥，自当就谢仁祖索食[5]，不须陶胡奴米[6]。"

译 王胡之曾住在东山，很贫困。陶范任乌程县令，运了一船米送给王胡之。他拒不收受。直率地回答说："我王修龄若是饿了，自然会向谢尚讨吃的，不需要陶胡奴的米。"

注释 ①王修龄：王胡之，见《言语》81注①。　东山：山名。在今浙江上虞，东晋名士常隐居于此。　②陶胡奴：陶范，陶侃之子，小字胡奴，见《文学》97注③。　乌程：县名。晋属吴兴郡，郡治在今浙江湖州。　③遗（wèi位）：赠送。　④却：拒绝。　⑤谢仁祖：谢尚，见《言语》46注①。　⑥须：需要。按：陶侃父子虽居官有名，但陶氏为寒门，为士族轻视。

五三 阮光禄赴山陵[①]，至都，不往殷、刘许[②]，过事便还。诸人相与追之[③]。阮亦知时流必当逐己[④]，乃遄疾而去[⑤]，至方山不相及[⑥]。刘尹时为会稽[⑦]，乃叹曰："我入，当泊安石渚下耳[⑧]，不敢复近思旷傍[⑨]。伊便能捉杖打人[⑩]，不易。"

注释 ①阮光禄：阮裕，见《德行》32注①。 赴山陵：谓奔赴晋成帝的葬礼。山陵，原指帝王陵墓，借指葬礼。 ②殷、刘：殷浩、刘惔，当时都是为清谈者所崇尚的大名士。 许：住处。 ③相与：一起；共同。 ④时流：当时的名流。 ⑤遄（chuán船）疾：疾速。 ⑥方山：山名。在今江苏江宁县东五十里，下有湖水。 ⑦刘尹：刘惔。 时为会稽："为"，一本作"索"，是。《晋书·刘惔传》不言尝为会稽。谓当时正请求做会稽内史。 ⑧安石：谢安，见《德行》33注②。时谢安与阮裕同居会稽。谢安为刘惔妹婿。 渚（zhǔ煮）：水中小块陆地。 ⑨思旷：阮裕，字思旷。 傍：通"旁"。旁边。 ⑩伊：他。此指阮裕。 捉：持；握。

今译 阮裕奔赴京师，参加晋成帝的葬礼，到了京师建康，也不到殷浩、刘惔那儿去，事情过去就返回会稽。许多名士一同追赶他。他也知道当时名士们必定会追赶自己，就急急忙忙离开了，人们追到方山还是追不上。刘惔当时正请求到会稽去任职，就叹息说："我东入会稽，只应当停船在谢安石住处的岸边，不敢再接近阮思旷旁边。这样，他即使能握着大棒打人，也不容易了。"

五四 王、刘与桓公共至覆舟山看[①]，酒酣后，刘牵脚加桓公颈[②]，桓公甚不堪，举手拨去。既还，王长史语刘曰："伊讵可以形色加人不[③]？"

注释 ①王、刘：王濛，见《言语》66注①。即下文之王长史。刘惔，见《德行》35注①。 桓公：桓温，见《言语》55注①。 覆舟山：山名。在今江苏南京东北，为钟山西足，形如覆舟。 ②牵：引。此谓伸过来。 加：放在上面。 ③伊讵可以形色加人不：他难道可以拿脸色强加于人吗？讵，难道。

今译 王濛、刘惔与桓温同到覆舟山去察看，痛饮一番之后，刘惔伸过脚来搁在桓温脖颈上，桓温很难忍受，举起手把刘惔的脚拨开。回来之后，王濛对刘惔说："他难道可以用令人难堪的脸色强加于人吗？"

五五 桓公问桓子野[①]："谢安石料万石必败[②]，何以不谏[③]？"答曰："故当出于难犯耳[④]。"桓作色曰[⑤]："万石挠弱凡才[⑥]，有何严颜难犯[⑦]？"

注释 ①桓公：桓温。 桓子野：桓伊，字叔夏，小字子野、野王，东晋谯国铚（今安徽西南）人。曾官都督豫州诸军事、西中郎将、豫州刺史。前秦苻坚南侵，他与谢玄、谢琰大破秦军，以功进右军将军，封永修县侯。 ②谢安石：谢安。 料：估计。 万石必败：谢万，字万石，谢安弟，见《言语》77注①。谢万为豫州刺史，受任北伐，不抚恤士卒，众遂溃散，他狼狈独归，废为庶人。事在

今译 桓温问桓伊："谢安石估计谢万石出师北伐一定失败，为什么不直言规劝他？"桓伊回答："可能是由于难以触犯吧。"桓温变了脸色说："谢万石是个懦弱的凡庸之才，有什么威严叫人难以触犯的？"

晋穆帝升平三年(359)。参看本书《简傲》14,谢万出师前,谢安曾有所劝导。　③谏:直言规劝。　④故当:或许;可能。　难犯:难以触犯。　⑤作色:改变脸色。　⑥挠(náo 蛲)弱:懦弱。　⑦严颜:威严的容颜。

五六 罗君章曾在人家[①],主人令与坐上客共语,答曰:"相识已多,不烦复尔。"

译 罗含有一次在人家作客,主人请他与座上其他客人一起交谈,他回答说:"相识已多,不必烦劳再如此了。"

注释 ①罗君章:罗含,字君章,东晋桂阳耒阳(今属湖南)人,擅文章,谢尚、桓温称他为"江左之秀"。为桓温别驾,迁宜都太守。累转廷尉、长沙相。致仕还家,阶庭忽兰菊丛生。卒年七十七。

五七 韩康伯病[①],拄杖前庭消摇[②],见诸谢皆富贵[③],轰隐交路[④],叹曰:"此复何异王莽时[⑤]?"

译 韩伯生病,支着拐杖在庭前逍遥自得,看见谢氏家族多人都富贵了,轰隆轰隆的大车不停地来往在大道之上,他叹气说:"这与王莽的时候还有什么两样?"

注释 ①韩康伯:韩伯,见《德行》38 注③。　②消摇:同"逍遥"。谓闲适不拘,怡然自得。　③诸谢皆富贵:按:东晋孝武帝太元三年(378),前秦苻坚屡次南侵,时谢安为宰相,遣弟谢石、侄谢玄率师抗击,次年,大败秦军。太元五年(380)五月,以谢安为卫将军、仪同三司,封建昌县公,谢石封兴平县伯,谢玄封东兴县侯。据《建康实录》卷九,韩伯卒于太元五年八月,则见诸谢富贵,当为此前之事。　④轰隐:形容众多车辆,轰隆作响。交路:往来于大道上。　⑤王莽时:王莽,西汉末人,汉元帝王皇后之侄。王氏宗族中有五侯、十大司马。不久,他弑平帝,自立为帝,国号新。此以王莽一家喻谢氏兄弟叔侄三人同时受封,荣华显要如同王莽,含讥刺意。

五八 王文度为桓公长史时[①],桓为儿求王女,王许咨蓝田[②]。既还,蓝田爱念文度[③],虽长大,犹抱著膝上。文度因言桓求己女婚。蓝田大怒,排文度下膝[④],曰:"恶见文度已复痴[⑤],畏桓温面?兵[⑥],那可嫁女与之!"文度还报云:"下官家中先得婚处[⑦]。"桓公曰:"吾知矣,此尊府君不肯耳。"后桓女遂嫁文度儿。

译 王坦之做桓温的长史,桓温替自己的儿子向王坦之的女儿求婚,王答应去请示一下父亲。王坦之回家,他父亲蓝田侯王述爱子心切,虽然儿子已经长大成人,还是把他抱着放在膝上。王坦之乘机说了桓温为儿子向自己女儿求婚的事。王述听了,大为生气,把王坦之推下膝,说:"真讨厌文度又这样蠢,你怕桓温的脸色吗?一个当兵的,哪能把女儿给他当儿媳妇!"王坦之回去报告桓温说:"下官家里先前已经替女儿订了婚了。"桓温说:"我知道了,这是令尊大人不同意罢了。"后来桓温的女儿却嫁给了王坦之的儿子。

注释 ①王文度:王坦之,见《言语》72 注①。　桓公:桓温。长史:官名。此指桓温将军府之长史。　②蓝田:王述,王坦之之父,封蓝田侯,见《文学》22 注④。　③爱念:怜爱。

④排：推。　⑤恶（wù 务）：憎恶；讨厌。一说，怎么。　⑥兵：此指桓温。桓温为武将，又家世不在名门之列，王述自恃太原王氏世为高门，轻视桓温。　⑦先得婚处：谓先前为女儿订了婚家。

五九 王子敬数岁时[①]，尝看诸门生樗蒱[②]，见有胜负，因曰："南风不竞[③]。"门生辈轻其小儿，乃曰："此郎亦管中窥豹，时见一斑[④]。"子敬瞋目曰[⑤]："远惭荀奉倩[⑥]，近愧刘真长[⑦]。"遂拂衣而去。

注释 ①王子敬：王献之，见《德行》39 注①。　②门生：门下供使役之人。六朝仕宦之家许自募部曲，称为"义从"；其在门下亲侍者，称为"门生"。　樗（chū 初）蒱：盛行于汉魏六朝的一种博戏。博具有子、马、五木等。人执六马，以五木掷采。采分十种，以卢、雉、犊、白为贵。凡掷得贵采，可连掷、打马、过关。参看《艺文类聚》卷七四引马融《樗蒲赋》。　③南风不竞：比喻力量微弱。语出《左传·襄公十八年》："师旷曰：'不害。吾骤歌北风，又歌南风，南风不竞，多死声。楚必无功。'"　④郎：汉时公卿得任子弟为郎，其后习俗相沿，凡贵公子及年少为人所尊敬者，皆呼为郎。此为王氏门生呼其少主人，正合身份。　管中窥豹，时见一斑：比喻只见局部，未见全貌。　⑤瞋目：瞪眼。　⑥荀奉倩：荀粲，字奉倩，三国魏颍川颍阴（今河南许昌）人。荀彧少子。有才学。粲以子贡称孔子之言性与天道不可得而闻，因以六经为圣人之糠秕，独好老庄。　⑦刘真长：刘惔，字真长。

译 王献之才几岁时，曾经看家里众多门生作樗蒱戏，看见有胜有负，就说："南风不竞。"那些门生轻视他是个小孩子，就说："这个郎君也是用竹管看豹，只看一点花斑罢了。"王献之瞪着眼睛说："远的和荀粲比，近的和刘惔比，我自愧识见不如他们，却不比一般人差。"就拂袖而去。

六〇 谢公闻羊绥佳[①]，致意令来[②]，终不肯诣。后绥为太学博士[③]，因事见谢公，公即取以为主簿。

注释 ①谢公：谢安。羊绥：字仲彦，东晋泰山平阳（在今山东）人。羊忱孙。历太学博士、中书侍郎。以清淳简贵称。早卒。　②致意：传达意旨。　③太学博士：官名。掌在太学（设在京师的最高学府）教授五经。魏晋时为太常属官。

译 谢安听说羊绥优秀，就传达意旨请他来，但他始终不肯来访。后来羊绥做太学博士，因为公事去见谢安，谢安立即就用他当主簿。

六一 王右军与谢公诣阮公[①]，至门，语谢："故当共推主人[②]。"谢曰："推人正自难[③]。"

注释 ①王右军：王羲之。　谢公：谢安。　阮公：阮裕，见《德行》32 注①。　②推：推崇；推许。　③推人正自难：推崇人确实为难。正自，的确、实在。　按：王羲之比谢安大十七

译 王羲之和谢安同访阮裕，到阮家门口，王羲之对谢安说："我们自然要推崇主人。"谢安说："推崇人的确是件难事。"

岁，阮裕比王羲之还要大好几岁，三人中谢安是晚辈，然而他不肯推崇阮裕。

（六二）太极殿始成[1]，王子敬时为谢公长史[2]，谢送版使王题之[3]，王有不平色，语信云[4]："可掷著门外。"谢后见王，曰："题之上殿何若[5]？昔魏朝韦诞诸人亦自为也[6]。"王曰："魏祚所以不长[7]。"谢以为名言。

注释 ①太极殿：东晋宫殿名。刘注引徐广《晋纪》："孝武宁康二年，尚书令王彪之等启改作新宫。太元三年二月，内外军六千人始营筑，至七月而成。太极殿高八丈，长二十七丈，广十丈。尚书谢万监视，赐爵关内侯。大匠毛安之，关中侯。" ②王子敬：王献之，善草隶，大书法家。 谢公：谢安。 ③版：指作太极殿匾额用的木板。 ④信：使者。 ⑤题之上殿何若：比起架梯到殿顶上题写来又如何？ ⑥韦诞：三国魏书法家，字仲将。刘注引宋明帝《文章志》："谢安与王语次，因及魏时起陵云阁忘题榜，乃使韦仲将县梯上题之。比下，须发尽白，裁余气息。还语子弟云：'宜绝楷法！'" ⑦祚：原作"阼"，据沈校本改。谓魏朝迫使老臣悬梯题榜，是不施慈惠于臣下，故国运不长。

今譯 太极殿刚建成，当时王献之做谢安的长史，谢安派人把作匾额用的木板送到王献之处让他题写，王献之很不满意，露出愤慨的脸色，对使者说："可以抛置在门外。"谢安后来见到王献之，说："比起架梯到殿顶题写来又如何？从前魏朝韦诞等人也是这样做的啊。"王献之说："这就是魏朝国运不长的缘故。"谢安以为这是名言。

（六三）王恭欲请江卢奴为长史[1]，晨往诣江，江犹在帐中。王坐，不敢即言，良久乃得及。江不应，直唤人取酒[2]，自饮一碗，又不与王。王且笑且言："那得独饮？"江云："卿亦复须邪[3]？"更使酌与王。王饮酒毕，因得自解去[4]。未出户，江叹曰："人自量，固为难！"

注释 ①王恭：见《德行》44注①。 江卢奴：江敳（ái 皑）。东晋人，字仲凯，小字卢奴。江统孙，江虨子。历仕黄门侍郎、琅邪内史、骠骑咨议，以朴实谦让称。 ②直：只是。 ③须：需要。 ④解：解除。

今譯 王恭想请江敳做他的长史，清晨去访问江敳，江敳还在床帐中。王恭坐下来，不敢就说明来意，等了好久才说到此事。江敳不回答，只是叫人取酒来，自己喝了一碗，也不让王恭喝。王恭边笑边说："怎么能一个人独喝呢？"江敳说："你也需要吗？"就再让人斟酒给王恭。王恭喝罢了酒，乘此就解除了刚才的窘态，告辞而去。他还没出门，江敳感叹说："人能自量，本来也难！"

（六四）孝武问王爽[1]："卿何如卿兄？"王答曰："风流秀出[2]，臣不如恭，忠孝亦何可以假人[3]！"

今譯 晋孝武帝问王爽："你比起你兄长，怎么样？"王爽回答说："风神秀出，臣下不如王恭；至于励行忠孝，怎么可以让给别人！"

注释 ①孝武：东晋孝武帝司马曜，见《言语》89 注②。 王爽（？—398）：东晋人，字季明，小字睹。王恭弟。历给事黄门侍郎、侍中。为人率直。王恭起兵，爽参军事，事败被诛。 ②风流：指风采神韵。 秀出：优秀杰出。 ③假：借与；给予。

（六五）王爽与司马太傅饮酒①，太傅醉，呼王为"小子"。王曰："亡祖长史②，与简文皇帝为布衣之交③；亡姑、亡姊④，伉俪二宫⑤。何小子之有⑥？"

注释 ①王爽：见前则。 司马太傅：司马道子，见《言语》98 注①。 ②长史：指王濛，见《言语》66 注①。 ③简文皇帝：晋简文帝司马昱，见《德行》37 注①。 布衣之交：不拘身份地位高低的朋友。此指王濛常为简文帝座上客。 ④亡姑：指王濛女，名穆之，为晋哀帝皇后。 亡姊：指王蕴（王爽父）女，名法惠，为晋孝武帝皇后。 ⑤伉俪：匹配。 ⑥何小子之有：有什么小子。

译文 王爽与太傅司马道子一起喝酒，道子醉了，叫王爽为"小子"。王爽说："先祖父长史，与简文皇帝是布衣之交；亡故的姑母和亡故的姊姊，先后匹配两位皇帝，是两宫皇后，我家有什么小子？"

（六六）张玄与王建武先不相识①，后遇于范豫章许②，范令二人共语。张因正坐敛衽③，王孰视良久④，不对。张大失望，便去。范苦譬留之⑤，遂不肯住。范是王之舅，乃让王曰⑥："张玄，吴士之秀⑦，亦见遇于时⑧，而使至于此，深不可解。"王笑曰："张祖希若欲相识，自应见诣。"范驰报张，张便束带造之⑨。遂举觞对语，宾主无愧色。

注释 ①张玄：见《言语》51 注①。 王建武：王忱，见《德行》44 注②。曾任建武将军，故称。 ②范豫章：范宁，见《言语》97 注①。曾任豫章太守，故称。 许：处所。 ③敛衽：整理衣襟。 ④孰视：注目细看。孰，通"熟"。 ⑤苦譬：苦苦譬解。 ⑥让：谴责。 ⑦吴士：吴地士人。 秀：优秀者。 ⑧见遇于时：受人敬重，得志于时。 ⑨束带：谓整饬衣饰，以表庄重。 造：登门拜访。

译文 张玄和建武将军王忱先前并不相识，后来在豫章太守范宁处遇见，范宁让他们一同谈谈。张玄就整整衣襟，坐得很端庄，王忱却对他注视了好久，不作答对。张玄大失所望，就起身离去，范宁苦苦解释挽留他，他就是不肯留下来。范宁是王忱的舅舅，就责备王忱说："张玄是吴中士人中的优秀人物，也受人敬重，得志一时，而你使他窘到这个地步，真正不可理解。"王忱笑笑说："张祖希假若要跟我相识交往，自然应当来拜访我。"范宁派人迅即告诉张玄，张玄就整饬衣冠，庄重地登门拜访王忱。两人就举杯对话，宾主都没有什么惭愧的脸色。

雅量第六

度量宽宏

（一）豫章太守顾邵[1]，是雍之子[2]。邵在郡卒，雍盛集僚属自围棋[3]，外启信至[4]，而无儿书，虽神气不变，而心了其故[5]，以爪掐掌[6]，血流沾褥。宾客既散，方叹曰："已无延陵之高[7]，岂可有丧明之责[8]？"于是豁情散哀[9]，颜色自若。

注释 ①豫章：郡名。治所在今江西南昌。　顾邵：字孝则，晋吴郡吴（今江苏苏州）人。年二十七为豫章太守。邵，影宋本作"劭"。　②雍：顾雍（168—243），字元叹，三国吴郡吴人。出身江南士族。初为合肥长，孙权领会稽太守，以雍为丞，行太守事。后为丞相，任职十九年而卒。　③自：正，正在。　④启：报告。　信：使者。此指送信的人。　⑤了：明白；懂。　⑥掐（qiā）：以指甲刻入。　⑦延陵：指春秋时吴国季札，吴王寿梦少子。初封延陵，称延陵季子。刘注引《礼记》，说他有一次到齐国去，回来时，他的长子已死。于是，他把儿子下葬在嬴、博之间。孔子去观看葬礼。葬礼完成，季札叹道："骨肉复归于土，命也。若魂气，则无不之也。"孔子说他合乎礼。　高：此谓通达高尚。　⑧丧明：眼睛失明。刘注引《礼记》，说子夏死了儿子，哭得眼睛失明。曾子前去吊丧，子夏哭，曾子也哭。子夏说："天乎！予之无罪也！"曾子怒责子夏，说他有三条罪过，其中之一就是丧失了儿子，又丧失了眼睛。子夏投杖认错，说："吾过矣！吾过矣！"责：责备，谴责。⑨豁：排遣；消散。

今译 豫章太守顾邵，是顾雍的儿子。顾邵在郡上去世了，顾雍正大请同僚，在下围棋。外面报告说送信的人到了，但没有他儿子的信，顾雍虽然神色不变，但心里已经明白是怎么回事了，他强自忍着，用手指甲掐自己的手掌，掐得血流出来，沾染了垫褥。等到宾客散了，他才叹息说："我既然没有延陵季子那样通达，怎么再能受丧明的责备呢？"于是他消解了哀情，排遣掉愁绪，神色自若。

（二）嵇中散临刑东市[1]，神气不变，索琴弹之，奏《广陵散》[2]。曲终，曰："袁孝尼尝请学此散[3]，吾靳固不与[4]，《广陵散》于今绝矣！"太学生三千人

今译 中散大夫嵇康在东市将要被处死，他神色不变，索讨琴来弹奏，弹了一曲《广陵散》。弹奏完毕，他说："过去袁孝尼曾经要求学习此曲，我十分爱惜，不肯传授给他。从此以后，《广陵散》绝响了！"当时有三千名太学生上书，请求以嵇康为师，朝廷不允许。嵇康被杀不久，司马昭也后悔了。

上书，请以为师，不许。文王亦寻悔焉[5]。

注释 ①嵇中散：嵇康，见《德行》16注②。曾任三国魏中散大夫。他是曹操之子沛王曹林的孙女婿，又与当时掌握朝政大权的司马氏不合作，得罪了司马昭及其亲信钟会，被捕下狱。刘注引《文士传》，说钟会办嵇康的案，竟说："康上不臣天子，下不事王侯，轻时傲世，不为物用，无益于今，有败于俗。……今不诛康，无以清洁王道。"于是嵇康被害。　东市：洛阳旧有三市，马市在城东，又称东市。汉代在长安东市处决被判死刑的人，因以"东市"指刑场。　②《广陵散》：琴曲名。嵇康善弹此曲。现存《广陵散》谱最早者见于《神奇秘谱》，题解称所录为隋宫所收，后流传于民间。　③袁孝尼：袁准，见《文学》67注④。　④靳固：吝惜而坚决。　⑤文王：司马昭，见《德行》15注①。文王是后来追尊之称。

三 夏侯太初尝倚柱作书[1]，时大雨，霹雳破所倚柱，衣服焦然[2]，神色无变，书亦如故[3]。宾客左右皆跌荡不得住[4]。

注释 ①夏侯太初：夏侯玄，见《方正》6注①。　作书：书写信札。②焦然：烧焦。然，同"燃"。　③书：书写，动词。刘注引臧荣绪说，以为此诸葛诞事。　④跌荡：倾倒摇晃。

今译 夏侯玄曾经靠着柱子写信，当时正下大雨，一个炸雷劈破了他所靠着的柱子，他的衣服也烧焦了，但是他神色不变，照样写他的字。他的宾客和左右侍从却都惊吓得跌倒摇晃。

四 王戎七岁[1]，尝与诸小儿游。看道边李树多子折枝[2]，诸儿竞走取之[3]，唯戎不动。人问之，答曰："树在道边而多子，此必苦李。"取之信然。

注释 ①王戎：见《德行》16注①。　②折枝：使树枝弯曲。③走：奔跑。

今译 王戎七岁的时候，曾经和许多小孩一起游玩。他们看到路边李树上果实累累，压得树枝都弯下了，许多孩子争先恐后地奔过去摘李子，只有王戎一动也不动。有人问他为什么不去摘，他回答说："李树在路边而竟然有这么多李子，这一定是苦李子。"摘来一尝，果然如此。

五 魏明帝于宣武场上断虎爪牙[1]，纵百姓观之[2]。王戎七岁，亦往看。虎承间攀栏而吼[3]，其声震地，观者无不辟易颠仆[4]，戎湛然不动[5]，了无恐色。

今译 魏明帝把老虎关在笼子里，放在宣武场上，让老百姓随便观看。当时王戎七岁，也去看。老虎抓住笼子空隙处攀着栅栏大声吼叫，吼声震地，观看的人没有不惊退跌倒的，王戎却安然不动，全无恐惧之色。

注释 ①魏明帝：见《言语》13注①。 宣武场：魏晋时在洛阳的操场名。 断虎爪牙：谓把虎关在牢笼里，以免以爪牙伤人。断，隔断，截断。 ②纵：任凭。 ③承间攀栏：抓住笼子的空隙处攀着栅栏。 ④辟易：惊退。 颠仆：跌倒。 ⑤湛（zhàn站）然：安适的样子。

六 王戎为侍中[1]，南郡太守刘肇遗筒中笺布五端[2]，戎虽不受，厚报其书[3]。

今译 王戎做侍中的时候，南郡太守刘肇赠送给他筒中笺布五端，王戎虽然没有接受，但他回信给刘肇，表示深深的感谢。

注释 ①侍中：官名。侍从皇帝左右，应对顾问。魏晋时侍中权位相当于宰相。 ②南郡：郡名，西晋时治所在江陵。 刘肇：生平不详。刘注引《晋阳秋》，说刘肇以送厚礼给王戎，为司隶校尉刘毅所纠弹。 遗（wèi慰）：赠送。 筒：竹筒。 笺布：一种质地细密的棉布，又名黄润布。棉布在当时是罕有的贵重衣料。 五端：端，古代布帛长度单位，二丈（一说六丈）为一端。按：《陈书·姚察传》记姚察的门生止送"南布一端"，姚察还以为贵重而拒绝收受。 ③书：书信。

七 裴叔则被收[1]，神气无变，举止自若[2]。求纸笔作书[3]，书成，救者多，乃得免。后位仪同三司[4]。

今译 裴楷被逮捕时，神色不变，举动如常，索取纸笔来写信。书信写成送出后，营救他的人很多，因此以免罪。后来他官做到仪同三司。

注释 ①裴叔则：裴楷，见《德行》18注③。 被收：被逮捕。裴楷与杨骏是儿女亲家。杨骏是晋武帝司马炎的岳父，武帝死，惠帝即位，杨骏以皇太后父为太傅辅政，独揽朝政。惠帝皇后贾南风与楚王司马玮合谋杀杨骏，事在晋惠帝永平元年（291）。牵连到裴楷，因被捕。 ②举止：动静。 自若：自如，像原来一样。 ③作书：写信。谓写信给亲友求助。 ④仪同三司：散官名。谓位非三公而礼仪排场与三公同。

八 王夷甫尝属族人事[1]，经时未行[2]。遇于一处饮燕[3]，因语之曰："近属尊事，那得不行？"族人大怒，便举樏掷其面[4]。夷甫都无言，盥洗毕，牵王丞相臂[5]，与共载去。在车中照镜，语丞相曰："汝看我眼光，乃出牛背上[6]。"

今译 王衍曾经托他的族人办件事，过了多时也没办。有一次他在宴会遇见那族人，就对他说："前些时候拜托您办的事，怎么没有办？"族人大怒，就举起食盒来扔到王衍脸上。王衍一声也不吭，盥洗完毕之后，拉着王导的手臂，一同乘车离去。在车中，他照照镜子，对王导说："你看我的眼光，竟然出于牛背之上。"

注释 ①王夷甫：王衍，见《言语》23注②。 属（zhǔ主）：同"嘱"。托付。 ②经时：多时。 行：干；做。 ③饮燕：饮宴，设宴喝酒。 ④樏（léi雷）：一种食盒。形似盘，中有隔，每具有底有盖，谓之一沓。　⑤王丞相：王导，见《德行》27注③。⑥"汝看我"两句：语义不详。刘注于此云："王夷甫盖自谓风神英俊，不至与人校。"

九　裴遐在周馥所[①]，馥设主人[②]。遐与人围棋。馥司马行酒[③]，遐正戏，不时为饮，司马恚，因曳遐坠地。遐还坐，举止如常，颜色不变，复戏如故。王夷甫问遐："当时何得颜色不异？"答曰："直是暗当故耳[④]。"

今译　裴遐在周馥处，周馥作东宴请宾客。裴遐与人下围棋。周馥的司马斟酒劝饮，裴遐忙于下棋，没有及时饮酒，那位司马很气愤，认为裴遐不给面子，就把裴遐一把从座位上拖下地。裴遐回到座位上，举动如常，神色不变，照旧下他的围棋。王衍问裴遐："当时你怎么能够神色毫无变化的？"裴遐回答："只是默默承受罢了。"

注释　①裴遐：见《文学》19注①。　周馥：字祖宣，西晋汝南安成（今河南正阳东北）人。曾官御史中丞、侍中，拜徐州刺史，征为廷尉。与周玘等讨陈敏，以功封永宁伯。后忤执政东海王司马越，越举兵相攻，馥败，忧愤发病死。　②设主人：做东道主。当时宴宾习语。　③馥司马：周馥的司马。司马，军府官名。行酒：斟酒劝饮。　④暗当故耳：语义未详。刘注："一作暗故当耳。一作真是斗将故耳。"或谓暗当似谓默默承受，可参。

一〇　刘庆孙在太傅府[①]，于时人士多为所构[②]，唯庾子嵩纵心事外[③]，无迹可间[④]。后以其性俭家富，说太傅令换千万[⑤]，冀其有吝，于此可乘。太傅于众坐中问庾，庾时颓然已醉[⑥]，帻堕几上[⑦]，以头就穿取。徐答云："下官家故可有两娑千万[⑧]，随公所取。"于是乃服。后有人向庾道此，庾曰："可谓以小人之虑，度君子之心[⑨]。"

今译　刘庆孙在司马越的太傅府任事，当时有很多士大夫都受到他的陷害，只有庾敳把心思放在世事之外，没有什么形迹可以被刘庆孙刺探的。后来因为庾敳生活俭朴而家道富裕，刘庆孙就劝说太傅司马越向庾敳借贷一千万钱，心里希望庾敳吝啬不借，就可以藉此下手害他。司马越乘许多人在坐时问庾敳，庾敳当时已经喝得酩酊大醉，头巾都掉在几上，正俯身低头去穿戴头巾。他听了司马越要借钱的话，从容地回答说："下官家里应当还有两三千万，随太傅公的方便，随时可以去取。"这时，刘庆孙才折服了。后来有人向庾敳说起这件事，庾敳说："真可以说是用小人的念头，去测度君子的心胸。"

注释　①刘庆孙：刘玙（《晋书》本传作"刘舆"），字庆孙，西晋中山魏昌（今河北无极）人。刘琨兄。历官中书侍郎、颍川太守。后依附东海王司马越，为其谋主。　太傅：司马越（？—311），西晋宗室，字元超。司马懿弟馗之孙。封东海王。八王之乱，为太傅。太安二年（303），乘长沙王司马乂被成都王司马颖、河间王司马颙合攻时，袭俘乂送颙部杀之。次年，奉晋惠帝北伐成都王颖，兵败，奔还东海。及颖败奔长安，他以迎驾为名，西征长安，奉惠帝还洛阳。怀帝立，自为丞相，总揽朝政。永嘉四年（310）统兵与石勒战，死于军中。　②构：陷害。　③庾子嵩：庾敳，见《文学》15注①。他在时局动乱时，常静默无为。任东海王司马越太傅参军事，转军咨酒，在众多的谋士中，他常袖手。　纵心：放任其心。④迹：形迹；迹象。　间（jiàn见）：侦伺；刺探。　⑤说（shuì

税）：劝说。　换：借贷。　⑥颓然：醉貌。　⑦帻（zé 责）：包发的头巾。　⑧两娑千万：两三千万。娑，与“三”音近，借为“三”。　⑨“以小人之虑”两句：语本《左传·昭公二十八年》“愿以小人之腹，为君子之心。”后词意变换，谓以歹心推测别人的好心。此庾敳讥讽刘玙。《晋书·庾敳传》：“越甚悦，因曰：‘不可以小人之虑，度君子之心。’”则是司马越语。度（duó 夺），推测。

一一 王夷甫与裴景声志好不同①，景声恶欲取之②，卒不能回③。乃故诣王④，肆言极骂，要王答己，欲以分谤⑤。王不为动色，徐曰：“白眼儿遂作⑥。”

【注释】①王夷甫：王衍，见《言语》23 注②。　裴景声：裴邈，字景声，西晋河东闻喜（今属山西）人。裴颜从弟。历任司马越太傅从事中郎、左司马，假节、监中外营诸军事。　志好：志趣爱好。　②恶（wù 务）欲取之：谓诋毁他而要取得他的回报。③卒：最终。　回：改变。　④故：特地。　⑤分谤：分担非议。⑥白眼儿：翻白眼的人。　作：发作。

【译】王衍和裴邈两人志趣爱好不一样，裴邈诋毁王衍想要取得他的报复，然而最终不能改变。就特地登门去拜访王衍，放口大骂，要王回答，想以此分担人们的非议。王衍面不改色，慢慢地说：“翻白眼的人竟发作了。”

一二 王夷甫长裴成公四岁①，不与相知。时共集一处，皆当时名士，谓王曰：“裴令令望何足计②！”王便卿裴③，裴曰：“自可全君雅志④。”

【注释】①王夷甫：王衍，见前。　裴成公：裴颜，见《言语》23 注③。裴颜谥成，故称。　②裴令：裴楷，见《德行》18 注③。裴楷是裴颜的堂叔，少时与王戎齐名。而王衍是王戎的从弟，行辈高于裴颜。　令望：美好的名望。　③卿裴：谓王衍用“卿”来称呼裴颜。卿，朋友间低于自己的或亲暱而不拘礼数者称“卿”。无交情者不可称“卿”。　④全：成全。　君：您。此裴颜仍用侪辈之间的称呼“君”称王衍。　雅志：高雅志趣。

【译】王衍比裴颜年长四岁，并不相与为知交。一次会集在一处，都是当时名士，有人对王衍说：“裴令公的名望算不了什么。”王衍就用“卿”来称呼裴颜，裴颜说：“自然可以成全您的雅志。”

一三 有往来者云庾公有东下意①。或谓王公②：“可潜稍严③，以备不虞④。”王公曰：“我与元规虽俱王臣⑤，本怀布衣之好⑥。若其欲来，吾角巾径还乌衣⑦，何所稍严⑧！”

【译】有些来来往往的人说庾亮有东下侵犯京师的意图。有人对王导说：“应该暗中稍作防备，以防不测。”王导说：“我和庾元规虽然都是朝廷的大臣，但我们俩本怀着平常人的情谊。假若他要来，我立即辞官引退，戴上角巾，回到乌衣巷家里去，什么防备不防备的！”

①往来者：来来去去的人。 庾公：庾亮，见《德行》31注①。 东下意：指从荆州东下侵犯京师的意图。 按：东晋渡江，即是“王（王氏世家大族）与马（司马氏家族），共天下”的局面。晋元帝欲抑制王氏，遂致王敦之逼。王敦失败后，晋明帝依靠外戚庾氏世家大族，明帝庾皇后之弟、成帝之舅庾亮掌大权。陶侃死，庾亮以帝舅镇武昌，都督江、荆、豫、益、雍、梁六州军事，领荆、江、豫三州刺史，进号征西将军，而王导以丞相居京师辅政，形成庾亮自荆州上游制王氏之势，亮亦曾有东下废黜王导之意。 ②王公：王导。 ③潜：暗中。 严：防备。 ④不虞：意料不到；不测。 ⑤元规：庾亮。字元规。 ⑥布衣之好：平常人的友谊。布衣，平民百姓。 ⑦角巾：隐退者所戴的有棱角的头巾。此谓戴上角巾，以示隐退。 径：立即。 乌衣：地名，即乌衣巷。在建康城南，秦淮河南岸，靠近朱雀桥。东晋初年，南渡之琅邪王氏多居于此。 ⑧何所：什么。

（一四）王丞相主簿欲检校帐下[1]，公语主簿：“欲与主簿周旋[2]，无为知人几案间事[3]。”

译：丞相王导的主簿要检查帐下僚属办理公务的情况，王导对主簿说：“我要与主簿相交往，不必去知道人家在几案上处理公文之事。”

①王丞相：王导。 主簿：官名。负责文书簿籍，掌管印鉴，为掾史之首。 检校：检查。 帐下：指帐下吏，即幕僚。此指帐下僚属办理公务的情况。 ②周旋：交往。 ③无为：不必。 几案间事：指僚属处理公牍文书之事。

（一五）祖士少好财[1]，阮遥集好屐[2]，并恒自经营[3]。同是一累[4]，而未判其得失[5]。人有诣祖，见料视财物[6]，客至，屏当未尽[7]，余两小簏[8]，著背后，倾身障之，意未能平[9]。或有诣阮，见自吹火蜡屐[10]，因叹曰：“未知一生当著几量屐[11]？”神色闲畅[12]。于是胜负始分。

译：祖约爱钱财，阮孚爱木屐，两人经常亲自料理。这两种爱好，同是一种牵累，但当时还分不清两人的优劣高下。有人到祖约处去，看到他正在整理财物，来不及收拾干净，还剩下两只小竹箱，就藏在背后，他侧着身子挡住竹箱，神色很不安。有人去到阮孚处，看到他正自己吹着火给木屐上蜡，还感叹地说：“不知道一辈子能穿几双木屐？”说话神色坦然，悠闲自适。于是两人的高下才见分晓。

①祖士少：祖约（？—330），字士少，东晋范阳遒县（今河北涞水）人。祖逖异母弟。逖死，继任平西将军、豫州刺史。晋明帝时，自以讨王敦功高而不赏，于咸和二年（327）以讨庾亮为名，与苏峻起兵叛乱。次年，破建康。后为温峤、陶侃等击败，奔后赵，为石勒所杀。 好（hào耗）财：爱钱。 ②阮遥集：阮孚，见《文学》76注③。 屐：一种木头拖鞋，下有两齿。 ③恒：经常。 经营：筹划料理。 ④累：牵累；负担。 ⑤判：分辨。 得失：高下；优劣。 ⑥料视：检点察看。 ⑦屏当（bìng dàng病宕）：收拾。 ⑧簏：竹箱。 ⑨意未能平：谓未

能平心静气。 ⑩蜡屐：为木屐上蜡，可使滑润。 ⑪量（liàng亮）：同"緉"。量词，双。 ⑫闲畅：闲适安详。

（一六）许侍中、顾司空俱作丞相从事①，尔时已被遇②，游宴集聚，略无不同。尝夜至丞相许戏③，二人欢极。丞相便命使入己帐眠。顾至晓回转④，不得快孰⑤。许上床便咍台大鼾⑥。丞相顾诸客曰："此中亦难得眠处。"

注释 ①许侍中：许璪（zǎo早），字思文，东晋义兴阳羡（今江苏宜兴）人。历丞相从事、侍中，仕至吏部侍郎。 顾司空：顾和，见《言语》33注①。 ②遇：知遇。 ③许：处所。 ④回转：翻来覆去。 ⑤孰：同"熟"。指熟睡。 ⑥咍（hāi海阴平）台：打鼾声。一说，熟睡无知觉。 鼾（hān酣）：睡觉时打呼噜。

今译 许璪、顾和同时做丞相王导的从事，当时已经受到赏识重用，每逢游宴集会，一般没有不同在一起的。有一次，两人曾经在晚上到王导处游玩，玩得极其欢畅。王导就叫许、顾到自己帐中去睡。顾和翻来覆去，直到天亮，不能安睡。许璪是上床就酣然入睡，鼾声大作。王丞相回头对其他宾客说："这里也是难得入睡的地方。"

（一七）庾太尉风仪伟长①，不轻举止，时人皆以为假。亮有大儿数岁②，雅重之质，便自如此，人知是天性。温太真尝隐幔怛之③，此儿神色恬然④，乃徐跪曰："君侯何以为此⑤？"论者谓不减亮。苏峻时遇害⑥。或云："见阿恭，知元规非假⑦。"

注释 ①庾太尉：庾亮，见《德行》31注①。 风仪：风度仪表。 ②大儿：据刘注，庾亮长子，名会，字会宗，小字阿恭。 ③温太真：温峤，见《言语》35注③。 隐：躲藏。 幔：帐幕。 怛（dá答）：惊吓。 ④恬（tián填）然：安然。 ⑤君侯：对尊贵者的尊称。 ⑥苏峻时：指苏峻起兵攻京师建康时。 ⑦元规：庾亮，字元规。

今译 庾亮风度仪表壮美优雅，从不轻举妄动，当时人都以为他是装出来的。庾亮有个大儿子才几岁，高雅稳重的气质，就自然如此，人们知道是天性。温峤曾经躲在帷幕后面去吓他，这孩子神色安然，竟缓缓地跪下来说："君侯为什么要这样做呢？"评论者认为这孩子不比他父亲庾亮差。后来这孩子在苏峻作乱时被害。有人说："看到阿恭，可以知道庾元规不是装出来的。"

（一八）褚公于章安令迁太尉记室参军①，名字已显而位微，人未多识。公东出②，乘估客船③，送故吏数人④，投钱唐亭住⑤。尔时，吴兴沈充为县令⑥，当送客过浙江，客出⑦，亭吏驱公移牛屋下。潮水至，沈令起彷徨，问："牛屋下是何物人⑧？"吏云："昨有一伧父来寄亭中⑨，有尊贵客，权移之⑩。"令有酒色，因遥问："伧父欲食饼不？姓何等？可共

今译 褚裒从章安县令升任太尉记室参军，当时他名声已显而地位不高，很多人还不认识他。褚裒向东出发，搭乘的是一条商船，同船的还有送他离任的几个吏员，投宿在钱塘县驿亭里。这时候，吴兴人沈充任县令，正送宾过钱塘江，客人到了，管理驿亭的吏员就把褚裒赶出客房，移住到牛

语。”褚因举手答曰：“河南褚季野[11]。”远近久承公名，令于是大遽[12]，不敢移公，便于牛屋下修刺诣公[13]，更宰杀为馔具[14]，于公前鞭挞亭吏，欲以谢惭。公与之酌宴，言色无异，状如不觉。令送公至界。

注释 ①褚公：褚裒，见《德行》34 注①。　章安令：章安县（今浙江临海东）县令。　太尉：指庾亮。　记室参军：官名。此为太尉府属官。　②东出：向东去。出，往。　③估客船：商人船。估客，贩货的行商。　④送故吏：为离任长官送行的佐吏。此指送褚裒之吏。　⑤钱唐：县名。在今浙江杭州西。　亭：驿亭。官方设在大路边供来往官吏及客商食宿之所。　⑥吴兴：郡名。郡治在今浙江湖州。　沈充：当时一个县令。是否即王敦之谋主沈充，待考。刘注曰：“未详。”　⑦出：赴；到。　⑧何物：什么样的。　⑨伧（cāng，旧读 chéng）父：六朝时南人对北人或南渡北人的蔑称。　⑩权：暂且。　⑪褚季野：褚裒，字季野。　⑫遽：惶恐；慌张。　⑬修刺：置办名帖。刺，名帖，名片。　⑭馔（zhuàn 撰）具：酒食。

棚里。半夜潮水到了，县令沈充起来散步，问道：“牛棚里是什么人？”驿吏说：“昨晚有个粗野的北佬到亭中借宿，有贵客来临，所以暂且把他移进牛棚。”县令这时已经喝了酒，就远远地问道：“那北佬想吃饼吗？姓什么？可以过来谈谈。”褚裒就举手回答说：“在下河南褚季野。”远近的人早已听说过褚裒的名字，于是县令大为慌张，不敢再让褚裒搬动，就亲自在牛棚前置办名帖，晋谒褚裒，又宰杀禽畜办起酒菜，并在褚裒面前鞭打驿吏，想借此向褚裒表示歉意。褚裒和县令一同饮酒吃菜，言谈神色一如平常，好像没有感觉到什么。县令一直护送褚裒出了县境。

（一九）郗太傅在京口[1]，遣门生与王丞相书[2]，求女婿。丞相语郗信[3]：“君往东厢，任意选之。”门生归，白郗曰：“王家诸郎亦皆可嘉，闻来觅婿，咸自矜持[4]，唯有一郎在东床上坦腹卧，如不闻。”郗公云：“正此好[5]！”访之，乃是逸少[6]，因嫁女与焉。

注释 ①郗太傅：郗鉴，见《德行》24 注①。　京口：今江苏镇江。　②门生：门下供役使之人。六朝时仕宦之家可自募部曲，谓之义从；其在门下亲侍者，谓之门生。　王丞相：王导。　③信：使者。此即上文之门生。　④矜持：庄重。此含故意做作、不自然意。　⑤正：恰恰。　⑥逸少：王羲之，字逸少，见《言语》62 注①。王羲之是王导之侄。

今译 太傅郗鉴在京口的时候，派遣门生送信给丞相王导，说要在王家寻求一个女婿。王导对使者说：“你到东厢房去，随意挑选吧。”门生回去以后，向郗鉴报告：“王家的几位郎君，都是很好的，听说我去选女婿，又都庄重得有些拘谨。只有一位郎君坦裸着肚皮躺在东床上，就好像没有听说这回事。”郗鉴说：“恰恰就是这个好！”再去打听，原来是王羲之，郗鉴就把女儿嫁给了他。

（二〇）过江初[1]，拜官舆饰供馔[2]。羊曼拜丹阳尹[3]，客来蚤者[4]，并得佳设[5]，日晏渐罄[6]，不复及精。随客早晚，不问贵贱。羊固拜临海[7]，竟日皆美供[8]，虽晚至，亦获盛馔。时论以固之丰华，不如曼之真率。

今译 渡江初年，授除官职，都整治酒食供给宾客食用。羊曼授丹阳尹时，来得早的客人，都得到精美的饮食；天逐渐晚，食品逐渐完了，不再有精美的酒食。他是完全随着客来的早晚而招待的，不问客人的身份贵贱。羊固授临海太守时，家里整天都有精美的菜肴，即使晚到，也能获得丰盛的饮食。当时的舆论认为羊固的丰盛华美，倒不如羊曼的真诚坦率。

译 周嵩喝酒喝醉了，瞪着眼睛怒气冲冲对着周𫖮说："你才能不如弟弟，却无缘无故地出了大名！"过了一会儿，他又举起蜡烛火来掷周𫖮。周𫖮笑着说："阿奴用火攻，确是使出拙劣的办法了啊！"

译 顾和起初任扬州刺史从事，逢到初一聚会之期，在还没有进入州刺史衙署的片刻间，停车在州署门外。周𫖮来访问丞相王导，经过顾和车边，顾和正解开衣襟寻觅身上的虱子，平平静静一动也不动。周𫖮走过之后，又回过来，指着顾和的心说："这中间有什么？"顾和照样捉他的虱子，慢慢地回答说："这中间是最最难测的处所。"周𫖮进了州署，对王导说："你的州吏中有一位可以担当尚书令、尚书仆射的人才。"

译 庾亮与苏峻作战，大败，他率领左右侍从十余人乘小船向西逃奔，苏峻的兵一路抢掠，追赶上来，左右向追兵射箭，误中船上舵工，舵工随着弓弦声响而仆倒，全船上的人都惊惶失色，仓猝分散。庾亮却面不改色，慢慢地说："这手岂能让他射中贼人！"众人这才安心。

注释 ①过江初：指东晋初年。 ②舆：都，皆。 饰：整治。供馔：供给酒食。 ③羊曼（274—328）：字祖延（一作延祖），东晋泰山南城（在今山东）人。历仕黄门侍郎、尚书吏部郎、晋陵太守。王敦败亡后，代阮孚为丹阳尹。苏峻作乱，城陷被杀。 ④蚤：通"早"。 ⑤佳设：精美的饮食。设，陈设饮食，因称饮食为设，此晋时习语。 ⑥晏：晚。 罄：器中空。引申为尽。 ⑦羊固：字道安，东晋泰山平阳（在今山东）人。历仕临海太守、黄门侍郎，有清俭之称。善行草书，有名于时。 临海：郡名。此指临海太守。 ⑧美供：精美的肴馔。

（二一）周仲智饮酒醉[1]，瞋目还面谓伯仁曰[2]："君才不如弟，而横得重名[3]！"须臾，举蜡烛火掷伯仁。伯仁笑曰："阿奴火攻[4]，固出下策耳！"

注释 ①周仲智：周嵩，见《方正》26注②。 ②瞋目：怒目。伯仁：周𫖮，见《言语》30注①。周嵩之兄。 ③横（hèng衡去声）：无缘无故。 ④阿奴：犹阿囡。此兄对弟的爱称。

（二二）顾和始为扬州从事[1]，月旦当朝[2]，未入顷[3]，停车州门外[4]。周侯诣丞相[5]，历和车边[6]，和觅虱，夷然不动[7]。周既过，反还，指顾心曰："此中何所有？"顾搏虱如故[8]，徐应曰："此中最是难测地。"周侯既入，语丞相曰："卿州吏中有一令仆才[9]。"

注释 ①顾和：见《言语》33注①。王导领扬州刺史，任用顾和为从事。 ②月旦：农历每月初一。 朝（cháo潮）：聚会；集会。 ③顷：片刻时间。 ④州门：州刺史衙署之门。 ⑤周侯：周𫖮。 ⑥历：经过。 ⑦夷然：安静貌。此含倨傲意。 ⑧搏：捕捉。 ⑨令仆：官名。尚书省长官尚书令与尚书仆射的合称。

（二三）庾太尉与苏峻战[1]，败，率左右十余人乘小船西奔，乱兵相剥掠[2]，射[3]，误中舵工[4]，应弦而倒，举船上咸失色分散[5]。亮不动容，徐曰："此手那可使著贼[6]！"众乃安。

注释 ①庾太尉:庾亮,见《德行》31注①。　苏峻:见《方正》25注③。　按:东晋成帝咸和二年(327),苏峻与祖约以讨伐庾亮为名,举兵南渡长江攻建康。庾亮为征讨都督,率军与苏峻战,大败。亮乘小船西奔投温峤。　②剥掠:掠夺。苏峻攻陷建康,纵兵大掠,驱役百官,裸剥士女,迁晋成帝于石头城。　③射:此当为庾亮的左右侍从向乱兵射箭。　④舵工:掌舵的人。舵工在船后,亮船正走,乱兵追之,故左右向后射箭而误中舵工。⑤举船:全船。　按:庾亮的左右侍从乱箭射追兵,误中舵工,又不知此箭是谁所射,肇祸而无以自解,畏亮而生惧心。　⑥那:怎么;岂。用于反诘,意在否定。　著:碰触;中(zhòng重)。　按:庾亮于众仓皇失色之时,故作解嘲语,以示镇静,而安众心。

(二四) 庾小征西尝出未还①。妇母阮②,是刘万安妻③,与女上安陵城楼上④。俄顷,翼归,策良马⑤,盛舆卫⑥。阮语女:"闻庾郎能骑,我何由得见?"妇告翼,翼便为于道开卤簿盘马⑦,始两转,坠马堕地,意色自若。

注释 ①庾小征西:庾翼,见《言语》53注①。庾翼官征西将军,其兄庾亮亦官征西将军,故加"小"字以示区别。　②妇母阮:妻子的母亲(岳母)阮氏。刘注引《刘氏谱》:"刘绥妻,陈留阮蕃女,字幼娥。"　③刘万安:刘绥,字万安,东晋高平(今山东巨野南)人。历仕至骠骑长史。刘注引《庾氏谱》:"(庾)翼娶高平刘绥女,字静女。"　④安陵:当作"安陆",地名。晋时为江夏郡治所。庾翼于晋康帝建元元年(343)移镇襄阳,故经此地。⑤策:用马鞭打或驱赶。　⑥舆卫:车马护从。　⑦开:排开。卤簿:仪仗队。　盘马:驰马盘旋。

译文 有一次,征西将军庾翼外出未回的时候,他的岳母阮氏——刘绥的妻子,与女儿——庾翼的妻子,同在安陆城楼上。一会儿,庾翼回来了,他骑着骏马,车马护从很多。阮氏对女儿说:"听说庾郎长于骑术,我怎样才能见识一下?"庾翼的妻子对庾翼说了,他就为之在大道上排开了仪仗队,自己上马驰骋盘旋,才转了两圈,就从马背上跌落在地,但他意气神色,一如平常。

(二五) 宣武与简文、太宰共载①,密令人在舆前后鸣鼓大叫②,卤簿中惊扰③。太宰惶怖,求下舆;顾看简文,穆然清恬④。宣武语人曰:"朝廷间故复有此贤⑤。"

注释 ①宣武:桓温,见《言语》55注①。　简文:司马昱,见《德行》37注①。　太宰:司马晞(316—381),晋元帝第四子,字道升(一作道叔)。出继武陵王喆。经元、明、成、康、穆、哀、海西、简文、孝武九帝。穆帝时任太宰。少不好学。以武干为桓温所忌。后徙死新安郡。　共载:同坐一车。刘注引《续晋阳秋》,谓

译文 桓温与司马昱、司马晞同坐一车出行,他暗中派人在车子前后击鼓大叫,仪仗队中有人惊慌混乱了。司马晞很害怕,请求下车;回过来看看司马昱,却见他默不作声而神态安详。桓温对人说:"朝廷上还有这样有才能有见识的人!"

三人同游板桥。 ②舆:车。 ③卤簿:仪仗队。 ④穆然清恬(tián 填):沉默安静。 ⑤故复:仍然;还。复,词缀。此晋宋间常语。

二六 王劭、王荟共诣宣武[1],正值收庾希家[2]。荟不自安,逡巡欲去[3];劭坚坐不动,待收信还[4],得不定[5],乃出。论者以劭为优。

注释 ①王劭:字敬伦。王导第五子。美姿容,有风操,得桓温器重。官至尚书仆射、吴国内史。 王荟:字敬文。王导幼子。恬虚守静,不竞荣利。官至左将军、会稽内史。荒年时曾发私米济活饥民。 宣武:桓温,见《言语》55 注①。 ②收:逮捕;搜捕。 庾希(? —372):字始彦。庾冰长子。晋废帝海西公太和中,为北中郎将、徐兖二州刺史。庾氏为外戚,希兄弟并显贵,桓温深忌之。及海西公废,桓温陷杀希弟庾倩、庾柔,希逃于海陵泽陂中。桓温遣兵搜捕,希聚众起兵,败,被斩于建康。 ③逡巡:徘徊往复。 ④信:使者。 ⑤得不定:谓得知事未定。

今译 王劭、王荟兄弟俩一同去拜访桓温,恰好碰上桓温派人去庾希家搜捕。王荟很不安,迟疑徘徊,要想离去。王劭则稳坐不动,等到搜捕庾家的使者回来,得知事尚未定,然后辞出。舆论认为王劭行止镇静,较王荟为优。

二七 桓宣武与郗超议芟夷朝臣[1],条牒既定[2],其夜同宿。明晨起,呼谢安、王坦之入[3],掷疏示之[4],郗犹在帐内。谢都无言,王直掷还,云:"多[5]。"宣武取笔欲除[6],郗不觉窃从帐中与宣武言。谢含笑曰:"郗生可谓入幕宾也[7]。"

注释 ①桓宣武:桓温,见《言语》55 注①。 郗超:见《言语》59 注⑤。此时郗超为大司马桓温参军,参与密谋。 芟(shān 删)夷:原义除草,引申为削除。 ②条牒:条款文书。此指削除朝臣的方案。 ③谢安:见《德行》33 注②。 王坦之:见《言语》72 注①。此时谢安任丞相,王坦之同辅国政。 ④疏:臣下向君主分条陈事之文书。桓温欲削除异己,还须上奏皇帝。此指先把奏疏给谢安、王坦之看。 ⑤多:谓多了;太多。 ⑥除:去掉。 ⑦生:先生的省称。 入幕宾:军队出征,施用帐幕,因称将军府为幕府。幕府的僚属,称幕僚或幕宾。此处系借郗超在帐幕中事作双关语,谓郗超既是幕僚,参与机要,又躲在幕后,密谋策划。谢安于此时调侃郗超,可见其从容镇静。

今译 桓温和郗超商议削除一些朝廷大臣,条款文书都已拟定,这一夜,他们两人就睡在一起。第二天早晨,桓温起来,叫丞相谢安、王坦之进来,把准备好的奏疏丢给他们看,而郗超还在帐幕之内。谢安完全不说什么,王坦之只是把奏疏丢还给桓温,说:"多了。"桓温取过笔来,想从打算削除的朝臣名单中减掉几个,郗超不知不觉偷偷地从帐幕中跟桓温讲话。谢安含笑地说:"郗先生真可以称得上入幕之宾了。"

二八 谢太傅盘桓东山时[1],与孙兴公诸人泛海戏[2]。风起浪涌,孙、王诸人色并遽[3],便唱使还[4]。

今译 太傅谢安隐居在东山的时候,与孙绰等人乘船出海游览。风起浪涌,孙绰、王羲之等人都神色惶恐,就高喊要回去。谢安却兴致正高,又吟咏又长啸,一言不发。船工因为谢安意态安闲,神情欢悦,还一直向前驶去,并不停止。一会儿风势转急,浪头更猛,许多人都叫喊晃动,站着不坐。谢安缓缓地说:"像这样,恐怕还是回去吧?"大家就应声回到座位上。从这件事,可以看得出谢安的气度,足以镇抚朝野,安定官民。

太傅神情方王⑤，吟啸不言⑥。舟人以公貌闲意说⑦，犹去不止。既风转急，浪猛，诸人皆喧动不坐。公徐云："如此，将无归⑧？"众人即承响而回⑨。于是审其量足以镇安朝野⑩。

注释 ①谢太傅：谢安，见《德行》33 注②。　盘桓：逗留。　东山：山名。在今浙江上虞西南。谢安在做了一任著作郎后就高卧东山，不肯出仕。　②孙兴公：孙绰，见《言语》84 注①。　泛海戏：坐船出海游览。　③孙、王：孙绰、王羲之。　遽：惶恐。　④唱：高呼。　⑤王（wàng 旺）：同"旺"。此指情绪好，兴致高。　⑥吟：吟咏。　啸：撮口发出长而清越的声音，魏晋士大夫的一种习惯，被视为高雅行为。　⑦貌闲意说（yuè 月）：容色安静，神情喜悦。　⑧将无：莫非；还是。用委婉语气表示建议。　⑨承响：应声。　⑩镇安：镇抚安定。

二九 桓公伏甲设馔①，广延朝士，因此欲诛谢安、王坦之②。王甚遽③，问谢曰："当作何计④？"谢神意不变，谓文度曰⑤："晋阼存亡，在此一行。"相与俱前。王之恐状，转见于色⑥。谢之宽容⑦，愈表于貌。望阶趋席，方作洛生咏⑧，讽"浩浩洪流"⑨。桓惮其旷远⑩，乃趣解兵⑪。王、谢旧齐名，于此始判优劣。

注释 ①桓公：桓温，见《言语》55 注①。　伏甲：埋伏兵士。甲，指披甲的士兵。　②因此：趁此，因，凭藉。　谢安、王坦之：分见《德行》33 注②、《言语》72 注①。谢、王是当时宰相重臣，桓温要篡帝位，须先除此二人。　③遽：惶恐。　④计：打算。　⑤文度：王坦之，字文度。　⑥转：渐渐。　见（xiàn 现）：出现。　⑦宽容：从容宽缓的神气。　⑧洛生咏：晋时洛阳一带的读书人吟诵诗文的音调。古人读书重吟诵，各地吟诵的语音声调都不同。据传洛阳一带语音重浊，称"洛生咏"。谢安有鼻疾，读来带鼻音，自然逼真于洛下咏。刘注引宋明帝《文章志》，说后来的名流多学谢安的吟咏声调，"弗能及，手掩鼻而吟焉"。　⑨浩浩洪流：此为嵇康《赠兄秀才入军诗》十八章中一句，原诗今存《昭明文选》，这一章的开头四句是："浩浩洪流，带我邦畿。萋萋绿林，奋荣扬晖。"　⑩旷远：形容胸襟开阔豁达。　⑪趣（cù 促）：赶快；急忙。　解兵：撤除伏兵。

今译 桓温埋伏好全副武装的士兵，摆设了酒筵，广泛邀请朝中官员来赴宴，想趁此机会杀掉谢安和王坦之。王坦之非常恐慌，他问谢安："应当采取什么对策？"谢安神情态度丝毫不变，对王坦之说："晋朝国统的存亡，就取决于我们此行了。"两人一同前去和桓温会见。王坦之的惊恐情状，渐渐在神色上现露出来。谢安的容貌则越来越显得从容大度。他眼看台阶，走向席位，口中还作洛阳书生的吟咏，诵嵇康的"浩浩洪流"诗句。桓温见了他的旷达风度反倒害怕了，就急忙撤走伏兵。王坦之和谢安，本来是齐名的，在这件事上才分辨出他俩的高下。

（三〇）谢太傅与王文度共诣郗超[1]，日旰未得前[2]。王便欲去，谢曰："不能为性命忍俄顷[3]？"

【注释】①谢太傅：谢安。　王文度：王坦之。　郗超：当时是桓温的亲信谋主，权重一时，肆意生杀。参看本篇27、29两则。刘注："超得宠桓温，专生杀之威。"　②日旰（gàn 赣）：天晚。　③俄顷：片刻。

【今译】谢安和王坦之一同去拜访郗超，直等到天晚还未被接见。王坦之便想离去，谢安说："难道不能为了性命而忍受片刻吗？"

（三一）支道林还东[1]，时贤并送于征虏亭[2]。蔡子叔前至[3]，坐近林公；谢万石后来[4]，坐小远[5]。蔡暂起，谢移就其处。蔡还，见谢在焉，因合褥举谢掷地[6]，自复坐。谢冠帻倾脱[7]，乃徐起，振衣就席[8]，神意甚平，不觉瞋沮[9]。坐定，谓蔡曰："卿奇人，殆坏我面[10]。"蔡答曰："我本不为卿面作计[11]。"其后二人俱不介意。

【注释】①支道林：支遁，见《言语》63注①。　还东：返回东边。支遁居住在会稽，刘注引《高逸沙门传》，说他应晋哀帝召，至建康，在京师久，心怀故山，乃东还。　②征虏亭：亭名。晋太安中，征虏将军谢安立，因名。在今江苏江宁东。　③蔡子叔：蔡系，字子叔，东晋济阳（治所在今山东定陶西北）人，蔡谟次子。仕至抚军长史。　④谢万石：谢万，见《言语》77注①。⑤小：稍微。　⑥褥：坐垫。　⑦帻：包头发的巾。　⑧振衣：抖去衣上灰尘。　⑨瞋沮：忿怒丧气。　⑩殆：几乎。⑪作计：打算。

【今译】支遁要返回东边去，当时的一些名流一起在征虏亭为他送行。蔡系先到，座位靠近支遁。谢万后到，坐得稍微远一些。蔡系临时起身离座，谢万就移坐到蔡系的位置上。蔡系回来，一看谢万坐在自己原来坐的地方，就把谢万连坐垫一起举起摔到地上，自己又坐到原来的地方。谢万被摔得帽子头巾都掉了下来，就慢慢地起来，抖抖衣服上的尘土，回到席位上，神态非常平静，一点没有显出恼怒沮丧的神色。坐好以后，他对蔡系说："你真是个怪人，我的脸几乎被摔坏了。"蔡系回答说："我本来就没有为你的脸打算。"这事发生之后，两人都没有放在心上。

（三二）郗嘉宾钦崇释道安德问[1]，饷米千斛[2]，修书累纸[3]，意寄殷勤。道安答直云[4]："损米[5]，愈觉'有待'之为烦[6]。"

【注释】①郗嘉宾：郗超，见《言语》59注⑤。　钦崇：敬重。　释道安（312或314—385）：东晋高僧。俗姓卫，安平扶柳（今河北冀县西北）人。十二岁出家，至邺，师事佛图澄，穷览经典，以博学著名。后辗转至襄阳，立檀溪寺讲道。四方学士竞往师之，晋孝武帝亦致书延聘。前秦苻坚慕其名，为发兵陷襄阳，掳归长安，尊为上宾。他主般若性空之说，编纂《综理众经目录》，确立僧尼戒规，主张僧侣以"释"为姓，为世所遵行。　德问：道德声望。

【今译】郗超敬重释道安的道德声望，馈赠他米一千斛，还写了长达数纸的信，表达诚恳深厚的情意。道安回信只说："承蒙赠米，愈加觉得'有待'而烦劳惠赠。"

②饷：馈赠。　斛（hú 鹄）：容量单位。古十斗为一斛。　③修书：写信。　累纸：好几张纸。累，重叠。　④直：只；只是。⑤损米：谓承蒙赠米。损，减少，此为谢人馈送礼物的敬辞。　⑥有待：有所依赖。谓未能超脱世俗生活，语出《庄子·逍遥游》。按："愈觉有待之为烦"句，余嘉锡以为乃记事者之辞，非道安覆书中语。

（三三）谢安南免吏部尚书①，还东②；谢太傅赴桓公司马③，出西④，相遇破冈⑤。既当远别，遂停三日共语。太傅欲慰其失官，安南辄引以它端⑥。虽信宿中涂⑦，竟不言及此事。太傅深恨在心未尽，谓同舟曰："谢奉故是奇士。"

注释　①谢安南：谢奉，见《言语》83 注①。　②还东：谓从建康东还会稽。　③谢太傅：谢安。　赴：出任；就职。　桓公司马：桓温属下的司马。　④出西：往西。出，往。　⑤破冈：地名。三国吴孙权赤乌三年（245），发兵凿句容（在今江苏）至云阳（今江苏丹阳）航道，号破冈渎。　⑥引以它端：谓引开谈别的事，避免谈罢官之事。　⑦信宿中涂：途中连宿两夜。信，再宿为信。涂，通"途"。

今译　安南将军谢奉被免去吏部尚书官职，东归会稽；谢安出任桓温的司马，往西行进。两人在破冈相遇。既然即将远别，就停留三天一同叙叙。谢安想安慰谢奉失去官职，谢奉总是用其他的话岔开，避而不谈丢官的事。两人在中途虽然同住了两夜，竟没有谈到这件事情。谢安非常遗憾心里话没有说完，对同船的人说："谢奉确实是个奇人。"

（三四）戴公从东出①，谢太傅往看之②。谢本轻戴，见，但与论琴书。戴既无吝色③，而谈琴书愈妙。谢悠然知其量④。

注释　①戴公：戴逵（326—396），字安道，东晋谯郡铚县（今安徽宿县西南）人。移居会稽剡县（今浙江嵊县西南）。善鼓琴，精绘画铸造雕刻。信奉佛教。为人重气节，不趋荣利。征为国子博士，不就。　东出：从会稽（东）往西。　②谢太傅：谢安。③吝色：不乐意的神色。　④悠然：深远貌。　量：度量。

今译　戴逵从东边往西，谢安去看望他。谢安本来轻视戴逵，只是与戴逵谈论琴书。戴逵既没有不乐意的神色，而谈论琴书愈谈愈精妙。谢安这才深深发觉了戴逵的气度。

（三五）谢公与人围棋①，俄而谢玄淮上信至②，看书竟③，默然无言，徐向局④。客问淮上利害⑤，答曰："小儿辈大破贼⑥。"意色举止，不异于常。

注释　①谢公：谢安。　②谢玄：见《言语》78 注③。　淮上：淮河上。淝水是淮河上游的支流，在今安徽西北部，故称。信：使者。　③书：书信。　④徐：从容地。　局：指棋

今译　谢安和人下围棋，不久，谢玄从淮上前线派出送信的使者到了，谢安看毕来信，沉默不言，从容地转向棋局。客人问淮上战事的胜负如何，谢安回答说："孩子们大败了贼兵。"说话的神情举止，和平常毫无不同。

局。 ⑤利害：指战争胜负。 ⑥小儿辈：淝水之战时，东晋朝廷任命谢安为征讨大都督，指挥抗击前秦。谢安派遣其弟谢石、侄谢玄、子谢琰，各任将领，统军北上。故称谢玄等为“小儿辈”，犹言孩子们。

（三六）王子猷、子敬曾俱坐一室[1]，上忽发火。子猷遽走避[2]，不惶取屐[3]；子敬神色恬然[4]，徐唤左右扶凭而出[5]，不异平常。世以此定二王神宇[6]。

①王子猷：王徽之（？—388），字子猷。王羲之子，凝之弟，献之兄。历大司马桓温参军、车骑桓冲骑兵参军、黄门侍郎。后弃官家居，以病终。 子敬：王献之，见《德行》39注①。 ②遽：慌忙。 走：奔。 ③不惶：没来得及。惶，通“遑”。 屐：一种木制拖鞋。 ④恬（tián填）然：安静貌。 ⑤扶凭：扶着架着。 ⑥神宇：指胸怀器量。

王徽之、王献之兄弟俩曾经同坐在一间房里，上面忽然起火。徽之慌忙地逃避，连木屐也没有来得及取来穿上。献之神色安然，从容地叫左右侍从扶着架着走出屋来，样子和平常没有什么不同。世人也以此事来判定王氏兄弟俩的胸怀气度。

（三七）苻坚游魂近境[1]，谢太傅谓子敬曰[2]：“可将当轴，了其此处[3]。”

①苻坚：见《言语》94注③。 游魂：游荡不定的鬼魂。此为对敌人的蔑称。 ②谢太傅：谢安。 子敬：王献之。 ③“可将当轴”两句：语义不明。或谓及我执政之时，了结苻坚于此处。或谓可擒其领袖，了其此处之游魂。均可酌。下面译文供参考。当轴，处于中枢地位，指执政者。

苻坚像游荡的鬼魂一样，不断骚扰边境，谢安对王献之说：“可以抓住我在朝中秉政的机遇，了结苻坚于边境之上。”

（三八）王僧弥、谢车骑共王小奴许集[1]，僧弥举酒劝谢云：“奉使君一觞[2]。”谢曰：“可尔[3]。”僧弥勃然起[4]，作色曰：“汝故是吴兴溪中钓碣耳[5]，何敢诪张[6]！”谢徐抚掌而笑曰：“卫军[7]，僧弥殊不肃省[8]，乃侵陵上国也[9]。”

①王僧弥：王珉，小字僧弥，见《政事》24注③。 谢车骑：谢玄，小字羯，见《言语》78注③。 王小奴：王荟，小字小奴，见本篇26注①。 许：处所。 ②使君：汉晋称刺史。此称谢玄，玄曾任徐州刺史，故称。 ③可尔：应该这样做。 按：受人敬酒，不逊谢而说应该如此，语气倨傲，故王珉勃然怒。 ④勃然：发怒而脸色突变的样子。 ⑤汝：你。用于同辈或后辈。此处含不敬意。 故：原来；本来。 吴兴溪中：吴兴，郡名，今浙江

王珉、谢玄同在王荟处聚会，王珉举杯向谢玄劝酒，说：“敬使君一杯。”谢玄说：“应当这样。”王珉勃然大怒，站起来，变了脸色说：“你原本是吴兴溪中钓鱼的羯奴罢了，怎么敢这样嚣张！”谢玄缓缓地拍手笑着说：“卫军，你看，僧弥真是一点也不认真想想，竟然要侵犯大国诸侯了。”

湖州，地有苕溪、霅溪。　钓碣：钓鱼的羯奴。碣，通“羯”。谢玄平生好钓鱼。此王珉称谢玄小字，诋为钓鱼羯奴，近于詈骂。　⑥诪（zhōu 州）张：强横；跋扈。　⑦卫军：称王荟。　⑧肃省（xǐng 醒）：严肃省察。　按：此句谢玄称王珉为“僧弥”，亦称其小字。　⑨上国：古代中原诸侯国称上国，与边远之国相对而言。后亦称地位高、实力强的诸侯国。此谢玄借以自喻，回应上文“使君”，以示尊贵，含调侃王珉意。

三九　王东亭为桓宣武主簿[①]，既承藉有美誉[②]，公甚欲其人地[③]，为一府之望[④]。初见谢失仪[⑤]，而神色自若。坐上宾客即相贬笑[⑥]。公曰：“不然。观其情貌，必自不凡。吾当试之。”后因月朝阁下伏[⑦]，公于内走马直出突之[⑧]，左右皆宕仆[⑨]，而王不动。名价于是大重[⑩]，咸云：“是公辅器也[⑪]。”

注释　①王东亭：王珣，见《言语》102 注③。　桓宣武主簿：桓温的主簿。王珣初为大司马桓温掾，后转任主簿，甚得桓温器重。　②承藉：凭藉。此指王珣出身琅邪王氏，世为高门大族，凭此而有美誉。　③人地：人品与门第。　④府：指大司马府。　望：名望；声望。　按：句中“欲”，一本作“敬”。　⑤见谢：向桓温致谢。见，用于动词前，表示代词宾语的省略，此处指桓温。　失仪：有失礼仪。　⑥贬笑：贬低讥笑。　⑦月朝：古时官府僚属例须于每月初一朝见长官，称“月朝”。　阁下伏：拜伏于官署阁前。　⑧公：指桓温。　走马：驰马。　突：冲撞。　⑨宕仆：摇晃跌倒。　⑩名价：声价。　⑪公辅器：公辅的才具。公辅，指三公和丞相的职位。

译　王珣任大司马桓温的主簿，他既是凭藉出身世族获得美誉，桓温又很想要让王珣的人品门第在大司马府中树立声望。起初，王珣任官，向桓温致谢时有失礼仪，但他神色自如。当时座上宾客都贬低讥笑他。桓温说：“并非如此。我看王珣的神情仪表，定不平常。我要考验考验他。”后来因月之初一众僚属朝见长官而拜伏于官署阁下，桓温从署内驱马奔驰直冲而出，左右的人都摇晃跌倒，而王珣动也不动。他的名声身价于是大增，人们都说：“王珣是当三公、辅相的人才。”

四〇　太元末[①]，长星见[②]，孝武心甚恶之[③]。夜，华林园中饮酒[④]，举杯属星云[⑤]：“长星，劝尔一杯酒，自古何时有万岁天子！”

注释　①太元：东晋孝武帝年号（376—396）。　②长星：彗星，古人迷信，以为彗星出现，主有兵革。　见（xiàn 现）：出现。　③孝武：东晋孝武帝司马曜，见《言语》89 注②。　④华林园：宫苑名。西晋时洛阳有华林园。东晋就三国吴旧宫苑建园，沿用旧名。故址在今南京鸡鸣山南古台城内。　⑤属（zhǔ 主）：通“嘱”。托付。

译　太元末年，彗星出现，孝武帝心里非常厌恶。晚上，在华林园中饮酒，他举起酒杯对着彗星说：“彗星啊，敬你一杯酒，从古以来什么时候有过万岁的天子！”

【译】殷仲堪有个相识的人作了一篇赋，属于束皙《饼赋》一类的游戏文章，殷仲堪认为很有才气，对王恭说："适才看到一篇新作，相当可观。"就从手巾套子中取出来给王恭。王恭在读这篇文章的时候，殷仲堪在旁不自禁地笑。王恭看完之后，既不笑，也不说文章好坏，只是用手中如意把它压压平罢了。殷仲堪怅然自失，十分尴尬。

四一 殷荆州有所识作赋[①]，是束皙慢戏之流[②]，殷甚以为有才，语王恭[③]："适见新文，甚可观。"便于手巾函中出之[④]。王读，殷笑之不自胜[⑤]。王看竟，既不笑，亦不言好恶，但以如意帖之而已[⑥]。殷怅然自失。

【注释】①殷荆州：殷仲堪，见《德行》40 注①。　②束皙(261？—300？)：字广微，西晋初阳平元城(今河北大名东)人。以好学不倦称。尝作《劝农》、《饼》诸赋，时人以为鄙俗。司空张华以为贼曹掾，后以博学多闻迁著作郎、博士，参与整理魏襄王墓出土竹书。官至尚书郎。辞疾归家授徒。　慢戏：随意戏谑。此指束皙所作《饼赋》之类的诙谐文字。　③王恭：见《德行》44 注①。　④函：套子。　⑤不自胜(shēng 升)：不能自禁。　⑥如意：一种用具。长二尺左右，柄细长而微曲，前端作手指状。魏晋六朝僧徒讲经和名士清谈，多持如意指划，以示风雅。　帖：贴伏；压之使平。

【译】羊绥第二个儿子羊孚，年轻时就有卓越的才智，与谢混彼此友好。有一次，他一早到谢混住处，还没有吃过东西。一会儿，王熙、王爽兄弟俩也来了，他们原来既互不相识，二王兄弟走向坐位，就露出不愉快的脸色，要想让羊孚离去。羊孚完全不理睬他们，眼珠子也不转过去，只管把脚搁在几上，吟咏自如。谢混与二王寒暄了几句，回头仍旧与羊孚谈论赏析，这时候，二王才发觉羊孚才气不一般，就参加进来一同谈论。不多时食物摆了出来，二王兄弟都没有吃，只是忙着劝羊孚多吃点。羊孚也不大应答二王的话，只顾大吃，吃罢就告辞。二王兄弟这时就苦苦相留，羊孚按理不再停留，只是说："方才我没有遵从尊命离去，只因腹中还是空空的。"二王是王恭的两个弟弟。

四二 羊绥第二子孚[①]，少有俊才，与谢益寿相好[②]。尝蚤往谢许[③]，未食。俄而王齐、王睹来[④]，既先不相识，王向席，有不说色，欲使羊去。羊了不眄[⑤]，唯脚委几上[⑥]，咏瞩自若。谢与王叙寒温数语毕[⑦]，还与羊谈赏，王方悟其奇，乃合共语。须臾食下[⑧]，二王都不得餐，唯属羊不暇。羊不大应对之，而盛进食，食毕便退。遂苦相留，羊义不住[⑨]，直云[⑩]："向者不得从命[⑪]，中国尚虚[⑫]。"二王是孝伯两弟[⑬]。

【注释】①羊绥：见《方正》60 注①。　孚：羊孚，见《言语》104 注①。　②谢益寿：谢混，小字益寿，见《言语》105 注①。　③蚤：通"早"。　④王齐：王熙，字叔和，小字齐。王恭弟。尚孝武帝鄱阳公主，官太子洗马。　王睹：王爽，小字睹。王恭弟。见《文学》101 注②。　⑤了不眄(miǎn 免)：完全不理睬。眄，斜视。　⑥委：放；搁置。　几：倚凭身体之矮桌。　⑦寒温：犹寒暄。说天气冷暖一类的客套话。　⑧食下：食物摆了出来。　⑨义：根据道义。　住：停留。　⑩直：只；只是。　⑪向者：当初。　不得从命：不能听从尊命。此羊孚说先前未能按王齐、王睹的意思离开。　⑫中国：比喻腹部，肚子。当时口语。　⑬孝伯：王恭，字孝伯，见《德行》44 注①。

识鉴第七

审察人事，鉴别是非

(一) 曹公少时见乔玄[①]，玄谓曰："天下方乱，群雄虎争[②]，拨而理之[③]，非君乎？然君实是乱世之英雄，治世之奸贼[④]。恨吾老矣，不见君富贵，当以子孙相累。"

注释 ①曹公：曹操。　乔玄（108—183）：《后汉书》本传作"桥玄"，字公祖，东汉末梁国睢阳（今河南商丘南）人。举孝廉，补洛阳左尉。桓帝末为度辽将军。灵帝初，征入为河南尹，转少府大鸿胪，迁司空，转司徒。光和元年（178）迁太尉，以疾罢。他性刚急，然谦俭下士，子弟宗亲无居大官者。　②群雄虎争：指东汉末黄巾起义之后的州郡牧守地方军阀的割据纷争局面。　③拨：整顿。　理：治理。　④"乱世之英雄，治世之奸贼"：这两句是乔玄给曹操的评价。刘注引《世语》及孙盛《杂语》，说乔玄介绍曹操去见许劭，许评曹操是"治世之能臣，乱世之奸雄"。曹操很高兴。刘注认为《世说新语》所记是错的。　按：东汉用征辟、察举等制度来选拔人才，选拔的标准是依据乡间宗党平日对某个人长期观察而得出的舆论鉴定，即"清议"。许劭是当时的大名士，主持评论人物，每月更换，称"月旦评"。曹操的祖父曹腾是宦官，父亲曹嵩是腾的养子，曹氏家财富裕而门第不高。曹操得到太尉乔玄的赏识，又得到主持"月旦评"的许劭的这样高的评价，由此而引起当时士大夫的普遍注意，不再加以歧视。当"英雄"固然好，当"奸雄"也不错，也是富于权诈，足以欺世窃位的人物，这符合曹操以创业自任的抱负。

今译 曹操年轻时拜见乔玄，乔玄对他说："方今天下动乱，各路英雄如虎相争，拨乱反正，治理好国家，不是要靠您吗？而您确实是乱世中的英雄，治世中的奸贼。遗憾的是我老了，不能看到您富贵了，只能把我的子孙拜托给您了。"

(二) 曹公问裴潜曰[①]："卿昔与刘备共在荆州[②]，卿以备才如何？"潜曰："使居中国[③]，能乱人，不能为

今译 曹操问裴潜说："你过去同刘备一起在荆州，你认为刘备的才能怎么样？"裴潜说："如果让他占据中原，他会把局面搅乱，不能使人民安定；如果让他驻守边境，防备险要，则足以成为一方的霸主。"

何晏、邓飏、夏侯玄都希望和傅嘏交往,但傅嘏始终不答应。这几个人就靠着荀粲去居中说合,荀粲对傅嘏说:"夏侯太初是一时的杰出人才,他对您很虚心,而您却不愿和他交往。交好则事情易于办成,不交好就造成裂痕。你们两个贤人如果能和睦相处,那是国家之福。这就是蔺相如所以向廉颇退让的道理啊。"傅嘏说:"夏侯太初志向大而心不足,能够凑合那虚假的声誉,确实是古人所谓能言善辩而倾覆国家的人。何晏和邓飏,有所作为而心浮气躁,见识广博而不得要领,喜爱钱财而内心并无约束,看重和自己观点相同的人,厌恶持不同观点的人,喜欢多讲话而又嫉恨比自己强的人。多讲话就多是非,嫉妒强于自己的人就没有亲朋。照我的看法,这三个贤人都只是败坏德行之人而已,我疏远他们还恐怕遭到祸害,何况要亲近他们呢?"后来这三个人的结局,果然都像傅嘏所说的那样。

晋武帝在宣武场讲论武事,当时武帝要停止军备,宣扬文教,所以亲自莅临,把群臣通通召集来。山涛认为不宜如此。因而同各位尚书讲孙武、吴起古代兵法家用兵的本意,便深入地研究论述。满座的人无不赞叹,都说:"山少傅说的是天下的至理名言。"后来晋初分封的许多王骄傲放纵,轻率地酿成祸乱灾难。于

治;若乘边守险[4],足为一方之主。"

①曹公:曹操。　裴潜(? —244):字文行,三国魏河东闻喜(今属山西)人。黄巾起义时,他避乱荆州依刘表。曹操定荆州,以他为参丞相军事。后任代郡太守,迁兖州刺史。魏文帝时,历散骑常侍,荆州刺史。魏明帝时为尚书令。　②共在荆州:指裴潜曾与刘备同在荆州刘表处。　③中国:指中原地区。④乘边守险:防守边塞。乘,防守。

三 何晏、邓飏、夏侯玄并求傅嘏交[1],而嘏终不许。诸人乃因荀粲说合之[2],谓嘏曰:"夏侯太初一时之杰士[3],虚心于子,而卿意怀不可交。合则好成,不合则致隙[4]。二贤若穆,则国之休[5]。此蔺相如所以下廉颇也[6]。"傅曰:"夏侯太初志大心劳,能合虚誉,诚所谓利口覆国之人[7]。何晏、邓飏有为而躁,博而寡要,外好利而内无关籥[8],贵同恶异,多言而妒前[9],多言多衅,妒前无亲。以吾观之,此三贤者皆败德之人尔,远之犹恐罹祸,况可亲之邪?"后皆如其言。

①何晏:见《言语》14注①。　邓飏(? —326):字玄茂,三国魏南阳宛(今河南南阳)人。明帝时为尚书郎,除洛阳令,坐事免。后累官至颍川太守,迁侍中尚书。他为人浮华贪贿,京师人传"以官易富邓玄茂"。因党曹爽被诛。　夏侯玄:见《方正》6注①。　傅嘏:见《文学》9注①。　②因:凭藉。　荀粲:见《方正》59注⑥。　说合:从中介绍,把双方说到一起。　③夏侯太初:夏侯玄,字太初。　杰士:杰出的人才。　④致隙:造成隔阂。　⑤休:吉庆;祥福。　⑥蔺相如下廉颇:蔺相如,战国赵人,出使秦国,完璧归赵,以功封上卿,位在大将廉颇之上。廉颇气忿不平,声言欲辱相如。相如顾全大局,一再忍让。廉颇感悟,与相如和好。见《史记·廉颇蔺相如列传》。此借喻傅嘏当与夏侯玄相交好。　⑦利口覆国:语出《论语·阳货》"恶利口之覆邦家者"。利口,巧言善辩。　⑧关籥:谓心中无定见。关籥,犹关键。　⑨妒前:嫉恨比自己强的人。

四 晋武帝讲武于宣武场[1],帝欲偃武修文[2],亲自临幸,悉召群臣。山公谓不宜尔[3]。因与诸尚书

言孙、吴用兵本意[4]，遂究论。举坐无不咨嗟[5]，皆曰："山少傅乃天下名言[6]。"后诸王骄汏[7]，轻遘祸难。于是寇盗处处蚁合[8]，郡国多以无备不能制服[9]，遂渐炽盛。皆如公言。时人以谓山涛不学孙、吴，而暗与之理会[10]。王夷甫亦叹云[11]："公暗与道合。"

是盗贼群起，到处像蚂蚁般聚合起来，郡国地方多数因为没有军事上的准备而无法制服，割据势力就逐渐壮大了。这都像山涛所说的。当时人认为山涛不学孙武、吴起的兵家理论，而暗中与之相合。王衍也赞叹说："山公暗与道合。"

注释 ①晋武帝：司马炎，见《德行》17 注④。　讲武：讲习武事。宣武场：魏晋时操场名，在洛阳。　②偃武修文：停息武备，倡导文教。语出《尚书·武成》。　③山公：山涛，见《言语》78 注①。　④孙、吴：孙武和吴起，古代兵法家。孙武有《孙子》，吴起有《吴子》。　⑤咨嗟：赞叹。　⑥山少傅：即山涛。晋武帝咸宁初，山涛为太子少傅，故称。　⑦后诸王骄汏：后来诸王骄傲放纵。此指晋武帝大封宗室为王，诸王势力强大；至惠帝时，诸王争权，酿成"八王之乱"。　⑧蚁合：如蚁之聚合，形容数量多。　⑨郡国：秦之郡县，至汉分为郡与国，郡直属朝廷，国分封于诸王侯。晋时因之。此泛指地方政府。　⑩暗：暗中。理会：见解一致。　⑪王夷甫：王衍，见《言语》23 注②。

（五）王夷甫父乂[1]，为平北将军，有公事，使行人论不得[2]。时夷甫在京师，命驾见仆射羊祜、尚书山涛[3]。夷甫时总角[4]，姿才秀异，叙致既快[5]，事加有理，涛甚奇之。既退，看之不辍，乃叹曰："生儿不当如王夷甫邪？"羊祜曰："乱天下者，必此子也。"

今译 王衍的父亲王乂，任平北将军，有件公事，想派使者去陈述情况，一时找不到合适的人。此时王衍在京师，就叫人驾车动身前去谒见仆射羊祜和尚书山涛。王衍当时还在童年，姿容才华，十分出众，陈叙事情很爽快，而有条理，山涛十分惊奇。王衍走后，山涛还对他看个不停，就感叹说："生儿子难道不应当像王衍吗？"羊祜说："将来乱天下的，必定是这个孩子啊。"

注释 ①王夷甫：王衍，见《言语》23 注②。　乂：王乂，王衍父，见《德行》26 注③。　②使行人论不得：谓要派遣一个使者去陈述情况，找不到合适的人。行人，使者的通称。　③命驾：吩咐人驾车。谓动身前往。　羊祜：见《言语》86 注②。　④总角：古人童年时束发成髻，状如角。因指代童年。　按：此事当在晋武帝泰始五年(269)，时王衍年十四。　⑤叙致：陈说事情。

（六）潘阳仲见王敦小时[1]，谓曰："君蜂目已露[2]，但豺声未振耳[3]。必能食人，亦当为人所食。"

今译 潘滔看见小时候的王敦，对他说："您像蜂般的眼睛已经显露，只是像豺般的声音还没有形成而已。您一定能吃人，也将为人所吃。"

注释 ①潘阳仲：潘滔（？—311），字阳仲，西晋荥阳（在今河南）人。潘尼之侄。有文学才识。初为东海王司马越太傅长史。永嘉末为河南尹，石勒之乱遇害。 王敦：见《言语》37注①。 ②蜂目：像蜂那样的眼睛。 ③豺（chái柴）声：像豺那样的声音。豺，一种状如狼而比狼小的野兽，性凶猛狡猾。蜂目豺声，描写凶恶人的相貌声音，语出《左传·文公元年》。

（七）石勒不知书[①]，使人读《汉书》[②]。闻郦食其劝立六国后[③]，刻印将授之，大惊曰："此法当失，云何得遂有天下[④]！"至留侯谏[⑤]，乃曰："赖有此耳！"

今译 石勒不识字，他叫人读《汉书》给他听。当听到郦食其劝说刘邦立六国的后代，刻好了印将要授给他们的时候，他大吃一惊说："这个办法必定失误，还说什么能够得到天下？"及至听到留侯张良劝阻封六国后代的时候，石勒就说："全靠有此人啊！"

注释 ①石勒（274—333）：十六国时后赵的建立者，字世龙，上党武乡（今山西榆社北）人，羯族。幼年随邑人行贩洛阳，曾为人力耕。被晋官吏掠卖为耕奴，与汲桑等聚众起事。后投刘渊为大将，重用汉族士人张宾，雄据河北，自称赵王，建立政权，史称后赵。太和元年末（329年初）灭前赵，取得北方大部分地区，都襄国（今河北邢台）。三年，称大赵天王。旋称帝，年号建平。他好文史，在军旅常令儒生读史，每以其意论古帝王善恶。 不知书：看不懂书。 ②《汉书》：史书名。东汉班固著。记述西汉一代历史。 ③郦食其（lì yì jī丽异基）：刘邦的谋士。 劝立六国后：指郦食其劝刘邦扶持以前被秦国灭亡的六国国君的后裔。 ④云何：说什么。 ⑤留侯：张良，刘邦的主要谋士，以功封留侯。 谏：劝阻。此指张良向刘邦陈述不宜立六国后裔之事。

（八）卫玠年五岁[①]，神衿可爱[②]。祖太保曰[③]："此儿有异，顾吾老[④]，不见其大耳！"

今译 卫玠年五岁时，仪表丰采都很可爱。他的祖父太保卫瓘说："这孩子一表人才，很不寻常，只是我老了，看不见他长大了！"

注释 ①卫玠：见《言语》32注①。 ②神衿：仪容丰采。 ③祖太保：卫瓘（guàn贯），字伯玉，西晋初河东安邑（今山西运城东北）人。卫玠之祖父。为三国魏侍中、廷尉卿，以镇西军司随监邓艾、钟会攻蜀，平艾、会之反。入晋，武帝咸宁初拜尚书令加侍中，太康中再加司空。为杨骏所毁，以太保逊位。惠帝诛骏，复以瓘录尚书事，与汝南王司马亮辅政。后为贾后所杀。善草书。 ④顾：但。

（九）刘越石云[①]："华彦夏识能不足[②]，强果有余[③]。"

今译 刘琨说："华彦夏见识才能显得不足，坚强果敢却是有余。"

注释 ①刘越石：刘琨，字越石，见《言语》35注①。 ②华彦夏：华轶，字彦夏，西晋末平原（在今山东）人。华歆曾孙。初为博士，累迁散骑常侍。永嘉中，任江州刺史，流亡士民多依附之。时匈奴刘渊南下，晋怀帝在平阳被虏，琅邪王司马睿为安东将军镇建业，郡县官员劝轶归顺司马睿，轶未见京洛诏书，不从。司马睿遣左将军王敦讨轶，轶兵败被杀。 ③强果：坚强果敢。

一〇 张季鹰辟齐王东曹掾[①]，在洛，见秋风起，因思吴中菰菜羹、鲈鱼脍[②]，曰："人生贵得适意尔，何能羁宦数千里以要名爵[③]？"遂命驾便归。俄而齐王败，时人皆谓为见机[④]。

今译 张翰被征召为齐王司马冏的东曹掾，在洛阳，见到秋风起，就思念起家乡吴郡的菰菜羹、鲈鱼脍，就说："人生所可宝贵的是适合自己的心意罢了，怎么能远在千里之外做官去求取名位呢？"就叫人驾车，立即回乡。不久，齐王败亡，当时人都说张翰能事前洞察事情变化的细微动向。

注释 ①张季鹰：张翰，字季鹰，西晋吴郡吴县（今江苏苏州）人。有清才，善属文，为人放达不拘，时号"江东步兵"（步兵，指阮籍）。 辟（bì 避）：征召。 齐王：司马冏，见《方正》17注①。 东曹掾：东署的属官。曹，古代分科办事的官署。 ②吴中：吴郡；吴地。 菰菜：即茭白，产于江南低洼地区。 鲈鱼脍（kuài 快）：鲈鱼片。 按：《晋书·张翰传》作"菰菜、莼羹、鲈鱼脍"，莼菜，水生植物，产于江南水乡。后世以"莼鲈之思"指思乡之情，本此。 ③羁宦：在异乡做官。 要（yāo 腰）：求取。 ④见机：事前明察事情变化的细微迹象。刘注引《文士传》："大司马齐王冏辟为东曹掾。翰谓同郡顾荣曰：'天下纷纷未已，夫有四海之名者，求退良难。吾本山林间人，无望于时久矣。子善以明防前，以智虑后。'" 按：齐王司马冏起兵杀了篡位的赵王司马伦而掌握朝政大权。不久，被长沙王司马乂起兵攻杀。可见张翰已经看出朝政动乱的端倪，借思念家乡的菰菜、鲈鱼为名而跳出政治漩涡。

一一 诸葛道明初过江左[①]，自名道明[②]，名亚王、庾之下[③]。先为临沂令[④]，丞相谓曰[⑤]："明府当为黑头公[⑥]。"

今译 诸葛恢刚到江左，自名道明，名声次于王导、庾亮之下。他先前为临沂县令，丞相王导对他说："明府您定当黑发而位至公卿。"

注释 ①诸葛道明：诸葛恢，字道明，见《方正》25注①。 初过江左：谓刚从北方渡江到江南。 ②自名道明：刘注引《中兴书》，说诸葛道明和荀道明（名闿）、蔡道明（名谟）三人有"中兴三明"之称，时人语曰："京都三明各有名，蔡氏儒雅荀、葛清。" ③亚：次，居第二位。 王、庾：王导、庾亮。 ④先为临沂令：谓诸葛年少知名，为临沂县令。值天下大乱，遂渡江南下。 ⑤丞相：王导。 ⑥明府：汉代称太守、州牧为明府，至晋，对县令亦尊称为明府。王导是临沂人，故称恢为明府。 黑头公：谓年轻发黑而至公卿之位。

一二 王平子素不知眉子①，曰："志大其量，终当死坞壁间②。"

注释 ①王平子：王澄，王衍之弟，见《德行》23 注①。 知：赏识。 眉子：王玄（？—313?），西晋琅邪临沂（今属山东）人，字眉子。王衍子。少有俊才。性简旷粗豪。晋愍帝建兴初，任梁国内史，为政苛急，大行威罚。及迁陈留太守，行至尉氏，为所诛梁国部曲将耿奴余党袭杀。 ②坞壁：坞堡壁垒。一种军事防御性的小城堡。东汉末，各地坞堡林立，有的发展为武装割据势力。

译 王澄一向不赏识王玄，说："他志大才疏，气量不足，最后必定死在坞壁之中。"

一三 王大将军始下①，杨朗苦谏②，不从，遂为王致力③。乘中鸣云露车径前④，曰："听下官鼓音，一进而捷。"王先把其手曰："事克，当相用为荆州⑤。"既而忘之，以为南郡⑥。王败后，明帝收朗⑦，欲杀之。帝寻崩，得免。后兼三公⑧，署数十人为官属。此诸人当时并无名，后皆被知遇。于时称其知人。

注释 ①王大将军：王敦，见《言语》37 注①。 始下：指王敦于晋元帝永昌元年（322）自武昌举兵，沿江而下攻建康。 ②杨朗：字世彦，东晋弘农华阴（今属陕西）。有器识，为王敦、谢安所赏识。历南郡太守，官至雍州刺史。 苦谏：极力劝阻。 ③致力：效力。 ④中鸣云露车：古代一种战车。车上有望楼，并置金鼓，以指挥进退。 ⑤荆州：指荆州刺史。 ⑥南郡：指南郡太守。 ⑦收：拘捕。 ⑧兼三公："三公"下当有"曹"。《晋书·职官志》列曹尚书有三公曹，主典选。东晋只有吏部、祠部、五兵、左民、度支五尚书，而十八曹郎内仍有三公曹，乃以他尚书摄其职，故称兼。

译 大将军王敦开始自武昌沿江而下进攻建康时，杨朗苦苦劝阻，王敦不听，杨朗就为王效力。在攻战中，杨朗乘中鸣云露车勇往直前，说："听下官的鼓音，大家奋勇作战，一战而胜。"王敦起初拉着杨朗的手说："事成之后，我一定用你为荆州刺史。"后来就忘了，用杨朗为南郡太守。王敦失败之后，晋明帝拘捕了杨朗，打算杀了他。不久，明帝去世了，杨朗得以免死。后来他兼任三公曹，任用几十人为官。这些人在当时并不有名，后来都受到赏识。当时，大家称杨朗能识人。

一四 周伯仁母①，冬至举酒赐三子②，曰："吾本谓度江托足无所③，尔家有相④，尔等并罗列吾前⑤，复何忧？"周嵩起⑥，长跪而泣曰⑦："不如阿母言。伯仁为人志大而才短，名重而识闇⑧，好乘人之弊⑨，此非自全之道⑩，嵩性狼抗⑪，亦不容于世。唯阿奴碌碌⑫，当在阿母目下耳。"

译 周顗的母亲在冬至节那天，拿酒给三个儿子喝，说："我本来以为过江南来，没有地方可以落脚安身，幸亏你们周家有福气，你们几个都已成材，并列在我面前，我还忧愁什么呢？"周嵩起身长跪于地，哭泣着说："事情并不像母亲所说的那样。大哥伯仁，为人志大才疏，名气很大而见识不高明，又喜欢利用别人的危急，这并非保全自己的办法。我自己性格高傲戆直，也不为世人所容。只有阿奴小弟，能随众附和，将会留在母亲眼前罢了。"

注释 ①周伯仁:周𫖮,字伯仁,见《言语》30 注①。 ②冬至:二十四节气之一。在阳历 12 月 21 日至 23 日之间的某一天。古人把冬至看成节气的起点,有在这天宴饮的习尚。 ③谓:以为。 托足:立足。谓容身。 ④相:吉相;福相。 ⑤罗列:排列。 ⑥周嵩:周𫖮弟,见《方正》26 注②。 ⑦长跪:直身而跪。古人席地而坐,坐时两膝据地,以臀部着脚跟;跪则伸直腰股,以示庄重。 ⑧闇(àn 暗):迟钝,不精明。 ⑨乘:利用;趁着。 弊:危殆;衰败。 ⑩自全:保全自己。 ⑪狼抗:高傲戆直,不善处世。 ⑫阿奴:指周谟,周𫖮、周嵩之弟,见《方正》26 注①。阿奴,此处为兄称弟的昵称。 碌碌:随众附和,平庸无作为。

(一五)王大将军既亡[1],王应欲投世儒[2],世儒为江州[3]。王含欲投王舒[4],舒为荆州[5]。含语应曰:"大将军平素与江州云何,而汝欲归之?"应曰:"此乃所以宜往也。江州当人强盛时,能抗同异[6],此非常人所行。及睹衰危,必兴愍恻[7]。荆州守文[8],岂能作意表行事[9]?"含不从,遂共投舒,舒果沉含父子于江。彬闻应当来,密具船以待之。竟不得来,深以为恨。

注释 ①王大将军既亡:王敦于晋元帝永昌元年(322)自武昌起兵,攻至石头城(在今南京清凉山),杀周𫖮、戴渊。还武昌,遥制朝政。同年冬,晋元帝以忧愤死,太子司马绍即位,是为晋明帝。次年,王敦移镇姑孰(今安徽当涂),自领扬州牧。明帝太宁二年(324),王敦病重,明帝任王导为大都督,与温峤、郗鉴、庾亮等讨伐王敦。敦以兄王含为元帅,率众三万攻建康,建康未下而王敦病死,王含军遂溃散。 ②王应(? —324):字安期。王含子。王敦无子,以应为嗣子。官武卫将军。 世儒:王彬(275—333),字世儒,东晋琅邪(今山东临沂)人。王廙弟,王敦从弟,晋元帝姨弟。渡江,以从征华轶功封都亭侯,历建安太守、侍中等。朴素方直,常布衣蔬食。后为豫章太守、江州刺史。王敦死后,迁度支尚书、尚书右仆射,卒官。 ③江州:指江州刺史。 ④王含:王敦兄,见《言语》37 注①。 王舒(266? —333):字处明,东晋琅邪(今山东临沂)人。王导从弟。渡江后历北中郎将、监青徐二州军事。累迁荆州、广州、湘州刺史。成帝太宁初,徙廷尉。卒官。 ⑤荆州:指荆州刺史。 ⑥抗:抗论,直言不讳。 同异:不同。偏义复词,此指不同意见。刘注引《王彬别传》,说他在王敦杀周𫖮之后,去哭周𫖮,并当面指责王敦是"抗旌犯上,杀戮忠良"。王敦

今译 大将军王敦病死之后,他哥哥王含率领的军队溃败,他的嗣子王应要投奔王彬,王彬当时是江州刺史。王含要投奔王舒,王舒是荆州刺史。王含对王应说:"大将军生前与江州刺史王彬的关系怎样,他们向来不和睦,而你竟要投靠他?"王应说:"这正是所以适宜去投靠的道理。王江州在人家强盛得势的时候,敢于抗争,说出与大将军不同的政见,这不是平常人所能做到的。等到目睹别人衰败危急的时候,他必然会产生怜悯恻隐之心。而王荆州呢,他是个谨守成法的人,难道能期望他作出意料不到的事而收容我们吗?"王含不听王应的话,父子两人就一同投奔王舒。结果,王舒果然把王含、王应父子俩沉入江中。王彬当时听到王应要来的消息,就秘密地准备好船只等待着。王应终于没能来,王彬深深地感到遗憾。

大怒，王导在旁劝解，叫王彬向王敦拜谢，他说："有足疾，比来见天子，尚不能拜，何跪之有？"王敦以亲故，未予杀害。 ⑦愍恻：怜悯之心。 ⑧守文：谨守成法。 ⑨意表：意外。

一六 武昌孟嘉作庾太尉州从事①，已知名。褚太傅有知人鉴②，罢豫章③，还过武昌，问庾曰："闻孟从事佳，今在此不④？"庾云："试自求之。"褚眄睐良久⑤，指嘉曰："此君小异⑥，得无是乎？"庾大笑曰："然。"于时既叹褚之默识⑦，又欣嘉之见赏⑧。

注释 ①武昌：晋郡名。初属荆州，惠帝时属江州。郡治在今湖北鄂城。 孟嘉：东晋江夏鄳（今河南信阳东北）人。三国吴司空孟宗之曾孙，陶渊明外祖父。少有文才，以清操知名。太尉庾亮领江州，辟为庐陵从事，转劝学从事，深为时流器重。后为桓温参军，累迁从事中郎、长史。性嗜酒，饮多而举止不乱，自谓得酒中真趣。 庾太尉：庾亮，见《德行》31注①。 州从事：指江州庐陵从事。 ②褚太傅：褚裒，见《德行》34注①。 鉴：照察的能力。 ③罢豫章：免去豫章太守官职。 ④不（fǒu 缶）：同"否"。 ⑤眄（miǎn 勉）睐：目光左右流动着看。 ⑥小异：稍有不同。 ⑦默识：暗自领悟。 ⑧见赏：被赏识。

今译 武昌孟嘉任太尉庾亮的州从事，已经出了名。太傅褚裒有鉴别人物的洞察力，他从豫章太守任上免官回家，路过武昌，问庾亮说："听说孟从事人极好，今天在这里吗？"庾亮说："请试试自己找找看。"褚裒对着在座的人，目光左右审视了好久，指着孟嘉说："这位先生与众人稍有不同，莫非是他吧？"庾亮大笑说："对，对！"当时人们既赞叹褚裒暗中观察鉴别人物的能力，又为孟嘉受到赏识而欣喜。

一七 戴安道年十余岁①，在瓦官寺画②。王长史见之③，曰："此童非徒能画，亦终当致名。恨吾老，不见其盛时耳！"

注释 ①戴安道：戴逵，见《雅量》34注①。 ②瓦官寺：东晋佛寺名。在都城建康城西南隅。 ③王长史：王濛，见《言语》66注①。

今译 戴逵十几岁的时候，在瓦官寺里作画。长史王濛见到他，说："这孩子非但能画，而且最终必将成名。遗憾的是我老了，看不到他享盛名的时候了！"

一八 王仲祖、谢仁祖、刘真长俱至丹阳墓所省殷扬州①，殊有确然之志②。既反③，王、谢相谓曰："渊源不起，当如苍生何④？"深为忧叹。刘曰："卿诸人真忧渊源不起邪？"

注释 ①王仲祖：王濛，见《言语》66注①。 谢仁祖：谢尚，见《言语》46注①。 刘真长：刘惔，见《德行》35注①。 丹阳：郡名。故城在今江苏南京江宁县东。 墓所：墓地。殷浩原

今译 王濛、谢尚、刘惔一起到丹阳墓地去拜访殷浩，殷隐居在此，很有点坚定栖隐的志趣。回来以后，王濛、谢尚相互谈论，说："殷渊源不肯出山，将把天下百姓怎么样呢？"他们俩非常忧虑感叹。刘惔说："您几位真的担忧殷渊源会不出来做官吗？"

为陈郡（在今河南）人，家居丹阳，有亲人墓地在此。浩称疾隐居于此近十年。　省（xǐng醒）：访问。殷扬州：殷浩，字渊源，曾为扬州刺史，故称。见《政事》22注①。　②殊：甚；颇。　确然之志：坚定不移的栖隐之志。语出《周易·乾·文言》：“不易乎世，不成乎名；遁世无闷，不见是而无闷；乐则行之，忧则违之，确乎其不可拔，潜龙也。”　③反：同“返”。　④如苍生何：把百姓怎么样呢？如……何，把……怎么样，拿……怎么办。　苍生，百姓。

（一九）小庾临终①，自表以子园客为代②。朝廷虑其不从命③，未知所遣，及共议用桓温④。刘尹曰⑤：“使伊去⑥，必能克定西楚⑦，然恐不可复制⑧。”

今译　小征西将军庾翼临死之时，自己向朝廷上表荐举儿子庾爰之为接替他的荆州刺史的人选。朝廷顾虑庾爰之会不服从命令，一时还不知道派谁去接替庾翼为好。等到大家共同议论用桓温的时候，刘惔说：“派他去，一定能稳定西边荆州一带，但恐怕朝廷将来再也不能控制他了。”

注释　①小庾：庾翼，见《言语》53注①。他在庾亮死后，继任都督江荆等六州军事、安西将军、荆州刺史，代亮镇武昌；后又进位征西将军，领南蛮校尉。　②自表：自己上表章。　园客：庾爰之，字仲真，小字园客。庾翼第二子。后为桓温废徙于豫章。　为代：此谓作为代任荆州刺史的人选。　③不从命：不听从命令。　④桓温：见《言语》55注①。　⑤刘尹：刘惔，见《德行》35注①。　⑥伊：他。此指桓温。　⑦克定：平定。　西楚：东晋称荆州一带地区。这里古属楚国，位居京师建康之西，故称。　⑧不可复制：不能再控制。　按：东晋偏安江左，沿江多为要地，上游之荆州与下游之扬州尤为重镇。渡江之初，琅邪王氏之王廙、王敦、王含、王舒先后作荆州刺史十年，而王敦兴兵向东晋朝廷。王敦败后，陶侃镇荆州九年，史书称陶也有窥窬皇位之志。陶侃之后，庾亮、庾翼兄弟以外戚地位，连续统治荆州十年，与在朝廷上的王导相抗衡，故庾翼临死之前，还上表以子庾爰之自代。东晋朝廷用桓温为荆州刺史，从此长江上游事权集中于桓温。桓温统治荆州近二十年，桓氏桓豁、桓冲、桓石民等相继治荆，形成“桓氏世莅西土”的局面，而桓温之子桓玄卒以篡晋。可见荆州刺史一职在当时之重要。

（二〇）桓公将伐蜀①，在事诸贤咸以李势在蜀既久②，承藉累叶③，且形据上流，三峡未易可克。唯刘尹云④：“伊必能克蜀。观其蒱博⑤，不必得，则不为。”

今译　桓温将要发兵攻打成汉，当政的官员们都认为成汉国君李势在蜀中已经很久，凭藉着几代的祖业，并且形势据于长江上游，有三峡之险，不容易攻克。只有刘惔说：“他一定能攻克蜀中。只要看他平日赌博，不是必定有把握取胜的事，他是不干的。”

注释　①桓公：桓温。见《言语》55注①。　蜀：此指成汉，十六国之一。　②在事诸贤：指掌持政事的官员们。　李势（？—361）：十六国成汉国君，字子仁。巴西宕渠（治所今四川渠县北）賨人。桓温伐蜀，李势于晋穆帝永和三年（347）降。③承藉累叶：凭藉几代祖业。叶，代。西晋惠帝元康八年（298），关中连年饥荒，巴氐首领李特率流民入蜀。永宁元年（301），益州刺史罗尚限流民于七月出发还乡，流民欲待秋收，请至冬季出发，罗尚不许。流民推李特、李流为首，起兵于绵竹（今四川德阳北），进攻成都。李特被罗尚袭杀，侄李雄续领其众。惠帝永兴元年（304），李雄称成都王，建元建兴。永兴三年（306），李雄称帝，改元晏平，国号大成。在十六国纷扰时期，在蜀地的成汉政权却出现了"事少役稀，百姓富实"的局面。晋成帝咸和九年（334），成主李雄死，子李班立。李越（李雄子）杀班，立弟李期为帝。成帝咸康四年（338），李寿（李雄堂弟）废李期，自立为帝，改国号为汉，史称"成汉"。李寿务为奢侈，大起宫殿。晋康帝建元元年（343），李寿死，子李势即位，骄暴淫杀，刑罚苛滥。桓温于晋穆帝永和二年（346）冬出兵攻蜀，次年，成汉即亡。自李雄称成都王至李势向桓温投降，成汉立国凡44年（304—347）。　④刘尹：刘惔。　⑤蒱博：樗蒱，一种赌博性质的游戏。也泛称赌博。

（二一）谢公在东山畜妓①，简文曰②："安石必出。既与人同乐，亦不得不与人同忧。"

今译 谢安隐居在东山，还养着歌妓，简文帝说："谢安石一定会出山做官的。他既然与人同乐，也不得不与人同忧。"

注释 ①谢公：谢安。　东山：山名。在浙江上虞县西南。谢安早年隐居于此。　妓：古代贵族家中主要从事歌舞、音乐表演的侍女。　②简文：晋简文帝司马昱，见《德行》37注①。

（二二）郗超与谢玄不善①。苻坚将问晋鼎②，既已狼噬梁、岐③，又虎视淮阴矣④。于时朝议遣玄北讨，人间颇有异同之论。唯超曰："是必济事⑤。吾昔尝与共在桓宣武府⑥，见使才皆尽，虽履屐之间⑦，亦得其任。以此推之，容必能立勋⑧。"元功既举⑨，时人咸叹超之先觉⑩，又重其不以爱憎匿善。

今译 郗超与谢玄关系不好。前秦苻坚将图谋东晋天下，已经像狼那样吞并了梁、岐一带，又虎视眈眈地想攻占淮水以南地区。当时朝廷上决定派谢玄北上讨伐苻坚，人们对这一决定意见还很不一致。只有郗超说："这一定能成功。我过去曾经和谢玄在桓宣武幕府中共事，发现他用人能人尽其才，即使在极小的事情上，也能委任得当。从这些事来推断，估计一定能建立功勋。"谢玄大功告成后，当时人们都赞叹郗超有先见之明，又敬重他不因个人爱憎而隐匿别人的才能。

注释 ①郗超：见《言语》59注⑤。　谢玄：见《言语》78注③，参看《雅量》35。　②苻坚：见《言语》94注③。　问晋鼎：谋取东晋天下。问鼎，语出《左传·宣公三年》"楚子问鼎之大小轻重焉"。三代以九鼎为传国之宝，楚子问鼎，有觊觎周室之意。③狼噬（shì士）：像狼一样吞食。　梁、岐：梁，指今四川、陕西等一带；岐，指今陕西一带。此谓前秦已占有这些地区。 ④淮阴：此泛指淮河以南一带。 ⑤济事：成事。济，成功。 ⑥桓宣武府：桓温幕府中。 ⑦履屐：比喻小事。 ⑧容：当；或许。 ⑨元功：大功。指淝水之战击退前秦大军之功。 举：实行；实现。 ⑩先觉：有预见。

（二三）韩康伯与谢玄亦无深好[1]。玄北征后[2]，巷议疑其不振[3]。康伯曰："此人好名，必能战。"玄闻之，甚忿，常于众中厉色曰："丈夫提千兵[4]，入死地[5]，以事君亲[6]，故发，不得复云为名！"

注释 ①韩康伯：韩伯，见《德行》38 注③。 谢玄：见前则。 ②北征：指谢玄率师北上抗击前秦军。 ③巷议：里巷间人们的议论。 不振：谓不能奋力作战。 ④提：带领。 千兵：成千上万的兵士。千，泛指数量多。 ⑤死地：危殆之境。此指前线战场。 ⑥君亲：偏义复词，指君王。

今译 韩康伯和谢玄也没有什么很深的交情。谢玄率师北征之后，街谈巷议都担忧谢玄不能奋力作战。韩康伯说："这个人注重自己的名声，一定能打好。"谢玄听到这话十分气愤，经常当着众人，神色严厉地说："大丈夫带领千万士卒，出生入死，为的是报效君亲，这才出战，不可以再说什么是为了一己的名声！"

（二四）褚期生少时[1]，谢公甚知之[2]，恒云："褚期生若不佳者，仆不复相士[3]。"

注释 ①褚期生：褚爽，字茂弘，小字期生。褚裒孙。好老庄，淡荣利。女褚思（灵媛）为晋恭帝后。累迁中书郎、义兴太守。 ②谢公：谢安，见《德行》33 注②。 ③仆：自称的谦辞。

今译 褚爽年轻时，谢安非常赏识他，常说："褚期生假如不佳妙的话，我不再观察品评人物了。"

（二五）郗超与傅瑗周旋[1]。瑗见其二子[2]，并总发[3]，超观之良久，谓瑗曰："小者才名皆胜，然保卿家，终当在兄。"即傅亮兄弟也[4]。

注释 ①郗超：见《言语》59 注⑤。 傅瑗：字叔玉，东晋北地灵州（今宁夏灵武）人。以学业知名。历护军长史、安城太守。 周旋：交往。 ②见（xiàn 现）：使见。 ③总发：即总角。古代儿童头发束在顶上，因指代童年。 ④傅亮兄弟：傅亮（？—426），南朝宋人，字季友。傅瑗子。仕晋，义熙中累官中书黄门侍郎。宋武帝刘裕受禅，以佐命功入直中书省，专典诏命，总国政。后任中书监、尚书令。又与徐羡之等废杀少帝，迎立文帝。后因杀少帝罪被处死。傅亮之兄傅迪，字长猷。位至五兵尚书。

今译 郗超与傅瑗友好。傅瑗让他的两个儿子拜见郗超，当时都在童年。郗超对这两个孩子看了好久，对傅瑗说："小的那个才能名声都好，然而保全您的家的，最后还应是哥哥。"这两个孩子就是傅亮弟兄俩。

（二六）王恭随父在会稽[①]，王大自都来拜墓[②]，恭暂往墓下看之。二人素善，遂十余日方还。父问恭：“何故多日？”对曰：“与阿大语，蝉连不得归[③]。”因语之曰：“恐阿大非尔之友，终乖爱好[④]。”果如其言。

注释 ①王恭：见《德行》44 注①。王恭之父王蕴，太元年间任会稽内史。　②王大：王忱，见《德行》44 注②。小字佛大，故称“阿大”。　都：京都。指建康。　拜墓：祭扫坟墓。　③蝉连：连续不断。　④乖：背离。　爱好：友情。王恭与王忱“终乖爱好”事，参看《赏誉》153。

今译 王恭跟随他父亲在会稽，王忱从京都到会稽来扫墓，王恭临时到墓地去看望他。他们俩一向友好，就停留了十几天才回家。王恭父亲问他：“为什么停留了这么多日子？”王恭回答说：“跟阿大谈谈，接连不断地谈下去，一时不能回来。”他父亲就对他说：“恐怕阿大并非你的朋友，最终是要断绝友情的。”后来果然像王蕴所说的。

（二七）车胤父作南平郡功曹[①]，太守王胡之避司马无忌之难[②]，置郡于沣阴[③]。是时胤十余岁，胡之每出，尝于篱中见而异焉。谓胤父曰：“此儿当致高名。”后游集，恒命之[④]。胤长，又为桓宣武所知[⑤]，清通于多士之世，官至选曹尚书[⑥]。

注释 ①车胤：见《言语》90 注③。　南平郡：郡名。治所在今湖南安乡北。　功曹：官名。郡中佐吏。　②王胡之：见《言语》81 注①。　司马无忌（？—350）：东晋宗室，字公寿。司马丞之子。成帝时累迁中书、黄门侍郎，康帝时出为长沙相、江夏相，寻转南郡太守、河东太守。随桓温伐蜀，以功进号前将军。司马无忌与王胡之有家仇，欲图报复，胡之以此避之。　③沣阴：沣，本作“酆”，从影宋本改。字当作“澧（lǐ礼）”。澧，水名，源出湖南西北，至安乡（晋南平郡治）南注洞庭湖。　阴，水之南。　④命：召。　⑤桓宣武：桓温，见《言语》55 注①。桓温在荆州，以车胤为从事，一年而至治中。　⑥选曹尚书：即吏部尚书，主官吏之选拔考校任免等。

今译 车胤的父亲作南平郡功曹，太守王胡之因避司马无忌的报复危害，置郡治于澧水之南。这时候，车胤十几岁，王胡之每次出行，曾经在篱笆中看到他而认为很优异。他对车胤父亲说：“这孩子将来会获得很高的名声的。”以后游览集会，王胡之常常把车胤召来。车胤长大成人，又受到桓温的赏识，在人才众多之时，以清明通达著称，官至吏部尚书。

（二八）王忱死[①]，西镇未定[②]，朝贵人人有望[③]。时殷仲堪在门下[④]，虽居机要[⑤]，资名轻小[⑥]，人情未以方岳相许[⑦]。晋孝武欲拔亲近腹心[⑧]，遂以殷为荆州[⑨]。事定，诏未出，王珣问殷曰[⑩]：“陕西何故未有处分[⑪]？”殷曰：“已有人。”王历问公卿，咸云：“非。”王自计才地[⑫]，必应在己。复问：“非我邪？”殷曰：“亦似非。”其夜，诏出用殷。王语所亲曰：

今译 荆州刺史王忱死后，西边重镇的官职属谁还未决定，朝廷上的高官们人人都有当荆州刺史的愿望。当时殷仲堪在门下省，他虽然处于机要地位，但资历浅，名气小，一般人心目中并没有对他寄以一方重镇的期望。晋孝武帝要提拔自己的亲信心腹，就用殷仲堪为荆州刺史。事情已经内定，任命的诏书还没有颁发，王珣去问殷仲堪说：“陕西方面的事为什么还没有处理？”殷仲堪说：“已经有人了。”王珣就列举

"岂有黄门郎而受如此任！仲堪此举，乃是国之亡征。"

注释 ①王忱：见《德行》44 注②。东晋孝武帝太元中，王忱为荆州刺史、都督荆益宁三州军事，太和十七年(392)十月，死于任上。　②西镇：指荆州。荆州在京师建康之西，为军事重镇，故称。此处指荆州刺史之官职。　③朝贵：朝廷上的高官。④殷仲堪：见《德行》40 注①。　门下：官署名，即门下省。直属于皇帝的顾问咨询机关，参与朝政。　⑤机要：掌管机密要事的地位、职务或部门。此指门下省。　⑥资名：资历名望。　⑦人情：人心；人们的意见。　方岳：四方之岳。古代天子巡狩至某方岳，则此方诸侯朝拜于此。借指地方高级长官，犹言一方重镇。许：称道；赞许。　⑧晋孝武：孝武帝司马曜，见《言语》89 注②。拔：提拔。　亲近腹心：指殷仲堪。孝武帝沉溺酒色，朝政掌于同母弟会稽王司马道子之手，兄弟君相之间有矛盾。故孝武帝要提拔亲信以牵制朝中权臣。　⑨以殷为荆州：太元十七年十一月，以黄门郎殷仲堪为都督荆益宁三州诸军事、荆州刺史，代王忱之职。⑩王珣：见《言语》102 注③。　⑪陕西：东晋时指荆州。东晋以扬州、荆州为长江下游和上游重镇，比照周公、召公分治之陕东、陕西，故仿古而称荆州为陕西。参看本篇 19 注⑧。　处分：处置。此指朝廷任命官吏。　⑫王自计才地：王珣自己估计才能门第。王珣出身琅邪王氏大族，此时任尚书左仆射，以才学文章深为孝武帝所倚仗。

有可能出任荆州刺史的公卿大臣姓名，一个一个问过去，殷仲堪都说："不是。"王珣自己估计论才华、论门第，一定应当是自己。就再问："莫非是我吗？"殷仲堪说："也好像不是。"这天晚上，诏令发布用的是殷仲堪。王珣对亲近的人说："哪有一个黄门郎而可以受此重任！超拔仲堪的举措，正是国家灭亡的征兆。"

赏誉第八

品评人物，加以揄扬

（一）陈仲举尝叹曰[①]："若周子居者[②]，真治国之器。譬诸宝剑，则世之干将[③]。"

今译 陈蕃曾经感叹地说："像周乘这样的人，真是治理国家的有用之材。拿宝剑来比喻的话，那就是世上的干将。"

注释 ①陈仲举：陈蕃，见《德行》1注①。　②周子居：周乘，见《德行》2注①。　③干将：传说中宝剑名。相传为春秋时吴人干将与其妻莫邪所铸，有二剑，阳曰"干将"，阴曰"莫邪"，以阴剑献与吴王阖闾。见《吴越春秋·阖闾内传》四。据王念孙考证，"干将"为联绵词，本指利刃。见《广雅疏证·释器上》。

（二）世目李元礼[①]："谡谡如劲松下风[②]。"

今译 世人品评李膺说："他像坚强的松树下的刚劲之风，肃肃有声。"

注释 ①目：品题；品评。　李元礼：李膺，见《德行》4注①。②谡谡：象声词。同"肃肃"，形容风声。

（三）谢子微见许子将兄弟[①]，曰："平舆之渊[②]，有二龙焉。"见许子政弱冠之时[③]，叹曰："若许子政者，有干国之器[④]。正色忠謇[⑤]，则陈仲举之匹[⑥]；伐恶退不肖[⑦]，范孟博之风[⑧]。"

今译 谢甄看到许劭兄弟，说："平舆的深水里，有两条龙在那里。"看到许虔二十岁之时，感叹说："像许虔这样的人，有治国的才能。他严肃正直，可以与陈蕃相比；讨伐恶人，贬退不肖，有范滂的风格。"

注释 ①谢子微：谢甄，字子微，东汉末汝南召陵（今河南郾城东）人。与陈留边让并善谈论，有盛名。当时名士郭泰称他"英才有余"。淡于仕进而不拘于细行，为世所诟。　许子将：许劭（150—195），字子将，东汉末汝南平舆（今属河南）人。许虔之弟。能品评鉴识人才，与郭泰（见《德行》3注①）齐名。他曾经当面品评曹操为“治世之能臣,乱世之奸雄”(参阅《识鉴》1 注④)。他与从兄许靖俱负高名,一同评论乡党人物,月更其品题,汝南效之成俗,称为“月旦评”。初为郡功曹。司空杨彪征辟他,不就。避地豫章,寻卒。 按:这种品评人物,不免党同伐异,许劭也不例外,东晋葛洪就说许劭“争讼论议,门宗成仇”。见《抱朴子·自叙》。②平舆:县名。东汉时为汝南郡治,今属河南,此指许虔、许劭家乡。③许子政:许虔,字子政。许劭之兄。为人雅正,知名当时。 弱冠:指男子二十岁左右。 ④干国之器:治国的才能。干,辅佐。器,才干。 ⑤正色:脸色庄重。 忠謇(jiǎn 简):忠直。 ⑥陈仲举:陈蕃,见《德行》1 注①。 匹:匹敌;比配。 ⑦伐恶:打击恶人。 退不肖:贬退不良之人。 ⑧范孟博:范滂(137—169),字孟博,东汉末汝南征羌(今河南郾城)人。举孝廉,为清诏使,力图澄清吏治,每至州境,不法官吏望风而逃。后因得罪宦官下狱,事释得归。汉灵帝建宁二年(169)大杀党人,被捕杀。

(四)公孙度目邴原[①]:“所谓云中白鹤,非燕雀之网所能罗也[②]。”

【今译】公孙度品评邴原道:“邴原真可以称为云中白鹤,不是捕捉燕雀小鸟的网所能罗致的。”

【注释】①公孙度:字升济,一作叔济,东汉襄平(今辽宁辽阳北)人。任辽东太守,东伐高句骊,西击乌桓,南取东莱诸县,威扬东北。自立为辽东侯、平州牧。曹操表之为威武将军,封永宁乡侯。 目:品评。 邴(bǐng 柄)原(?—211):字根矩,东汉朱虚(今山东临朐东)人。少与管宁以操尚齐名。汉末黄巾起义,他避居郁州山中,后又避地辽东,士人百姓从者甚众;后回中原,归曹操。仕至五官将长史。闭门自守,非公事不出。 ②“云中白鹤”两句:刘注引《邴原别传》,说邴原在辽东,公孙度很厚待他。后来他要返回中原,公孙度禁阻。他悄自坐捕鱼大船离辽东。过了几天公孙度才发觉,手下吏员建议追赶,公孙度说了这两句话。罗:张网捕捉。

(五)钟士季目王安丰[①]:“阿戎了了解人意[②]。”谓“裴公之谈[③],经日不竭”。吏部郎阙[④],文帝问其人于钟会[⑤],会曰:“裴楷清通[⑥],王戎简要[⑦],皆其选也[⑧]。”于是用裴。

【今译】钟会品评王戎说:“阿戎聪明懂事,善解人意。”说“裴颀的清谈,可以整天没有穷尽。”吏部郎官人员有缺,司马昭向钟会咨询谁是适当人选,钟会说:“裴楷清明通达,王戎简洁切要,都是吏部郎的适当人选。”于是就用了裴楷。

【注释】①钟士季:钟会,见《言语》11 注①。 目:品评。 王安丰:王戎,见《德行》16 注①。 ②阿戎:王戎。 了了:聪明懂事。 ③裴公:裴颀,见《言语》23 注③。 ④阙:通“缺”。 ⑤文帝:司马昭,见《德行》15 注①。 ⑥裴楷:见

《德行》18 注③。 清通：清明通达。 ⑦简要：简洁切要。按：魏晋清谈，遍于朝野。清谈言语，特别注重清通简约，贵在出口成章，片言析理。裴楷、王戎，都善清谈，二人齐名。“清通简要”之说，参阅《文学》25。 ⑧选：指人选。

（六）王濬冲、裴叔则二人总角诣钟士季①，须臾去，后客问钟曰：“向二童何如②？”钟曰：“裴楷清通，王戎简要。后二十年，此二贤当为吏部尚书，冀尔时天下无滞才③。”

注释 ①王濬冲：王戎，见《德行》16 注①。 裴叔则：裴楷，见《德行》18 注③。 总角：童年。 诣：拜访。 钟士季：钟会。 ②向：刚才；先前。 ③滞才：淹留遗落的人才。

今译 王戎、裴楷二人在童年时去拜访钟会，不一会离去，后来客人问钟会：“先前那两个儿童怎么样？”钟会说：“裴楷清明通达，王戎简洁切要。二十年以后，这两个有才能的人将是吏部尚书，但愿到那时候天下不再有被遗落的人才。”

（七）谚曰①：“后来领袖有裴秀②。”

注释 ①谚：谚语。 ②后来：晚辈。 领袖：衣领和衣袖，为衣服的提挈部位。因借喻能提挈他人或为人表率的人物。裴秀（224—271）：字季彦，西晋河东闻喜（今属山西）人。三国魏尚书令裴潜子。少好学能文，有才名，仕魏累迁至尚书仆射。魏元帝咸熙初，他改定官制，封济川侯。司马昭为晋王，因秀言，立司马炎为世子。炎即位（西晋武帝），他拜尚书令，加左光禄大夫，封巨鹿郡公。官至司空。著《禹贡地域图》十八篇，为中国地图绘制学奠基之作，今佚，仅存序文。 按：东汉后期的清议，有时通过“风谣”和“题目”的形式来表达对某个人的舆论鉴定，有用七字一句而句中叶韵的。“后进（或后来）领袖有裴秀”，句中“袖”、“秀”叶韵。

今译 谚语说：“晚辈中的领袖是裴秀。”

（八）裴令公目夏侯太初①：“肃肃如入廊庙中②，不修敬而人自敬③。”一曰：“如入宗庙，琅琅但见礼乐器④。”“见钟士季⑤，如观武库，但睹矛戟。见傅兰硕⑥，汪廧靡所不有⑦。见山巨源⑧，如登山临下，幽然深远。”

注释 ①裴令公：裴楷，见《德行》18 注③。 夏侯太初：夏侯玄，见《方正》6 注①。 ②肃肃：恭敬貌。 廊庙：朝堂。 ③修敬：讲求恭敬。 ④琅琅：形容玉石的光采。 礼乐器：礼器和乐器。宗庙中祭祀行礼奏乐所用。 ⑤钟士季：钟会，

今译 裴楷品评夏侯玄说：“他庄重严肃，好像上了朝堂，不刻意讲求肃敬而使人自然起敬。”又说：“好像进入宗庙，琳琅满目，只见都是礼乐之器。”“看到钟会，好像参观武器库，只看见矛戟森然。看见傅嘏，广大无边，无所不有。看到山涛，好像登高山而往下望，令人有幽然深远之感。”

见《言语》11 注①。　⑥傅兰硕:傅嘏,见《识鉴》3 注①。　⑦汪廧:"汪",原作"江",据影宋本改。汪廧,同"汪翔"、"汪洋",深厚广博貌。　⑧山巨源:山涛,见《言语》78 注①。

(九)羊公还洛①,郭奕为野王令②,羊至界③,遣人要之④,郭便自往。既见,叹曰:"羊叔子何必减郭太业⑤!"复往羊许,小悉还⑥,又叹曰:"羊叔子去人远矣⑦!"羊既去,郭送之弥日⑧,一举数百里,遂以出境免官⑨。复叹曰:"羊叔子何必减颜子⑩!"

注释 ①羊公:羊祜,见《言语》86 注②。　②郭奕:字太业,一作泰业,西晋太原阳曲(今山西太原)人。少有重名,山涛称其高简有雅量。初为野王令。晋武帝时,历官中庶子、右卫率,迁雍州刺史、鹰扬将军。太康中,征为尚书。以忠毅清直著。　野王:县名。晋属河内郡,为郡治所。在今河南沁阳。　③界:指野王县境。　④要(yāo 腰):拦遮;拦截。　⑤何必:未必;不见得。　减:逊色;不如。　⑥小悉:少顷;不多久。　⑦去人远:此谓羊祜人品远胜一般人。去,距离。　⑧弥日:多日。弥,久。⑨出境:越出境界。　免官:古制,地方官不得无端越出自己所辖境界。　⑩颜子:颜回,孔子弟子。

译文 羊祜返回洛阳,当时郭奕任野王县令。羊祜到了野王县境,郭奕派人去拦住羊祜,然后亲自前去拜候。见了羊祜之后,郭奕感叹说:"羊叔子未必比我郭太业逊色!"再到羊祜处拜访,不多久就回来了,又感叹说:"羊叔子的人品远远超出一般人!"羊祜离去,郭奕送他好几天,一走走了几百里,竟然因越出本县境界而被免去官职。他又感叹说:"羊叔子不见得不如颜子!"

(一〇)王戎目山巨源①:"如璞玉浑金②,人皆钦其宝③,莫知名其器④。"

注释 ①王戎:见《德行》16 注①。　山巨源:山涛,见《言语》78 注①。　②璞玉浑金:未经雕琢的玉,未曾冶炼的金。比喻人的质性纯美。　③钦:看重。　宝:珍贵。　④名:称呼。　器:才识度量。

译文 王戎品评山涛,说:"他像没有雕琢过的玉和没有经过冶炼的金,人们都看重他的珍贵,然而无人懂得称呼他的才识度量。"

(一一)羊长和父繇与太傅祜同堂相善①,仕至车骑掾②,蚤卒③。长和兄弟五人,幼孤④。祜来哭,见长和哀容举止宛若成人,乃叹曰:"从兄不亡矣⑤!"

注释 ①羊长和:羊忱,见《方正》19 注①。繇:羊忱之父羊繇,字堪甫,仕至车骑掾,早死。　太傅祜:太傅羊祜,见《言语》86 注②。　同堂:同一祖父。　②车骑掾:车骑将军的属官。

译文 羊忱的父亲羊繇与太傅羊祜是同族弟兄,关系很好。羊繇官至车骑掾,很早就死了。羊忱弟兄五人,很小就成为孤儿。羊祜到他家来哭吊,看到羊忱悲哀的面容和行动举止,完全像成年人一样,就感叹说:"堂兄没有死!"

③蚤:通“早”。　④孤:年幼丧父。　⑤从兄:堂兄。

一二 山公举阮咸为吏部郎[1],目曰:“清真寡欲[2],万物不能移也[3]。”

注释 ①山公:山涛,见《言语》78 注①。　阮咸(234—305):字仲容,西晋陈留尉氏(今属河南)人。阮籍兄子。妙解音律,善弹琵琶。纵酒任情,不拘礼俗。为“竹林七贤”之一,与阮籍并称“大小阮”。历散骑侍郎、始平太守。　②清真:犹纯真。寡欲:少私欲,淡于外物。　③移:改变。　按:魏晋士大夫以清高脱俗为尚,故山涛荐举阮咸为吏部郎,然而晋武帝不用。

今译 山涛推荐阮咸为吏部郎官的人选,品评道:“他纯真朴素,很少私欲,万事万物都不能改变他的品格。”

一三 王戎目阮文业[1]:“清伦有鉴识[2],汉元以来未有此人[3]。”

注释 ①王戎:见《德行》16 注①。　阮文业:阮武(200? —265?):字文业,三国魏陈留尉氏(今属河南)人。阮籍族兄。仕至清河太守。著有《阮子》。　②清伦:人品清高。　鉴识:洞察事物的能力。　③汉元:汉代建元。犹言汉初。

今译 王戎品评阮武,说:“他人品清高,具有洞察力,从汉初以来,不曾有过这样的人。”

一四 武元夏目裴、王曰[1]:“戎尚约,楷清通。”

注释 ①武元夏:武陔,字元夏,西晋初沛国竹邑(今安徽宿县北)人。初仕魏,历迁司隶校尉、太仆卿。入晋,官至左仆射、开府仪同三司。年少知名,有知人之鉴。　裴、王:裴楷,王戎。俱见前。

今译 武陔品评裴楷、王戎说:“王戎崇尚简约,裴楷为人清通。”

一五 庾子嵩目和峤[1]:“森森如千丈松[2],虽磊砢有节目[3],施之大厦,有栋梁之用。”

注释 ①庾子嵩:庾敳,见《文学》15 注①。　和峤:见《德行》17 注①。　②森森:树木高耸貌。　③磊砢:树木多节貌。节目:树木枝干交接、纹理纠结不顺之处。

今译 庾敳品评和峤:“高耸茂密犹如千丈松树,虽然高大的枝干也有纠结不顺的地方,但用到大厦上,可以起到栋梁的作用。”

一六 王戎云[1]:“太尉神姿高彻[2],如瑶林琼树[3],自然是风尘外物[4]。”

今译 王戎说:“太尉王衍风度高迈,姿态爽朗,就像神仙境界的瑶林玉树,自然是尘世以外的人物。”

注释 ①王戎：见《德行》16注①。 ②太尉：王衍，见《言语》23注②。 神姿：风度姿态。 高彻：高迈爽朗。 ③瑶林琼树：传说神仙世界的美好洁净的玉树。 按：魏晋名士，注重姿容。王衍貌美健谈，雍容而至显位，就是一例。 ④风尘：风起扬尘，景物昏浊。因用以比喻世俗。 物：人；人物。

一七 王汝南既除所生服①，遂停墓所。兄子济每来拜墓②，略不过叔③，叔亦不候。济脱时过④，止寒温而已。后聊试问近事，答对甚有音辞⑤，出济意外，济极惋愕⑥；仍与语，转造精微⑦。济先略无子侄之敬，既闻其言，不觉懔然⑧，心形俱肃。遂留共语，弥日累夜⑨。济虽俊爽⑩，自视缺然⑪，乃喟然叹曰："家有名士，三十年而不知！"济去，叔送至门。济从骑有一马，绝难乘，少能骑者。济聊问叔："好骑乘不⑫？"曰："亦好尔。"济又使骑难乘马，叔姿形既妙，回策如萦⑬，名骑无以过之。济益叹其难测，非复一事。既还，浑问济："何以暂行累日？"济曰："始得一叔。"浑问其故，济具叹述如此⑭。浑曰："何如我？"济曰："济以上人。"武帝每见济，辄以湛调之⑮，曰："卿家痴叔死未？"济常无以答。既而得叔后，武帝又问如前，济曰："臣叔不痴。"称其实美。帝曰："谁比？"济曰："山涛以下⑯，魏舒以上⑰。"于是显名，年二十八始宦。

注释 ①王汝南：王湛（249—295），字处冲，西晋太原晋阳（今山西太原）人。王昶子，王浑弟。少有识度，而冲素简淡，不交当世，兄弟宗族皆以为痴。后为侄王济所知，言之于王浑及晋武帝，历官太子洗马、尚书郎、太子中庶子、汝南内史。 除所生服：守父母丧期满，除去孝服。所生，生养自己的父母。此指父王昶丧，还是指所生母丧，说法不一。 ②兄子济：王济，见《言语》24注①。王湛兄王浑，浑子王济。 ③略：几乎完全。 过：过访；探望。 ④脱：偶或；偶尔。 ⑤音辞：言辞。 按：魏晋名士清谈，除题材内容外，同时注意到谈吐言论的措辞音节。故称"音辞"，实指富于韵味的言辞。 ⑥惋愕：惊讶。 ⑦造：至。精微：精深微妙。 ⑧懔然：严敬的样子。 ⑨弥日累夜：连日连夜。 ⑩俊爽：俊迈豪爽。 ⑪缺然：感到不足的样子。"自视缺然"，语出《庄子·逍遥游》。 ⑫好（hào耗）：喜欢。

今译 王湛在为双亲守丧期满除去孝服之后，就留住在墓地。他的哥哥王浑的儿子王济每次来扫墓，几乎完全不来看望叔父，叔父也不去问候。王济偶然经过而见面，也只是寒暄几句而已。后来姑且试试看问他一些近来的事情，王湛回答的言辞清朗有味，出乎王济的意外。王济十分惊讶，就继续同他谈下去，越谈内容越达到精细微妙的境界。王济对王湛原先几乎一点没有子侄的恭敬礼数，听了他的言论以后，不觉产生敬重之意，内心和外表都显得很庄重肃敬。就留下来同王湛一起谈论，夜以继日。王济虽然俊迈豪爽，但和王湛一比，认为自己有所不足，就喟然长叹说："家里有名士，居然过了三十年而不知道！"王济告别，叔父王湛送到门口。王济的侍从队伍中有一匹马，极其难骑，很少人能够骑它的。王济姑且试问叔父："您喜欢骑马吗？"王湛说："也喜欢的。"王济就让王湛骑那匹极难骑的马，王湛骑马的姿态十分潇洒，扬鞭跃马，挥洒自如，即使有名的骑手也不能超过他。王济更加感叹叔父的难以测度，并不只表现在一件事情上。回家以后，其父王浑问王济："你说出去一会儿，为什么竟在外一整天？"王济说："我这才得到一位叔父。"王浑问其中原由，王济把上述事情如此这般地全都告诉了王浑。王浑问："比我怎么样？"王济说："他在我之上。"原先，晋武帝每次见到王济，总是拿王湛来开他的玩笑，说："你家那个痴叔死了没死？"王济常常无言答对。这次他"得"了叔父之后，武帝又像过不(fǒu 缶)：同“否”。 ⑬回策如萦：谓挥旋马鞭，柔绕自如。策，马鞭。萦，缠绕。 ⑭具：同“俱”。全。 ⑮调：调侃；嘲弄。 ⑯山涛：见《言语》78注①。 ⑰魏舒(209—290)：字阳元，西晋任城樊(今山东济宁附近)人。仕魏，为后将军钟毓长史、相国司马昭参军。入晋，累官尚书左仆射，领吏部，继山涛为司徒。他善于射箭，为钟毓长史时，一次比赛，发无不中，举座莫敌，钟毓赞赏再三，表示一向不曾尽知魏舒之才能。司马昭曾赞道：“魏舒堂堂，人之领袖！”

去那样问王济，王济说：“臣下的叔父不痴。”称赞他确实不错。武帝说：“可以跟谁相比？”王济说：“他在山涛之下，魏舒之上。”于是王湛就出了名，到二十八岁才出来做官。

一八

裴仆射[1]，时人谓为“言谈之林薮”[2]。

注释 ①裴仆射：裴颀，见《言语》23注③。 ②林薮(sǒu 叟)：比喻聚集的处所。薮，低温多草的湖泽。 按：裴颀父裴秀是地理学家，见本篇7；裴颀自己擅长医学。他的家庭有一定的自然科学传统。他著《崇有论》，主张万有的存在是真实的，反对何晏、王弼等人宣扬“以无为本”的说法。《崇有论》发表之后，遭到许多人的攻击，豪族大名士王衍就与裴颀直接展开辩论，但裴颀并未屈服。

译 仆射裴颀，当时人认为他是“言谈辩论丛集之所”。

一九

张华见褚陶[1]，语陆平原曰[2]：“君兄弟龙跃云津[3]；顾彦先凤鸣朝阳[4]。谓东南之宝已尽，不意复见褚生[5]。”陆曰：“公未睹不鸣不跃者耳！”

注释 ①张华：见《德行》12注⑤。 褚陶：字季雅，西晋吴郡钱塘(今浙江杭州)人。聪慧早成，善属文。不乐仕进。吴亡入晋，召补尚书郎，仕至九真太守、中尉。 ②陆平原：陆机，见《言语》26注①。 ③云津：犹言云间、云中。“龙跃云津”比喻英才崛起，暗切二陆家乡华亭(今上海松江)，古称云间。 ④顾彦先：顾荣，见《德行》25注①。晋灭吴之后，陆机、陆云、顾荣入洛，时人称为“三俊”。 凤鸣朝阳：比喻贤才遇时而起。语出《诗·大雅·卷阿》：“凤皇鸣矣，于彼高冈。梧桐生矣，于彼朝阳。” ⑤生：“先生”的省称。用以称有品学或有身分之人。

译 张华见了褚陶，对陆机说：“您兄弟俩像飞跃于云中的龙，英才崛起；顾彦先像迎着朝阳鸣叫的凤，遇时而出。我以为东南的珍宝已经尽在于此了，没有想到再见到褚先生。”陆机说：“那是您没有看到不鸣不跃的罢了！”

二〇

有问秀才[1]：“吴旧姓何如[2]？”答曰：“吴府君[3]，圣王之老成[4]，明时之俊乂[5]；朱永长[6]，理物之至德[7]，清选之高望；严仲弼[8]，九皋之鸣鹤[9]，空谷之白驹；顾彦先[10]，八音之琴瑟[11]，五色之龙章[12]；张威伯[13]，岁寒之茂松，幽夜之逸光；陆士衡、士

译 有人问秀才蔡洪：“吴中那些旧族怎么样？”蔡洪回答：“郡太守吴展，是圣明君主的老成辅佐，是清平时世的杰出人才；朱诞，有治理民人的最好操守，清议选举的众望所归；严隐，就像曲折深泽上的鸣鹤，空谷中的白驹；顾荣，是众多乐器中的琴瑟，纷繁色彩中的龙纹；张畅，是隆冬季节茂盛的松柏，幽黑的夜间释放出的光芒；陆机、陆云，是盘旋的天

龙[14]，鸿鹄之裴回[15]，悬鼓之待槌。凡此诸君，以洪笔为鉏耒[16]，以纸札为良田，以玄默为稼穑[17]，以义理为丰年，以谈论为英华，以忠恕为珍宝，著文章为锦绣，蕴五经为缯帛[18]，坐谦虚为席荐[19]，张义让为帷幕，行仁义为室宇，修道德为广宅。”

鹅，是挂着等待敲打的大鼓。总括这几位，他们都用大笔当作锄犁，把纸张作为良田，以沉静无为当农事，以求得义理为丰年，以言谈议论为英华，以忠厚仁恕为珍宝。他们著作文章如锦绣，含蕴五经如丝绸，依据谦虚作席垫，伸张义让为帷幕，施行仁义作为屋宇，修养道德作为广宅。”

①秀才：才能优秀之士。汉武帝元封五年（前106）始定为察举科目之一。晋沿汉取士制。据刘注，此秀才指蔡洪。蔡洪，见《言语》22注①，晋太康中举秀才。 ②吴：此指吴郡。 旧姓：旧族，历史悠久的名门望族。 ③吴府君：吴展，字士季，三国吴下邳（今江苏睢宁西北）人。仕吴为广州刺史、吴郡太守。吴亡还乡，闭门不交宾客。 ④老成：指年高有德者。 ⑤俊乂：才德特出之人。 ⑥朱永长：朱诞，字永长，三国吴吴郡（治所在今苏州）人。举贤良，累迁至议郎。 ⑦理物：治理民人。 ⑧严仲弼：严隐，字仲弼，三国吴吴郡人。仕吴为宛陵令。吴亡去职。 ⑨九皋：曲折深远的沼泽。《诗·小雅·鹤鸣》：“鹤鸣于九皋，声闻于天。”后用作称颂贤人、隐士之典。 ⑩顾彦先：顾荣，见《德行》25注①。 ⑪八音：乐器的统称，指金、石、丝、竹、匏、土、革、木八类。 ⑫五色：本谓青、黄、赤、白、黑。泛指各种色彩。 龙章：龙形花纹。比喻富盛华美的文采。 ⑬张威伯：张畅，字威伯，西晋初吴郡人。禀性坚正，志趣高洁，为时所称。 ⑭陆士衡、士龙：即陆机、陆云。 ⑮鸿鹄：大雁，即天鹅。 裴回：同“徘徊”。 ⑯洪笔：大笔。 鉏：同“锄”。 耒：木制翻土农具。 ⑰玄默：沉静寡言。 稼穑：播种和收获。泛指农事劳动。 ⑱缯帛：丝绸。 ⑲席荐：席子，坐垫。

(二一) 人问王夷甫[1]：“山巨源义理何如[2]？是谁辈？”王曰：“此人初不肯以谈自居[3]，然不读《老》《庄》[4]，时闻其咏[5]，往往与其旨合。”

有人问王衍：“山涛在经学名理方面怎样？是哪一类人？”王衍说：“这个人完全不肯自认为有清谈的才能，然而他不读《老子》、《庄子》，有时听到他所称诵赞美的，却又往往与《老》、《庄》的旨趣相合。”

①王夷甫：王衍，见《言语》23注②。 ②山巨源：山涛，见《言语》78注①。 义理：指经义名理之学。 ③初：全；都。常与否定词“不”、“无”连用。 谈：指清谈论辩的才能。 ④《老》《庄》：《老子》、《庄子》。魏晋玄学家崇尚《老子》、《庄子》和《周易》，倡导《老子》的“崇本息末”，“执一统万”，《庄子》的“不谴是非”，“知足逍遥”，《周易》的“寡以制众”，“变而能通”，总称“三玄”，成为玄学清谈的主要题目。 ⑤咏：咏赞；称诵。

（二二）洛中雅雅有三嘏①：刘粹字纯嘏②，宏字终嘏③，漠字冲嘏④，是亲兄弟，王安丰甥⑤，并是王安丰女婿。宏，真长祖也⑥。洛中铮铮冯惠卿⑦，名荪，是播子⑧。荪与邢乔俱司徒李胤外孙⑨，及胤子顺并知名⑩。时称“冯才清，李才明，纯粹邢⑪”。

注释　①洛中：指洛阳。　雅雅：温文貌。　②刘粹：字纯嘏，西晋沛国相（今安徽濉溪西北）人。历仕侍中、南中郎将。　③宏：刘宏，字终嘏。刘粹弟。官至秘书监、光禄大夫。　④漠：刘漠，字冲嘏。仕至吏部尚书。　⑤王安丰：王戎，见《德行》16注①。　⑥真长：刘惔，见《德行》35注①。　⑦铮铮：形容人名声响亮。　冯惠卿：冯荪，字惠卿，西晋长乐（今河南安阳东）人。有干才。仕至侍中。为长沙王司马乂所杀。　⑧播：冯播，字友声。仕至大宗正。　⑨邢乔：字曾伯，西晋河间鄚（今属河北）人。惠帝元康中为尚书吏部郎，迁司隶校尉。　李胤：字宣伯，西晋辽东襄平（今辽宁辽阳）人。泰始初任尚书，进爵为侯。官至司徒，在官廉洁。　⑩顺：李顺，字真长，一说字曼长。仕至太仆卿。　⑪纯粹：谓人品质纯净。

今译　洛阳称为温文尔雅的有“三嘏”：刘粹字纯嘏，刘宏字终嘏，刘漠字冲嘏，他们是亲兄弟，王戎的外甥，同是王戎的女婿。刘宏是刘惔的祖父。在洛阳名声响亮的冯惠卿，名荪，是冯播的儿子。冯荪与邢乔都是司徒李胤的外孙，和李胤的儿子李顺都很有名。当时人称道“冯才清，李才明，纯粹邢”。

（二三）卫伯玉为尚书令①，见乐广与中朝名士谈议②，奇之，曰：“自昔诸人没已来，常恐微言将绝③，今乃复闻斯言于君矣！”命子弟造之④，曰：“此人，人之水镜也⑤，见之若披云雾睹青天⑥。”

注释　①卫伯玉：卫瓘，见《识鉴》8注③。　尚书令：官名。尚书省长官，负责政令。　②乐广：见《德行》23注④。　中朝：晋代南渡以后，称西晋为中朝。　③微言：精深微妙的言辞。此指玄学清谈。　④造：拜访。　⑤水镜：静止的水和清明的镜子。比喻能明鉴事物。　⑥披：分开。

今译　卫瓘做尚书令，看到乐广和中朝的名士谈论，非常惊奇，说：“自从过去许多名士去世以来，我常担心精微高妙的玄谈议论将要断绝了，现在又在您这里听到了这种谈论！”他就命子弟去拜访乐广，并且说：“这个人，是能鉴照人事的止水和明镜，见了他就像拨开云雾而看到青天。”

（二四）王太尉曰①：“见裴令公精明朗然②，笼盖人上③，非凡识也。若死而可作④，当与之同归。”或云王戎语⑤。

注释　①王太尉：王衍，见《言语》23注②。　②裴令公：裴楷，见《德行》18注③。　精明：精细明察。　朗然：高洁开朗。按：魏晋人品评人物，讲究“瞻形得神”，“朗”是魏晋人物评

今译　王衍说：“看到中书令裴公精神明察，姿容爽朗，高出于众人之上，绝不是见识平凡的人。假使人死了还可以再起，我还将跟他在一起。”有人说这是王戎的话。

论中常用的好字眼，指仪表出众，神情开朗。 ③笼盖：高出……之上。 ④作：起；起来。“死而可作”，语出《礼记·檀弓下》“死而如可作也，吾谁与归？” ⑤王戎：见《德行》16 注①。

（二五）王夷甫自叹[1]：“我与乐令谈[2]，未尝不觉我言为烦[3]。”

注释 ①王夷甫：王衍。 ②乐令：乐广；见《德行》23 注④。 ③烦：繁杂。

今译 王衍自己感叹：“我与乐广清谈，从来没有不觉得我说话芜杂。”

（二六）郭子玄有俊才[1]，能言《老》《庄》，庾敳尝称之[2]，每曰：“郭子玄何必减庾子嵩[3]！”

注释 ①郭子玄：郭象，见《文学》17 注⑦。 俊才：卓越的才智。 ②庾敳：字子嵩，见《文学》15 注①。 ③何必：未必；不见得。

今译 郭象有卓越的才智，能够谈论《老子》、《庄子》，庾敳曾经称道他，常说：“郭象不见得比我庾敳差！”

（二七）王平子目太尉[1]：“阿兄形似道[2]，而神锋太俊[3]。”太尉答曰：“诚不如卿落落穆穆[4]。”

注释 ①王平子：王澄，见《德行》23 注①。王衍弟。 太尉：王衍。 ②道：此指有道之人。 ③神锋：神采锋芒。 俊：杰出。 ④落落穆穆：疏淡平和。

今译 王澄品评王衍：“阿哥外形像有道之人，但神采锋芒过于特出。”王衍答道：“的确我不如你疏淡平和。”

（二八）太傅府有三才[1]：刘庆孙长才[2]，潘阳仲大才[3]，裴景声清才[4]。

注释 ①太傅：东海王司马越，见《雅量》10 注①。 ②刘庆孙：刘舆，见《雅量》10 注①。 长才：高才；多才。 ③潘阳仲：潘滔，见《识鉴》6 注①。 大才：超群出众之才。 ④裴景声：裴邈，见《雅量》11 注①。 清才：优秀的人才。

今译 太傅东海王司马越府中有三才：刘舆是长才，潘滔是大才，裴邈是清才。

（二九）林下诸贤[1]，各有俊才子[2]：籍子浑[3]，器量弘旷[4]；康子绍[5]，清远雅正；涛子简[6]，疏通高素[7]；咸子瞻[8]，虚夷有远志[9]，瞻弟孚[10]，爽朗多所遗[11]；

今译 竹林下诸位贤人各有才智卓越的儿子：阮籍的儿子阮浑，器量宽广豁达；嵇康的儿子嵇绍，清明高远而方直正派；山涛的儿子山简，豁达通脱，高雅朴实；阮咸的儿子阮瞻，谦虚平易而有远大志向，阮瞻之弟阮孚，直爽开朗，对于世务多所超脱；向秀的儿子向纯、向悌，都美好善良而有高洁的德行；王戎的儿子王万子，很有大有成就的气度，可惜英才未展而早逝；只有刘伶的儿子默默无闻。总括这些人的儿子，只有阮瞻居首位，嵇绍、山简也为当世人所看重。

秀子纯、悌[12]，并令淑有清流[13]；戎子万子[14]，有大成之风[15]，苗而不秀[16]；唯伶子无闻[17]。凡此诸子，唯瞻为冠[18]，绍、简亦见重当世。

注释 ①林下诸贤：魏晋间山涛、阮籍、嵇康、向秀、刘伶、阮咸、王戎七名士，常共游宴于竹林之下，人称"竹林七贤"。 ②俊才子：具有卓越才智的儿子。 ③籍子浑：阮籍的儿子阮浑，字长成。效父狂放，不拘小节。晋武帝太康中任太子中庶子。早卒。 ④弘旷：宽广豁达。 ⑤康子绍：嵇康的儿子嵇绍，见《政事》8注②。 ⑥涛子简：山涛的儿子山简，字季伦。温雅有父风。永嘉中位至尚书左仆射，领吏部。后出为征南将军，镇襄阳。洛阳陷没，他移镇夏口，招纳流民，人心向归。 ⑦疏通：放达通脱。 高素：高雅淳朴。 ⑧咸子瞻：阮咸的儿子阮瞻，字千里。历仕司徒王戎掾、东海王司马越记室参军，永嘉中为太子舍人。清虚寡欲，善鼓琴，素执无鬼论。 ⑨虚夷：谦虚平易。 ⑩瞻弟孚：阮瞻的弟弟阮孚，见《文学》76注③。 ⑪爽朗：直爽开朗。遗：脱弃。此谓脱略世务。 ⑫秀子纯、悌：向秀的儿子向纯、向悌。纯，字长悌，位至侍中。悌，字叔逊，位至御史中丞。 ⑬令淑：美好善良。 清流：比喻高洁的德行。 ⑭戎子万子：王戎的儿子王万子，名绥，字万子。少有美名。体肥胖。戎令食糠，胖犹甚。年十九卒。 ⑮大成：谓学问事业有大成就。 ⑯苗而不秀：比喻人才能尚未发挥而早逝。语出《论语·子罕》。此指王戎子王绥早死。 ⑰伶子：刘伶的儿子。 无闻：没有名声。 ⑱冠：居首。

今译 庾琮有残疾，很出名，他家在城西，号称"城西公府"。

（三〇）庾子躬有废疾[1]，甚知名，家在城西，号曰"城西公府"。

注释 ①庾子躬：庾琮，字子躬。庾峻第二子。仕至太尉掾。 废疾：残疾。

今译 王衍对乐广说："名士没有多少人，自然允许王澄了解品题。"

（三一）王夷甫语乐令[1]："名士无多人，故当容平子知[2]。"

注释 ①王夷甫：王衍。 乐令：乐广。 ②故当：自然；当然。容：允许。 平子：王澄，王衍弟，见《德行》23注①。 知：知道。王衍、王澄并有知人之鉴，此言"容平子知"，即允许王澄品评而定其声价。王衍对经过王澄品评的人，不再说甚么，以示敬重。

（三二）王太尉云[①]："郭子玄语议如悬河写水[②]，注而不竭。"

注释 ①王太尉：王衍。 ②郭子玄：郭象，见《文学》17注⑦。 语议：指谈论玄学。 悬河：挂着的河，犹瀑布。 写：通"泻"。

今译 王衍说："郭象的玄学谈论就像瀑布泻水，滔滔而下，没有穷尽。"

（三三）司马太傅府多名士[①]，一时俊异[②]。庾文康云[③]："见子嵩在其中[④]，常自神王[⑤]。"

注释 ①司马太傅：东海王司马越，见《雅量》10注①。 ②俊异：指卓越特出的人才。 ③庾文康：庾亮，见《德行》31注①。 ④子嵩：庾敳，见《文学》15注①，此时为太傅从事中郎。 ⑤神王：精神振奋。王(wàng望)，通"旺"。

今译 太傅司马越府中名士很多，都是一时的卓越人才。庾亮说："看到庾敳在其中，常常自然感到精神振奋。"

（三四）太傅东海王镇许昌[①]，以王安期为记室参军[②]，雅相知重[③]。敕世子毗曰[④]："夫学之所益者浅[⑤]，体之所安者深[⑥]。闲习礼度[⑦]，不如式瞻仪形[⑧]；讽味遗言[⑨]，不如亲承音旨[⑩]。王参军人伦之表[⑪]，汝其师之[⑫]。"或曰："王、赵、邓三参军人伦之表[⑬]，汝其师之。"谓安期、邓伯道、赵穆也。袁宏作《名士传》[⑭]，直云王参军[⑮]。或云赵家先犹有此本。

注释 ①太傅东海王：司马越。晋惠帝永兴三年(306)为太傅，录尚书事；怀帝永嘉元年(307)，出镇许昌，自任丞相，总揽朝政。永嘉五年(311)，石勒破许昌，越病死于军中。 许昌：县名。在今河南。 ②王安期：王承，见《政事》9注①。 记室参军：官名。王府或将军幕府中掌文书的幕僚。 ③雅：素常。 ④敕(chì赤)：告诫。 世子：被指定继承帝位或王位的帝王之子。 毗(pí皮)：司马毗(？—311)，司马越之子。永嘉五年(311)，越率军出击石勒，以毗守洛阳。兵败，为石勒所杀。 ⑤益：受益。 ⑥体：体验履践。 安：感到满意、合适。 ⑦闲习：熟悉。 ⑧式瞻：瞻仰。式，敬词，用于动词前。 仪形：仪容形貌。 ⑨讽味：讽咏玩味。 遗言：死者留下来的话。 ⑩音旨：言辞。

今译 太傅东海王司马越出镇许昌，用王承为记室参军，平素很敬重他。司马越告诫他的世子司马毗说："一般的学习，所得益的往往比较肤浅，亲身体验而所感合适的，才是比较深刻的。熟悉礼仪节度，不如瞻仰仪容形貌；玩味前人遗言，不如亲身承接言辞。参军王承，是人中表率，你可要向他学习啊。"有人说："王、赵、邓三位参军是人中表率，你可要师从他们。"这是说王安期、邓伯道和赵穆。袁宏作《名士传》，只说王参军。有人说赵家先前还有这个本子。

⑪王参军：王承。 人伦之表：为人的表率。人伦，指有名望、有身份的人。 ⑫其：助词。表示祈使、期望，犹言“可要”。 师：师从；师法。 ⑬王、赵、邓三参军：王承、赵穆、邓攸三位参军。赵穆，字季子，晋汲郡（今河南汲县）人。尝为晋明帝师。历官冠军将军、吴郡太守，封南乡侯。 邓攸，字伯道，见《德行》28注①。⑭袁宏：见《言语》83注①。 《名士传》：书名，袁宏撰。据《晋书·袁宏传》，全名为《竹林名士传》，分“正始”、“竹林”、“中朝”三卷。 ⑮直：通“特”，只，只是。

三五 庾太尉少为王眉子所知①，庾过江，叹王曰：“庇其宇下②，使人忘寒暑。”

译：庾亮年轻时受到王玄的知遇，庾亮在永嘉之乱南渡过江之后，赞叹王玄说：“得以荫庇在他的屋檐下，使人忘记了寒暑。”

注释：①庾太尉：庾亮，见《德行》31注①。 王眉子：王玄，见《识鉴》12注①。 ②宇下：屋檐底下。比喻受到庇护。

三六 谢幼舆曰①：“友人王眉子清通简畅②，嵇延祖弘雅劭长③，董仲道卓荦有致度④。”

译：谢鲲说：“友人王玄，清明通达而简素开朗；嵇绍宽弘雅正，美好优良；董养卓越出众，很有气度。”

注释：①谢幼舆：谢鲲，见《言语》46注②。 ②王眉子：王玄，见《识鉴》12注①。 清通简畅：清明通达，简素开朗。 ③嵇延祖：嵇绍，见《政事》8注②。 弘雅劭长：宽弘端正，美好优良。 ④董仲道：董养，字仲道，西晋陈留浚仪（今河南开封西北）人。泰始初到洛下，著《元化论》以矫时弊。永嘉中，见天下将乱，荷担入蜀不返。 卓荦（luò洛）：卓越出众，不同流俗。 致度：气度。

三七 王公目太尉①：“岩岩清峙②，壁立千仞③。”

译：王导品评王衍：“巍巍高山，清高特出，千仞峭壁，耸立于前。”

注释：①王公：王导，见《德行》27注③。 太尉：王衍，见《言语》23注②。 ②岩岩：高耸貌。 清峙：清高特出。 ③壁立：像峭壁一样笔直耸立。 仞：古代长度单位，八尺（一说七尺）为一仞。

三八 庾太尉在洛下①，问讯中郎②，中郎留之，云：“诸人当来。”寻温元甫、刘王乔、裴叔则俱至③，酬酢终日④。庾公犹忆刘、裴之才俊⑤，元甫之清中⑥。

译：庾亮在洛阳时，去访问庾敳，庾留住他，说：“还有几个人要来。”不久，温几、刘畴、裴楷都到了，主宾之间，谈论应对，整整一天。庾亮后来还记得刘畴、裴楷的才华秀出，温几的心地清白。

①庾太尉：庾亮，见《德行》31 注①。　洛下：洛阳。　②问讯：访问。　中郎：庾敳，见《文学》15 注①。　③温元甫：温几，字元甫，西晋太原（今属山西）人。历司徒右长史、湘州刺史。　刘王乔：刘畴，字王乔，西晋彭城（今江苏徐州）人。刘讷子。少有美誉，善谈名理。晋怀帝永嘉中仕至司徒左长史。　裴叔则：裴楷，见《德行》18 注③。　④酬酢（zuò 作）：主宾互相敬酒，宾回敬主人曰酢，主人还答曰酬。引申为宾朋间谈论应对。　⑤才俊：卓越的才华。　⑥清中：心地清白。中，内心。

三九　蔡司徒在洛[1]，见陆机兄弟住参佐廨中[2]，三间瓦屋，士龙住东头，士衡住西头。士龙为人文弱可爱[3]，士衡长七尺余，声作钟声[4]，言多忼慨[5]。

①蔡司徒：蔡谟，见《方正》40 注③。　②陆机兄弟：陆机、陆云。　参佐：僚属。　廨（xiè 懈）：官署。　③文弱：文雅柔弱。　④《晋书·陆机传》称："机身长七尺，其声如雷。"　⑤忼慨：同"慷慨"。情绪激昂。

蔡谟在洛阳时，看到陆机、陆云兄弟俩住在僚属的官署中，瓦屋三间，陆云住东边，陆机住西边。陆云为人文雅柔弱，令人可爱。陆机身长七尺有余，声如洪钟，讲话常常情绪激昂。

四〇　王长史是庾子躬外孙[1]，丞相目子躬云[2]："入理泓然[3]，我已上人[4]。"

①王长史：王濛，见《言语》66 注①。　庾子躬：庾琮，见本篇 30 注①。　②丞相：王导。　③入理：领悟事理。　泓然：幽深宽广。　④已上：以上；……之上。

王濛是庾琮的外孙，丞相王导品评庾琮说："他领悟事理深切透彻，是在我之上的人才。"

四一　庾太尉目庾中郎[1]："家从谈谈之许[2]。"

①庾太尉：庾亮。　庾中郎：庾敳。　②家从：我家从父（堂叔）。庾敳与庾亮之父庾琛皆庾道之孙，故敳为亮之堂叔。家，谦辞，对人称自家亲属时用。谈谈：通"沈沈"、"潭潭"。深沉貌。刘注："一作'家从谈之祖'。'从'，一作'诵'。'许'，一作'辞'。"可见此则原文传刻有误，下文"之许"不可通。

庾亮品评庾敳："我家堂叔相当深沉。"

四二　庾公目中郎[1]："神气融散[2]，差如得上[3]。"

①庾公：庾亮。　中郎：庾敳。　②融散：恬淡豁达。　③差如：颇；颇为。　得上：能够超拔向上。

庾亮品评庾敳："神情气度恬淡豁达，颇为超拔向上。"

今譯 刘琨称道车骑将军祖逖开朗通达，说："年轻时为王敦所赞美。"

四三 刘琨称祖车骑为朗诣[1]，曰："少为王敦所叹[2]。"

注釋 ①刘琨：见《言语》35 注①。　祖车骑：祖逖（266—321），字士稚，东晋范阳道县（今河北涞水）人。出身幽冀望族。青年时与刘琨同为司州主簿，中夜闻鸡起舞，并有才名。西晋末率亲族数百家南迁京口。建兴元年（313），请北伐，晋元帝任他为豫州刺史。率部渡江，中流击楫，誓复中原。招纳流民坞主，克谯城，进屯雍丘（今河南杞县），方谋渡河，晋元帝命戴渊镇合肥监制他，他又虑王敦内乱，忧愤死。赠车骑将军。　朗诣：开朗通达。②王敦：见《言语》37 注①。　叹：赞美。

今譯 当时人评价庾敳："善于自托玄默而超脱世事，长于韬晦自隐而不露锋芒。"

四四 时人目庾中郎[1]："善于托大[2]，长于自藏[3]。"

注釋 ①庾中郎：庾敳。　②托大：托身于玄默之大道。谓襟怀恢廓，超脱世事。　③自藏：韬晦自隐，不露锋芒。　按：《晋书·庾敳传》："迁吏部郎。是时天下多故，机变屡起，敳常静默无为。参东海王越太傅军事，转军谘祭酒。时越府多儁异，敳在其中，常自袖手。"参阅《文学》75 与《雅量》10，庾敳之言行，可证其为人处事，意图保身，可惜最后还是与王衍同为石勒所杀害。

今譯 王澄超出世俗，有卓越的才智，对待别人，很少能令他佩服的。但他每听到卫玠的谈论，总是啧啧称叹，为之倾倒。

四五 王平子迈世有俊才[1]，少所推服[2]。每闻卫玠言[3]，辄叹息绝倒[4]。

注釋 ①王平子：王澄，见《德行》23 注①。　迈世：超出世俗。俊才：卓越的才智。　②推服：推许佩服。　③卫玠：见《言语》32 注①。　④绝倒：极为佩服倾倒。

今譯 大将军王敦向晋元帝上表说："王舒风采气概简素端正，的确可以称作高雅之士，本来就胜过他弟弟王邃，他是臣下年轻时最赏识奖掖的。这中间，王衍、王澄告诉我：'你赏识王舒、王导，王导已经有了美名，真正符合你的高明的评论；而王舒，在亲近的或疏远的人中还没有提起他的。我们常常拿你的话来料想，实在没有

四六 王大将军与元皇表云[1]："舒风概简正[2]，允作雅人[3]，自多于邃[4]，最是臣少所知拔[5]。中间夷甫、澄见语[6]：'卿知处明、茂弘[7]。茂弘已有令名，真副卿清论[8]；处明亲疏无知之者。吾常以卿言为意[9]，殊未有得，恐已悔之。'臣慨然曰：'君以此试。'顷来始乃有称之者[10]，言常人正自患知之使过[11]，不知使负实[12]。"

注释 ①王大将军：王敦，见《言语》37注①。　元皇：东晋元帝司马睿，见《言语》29注①。　②舒：王舒，见《识鉴》15注④。王舒为王敦从弟，潜心学殖，不务功名，年四十余不应召辟。渡江南下后，始参镇东军事，出补溧阳令。　风概：风采气概。简正：简素端正。　③允：的确。　雅人：高尚之士。　④自：原来；本来。　多：胜过。　邃：王邃，字处重。王舒弟。晋元帝时为领军，加尚书右仆射。王敦专擅朝政，以王邃为征北将军，镇淮阴。　⑤知拔：赏识奖拔。　⑥夷甫、澄：王衍，字夷甫，见《言语》23注②。王澄，王衍弟，见《德行》23注①。　按：此处向晋元帝上表，表文中涉及臣下，例当称名，而王衍称字，当为后人追改。因晋成帝名衍，故晋人称王衍皆字而不名。也有可能是刘孝标作注时追改，因梁武帝名衍。　见语：对我说。见，用于动词前，表示代词宾语的省略。隐括的宾语为第一人称，也有第三人称。　⑦处明：王舒。　茂弘：王导，见《德行》27注③。　⑧副：符合。　清论：明察的评论。　⑨意：料想。　⑩顷来：不久以来；近来。⑪正自：只是。　患：嫌；不满意。　知之使过：了解的就让说过头。使，刘注："'使'一作'便'。"下句中"使"同。　⑫负实：违背事实。

说对，恐怕你也已后悔了吧。'臣下感慨地说：'您就拿这件事来试吧。'近来才开始有称赞王舒的，可见评说一般人，叫人不满意的只是知道的就让说过头，而不了解的就让违背事实。"

四七 周侯于荆州败绩还[1]，未得用。王丞相与人书曰[2]："雅流弘器[3]，何可得遗！"

今译 周顗在荆州大败而归，没有得到朝廷任用。丞相王导在写给别人的信里说："周顗这样的高雅之士，有大用之才，怎么能丢弃不用呢！"

注释 ①周侯：周顗，见《言语》30注①。　于荆州败绩还：在荆州大败而回。周顗于晋元帝时为荆州刺史。刘注引邓粲《晋纪》，说建平（今四川巫山）流民傅密等起事，攻陷州府。周顗狼狈失据，陶侃救之，得免于难。周顗回建康，没有即刻得到任用。　②王丞相：王导。　③雅流：美好高尚之辈。　弘器：大器，喻杰出人才。

四八 时人欲题目高坐而未能[1]，桓廷尉以问周侯[2]，周侯曰："可谓卓朗[3]。"桓公曰："精神渊著[4]。"

今译 当时人要想品评高坐道人而没能找到合适的评语，廷尉桓彝以此事去问周顗，周顗说："可以说高超开朗。"桓温说："可以说沉静彰明。"

注释 ①题目：品评；品题。　高坐：高坐道人，晋高僧帛尸黎密多罗，见《言语》39注①。　②桓廷尉：桓彝，见《德行》30注①。　周侯：周顗，见《言语》30注①。　③卓朗：高超开朗。晋人识鉴人物，讲究瞻形得神，"卓朗"由形说，由形而见其神，"朗"是最好的说明。　④桓公：桓温，桓彝子。　渊著：深沉彰明。这是由神说。

四九　王大将军称其儿云[①]："其神候似欲可[②]。"

注释　①王大将军：王敦。　其儿：据刘注，指王应。王应，本王含子，王敦无子，养为嗣子，见《识鉴》15 注②。　②神候：精神面貌。　欲可：还行；还可以。欲，助词，无实义。

译　大将军王敦称道他的儿子说："他精神面貌似乎还可以。"

五〇　卞令目叔向[①]："朗朗如百间屋[②]。"

注释　①卞令：卞壸，见《言语》48 注⑤。　叔向：羊舌肸（xī 希），字叔向，春秋时晋大夫，见刘注。　按：本书《赏誉》篇品评的，限于魏晋人士，没有评论古人的，即使涉及古人也只是间接提到。有人怀疑这条刘注是明代人妄增的。也有人说卞壸有个叔父名向，卞壸是品评其叔，文理通，惜是推测而无确证。　②朗朗：开朗明亮。

译　卞壸品评叔向："神情开朗，胸襟坦白，就像上百间屋子的宏大建筑。"

五一　王敦为大将军[①]，镇豫章[②]，卫玠避乱[③]，从洛投敦，相见欣然，谈话弥日[④]。于时谢鲲为长史[⑤]，敦谓鲲曰："不意永嘉之中[⑥]，复闻正始之音[⑦]。阿平若在[⑧]，当复绝倒[⑨]。"

注释　①王敦：见《言语》37 注①。　②豫章：郡名，地当今江西省大部分地区，郡治在今江西南昌。　③卫玠：见《言语》32 注①。　避乱：指避西晋末年的战乱。　④弥日：竟日；整天。　⑤谢鲲：见《言语》46 注②。　⑥永嘉：西晋怀帝年号（307—313）。　按：卫玠于永嘉六年（312）五月抵豫章，同年死。　⑦正始之音：正始，三国魏齐王芳年号（240—249）。当时以何晏、王弼为代表的士大夫崇尚玄学清谈，清谈名士还有荀粲、夏侯玄等。后称当时的言论风尚为"正始之音"。　⑧阿平：王澄，字平子，王衍弟。王澄对卫玠佩服倾倒，参看本篇 45。　⑨绝倒：身体倾侧，难以支持。形容钦佩到极点。

译　王敦任大将军，镇守在豫章郡，卫玠为避战乱，从洛阳投奔王敦。他们相见之后，十分愉快，谈话谈了一整天。这时谢鲲在王敦幕府任长史，王敦对谢鲲说："想不到在永嘉年间，能再听到正始之音。阿平如果在这里，一定会佩服得五体投地。"

五二　王平子与人书[①]，称其儿"风气日上，足散人怀"[②]。

注释　①王平子：王澄，见《德行》23 注①。　②其儿：刘注引《永嘉流人名》："澄第四子徽。"王徽，一作王徽，见《言语》67 注②。　风气：风姿气度。　散：舒散。　怀：胸怀；心情。

译　王澄在写给别人的信里，称赞他的儿子"风姿气度日见向上，足以舒散人的心情"。

（五三）胡毋彦国吐佳言如屑[①]，后进领袖[②]。

注释 ①胡毋彦国：见《德行》23注①。　屑：细末。　②后进：晚辈；后辈。

译 胡毋彦国说出佳妙的言辞，连续不断，就好像锯木头时吐出木屑一样，是晚辈中的领袖。

（五四）王丞相云[①]："刁玄亮之察察[②]，戴若思之岩岩[③]，卞望之之峰距[④]。"

注释 ①王丞相：王导。　②刁玄亮：刁协，字玄亮，见《方正》23注⑧。　察察：清析明辨。　③戴若思：戴渊（名一作"俨"），字若思，东晋广陵（今江苏淮阴东南）人。多才善辩，风采过人。仕至征西将军，后为王敦所害。　岩岩：高耸貌。④卞望之：卞壸（kǔn 捆），字望之，见《言语》48注⑤。　峰距：整饬而有锋芒。

译 王导说："刁协的清析明察，戴渊的高耸峻拔，卞壸的整饬刚正。"

（五五）大将军语右军[①]："汝是我佳子弟，当不减阮主簿[②]。"

注释 ①大将军：王敦。　右军：王羲之，官右军将军，见《言语》62注①。刘注引《王氏谱》："羲之，敦从父兄子。"　②阮主簿：阮裕，见《德行》32注①。

译 王敦对王羲之说："你是我的才德出众的晚辈，一定不会比主簿阮裕差。"

（五六）世目周侯[①]："嶷如断山[②]。"

注释 ①周侯：周颉，见《德行》30注①。　②嶷（nì 匿）：高峻；陡峭。

译 世人品评周颉："高峻威严，像一座高耸特出的山。"

（五七）王丞相招祖约夜语[①]，至晓不眠。明旦有客，公头鬓未理[②]，亦小倦[③]。客曰："公昨如是，似失眠。"公曰："昨与士少语[④]，遂使人忘疲。"

注释 ①王丞相：王导。　招：请来。　祖约：见《雅量》15注①。②头鬓：头发和鬓毛。　③小倦：略感疲倦。　④士少：祖约，字士少。

译 王导请祖约来作长夜之谈，直到天明还不睡。第二天早上有客人来，王导头发鬓毛都没有梳理，也略感疲倦。客人说："公昨晚如此，好像失眠了。"王导说："昨晚与祖士少谈论，竟使人忘了疲倦。"

今译 大将军王敦给丞相王导写信，称道杨朗说："杨世彦的见识才学，深邃而明于决断。他既是国家有用之才，又是杨准之子，他的地位名望，很有些滞留不扬，你也值得与他相处。"

（五八）王大将军与丞相书[①]，称杨朗曰[②]："世彦识器理致[③]，才隐明断[④]。既为国器[⑤]，且是杨侯准之子[⑥]，位望殊为陵迟[⑦]，卿亦足与之处[⑧]。"

注释 ①王大将军：王敦。 丞相：王导。 ②杨朗：字世彦，见《识鉴》13注②。 ③识器：见识器量。 理致：义理情致。此指学问修养。 ④才隐：才学深邃。 明断：明于判断。 ⑤国器：治国之才。 ⑥杨侯准：杨准，字始之。杨修孙，杨朗父。少与山简、嵇绍齐名。西晋惠帝元康末为冀州刺史。成都王司马颖召为军谘祭酒。侯，古时士大夫之间的尊称，犹言"君"。 ⑦位望：地位名望。 陵迟：衰落。引申为淹滞。 ⑧足：值得。

今译 何充到丞相王导处去，王导用麈尾指指座位，叫何充一起坐。他说："来，来，这就是您的座位。"

（五九）何次道往丞相许[①]，丞相以麈尾指坐[②]，呼何共坐，曰："来，来，此是君坐[③]。"

注释 ①何次道：何充，见《言语》54注①。 丞相：王导。 许：处所。 ②麈尾：魏晋时一种用具，兼有拂尘和凉扇的功用。 ③此是君坐：这是您的座位。意谓何充当居宰相之位。按：何充为王导妻姊之子，故少与王导友好，早历显官，后为宰相。

今译 丞相王导修治扬州刺史官署，在巡行查看时说："我只是为何次道修治这官署罢了！"何充年轻时就为王导所器重，所以屡次发出这样的感慨，表露出让何充继任丞相的意思。

（六〇）丞相治扬州廨舍[①]，按行而言曰[②]："我正为次道治此尔[③]！"何少为王公所重，故屡发此叹。

注释 ①丞相：王导。 扬州廨（xiè 懈）舍：指扬州刺史官署。按：东晋时扬州治所在建康，为京都所在之政治中心，吴中乃富足之区，财政仰赖，地位极为重要。扬州刺史一职往往为宰相兼领，王导即以丞相而领扬州刺史。其后庾冰、何充、蔡谟、桓温、谢安等皆以录尚书事、尚书仆射或中书监（实皆宰相之职）兼任扬州刺史。 ②按行：巡行查看。 ③正：仅；只。 次道：何充，字次道。 尔：罢了。

今译 丞相王导被授司徒之职，感叹地说："刘王乔假使过江南来，我就不会单独一个人任三公之位了。"

（六一）王丞相拜司徒[①]，而叹曰："刘王乔若过江[②]，我不独拜公[③]。"

注释 ①王丞相：王导。 司徒：官名。东汉以太尉、司徒、司空为三公。晋时司徒官位相当丞相。据《晋书·明帝纪》，太宁元年（323）夏四月，王导为司徒。 ②刘王乔：刘畴，字王乔，见本篇38注③。刘有重名，永嘉中遇害。　③独：单独。公：指三公之位。

（六二）王蓝田为人晚成①，时人乃谓之痴。王丞相以其东海子②，辟为掾③。常集聚，王公每发言，众人竞赞之。述于末坐曰："主非尧、舜④，何得事事皆是？"丞相甚相叹赏。

【注释】①王蓝田：王述，袭爵蓝田县侯，见《文学》22注④。　晚成：成就较晚。《晋书·王述传》："少袭父爵，年三十尚未知名，人或谓之痴。"　②以其东海子：因为他是王东海之子。东海，王述之父王承，曾任东海太守，见《政事》9注①。　按：此谓王导以门第而起用王述。　③辟（bì 壁）：征召；招聘。　掾：属官。　④主：主人，指王导。

【译文】蓝田侯王述成名比较晚，当时人竟认为他痴呆。丞相王导因为他是东海太守王承的儿子而征召他做属官。大家时常聚集在一起，王导每次发言，众人都竞相赞美。王述在末座却说："主人不是尧、舜，怎么能事事都对呢？"王导对他的话十分赞赏。

（六三）世目杨朗①："沉审经断②。"蔡司徒云③："若使中朝不乱④，杨氏作公方未已。"谢公云⑤："朗是大才。"

【注释】①目：品评。　杨朗：见《识鉴》13注②。　②沉审：深沉明察。　经断：有决断。　③蔡司徒：蔡谟，见《方正》40注③。　④中朝：指西晋王朝。　⑤谢公：谢安。

【译文】世人品评杨朗："深沉明察而有决断。"蔡谟说："假使西晋朝不发生动乱，杨氏子弟任公卿，至今尚未停止。"谢安说："杨朗是大才。"

（六四）刘万安①，即道真从子②，庾公所谓"灼然玉举"③。又云："千人亦见，百人亦见。"

【注释】①刘万安：刘绥，字万安，晋高平（今山东钜野南）人。历仕至骠骑长史。娶陈留阮蕃之女阮幼娥为妻，生一女，字女静，嫁庾翼。　②道真：刘宝，字道真，见《德行》22注①。　③庾公：庾琮，见本篇30注①。　灼然：明彻出众貌。一说，灼然为魏晋九品中正察举科目之名。然此处"灼然"为"玉举"之修饰语。玉举：像玉一样明洁美好地挺起。

【译文】刘绥，就是刘宝的侄子，庾琮所说的"明彻出众，像玉那样高洁地挺出。"又说："即使在千人中也会突现出来，百人中也会突现出来。"

（六五）庾公为护军①，属桓廷尉觅一佳吏②，乃经年③。桓后遇见徐宁而知之④，遂致于庾公⑤，曰："人所应有，其不必有，人所应无，己不必无⑥，真海岱清士⑦。"

【译文】庾亮任护军将军，托桓彝帮他觅一个好的属官，竟然事过一年。桓彝后来遇见徐宁，并且赏识他，就致意于庾亮说："人所应当有的，他不一定都有，人所应当没有的，他不一定没有，真是海岱之间的高洁之士啊。"

①庾公:庾亮,见《德行》31注①。　为护军:做护军将军。据《晋书·明帝纪》,太宁二年(324)十月,庾亮受任为护军将军。　②属(zhǔ 嘱):嘱托。　桓廷尉:桓彝,见《德行》30注①。　③乃:竟。　④徐宁:字安期,东晋东海郯(今山东郯城北)人。初仕舆县令,为桓彝赏识,荐之于庾亮,累迁吏部郎、左将军、江州刺史。　⑤致:转达意旨。　⑥"人所应有"四句:谓徐宁才识高超,不同世俗。一说,"己不必无"句中的"不"是衍文。　⑦海岱:指《尚书·禹贡》所述青州、徐州,即东海与泰山间之地。　清士:高洁之士。

六六　桓茂伦云①:"褚季野皮里阳秋②。"谓其裁中也③。

今译　桓彝说:"褚裒是皮里阳秋。"这是说他对于人事在心中进行褒贬。

注释　①桓茂伦:桓彝,见《德行》30注①。　②褚季野:褚裒,见《德行》34注①。　皮里阳秋:谓口头不加评论,内心有所褒贬。皮里,指腹中。阳秋,即春秋,晋人避简文宣郑太后阿春讳,以"阳"代"春"。孔子作《春秋》,暗含褒贬之义。　③裁中:谓在内心进行褒贬。

六七　何次道尝送东人①,瞻望,见贾宁在后轮中②,曰:"此人不死,终为诸侯上客。"

今译　何充有一次送东边来的人,远望间看见贾宁坐在后面的车中,他说:"这个人不死,最终会成为诸侯的贵客。"

注释　①何次道:何充,见《言语》54注①。　东人:东边来的人。东,东晋时特指吴郡、会稽郡,因在建康之东。　②贾宁:字建宁,东晋长乐人。初参与王应、诸葛瑶起事,事败后,浪迹于江浙间,为人所不齿。晋成帝咸和二年(327),历阳内史苏峻起兵,他投奔苏峻,为之出谋划策,深得信任。后见苏大势已去,归降朝廷。官至新安太守。　后轮:指随从在后的车辆。

六八　杜弘治墓崩①,哀容不称②。庾公顾谓诸客曰③:"弘治至羸④,不可以致哀⑤。"又曰:"弘治哭不可哀。"

今译　杜乂家的祖坟崩塌了,他哀伤的神色与之不相称。庾亮对众客人说:"杜弘治极其瘦弱,不能要他尽哀。"又说:"杜弘治哭泣不可以太哀伤。"

注释　①杜弘治:杜乂,字弘治。杜预孙。性纯和,美姿容,有盛名于江左。袭封当阳侯,辟公府掾,为丹阳丞。早卒。　墓崩:指祖坟崩塌。　②称(chèn 趁):适合。　③庾公:庾亮。　顾:回头看。　④羸(léi 雷):瘦弱。　⑤致哀:尽哀。

六九 世称庾文康为丰年玉[1]，稚恭为荒年谷[2]。庾家论云："是文康称恭为荒年谷[3]，庾长仁为丰年玉[4]。"

今译 世人称庾亮是丰年的玉，庾翼为荒年的谷。庾家的评论说："这是庾亮品评庾翼是荒年的谷，庾统是丰年的玉。"

注释 ①庾文康：庾亮，谥文康。 丰年玉：庆祝丰收之年的玉器。此喻太平之世的廊庙之器。 ②稚恭：庾翼，字稚恭，庾亮弟。见《言语》53 注①。 荒年谷：饥荒之年的谷。此喻时世艰难中的匡济之才。 ③恭：稚恭之省，即庾翼。 ④庾长仁：庾统，字长仁，小字赤玉。庾亮从子。少有令名。调补抚军、会稽王司马，出为建威将军、宁夷护军、寻阳太守。年二十九卒，时人惜其才器。

七〇 世目杜弘治标鲜[1]，季野穆少[2]。

今译 世人品评杜乂风度俊美出众，褚裒为人宁静淡泊。

注释 ①杜弘治：杜乂，见本篇 68 注①。 标鲜：俊美出众。 ②季野：褚裒，见《德行》34 注①。 穆少：宁静淡泊。

七一 有人目杜弘治[1]："标鲜清令[2]，盛德之风，可乐咏也[3]。"

今译 有人品评杜乂："风度俊美，纯洁美好，美德的风貌，可以和着音乐歌颂。"

注释 ①杜弘治：杜乂。 ②标鲜清令：风度俊美，纯洁佳妙。 ③乐（yuè 月）咏：和着音乐歌颂。

七二 庾公云[1]："逸少国举[2]。"故庾倪为碑文云[3]："拔萃国举[4]。"

今译 庾亮说："王羲之是全国推崇的人。"所以庾倩给他写碑文道："拔萃国举。"

注释 ①庾公：庾亮。 ②逸少：王羲之，字逸少，见《言语》62 注①。 国举：一国所举。意为全国推崇的人。 ③庾倪：庾倩，字少彦，小字倪。庾冰子。有才具，仕至太宰长史。桓温以其宗强，使新蔡王司马晃诬与谋反而杀之。 碑文：指王羲之的碑文。 ④拔萃：超群出众。

七三 庾稚恭与桓温书称[1]："刘道生日夕在事[2]，大小殊快[3]。义怀通乐既佳[4]，且足作友，正实良器[5]，推此与君同济艰不者也[6]。"

今译 庾翼写信给桓温道："刘恢终日在官任事，这里上上下下的人都很畅快。他的胸怀通达，为人乐观，既是好同事，又足以相交为友，确实是出众的才士，推举此人，他是可以与您一同度过艰难窘困的啊。"

注释 ①庾稚恭：庾翼，见《言语》53注①。　桓温：见《言语》55注①。　②刘道生：刘恢，字道生，东晋沛国（治所在今安徽濉溪西北）人。王濛每称其思理淹通，藩屏之高选。为车骑司马。卒年三十六，赠前将军。一说，刘恢，即刘惔，见《德行》35注①。　日夕：日夜；终日。　在事：居官任事。　③大小：指职务、地位高者与低者。　快：畅快。　④义怀：道义之怀。　通乐：通达乐观。　⑤正：确实。　良器：喻出众之才具。　⑥推：推荐。　济：度过。　艰不（pǐ痞）：艰难。不，通“否”，窘困。

七四　王蓝田拜扬州[1]，主簿请讳[2]，教云[3]：“亡祖、先君[4]，名播海内，远近所知；内讳不出于外[5]。余无所讳。”

今译　王述任扬州刺史，主簿向他请示需要避讳的字，他发下指示说：“亡祖、先父，名扬海内，远近都知道；内讳不流传到外边。其余没有什么要避讳的。”

注释 ①王蓝田：王述，见《文学》22注④。　拜扬州：受任扬州刺史。　②请讳（huì惠）：谓向王述请示避讳的字。旧时对帝王以及自家尊长避免直接说出或写出其名，称避讳。晋人极重家讳，所以新官上任，僚属要请示应避什么字。　③教：王侯、大臣发布的指示。　④亡祖：指王湛，见本篇17注①。　先君：对人称已故的父亲。此指王承，见《政事》9注①。　⑤内讳：指应该避讳的已故女性尊长的本名。《礼记·曲礼上》：“妇讳不出门。”故王述说“不出于外”。

七五　萧中郎[1]，孙承公妇父[2]，刘尹在抚军坐[3]，时拟为太常[4]。刘尹云：“萧祖周不知便可作三公不[5]？自此以还[6]，无所不堪[7]。”

今译　萧轮，是孙统的岳父，刘惔在抚军将军司马昱客座上，当时打算用萧轮任太常。刘惔说：“萧轮不知已经可以做三公吗？从三公以下，没有什么不能胜任的。”

注释 ①萧中郎：萧轮，字祖周，东晋青州乐安（今山东博兴一带）人。有才学，精三《礼》。历常侍、国子博士。　②孙承公：孙统，字承公，东晋太原中都（今山西平遥西）人。孙楚孙，孙绰兄。善属文，好山水，任诞不羁。历余姚令等职，无心政务，纵意游乐。　妇父：妻子的父亲，即岳父。　③刘尹：刘惔，见《德行》35注①。　抚军：东晋简文帝司马昱，时为抚军将军，见《德行》37注①。　④太常：官名。九卿之一，掌宗庙礼仪。　⑤三公：太尉、司徒、司空的合称，为负责军政的朝廷最高官吏。⑥以还：以降；以下。　⑦堪：胜任。

七六　谢太傅未冠[1]，始出西[2]，诣王长史[3]，清言良久[4]。去后，苟子问曰[5]：“向客何如尊[6]？”长史

今译　谢安在不到二十岁时，初次往西边（京师建康）去，拜访长史王濛，清谈了好久。谢安离开之后，王濛的儿子王脩问道：“刚才那位客人，比起父亲来怎么样？”王濛说：“刚才那位客人的娓娓清谈，气势逼人。”

曰："向客亹亹[7]，为来逼人[8]。"

注释 ①谢太傅：谢安。 未冠：未到成年。 ②出西：往西边去。谢安少时寓居会稽，自会稽入都城建康，故称往西。③王长史：王濛，见《言语》66注①。 ④清言：清谈，谈论玄学。 ⑤苟子：王脩，王濛之子，小字苟子，见《文学》38注②。⑥向：刚才。 何如：比……怎么样。 尊：称父亲。 ⑦亹亹（wěi尾）：同"娓娓"。形容谈论滔滔不绝。 ⑧为：用在动词前，无实义。 逼人：气势凌驾别人。

（七七）王右军语刘尹[1]："故当共推安石[2]。"刘尹曰："若安石东山志立[3]，当与天下共推之。"

今译 王羲之对刘惔说："自然要一同推举谢安。"刘惔说："假如谢安确立隐居东山之志，当然与天下人共同推举他。"

注释 ①王右军：王羲之，见《言语》62注①。 刘尹：刘惔，见《德行》35注①。 ②故当：自然；当然。当，助词，无实义。安石：谢安，字安石，见《德行》33注②。 ③东山志：谓在上虞东山隐居的志趣。刘注引《续晋阳秋》："初，安家于会稽上虞县，优游山林，六七年间，征召不至，虽弹奏相属，继以禁锢，而晏然不屑也。"参看《排调》32。

（七八）谢公称蓝田掇皮皆真[1]。

今译 谢安称赞王述性情直率，表里如一，连剥去了皮也都是真的。

注释 ①谢公：谢安。 称：称誉。 蓝田：王述，袭封蓝田县侯，见《文学》22注④。 掇（duó铎）：削去；剥去。

（七九）桓温行经王敦墓边过[1]，望之云："可儿[2]！可儿！"

今译 桓温出行，从王敦墓边走过，他望望王敦坟墓说："可儿！可儿！"

注释 ①桓温：见《言语》55注①。 王敦：见《言语》37注①。②可儿：犹可人。可爱的人；称人心意的人。 按：王敦、桓温二人颇有相似之处，同出豪门大族，同为晋皇室女婿，都握重兵控制长江中上游，威权震主。此处桓温赞赏王敦，固自有其原因。

（八〇）殷中军道王右军云[1]："逸少清贵人[2]，吾于之甚至[3]，一时无所后。"

今译 殷浩称道王羲之说："王逸少是清纯而高尚的人，我对待他十分恳挚，一时分不出先后。"

注释 ①殷中军：殷浩，见《政事》22 注①。 道：称道。 王右军：王羲之，见《言语》62 注①。 ②逸少：王羲之，字逸少。清贵：清纯高尚。 ③于：对待；待。 至：诚恳。

八一 王仲祖称殷渊源①："非以长胜人，处长亦胜人②。"

注释 ①王仲祖：王濛，见《言语》66 注①。 殷渊源：殷浩，见《政事》22 注①。 ②处长：对待自己的长处。处，对待。

今译 王濛称道殷浩："非但以他的长处胜过人家，善于对待自己的长处也胜过人家。"

八二 王司州与殷中军语①，叹云："己之府奥②，蚤已倾写而见③；殷陈势浩汗④，众源未可得测⑤。"

注释 ①王司州：王胡之，见《言语》81 注①。 殷中军：殷浩。 ②府奥：指胸中之所蕴藏。 ③蚤：通"早"。 写：通"泻"。 见（xiàn 线）：同"现"。 ④陈（zhèn 振）势：指论战的阵容情势。陈，通"阵"。 浩汗：广大辽阔的样子。 ⑤众源：许多来源。 按：殷浩，字渊源，王胡之前句用"浩"，后句用"源"，为用字双关。

今译 王胡之与殷浩谈论后，感叹地说："我自己胸中所有的，早已倾泻而出，表现无遗；而殷浩的论战阵势浩瀚广大，众多的源头还莫测高深呢。"

八三 王长史谓林公①："真长可谓金玉满堂②。"林公曰："金玉满堂，复何为简选③？"王曰："非为简选，直致言处自寡耳④。"

注释 ①王长史：王濛，见《言语》66 注①。 林公：支道林，见《言语》63 注①。 ②真长：刘惔，见《德行》35 注①。 金玉满堂：语出《老子》。此比喻刘惔长于清谈，丰富多彩。 ③简选：挑选。 ④直：通"特"，只。 致言：发出言辞。 自寡：自然少了。意谓刘惔自来言少而精。刘注："谓吉人之辞寡，非择言而出也。"

今译 王濛对支道林说："刘惔的清谈，真可谓金玉满堂，丰富多彩。"支道林说："金玉满堂，又为什么挑选？"王濛说："不是挑选，只是发为言辞之处自然少而精了。"

八四 王长史道江道群①："人可应有，乃不必有；人可应无，已必无②。"

注释 ①王长史：王濛。 道：称道。 江道群：江灌（？—375？），字道群，东晋陈留（今河南开封东北）人，司马昱为抚军，引为从事中郎。后迁御史中丞，转吴兴太守。他为人方正，轻

今译 王濛称道江灌，说："别人应当有的，也不一定有；别人应当没有的，他一定没有。"

视权贵，为大司马桓温所恶。温死后，他迁尚书、中护军，复出为吴郡太守。　②“人可应有”四句：参看本篇65注⑥。

（八五）会稽孔沈、魏颉、虞球、虞存、谢奉并是四族之俊[1]，于时之杰。孙兴公目之曰[2]：“沈为孔家金[3]，颉为魏家玉，虞为长、琳宗[4]，谢为弘道伏[5]。”

注释 ①会稽：郡名。治所在今浙江绍兴。　孔沈：见《言语》44注①。　魏颉：字长齐，东晋会稽人。与孔沈、虞球、虞存、谢奉齐名。仕至山阴令。参看《排调》48。　虞球：字和琳，东晋会稽余姚（今属浙江）人。仕至黄门侍郎。　虞存：字道长，见《政事》17注②。　谢奉：字弘道，见《言语》83注①。参看《雅量》33。②孙兴公：孙绰，见《言语》84注①。　③金：此喻珍贵。下句“玉”同。　④长、琳：道长、和琳，即虞存、虞球。　宗：尊崇；景仰。　⑤弘道：即谢奉。　伏：通“服”。刘注：“言虞氏宗长、琳之才，谢氏伏弘道之美也。”

今译 会稽孔沈、魏颉、虞球、虞存、谢奉同是四个家族中的优秀人才，当时的才能特出之士。孙绰品评他们说：“孔沈是孔家的黄金，魏颉是魏家的美玉，虞家尊崇虞存、虞球，而谢家佩服谢奉。”

（八六）王仲祖、刘真长造殷中军谈[1]，谈竟，俱载去。刘谓王曰：“渊源真可[2]。”王曰：“卿故堕其云雾中[3]。”

注释 ①王仲祖：王濛。　刘真长：刘惔。　造：拜访。　殷中军：殷浩。　谈：指清谈。　②渊源：殷浩字。　可：表示赞许，犹言“行”、“好”。　③故：确实；毕竟。　云雾：比喻使人迷惑之物。

今译 王濛、刘惔一起拜访殷浩谈论玄理，谈罢，他们两人一起坐车走了。刘惔对王濛说：“殷浩真行。”王濛说：“你真是掉进他的云山雾罩里去了。”

（八七）刘尹每称王长史云[1]：“性至通而自然有节[2]。”

注释 ①刘尹：刘惔。　王长史：王濛。　②通：通达；豁达。节：节制。按：《晋书·王濛传》载：“濛少时放纵不羁，不为乡曲所齿，晚节始克己励行，有风流美誉，虚己应物，恕而后行，莫不敬爱焉。”对刘惔对他的这句评价，“濛每云：‘刘君知我，胜我自知。’”

今译 刘惔每每称赞王濛说：“他性格十分通达而言行自然有节制。”

（八八）王右军道谢万石“在林泽中为自遒上”[1]，叹林公“器朗神俊”[2]，道祖士少“风领毛骨，恐没

今译 王羲之称道谢万“在山林隐逸之中称得上是高超挺拔的”；赞叹支道林是“器宇开朗，风神秀出”；称誉祖约是“体格轻举，清爽超凡，恐怕终身不再见得到这样的人”；赞扬刘惔是“树干高耸入云而不显得枝叶茂密”。

世不复见此人"[3]，道刘真长"标云柯而不扶疏"[4]。

注释 ①王右军：王羲之。　谢万石：谢万，字万石，见《言语》77 注①。　林泽：山林水泽。指隐逸之所。　为自：算得上；称得上。自，词缀，无实义。　道上：挺拔高迈。　②林公：支道林，见《言语》63 注①。　器朗：器宇开朗。　神俊：风神秀出。　③祖士少：祖约，见《雅量》15 注①。　风领毛骨：谓体格轻举，清爽超凡。　没世：终身。　④刘真长：刘惔。　标：高耸。　云柯：高耸入云的枝条。　扶疏：繁茂貌。此句喻刘惔居高位，有荣名，但不自炫耀。

今译 简文帝品评庾统，说他"胸怀坦率，纯洁无污"。谢尚说："庾统胸无芥蒂。"

八九 简文目庾赤玉[1]："省率治除[2]。"谢仁祖云[3]："庾赤玉胸中无宿物[4]。"

注释 ①简文：晋简文帝司马昱，见《德行》37 注①。　目：品评。　庾赤玉：庾统，小字赤玉，见本篇 69 注④。　②省率：爽直坦率，不拘小节。　治除：指治身修养，纯洁高尚。　③谢仁祖：谢尚，见《言语》46 注①。　④宿物：隔夜之物。喻芥蒂，指心中的嫌隙或不快。

今译 殷浩称道韩伯说："康伯年轻时很自负，显然是个超越一般人的大才；到了他发言议论的时候，又往往很有情趣。"

九〇 殷中军道韩太常曰[1]："康伯少自标置[2]，居然是出群器[3]；及其发言遣辞[4]，往往有情致[5]。"

注释 ①殷中军：殷浩。　韩太常：韩伯，见《德行》38 注③。韩伯是殷浩甥。　②康伯：韩伯的字。　标置：标榜；自负。　③居然：显然。　出群器：超越众人的人才。　④遣辞：用词。　⑤情致：情趣。

今译 简文帝称道王述："他才能并不见长，对于功名利禄也并不淡泊，只是他坦率，不做作，这一点点，就可以抵得上别人的许许多多。"

九一 简文道王怀祖[1]："才既不长，于荣利又不淡[2]，直以真率少许[3]，便足对人多多许[4]。"

注释 ①简文：晋简文帝司马昱。　王怀祖：王述，见《文学》22 注④。　②荣利：功名利禄。　不淡：并非不在意。　《晋书·王述传》载：早先王述家贫，请求试任宛陵令，接受了不少人家赠送的财物，为州司所检举，有一千三百条。王导派人问他，他竟回答："足够了我自当停止，时下的人们没有理解我。"所以说他并不恬淡于功名利禄。　③直：只。　真率：自然坦率。　按：说王述真率，参看本篇 78。　少许：少量；一点点。许，表示数目的约计。　④对：匹敌。

（九二）林公谓王右军云[1]："长史作数百语[2]，无非德音[3]，如恨不苦[4]。"王曰："长史自不欲苦物[5]。"

①林公：支道林。　王右军：王羲之。　②长史：王濛，见《言语》66 注①。　③德音：善言。此指明哲有卓识的言谈。　④恨：遗憾。　苦：指以言辞使人窘困为难。⑤物：指人。

支道林对王羲之说："长史王濛说了几百句话，无不是明哲而有卓见的言谈，好像不以言辞使人窘困为难，怕是憾事。"王羲之说："王濛本来不要为难人。"

（九三）殷中军与人书[1]，道谢万[2]："文理转遒[3]，成殊不易。"

①殷中军：殷浩。　②谢万：见《言语》77 注①。　③文理：文辞义理。　转：更；愈。　遒：刚劲有力。

殷浩在写给别人的信里，称道谢万："文辞义理，更加刚劲，有此成就，颇为不易。"

（九四）王长史云[1]："江思悛思怀所通[2]，不翅儒域[3]。"

①王长史：王濛。　②江思悛：江惇，字思悛，东晋陈留（今河南开封东北）人。江虨弟。笃学博览，儒道兼综。尊崇礼法，著《通道崇检论》。当时名士阮裕、王濛并与游处，深相钦重。征拜博士、著作郎，皆不就。　思怀：思虑；思考。　通：通晓。　③不翅：同"不啻"。不仅；不止。　儒域：儒学领域。

王濛说："江惇思考而通晓的，并不仅仅是儒家学说的范围。"

（九五）许玄度送母始出都[1]，人问刘尹[2]："玄度定称所闻不[3]？"刘曰："才情过于所闻。"

①许玄度：许询，字玄度，见《言语》69 注②。　出都：赴京都；到京都。　②刘尹：刘惔，见《德行》35 注①。　③称（chèn 趁）：适合；相副。　所闻：所听到的。此指许询的名声。　不（fǒu 缶）：同"否"。

许询送他的母亲才赴京都，有人问刘惔："许询为人确实能与他的名声相符吗？"刘惔："他的才学超过他的名声。"

（九六）阮光禄云[1]："王家有三年少：右军、安期、长豫[2]。"

阮裕说："王家有三个年轻人：王羲之、王应和王悦。"

①阮光禄：阮裕，见《德行》32注①。 ②右军：王羲之，见《言语》62注①。 安期：王应，见《识鉴》15注②。 王应，字安期，王含子，王导侄。 长豫：王悦，见《德行》29注①。王悦，王导长子。 按：《晋书·王羲之传》以"安期"为王承，非是。王承，亦字安期，但出自太原王氏，且年辈亦高于王羲之与王悦。

谢安称道谢鲲："他如果遇上竹林七贤，定然会手拉着手进入山林中去。"

九七 谢公道豫章[①]："若遇七贤[②]，必自把臂入林[③]。"

①谢公：谢安。 豫章：谢鲲，曾为豫章太守，见《言语》46注②。 ②七贤：指竹林七贤。即陈留阮籍、谯国嵇康、河内山涛、河南向秀、籍兄子阮咸、琅邪王戎、沛人刘伶。 ③把臂：拉着臂膊。

王濛赞叹支道林，说他"探求精微玄理之功，不亚于王弼"。

九八 王长史叹林公[①]："寻微之功[②]，不减辅嗣[③]。"

①王长史：王濛。 林公：支道林。 ②寻微：探求精微，指玄理。 ③辅嗣：王弼，字辅嗣，见《文学》6注④。

殷浩隐居在他家祖先墓地将近十年。当时朝廷和民间的一些人都把他比作管仲和诸葛亮，把他的出来做官与否，作为预测东晋王朝兴亡的一件大事。

九九 殷渊源在墓所几十年[①]。于时朝野以拟管、葛[②]，起不起[③]，以卜江左兴亡[④]。

①殷渊源：殷浩，见《政事》22注①。 墓所：祖坟所在地。几：近。 ②朝野：《晋书·殷浩传》说是王濛、谢尚。拟：比拟。 管、葛：管仲与诸葛亮。管、葛都是名相，因并称。 ③起不起：指殷浩出来做官或不出来做官。 ④卜：预测。 江左：借指东晋。刘注引《续晋阳秋》，说当时晋穆帝年幼，会稽王司马昱掌朝政，慑于桓温的难以控制，起用名声极大的殷浩以抑制桓温。所以说殷浩的出仕与否，关系到东晋兴亡。殷浩出山，任扬州刺史，受命统兵北上。他清谈玄学，名气很大，但并无实战经验，大败而归。桓温上表弹劾，殷浩废黜为民。参看《黜免》3、《黜免》5。

殷浩称赞王羲之："识鉴高明，高贵简要。"

一〇〇 殷中军道右军[①]："清鉴贵要[②]。"

注释 ①殷中军：殷浩。　右军：王羲之。　②清鉴：明察。指有高明的识鉴力。　贵要：高贵简要。

一〇一 谢太傅为桓公司马[1]。桓诣谢，值谢梳头，遽取衣帻[2]。桓公云："何烦此？"因下共语至暝[3]。既去，谓左右曰："颇曾见如此人不[4]？"

注释 ①谢太傅：谢安，起初隐居在会稽东山，后出为征西大将军桓温司马。见《德行》33注②。　②帻（zé 责）：包发的巾。常用以与帽并带，帻在帽下。也单独戴。　③暝：日暮。④颇：犹言"可"，表示疑问语气。　不（fǒu 缶）：同"否"。

今译 谢安做了桓温的司马。桓温去拜访谢安，碰上谢安在梳头，他急急忙忙叫人拿衣服巾帻。桓温说："何必烦劳到这样地步？"就下车与谢安一同谈论到傍晚。离去之后，桓温对左右的人说："可曾见过这样的人才吗？"

一〇二 谢公作宣武司马[1]，属门生数十人于田曹中郎赵悦子[2]。悦子以告宣武，宣武云："且为用半[3]。"赵俄而悉用之，曰："昔安石在东山[4]，搢绅敦逼[5]，恐不豫人事[6]。况今自乡选[7]，反违之邪？"

注释 ①谢公：谢安。　宣武：桓温。　②属（zhǔ 主）：嘱托；托付。　门生：弟子；门人。　田曹中郎：官名。掌农事。　赵悦子：赵悦，字悦子，东晋下邳（今江苏宿县）人。历官大司马参军、左卫将军。　③且：暂且；姑且。　④安石：谢安，字安石。　在东山：指谢安当初隐居在东山。　⑤搢绅：搢，插；绅，大带。插笏垂绅，古代高官的服饰。因借指官员、士大夫。　敦逼：督促逼迫。此指征召谢安出山为官。　⑥豫：参预。　人事：世事。⑦乡选：谓插手、干预选才之事。乡，倾向；朝向。

今译 谢安做了桓温的司马，把他的几十个门生托付给田曹中郎赵悦，请予照顾。赵悦把此事报告给桓温，桓温说："姑且任用一半吧。"不久，赵悦把这些门生全都录用了。并说："过去谢安在东山隐居的时候，官员士绅纷纷敦促他出山，唯恐他不愿参与世事。何况现在他插手选举事务，反而要违背他的意愿吗？"

一〇三 桓宣武表云[1]："谢尚神怀挺率[2]，少致民誉[3]。"

注释 ①桓宣武：桓温。　表：臣下上奏皇帝的章表。此指桓温的《平洛表》。晋穆帝永和十二年（356），桓温收复洛阳，修诸陵，留兵戍守而归。他上表推荐镇西将军、豫州刺史谢尚镇守洛阳，都督司州诸军事。　②谢尚：见《言语》46注①。　神怀：心胸怀抱。　挺率：直爽坦率。　③少：年轻时。　致：得。

今译 桓温在上奏的表文中说："谢尚襟怀坦率，年轻时就得到人们的称誉。"

一〇四 世目谢尚为"令达"[1]。阮遥集云[2]："清

今译 世人品评谢尚为"美好通达"。阮孚说："他高雅通畅，似乎通达。"有人说："谢尚不做作而美好卓越。"

畅似达[3]。"或云:"尚自然令上[4]。"

注释 ①谢尚:见前则。 令达:美好通达。 ②阮遥集:阮孚,见《文学》76注③。 ③清畅:高雅通畅。 ④自然:不做作。 令上:美好卓越。

今译 大司马桓温病了,谢安去问候探望,从东门进入。桓温远远看见,感叹说:"我门中长久看不到像这样的人才了!"

一〇五 桓大司马病[1],谢公往省病[2],从东门入。桓公遥望,叹曰:"吾门中久不见如此人!"

注释 ①桓大司马病:桓温第三次北伐失败后,为挽救自身威望的低落,于太和六年(371)废晋废帝司马奕为海西公,立司马昱为帝,即简文帝。明年,简文帝死,子司马曜继位,即孝武帝。此时谢安、王坦之为相;桓温病,驻姑孰(今安徽当涂),宁康元年(373)病死。 ②谢公:谢安。省(xǐng 醒):问候。参阅本篇101。

今译 简文帝品评王恬是"明达和悦"。

一〇六 简文目敬豫为"朗豫"[1]。

注释 ①简文:晋简文帝司马昱。 敬豫:王恬,字敬豫,王导次子,见《德行》29注③。 朗豫:明达和悦。

今译 孙绰做庾亮的参军,一次,同游白石山,卫永也在座。孙绰说:"卫永这人的神态全不关心山水,但是能写文章。"庾亮说:"卫永风姿韵度虽然不及你们几位,但是他令人倾心之处也是不同凡近的。"孙绰就一直体味庾亮的话。

一〇七 孙兴公为庾公参军[1],共游白石山[2],卫君长在坐[3]。孙曰:"此子神情都不关山水[4],而能作文。"庾公曰:"卫风韵虽不及卿诸人[5],倾倒处亦不近[6]。"孙遂沐浴此言[7]。

注释 ①孙兴公:孙绰,见《言语》84注①。 庾公:庾亮。亮为征西将军时,用孙绰为参军。 ②白石山:山名。《景定建康志》:"白石山在溧水县北二十里,高一十丈,周回十一里。" ③卫君长:卫永,字君长,东晋济阴成阳(今山东曹县东北)人。曾为温峤长史。谢安目为义理中人。 ④关:关心注意。 ⑤风韵:风姿韵度。 ⑥倾倒:倾心;倾注心思。 近:浅近;凡近。 ⑦沐浴:洗发洗身。引申为沉浸其中。此处有领会受教义。

今译 王羲之品评陈泰:"胸中郁结不平而有刚正的品格。"

一〇八 王右军目陈玄伯[1]:"垒块有正骨[2]。"

注释 ①王右军：王羲之。 陈玄伯：陈泰，见《方正》8 注②。②垒块：土块。比喻胸中郁结不平之气。 正骨：刚正的品格。

一〇九 王长史云[①]："刘尹知我[②]，胜我自知。"

今译 王濛说："刘惔了解我，胜过我自己了解自己。"

注释 ①王长史：王濛。 ②刘尹：刘惔。《晋书·王濛传》："（濛）与沛国刘惔齐名，友善。惔常称濛：'性至通，而自然有节。'濛每云：'刘君知我，胜我自知。'"

一一〇 王、刘听林公讲[①]，王语刘曰："向高坐者[②]，故是凶物[③]。"复更听[④]，王又曰："自是钵钎后王、何人也[⑤]。"

今译 王濛、刘惔同听支道林讲经谈玄，王濛对刘惔说："刚才那坐在上座的，本是不祥之人。"又再听了一会，王濛又说："原来是僧徒中的王弼、何晏一流人物啊。"

注释 ①王、刘：王濛、刘惔。 林公：支道林。 ②高坐者：坐在上座的人。此指支道林。 ③故：本来；原来。 凶物：不吉之人。 ④更：再。原作"东"，据影宋本改。 ⑤钵钎：僧徒的食器。又为佛门传法之器。此代指僧徒。 王、何：王弼、何晏。参阅本篇 51 注⑦。

一一一 许玄度言[①]："《琴赋》所谓'非至精者[②]，不能与之析理'，刘尹其人[③]；'非渊静者[④]，不能与之闲止'[⑤]，简文其人[⑥]。"

今译 许询说："就如《琴赋》中所说的，'不是极其明细的人，不能与他去分析事理'，刘惔就是那样的人；'不是沉静恬淡的人，不能与他悠闲地相处'，简文帝就是那样的人。"

注释 ①许玄度：许询，见《言语》69 注②。 ②《琴赋》：文篇名。嵇康所作。今存《昭明文选》卷一八。 精：明细。 ③刘尹：刘惔。 ④渊静：沉静恬淡。 ⑤闲止：悠闲居止。 ⑥简文：晋简文帝司马昱。

一一二 魏隐兄弟少有学义[①]，总角诣谢奉[②]，奉与语，大说之[③]，曰："大宗虽衰[④]，魏氏已复有人。"

今译 魏隐兄弟从小已相当有学识，童年时去拜访谢奉，谢奉与他们谈话，非常喜爱他们，说："贵宗族虽然衰落，但魏家已经后继有人了。"

注释 ①魏隐兄弟：魏隐，字安时，东晋会稽上虞（今属浙江）人。安帝隆安中为义兴太守，孙恩陷会稽，隐弃职而逃。仕至御史中丞。其弟魏逷（tì 惕），仕黄门郎。 学义：学识。②总角：古代儿童的发式，分束两髻于顶。因以指代童年。 谢奉：见《言语》83 注①。 ③说（yuè 月）：通"悦"。喜爱。 ④大宗：尊称别人家族。

一一三 简文云①："渊源语不超诣简至②，然经纶思寻处③，故有局陈④。"

注释 ①简文：晋简文帝司马昱。 ②渊源：殷浩，字渊源。 超诣：卓有造诣。 简至：简明通达。 ③经纶：整理丝缕，理出头绪，叫经；编丝为绳，叫纶。此指思路条理。 思寻：思虑；思考。 ④故：毕竟；到底。 局陈：格局阵势。

今译 简文帝说："殷浩言语不是简明通达卓有造诣，然而在条理思考方面，毕竟是有格局规模的。"

一一四 初，法汰北来①，未知名，王领军供养之②，每与周旋行来③。往名胜许④，辄与俱；不得汰，便停车不行。因此名遂重。

注释 ①法汰：竺法汰，见《文学》54注①。 北来：从北方来。 ②王领军：王洽，字敬和。王导第三子，在兄弟中最知名。历任吴国内史、中领军等职。 供养：供给生活所需。 ③每：常。 周旋行来：应酬交往。行来，晋宋间口语。 ④名胜：名流。 许：处所。

今译 当初，竺法汰从北方来，尚未出名，由王洽供养他，常常与他应酬交往。到名流处去，总是与法汰一起去；法汰不在，就停车不走。因此法汰的名声就越来越大了。

一一五 王长史与大司马书①，道渊源"识致安处②，足副时谈"③。

注释 ①王长史：王濛。 大司马：桓温。 ②渊源：殷浩，字渊源。 识致：见识情致。 安处：平日居处。 ③副：符合。 时谈：时人的评论。

今译 王濛写信给大司马桓温，说殷浩"见识情致，日常居处，都足以与时人的评论相称"。

一一六 谢公云①："刘尹语审细②。"

注释 ①谢公：谢安。 ②刘尹：刘惔。 审细：周密详细。

今译 谢安说："刘惔的言论周密详细。"

一一七 桓公语嘉宾①："阿源有德有言②，向使作令仆③，足以仪刑百揆④，朝廷用违其才耳⑤！"

今译 桓温对郗超说："阿源有名望，有口才，先前让他去做尚书令或仆，真可以为百官的表率，朝廷使用他，所用非其所长啊！"

注释 ①桓公：桓温。　嘉宾：郗超，小字嘉宾，见《言语》59注⑤。②阿源：殷浩，字渊源。　有德有言：有德望，有名言。③向：先前。　令仆：尚书令、尚书仆射，为综理朝政之官。④仪刑：示范。　百揆：百官。　⑤违：不合；与…不相称。　按：此指命殷浩统兵北伐、大败而归事。参阅《黜免》3。

一一八 简文语嘉宾[1]："刘尹语末后亦小异，回复其言[2]，亦乃无过。"

今译 简文帝对郗超说："刘惔议论到末后也小有不同，然而回味他的话，也竟没有差错。"

注释 ①简文：晋简文帝司马昱。　嘉宾：郗超，见前则。　②回复：回味；反复思考。

一一九 孙兴公、许玄度共在白楼亭[1]，共商略先往名达[2]。林公既非所关[3]，听讫，云："二贤故自有才情[4]。"

今译 孙绰和许询同在白楼亭，一起商讨有关先前的有名望的贤达的事迹。支道林并未参与讨论，听罢之后，说："两位贤者确实有才华。"

注释 ①孙兴公：孙绰，见《言语》84注①。　许玄度：许询，见《言语》69注②。　白楼亭：亭名。在今浙江绍兴附近。　②商略：商讨；商定。　先往：先前的。　名达：有名望的贤达。③林公：支道林。　非所关：不是所涉的。此谓支道林未参与商讨。④二贤：两位贤者。此指孙绰、许询。　故自：的确；实在。　才情：才华。

一二〇 王右军道东阳[1]："我家阿林[2]，章清太出[3]。"

今译 王羲之称道王临之："我家阿林，才思清明，过于突出。"

注释 ①王右军：王羲之。　东阳：王临之，小字阿林，官东阳太守，见《文学》62注②。　②阿林：王临之。刘注："'林'应为'临'。"　③章清：谓才思彰明清楚。

一二一 王长史与刘尹书[1]，道："渊源触事长易[2]。"

今译 王濛写信给刘惔，说："殷浩处事，经常很平易。"

注释 ①王长史：王濛。　刘尹：刘惔。　②渊源：殷浩。　触事：接触事情；处事。　长：通"常"，经常。　易：平易；平和。

今译 谢万说："王耆之落拓的性格，出自他家门风。"

一二二 谢中郎云①："王脩载乐托之性②，出自门风。"

注释 ①谢中郎：谢万，见《言语》77注①。 ②王脩载：王耆之，字脩载。王廙子，王胡之弟。晋成帝咸和中为丹阳丞，历中书郎、鄱阳太守、给事中。 乐（luò洛）托：同"落拓"。形容不拘小节，放荡不羁。

今译 支道林说："王脩是个绝顶聪明的人。"

一二三 林公云①："王敬仁是超悟人②。"

注释 ①林公：支道林。 ②王敬仁：王脩，字敬仁，见《文学》38注②。 超悟：高超颖悟。

今译 刘惔先推崇谢尚，谢尚后来很推许刘惔，说："以前我曾经北面而事之。"

一二四 刘尹先推谢镇西①，谢后雅重刘②，曰："昔尝北面③。"

注释 ①刘尹：刘惔。 推：推崇；推许。 谢镇西：谢尚，见《言语》46注①。 ②雅：颇；甚。 ③北面：旧时君见臣，尊长见卑幼，南面而坐，故以"北面"指向人称臣或居于人下。

今译 谢安称道王胡之说："王司州可以与他作林泉之游。"

一二五 谢太傅称王脩龄曰①："司州可与林泽游②。"

注释 ①谢太傅：谢安。 王脩龄：王胡之，见《言语》81注①。 ②司州：王胡之曾任司州刺史，故称。 林泽：犹林泉。山林水泽，隐者所居。

今译 谚语说："扬州地方独一无二的是王坦之，晚辈之中出人头地的是郗超。"

一二六 谚曰："扬州独步王文度①，后来出人郗嘉宾②。"

注释 ①扬州：州名。东晋时治所在建康（今江苏南京）。 独步：独一无二。 王文度：王坦之，见《言语》72注①。 按：此句中"步"、"度"叶韵。 ②后来：后辈；晚辈。 出人：超越众人。 郗嘉宾：郗超，见《言语》59注⑤。 按：此句中"人"、"宾"叶韵。

一二七 人问王长史江彪兄弟群从①，王答曰："诸江皆复足自生活②。"

注释 ①王长史：王濛。 江虨（bīn 彬）：见《方正》25 注④。 群从：指同族子弟。 ②诸江：指江家兄弟子侄。 皆复：皆；都。复，词缀，无实义。 生活：生存；谓立足于世。

译 有人问王濛有关江虨兄弟和同族子侄辈的情况，王濛回答说："江家兄弟子侄辈都足以自谋立足于世。"

一二八 谢太傅道安北①："见之乃不使人厌，然出户去，不复使人思②。"

注释 ①谢太傅：谢安。 安北：王坦之，死后赠安北将军，故称，见《言语》72 注①。 ②思：思念。刘注引《续晋阳秋》，说谢安好妓乐，王坦之常直言苦谏，以此不为安所思。

译 谢安说到王坦之："看到他也不惹人讨厌，但他出门离开了，也不再让人想着他。"

一二九 谢公云①："司州造胜遍决②。"

注释 ①谢公：谢安。 ②司州：王胡之，见《言语》81 注①。 造：达到。

译 谢安说："王胡之研讨玄言能达到问题的关键，全面解决疑难。"

一三〇 刘尹云①："见何次道饮酒②，使人欲倾家酿③。"

注释 ①刘尹：刘惔。 ②何次道：何充，见《言语》54 注①。 ③家酿：家中自制的酒。 按：何充善饮而不失礼容，人们喜爱他的饮酒风度，所以愿倾家酿，陪同畅谈。

译 刘惔说："看到何充饮酒，使人愿意把家中酿制的酒全都拿出来请他。"

一三一 谢太傅语真长①："阿龄于此事故欲太厉②。"刘曰："亦名士之高操者③。"

注释 ①谢太傅：谢安。 真长：刘惔。 ②阿龄：王胡之，字修龄，故称，见《言语》81 注①。 此事：所指何事，不详。 故：确实。 欲：似；好像。 厉：严厉。 ③高操者：品格高尚的人。刘注引《王胡之别传》："胡之治身清约，以风操自居。"

译 谢安对刘惔说："王胡之在这件事上，确实太严了。"刘惔说："这也是名士中品格高尚的。"

一三二 王子猷说①："世目士少为朗②，我家亦以为彻朗③。"

译 王徽之评论道："世人评价祖约高洁开朗，我也以为他通达爽朗。"

①王子猷：王徽之，见《雅量》36 注①。　说：评论；评说。②士少：祖约，见《雅量》15 注①。　朗：高洁开朗。　③我家：我，说话人称自己。　彻朗：通达爽朗。

一三三　谢公云[1]："长史语甚不多[2]，可谓有令音[3]。"

谢安说："长史王濛说话不很多，可以说很有些美言。"

①谢公：谢安。　②长史：王濛。　③令音：佳美的言辞。刘注引《王濛别传》："濛性和畅，能清言，谈道贵理中，简而有会。"

一三四　谢镇西道敬仁[1]："文学镞镞[2]，无能不新。"

谢尚称道王脩说："辞章学问，挺拔出众，没有什么不新奇的。"

①谢镇西：谢尚，见《言语》46 注①。　敬仁：王脩，字敬仁，见《文学》38 注②。　②文学：辞章学问。　镞（zú 足）镞：挺拔出众。

一三五　刘尹道江道群[1]："不能言而能不言。"

刘惔称道江灌："他不能清谈而能够不谈。"

①刘尹：刘惔。　江道群：江灌字道群，见本篇 84 注①。

一三六　林公云[1]："见司州警悟交至[2]，使人不得住[3]，亦终日忘疲。"

支道林说："看到王胡之机警明悟的语言纷至沓来，使人听了欲罢不能，但也可以整天忘记疲倦。"

①林公：支道林。　②司州：王胡之，见《言语》81 注①。警悟：机警聪明。　③住：停止。

一三七　世称苟子秀出[1]，阿兴清和[2]。

世人称道王脩神采出众，王蕴性情平和。

①苟子：王脩，小字苟子，王濛子，见《文学》38 注②。　②阿兴：王蕴（330—384），字叔仁，小字阿兴。王濛子。起家佐著作郎，累迁尚书吏部郎。官至镇军将军、会稽内史。

一三八 简文云[1]:"刘尹茗柯有实理[2]。"

译 简文帝说:"刘惔看上去精神懵懂,发言却有实理。"

注释 ①简文:晋简文帝司马昱。 ②刘尹:刘惔。 茗柯:影宋本注作"茗打",同"茗艼"。惛懵的样子。

一三九 谢胡儿作著作郎[1],尝作《王堪传》[2],不谙堪是何似人[3],咨谢公[4]。谢公答曰:"世胄亦被遇[5]。堪,烈之子[6],阮千里姨兄弟[7],潘安仁中外[8],安仁诗所谓'子亲伊姑,我父唯舅'[9]。是许允婿[10]。"

译 谢朗做著作郎,曾经作《王堪传》,他不了解王堪是什么样的人,去请教谢安。谢安回答说:"王世胄也曾受到过恩遇。王堪是王烈的儿子,阮瞻的姨表兄弟,潘岳的中表兄弟,就是潘岳诗里所说的'子亲伊姑,我父唯舅'。他是许允的女婿。"

注释 ①谢胡儿:谢朗,谢据长子,谢安侄,见《言语》71注③。 著作郎:官名。《晋书·百官志》载:著作郎一人,谓之大著作郎,专掌史任。又置佐著作郎八人。著作郎始到职,必为名臣一人撰传。 ②《王堪传》:文篇名,谢朗撰。王堪(?—310),字世胄,西晋东平寿张(今山东阳谷及范县一带)人。初仕司隶校尉。赵王司马伦为相国,堪以德望入选左司马。东海王司马越攻河间王司马颙,堪为尚书令,统行台。晋怀帝时任车骑将军,率师攻刘渊、刘聪,为石勒袭杀。 ③谙(ān安):熟悉。 何似:什么样的。 ④咨:询问。 谢公:谢安。 ⑤世胄:王堪字。 被遇:被赏识。 ⑥烈之子:王烈的儿子。王烈,字阳秀。仕三国魏,为治书御史。 ⑦阮千里:阮瞻,字千里,见本篇29注⑧。姨兄弟:姨表兄弟。 ⑧潘安仁:潘岳:字安仁,见《言语》107注④。 中外:中表兄弟。 ⑨"安仁诗所谓"句:潘岳有《北芒送别王世胄诗》五章,此处所引为第一章中两句。全章八句:"微微发肤,受之父母。峨峨王侯,中外之首。子亲伊姑,我父惟舅。昆同瓜瓞,志齐执友。"据诗,王堪之母为潘岳之姑母,潘岳之父为王堪之舅父,故王堪与潘岳为中表兄弟。 ⑩许允(?—254):字士宗,三国魏高阳(今属河北)人。累官侍中、尚书、中领军。与中书令李丰、太常夏侯玄友善。时司马师、昭兄弟专政,丰、玄等谋刺司马氏以存魏室。事泄,丰、玄等被杀。许允徙镇北将军,复以事免职徙乐浪,为司马氏追杀于中途。

一四〇 谢太傅重邓仆射[1],常言:"天地无知,使伯道无儿[2]。"

译 谢安很看重仆射邓攸,常常说:"天地无知,竟然使邓伯道没有儿子。"

注释 ①谢太傅：谢安。　邓仆射：邓攸，字伯道，官至尚书右仆射，见《德行》28注①。　②伯道无儿：《晋书·邓攸传》载：永嘉之乱，邓攸南逃，步行担其儿及弟之子，计不能两全，乃舍己子而保全弟之子，后竟无嗣。时人语曰："天道无知，使邓伯道无儿！"但《晋书·邓攸传》后的"史臣曰"却有不同看法，认为邓攸把儿子"系之于树而去"，不是"慈父仁人之所用心"，所以他后来绝嗣，"勿谓天道无知，此乃有知矣"。

今译 谢安写信给王羲之说："王敬和身心寄托甚为美好。"

（一四一）谢公与王右军书曰[1]："敬和栖托好佳[2]。"

注释 ①谢公：谢安。　王右军：王羲之。　②敬和：王洽，字敬和，见本篇114注③。　栖托：身心所寄托。

今译 吴郡四个家族的旧时品评说："张家的文才，朱家的武功，陆家的忠诚，顾家的宽厚。"

（一四二）吴四姓旧目云[1]："张文[2]，朱武[3]，陆忠[4]，顾厚[5]。"

注释 ①吴：吴郡。　四姓：四个家族。刘注引《吴录士林》："吴郡有顾、陆、朱、张，为四姓。三国之间，四姓盛焉。"　旧目：旧说品评。　②张：张昭之族。　文：文才。　③朱：朱然、朱桓之族。　武：武功。　④陆：陆逊之族。　忠：忠诚。⑤顾：顾雍之族。　厚：宽厚。

今译 谢安对王恭说："你家蓝田侯，浑身没有一点平常人的事。"

（一四三）谢公语王孝伯[1]："君家蓝田[2]，举体无常人事[3]。"

注释 ①谢公：谢安。　王孝伯：王恭，见《德行》44注①。　②君家蓝田：你家蓝田侯，指王述，见《文学》22注④。王恭与王述同出太原王氏，王恭是王述的同族曾孙辈，故称"君家"。　③举体：全身；浑身。

今译 许询曾经去拜访简文帝，这天晚上，风静月明，他们就一起到私室去交谈。吟诗抒情，最是许询所擅长的事，他的诗，文辞兴寄，清丽委婉，胜过平日。简文帝虽然一向与许询意趣相投，但对这次会晤尤为赞叹，不知不觉两人促膝而坐，握手而谈，一直到天都快亮了。事后，简文帝说："许玄度的才华，确实不易多得。"

（一四四）许掾尝诣简文[1]，尔夜风恬月朗[2]，乃共作曲室中语[3]。襟怀之咏[4]，偏是许之所长，辞寄清婉[5]，有逾平日。简文虽契素[6]，此遇尤相咨嗟，不觉造膝[7]，共叉手语[8]，达于将旦。既而曰："玄度才情，故未易多有许[9]。"

注释 ①许掾：许询，字玄度，见《言语》69 注②。　诣（yì 义）：拜访。　简文：简文帝司马昱。　②尔夜：此夜。　恬（tián 甜）：静。　③曲室：密室；私室。　④襟怀之咏：抒发情怀的吟咏。谓作抒情诗。　⑤辞寄：言辞兴寄。　清婉：清丽委婉。　⑥契素：意趣投合。　⑦造膝：促膝，两人膝盖相及，形容亲切。　⑧叉手：双手相握。　⑨故：确实。　许：这样；这般。

一四五　殷允出西[1]，郗超与袁虎书云[2]："子思求良朋，托好足下[3]，勿以开美求之[4]。"世目袁为"开美"，故子敬诗曰[5]："袁生开美度[6]。"

今译　殷允往西边去，郗超写信给袁宏说："殷允寻求好朋友，想与足下结交，请不要用'开朗高尚'的标准来要求他。"世人品评袁宏为"开朗高尚"，所以王献之有句诗："袁生开美度。"

注释 ①殷允：字子思，东晋陈郡长平（今河南西华东北）人。殷颢弟。恭素谦退，有儒者风。官吏部尚书。　出西：往西边去。　②郗超：见《言语》59 注⑤。　袁虎：袁宏，小字虎，见《言语》83 注①。　③托好：寄托友情。谓相结交。　④开美：谓思想开朗，志趣高尚。　求：要求；责求。　⑤子敬：王献之，见《德行》39 注①。　⑥度：风度。

一四六　谢车骑问谢公[1]："真长性至峭[2]，何足乃重[3]？"答曰："是不见耳[4]。阿见子敬[5]，尚使人不能已。"

今译　谢玄问谢安："刘惔性情极其严厉，何必如此看重他？"谢安回答说："这是你没有见过刘惔罢了。我见了王献之，尚且情不自禁地景仰他。何况是见了刘惔呢。"

注释 ①谢车骑：谢玄，谢安侄，见《言语》78 注③。　谢公：谢安。　②真长：刘惔。　峭（qiào 翘）：严厉。　③何足：何必。　乃：如此；这么。　重：看重。　④是不见耳：谓谢玄未曾见过刘惔。按：刘惔死时，谢玄才六七岁。　⑤阿：我。此谓谢安自称。一说，阿，助词。　子敬：王献之，见《德行》39 注①。

一四七　谢公领中书监[1]，王东亭有事[2]，应同上省[3]。王后至，坐促[4]，王、谢虽不通[5]，太傅犹敛膝容之[6]。王神意闲畅[7]，谢公倾目[8]。还，谓刘夫人曰[9]："向见阿瓜[10]，故自未易有[11]，虽不相关，正自使人不能已已[12]。"

今译　谢安兼领中书监，东亭侯王珣有事，应一起到官署去。王珣后到，坐得局促拥挤，王、谢两家虽然因有嫌隙而不相交往，但谢安还是收拢自己的双膝，留出点余地来容纳王珣。王珣神情自若，意态安详，引起谢安注目。回家以后，谢安对刘夫人说："刚才见到阿瓜，确实是不易得的人才，虽然我们已不相关涉，却使人倾慕不能自止。"

注释 ①谢公：谢安。　领：以职位较高的身份兼任较低的官职。中书监：官名。始置于三国魏文帝黄初初年，中书设监、令各一人，并掌机密。　②王东亭：王珣，曾封东亭侯，王导孙，见《言语》102 注③。 ③上省：赴官署。 ④坐促：坐得靠近，拥挤。 ⑤王、谢虽不通：王、谢两家虽然不相交往。 按：王珣、王珉兄弟都是谢氏婿，以猜嫌致隙，谢安既与王珣绝婚，又离王珉妻，由是两家遂成仇衅。参阅《伤逝》15。 ⑥太傅：谢安。 敛膝：收拢膝盖，留出余地。 ⑦闲畅：闲适安详。 ⑧倾目：注目。 ⑨刘夫人：谢安妻刘氏，刘惔之妹。 ⑩阿瓜：王珣，小字法护，或一名阿瓜。 ⑪故自：的确；确实。 ⑫正自：却。已已：停止；休止。两“已”叠用，加重语气。

（一四八）王子敬语谢公①：“公故萧洒②。”谢曰：“身不萧洒③，君道身最得④，身正自调畅⑤。”

译 王献之对谢安说：“你确实很潇洒。”谢安说：“我不潇洒，不过您评价我最为得当，我真正适意舒畅。”

注释 ①王子敬：王献之，见《德行》39 注①。 谢公：谢安。 ②故：确实。 萧洒：洒脱大方，超逸脱俗。 ③身：我。晋人自称为“身”。下两“身”同。 ④君：你，侪辈之间称“君”。 道：品题；评论。 得：满意；得意。 ⑤正自：确实；真正。 调畅：调适舒畅。

（一四九）谢车骑初见王文度①，曰：“见文度，虽萧洒相遇②，其复愔愔竟夕③。”

译 谢玄初次见到王坦之，他说：“见到王坦之，我们虽然洒脱大方地相逢，不拘俗礼，但他整个晚上还是那样的安详和悦。”

注释 ①谢车骑：谢玄，见《言语》78 注③。 王文度：王坦之，字文度，见《言语》72 注①。 ②相遇：相逢。 ③其复：那样的。复，助词，无实义。 愔愔（yīn 因）：安详和悦貌。竟夕：整夜。

（一五〇）范豫章谓王荆州①：“卿风流俊望②，真后来之秀。”王曰：“不有此舅，焉有此甥。”

译 范宁对王忱说：“你风流脱俗，声望过人，真是后起之秀。”王忱说：“没有这样的舅舅，哪里会有这样的外甥。”

注释 ①范豫章：范宁，曾任豫章太守，见《言语》97 注①。 王荆州：王忱，曾任荆州刺史，见《德行》44 注②。 按：范宁是王忱的舅父。 ②风流：指人的仪容俊美，气度不凡。 俊望：出众的声望。

（一五一）子敬与子猷书①，道：“兄伯萧索寡会②，遇酒则酣畅忘反，乃自可矜③。”

译 王献之给王徽之写信，说：“兄长卓然不群，落落寡合，但一遇上酒就尽兴痛饮，留连忘返，却是值得夸耀的。”

注释 ①子敬:王献之,见《德行》39注①。　子猷:王徽之,献之之兄,见《雅量》36注①。　②兄伯:兄长。弟称兄。　萧索:孤寂。此谓卓然不群。　寡会:寡合。　③乃自:却。　矜:夸耀。

一五二 张天锡世雄凉州[①],以力弱诣京师,虽远方殊类[②],亦边人之桀也[③]。闻皇京多才[④],钦羡弥至。犹在渚住[⑤],司马著作往诣之[⑥],言容鄙陋,无可观听。天锡心甚悔来,以遐外可以自固[⑦]。王弥有俊才美誉[⑧],当时闻而造焉。既至,天锡见其风神清令[⑨],言话如流,陈说古今,无不贯悉[⑩]。又谙人物氏族中表[⑪],皆有证据。天锡讶服。

今译 张天锡世代称雄于凉州,因自己力弱而到京都来,虽是远方异族,但也是边境人士中的豪杰。他听说京都人才很多,极其敬慕。当他还留住在江边时,司马著作去拜访他,言语容貌都很庸俗丑陋,令人觉得没有什么可看可听的。张天锡心里很后悔到江南来,认为在边远地方还可以自己固守。王珉有杰出的才智,美好的声誉,当时听说此人而去访问他。到了之后,张天锡看到王珉风度神情高雅美妙,言谈流畅,叙述古今人事,无不贯通熟悉。他又熟记有关人物的氏族和中表姻亲的情况,说来都有根有据。张天锡非常惊讶佩服。

注释 ①张天锡:见《言语》94注①。　世雄凉州:世代称雄于凉州(治所在姑臧,今甘肃武威)。　按:晋安定乌氏(今甘肃平凉西北)人张轨,于西晋惠帝永宁元年(301)见世乱而谋据河西,求为凉州刺史。晋愍帝建兴二年(314),晋封张轨为太尉、凉州牧、西平郡公。同年轨死,子张寔代之。西晋亡,张氏世守凉州,成为割据政权,史称十六国中之前凉。有今甘肃西部、宁夏西部、新疆东部地。张天锡为张轨之曾孙。在位时荒于声色,不恤政事。东晋孝武帝太元元年(376),前秦苻坚攻前凉,天锡败降,前凉亡。太元八年(383),淝水之战中,张天锡归晋,官散骑常侍、左员外。　②殊类:异族。　按:张天锡为张轨曾孙,张轨乃汉族,以世处凉州,后又为氐族前秦苻坚所并,故时人视为异族。　③桀:通"杰",才能出众者。　④皇京:京都。此指建康。　⑤渚:水边。谓张天锡方渡江南来,留住江边。　⑥司马著作:当时姓司马官著作之人。刘注:"未详。"　⑦以:认为。　遐外:边远之地。　自固:自己固守。　按:张天锡归晋时,前凉亡于前秦已经八年,并无尺土可以自固。此说欠确。　⑧王弥:王珉,小字僧弥,见《政事》24注③。　⑨风神:风度神采。　清令:清雅美好。　⑩贯悉:贯通熟悉。　⑪谙(ān安):熟记。　中表:原作"中来",不可解。据李慈铭说改。魏晋重婚姻门望,故重中表亲。

一五三 王恭始与王建武甚有情[①],后遇袁悦之间[②],遂致疑隙[③]。然每至兴会[④],故有相思时[⑤]。恭尝行散至京口射堂[⑥],于时清露晨流,新桐初引[⑦]。恭目之[⑧],曰:"王大故自濯濯[⑨]。"

今译 王恭起初和王忱很有交情,后来碰上袁悦的离间,两人就产生了嫌隙。然而每逢有所感触而兴致激发,还是有想念的时候。王恭曾经行散到京口射堂,这时候,清泠的露水在晨光中闪亮着,新长的梧桐刚刚抽出嫩芽。王恭注视着品评说:"王大原本是鲜明而有光采的。"

注释 ①王恭：见《德行》44 注①。 王建武：王忱，官建武将军，见《德行》44 注②。 ②袁悦之：袁悦（？—388），字元礼（《晋书》本传名作“悦之”），东晋陈郡阳夏（今河南太康）人。有口才。初为谢玄参军，后为会稽王司马道子及王国宝所亲重，结党弄权，后为孝武帝所杀。刘注引《晋安帝纪》，说王恭与王忱同族，自少友善，同朝为官。由于袁悦离间，王恭怀疑王忱谗害他，王忱又无以自明，二人遂失和。 间（jiàn 箭）：离间。 ③疑隙：因猜疑而产生的感情裂痕。 按：王恭、王忱的嫌隙之深，参阅《忿狷》7。 ④兴会：兴致因有所感触而引发。 ⑤故：仍然；还。 ⑥行散：服五石散后散步调适，称“行散”，亦称“行药”。京口：今江苏镇江。 射堂：讲武演习射艺之所。 ⑦引：此谓抽芽；发芽。 ⑧目：此处谓注目物象而引起对王忱的品评。⑨王大：王忱，小字佛大。 故自：原来；本来。 濯濯：鲜明而有光泽的样子。

一五四 司马太傅为二王目曰①：“孝伯亭亭直上②，阿大罗罗清疏③。”

今译 太傅司马道子为王恭、王忱作出品题说：“王孝伯高高耸立，王佛大朗朗疏放。”

注释 ①司马太傅：司马道子，见《文学》58 注①。 二王：此指王恭、王忱。 目：品题；评语。 ②孝伯：王恭，字孝伯。亭亭：高耸貌。 ③阿大：王忱，小字佛大。 罗罗：疏朗放达的样子。 清疏：爽朗疏放。

一五五 王恭有清辞简旨①，能叙说，而读书少，颇有重出②。有人道：“孝伯常有新意，不觉为烦。”

今译 王恭言辞清爽，意思简明，能谈论，但他读书少，谈论内容很有些重复出现的。有人说：“王恭时常有新颖的看法，并不觉得繁琐。”

注释 ①王恭：见《德行》44 注①。 清辞：清爽的言辞。 简旨：简明的意思。 ②重（chóng 崇）出：重复出现。

一五六 殷仲堪丧后①，桓玄问仲文②：“卿家仲堪，定是何似人③？”仲文曰：“虽不能休明一世④，足以映彻九泉⑤。”

今译 殷仲堪死后，桓玄问殷仲文：“你家仲堪，究竟是个什么样的人？”仲文说：“他虽然不能美好清明于一世，亦足以辉映照彻于九泉。”

注释 ①殷仲堪：见《德行》40 注①。 ②桓玄：见《德行》41 注①。 仲文：殷仲文，仲堪从弟，见《言语》106 注④。 ③定：究竟。 ④休明：美好清明。 ⑤九泉：犹言黄泉。按：晋安帝隆安二年（398），王恭、殷仲堪再次起兵，仲堪用杨佺期、桓玄统兵，逼近京师建康。王恭部将刘牢之杀恭，率北府兵救京师。晋朝廷以官爵收买杨佺期、桓玄，杨、桓军亦进。次年，朝廷离间殷仲堪、杨佺期与桓玄，加桓玄都督荆州四郡。桓玄攻江陵，殷仲堪、杨佺期败死。仲堪死后，桓玄犹以问其弟仲文，故有“映彻九泉”之语。

世說新語

〔南朝宋〕刘义庆 撰
张㧑之 译注

下

上海古籍出版社

品藻第九

品评人物，定其高下

（一）汝南陈仲举、颍川李元礼[①]，二人共论其功德[②]，不能定先后。蔡伯喈评之曰[③]："陈仲举强于犯上[④]，李元礼严于摄下[⑤]。犯上难，摄下易。"仲举遂在"三君"之下[⑥]，元礼居"八俊"之上[⑦]。

注释 ①陈仲举：陈蕃，见《德行》1注①。　李元礼：李膺，见《德行》4注①。　②二人：据李慈铭校，"二人"疑为"士人"之误。　③蔡伯喈：蔡邕（132—192），字伯喈（jiē皆），东汉陈留圉（今河南杞县南）人。博学多才，善文辞，精音律，工书法。灵帝时拜郎中，与杨赐等奏定六经文字，立碑太学门外，部分由邕亲自书丹于石，世称"熹平石经"。后因事免官。董卓专朝政，邕累迁中郎将。卓败，以附卓而被下狱死。　④犯上：触犯君上。　按：东汉末，宦官当权，外戚专横。陈蕃为太傅，与大将军窦武谋诛宦官，反为所害。时有"不畏强御陈仲举"之语。　⑤摄下：管束下属。　按：李膺在汉末朝纲不振时，独持风裁，以声名自高，与太学生首领郭泰等结交，时有"天下模楷李元礼"之语。　⑥三君：东汉末窦武、刘淑、陈蕃称"三君"，君，一世之宗。陈蕃居"三君"之末。　⑦八俊：东汉末李膺、荀翌、杜密、王畅、刘祐、魏朗、赵典、朱寓称"八俊"。俊，人之英杰。李膺为八俊之首。按："三君"、"八俊"，均汉末名士相标榜的名号。

译 汝南陈蕃和颍川李膺，二人一同议论各自的功业德行，不能判定先后高低。蔡邕评论他们说："陈蕃在冒犯君上方面很坚强，李膺在约束下属方面很严格。冒犯君上困难，约束下属容易。"陈蕃就排在"三君"之末，而李膺居于"八俊"之首。

（二）庞士元至吴[①]，吴人并友之。见陆绩、顾劭、全琮[②]，而为之目曰[③]："陆子所谓驽马有逸足之用[④]，顾子所谓驽牛可以负重致远[⑤]。"或问："如所目，陆为胜邪？"曰："驽马虽精速，能致一人耳。驽牛

译 庞统到吴中，当地人士都来与他交朋友。他见到陆绩、顾劭、全琮，就为他们作出品评说："陆先生是所谓驽马而可以派快跑的用处，顾先生是所谓驽牛而可以背负重物到远方的。"有人插嘴问道："像您所品评的，是陆绩比较好吗？"他说："驽马虽然比驽牛跑得快，但所载送的不过一个人而已。驽牛一天走一百里，但它所载送的岂止一个人呢？"吴中人士竟没能反驳他的。他接着又说："全先生看重名声，像汝南樊子昭。"

一日行百里，所致岂一人哉？”吴人无以难⑥。“全子好声名⑦，似汝南樊子昭⑧。”

注释 ①庞士元：庞统，见《言语》9注①。 至吴：刘注引《蜀志》：说周瑜任南郡太守，庞统任功曹。周瑜死，庞统送丧至吴（治所在今苏州）。吴中士人多闻庞统之名，在他西还时，聚会于阊门和他谈论。 ②陆绩（187—219）：字公纪，三国吴吴郡吴（今江苏苏州）人。博学多识，星历算数，无不该览。孙权辟为奏曹掾。后出为郁林太守，加偏将军。 顾劭：字孝则，三国吴吴郡人。少与舅陆绩齐名，年二十七为豫章太守，举善教民，风化大行。全琮（？—249）：字子璜，三国吴吴郡钱塘（今浙江杭州）人。仕吴为奋威校尉。曾上疏陈讨关羽之计，及擒羽，封阳华亭侯。又与陆逊击破曹休于石亭，领东安太守。迁卫将军、左护军、徐州牧，尚公主。官至右大司马左军师。 ③目：品评。 ④陆子：指陆绩。子，古代男子之美称。下文“顾子”、“全子”同。 驽马：劣马。按：《礼记·杂记下》：“凶年则乘驽马。”郑玄注谓驽马是马之最下者。 逸足：快足；捷足。 按：庞统以驽马逸足喻陆绩，乃称其奉公守职，尽心尽力，然不过中庸之才而已。 ⑤驽牛：走不快的牛。 负重致远：背负重物而达于远地。 按：庞统以驽牛喻顾劭，称其有实用，能负重，然厚重迟缓，非千里之才。 ⑥难（nàn 男去声）：反驳。 ⑦好（hào 耗）声名：看重名誉。 按：《三国志·吴志·全琮传》载，琮父全柔，曾使琮运米数千斛至吴市出售，他全部用以赈济士大夫之贫者。又当时中原人士，避乱南下，依琮以居者百数，他倾家相助，由是而显名远近。 ⑧樊子昭：东汉末汝南（在今河南）人。出身贫贱，以德行为许劭所奖拔。进退恬然，廉正高洁，名重于时。

（三）顾劭尝与庞士元宿语①，问曰：“闻子名知人②，吾与足下孰愈③？”曰：“陶冶世俗④，与时浮沉⑤，吾不如子；论王霸之余策⑥，览倚伏之要害⑦，吾似有一日之长⑧。”劭亦安其言⑨。

今译 顾劭曾经与庞统一起住宿谈论，顾劭问庞统说：“听说您善于识别人物，我与足下，哪个比较强些？”庞统说：“熏陶化育社会风尚，适应时势而随时变化，我不如您；谈论先人所遗留的治国平天下的谋略，观察祸福相互依存转化的关键，比较起来，我似乎稍微强些。”顾劭也认为庞统的评语是适当的。

注释 ①顾劭：见前则。 庞士元：庞统，见前则。 ②知人：善于识别人。 ③孰：何者；哪个。 愈：强；优胜。 ④陶冶：原指烧制陶器与冶炼金属。引申为化育、熏陶。 世俗：社会习俗。 ⑤时：时势。 浮沉：上浮下沉，比喻随时变化。⑥王霸：王业与霸业。儒家谓施行仁政治理天下为王，凭藉武力征服四方为霸。王霸余策，泛指治国平天下的策略。 余，先人所遗留的。 ⑦倚伏：原作“倚仗”，不可通，据影宋本改。语本《老子》："祸兮福之所倚，福兮祸之所伏。"谓祸福相互依存转化。⑧一日之长：谓比较而言在某方面略微强些。 ⑨安：认为妥适。

今译 诸葛瑾和弟弟诸葛亮，以及族弟诸葛诞，都有很高的名望，而各自在三国中的一方任职。当时的人认为蜀汉得到了其中的龙，东吴得了其中的虎，曹魏得了其中的狗。诸葛诞在魏，与夏侯玄齐名；诸葛瑾在吴，吴国朝廷上下都佩服他的恢宏气度。

(四) 诸葛瑾弟亮[1]，及从弟诞[2]，并有盛名，各在一国。于时以为蜀得其龙，吴得其虎，魏得其狗[3]。诞在魏，与夏侯玄齐名[4]；瑾在吴，吴朝服其弘量[5]。

注释 ①诸葛瑾(174—241)：字子瑜，三国琅邪阳都(今山东沂水南)人。诸葛亮之兄。汉末避乱江东，为孙权长史，转中司马。建安二十年(215)，孙权派他使蜀通好，与弟亮因公相见，退无私面。深得孙权信重。后从讨关羽，封宣城侯，以绥南将军代吕蒙领南郡太守。孙权称帝，拜大将军、左都护，领豫州牧。亮：诸葛亮，见《方正》5注①。 ②从弟：族弟；堂弟。 诞：诸葛诞(？—258)：字公休。仕魏，明帝时迁御史中丞尚书，与夏侯玄等友善，名满京师。明帝时免官。魏齐王芳正始初，出为扬州刺史。随司马懿父子攻吴，讨毌丘俭、文钦有功，封高平侯。累官至征东大将军、都督扬州。他见司马氏秉政，夏侯玄等被诛灭，心不自安，于甘露二年(257)称臣于吴，据寿春反魏，兵败被杀。部下数百人不降，宁愿效死，说"为诸葛公死不恨！" ③狗：以狗比诸葛诞，有人以为是司马氏之党诋毁他；也有人以为狗泛指幼小动物，因诸葛诞在三兄弟中最幼，故称。 按：《史记·萧相国世家》有"功狗"之称，托名吕尚之古兵书《六韬》以"文"、"武"、"龙"、"虎"、"豹"、"犬"为排列次序，知古人之视狗(犬)，仅下龙、虎一等，而甚有功用，似非蔑称。 ④夏侯玄：见《方正》6注①。 ⑤弘量：宏大的气度。

今译 司马昭问武陔："陈泰比起他父亲司空陈群来，怎么样？"武陔回答："通达雅正，渊博畅洽，能把宣扬声教于天下作为自己的责任，陈泰不如他父亲；明达熟练，处事简要，建立功业，超过他父亲。"

(五) 司马文王问武陔[1]："陈玄伯何如其父司空[2]？"陔曰："通雅博畅[3]，能以天下声教为己任者[4]，不如也；明练简至[5]，立功立事，过之。"

注释 ①司马文王：司马昭，见《德行》15注①。 武陔：见《赏誉》14注①。 ②陈玄伯：陈泰，字玄伯，见《方正》8注②。何如：比……怎么样。 其父司空：指陈泰之父陈群，三国魏司空，见《德行》6注④。 ③通雅博畅：通达雅正，渊博畅洽。谓学问造诣深。 ④声教：声威教化。 ⑤明练简至：明达熟练，处事简要。谓练达世务。

（六）正始中[1]，人士比论[2]，以五荀方五陈[3]：荀淑方陈寔[4]，荀靖方陈谌[5]，荀爽方陈纪[6]，荀彧方陈群[7]，荀顗方陈泰[8]。又以八裴方八王：裴徽方王祥[9]，裴楷方王夷甫[10]，裴康方王绥[11]，裴绰方王澄[12]，裴瓒方王敦[13]，裴遐方王导[14]，裴頠方王戎[15]，裴邈方王玄[16]。

注释 ①正始：三国魏齐王芳年号(240—248)。 ②比论：比较评论。 ③方：比。 ④荀淑：见《德行》5注①。 陈寔：见《德行》6注①。 ⑤荀靖：字叔慈。荀淑第三子。有才学，征聘不就。卒年五十，时称玄行先生。 陈谌：见《德行》6注③。 ⑥荀爽：见《言语》7注①。 陈纪：见《德行》6注②。 ⑦荀彧：见《德行》6注⑧。 陈群：见《德行》6注④。 ⑧荀顗：字景倩。荀彧子。仕魏历任尚书仆射。入晋，进爵为公。博学通三礼。 陈泰：见《方正》8注②。 ⑨裴徽：见《文学》8注①。 王祥：见《德行》14注①。 ⑩裴楷：见《德行》18注③。 王夷甫：王衍，见《言语》23注②。 ⑪裴康：字仲豫。裴徽子。历仕太子左率。 王绥：字万子。王戎之子。少有美名，与裴楷子瓒相友善。体肥胖，戎令食糠，胖犹甚。早卒。 ⑫裴绰：字季舒。官至黄门侍郎。 王澄：见《德行》23注①。 ⑬裴瓒：字国宝。裴楷次子。风神高迈，才气爽俊，见者敬之。娶杨骏女，及骏被诛，他为乱兵所害。 王敦：见《言语》37注①。 ⑭裴遐：见《文学》19注①。 王导：见《德行》27注③。 ⑮裴頠：见《言语》23注③。 王戎：见《德行》16注①。 ⑯裴邈：见《雅量》11注①。 王玄：见《识鉴》12注①。

今译 正始年间，人们比较评论人物时，以五荀比五陈：荀淑比陈寔，荀靖比陈谌，荀爽比陈纪，荀彧比陈群，荀顗比陈泰。又以八裴比八王：裴徽比王祥，裴楷比王衍，裴康比王绥，裴绰比王澄，裴瓒比王敦，裴遐比王导，裴頠比王戎，裴邈比王玄。

（七）冀州刺史杨准二子乔与髦[1]，俱总角为成器[2]。准与裴頠、乐广友善[3]，遣见之。頠性弘方[4]，爱乔之有高韵[5]，谓准曰："乔当及卿，髦小减也。"广性清淳[6]，爱髦之有神检[7]，谓准曰："乔自及卿，然髦尤精出[8]。"准笑曰："我二儿之优劣，乃裴、乐之优劣。"论者评之，以为乔虽高韵，而检不匝[9]，乐言为得[10]，然并为后出之俊。

注释 ①杨准：见《赏誉》58注⑥。"准"原作"淮"，据《三国志·魏志·陈思王植传》裴松之注引《冀州记》改。 乔：杨乔，字国彦。爽朗有远意。官至二千石。 髦：杨髦，字士彦。清平有贵识。官至二千石。石勒破冀州，髦被杀。 ②总角：指童

今译 冀州刺史杨准的两个儿子杨乔和杨髦，都在童年时成为有用之材。杨准与裴頠、乐广相友好，就叫两个儿子去拜见他们。裴頠性格旷达正直，喜爱杨乔有高迈的风韵，对杨准说："杨乔及得上你，杨髦稍微差些。"乐广性格高洁淳朴，喜爱杨髦有精神操守，对杨准说："杨乔自然及得上你，然而杨髦尤其优秀。"杨准笑着说："我两个儿子的优劣，竟是裴頠、乐广的优劣。"当时一些议论的人品评他们，以为杨乔虽然有高迈的风度，然而操守不完满，乐广的话是对的，然而他俩都是后辈中的精英。

年。 成器:犹言成材。 ③裴颜:见《言语》23注③。 乐广:见《德行》23注④。 ④弘方:旷达正直。 ⑤高韵:高迈的风韵。 ⑥清淳:高洁淳朴。 ⑦神检:精神操守。 ⑧精出:优秀杰出。 ⑨检:节操;操守。 匝:完善;完满。 ⑩得:对;正确。

（八）刘令言始入洛[1],见诸名士而叹曰:“王夷甫太解明[2],乐彦辅我所敬[3],张茂先我所不解[4],周弘武巧于用短[5],杜方叔拙于用长[6]。”

译 刘纳刚到洛阳,见到众名士而感叹地说:“王衍太颖悟精明,乐广是我所敬重的,张华是我所不理解的,周恢能巧妙地运用自己的短处,杜育不能很好地用其所长。”

注释 ①刘令言:刘纳,字令言,西晋彭城(今江苏徐州)人。刘隗伯父。有人伦鉴识。历官司隶校尉。 ②王夷甫:王衍,见《言语》23注②。 解明:犹言颖悟精明。“解”,《晋书·刘隗传》作“鲜”。 ③乐彦辅:乐广,见《德行》23注④。 ④张茂先:张华,见《德行》12注⑤。 ⑤周弘武:周恢,字弘武,西晋汝南(在今河南)人。晋武帝时为常侍。后与石崇、潘岳等党附贾谧,为“二十四友”之一。 ⑥杜方叔:杜育,字方叔,西晋襄城(在今河南)人。幼有“神童”之称,及长,美风姿,盛才藻,时人称为“杜圣”。累迁国子祭酒。中原乱,为乱兵所杀。

（九）王夷甫云[1]:“闾丘冲优于满奋、郝隆[2]。此三人并是高才,冲最先达[3]。”

译 王衍说:“闾丘冲比满奋、郝隆好。这三个人都是高才,而闾丘冲最优秀显达。”

注释 ①王夷甫:王衍。 ②闾丘冲:字宾卿,西晋高平(今山东巨野南)人。性通达,有识鉴,博学而好音乐。累迁太傅长史、光禄勋。后为乱军所杀。 满奋:晋高平人,见《言语》20注①。 郝隆:据《晋书·郗鉴传》附《郗隆传》及《晋书·齐王攸传》当作郗隆。郗隆,字弘始,西晋高平人。郗鉴叔父。少为赵王司马伦所善。及伦专朝政,召为散骑常侍,又出为扬州刺史。齐王司马冏起兵反赵王司马伦,隆应檄稽留,为参军王邃所杀。 按:刘注引《晋诸公赞》所述隆之字号、仕历、结局与《晋书·郗隆传》同,且与闾丘冲、满奋同为高平人。 ③先达:优秀显达。

（一〇）王夷甫以王东海比乐令[1],故王中郎作碑云[2]:“当时标榜[3],为乐广之俪[4]。”

译 王衍把王承比作乐广,所以王坦之作碑文时写道:“当时的评价,是和乐广并驾齐驱的。”

注释 ①王夷甫:王衍。 王东海:王承,曾任东海太守,见《政事》9注①。 乐令:乐广,见《德行》23注④。 ②王中郎:王坦之,王承之孙,见《言语》72注①。 ③标榜:称扬。

④俪：比并。

一一 庾中郎与王平子雁行①。

注释 ①庾中郎：庾敳，见《文学》15注①。　王平子：王澄，见《德行》23注①。　雁行（háng杭）：雁飞的行列。比喻并列齐一，难分高下。

今译 庾敳与王澄在伯仲之间，可以并列。

一二 王大将军在西朝时①，见周侯②，辄扇障面不得住③。后度江左④，不能复尔⑤，王叹曰："不知我进，伯仁退⑥？"

注释 ①王大将军：王敦，见《言语》37注①。　西朝：指西晋。西晋建都洛阳，渡江后东晋建都建康，自建康而言，洛阳在西，故称。　②周侯：指周顗，见《言语》30注①。王敦举兵攻下建康后，杀周顗。参阅《方正》33、《尤悔》6。　③住：止。④度：通"渡"。　江左：江东。指东晋。　⑤尔：如此。此指以扇障面。　⑥伯仁：周顗，字伯仁。

今译 王敦在西晋时，遇见周顗，自愧不如，总是以扇遮面不止。渡江后在东晋朝廷，不能再如此，王敦感叹道："不知是我进步了呢，还是伯仁退步了？"

一三 会稽虞𩦎①，元皇时与桓宣武同侠②，其人有才理胜望。王丞相尝谓𩦎曰③："孔愉有公才而无公望④，丁潭有公望而无公才⑤，兼之者其在卿乎？"𩦎未达而丧⑥。

注释 ①虞𩦎（fēi非）：字思行，东晋会稽余姚（今属浙江）人。品行端方，历吏部郎、吴兴太守、金紫光禄大夫。时论谓有宰辅之望。早卒。　②元皇：晋元帝司马睿，见《言语》29注①。　桓宣武：桓温，见《言语》55注①。　按：《晋书·虞𩦎传》："与谯国桓彝俱为吏部郎，情好甚笃。"桓彝，桓温之父，见《德行》30注①。则"桓宣武"下当脱"父"字，或"桓宣武"当作"桓宣城"（即桓彝）。　同侠：义不可解。疑"侠"为"僚"之讹。　③王丞相：指王导，见《德行》27注③。　④孔愉：见《方正》38注①。　公：对男子的敬称。此称虞𩦎。　⑤丁潭：字世康，东晋山阴（今浙江绍兴）人。晋元帝时拜驸马都尉、尚书祠部郎。出为广武将军、东阳太守，以清洁见称。官至左光禄大夫。　⑥达：得志。谓身登高位，地位显贵。

今译 会稽虞𩦎，晋元帝时与桓彝是同僚，此人有才能有见识，也有很好的名望。王导丞相曾经对虞𩦎说："孔愉有您的才能而没有您的声望，丁潭有您的声望而没有您的才能，兼而有之的那就是您吧？"虞𩦎还没有做高官登显位就去世了。

一四 明帝问周伯仁①："卿自谓何如郗鉴②？"周

今译 晋明帝问周顗："你自己认为比郗鉴怎么样？"周顗答："郗鉴比臣似乎学问较有功力。"明帝又问郗鉴，郗鉴说："周顗比臣，他有国士家风。"

曰:"鉴方臣如有功夫[3]。"复问郗,郗曰:"周顗比臣有国士门风[4]。"

注释 ①明帝:东晋明帝司马绍,见《方正》23注③。 周伯仁:周顗,见《言语》30注①。 按:此处"明帝"疑系"元帝"之讹,因明帝即位时,周顗已为王敦所杀;或明帝即位前问周顗,此处"明帝"系后来追记时称呼。 ②何如:比……怎么样。 郗鉴:见《德行》24注①。 ③方:比。功夫:功力;修养。 ④国士:一国之中的杰出人才。 门风:家风。

一五 王大将军下[1],庾公问[2]:"闻卿有四友,何者是?"答曰:"君家中郎[3],我家太尉、阿平[4],胡毋彦国[5]。阿平故当最劣。"庾曰:"似未肯劣[6]。"庾又问:"何者居其右[7]?"王曰:"自有人。"又问:"何者是?"王曰:"噫!其自有公论[8]。"左右蹑公[9],公乃止。

今译 大将军王敦到建康,庾亮问他:"听说你有'四友',是哪些人?"王敦答道:"你家的庾敳,我家的王衍、王澄,还有胡毋彦国。王澄在四友中可能是才质最低下的。"庾亮说:"似乎不会差吧。"庾亮又问:"哪一个居于最前列呢?"王敦说:"自然有人的。"庾亮又问:"是哪个?"王敦说:"哎!或许自有公论。"左右的人踩踩庾亮的脚提醒他,他才停止发问。

注释 ①王大将军:王敦,见《言语》37注①。 下:从……下来。王敦镇守在武昌,从武昌到建康,故称"下"。 ②庾公:庾亮,见《德行》31注①。 ③君家中郎:指庾敳,见《文学》15注①。君家,您家。 ④我家太尉、阿平:指王衍、王澄,分别见《言语》23注②、《德行》23注①。 ⑤胡毋彦国:见《德行》23注①。 ⑥肯:会;得。 ⑦右:前;上。古代尚右,以右为较高地位。 ⑧其:可能;或许。表示估计、推测而语气较委婉。按:王敦本意是说"居其右"者是他自己,可是又不便直说。 ⑨蹑(niè聂):踩。 公:指庾亮。

一六 人问丞相[1]:"周侯何如和峤[2]?"答曰:"长舆嵯櫱[3]。"

今译 有人问丞相王导:"周顗比起和峤来,怎么样?"王导回答说:"长舆挺拔出众。"

注释 ①丞相:指王导。 ②周侯:周顗,见《言语》30注①。和峤:见《德行》17注①。 ③长舆:和峤,字长舆。 嵯櫱(niè孽):山高峻峭拔。此处指人挺拔出众。

一七 明帝问谢鲲[1]:"君自谓何如庾亮[2]?"答曰:"端委庙堂[3],使百僚准则[4],臣不如亮;一丘一壑[5],自谓过之。"

今译 晋明帝问谢鲲:"您自己以为比庾亮如何?"谢鲲回答:"整饬朝服于庙堂之上,使百官引为表率,臣不如庾亮;放情山水于丘壑之中,臣自以为超过他。"

注释 ①明帝:晋明帝司马绍,见《方正》23注③。 谢鲲:见《言语》46注②。 ②庾亮:见《德行》31注①。 ③端委庙堂:谓整饬朝服,在宗庙朝廷上办事。多指宰辅重臣。端委,朝服之端正宽舒者,此处用为动词。 ④准则:此处用作动词,谓作为表率。 ⑤一丘一壑:丘、壑为隐士栖隐之处,此谓放情山水,隐居不仕。

（一八）王丞相二弟不过江①,曰颖、曰敞②。时论以颖比邓伯道③,敞比温忠武④,议郎、祭酒者也⑤。

今译 丞相王导有两个弟弟没有渡江南来,叫王颖、王敞。当时评论以王颖比邓攸,以王敞比温峤,就是做议郎、祭酒的。

注释 ①王丞相:指王导。 不过江:谓永嘉之乱时留在中原,没有渡江南下。 ②曰颖曰敞:一个叫王颖,一个叫王敞。颖,原作"颍",据《晋书·王导传》改。 ③邓伯道:邓攸,字伯道,见《德行》28注①。 ④温忠武:温峤,谥忠武,见《言语》35注③。 ⑤议郎、祭酒者也:刘注引《王氏谱》:"颖字茂英,位至议郎,年二十卒。敞字茂平,丞相祭酒,不就。袭爵堂邑公,年二十有二而卒。"

（一九）明帝问周侯①:"论者以卿比郗鉴②,云何?"周曰:"陛下不须牵顗比③。"

今译 晋明帝问周顗:"人们的议论拿你与郗鉴相比,如何?"周顗说:"陛下不必拉扯周顗去相比。"

注释 ①明帝:晋明帝司马绍。 周侯:周顗。 ②郗鉴:见《德行》24注①。 按:以周顗与郗鉴相比,参见本篇14。两则实为一事而记载不同。 ③牵:引;牵拉。刘注:"按顗死弥年,明帝乃即位。《世说》此言妄矣。"

（二〇）王丞相云①:"顷下论以我比安期、千里②。亦推此二人③。唯共推太尉④,此君特秀⑤。"

今译 王导说:"现下的议论把我比王承和阮瞻。也推崇这两位。希望共同推崇王衍,此君特别杰出。"

注释 ①王丞相:王导。 ②顷下:现下。 按:《太平御览》卷四四七引《郭子》,"顷下"作"雒下",指洛阳,疑是。 安期:王承,字安期,见《政事》9注①。 千里:阮瞻,字千里,见《赏誉》29注⑧。 ③亦推此二人:此句似有脱漏。《太平御览》卷四四七引《郭子》,作"我亦不推此二人",于义为长。 ④唯:请;希望。表祈使。 太尉:王衍,见《言语》23注②。 ⑤秀:杰出。刘注引《晋公赞》:"夷甫性矜峻,少为同志所推。"

（二一）宋祎曾为王大将军妾①,后属谢镇西②。镇

今译 宋祎曾经是大将军王敦之妾,后来归属于镇西将军谢尚。谢尚问宋祎:"我比起王敦来,怎么样?"宋祎回答说:"王敦比使君,那是乡下人比大富豪了!"这是谢尚美丽动人之故。

西问祎:"我何如王?"答曰:"王比使君③,田舍、贵人耳④!"镇西妖冶故也⑤。

注释 ①宋祎(yī 衣):名一作袆(huī 挥)。晋艺妓。刘注:"未详宋祎。"据《太平御览》卷三八一、卷四九七引《俗说》,宋美容貌,善吹笛。先后属晋明帝、阮孚、王敦、谢尚等。死后葬金城南山,对琅邪郡门。 王大将军:王敦,见《言语》37 注①。②谢镇西:谢尚,曾任镇西将军,见《言语》46 注①。 ③使君:对刺史的尊称。此指谢尚,以曾任江州刺史。 ④田舍、贵人:乡下人与富豪。 ⑤妖冶:美丽动人。据《晋书·谢尚传》载,谢尚好修饰。

二二 明帝问周伯仁①:"卿自谓何如庾元规②?"对曰:"萧条方外③,亮不如臣;从容廊庙④,臣不如亮。"

今译 晋明帝问周颉:"你自己认为比庾亮怎样?"周颉回答:"清寂自得于世俗之外,庾亮不如臣;从容优游于朝廷之上,臣不如庾亮。"

注释 ①明帝:晋明帝司马绍,见《方正》23 注③。 周伯仁:周颉,见《言语》30 注①。 ②庾元规:庾亮,见《德行》31 注①。③萧条:清寂自得。 方外:世俗之外。 ④从容:安处;优游。 廊庙:殿下屋和太庙,古代君臣议政之处。借指朝廷。

二三 王丞相辟王蓝田为掾①,庾公问丞相②:"蓝田何似③?"王曰:"真独简贵④,不减父祖⑤,然旷澹处故当不如尔⑥。"

今译 王导征聘王述为属官,庾亮问王导:"王蓝田怎么样?"王导说:"品性坦率独出,质朴尊贵,不亚于他的父亲和祖父,然而心胸开朗,恬淡寡欲方面,或许不如吧。"

注释 ①王丞相:王导。 辟(bì 壁):征召;招聘。 王蓝田:王述,见《文学》22 注④。 掾(yuàn 愿):属官。 ②庾公:庾亮。 ③何似:怎么样。 ④真独:自然坦率,不同凡俗。 简贵:简素尊贵。 ⑤减:次;亚。 父祖:指王述父王承,见《政事》9 注①,王述祖父王湛,见《赏誉》17 注①。 ⑥旷澹:心胸开朗,性情澹泊。 故当:或许;可能。 不如:谓王述旷澹处不如其父祖。刘注:"王述狷隘故也。"

二四 卞望之云①:"郗公体中有三反②:方于事上③,好下佞己④,一反;治身清贞⑤,大修计校⑥,二反;自好读书,憎人学问,三反。"

今译 卞壸说:"郗鉴胸中有三件事自相矛盾:在对待君上方面很方正,却喜欢下属谄媚自己,这是第一个矛盾;自己修身清正,对别人却斤斤计较,这是第二个矛盾;自己喜欢读书,却讨厌人家讲求学问,这是第三个矛盾。"

注释 ①下望之：下壸（kǔn 捆），见《言语》48 注⑤。 ②郗公：郗鉴，见《德行》24 注①。 体中：犹言胸中、心中。 三反：三件矛盾的事。 ③方：方正。 事上：侍奉上级。 ④佞（nìng 泞）：谄媚。 ⑤治身：犹修身。 清贞：犹清正。 ⑥修：讲求；讲究。 计校（jiào 较）：算计。指在财物利益方面计算比较。

二五 世论温太真是过江第二流之高者[①]。时名辈共说人物，第一将尽之间，温常失色。

注释 ①温太真：温峤，见《言语》35 注③。 第二流：第二等。多指人的门第、品德或才能、声望。魏晋间品评人物，分别高下，故有第一流、第二流之称。参看《方正》46。

今译 世人评论温峤，说他是渡江南下诸名士中第二流里的佼佼者。当时名流们一起评说人物，说第一流人物快要说完的时候，温峤常常紧张得脸色也改变了。

二六 王丞相云[①]："见谢仁祖[②]，恒令人得上[③]。"与何次道语[④]，唯举手指地曰："正自尔馨[⑤]。"

注释 ①王丞相：王导。 ②谢仁祖：谢尚，见《言语》46 注①。谢尚善音乐，博综众艺，得到王导的器重。 ③得上：能够上进，振奋。 ④何次道：何充，见《言语》54 注①。何充亦为王导所器重，参阅《赏誉》59、60。 ⑤正自：正是。 尔：此；这样。馨：词缀，用于"尔"、"如"、"宁"等之后，犹"般"、"样"。刘注说，前篇都说王导看重何充，认为一定代替自己为丞相；而此则以手指地，有轻视意，也许是清谈析理，何充及不上谢尚的缘故吧。

今译 王导说："看到谢尚，常常使人有奋发向上之感。"他与何充谈话，只是举手指地，说："正是这样。"

二七 何次道为宰相[①]，人有讥其信任不得其人[②]。阮思旷慨然曰[③]："次道自不至此。但布衣超居宰相之位[④]，可恨唯此一条而已！"

注释 ①何次道：何充，见《言语》54 注①，又《赏誉》59、60。 ②不得其人：谓没有用上恰当的人。《晋书·何充传》："充居宰相，虽无澄正改革之能，而强力有器局，临朝正色，以社稷为己任，凡所选用，皆以功臣为先，不以私恩树亲戚，谈者以此重之。然所昵庸杂，信任不得其人。" ③阮思旷：阮裕，见《德行》32 注①。 ④布衣：平民例着布衣，故以指代庶民百姓或未仕官者。按：何充并非庶民出身，此处似讥其升迁太快。 超：越过。

今译 何充做宰相，有人讥评他信任不得其人。阮裕颇有感慨地说："何次道自然不至于如此。但他以布衣身份越级而升居宰相之位，遗憾的就是这一点罢了！"

二八 王右军少时[①]，丞相云[②]："逸少何缘复减万

今译 王羲之年轻时，王导说："王逸少为什么说次于刘万安呢？"

安邪[3]？”

注释 ①王右军：王羲之。　②丞相：王导。　③逸少：王羲之，字逸少。　何缘：为什么。　减：次；亚。　万安：刘绥，字万安，见《赏誉》64注①。

今译 郗鉴家有个北方籍的奴仆，懂得文章，各方面都很有情致。王羲之向刘惔赞扬他，刘惔问：“比起郗愔来怎么样？”王羲之说：“这只是小人有志向罢了，怎么能便与郗愔相比？”刘惔说：“假如不如郗愔，那不过是个平常奴仆而已。”

二九 郗司空家有伧奴[1]，知及文章，事事有意[2]。王右军向刘尹称之[3]，刘问：“何如方回[4]？”王曰：“此正小人有意向耳[5]，何得便比方回？”刘曰：“若不如方回，故是常奴耳[6]。”

注释 ①郗司空：郗鉴，见《德行》24注①。　伧（cāng仓；旧读chéng程）奴：原籍北方的奴仆，含轻贱意。伧，六朝时南方人对北方人或南渡北人的鄙称。　②事事：处处。　有意：有情致；有意味。　③王右军：王羲之。　刘尹：刘惔，见《德行》35注①。　④方回：郗愔（yīn音。313—384），字方回，东晋高平金乡（今属山东）人。郗鉴长子，郗超父。历官临海太守，优游简默，与姊夫王羲之、高士许询并有迈世之风。后以疾去职，奉天师道，栖息十余年。复出为会稽内史，仕至领徐兖二州刺史、都督徐兖青幽及扬州之晋陵军事。终从其子超计，解其职与桓温，还为会稽内史，以年老请退。卒赠侍中、司空。　⑤正：只；仅。　小人：指仆役。士大夫以此称奴仆，含轻贱意。　意向：志向。　⑥故：只；不过。

今译 当时人评说阮裕：“风骨气度不及王羲之，简素秀出不及刘惔，美好温润不及王濛，思想情趣不及殷浩，但他兼有上述诸人的长处。”

三〇 时人道阮思旷[1]：“骨气不及右军[2]，简秀不如真长[3]，韶润不如仲祖[4]，思致不如渊源[5]，而兼有诸人之美。”

注释 ①阮思旷：阮裕，见《德行》32注①。　②骨气：风骨气度。　右军：王羲之。　③简秀：简素秀出。　真长：刘惔，见《德行》35注①。　④韶润：美好温润。　仲祖：王濛，见《言语》66注①。　⑤思致：思想情趣。　渊源：殷浩，见《政事》22注①。

今译 晋简文帝说：“何晏处事取巧，有损事理；嵇康才智特出，伤害自然之道。”

三一 简文云[1]：“何平叔巧累于理[2]，嵇叔夜俊伤其道[3]。”

注释 ①简文：晋简文帝司马昱。 ②何平叔：何晏，见《言语》14 注①。 巧：谓何晏处世取巧。 累：牵累。 ③嵇叔夜：嵇康，见《德行》16 注②。 俊：才智特出。

（三二）时人共论晋武帝出齐王之与立惠帝[1]，其失孰多？多谓立惠帝为重。桓温曰[2]：“不然，使子继父业[3]，弟承家祀[4]，有何不可？”

今译 当时的人一起议论晋武帝赶出齐王和立惠帝两件事，二者之间哪一件失误大？多数人以为立惠帝为重要。桓温说：“事情并不如此，让齐王以儿子身份继承父亲的事业，以弟弟的身份承续家族香火，有什么不可以的？”

注释 ①晋武帝：司马炎，西晋开国君主，见《德行》17 注④。 出齐王之与立惠帝：齐王司马攸（248—283），字大猷。司马昭次子，武帝司马炎胞弟。为人平允，亲贤下士，才望在司马炎之上，甚得众心。 惠帝：晋惠帝司马衷（259—306），字正度。司马炎子。愚昧昏庸，政事多决于贾后，政出群下，货赂公行。在位时酿成“八王之乱”，西晋遂衰。 按：司马懿有九子，最著者司马师、司马昭。司马师无子，以司马昭次子司马攸为嗣子。司马师死，司马昭继兄执政。因昭继承师之事业，而攸是师之嗣子，故昭虽立己子司马炎为太子，但又认为天下乃兄司马师所让，他要还天下于司马攸而特别宠爱司马攸。司马昭临死，执司马攸之手以授司马炎，望兄弟友爱。司马昭死，司马炎即帝位，建晋朝，封司马攸为齐王。司马炎立己子司马衷为皇太子，衷是个白痴。当时朝廷上众多大臣都知道太子“不慧”，希望废太子而让齐王司马攸继承其兄武帝司马炎之皇位。太子衷母杨皇后提出“立嫡以长不以贤”的古训，阻止废立。武帝宠臣荀勖、冯紞党附太子，怕司马攸继位后不利于己，也竭力劝阻废立，并怂恿武帝令齐王司马攸出离朝廷，到他的封国去。司马攸气得吐血，病死于洛阳。 ②桓温：见《言语》55 注①。 ③子继父业：此处指司马攸以嗣子身份继承父亲司马师的事业。 ④弟承家祀：此处指司马攸以弟弟的身份承续家族的香火。

（三三）人问殷渊源[1]：“当世王公以卿比裴叔道[2]，云何？”殷曰：“故当以识通暗处[3]。”

今译 有人问殷浩：“当代的达官贵人们都把你比作裴遐，为什么？”殷浩说：“自然是因为才识都通晓玄理。”

注释 ①殷渊源：殷浩。见《政事》22 注①。 ②裴叔道：裴遐，见《文学》19 注①。 ③故当：自然；当然。“故”与“当”合用，加强判断语气。 识：才识。 暗处：指玄理。刘注：“遐与浩并能清言。”

（三四）抚军问殷浩[1]：“卿定何如裴逸民[2]？”良久答曰：“故当胜耳[3]。”

今译 抚军大将军司马昱问殷浩：“你比裴頠究竟怎么样？”过了好一会儿，殷浩回答说：“或许超过他吧。”

注释 ①抚军：简文帝司马昱，曾任抚军大将军，故称。 殷浩：见《政事》22 注①。 ②定：究竟。 裴逸民：裴頠，字逸民，见《言语》23 注③。 ③故当：可能；或许。表示拟测语气。

（三五）桓公少与殷侯齐名①，常有竞心②。桓问殷："卿何如我？"殷曰："我与我周旋久③，宁作我④。"

译 桓温年轻时与殷浩齐名，常常有争胜之心。桓温问殷浩："你比起我来，怎样？"殷浩说："我与我商量了好久，我宁愿作我。"

注释 ①桓公：桓温，见《言语》55 注①。 殷侯：殷浩，见《政事》22 注①。 ②竞心：争胜之心。 ③周旋：交往。引申为商量。 ④宁：宁可；宁愿。 按："宁作我"，有既不肯自承逊色，又不能说超过桓温之意。

（三六）抚军问孙兴公①："刘真长何如②？"曰："清蔚简令③。""王仲祖何如④？"曰："温润恬和⑤。""桓温何如⑥？"曰："高爽迈出⑦。""谢仁祖何如⑧？"曰："清易令达⑨。""阮思旷何如⑩？"曰："弘润通长⑪。""袁羊何如⑫？"曰："洮洮清便⑬。""殷洪远何如⑭？"曰："远有致思⑮。""卿自谓何如？"曰："下官才能所经，悉不如诸贤；至于斟酌时宜⑯，笼罩当世⑰，亦多所不及。然以不才⑱，时复托怀玄胜⑲，远咏《老》《庄》⑳，萧条高寄㉑，不与时务经怀，自谓此心无所与让也㉒。"

译 抚军大将军司马昱问孙绰："刘惔怎么样？"孙答："清纯丰蔚，简素美好。""王濛怎么样？"答："温和柔顺，恬静平和。""桓温怎么样？"答："高傲爽直，豪迈出众。""谢尚怎么样？"答："清明平易，美好通达。""阮裕怎么样？"答："宽广平和，淹通渊博。""袁乔怎么样？"答："滔滔畅达，清雅简易。"问："殷融怎么样？"答："思想高远，颇有情趣。"你自己认为怎么样？"答："下官的才学能力所经历的，都不及上述各位贤才；至于考虑当世政务，总括时局，也是很多方面不及他们的。然而以我这样不成材的人，时时寄托情怀于玄理，咏诵《老》《庄》，清寂自得，悠然高远，不以世俗事务经心，自己认为这一份玄远之心与人相比，没有什么可以谦让的。"

注释 ①抚军：司马昱，参见本篇 34。 孙兴公：孙绰，见《言语》84 注①。 ②刘真长：刘惔，见《德行》35 注①。 ③清蔚简令：才藻清纯丰蔚，简素美好。 ④王仲祖：王濛，见《言语》66 注①。 ⑤温润恬和：风度温和柔顺，恬静平和。 ⑥桓温：见《言语》55 注①。 ⑦高爽迈出：性格高傲爽直，豪迈出众。 ⑧谢仁祖：谢尚，见《言语》46 注①。 ⑨清易令达：为人清明平易，美好通达。 ⑩阮思旷：阮裕，见《德行》32 注①。 ⑪弘润通长：宽广平和，淹通渊博。 ⑫袁羊：袁乔，见《言语》90 注④。 ⑬洮（táo 桃）洮清便：滔滔畅达，清雅简易。 ⑭殷洪远：殷融，字洪远。殷浩叔。能清言，有文才。参见《文学》74。 ⑮远有致思：思想高远，颇有情趣。 ⑯斟酌：估量；考虑取舍。 时宜：时势所宜，指当世政务。 ⑰笼罩：包举；统括。 ⑱不才：非才，不是人材。表示自谦。 ⑲托怀：寄托情怀。 玄胜：

指玄理。胜,美妙的境界。　⑳远:高远。　《老》《庄》:《老子》《庄子》,二书与《周易》总称"三玄",为玄学清谈的思想资料。㉑萧条:清寂自得。　高寄:寄托高远,超脱世俗。　㉒此心:谓超脱世务,萧然高举之心。　让:谦让。　按:孙绰以高远脱俗自许,正见晋士大夫标榜清高、崇尚玄虚之通病。

(三七)桓大司马下都[①],问真长曰[②]:"闻会稽王语奇进[③],尔邪[④]?"刘曰:"极进,然故是第二流中人耳[⑤]。"桓曰:"第一流复是谁?"刘曰:"正是我辈耳!"

注释 ①桓大司马:桓温。　下都:谓自驻地东下到京都。　②真长:刘惔。　③会稽王:司马昱,封会稽王,后即帝位,即简文帝。　奇进:大有进步。　④尔:如此。　⑤故:毕竟。

今译 大司马桓温东下到京都,问刘惔道:"听说会稽王清谈大有长进,是这样吗?"刘惔说:"极有进步,然而毕竟是第二流中的人啊。"桓温说:"第一流又是谁?"刘惔说:"就是我们这班人呀!"

(三八)殷侯既废[①],桓公语诸人曰[②]:"少时与渊源共骑竹马[③],我弃去,己辄取之[④],故当出我下[⑤]。"

注释 ①殷侯:殷浩,见《方正》22注①。　既废:殷浩北伐,大败而归,为桓温所劾,废为庶人。参阅《文学》50。　②桓公:桓温。　③渊源:殷浩,字渊源。　竹马:以竹竿当马骑,一种儿童游戏。　④己:用作第三人称代词,他。　⑤故当:自然;当然。　出:在。

今译 殷浩被废黜之后,桓温对一些人说:"少年时与殷浩一同骑竹马玩,我丢掉了的,他总是取过去,自然在我之下了。"

(三九)人问抚军[①]:"殷浩谈竟何如[②]?"答曰:"不能胜人,差可献酬群心[③]。"

注释 ①抚军:即简文帝司马昱,先为抚军大将军。　②谈:指清谈。　竟:究竟。　③差:略;尚。　献酬:原谓主人向宾客敬酒,比喻迎合、满足。

今译 有人问司马昱:"殷浩清谈究竟怎样?"他答道:"不能胜过人,略可应酬迎合一般人的心思。"

(四〇)简文云[①]:"谢安南清令不如其弟[②],学义不及孔岩[③],居然自胜。"

注释 ①简文:简文帝司马昱。　②谢安南:谢奉,曾任安南将军,见《言语》83注①,又见《雅量》33。　清令:清纯美好。　其弟:谢奉之弟谢聘,字弘远。历侍中、廷尉卿。　③学

今译 简文帝说:"谢奉清纯美好不如他弟弟,学问义理不及孔岩,竟然自以为优秀。"

义：学问义理。 孔岩：《晋书》本传作“孔严”。字彭祖，晋会稽山阴（今浙江绍兴）人。历仕司徒掾、尚书殿中郎。殷浩临扬州，请为别驾，迁尚书左丞。为官清正，敢于直谏。封西阳侯。后为吴兴太守。

今譯 在还没有废掉海西公的时候，王珣问桓温：“箕子和比干，都是仁人，行迹有异而用心相同，不知阁下认为哪个对，哪个不对？”桓温回答：“仁人的称谓没有甚么不同，我宁愿做管仲那样的仁人。”

四一 未废海西公时[1]，王元琳问桓元子[2]：“箕子、比干迹异心同[3]，不审明公孰是孰非[4]？”曰：“仁称不异，宁为管仲[5]。”

注释 ①海西公：即晋废帝司马奕（342—386），字延龄。晋哀帝同母弟。咸康八年（342），封东海王。哀帝死，太后迎立。桓温枋头败绩，欲内树威权，乃至建康，讽太后废帝为东海王，再降为海西县公，徙居吴。在位六年，年号太和。史称废帝。②王元琳：王珣，见《言语》102 注③。 桓元子：桓温，字元子。③箕子：商纣王叔父，名胥余，为太师，封于箕。纣无道，箕子谏不从，佯狂为奴。周武王克商，封箕子于朝鲜。 比干：纣王叔父，封于比。纣淫乱，比干进谏，三日不去，纣怒而剖其心。 ④不审：不知。 明公：对有名位者的尊称。犹言“阁下”。 ⑤仁称不异，宁为管仲：作为仁人，称呼没有不同，宁愿做管仲那样的仁人。管仲，见《言语》36 注⑨。《论语·宪问》：“子路曰：‘桓公杀公子纠，召忽死之，管仲不死，曰：未仁乎？’子曰：‘桓公九合诸侯，一匡天下，不以兵车，管仲之力也。如其仁！如其仁！’” 按：王珣以仁人箕子、比干问桓温，而桓温答以宁为管仲之仁，两人皆用《论语》，是一组很有水平的问答。而桓温之答已曲折道出了废立心思。

今譯 刘惔、王濛在瓦官寺聚会，桓伊也在座，一起讨论西晋和江东的人物。有人问：“杜乂和卫玠相比，如何？”桓伊说：“杜乂外表清秀，卫玠神采奕奕。”王濛、刘惔认为他说得好。

四二 刘丹阳、王长史在瓦官寺集[1]，桓护军亦在坐[2]，共商略西朝及江左人物[3]。或问：“杜弘治何如卫虎[4]？”桓答曰：“弘治肤清[5]，卫虎奕奕神令[6]。”王、刘善其言。

注释 ①刘丹阳：刘惔，曾任丹阳尹，故称。 王长史：王濛。 瓦官寺：东晋佛寺名。故址在今南京附近。 ②桓护军：桓伊，曾任护军将军，见《方正》55 注①。 ③商略：讨论。西朝：指西晋。 江左：江东，指东晋。 ④杜弘治：杜乂，见《赏誉》68 注①。 卫虎：卫玠，小字虎，见《言语》32 注①。 ⑤肤清：外表清丽。 ⑥奕奕：形容精神焕发。

今譯 刘惔拍拍王濛的背说：“阿奴比起王导丞相来，只是体貌闲雅。”

四三 刘尹抚王长史背曰[1]：“阿奴比丞相[2]，但有都长[3]。”

注释 ①刘尹：刘惔。 王长史：王濛。 ②阿奴：尊长对卑幼者的昵称。 丞相：指王导。 ③但：只是。 都长：体貌闲雅。都，美，善。 按：王濛美姿容，少居贫，帽败，入市买帽，妪悦其貌而赠以新帽。见《晋书》本传。

四四 刘尹、王长史同坐[1]，长史酒酣起舞。刘尹曰：“阿奴今日不复减向子期[2]。”

注释 ①刘尹：刘惔。 王长史：王濛。 ②向子期：向秀，见《言语》18注②。刘注，说王濛像向秀那样的任情真率。

今译 刘惔、王濛在一起，王濛饮酒到畅快兴起时，欣然起舞。刘惔说：“阿奴今天不比向秀逊色。”

四五 桓公问孔西阳[1]：“安石何如仲文[2]？”孔思未对，反问公曰：“何如？”答曰：“安石居然不可陵践[3]，其处故乃胜也[4]。”

注释 ①桓公：桓温。 孔西阳：孔岩，封西阳侯，见本篇40注③。 ②安石：谢安，字安石。 仲文：殷仲文，见《言语》106注④。殷仲文妻乃桓玄之姊，仲文是桓温女婿。 ③陵践：侵凌欺侮。 ④其处：他的自处之道。 故乃：毕竟。

今译 桓温问孔岩：“谢安与殷仲文相比，如何？”孔岩想了想，没有回答，反过来问桓温：“您看怎样？”桓温回答：“谢安居然不可欺凌，他的自处之道毕竟是好的。”

四六 谢公与时贤共赏说[1]，遏、胡儿并在坐[2]，公问李弘度曰[3]：“卿家平阳何如乐令[4]？”于是李潸然流涕曰[5]：“赵王篡逆[6]，乐令亲授玺绶[7]。亡伯雅正[8]，耻处乱朝，遂至仰药[9]，恐难以相比。此自显于事实，非私亲之言。”谢公语胡儿曰：“有识者果不异人意。”

注释 ①谢公：谢安。 赏说：谓评论人物。 ②遏：谢玄，小字遏，谢安兄谢奕之子，见《言语》78注③。 胡儿：谢朗，小字胡儿，谢安弟谢据之子，见《言语》71注③。 ③李弘度：李充，见《言语》80注①。 ④平阳：李重(253—300)，字茂曾，西晋江夏钟武(今河南信阳东南)人，自幼好学，有文辞，后为始平王文学，上疏陈九品之弊。晋武帝太熙初累迁至中书郎，继而为吏部尚书，拔贤举能。为官清正，安贫若素。晋惠帝永康初，赵王司马伦

今译 谢安与当时一些名流一起品评人物，谢玄、谢朗一同在座，谢安问李充道：“你家李平阳比起乐广来，怎么样？”这时，李充潸然流泪，回答说：“赵王司马伦谋逆篡位之时，乐广亲自把天子印玺授给赵王。先伯父是正派方直的人，以居于乱朝为耻，就服毒自尽，恐怕先伯父与乐广难以相比。这是十分明显的事实，并不是我偏袒亲属的说法。”谢安对谢朗说：“有见识的人果然与人们的意见没有不同。”

用为相国左司马。以曾任平阳太守，故称。　乐令：乐广，见《德行》23 注④。　⑤潸（shān 山）然：形容流泪。　⑥赵王篡逆：赵王司马伦，见《德行》18 注①。晋惠帝永康元年（300），贾后杀太子司马遹，赵王伦用亲信孙秀之计，乘机废杀贾后及其党羽。次年正月，赵王伦废晋惠帝，篡取帝位。三月，齐王司马冏、河间王司马颙、成都王司马颖连兵讨伐，赵王伦兵败，退位，被杀。　⑦玺（xǐ 洗）绶：指帝王所用之印。绶，印钮上所系的丝带。　⑧亡伯：指李重。　雅正：正派方直。　⑨仰药：服毒。刘注引《晋诸公赞》，说赵王司马伦为相国，用李重为左司马，重知伦阴谋篡位，辞疾不就，数日后卒。

四七 王修龄问王长史[1]："我家临川[2]，何如卿家宛陵[3]？"长史未答，修龄曰："临川誉贵[4]。"长史曰："宛陵未为不贵。"

注释 ①王修龄：王胡之，见《言语》53 注④。　王长史：王濛，见《言语》66 注①。　②我家临川：我家临川太守王羲之。王羲之和王胡之都是琅邪临沂王氏家族，是堂兄弟。　③卿家宛陵：你家的宛陵令王述。王述和王濛都是太原晋阳王氏家族，是同族叔侄。　④誉贵：名声高。

译 王胡之问王濛，说："我家临川太守王羲之，比你家的宛陵令王述怎么样？"王濛还没有作答，王胡之就说："临川太守名声高贵。"王濛说："宛陵令也不见得不高贵。"

四八 刘尹至王长史许清言[1]，时苟子年十三[2]，倚床边听。既去，问父曰："刘尹语何如尊[3]？"长史曰："韶音令辞不如我[4]，往辄破的胜我[5]。"

注释 ①刘尹：刘惔。　王长史：王濛。　许：住处。　清言：清谈玄理。　②苟子：王脩，小字苟子，王濛子，见《文学》38 注②。　③尊：子称父。　④韶音：优美的音调。　令辞：美好的言辞。　⑤破的：射中靶心。比喻谈论能切中要点。

译 刘惔到王濛处谈论玄理，当时王苟子十三岁，靠在床边听。客人离去之后，苟子问父亲说："刘惔的谈话比父亲如何？"王濛说："音调和言辞的美好，他不如我；谈论时一说而总能切中要害，他胜过我。"

四九 谢万寿春败后[1]，简文问郗超[2]："万自可败，那得乃尔失士卒情[3]？"超曰："伊以率任之性[4]，欲区别智勇。"

注释 ①谢万：谢安弟，见《言语》77 注①。　寿春败后：寿春，县名。晋属扬州淮南郡，为州郡治所。东晋改名寿阳。故地即今安徽寿县，北濒淮河，为南北交通冲要，当时军事重镇。晋穆帝升平二年（358），豫州刺史出缺，晋朝廷初拟任命桓温弟桓云

译 谢万寿春大败之后，司马昱问郗超："谢万自然有可败的道理，怎么竟然如此失掉士卒之心？"郗超说："他以随意放纵的性情，要想有别于凭智勇去指挥作战。"

为豫州刺史，尚书仆王彪之认为桓氏势力太大，于是任谢万为豫州刺史。次年，万受命与徐兖二州刺史郗昙北攻前燕。郗昙因病退守彭城，谢万误认为前燕大军压境，仓皇退兵，军队溃散，他单骑逃归，被废为庶人。于是许昌、颍川、谯、沛诸城，相继为前燕慕容氏所攻陷。　②简文：简文帝司马昱，当时尚未即帝位。　郗超：见《言语》59 注⑤。郗超是郗昙之侄。　③那得：怎么；如何。　乃：竟。　尔：如此；这样。　④伊：他。　率任：随意任情。《晋书·谢万传》载：谢万受命北征，矜豪傲物，以啸咏自高，未尝抚慰将士，诸将都恨他，落得兵败师溃。

五〇　刘尹谓谢仁祖曰①："自吾有四友②，门人加亲③。"谓许玄度曰④："自吾有由⑤，恶言不及于耳⑥。"二人皆受而不恨⑦。

注释　①刘尹：刘惔。　谢仁祖：谢尚。　②四友：四个相知的朋友。刘注引《尚书大传》，说孔子自述有"四友"，即颜回、端木赐（子贡）、颛孙师（子张）、仲由（子路）。四人俱孔门弟子。此处"四友"，据王先谦校，当为"回也"。　③门人加亲：门生弟子更加亲近。此原为孔子提及颜回时的话。　④许玄度：许询，见《言语》69 注②。　⑤由：仲由，即子路。　⑥恶言不及于耳：坏话传不到我的耳朵里了。此原为孔子提仲由时的话。⑦受而不恨：接受而无不满之意。　按：刘惔以颜回比谢尚，以仲由比许询，隐隐然以孔子自居，而视谢、许为弟子。

今译　刘惔对谢尚说："自从我有了颜回以后，门人弟子都更加亲近了。"又对许询说："自从我有了仲由以后，无礼、中伤的言语传不进我的耳朵了。"谢、许二人都接受这一说法而没有什么不满。

五一　世目殷中军思纬淹通①，比羊叔子②。

注释　①殷中军：殷浩，见《政事》22 注①。　思纬：思理；思路。淹通：精深广博。　②羊叔子：羊祜，字叔子，见《言语》86 注②。

今译　世人品评殷浩思路精深广博，可以比羊祜。

五二　有人问谢安石、王坦之优劣于桓公①。桓公停欲言②，中悔，曰："卿喜传人语，不能复语卿。"

注释　①谢安石：谢安，字安石。　王坦之：见《言语》72 注①。桓公：桓温。　②停：正当；正要。

今译　有人问桓温，谢安和王坦之两人的优劣高下如何。桓温沉吟了一下，正要说话，中途后悔了，他说："你喜欢传播别人的话，我不能再对你说了。"

五三　王中郎尝问刘长沙曰①："我何如荀子②？"

今译　王坦之曾经问刘爽说："我比王修怎样？"刘爽回答说："你的才能原来并不超过王修，然而领悟名理之处多。"王坦之笑笑说："傻！"

刘答曰："卿才乃当不胜苟子[3]，然会名处多[4]。"王笑曰："痴！"

①王中郎：王坦之。　刘长沙：刘奭（shì 释），字文时，一作长冲，晋彭城（今江苏徐州）人。历仕车骑咨议、长沙相、散骑常侍。　②苟子：王修，见《文学》38 注②。　③乃当：原来是。　④会名处：领悟名理之处。

五四　支道林问孙兴公[1]："君何如许掾[2]？"孙曰："高情远致[3]，弟子蚤已服膺[4]；一吟一咏[5]，许将北面[6]。"

①支道林：见《言语》63 注①。　孙兴公：孙绰，见《言语》84 注①。　②许掾：许询，见《言语》69 注②。　③高情远致：高远超逸的情趣。　④弟子：俗家人对僧人而言，自称"弟子"。　蚤：通"早"。服膺：心悦诚服。　⑤一吟一咏：指吟诗作赋。　⑥北面：面向北，指向人称臣或居于人下。引申为折服于人。

支道林问孙绰："您与许询相比，如何？"孙绰说："许询的高远超逸的情趣，弟子早已心悦诚服；至于吟诗作赋，许询将对我北面称臣。"

五五　王右军问许玄度[1]："卿自言何如安石[2]？"许未答，王因曰："安石故相为雄[3]，阿万当裂眼争邪[4]？"

①王右军：王羲之。　许玄度：许询。　②安石：谢安。③故：毕竟；到底。　④阿万：谢万，谢安弟，才能不如谢安。　裂眼：睁大眼睛。

王羲之问许询："你自以为比谢安如何？"许还没有回答，王羲之就说："安石到底是豪杰之士，谢万应当瞪着眼睛去强争高低吗？"

五六　刘尹云[1]："人言江虨田舍[2]，江乃自田宅屯[3]。"

①刘尹：刘惔。　②江虨（bīn 彬）：见《方正》25 注④。田舍：乡下人。借以讥人土气，见识浅陋。　③乃自：确实。

刘惔说："人家说江虨见识浅陋，像乡下人，江虨确实积聚了不少田地房产。"

五七　谢公云[1]："金谷中苏绍最胜[2]。"绍是石崇姊夫[3]，苏则孙[4]，愉子也[5]。

谢安说："金谷园游宴宾朋中，苏绍最优秀，声望最高。"苏绍是石崇的姊夫，苏则的孙子，苏愉的儿子。

注释 ①谢公：谢安。 ②金谷：地名。在今河南洛阳东北。西晋武帝太康中，石崇在此筑园，世称金谷园。 苏绍（247—300）：字世嗣，西晋始平武功（今属陕西）人。官至晋武帝子吴王晏师、议郎，封关中侯。 ③石崇（249—300）：字季伦，西晋渤海南皮（今属河北）人。初历修武令、城阳太守，以伐吴功封安阳乡侯。累迁散骑常侍、侍中、荆州刺史。任侠无行，在荆州劫掠客商而成巨富。于河阳金谷置别馆，每与贵戚羊琇、王恺等夸富竞侈，极尽奢靡。与潘岳等谄事贾后、贾谧，及谧被诛，他也免官。旋以勾结淮南王司马允、齐王司马冏，为赵王司马伦收斩。 ④苏则（？—223）：三国魏时历官金城太守、护羌校尉、侍中。以直言为魏文帝所忌，出为东平相，于道病卒。 ⑤苏愉：字休豫。仕晋为光禄大夫。

五八 刘尹目庾中郎[1]："虽言不愔愔似道[2]，突兀差可以拟道[3]。"

今译 刘惔评论庾敳说："虽然他的清谈不安详和悦像玄理，但特出不凡，差不多可以比拟于玄理。"

注释 ①刘尹：刘惔。 庾中郎：庾敳，见《文学》15注①。 ②愔（yīn音）愔：和悦貌。 道：学说。特指清谈家所讲论的《老》、《庄》之道。 ③突兀：特出。 差：大略；差不多。拟：比拟。

五九 孙承公云[1]："谢公清于无奕[2]，润于林道[3]。"

今译 孙统说："谢安比谢奕清纯，比陈逵文雅而有风采。"

注释 ①孙承公：孙统，字承公，东晋太原中都（今山西平遥西）人。孙绰兄。善属文，好山水，放诞不羁。历任鄞令、余姚令。 ②谢公：谢安。 清：清纯；清静。 无奕：谢奕，字无奕，谢安兄，见《德行》33注①。 ③润：文雅有风采。 林道：陈逵，字林道，东晋颍川许昌（今属河南）人。少有声名，袭封广陵公，历黄门郎、西中郎将，领梁、淮南二郡太守。

六〇 或问林公[1]："司州何如二谢[2]？"林公曰："故当攀安提万[3]。"

今译 有人问支道林："王胡之比起谢安、谢万兄弟来，如何？"支道林说："当然是高攀谢安，提挈谢万。"

注释 ①林公：支道林。 ②司州：王胡之，曾任西中郎将、司州刺史。见《言语》81注①。 二谢：指谢安、谢万兄弟。 ③故当：自然；当然。 攀安：高攀谢安。谓低于谢安。 提万：提挈谢万。谓高过谢万。

今译 孙绰和许询都是当时的知名人士。有人看重许询的高逸情致，就鄙视孙绰的污浊行为；有人喜爱孙绰的才思文采，而认为许询没有什么可取的。

六一 孙兴公、许玄度皆一时名流①。或重许高情②，则鄙孙秽行③；或爱孙才藻④，而无取于许。

注释 ①孙兴公：孙绰。 许玄度：许询。 ②高情：高逸的情致。 ③秽行：污浊、恶劣的行为。刘注引《续晋阳秋》："绰虽有文才，而诞纵多秽行，时人鄙之。" ④才藻：才思文采。

今译 郗超品评谢安："他谈论虽然并未达到深刻透彻的程度，然而周详明确，思路清晰。"当时又有人说："王羲之很有造诣。"郗超听到了，说："不能称为造诣深，只能称作同等罢了。"谢安认为郗超的评说是对的。

六二 郗嘉宾道谢公①："造膝虽不深彻②，而缠绵纶至③。"又曰④："右军诣嘉宾⑤。"嘉宾闻之云："不得称诣，政得谓之朋耳⑥。"谢公以嘉宾言为得⑦。

注释 ①郗嘉宾：郗超，字嘉宾，见《言语》59注⑤。 道：评论。 谢公：谢安。 ②造膝：犹促膝。两人膝盖相及，亲切交谈。引申为谈论、议论。 深彻：深刻透彻。 ③缠绵：周详明确。 纶至：整理丝绳。引申为理清思路。 ④又曰：言时人又有此说。按：此为记事者另发一端，不与上文相承。本则文字疑有脱误，历来说法不一，难得确解。 ⑤右军：王羲之。 诣：造诣。此指造诣深，谓议论达到高超境界。 嘉宾：据徐震堮说，"诣"下"嘉宾"二字疑为衍文。 ⑥政：通"正"。只。 朋：同等；齐同。刘注："凡彻、诣者，盖深核之名也。谢不彻，王亦不诣。谢、王于理，相与为朋俦也。" ⑦得：正确。

今译 庾龢说："思路清晰有条理，我有愧于韩伯；意志坚强而刚正，我有愧于王坦之。自此以下，我都强他们百倍。"

六三 庾道季云①："思理伦和②，吾愧康伯③；志力强正④，吾愧文度⑤。自此以还⑥，吾皆百之⑦。"

注释 ①庾道季：庾龢，字道季，见《言语》79注①。 ②思理：才思。 伦和：有序；有条理。 ③愧：有愧于。 康伯：韩伯，见《德行》38注③。《晋书》本传谓韩伯"清和有思理"。 ④志力：意志。 强正：坚强正直。 ⑤文度：王坦之，见《言语》72注①。 ⑥以还：以下。 ⑦百之：百倍于他们。

今译 王祎之轻视支道林，王述说："不要学你哥哥，你哥哥原本不及他。"

六四 王僧恩轻林公①，蓝田曰②："勿学汝兄③，汝兄自不如伊。"

注释 ①王僧恩：王祎（yī 衣）之，字文劭，小字僧恩，东晋太原晋阳（今山西太原）人。王述子，王坦之弟。少知名，尚寻阳公主，历中书侍郎。年未三十而卒。 林公：支道林。 ②蓝田：王述，王祎之父，见《文学》22 注④。 ③汝兄：指王坦之。王与支不睦，参阅《轻诋》21。

六五 简文问孙兴公[①]：“袁羊何似[②]？”答曰：“不知者不负其才[③]，知之者无取其体[④]。”

译 简文帝问孙绰：“袁乔怎么样？”孙绰回答：“不了解他的人不会舍弃他的才能，了解他的人不取他的品德。”

注释 ①简文：简文帝司马昱。 孙兴公：孙绰。 ②袁羊：袁乔，见《言语》90 注④。 参看本篇 36 注⑬。 何似：怎样。 ③负：违背。引申为舍弃。 ④体：品质。

六六 蔡叔子云[①]：“韩康伯虽无骨榦[②]，然亦肤立[③]。”

译 蔡系说：“韩伯虽然没有骨架，然而凭其外表也有可观。”

注释 ①蔡叔子：蔡系，字子叔，见《雅量》31 注③。 此处“子叔”二字误倒。 ②韩康伯：韩伯，见《德行》38 注③。 骨榦：骨架。榦（gān 干），树的主干，比喻事物的主体。 ③肤立：外表能自树立。肤，皮肤，比喻外表。 按：韩伯肥胖，时戏言其有肉无骨。

六七 郗嘉宾问谢太傅曰[①]：“林公谈何如嵇公[②]？”谢云：“嵇公勤著脚[③]，裁可得去耳[④]。”又问：“殷何如支[⑤]？”谢曰：“正尔有超拔[⑥]，支乃过殷；然亹亹论辩[⑦]，恐殷欲制支[⑧]。”

译 郗超问谢安道：“支道林清谈与嵇康相比，怎么样？”谢安说：“嵇康要努力落脚，方才能赶上去缩短距离呢。”又问：“殷浩比支道林怎么样？”谢安说：“只是那高超特出的风采，支道林才胜过殷浩；然而娓娓辩论，恐怕殷浩要胜过支道林。”

注释 ①郗嘉宾：郗超。 谢太傅：谢安。 ②林公：支道林。 嵇公：嵇康，见《德行》16 注②。 ③勤著脚：谓努力。勤，努力；著（zhuó 着）脚，落脚。 ④裁：通“才”。刚刚；方才。 ⑤殷：指殷浩。 ⑥正：只；仅。 尔：那。 超拔：指高超特出的风采。 ⑦亹（wěi 娓）亹：形容议论滔滔不绝。 ⑧殷：指殷浩。此“殷”字原文作□，宋初讳“殷”，空缺。据上文补。

六八 庾道季云[①]：“廉颇、蔺相如虽千载上死人[②]，懔懔恒如有生气[③]。曹蜍、李志虽见在[④]，厌厌如九泉下人[⑤]。人皆如此，便可结绳而治[⑥]，但

译 庾龢说：“廉颇、蔺相如虽然是死去了千年以上的人，然而正气懔然，永远保持着生气。曹蜍、李志虽然现在还活着，但是萎靡不振就像九泉之下的死人。假使人人都是这样，天下就可以用结绳记事的办法来治理，然而又怕人都要被各种野兽吃光了。”

恐狐狸貒貉啖尽[7]。”

注释 ①庾道季：庾龢，见《言语》79注①。 ②廉颇、蔺相如：战国时赵国将相。 ③懔(lǐn凛)懔：严正而令人敬畏的样子。 ④曹蜍(chú除)：曹茂之，字永世，小字蜍，晋彭城(今江苏徐州)人。仕至尚书郎。 李志：字温祖，晋江夏钟武(今河南信阳东南)人。资质鲁钝，才智无闻。仕至员外常侍、南康相。见(xiàn现)在：现在还活着。 ⑤厌(yān淹)厌：萎靡不振的样子。 ⑥结绳而治：语出《易·系辞下》：“上古结绳而治，后世圣人易之以书契。”结绳，文字产生以前的人们用以记事之法，以不同形状和数量的绳结标识不同的事。此处指人们愚鲁稚钝，天下易于治理。 ⑦貒(tuān湍)：猪獾。 貉(hé合)：同“貈”。一种似狸的野兽。 啖(dàn淡)：吃。

六九 卫君长是萧祖周妇兄[1]，谢公问孙僧奴[2]：“君家道卫君长云何[3]？”孙曰：“云是世业人[4]。”谢曰：“殊不尔[5]，卫自是理义人[6]。”于时以比殷洪远[7]。

今译 卫永是萧轮的妻兄，谢安问孙腾：“您说说卫永如何？”孙腾说：“我说他是留心世务的人。”谢安说：“远远不是这样，卫永原本是讲求玄理的人。”当时把卫永比作殷融。

注释 ①卫君长：卫永，字君长，见《赏誉》107注③。 萧祖周：萧轮，字祖周，见《赏誉》75注①。 ②谢公：谢安。 孙僧奴：孙腾，字伯海，小字僧奴。孙统子。以博学著称。历仕中庶子、廷尉。 ③君家：犹言君，相当于您。家，无义。 云何：如何。 ④世业人：经心世务的人。 ⑤殊：颇；甚。 不尔：不是如此。 ⑥理义人：讲求玄理的人。理义，名理学的义理。此处指玄学理论。 ⑦殷洪远：殷融，见本篇36⑭。

七〇 王子敬问谢公[1]：“林公何如庾公[2]？”谢殊不受[3]，答曰：“先辈初无论，庾公自足没林公[4]。”

今译 王献之问谢安：“支道林与庾亮相比，怎么样？”谢安很不愿意接受王献之所问的事，回答说：“前辈们当初没有评论过，我看，庾亮自然有足以盖过支道林的地方。”

注释 ①王子敬：王献之，见《德行》39注①。 谢公：谢安。 ②林公：支道林。 庾公：庾亮。 ③不受：不接受。此谓不愿接受王献之所问。 ④足：够得上。 没：盖过。

七一 谢遏诸人共道竹林优劣[1]，谢公云：“先辈初不臧贬七贤[2]。”

今译 谢玄等人一起品评竹林七贤的优劣，谢安说：“对竹林七贤，前辈们当初不曾作过褒贬。”

注释 ①谢遏：谢玄，谢安侄，见《言语》78 注③。　竹林：指竹林七贤。　②臧贬：褒贬，谓评论优劣。刘注引《魏氏春秋》："山涛通简有德，秀、咸、戎、伶朗达有俊才。于时之谈，以阮为首，王戎次之，山、向之徒，皆其伦也。"此刘注驳《世说》，谓前辈并非对竹林七贤无褒贬。按：竹林七贤，当时齐名，然知人论世，综其全体，则七人实有优劣。

七二 有人以王中郎比车骑①，车骑闻之曰："伊窟窟成就②。"

今译 有人把王坦之比谢玄，谢玄听到后说："他随事用力，能有成就。"

注释 ①王中郎：王坦之，见《言语》72 注①。　车骑：谢玄。　②窟窟：通"搰（kū 窟）搰"，用力貌。

七三 谢太傅谓王孝伯①："刘尹亦奇自知②，然不言胜长史③。"

今译 谢安对王恭说："刘惔也是很有自知之明的，而他不说胜过长史。"

注释 ①谢太傅：谢安。　王孝伯：王恭，字孝伯，王濛孙，见《德行》44 注①。　②刘尹：刘惔。　刘惔、王濛均善清谈，二人齐名友好。王濛常说："刘君知我，胜我自知。"　奇：极；非常。　③长史：指王濛。

七四 王黄门兄弟三人俱诣谢公①，子猷、子重多说俗事②，子敬寒温而已③。既出，坐客问谢公："向三贤孰愈④？"谢公曰："小者最胜⑤。"客曰："何以知之？"谢公曰："'吉人之辞寡，躁人之辞多⑥。'推此知之。"

今译 黄门侍郎王徽之等兄弟三人一起去拜访谢安，王徽之、王操之多说世俗之事，而王献之只是略叙寒暄而已。他们离去以后，在座的宾客问谢安："刚才出去的三位贤人中，哪位最好？"谢安说："小的那个最好。"客人问："根据什么来认定他最好？"谢安说："《周易》上说：'吉人之辞寡，躁人之辞多。'我是根据这点来推定的。"

注释 ①王黄门：王徽之，字子猷，仕至黄门侍郎，故称，见《雅量》36 注①。　兄弟三人：指王徽之、王操之、王献之兄弟三人。谢公：谢安。　②子猷：王徽之。　子重：王操之，字子重。王羲之第六子。历仕豫章太守。　③子敬：王献之，字子敬，王羲之第七子，见《德行》39 注①。　寒温：犹言寒暄。　④向：刚才；先前。　孰：哪个。　愈：强；优胜。　⑤小者：此指王献之，他在弟兄中最小。　⑥"吉人"两句：语出《易·系辞下》。谓吉美之人，言辞少而精粹；躁进之人，言辞多而繁杂。

七五　谢公问王子敬①："君书何如君家尊？"答曰："固当不同②。"公曰："外人论殊不尔。"王曰："外人那得知！"

注释　①谢公：谢安。　王子敬：王献之。　王献之善书法，破古拙书风而出新意，书法史上与父王羲之并称"二王"。　②固当：当然。表示确认某事，加强肯定判断。　按：刘注引宋明帝《文章志》，说王献之善书，变其父法，与父齐名。世人或论羲之书法不及献之，或谓献之书法不及其父，纷纭莫定。有人直接问父子两人，亦各不相让。

今译　谢安问王献之："您的书法比起令尊来怎么样？"王献之答道："当然有所不同。"谢安说："外边人的评论很不是这样。"王献之说："外人怎么懂得！"

七六　王孝伯问谢太傅①："林公何如长史②？"太傅曰："长史韶兴③。"问："何如刘尹④？"谢曰："噫！刘尹秀⑤。"王曰："若如公言，并不如此二人邪？"谢云："身意正尔也⑥。"

注释　①王孝伯：王恭，字孝伯，见《德行》44注①。　谢太傅：谢安。　②林公：支道林。　长史：王濛。　③韶兴：美好的兴致。　④刘尹：刘惔。　⑤秀：优秀。　⑥身：第一人称代词，我。

今译　王恭问谢安："支道林比王濛如何？"谢安说："王濛有美好兴致。"又问："比刘惔如何？"谢安说："哎！刘惔优秀。"王恭说："假若如您所说，支道林都不如这两个人吗？"谢安说："我的意思正是如此呀。"

七七　人有问太傅①："子敬可是先辈谁比②？"谢曰："阿敬近撮王、刘之标③。"

注释　①太傅：谢安。　②子敬：王献之。　③阿敬：对王献之的昵称。　撮：取合。　王、刘：指王濛、刘惔。　标：标格。

今译　有人问谢安："王献之可以与前辈中哪位相比？"谢安说："阿敬近乎结合了王濛、刘惔的风范。"

七八　谢公语孝伯①："君祖比刘尹故为得逮②？"孝伯云："刘尹非不能逮，直不逮③。"

注释　①谢公：谢安。　孝伯：王恭。王濛孙。　②刘尹：刘惔。王、刘二人并善清谈而友好，但品性有差异。刘注："言濛质而惔文也。"　故：确实。　逮（dài代）：及；赶得上。　③直：只是。

今译　谢公对王恭说："令祖父比刘惔，确实是赶得上的吗？"王恭说："刘惔不是不能赶上，只是不去赶罢了。"

七九　袁彦伯为吏部郎①，子敬与郗嘉宾书曰②：

今译　袁宏做吏部郎，王献之写信给郗超说："彦伯已经进朝廷任吏部郎了，这很足以挫折他的豪迈之气。当然知道如果受到鞭打之罚就难以做人的，希望稍后会改善些吧。"

"彦伯已入[③]，殊足顿兴往之气[④]。故知捶挞自难为人[⑤]，冀小却当复差耳[⑥]。"

注释 ①袁彦伯：袁宏，字彦伯，见《言语》83注①。 吏部郎：官名。秦有郎中。东汉置吏部郎中，主管选举，或称吏部郎。魏晋时特别重视吏部郎的人选，其职位高于诸曹郎。 ②子敬：王献之。 郗嘉宾：郗超。 ③已入：谓已进吏部为郎。④顿：摧挫。 兴往：犹豪迈。指锐意行事。 ⑤捶挞自难为人：谓身为吏部郎，一旦犯过，或受鞭挞之辱，自难做人。 按：自东汉至魏晋以后，郎官尚不免杖责。《晋书·王濛传》："后出补长山令，复为司徒左西属。濛以此职有谴则应受杖，固辞。诏为停罚，犹不就。"郎官受杖之制约在南朝齐梁以后，即有名无实，不再执行。⑥小却：稍后。晋时口语。 当复差：谓杖罚或可减免。差，较好。

八〇 王子猷、子敬兄弟共赏《高士传》人及赞[①]，子敬赏"井丹高洁"[②]，子猷云："未若'长卿慢世'[③]。"

今译 王徽之、献之兄弟俩一起欣赏《高士传》里的人物和赞语，献之欣赏"井丹高洁"，徽之说："不如'长卿慢世'。"

注释 ①王子猷：王徽之。 子敬：王献之。 《高士传》：书名。有两种：一为三国魏嵇康撰。已佚。今有清严可均辑一卷。一为晋皇甫谧撰。原载古高隐之士七十二人（见《续博物志》）。今本载九十六人，盖由后人杂取他书而增。此处《高士传》，据刘注，知指嵇康所撰。 人及赞：指《高士传》中所记载之人物以及赞语。赞，在人物传记后，用韵语概括其生平事迹，加以赞美之辞。 ②"井丹高洁"：刘注引嵇康《高士传》，说井丹，字大春，东汉扶风郿（今属陕西）人。年少时受业太学，博学高论，性行高洁，不事权贵。京师传语曰："五经纷纶井大春，未尝书刺谒一人。"传后赞语中有"井丹高洁，不慕荣贵"之语。 ③"长卿慢世"：刘注引嵇康《高士传》，说司马相如，字长卿，西汉成都（今属四川）人。初为郎，事景帝，后归蜀，过临邛，以琴心挑富人卓王孙寡居之女卓文君，文君奔相如，俱归成都。家贫，以卖酒为生。相如为人口吃，善属文。仕宦不慕高爵，终于家。传后赞语中有"长卿慢世，越礼自放"之语。慢世，轻蔑世俗之事。

八一 有人问袁侍中曰[①]："殷仲堪何如韩康伯[②]？"答曰："理义所得[③]，优劣乃复未辨；然门庭萧寂[④]，居然有名士风流，殷不及韩。"故殷作诔云[⑤]："荆门昼掩[⑥]，闲庭晏然[⑦]。"

今译 有人问袁恪之说："殷仲堪与韩康伯比，如何？"袁恪之答："若论谈论玄理的造诣，两人的优劣竟未能辨别；然居家闲静，显然有名士的风度和气韵，殷仲堪不如韩康伯。"所以殷仲堪为韩康伯作诔文，说："荆门昼掩，闲庭晏然。"

①袁侍中:袁恪(kè 客)之,字元祖,东晋阳夏(今河南太康)人。仕黄门侍郎,安帝义熙初为侍中。 ②殷仲堪:见《德行》40 注①。 韩康伯:韩伯,字康伯,见《德行》38 注③。 ③理义所得:谓玄理造诣。 按:殷仲堪善清谈,能属文,谈理与韩伯齐名。 ④门庭:门前空地。泛指家中。 萧寂:冷落寂寥。引申指闲静。 ⑤诔:叙述死者生平品德以示哀悼之文。此处指哀悼韩伯的诔文。 ⑥荆门:用荆条编的门户,犹言柴门。 ⑦晏然:安然平静貌。

八二 王子敬问谢公[1]:"嘉宾何如道季[2]?"答曰:"道季诚复钞撮清悟[3],嘉宾故自上[4]。"

王献之问谢安:"郗超与庾龢相比,怎么样?"谢安回答说:"庾龢的确能汇集众说,得其清悟,然而郗超确实自然超拔。"

①王子敬:王献之。 谢公:谢安。 ②嘉宾:郗超。 道季:庾龢,见《言语》79 注①。 ③诚复:的确。复,词缀,无义。 钞撮:谓汇集众说。 清悟:清楚颖悟。 ④故自:确实。肯定语气较强。 上:超过;胜过。刘注:"谓超拔也。"

八三 王珣疾[1],临困[2],问王武冈曰[3]:"世论以我家领军比谁[4]?"武冈曰:"世以比王北中郎[5]。"东亭转卧向壁[6],叹曰:"人固不可以无年[7]!"

王珣病了,到病情严重的时候,问王谧说:"世人评论把我家领军比作谁?"王谧说:"世人把领军比作北中郎将王坦之。"王珣转过身去,向壁而卧,叹息道:"人真是不可以不长寿啊!"

①王珣:见《言语》102 注③。 ②临困:到病情严重时。 ③王武冈:王谧(mì 密),字稚远,一作雅远。王导孙,王劭子。袭爵武冈侯。少有美誉,与桓胤、王绥齐名。历官黄门侍郎、侍中,领扬州刺史,录尚书事。 ④我家领军:指王洽,王导子,王珣父,见《赏誉》114 注③。 ⑤王北中郎:指王坦之,见《言语》72 注①。 ⑥东亭:即王珣。 ⑦固:的确。 无年:寿不长(王洽卒年三十六)。刘注:"珣意以其父名德过坦之而无年,故致此论。"

八四 王孝伯道谢公"浓至"[1]。又曰:"长史虚[2],刘尹秀[3],谢公融[4]。"

王恭说谢安"品格厚重深沉之至"。又说:"王濛虚心,刘惔杰出,谢安豁达恬淡。"

①王孝伯:王恭。 谢公:谢安。 浓至:谓厚重深沉之至。 ②长史:王濛。 虚:虚心;谦虚。 ③刘尹:刘惔。 秀:优秀;杰出。 ④融:豁达恬淡。

八五 王孝伯问谢公[1]:"林公何如右军[2]?"谢曰:

王恭问谢安:"支道林比王羲之如何?"谢安说:"王羲之胜过支道林。支道林在王胡之之上,也名声贵盛而通达透彻。"

"右军胜林公。林公在司州前[3],亦贵彻[4]。"

注释 ①王孝伯:王恭。 谢公:谢安。 ②林公:支道林。 右军:王羲之。 ③司州:王胡之。 ④贵彻:尊贵而通达。

八六 桓玄为太傅[1],大会,朝臣毕集,坐裁竟[2],问王桢之曰[3]:"我何如卿第七叔[4]?"于时宾客为之咽气[5]。王徐徐答曰:"亡叔是一时之标[6],公是千载之英[7]。"一坐欢然。

今译 桓玄做了太尉,举行盛大的集会,朝臣们都聚集到一起,刚刚坐定,桓玄问王桢之道:"我比你的七叔怎样?"那时宾客们都为王桢之捏一把汗,屏住呼吸。王桢之从容不迫缓缓地回答说:"亡叔是一时之楷模,而明公则是千年一遇的英杰。"满座的人听了,都松了一口气,十分高兴。

注释 ①桓玄:桓温子。 为太傅:桓玄于东晋安帝隆安四年(400),都督荆、江、司、雍、秦、梁、益、宁八州及扬、豫八郡,领江、荆二州刺史,割据长江中上游地区。安帝元兴元年(402),晋朝廷下诏讨伐桓玄,以司马元显为大都督,刘牢之为前锋都督。桓玄举兵东下,刘牢之倒戈,桓玄遂长驱入建康。司马道子、司马元显父子先后被杀。桓玄自署太尉、领平西将军、豫州刺史,又加衮冕之服,剑履上朝。此时东晋政权已尽入桓玄之手。次年,桓玄即废晋安帝自称帝,国号楚。本则所记当在元兴元年桓玄攻入建康杀了不少朝臣之时。但说桓玄为"太傅",则当为"太尉"之误。 ②裁:通"才",刚刚。 ③王桢之:字公干,小字思道。王徽之子。历侍中、大司马长史,安帝时为御史中丞。 ④卿第七叔:你的七叔。此指王献之。 ⑤咽气:屏气。表示心情极度不安。 ⑥标:楷模;标准。 ⑦英:英杰;英才。 按:桓玄亦善书法,毕生景仰二王,且自视颇高,所以在得意之时,还忘不了与王献之相比较。

八七 桓玄问刘太常曰[1]:"我何如谢太傅[2]?"刘答曰:"公高,太傅深。"又曰:"何如贤舅子敬[3]?"答曰:"楂梨橘柚,各有其美[4]。"

今译 桓玄问刘瑾说:"我比太傅谢安怎样?"刘瑾回答说:"您高明,谢太傅深远。"又问道:"比令舅父王子敬又怎样?"刘瑾回答:"山楂、生梨、橘子、柚子,各有各的美妙之处。"

注释 ①刘太常:刘瑾,字仲璋,东晋南阳(今属河南)人。其父刘畅娶王羲之女。瑾历仕尚书、太常卿。 ②谢太傅:谢安。 ③贤舅:尊称别人之舅。 子敬:王献之。 ④"楂(zhā 楂)梨"两句:谓各种水果滋味不同,可比人物各有美好之处。语出《庄子·天运》:"故譬三皇五帝之礼义法度,其犹柤梨橘柚邪?其味相反而皆可于口。"柤,同"楂"。

八八 旧以桓谦比殷仲文[①]。桓玄时，仲文入，桓于庭中望见之，谓同坐曰："我家中军那得及此也[②]！"

注释 ①桓谦：字敬祖。桓冲子，桓玄从兄。以父功仕至辅国将军、吴国内史。桓玄专政时，用谦为尚书左仆射、中军将军。殷仲文：桓玄姊夫，见《言语》106注④。 ②我家中军：指桓谦。

今译 以前世人把桓谦比殷仲文。桓玄当政的时候，殷仲文从外面进来，桓玄在庭院里望见他，对同座的人说："我家桓谦怎么及得上此人啊！"

规箴第十

规劝、告诫

（一）汉武帝乳母尝于外犯事[①]，帝欲申宪[②]，乳母求救东方朔[③]。朔曰："此非唇舌所争[④]，尔必望济者[⑤]，将去时，但当屡顾帝，慎勿言，此或可万一冀耳。"乳母既至，朔亦侍侧，因谓曰："汝痴耳！帝岂复忆汝乳哺时恩邪？"帝虽才雄心忍，亦深有情恋，乃悽然愍之[⑥]，即敕免罪。

注释 ①汉武帝：姓刘名彻（前156—前87），西汉皇帝。　犯事：犯法。《史记·滑稽列传》褚少孙补谓乳母家的子孙奴仆，在长安横行不法，在大道上抢劫百姓财物，被告发，汉武帝同意把乳母发配到边地去。　②申宪：按法惩处。申，施展。宪，法律。　③东方朔（前154—前93）：字曼倩，西汉平原厌次（今山东惠民东北）人。汉武帝时，为太中大夫。性诙谐，常以滑稽之语，寓讽谏之意。后世关于他的传说很多。　④唇舌：指言辞。⑤济：成功。　⑥愍（mǐn敏）：哀怜。　按：《史记·滑稽列传》褚少孙补亦有类似记载，但谓救乳母者乃郭舍人。

今译 汉武帝的奶妈曾经在外边犯了罪，武帝要依法办罪，乳母求救于东方朔。东方朔说："这不是靠说几句话所能争取到的。你如果一定希望得救的话，等到皇上向你问话而你将要离去的时候，你只要频频回顾，但是千万不要说话，这样也许能有万分之一的希望。"奶妈去见汉武帝，东方朔也侍立在武帝旁边，他就对奶妈说："你真蠢啊！皇上难道还记得小时候你给他喂奶的恩情吗？"汉武帝虽然是雄才大略，性情残忍，但也深有情感，对奶妈是又难过又同情，就下诏赦免了她的罪。

（二）京房与汉元帝共论[①]，因问帝："幽、厉之君何以亡[②]？所任何人？"答曰："其任人不忠。"房曰："知不忠而任之，何邪？"曰："亡国之君各贤其臣，岂知不忠而任之？"房稽首曰[③]："将恐今之视古，亦犹后之视今也。"

注释 ①京房（前77—前37）：字君明，本姓李，西汉东郡顿丘（今河南清丰西南）人。汉元帝时立为博士，官至魏郡太守。后因与中书令石显争权，为石所忌，被收下狱死。他曾向焦延

今译 京房和汉元帝谈话，京房就问元帝："周幽王、周厉王这样的君主为什么会亡国？他们所任用的是些什么人？"元帝回答："他们所任用的人不忠。"京房说："既然知道那些人不忠，但还是任用，这是为什么呢？"元帝说："亡国之君各自认为他任用的臣子是贤明的，哪里会知道他们不忠而还去任用？"京房叩头至地说："恐怕我们现在看古人，也就像后来的人看我们现在一样吧。"

寿学《易》，是西汉今文《易》京氏学的创始人，有《京氏易论》三卷传世。 汉元帝：刘奭（前76—前33），西汉皇帝。宣帝子。喜儒术，不好刑名。即位后，儒生贡禹、薛广德、匡衡等迭为丞相。竟宁元年（前36），匈奴呼韩邪单于入朝，元帝以后宫王嫱（王昭君）妻之。他多才艺，少决断，以此宦官弘恭、石显等参与朝政，伏日后宦官专权之患。 ②幽：指周幽王姬宫涅（？—前771），西周君主。他宠幸褒姒，废申后及太子宜臼。申侯怒而联合曾、犬戎攻周，杀幽王于骊山。西周遂亡。 厉：指周厉王姬胡。夷王子。杀戮无辜，暴虐无道，被国人流放于彘。 ③稽首：古代一种最重的敬礼。行礼时叩头至地。一说，两手拱至地，头至手，不触及地。稽，留止。

（三）陈元方遭父丧①，哭泣哀恸，躯体骨立，其母愍之，窃以锦被蒙上②。郭林宗吊而见之③，谓曰："卿海内之俊才，四方是则④，如何当丧，锦被蒙上？孔子曰：'衣夫锦也，食夫稻也，于汝安乎⑤？'吾不取也。"奋衣而去⑥。自后宾客绝百所日⑦。

【今译】陈纪遭到他父亲的丧事，哭泣哀痛，消瘦得只剩一副骨头架子。他母亲心疼他，在他睡觉时，暗暗地用锦被给他盖上。郭泰来吊丧，看见陈纪盖着锦被，就说："你是国内的杰出人才，四面八方的人都把你作榜样，怎么你遭遇大丧，却用锦被覆盖在身上？孔子说过：'穿锦衣，吃稻米，你心安吗？'我不赞同你的行为。"说罢就拂袖而去。从此以后，宾客断绝上门大约有百把天。

【注释】①陈元方：陈纪，见《德行》6注②。其父陈寔，见《德行》6注①。 ②锦被：锦制的被子。锦，有彩色大花纹的丝织品。古礼，人子居父母之丧，不可以服用有彩色的、用丝织品制成的衣物。 ③郭林宗：郭泰，见《德行》3注①。 按：据《后汉书》，郭泰比陈寔早死近二十年，他不可能去吊陈寔之丧。本则记事可疑。 ④是则：效法你。是，代词，用在动词前，作前置宾语。 ⑤"孔子曰"以下三句：《论语·阳货》："宰我问：'三年之丧，期已久矣。……'子曰：'食夫稻，衣夫锦，于女安乎？'曰：'安。''女安，则为之。夫君子之居丧，食旨不甘，闻乐不乐，居处不安，故不为也。今女安，则为之！'"古礼，居父母丧期间，不食甘旨，不穿锦绣，不听音乐。孔子弟子宰我认为守父母之丧三年，时间太长，去问孔子，孔子就这样说。此处郭泰借用孔子的话指责陈纪居丧而不遵礼制。 ⑥奋衣：谓摔动衣服，表示神情激动。 ⑦所：犹言"许"。用于数词后，表示对数量的约略估计。

（四）孙休好射雉①，至其时，则晨去夕反②，群臣莫不止谏③："此为小物，何足甚耽④？"休曰："虽为小物，耿介过人⑤，朕所以好之。"

【今译】孙休喜欢射取野鸡，到了那时，就早晨出门到晚上才返回。他的臣下没有不劝阻的，说："这是微小之物，哪里值得过于贪恋呢？"孙休说："野鸡虽然是微末的东西，但是它正直有节操超过常人，我所以喜欢它。"

【注释】①孙休（233—263）：三国吴孙权第六子，字子烈。初封琅邪王，出居丹阳，徙会稽。孙权死，少子孙亮继位。孙綝废孙亮，迎立孙休为帝。在位七年而死，谥景皇帝。 雉（zhì

峙)：鸟名。俗称野鸡。 ②反：通"返"。 ③止谏：劝阻。 ④耽(dān 丹)：贪恋；酷好。 ⑤耿介：正直有节操。 按：《周礼·春官·大宗伯》"士执雉"郑玄注："雉，取其守介而死，不失其节。"孙休即借《周礼》注语以拒谏。

（五）孙皓问丞相陆凯曰[①]："卿一宗在朝有几人[②]？"陆曰："二相、五侯、将军十余人。"皓曰："盛哉！"陆曰："君贤臣忠，国之盛也；父慈子孝，家之盛也。今政荒民弊，覆亡是惧，臣何敢言盛！"

【今译】孙皓问丞相陆凯说："你们家族在朝做官的有几人？"陆凯说："两个丞相、五个侯、十几个将军。"孙皓说："真是繁荣昌盛啊！"陆凯说："君主贤明，臣下忠诚，这是国家的昌盛；父亲慈祥，儿子孝顺，这是家庭的昌盛。现在政务荒废，百姓凋敝，只是担心国家覆亡，臣下怎么敢说繁荣昌盛呢！"

【注释】①孙皓：三国吴末帝，见《言语》21 注③。 陆凯：字敬风，三国吴吴郡吴(今江苏苏州)人。为人忠鲠有节操。初为永兴诸暨长，有治绩。赤乌中讨珠崖有功，拜建武校尉。累迁征北将军、镇西大将军，进封嘉兴侯。吴末帝宝鼎元年(266)迁左丞相。 ②宗：同族。

（六）何晏、邓飏令管辂作卦[①]，云："不知位至三公不[②]？"卦成，辂称引古义[③]，深以戒之。飏曰："此老生之常谈[④]。"晏曰："知幾其神乎[⑤]，古人以为难；交疏吐诚[⑥]，今人以为难。今君一面[⑦]，尽二难之道[⑧]，可谓'明德惟馨'[⑨]。《诗》不云乎：'中心藏之，何日忘之[⑩]！'"

【今译】何晏、邓飏令管辂卜卦，说："不知能不能做到三公之位？"卜卦完成，管辂称说援引了许多古来的义理，用以深深地规诫他们。邓飏说："这无非是一些老生常谈罢了。"何晏说："预知幾微，乃至神妙之境，这是古人认为难以做到的事；交情疏浅而能吐露真诚，这是今人认为难以做到的事。现在你我初次见面，而你能尽力做到两件难以做到的事，真可以说是'明德惟馨'了。《诗经》里不是说过的吗：'中心藏之，何日忘之！'我一定不忘记你说的话。"

【注释】①何晏：见《言语》14 注①。 邓飏：见《识鉴》3 注①。 管辂(lù 路，208—256)：三国魏平原(今属山东)人。通《周易》，善卜筮。相传其占卜极灵验，时人皆信重之。仕至少府丞。 作卦：卜卦。 ②三公：朝廷上的最高官员，太尉、司徒、司空的合称。也指享受三公待遇的高级官员。 不(fǒu 缶)：同"否"。 ③称引：称说援引。 古义：古来的解释、义理。 按：何晏是何进之孙，母尹氏，被曹操收为夫人，晏随母进宫，颇得曹操宠爱。后来又娶操女金乡公主为妻。曹丕特别讨厌他，叫他"假子"。所以，在魏文帝曹丕、魏明帝曹叡时，何晏都不得重用。明帝死，齐王曹芳继位，曹爽与司马懿同辅政，二人矛盾甚深而权在曹爽。何晏依附曹爽，官尚书，典选举，加上妻是公主，母为太妃，权势显赫。但他正处在曹爽与司马懿的矛盾激烈到趋于表面化的时候。刘注引《管辂别传》，说管辂为何晏卜卦后，说何晏"位重山岳，势若雷霆"，但是"怀德者少，畏威者众，殆非小心翼翼多福之士"。管辂劝何晏要"见阴阳之性，明存亡之理，损益以为衰，抑进以为退"。

实为谏晏从政治漩涡中急流勇退，而晏不能。不久，司马懿发动政变，杀曹爽。何晏亦被杀。 ④老生：老先生；老书生。 常谈：平庸无奇之论。 按：成语“老生常谈”即出于此。 ⑤知幾其神：语出《周易·系辞下》。谓预知事情细微迹象，乃入于神妙之境。 ⑥交疏吐诚：交情不深而吐露真诚。 ⑦一面：谓初次见面。 ⑧二难：两件难以做到的事。此指“知幾其神”和“交疏吐诚”。 ⑨“明德惟馨”：语出《左传·僖公五年》引《周书》：“黍稷非馨，明德惟馨。”谓光明的德行才是馨香的。此何晏借以赞美管辂。 ⑩“中心藏之”两句：语出《诗·小雅·隰桑》。意谓心里正中意于他，哪一天能忘记他！此何晏借以表示不忘管辂的真诚之言。

（七）晋武帝既不悟太子之愚[1]，必有传后意[2]，诸名臣亦多献直言。帝尝在陵云台上坐[3]，卫瓘在侧[4]，欲申其怀[5]，因如醉，跪帝前，以手抚床曰[6]：“此坐可惜！”帝虽悟，因笑曰：“公醉邪？”

译 晋武帝既不知道太子的愚蠢，就一定有传位给他的意思，许多元老重臣也多直言进谏。武帝曾经坐在陵云台上，卫瓘在旁边，很想申说自己的想法，就像颇有醉意一样，跪在晋武帝面前，用手摸摸武帝的坐榻说：“这个座位真可惜！”晋武帝虽然听懂了卫瓘的用意，还是笑着说：“你喝醉了吗？”

注释 ①晋武帝：司马炎，西晋开国之君，见《德行》17 注④。 太子：指司马炎之子司马衷，性懦愚，类白痴，后嗣位为晋惠帝，见《品藻》32 注①及《方正》9。 ②传后意：谓传帝位给司马衷的心愿。 ③陵云台：台名。魏文帝曹丕所建。故址在今河南洛阳东。 ④卫瓘（guàn 罐）：见《识鉴》8 注③。 ⑤申：申说；阐述。 怀：心情；心意。此指欲劝晋武帝废去太子司马衷。 ⑥床：古代坐具。此指御座。

（八）王夷甫妇[1]，郭泰宁女[2]，才拙而性刚[3]，聚敛无厌[4]，干豫人事[5]。夷甫患之而不能禁。时其乡人幽州刺史李阳[6]，京都大侠，犹汉之楼护[7]，郭氏惮之。夷甫骤谏之[8]，乃曰：“非但我言卿不可，李阳亦谓卿不可。”郭氏小为之损[9]。

译 王衍的妻子是郭豫的女儿，才智钝拙而性情倔强，搜刮钱财从无满足的时候，又喜欢插手人家的事情，王衍头疼她的行为但又无法禁止。当时他的同乡人幽州刺史李阳，是京都著名的大侠，好比汉代的楼护，郭氏很怕他。王衍多次劝诫郭氏，就说：“非但我说你不可以这样做，连李阳也认为你不可以这样。”郭氏为此稍微收敛了一些。

注释 ①王夷甫：王衍，见《言语》23 注②。 ②郭泰宁：郭豫，字泰宁，西晋太原（今属山西）人。仕至相国参军。早卒。 按：王衍的妻子郭氏，是郭豫之女，郭配之孙女；晋惠帝贾皇后，是贾充之女，郭配之外孙女。郭氏与贾后乃中表姊妹，故依仗权势，无所不为。 ③才拙：才智笨拙。 性刚：性格倔强。 ④聚敛：指搜括钱财。 ⑤干豫：干涉。 人事：指他人之事。 ⑥李阳：字景祖，西晋高平（今山东巨野南）人。 晋武帝时为幽州刺史。崇尚侠义，为人所重。　⑦楼护：字君卿，西汉齐(治所在今山东淄博)人，西汉末为京兆尹。学经传，有盛名。又善辩。为人重义气，广交游。历仕天水太守。事迹载《汉书·游侠传》。⑧骤：屡次；多次。　⑨小：稍微。　损：减少。引申为收敛。

（九）王夷甫雅尚玄远[1]，常嫉其妇贪浊[2]，口未尝言“钱”字。妇欲试之，令婢以钱绕床，不得行。夷甫晨起，见钱阂行[3]，呼婢曰：“举却阿堵物[4]！”

注释　①王夷甫：王衍。　玄远：谓清静无为、超脱世俗。　②嫉：憎恨。　贪浊：贪财而不廉洁。　③阂(hé何)：阻碍。④举却：拿去；拿掉。　阿(ē婀)堵：这；这个。六朝口语。后以“阿堵物”指代钱，本此。

今译　王衍素来崇尚清静超脱，经常憎恨他妻子贪婪污浊，他自己嘴里从来没有说过“钱”字。他妻子要试试他，吩咐婢女把钱环绕在他床边，使他不能下床行走。王衍早晨起身，看到钱阻碍了他走路，就喊婢女说：“把这些东西拿开！”

（一〇）王平子年十四五[1]，见王夷甫妻郭氏贪欲[2]，令婢路上儋粪[3]。平子谏之，并言不可。郭大怒，谓平子曰：“昔夫人临终[4]，以小郎嘱新妇[5]，不以新妇嘱小郎！”急捉衣裾[6]，将与杖。平子饶力[7]，争得脱，逾窗而走。

注释　①王平子：王澄，字平子，王衍弟，见《德行》23注①。　②贪欲：贪婪；贪心。　③儋(dān担)：通“担”。　④夫人：指王澄之母。王澄父王乂，娶乐安任氏女，生澄。　⑤小郎：妇人称丈夫之弟。犹今呼“小叔子”。　嘱：托付。　新妇：汉晋时已婚妇女自称，不管是否新嫁。　⑥裾(jū居)：衣大襟。⑦饶力：多力；力气大。

今译　王澄十四五岁时，看到王衍的妻子郭氏很贪婪，命令婢女到路上去挑粪。王澄就去劝阻她，并且说了不可以这么做的理由。郭氏大为恼怒，对王澄说：“过去老夫人临终的时候，只把你小叔子托付给我，而没有把我托付给你小叔子！”她一把揪住王澄的衣襟，准备用杖打他。王澄力气大，用力挣脱，跳过窗口逃走了。

（一一）元帝过江犹好酒[1]，王茂弘与帝有旧[2]，常流涕谏，帝许之，命酌酒一酣，从是遂断。

注释　①元帝：东晋元帝司马睿，见《言语》29注①。　②王茂弘：王导，字茂弘。　有旧：有老交情。《晋书·王导传》记载，当晋元帝为琅邪王时，即与王导素相亲善。

今译　晋元帝过江以后还是爱好喝酒，王导与元帝一向有旧交情，常常流泪规劝，元帝同意戒酒，吩咐斟酒再痛饮一次，从此就断绝了喝酒。

（一二）谢鲲为豫章太守[1]，从大将军下至石头[2]。敦谓鲲曰：“余不得复为盛德之事矣[3]！”鲲曰：“何为其然[4]？但使自今已后，日亡日去耳[5]。”敦又称

今译　谢鲲做豫章太守，随着大将军王敦举兵东下到了石头城。王敦对谢鲲说：“我不能再做辅佐天子、建功立业的盛德之事了。”谢鲲说：“为什

疾不朝，鲲谕敦曰：“近者明公之举，虽欲大存社稷⑥，然四海之内，实怀未达⑦。若能朝天子，使群臣释然⑧，万物之心于是乃服⑨。仗民望以从众怀，尽冲退以奉主上⑩，如斯则勋侔一匡⑪，名垂千载。”时人以为名言。

注释 ①谢鲲：见《言语》46 注②。　②从大将军下：大将军，指王敦，见《言语》37 注①。晋元帝永昌元年(322)正月，王敦以讨刘隗、刁协为名，在武昌(今湖北鄂州)起兵，东下攻京师，又逼豫章太守谢鲲同行。四月据石头城，晋朝廷诸军皆败。石头：指石头城。故址在今南京石头山后，为攻守南京必争之地。③盛德之事：指辅佐君主建立功业之事。不为盛德之事，即不再辅佐君主，意存反叛。　④其：语气词。用在句中，表示反诘、强调等。　然：如此；这样。　⑤日亡日去：谓日复一日，逐渐忘却前事，君(晋元帝)臣(王敦)之间的猜疑嫌隙也将一天天消除。亡，通“忘”。　⑥大存社稷：出大力保卫国家。　按：王敦以诛奸佞为名起兵，所以这样说。　⑦实怀：实际用意。　达：表明。　⑧释然：形容疑虑消除。　⑨万物：万众；众人。　⑩冲退：谦虚退让。　⑪勋侔(móu 牟)一匡：意谓功同管仲。侔，等同。匡，正。《论语·宪问》：“子曰：‘管仲相桓公，霸诸侯，一匡天下，民到于今受其赐。’”谢鲲以管仲为喻，规劝王敦不要反叛。

么这样呢？只要使从今以后，君臣之间对以前的事情，一天天地淡忘，那么所有的猜忌和不信任，也会一天天地消除的。”王敦又自称有病，不去朝见晋元帝，谢鲲劝告王敦说：“近来阁下的一切举措，虽说是要努力保卫社稷，然而四海之内，你的实际用意并未得到表明。假使阁下能去朝见天子，使群臣的疑虑顿时消失，万民之心就会服了。阁下依仗在百姓中的声望而顺从众人之心，完全以谦虚退让的态度去侍奉皇上，能够这样的话，那么功勋就等同于管仲，而名声永垂于千载了。”当时人们都认为这是至理名言。

（一三）元皇帝时①，廷尉张闿在小市居②，私作都门③，早闭晚开，群小患之④，诣州府诉，不得理；遂至挝登闻鼓⑤，犹不被判。闻贺司空出⑥，至破冈⑦，连名诣贺诉。贺曰：“身被征作礼官⑧，不关此事⑨。”群小叩头曰：“若府君复不见治⑩，便无所诉。”贺未语，令：“且去，见张廷尉当为及之。”张闻，即毁门，自至方山迎贺⑪，贺出见辞之⑫，曰：“此不必见关，但与君门情⑬，相为惜之⑭。”张愧谢曰：“小人有如此，始不即知，早已毁坏。”

译 晋元帝时，掌管司法的廷尉张闿住在京师的小市，他私自作了小市里巷的总门，很早关闭又很迟开放。老百姓对这事深为不满，到州府地方官处控告，没能得到审理；甚至到朝堂外去敲击登闻鼓，还是没有得到判处。他们听到司空贺循出行，赶到破冈地方，连名向贺循提出控告。贺循说：“我这次被征召做执掌礼仪的官，不管这事。”百姓们叩头说：“假若贺府君再不管我们所控告的事，那就没有地方可以申诉了。”贺循没有说什么，只命令道：“你们暂且走开，我见了张廷尉会替你们提到这件事

注释 ①元皇帝：晋元帝。　②廷尉：官名。掌刑法狱讼。　张闿(kǎi 凯)：字敬绪，东晋丹阳(今江苏南京)人。元帝时官晋陵内史，时所部四县旱，他兴工立曲阿新丰塘，溉田八百余顷，每年丰收。讨苏峻有功，以尚书加散骑常侍，封宜阳伯。迁廷尉，以疾解职。　小市：城市中规模较小的贸易区域，与“大市”相对。东晋时，京师建康的大市、小市多集中在宫城以南、秦淮河以北

之间的居民区。　③都门：里巷的总门。都，总括。　按：里巷并非张闿所私有，而作一总门，控制小市开闭，所以百姓要上告。　④群小：士大夫轻视家中奴仆、府中吏役以及普通百姓，一概称为"小人"，总称"群小"。此处指居住小市中之百姓。　患：厌恨。　⑤挝（zhuā 抓）：击；敲。　登闻鼓：古代帝王为听取臣民谏议或诉冤之言，悬鼓于朝堂外，许击鼓上闻。此制起于上古，而登闻鼓之名始于魏晋。　⑥贺司空：贺循，见《言语》34 注①。　⑦破冈：地名。见《雅量》33。　⑧礼官：掌礼仪之官。按：《晋书·贺循传》叙此事在贺循起为晋元帝军谘祭酒之日，恐误。贺循于元帝建武、太兴间改拜太常，太常才是礼官。　⑨关：管。　⑩府君：对官员的尊称。　见：用在动词前，表示对自己怎么样。"见治"，谓处理我们上告张廷尉的事。　⑪方山：山名。在今江苏江宁东。　⑫辞：辞谢。　⑬门情：家族间有交情，犹言"世交"。门，家族，门第。　按：贺循之曾祖贺齐为三国吴将军，与张闿之曾祖张昭有交情，故称。　⑭相：偏指说话者自己。此处为贺循自指。

的。"张闿听说了这些情况，立即把里巷的门拆了，亲自到方山去迎接贺循。贺循出来接见张闿，向他辞谢，说："这件事原不必由我来管，只是与您有世代交情，我为您的名声惋惜。"张闿惭愧地谢罪说："百姓们有这样的情况，先前我没有立即知道，现在我早已把门拆毁了。"

（一四）郗太尉晚节好谈①，既雅非所经②，而甚矜之③。后朝觐④，以王丞相末年多可恨⑤，每见必欲苦相规诫。王公知其意，每引作他言。临还镇⑥，故命驾诣丞相⑦，翘须厉色⑧，上坐便言："方当乖别⑨，必欲言其所见。"意满口重⑩，辞殊不流⑪。王公摄其次⑫，曰："后面未期，亦欲尽所怀，愿公勿复谈！"郗遂大瞋，冰矜而出⑬，不得一言。

①郗太尉：郗鉴，见《德行》24 注①。　晚节：晚年。　②雅：素来；一向。　经：通晓；擅长。　③矜（jīn 衿）：夸耀。　④朝觐（jìn 禁）：臣下朝见君主。春曰朝，秋曰觐。后凡朝见通称朝觐。　按：郗鉴在晋成帝时领徐州刺史，以平苏峻、祖约功征拜司空，加侍中；复以平刘征功加都督扬州之晋陵吴郡诸军事，进位太尉。长期镇守在外，故进京朝觐。　⑤王丞相：王导。　末年多可恨：王导为政宽纵，对原在江南之世家大族如吴郡顾氏、义兴陆氏等，尤尽笼络之能事，为郗鉴、庾亮等人不满。参阅《政事》12、13、14，本篇 15，《排调》13 诸则。　⑥还镇：返回镇守之处。　⑦故：特地；有意。　命驾：令人驾车。　⑧翘须厉色：翘起胡须，板起面孔。　按：此句原作"丞相翘须厉色"，"丞相"二字与上句重。唐写本无此"丞相"二字，据删。翘须厉色者乃郗鉴，非王导。　⑨乖别：分别。　⑩意满口重：谓想法很多而口才钝拙。　⑪流：流畅。　⑫摄其次：抓紧这个时机。　⑬冰矜：脸色阴沉，

太尉郗鉴晚年喜欢谈论，这本来一向不是他的长处，但他却很自夸。后来入朝朝见皇帝，他对丞相王导晚年行事多所不满，每次见面一定要苦苦规劝告诫。王导懂得他的用意，每次都引开去说别的话。郗鉴临到将要返回镇守之处时，特地叫人驾车去拜访王导，他翘着胡须板起脸孔，坐上座位就说："正当分别之时，我一定要说出我所看到的情况和问题。"他想法很多而口才钝拙，话说得不流畅。王导趁着这个时机，说："以后见面还没有约定时间，我也要把心中所想的统统说出来，希望阁下不要再谈了！"郗鉴于是大为恼火，脸色阴沉、神态傲慢地告辞而出，不曾说得一句话。

神态矜慢。矜,原作"衿",据唐写本改。

译 王导丞相任扬州刺史,分派八部从事到所属的郡去,顾和当时作为使者下去巡行视察回来,与其他部从事一同谒见王导。从事们各各汇报各郡二千石官长的得失长短,轮到顾和,只有他没有什么话。王导问顾和说:"你有些什么见闻?"顾和回答说:"阁下作为宰相辅政的大臣,应当为政宽容,宁可让吞舟之鱼也漏网,又何必采纳传闻之辞,去施行严厉苛细的政策呢?"王导听了,赞叹称好,其他从事反观自己觉得所说的有些欠妥了。

一五 王丞相为扬州[①],遣八部从事之职[②],顾和时为下传还[③],同时俱见。诸从事各奏二千石官长得失[④],至和独无言。王问顾曰:"卿何所闻?"答曰:"明公作辅[⑤],宁使网漏吞舟[⑥],何缘采听风闻[⑦],以为察察之政[⑧]?"丞相咨嗟称佳,诸从事自视缺然也[⑨]。

注释 ①王丞相:王导。　为扬州:做扬州刺史。王导为相,兼领扬州刺史。　②八部从事:官名。州刺史之属官,分属各部。当时扬州统丹阳、会稽、吴、吴兴、宣城、东阳、临海、新安八郡,故分遣部从事八人。　之职:到职。谓到分管的郡去视察。③顾和:见《言语》33注①。　下传(zhuàn 篆):作为使者乘驿车巡行视察。　④二千石:汉代九卿郎将、郡守尉的俸禄等级均为二千石。分三等:中二千石,月得百八十斛;二千石,月得百二十斛;比二千石,月得百斛。东汉二千石称真二千石。后因称郎将、郡守为二千石。参阅《汉书·宣帝纪》神爵四年注、《西汉会要·职官·秩禄》。此处指扬州所统各郡之郡守。　⑤明公:此尊称王导。作辅:谓作宰相辅政之大臣。　⑥网漏吞舟:网目稀疏,漏掉能吞舟的大鱼。比喻法令宽纵,以致大奸巨猾得以漏网。语出《庄子·庚桑楚》。　⑦风闻:传闻。　⑧察察之政:严酷苛细的政治。说出《老子》:"其政闷闷,其民淳淳。其政察察,其民缺缺。"　⑨缺然:感到不足的样子。

译 苏峻向东征讨沈充,请尚书吏部郎陆迈同往。将到吴郡,苏峻向左右下密令,吩咐进阊门放火,用以示威。陆迈知道他的用心,就对苏峻说:"吴郡安定不久,一定将有祸乱;假使要作为祸乱的开端,请从我家烧起。"苏峻就停止了纵火。

一六 苏峻东征沈充[①],请吏部郎陆迈与俱[②]。将至吴[③],密敕左右[④],令入阊门放火以示威[⑤]。陆知其意,谓峻曰:"吴治平未久,必将有乱;若为乱阶[⑥],请从我家始。"峻遂止。

注释 ①苏峻东征:苏峻,见《方正》注③。　晋明帝太宁二年(324),任王导为大都督,与温峤、郗鉴、庾亮等讨王敦,并征临淮太守苏峻、兖州刺史刘遐等入卫。王敦旋病死。其谋主沈充起兵,与王含等合。苏峻与刘遐率军破沈充。　沈充:字士居,东晋吴兴(今浙江湖州)人。当时江东世家大族中义兴周氏、吴兴沈氏均为武力豪族,有"今江东之豪,莫强周、沈"之称。王敦欲举兵,勾结钱凤、沈充,钱、沈为王敦举兵谋主。王敦兵克建康,以充为车骑将军,领吴国内史。敦死,沈充率军与王含合。后为其将吴儒所杀。　按:《雅量》18有任钱塘令之沈充,刘注"未详";本则刘注引《晋阳》所记如上,则二沈充似非同一人。　②陆迈:字功高,东晋吴郡(今江苏苏州)人。才思敏捷,有识见。累迁振威太守、尚书吏部郎。　③吴:郡名。治所在今江苏苏州。　④敕:下令。⑤阊门:苏州城西门。　⑥乱阶:祸端。

一七　陆玩拜司空[①],有人诣之,索美酒,得,便自起,泻著梁柱间地[②],祝曰[③]:"当今乏才,以尔为柱石之用[④],莫倾人栋梁[⑤]。"玩笑曰:"戢卿良箴[⑥]。"

译　陆玩被授司空之职,有人去拜访他,讨取美酒。酒取来以后,那人就自己起身,把酒倾倒在梁柱间的地上,祷告说:"当今缺乏大才,把你用作国家柱石,你可不要倾覆了人家的栋梁。"陆玩笑着说:"我牢记你的美好的规诫。"

注释　①陆玩:见《政事》13注①。他是江东世家大族吴郡陆氏的代表人物,王导初至江东,结好吴中大族,拟与陆家通婚,被拒绝。见《方正》24。　司空:三公之一,东晋时属一品官,日俸五斛。掌水土工程,郊祀掌扫除、陈乐器等。属官有道桥掾、长史、东西阁祭酒、东西曹掾等。见《晋书·职官志》、《宋书·百官志上》。　按:晋成帝咸康五年(339),郗鉴、王导死;咸康六年(340),庾亮死。同年,陆玩拜司空。江东世家大族,以吴郡顾、陆、朱、张为著,东晋朝廷需要他们的支持,但在政治上掌实权的仍是北方世家大族。自东晋以至宋、齐,江东世族在参加政权上,比起北来世族来是相形见绌的。陆玩得拜司空,是因王导、郗鉴、庾亮相继去世,东晋朝廷需要有德望的人来撑持门面,继续取得江东世族的拥护。②泻著(zhuó着):倾注。　③祝:祈祷。　④柱石:屋柱和础石。比喻担当国家重任之人。　⑤倾:倾覆。　⑥戢(jí急):收藏。引申为牢记于心。　箴(zhēn斟):规劝;告诫。

一八　小庾在荆州[①],公朝大会[②],问诸僚佐曰:"我欲为汉高、魏武[③],何如?"一坐莫答[④]。长史江虨曰[⑤]:"愿明公为桓、文之事[⑥],不愿作汉高、魏武也。"

译　庾翼在荆州,有一次在僚属参见的大会上,他问僚属们说:"我想要做一番像汉高祖、魏武帝那样的事业,怎么样?"满座之人没有回答的。长史江虨说:"希望阁下做齐桓公、晋文公的事业,而不希望您去做汉高祖、魏武帝。"

注释　①小庾:庾翼,庾亮弟,见《言语》53注①。　在荆州:镇守在荆州。　按:东晋偏安江东,沿江多为要地。上游之荆州与下游之扬州尤称重镇。刺荆州者先镇武昌(今湖北鄂州),后镇江陵(今属湖北)。晋成帝咸和九年(334),陶侃死,庾亮代陶镇武昌,都督江、荆、豫、益、梁、雍六州军事,领江、豫、荆三州刺史。咸康六年(340),庾亮死,弟庾翼接替其职,直至晋穆帝永和元年(345),翼死。庾氏兄弟乃晋成帝舅父,先后掌握东晋长江上游军政大权十年。　②公朝:公开的朝拜。指僚属参拜所主长官。③汉高:汉高祖刘邦。　魏武:魏武帝曹操。　按:刘邦为西汉开国之君，曹操虽为汉相，然挟天子以令诸侯，为魏王朝奠定基础。庾翼欲为刘邦、曹操，则为图谋帝业。刘注引宋明帝《文章志》，认为庾翼不至于如此之狂，当时即使有像这样的说法，亦属传闻失实。 ④一坐：满座之人。 莫：没有人。 ⑤江彪（bīn 彬）：见《方正》25 注④。 ⑥桓、文之事：桓，春秋时齐桓公。文，春秋时晋文公。 按：江彪以此规谏庾翼建立诸侯霸业，不可图谋帝位。

一九 罗君章为桓宣武从事[1]，谢镇西作江夏[2]，往检校之[3]。罗既至，初不问郡事，径就谢数日饮酒而还[4]。桓公问："有何事？"君章云："不审公谓谢尚何似人[5]？"桓公曰："仁祖是胜我许人[6]。"君章云："岂有胜公人而行非者，故一无所问。"桓公奇其意而不责也。

今译 罗含任桓温的从事，当时谢尚作江夏相，罗含前去考察工作。罗含到了江夏之后，完全不问郡里的政事，立即到谢尚处喝了几天酒就回来了。桓温问："有些什么事？"罗含说："不知道阁下以为谢尚是怎样的人？"桓温说："谢仁祖是超过我等的人。"罗含说："难道有超过您的人而为非作歹的吗，所以我一点也没问什么。"桓温对他的看法感到新奇而不去责怪他。

注释 ①罗君章：罗含，字君章，见《方正》56 注①。 桓宣武：桓温。晋穆帝永和元年（345），庾翼死。桓温接替庾翼，都督荆、司、雍、益、梁、宁六州军事，领南蛮校尉、荆州刺史。 从事：官名。为州刺史僚属。 ②谢镇西：谢尚，字仁祖，曾官镇西将军，见《言语》46 注①。 作江夏：作江夏相。江夏，郡名，属荆州。 按：据《晋书·谢尚传》及《罗含传》载，谢尚作江夏相，事在晋成帝咸康之间，正庾翼镇武昌时。至桓温代庾翼为荆州刺史时，谢尚已离开江夏。本则所记，疑有误。 ③检校：考察。 ④径：即刻。 ⑤审：知晓。 谓：以为。 ⑥胜：超过。 我许：我等。

二〇 王右军与王敬仁、许玄度并善[1]，二人亡后，右军为论议更克[2]。孔岩诫之曰[3]："明府昔与王、许周旋有情[4]，及逝没之后，无慎终之好[5]，民所不取[6]。"右军甚愧。

今译 王羲之与王修、许询都很友好，王、许二人死后，王羲之议论起他俩时更为苛刻。孔岩规劝他说："明府过去与王、许两位来往有交情，到他们逝世之后，却没能谨慎正确地对待他们，这是小民我不赞成的。"王羲之感到很惭愧。

注释 ①王右军：王羲之。 王敬仁：王修，字敬仁，见《文学》38 注②。 许玄度：许询，字玄度，见《言语》69 注②。 ②克：苛刻。 ③孔岩：见《品藻》40 注③。 ④明府：汉魏以来尊称太守、州牧为明府君，简称明府。王羲之曾为会稽内史，孔岩为会稽山阴人，故以此称之。 周旋：交往。 ⑤慎终：语出《论语·学而》："慎终追远，民德归厚矣。"本指居父母之丧恭敬尽礼。此处泛指能尊重和正确对待逝世友人。 ⑥民：孔岩自称。王羲之曾任会稽内史，孔岩乃以部民自居，故称"民"，含谦敬意。

二一 谢中郎在寿春败[1]，临奔走[2]，犹求玉帖镫[3]。太傅在军[4]，前后初无损益之言[5]。尔日犹云[6]："当今岂须烦此[7]？"

注释 ①谢中郎：谢万，谢安弟，曾任西中郎将，见《言语》77注①。在寿春败：见《品藻》49注①。 ②奔走：逃跑。 ③玉帖镫：用玉贴饰的马镫。帖，同"贴"。 ④太傅在军：太傅，指谢安。刘注："按万未死之前，安犹未仕。高卧东山，又何肯轻入军旅邪？《世说》此言，迂谬已甚。" 按：谢万军溃退事在晋穆帝升平三年(359)，谢安应桓温之召出山为司马事在升平四年(360)，说谢安在谢万军中，可疑。 ⑤初：从来，用在"不"、"无"之前。 损益之言：谓兴利除弊的建议。 ⑥尔日：这天。 ⑦烦此：烦劳需要此物。此，指玉帖镫。

今译 谢万在寿春大败，临逃跑时，还寻找用玉做贴饰的马镫子。谢安在军中，从来没有什么兴利除弊的建议。这天还说："当今难道要烦劳寻得这东西吗？"

二二 王大语东亭[1]："卿乃复论成不恶[2]，那得与僧弥戏[3]？"

注释 ①王大：王忱，王坦之之子，见《德行》44注②。 东亭：王珣，王导孙，王洽长子，袭封东亭侯，见《言语》102注③。按：王忱出自太原王氏，王珣出自琅邪王氏，并非同族。 ②乃复：竟然。 论成：时论已成。谓当时对王珣的品评。 不恶：不坏。 ③那得：怎么。 僧弥：王珉，王珣弟，小字僧弥，见《政事》24注③。 戏：戏谑，开玩笑。刘注引《续晋阳秋》，说王珉有俊才，与王珣都有名而名声在兄之上。

今译 王忱对王珣说："你竟然时论已成，评价不坏，怎么能与僧弥开玩笑？"

二三 殷觊病困[1]，看人政见半面[2]。殷荆州兴晋阳之甲[3]，往与觊别，涕零，属以消息所患[4]。觊答曰："我病自当差[5]，正忧汝患耳[6]！"

注释 ①殷觊：见《德行》41注②。 病困：病情严重。 ②政：通"正"，仅；只。 ③殷荆州：殷仲堪，见《德行》40注①。仲堪为殷觊从弟。 晋阳之甲：春秋时晋国荀寅、士吉射反叛，赵鞅以清君侧之恶人为名，取其封邑晋阳(今山西太原)之甲，以逐荀寅、士吉射。事见《公羊传·定公十三年》。此处用为典实。东晋孝武帝死后，安帝即位，太傅司马道子摄政，引用主张削弱方镇的王国宝(王坦之之子，谢安之婿)等。安帝隆安元年(397)，王恭以诛王国宝为名，从京口举兵，殷仲堪在荆州举兵响应。司马道子杀王国宝等，王恭罢兵。隆安二年(398)，王恭再起兵，殷仲堪与杨

今译 殷觊病重，连看人也只看见半面。荆州刺史殷仲堪以"清君侧"为名起兵时，到殷觊处话别，看到他的病状，悲伤地流下眼泪，叮嘱他好好疗养所患的病。殷觊回答说："我患的病自然会痊愈的，我只是担忧你的祸患啊！"

佺期、桓玄等起兵响应，沿江东下，会攻建康。殷仲堪时任荆州刺史，因以“晋阳之甲”称殷所部荆州之兵；又以“晋阳之甲”比喻兴兵的名义为清君侧。《晋书·王恭传》载王恭上安帝表中亦用此典：“昔赵鞅兴甲，诛君侧之恶，臣虽驽劣，敢忘斯义！” ④属（zhú 嘱）：叮嘱。 消息：调养；疗理。 所患：所生的病。 ⑤差（chài 差去声）：通“瘥”。病愈。 ⑥患：灾难；祸害。 按：“患”有“生某病”义，又有“祸患”义，此处利用“患”的多义造成意义上的双关。

二四 远公在庐山中①，虽老，讲论不辍②。弟子中或有堕者③，远公曰：“桑榆之光④，理无远照，但愿朝阳之晖，与时并明耳⑤。”执经登坐，讽诵朗畅⑥，词色甚苦⑦，高足之徒皆肃然增敬⑧。

注释 ①远公：东晋高僧慧远，见《文学》61注①。 庐山：山名，在今江西九江南。 ②讲论：指讲说讨论佛经。 ③堕（duò 舵）：懈怠。 ④桑榆之光：原指照射于桑树和榆树梢上的落日之光，转指夕阳之光。比喻暮年。 ⑤与时并明：谓随着时间的进展，同时更加光亮。 ⑥讽诵：诵读。 ⑦苦：急切。 ⑧高足：高才疾足的弟子。

今译 慧远和尚在庐山中，年纪虽老，而讲述佛经不止。他的弟子中有人懈怠了，慧远说：“我老了，就像夕阳的余光，照理讲，是不能长久照射的了；但愿早晨初升太阳的光辉，随着时间的推移而越来越明亮。”他拿着经卷，登上讲座，诵读之声响亮流畅，言辞神色都极为恳切。他的高足弟子都肃然起敬。

二五 桓南郡好猎①，每田狩②，车骑甚盛，五六十里中，旌旗蔽隰③，骋良马，驰击若飞，双甄所指④，不避陵壑⑤。或行陈不整⑥，麏兔腾逸⑦，参佐无不被縶束⑧。桓道恭⑨，玄之族也，时为贼曹参军⑩，颇敢直言。常自带绛绵绳著腰中⑪，玄问：“此何为？”答曰：“公猎，好缚人士；会当被缚，手不能堪芒也。”玄自此小差⑫。

注释 ①桓南郡：桓玄，袭爵为南郡公，桓温子，见《德行》41注①。 ②田狩：打猎。田，通“畋”。 ③隰（xí 习）：下湿之地。此处泛指田野。 ④双甄（zhēn 真）：军队在作战时的左右两翼。打猎如同作战，故称。 指：向。 ⑤陵壑：山岭和深谷。此处泛指高低变化的地形。 ⑥行（háng 杭）陈（zhèn 阵）：行列阵势。 ⑦麏（jūn 君）：兽名。鹿属。麏兔，泛指野兽。 腾逸：逃走。 ⑧参佐：僚属。 縶束：绑缚。 ⑨桓道恭：字祖道，桓彝从弟。官淮南太守。桓玄篡位，为江夏相。 ⑩贼曹参军：军府中掌管盗贼事的属官。 ⑪绛：大红色。 著

今译 桓玄喜欢打猎，每次出猎，随从的车马很多，一连五六十里范围里旗帜遍田野，骏马驰骋，追击如飞，左右两翼所向之处，不管山岭沟壑的地势高低。有时队伍阵势不整齐，或者让麏兔之类的猎物逃跑了，僚属们没有不被捆绑起来的。桓道恭是桓玄的同族人，他当时任贼曹参军，很敢直言。出猎时，他常常自己带着红色的绵绳，缠在腰间，桓玄问：“带这个干什么？”桓道恭回答：“你打猎时喜欢捆绑人。到我被绑时，我的手可受不了那粗绳上的芒刺呀。”桓玄从此就把脾气改好了一些。

(zhuó 着):放置。 ⑫小差:略好。差,通瘥,原意病愈,此指好转。

(二六)王绪、王国宝相为唇齿[①],并上下权要[②]。王大不平其如此[③],乃谓绪曰:"汝为此欻欻[④],曾不虑狱吏之为贵乎[⑤]?"

今译 王绪、王国宝唇齿相依,勾结弄权。王忱对他们的作为十分不满,就对王绪说:"你们这样轻举妄动,得意于一时,竟然毫不考虑有一天会感到狱吏的尊贵吗?"

注释 ①王绪(?—397):字仲业,东晋太原晋阳(今山西太原)人。王国宝从弟。会稽王司马道子辅政,绪历从事中郎、琅邪内史、建威将军。与国宝勾结弄权,排挤王珣、王恭、殷仲堪等。晋安帝隆安元帝(397),王恭等起兵,司马道子不得已而诛王绪、王国宝。 王国宝(?—397):东晋太原晋阳人,字国宝。王坦之第三子。从妹为会稽王司马道子之妃,国宝因为其腹心。岳父谢安、舅父范宁俱鄙薄其为人。道子辅政,引国宝为侍中、中书令、中领军,累迁尚书左仆射,加后将军、丹阳尹,统东宫兵,参掌朝权。与从祖弟王绪相结援,弄权内外。安帝隆安元年(397),与王绪同被诛。唇齿:比喻关系密切,相互依赖。 ②上下:原文如此,当为讹字。"上下"相叠,为"弄"字俗体,玩弄。 权要:权力;权势。 ③王大:王忱,王国宝弟,见《德行》44 注②。 不平:不满;愤慨。 ④欻(xū 勖)欻:躁动。此谓轻举妄动。 ⑤曾:乃;竟然。 狱吏之为贵:语出《史语·绛侯周勃世家》。西汉文帝时,丞相周勃被诬陷下狱,遭狱吏凌辱。后免罪出狱,说:"我尝将百万军,然安知狱吏之贵乎!"此处王忱借喻王绪谓当思下狱治罪之时。

(二七)桓玄欲以谢太傅宅为营[①],谢混曰[②]:"召伯之仁[③],犹惠及甘棠[④];文靖之德[⑤],更不保五亩之宅[⑥]?"玄惭而止。

今译 桓玄要把太傅谢安的故宅改为军营,谢混说:"从前召伯行仁德,他的恩泽还能延及他休息其下的甘棠树;我家文靖公的德泽,难道还保不住一家的住宅吗?"桓玄觉得惭愧而止。

注释 ①谢太傅:谢安。 营:军营。 ②谢混:谢安孙,见《言语》105 注①。 ③召伯:姬奭,西周人,周之支族(或云周文王子)。初封于召,故称。助周武王灭殷,改封北燕,为燕始祖。周成王时为太保,与周公共同辅政。此处引召伯比谢安。谢安为丞相、太傅,以召伯为比,是适当的。 ④惠及甘棠:相传召伯南巡,曾憩息于甘棠树下,后人思其德惠,作《甘棠》诗(《诗·召南》篇名),告世人宝爱召伯曾憩息之甘棠。参看刘注引《韩诗外传》。 ⑤文靖:指谢安。谢安死后谥文靖。 ⑥五亩之宅:指一户人家的居住之所。

捷悟第十一

聪明机智，领悟迅速

（一）杨德祖为魏武主簿①，时作相国门②，始搆榱桷③。魏武自出看，使人题门作"活"字，便去。杨见，即令坏之④，既竟，曰："'门'中'活'，'阔'字，王正嫌门大也⑤。"

译 杨修任曹操的主簿，当时正在建造相国府的大门，才架建屋椽。曹操亲自到场察看，他叫人在门上题了个"活"字，就离开了。杨修看到了，就下令把门拆掉。折完之后，他说："'门'中加一个'活'，就是'阔'字。魏王正是嫌门太大了。"

注 ①杨德祖：杨修（175—219），字德祖，东汉末弘农华阴（今属陕西）人。杨彪子。博学多闻，才思敏捷。汉献帝建安中举孝廉，除郎中，丞相曹操署为仓曹主簿，总知内外，事皆称意。自曹丕以下，争与交好，操心忌之。修为曹植谋画，欲使植取得魏太子地位。后植失宠于操，操以为修有智谋，又是袁术之甥，虑有后患，借故杀之。　魏武：曹操。曹丕建魏朝后，追尊操为武帝。见《言语》8 注①。　②相国门：指相国府的门。时曹操任丞相。　③搆（gòu 构）：架；搭。　榱（cuī 催）桷（jué 觉）：屋椽。榱，放在屋檩上支持屋面和屋瓦的木条或竹子。桷，方的椽子。　④坏：折毁。　⑤王：指曹操。操原封魏公，又晋爵为魏王。

（二）人饷魏武一杯酪①，魏武噉少许②，盖头上题"合"字以示众，众莫能解。次至杨修③，修便噉，曰："公教人噉一口也④，复何疑！"

译 有人送给曹操一杯乳酪，曹操吃了一点点，就在杯子盖头上题了个"合"字给大家看，大家都不理解是什么意思。轮到杨修，杨修就吃了一口，他说："曹公让每人吃一口，还猜疑什么！"

注 ①饷：馈赠。　魏武：曹操。　酪（lào 烙）：用牛、羊或马的乳汁制成的半凝固食品。　②噉（dàn 淡）：吃。　③杨修：见前则。　④人噉一口：隶书"合"字，折开为"人一口"。

（三）魏武尝过曹娥碑下[1]，杨修从[2]。碑背上见题作"黄绢幼妇，外孙齑臼"八字[3]。魏武谓修曰："解不[4]？"答曰："解。"魏武曰："卿未可言，待我思之。"行三十里，魏武乃曰："吾已得。"令修别记所知。修曰："黄绢，色丝也，于字为'绝'；幼妇，少女也，于字为'妙'；外孙，女子也，于字为'好'；齑臼，受辛也，于字为'辞'：所谓'绝妙好辞'也。"魏武亦记之，与修同，乃叹曰："我才不及卿，乃觉三十里[5]。"

【注释】①魏武：曹操。　曹娥：东汉会稽上虞（今属浙江）人。汉安二年（143），曹娥十四岁，其父曹盱淹死江中，她沿江号哭十七天，投江而死。桓帝元嘉元年（151），县令度尚为之改葬立碑，命弟子邯郸子礼作碑文，旌表曹娥孝道。见刘注引《会稽典录》。刘注又说："按曹娥碑在会稽中，而魏武、杨修未尝过江也。"按：曹娥碑原碑早已不存，然有碑帖流传。现存曹娥碑为北宋时立，元祐八年（1093），蔡卞行书，碑在浙江上虞。　②杨修：见本篇1注①。　③"黄绢幼妇，外孙齑臼"：这八个字的意思是赞扬碑文文辞美妙。刘注引《异苑》，说是东汉末蔡邕避难过吴，读碑文而题，刻于碑旁。《后汉书·孝女曹娥传》李贤注引《会稽典录》，也说是蔡邕所题。齑（jī 机），切成或舂成细末的腌菜。臼，石制舂物器具。臼中装入大蒜等腌菜舂之为末，其味辛辣，所以下文释为"受辛"。"辤"，"辞"的异体字。　④解：理解。　不（fǒu 缶）：同"否"。　⑤觉（jiào 较）：通"较（校）"。差；相差。

【今译】曹操曾从曹娥碑下经过，杨修随从着。看到碑的背面题着"黄绢幼妇，外孙齑臼"八个字，曹操就问杨修："你理解不理解？"杨修回答道："理解。"曹操说："你先不要说出来，等我想一想。"走了三十里，曹操才说："我已经解出来了。"就叫杨修另外写出他所理解的意思。杨修写道："'黄绢'，是有颜色的丝，'糸'和'色'合成'绝'字；'幼妇'，是少女，'女'和'少'合成'妙'字；'外孙'，是女儿之子，'女'和'子'合成'好'字；'齑臼'，是受辛辣之味的，'受'和'辛'合成'辤'（辞）字。这八个字的意思，说的是'绝妙好辞'。"曹操也记下了自己解出的意思，与杨修相同。于是曹操感叹地说："我的才智比不上你，竟然相差三十里。"

（四）魏武征袁本初[1]，治装，余有数十斛竹片，咸长数寸。众云并不堪用，正令烧除。太祖思所以用之[2]，谓可为竹椑楯[3]，而未显其言，驰使问主簿杨德祖[4]，应声答之，与帝心同[5]。众伏其辩悟[6]。

【注释】①魏武：曹操。　袁本初：袁绍（？—202），字本初，东汉末汝南汝阳（今河南商水西南）人。出身于四世三公的世家大族。汉灵帝时，累官中军校尉。灵帝死，他劝何进引外兵诛宦官，转司隶校尉。何进召董卓诛宦官，卓未至而事泄，进被杀。绍尽杀宦官。董卓至京专朝政，他逃奔冀州（今河北中南部），号召起兵攻董卓。后据有冀、青、幽、并四州，势力强大。建安五年（200），在官渡（今河南中牟东北），与曹操会战，大败。不久病死。　②太祖：指曹操。曹丕建魏朝后为曹操上的庙号。　③椑（pí 皮）：

【今译】曹操征伐袁绍的时候，整理军队装备，还剩下几十斛竹片，都只有几寸长。大家都说毫无用处，正要让人烧掉。曹操觉得烧掉太可惜，思索怎样使用这些竹片，认为可以做成椭圆形的竹盾牌，但是他没有明显地说出来，便派人骑马去问主簿杨修，杨修应声而答，与曹操的想法相同。大家都心服他的机智敏捷。

椭圆形。 楯(dùn 盾):通"盾"。盾牌。 ④杨德祖:杨修,见本篇1注①。 ⑤帝:指曹操。曹操死后,魏朝建,追尊为武帝。 ⑥伏:心服。 辩悟:言语流畅,思维敏捷。

五 王敦引军垂至大桁①,明帝自出中堂②。温峤为丹阳尹③,帝令断大桁④,故未断,帝大怒瞋目⑤,左右莫不悚惧。召诸公来。峤至,不谢⑥,但求酒炙⑦。王导须臾至,徒跣下地⑧,谢曰:"天威在颜⑨,遂使温峤不容得谢。"峤于是下谢,帝乃释然⑩。诸公共叹王机悟名言⑪。

译 王敦统率大军将要到大桁,晋明帝亲自到中堂屯军之地。当时温峤任丹阳尹,明帝命令他烧断大桁,仍然没有断,明帝大怒,瞪大了眼睛,左右的人没有不害怕的。明帝下令召集官员们来。温峤到了,并不向明帝请罪,只是索讨酒肉。一会儿王导也到了,赤脚拜伏在地,谢罪说:"皇帝天颜已经震怒,就使得温峤不可能有谢罪的机会了。"温峤这时乘机谢罪,明帝才消除了怒气。众位官员都赞叹王导的话是机敏颖悟的名言。

注释 ①王敦:见《言语》37注①。 引军:带领军队。 按:晋元帝永昌元年(322),王敦以讨刘隗、刁协为名,在武昌(今湖北鄂州)起兵,攻下建康,杀戴渊、周顗、刁协,刘隗逃奔石勒。同年闰十一月,元帝死,太子司马绍即位,是为晋明帝。太宁元年(323),王敦移镇姑孰(今安徽当涂),自领扬州牧。太宁二年(324)秋,王敦又兴兵,明帝诏令各方军队进卫京师,帝出驻中堂。王敦遣其兄王含及钱凤等率水、陆军五万至京师。 垂:将。 大桁(háng 杭):大浮桥。此指朱雀桥,位于建康城南,正对朱雀门。 ②出:赴;到。 中堂:地名。东晋都城屯军之所,在建康宣阳门外。据《南齐书·高帝纪》:"中堂旧是置兵地,领军宜屯宣阳门为诸军节度。" ③温峤:见《言语》35注③。 按:太宁二年(324),晋明帝任王导为大都督,与温峤、郗鉴、庾亮等共同讨伐王敦。 ④帝令断大桁:这句及以下未断而帝怒等语,记载失实。刘注:"按《晋阳秋》、《邓纪》皆云:敦将至,峤烧朱雀桥以阻其兵。而云未断大桁,致帝怒,大为讹谬。" 按:《晋书·温峤传》:"及王含、钱凤奄至都下,峤烧朱雀桁以挫其锋,帝怒之,峤曰:'今宿卫寡弱,征兵未至,若贼豕突,危及社稷,陛下何惜一桥?'贼果不得渡。" ⑤瞋目:瞪大眼睛,表示愤怒。 ⑥谢:谢罪。 ⑦酒炙:酒和烤肉。 ⑧徒跣(xiǎn 险):赤脚,表示谢罪。 ⑨天威:指皇帝的威严。此处特指发怒。 ⑩释然:消除怒气。 ⑪机悟:机敏而悟性高。

六 郗司空在北府①,桓宣武恶其居兵权②。郗于事机素暗③,遣笺诣桓④:"方欲共奖王室⑤,修复园陵⑥。"世子嘉宾出行⑦,于道上闻信至⑧,急取笺,视竟,寸寸毁裂,便回。还更作笺,自陈老病,不堪人间⑨,欲乞闲地自养。宣武得笺大喜,即诏转公

译 司空郗愔在北府,桓温痛恨他拥有兵权。郗愔对于世事的微妙关系一向比较迟钝,他还派人送书信给桓温,说:"将要和您共同辅助朝廷,修复先帝的陵墓。"他的长子郗超正好外出,在路上听说使者到了,急忙取信来看,看完之后,他把信撕成一寸寸的碎片,立即回家。再用郗愔的名义另外写了一封信,陈述自己年老多病,不能胜任世间事务了,打算请求有一处闲散的地方聊作养息。桓温得到这封信,大为高兴,立即用皇帝名义下诏调动郗愔任都督五郡军事、会稽太守的官职。

督五郡、会稽太守[⑩]。

注释 ①郗司空：郗愔，郗超父，见《品藻》29 注④。 按：晋废帝海西公太和二年(367)，郗愔为平北将军，都督徐、兖、青、幽四州军事，领徐州刺史。 北府：指京口(今江苏镇江)。《资治通鉴·晋海公太和四年》胡三省注："晋都建康，以京口为北府，历阳为西府，姑孰为南州。"又《晋孝武帝太元二年》注："晋人谓京口为北府。谢玄破俱难等，始兼领徐州，号北府兵者，史终言之。"刘注引《南徐州记》："徐州人多劲悍，号精兵，故桓温常曰：'京口酒可饮，箕可用，兵可使。'" ②桓宣武：桓温，见《言语》55 注①。恶(wù 务)：厌恶。 居兵权：据有兵权。 ③事机：事理情势。素：一向。 暗：迟钝不精明。 ④笺：书札。 诣：此指送给。⑤奖：辅助。 ⑥园陵：帝王墓所。晋王室墓地在中原，"修复园陵"，意谓收复失地。 ⑦世子：被指定承袭父爵的公卿之子。嘉宾：郗超，郗愔长子，见《言语》59 注⑤。 ⑧信：使者。 ⑨人间：世间。此指世事。 ⑩转：调动官职。 公：指郗愔。

（七）王东亭作宣武主簿[①]，尝春月与石头兄弟乘马出郊[②]。时彦同游者连镳俱进[③]，唯东亭一人常在前，觉数十步[④]，诸人莫之解。石头等既疲倦，俄而乘舆回[⑤]，诸人皆似从官[⑥]，唯东亭奕奕在前[⑦]，其悟捷如此。

注释 ①王东亭：王珣。 宣武：桓温。 ②石头：桓熙，字伯道，小字石头，桓温长子。初为世子，以才弱由叔父桓冲统其众。及桓温病，熙谋杀冲，事泄，徙长沙。仕至征虏将军、豫州刺史。 ③时彦：一时名流。彦，士之美称。 连镳：并辔。 ④觉(jiào 较)：通"较(校)"。差；相差。 ⑤舆：车箱。引申为车。⑥从官：部下属官；下属。 ⑦奕奕：形容精神焕发。

今译 王珣作桓温的主簿时，有一次与桓熙兄弟骑马到郊外去春游。一时名流都骑着马并辔同行，只有王珣一人常常在前，相差几十步，大家没有人知道他为什么这样。桓熙等感到疲倦之后，不久就乘车回来，走在路上，众人都好像是下属官吏，只有王珣神采奕奕在前头。他是这样的机智敏捷。

夙惠第十二

幼时聪慧

（一）宾客诣陈太丘宿①，太丘使元方、季方炊②。客与太丘论议，二人进火，俱委而窃听③，炊忘著箄④，饭落釜中。太丘问："炊何不馏⑤？"元方、季方长跪曰："大人与客语，乃俱窃听，炊忘著箄，饭今成糜⑥。"太丘曰："尔颇有所识不？"对曰："仿佛志之⑦。"二子俱说，更相易夺⑧，言无遗失。太丘曰："如此，但糜自可，何必饭也！"

注释　①陈太丘：陈寔，见《德行》6注①。　②元方：陈纪，陈寔子，见《德行》6注②。　季方：陈谌，见《德行》6注③。　炊(chuī吹)：烧火蒸饭。　③委：丢开；舍弃。　④著(zhuó灼)：安置。　箄(bì避)：蒸食物用的竹屉子。　按：蒸饭用甑，甑底有七孔，所以要用箄遮隔，米才不漏掉。　⑤馏(liù溜)：把米放在水里煮开，再漉出蒸熟。　⑥糜：较稠的粥。　⑦志：记忆。　⑧易夺：改正补充。

今译　有客人拜访陈寔，并在陈家留宿，陈寔叫儿子陈纪、陈谌去烧火蒸饭。客人与陈寔在谈论，陈纪、陈谌兄弟俩烧上了火，都放下了活儿去偷听客人和父亲的谈话，蒸饭的甑子里忘了放上蒸架子，饭就通过甑底的七个洞孔漏到底下的蒸锅里去了。陈寔问："烧饭为什么还不漉出来蒸？"陈纪、陈谌长跪着说："大人跟客人谈话，我们就一起偷听，炊具里忘记安上蒸架，饭如今都成了厚粥了。"陈寔问："你们听了，可记忆住些什么吗？"儿子回答说："仿佛记得的。"两个儿子一起叙说，互相更正补充，把听到的话一点不漏地复述出来了。陈寔说："能够这样，只有厚粥也可以了，何必一定要吃饭呢！"

（二）何晏七岁①，明惠若神②，魏武奇爱之③。因晏在宫内，欲以为子。晏乃画地令方④，自处其中。人问其故，答曰："何氏之庐也⑤。"魏武知之，即遣还。

注释　①何晏：见《言语》14注①。　②明惠：聪慧。惠，通"慧"。　③魏武：曹操。　奇：极；甚。　④令方：使成方形。　⑤何氏之庐：何家的房舍。何晏自称"何氏"，并虚拟房舍，表示与曹家不是同族。

今译　何晏七岁，聪明如有神助。曹操非常喜欢他。因为何晏长在王宫中，曹操想收他作为儿子。何晏就在地上画了一个方形，自己坐在里面。有人问他这是什么用意，他回答说："这是何家的房子。"曹操知道以后，就送他回到宫外去了。

三 晋明帝数岁[①]，坐元帝膝上[②]。有人从长安来[③]，元帝问洛下消息[④]，潸然流涕。明帝问何以致泣，具以东渡意告之[⑤]。因问明帝："汝意谓长安何如日远？"答曰："日远。不闻人从日边来，居然可知[⑥]。"元帝异之。明日，集群臣宴会，告以此意，更重问之。乃答曰[⑦]："日近。"元帝失色，曰："尔何故异昨日之言邪？"答曰："举目见日，不见长安[⑧]。"

注释 ①晋明帝：司马绍，元帝司马睿长子，见《方正》23 注③。 ②元帝：晋元帝，见《言语》29 注①。 ③长安：古城名。故址在今陕西西安西北。 ④洛下：即洛阳。西晋的京都。 ⑤具：全；尽。 东渡：西晋覆灭，司马睿渡江，建国江东，称东渡。参阅《言语》29。 ⑥居然：显然。 ⑦乃：竟。 ⑧"举目见日"两句："日近长安远"语本此，后用以表离京去国之悲思。

今译 晋明帝几岁的时候，一次，坐在晋元帝膝上。有人从长安来，元帝询问洛阳的情况，潸然落泪。明帝问为什么要哭泣，元帝就把西晋灭亡而东渡长江的事全都讲给他听。元帝顺便问明帝："你认为长安和太阳比起来，哪一个更远？"明帝回答："太阳远。没有听说有人从太阳那边来的，显然可知太阳远。"元帝对他的回答感到惊异。第二天，元帝召集群臣举行宴会，把明帝说的意思告诉了大家，又重新问明帝。明帝竟然回答说："太阳近。"元帝一时脸色都变了，说："你为什么和昨天说的不一样了？"明帝回答说："抬头张眼，就看见太阳，但看不到长安。"

四 司空顾和与时贤共清言[①]。张玄之、顾敷是中外孙[②]，年并七岁，在床边戏，于时闻语，神情如不相属[③]。瞑于灯下[④]，二儿共叙客主之言，都无遗失。顾公越席而提其耳曰："不意衰宗复生此宝[⑤]。"

注释 ①顾和：见《言语》33 注①。清言：清谈。特指魏晋名士的玄谈。 ②张玄之：见《言语》51 注①。 顾敷：见《言语》51 注①。 中外孙：犹言内外孙。儿子的子女为内孙，女儿的子女为外孙。 ③属（zhǔ 嘱）：关涉；注意。 ④瞑（míng 冥）：合眼。 ⑤衰宗：衰落的家族。

今译 司空顾和与当时一些名士共同清谈。张玄之、顾敷是他的外孙和孙儿，年纪都是七岁，在座榻旁边游戏，当时听到他们的谈话，但神情似乎并不关心。后来顾和在灯下瞇合着眼睛的时候，两个孩子一起叙述刚才客人和主人所谈论的内容，全都没有遗漏。顾和起来越过坐席而提提孩子们的耳朵，说："想不到我们这个衰落的家族又生出这样的宝贝。"

五 韩康伯数岁[①]，家酷贫，至大寒，止得襦[②]。母殷夫人自成之，令康伯捉熨斗[③]，谓康伯曰："且著襦，寻作複褌[④]。"儿云："已足，不须複褌也。"母问其故，答曰："火在熨斗中而柄热，今既著襦，下亦当烦[⑤]，故不须耳。"母甚异之，知为国器[⑥]。

今译 韩康伯几岁时，家里极为贫困，到大冷天，只有一件短袄。他母亲殷夫人自己缝制短袄，叫康伯拿着熨斗，她对康伯说："暂且穿短袄，一会儿再做条夹裤。"儿子说："已经够了，不必再做夹裤了。”母亲问他什么原因，回答说：“火在熨斗中，我觉着柄也是热的，现在既已穿了短袄，下身也会暖的，所以不需要了。”母亲非常惊异，认为儿子将是治国的人才。

注释 ①韩康伯：韩伯，见《德行》38 注③。 ②襦（rú 儒）：短袄。 ③捉：握。 ④裈裈（kūn 昆）：夹裤。 ⑤煗：同“暖”。 ⑥国器：治国之才。

（六）晋孝武年十二[1]，时冬天，昼日不著複衣[2]，但著单练衫五六重[3]；夜则累茵褥[4]。谢公谏曰[5]：“圣体宜令有常[6]。陛下昼过冷，夜过热，恐非摄养之术[7]。”帝曰：“昼动夜静。”谢公出，叹曰：“上理不减先帝[8]。”

注释 ①晋孝武：东晋孝武帝司马曜，简文帝司马昱子，见《言语》89 注②。 ②複衣：夹衣。 ③练：绢。 ④累：重叠。 茵褥：垫褥。 ⑤谢公：谢安。 ⑥有常：有规律。 ⑦摄养：调理保养。 ⑧上：君上，指皇帝。 理：理性。此指理解能力。 先帝：去世的皇帝。此指简文帝。

今译 晋孝武帝年十二岁，当冬天时，白天不穿夹衣，只着单绢衫五六重；晚上的垫褥却要重叠几层。谢安规劝说：“皇上保养圣体应当有规律。陛下白天过于冷，晚上过于热，恐怕不合养生之道。”孝武帝说：“白天动，晚上静。”谢安出来，感叹地说：“皇上的理解能力不比先帝差。”

（七）桓宣武薨[1]，桓南郡年五岁[2]，服始除[3]，桓车骑与送故文武别[4]，因指语南郡：“此皆汝家故吏佐[5]。”玄应声恸哭，酸感傍人。车骑每自目己坐曰：“灵宝成人[6]，当以此坐还之。”鞠爱过于所生[7]。

注释 ①桓宣武：桓温。 ②桓南郡：桓玄，桓温子。 ③服：丧服。 ④桓车骑：桓冲（328—384），字幼子，小字买德郎。桓温弟。从兄征战，累迁振威将军、江州刺史。温死，冲暂代其任。后位至车骑将军。 送故文武：送丧的文武官员。魏晋时，州郡长官死于任所，佐吏护送其丧回里，为“送故”的一种。 ⑤故吏佐：旧僚属。 ⑥灵宝：桓玄小字。 ⑦鞠爱：抚养爱护。

今译 桓温死，儿子桓玄年方五岁，孝服刚除掉，桓冲与送丧的文武官员话别，就指着他们对桓玄说：“这些都是你家的旧僚属。”桓玄应声痛哭，悲伤凄楚令人感动。桓冲常常看着自己的座位说：“等灵宝长大成人，要把这个座位还给他。”桓冲抚养爱护桓玄超过了对自己的亲生孩子。

豪爽第十三

豪放爽朗，不落凡俗

（一）王大将军年少时[1]，旧有田舍名[2]，语音亦楚[3]。武帝唤时贤共言伎艺事[4]，人皆多有所知，唯王都无所关，意色殊恶[5]，自言知打鼓吹[6]。帝令取鼓与之，于坐振袖而起，扬槌奋击，音节谐捷，神气豪上[7]，傍若无人。举坐叹其雄爽。

注释 ①王大将军：王敦。　②田舍：田舍子，犹言乡下人。借指土里土气。　③楚：指说话带某地乡音，鄙俚而不雅正。按：西晋京都在洛阳，遂习以洛阳及近傍之方音为雅正，作诗亦依洛阳音押韵。东晋虽处江东，北来达官大族仍操雅音，江东士大夫亦学洛阳音，但庶人仍用吴音。《史记·货殖列传》谓：自淮北沛、陈、汝南、南郡，为西楚；彭城以东，东海、吴、广陵，为东楚；衡山、九江、江南、豫章、长沙，为南楚。王敦临沂琅邪人，属东海郡，故其语音当为齐、鲁（今山东）间东楚乡音。洛阳士大夫鄙视外郡，称操方音者为“楚”。　④武帝：西晋武帝司马炎。　伎艺：技能才艺。　⑤意色：神色；神情。　恶：不愉快；恼怒。　⑥鼓吹：乐名。主要乐器有鼓、钲、箫、笳等打击乐器和管乐器，出自北方族，本为军中之乐。此处偏指鼓。　⑦豪上：豪迈高扬。

译 大将军王敦年轻时，素来有“乡下人”之称。讲话也是东楚乡音。晋武帝召唤当时的贤达一起谈论技能才艺方面的事，别人都知道得很多，只有王敦全不涉及，神情很沮丧，他自己说懂得打鼓吹乐中的鼓。武帝就叫人取鼓给他，他就在座中挥袖而起，挥动鼓槌，用力打击，音节和谐快捷，神气豪迈昂扬，旁若无人。满座的人都赞叹他雄壮豪爽。

（二）王处仲[1]，世许高尚之目[2]。尝荒恣于色[3]，体为之敝[4]。左右谏之，处仲曰：“吾乃不觉尔，如此者甚易耳。”乃开后閤[5]，驱诸婢妾数十人出路[6]，任其所之，时人叹焉。

译 当时人赞许王敦，给他以高尚的评价。他曾经放纵于女色，弄得身体也坏了。左右的人规劝他，王敦说：“我竟不觉得嘛，这样的事太好办了。”就开了内室，把几十个婢妾赶到路上去，听任她们到哪里去。当时人都赞叹王敦的举措。

①王处仲：王敦，字处仲。　②许：赞许。　目：品评。　③荒恣：迷乱放纵。　④敝：损坏。引申为困顿，疲羸。　⑤后閤（gé 阁）：内室。　閤：通“阁”。　⑥出路：到路上去。

（三）王大将军自目①：“高朗疏率②，学通《左氏》③。”

王敦自我评价：“高超通脱，放达直率，在学问上通晓《春秋左氏传》。”

①王大将军：王敦。　自目：自己品评自己。　②高朗：高超通达。　疏率：放达直率。　③《左氏》：指《春秋左氏传》。

（四）王处仲每酒后①，辄咏“老骥伏枥，志在千里。烈士暮年，壮心不已②”。以如意打唾壶③，壶口尽缺。

王敦每当在酒后，总是吟咏曹操的诗：“老骥伏枥，志在千里。烈士暮年，壮心不已。”吟咏时用如意敲击唾壶打节拍，壶口被敲得都是缺口。

①王处仲：王敦。　每：常常；往往。　②“老骥伏枥”四句：曹操《步出夏门行》中四句诗。　③如意：器物名。用竹、玉、骨等制成，头作灵芝或云叶状，柄微曲，供指划玩赏用。　唾壶：承唾之壶。形制与今之痰盂略同而小。

（五）晋明帝欲起池台①，元帝不许②。帝时为太子，好养武士，一夕中作池，比晓便成③。今太子西池是也④。

晋明帝要修造池沼台榭，晋元帝不同意。明帝当时是太子，喜欢养一批武士，就叫武士在一个晚上修作池沼，到拂晓就修成了。就是现在的太子西池。

①晋明帝：司马绍，见《方正》23 注③。　池台：池沼台榭。　②元帝：司马睿，明帝父，见《言语》29 注①。　③比（bì 庇）：及；等到。　④西池：池苑名。刘注引《丹阳记》：“西池，孙登所创，《吴史》所称西苑也。明帝修复之耳。”孙登，孙权长子。

（六）王大将军始欲下都处分树置①，先遣参军告朝廷②，讽旨时贤③。祖车骑尚未镇寿春④，瞋目厉声语使人曰：“卿语阿黑⑤：何敢不逊！催摄面去⑥，须臾不尔⑦，我将三千兵槊脚令上⑧！”王闻之而止⑨。

大将军王敦起初想要东下京都处理朝政并拟有所建树，他先派参军去报告朝廷，并把自己的用意婉转地暗示给当时一些士大夫。那时，车骑将军祖逖还没有进驻寿春，他瞪大了眼睛，提高了嗓门，斥责王敦派来的使者说：

注释 ①王大将军：王敦。　下都：谓从上游沿江东下到京都建康。处分：谓处理朝政。　树置：谓有所建树。　按：东晋初建，琅邪王氏辅戴之功居多。王导作丞相，王敦都督江、扬、荆、湘、交、广六州军事，任江州刺史，居上游重镇，真所谓"王与马（司马氏），共天下"。晋元帝觉得王敦对朝廷有威胁，就以刘隗、刁协为心腹，任戴渊为征西将军、刘隗为镇北将军，各率万人，分驻合肥、泗口，名义上是北伐，实际上是防王敦。此东晋统治集团内部矛盾尖锐之表现。王敦欲"处分树置"，是对抗朝廷，要在用人行政诸方面争夺权力，有所改变。　②参军：官名。此指王敦军府属官。③讽旨：含蓄委婉地暗示意旨。　④祖车骑：祖逖，见《赏誉》43注①。　按：祖逖任豫州刺史，率部渡江，自募士卒，收复黄河以南地区。晋元帝太兴二年（319），他攻陈川，为后赵石虎所败，退驻淮南寿春（今安徽寿县）。未镇寿春，正是祖逖军势大盛之时。⑤阿黑：王敦小字阿黑。祖逖称王敦小名，含蔑视意。　⑥摄：疾速；赶快。　面：背向；背过身。唐写本作"向"，一本作"回"。⑦不尔：不然；不如此。　⑧将：率领。　槊（shuò 朔）：长矛。引申为用长矛刺、戳。　⑨止：指停止举兵东下的打算。　按：晋元帝太兴四年（321），祖逖死，次年，王敦即以讨刘隗、刁协为名，由武昌（今湖北鄂州）起兵东下。

"你回去对阿黑讲：怎么敢这样的不客气！催他赶快转过身子离开，倘使拖延片刻不照这样办，我就率领三千士卒用长矛刺他的脚，迫使他回上游去！"王敦听到了祖逖的话就停止了原来的打算。

（七）庾稺恭既常有中原之志①，文康时②，权重未在已③。及季坚作相④，忌兵畏祸，与稺恭历同异者久之⑤，乃果行。倾荆、汉之力⑥，穷舟车之势，师次于襄阳⑦，大会参佐，陈其旌甲⑧，亲援弧矢曰⑨："我之此行，若此射矣。"遂三起三叠⑩。徒众属目⑪，其气十倍。

注释 ①庾稺恭：庾翼，字稺恭，庾亮小弟，见《言语》53注①。晋成帝咸康六年（340），庾亮死，翼继之镇武昌。　中原之志：向北进军恢复中原的志愿。　②文康：庾亮，死后谥文康，见《德行》31注①。　③权重：权柄。　④季坚：庾冰，字季坚，庾亮弟，庾翼兄，见《政事》14注①。晋成帝咸康五年（339），丞相王导死，庾冰为中书监、扬州刺史，参录尚书事，执朝政。　⑤历：经历。　同异：偏义复词，偏指差异。此谓庾冰与庾翼关于北伐意见不同。　按：《晋书·庾翼传》说，庾翼出兵，满朝均谓不可，惟其兄庾冰赞同，与本则所叙相反。　⑥荆、汉：荆州和汉水。泛指荆州地区和汉水流域。　⑦次：驻扎。襄阳：今湖北襄樊，东晋属荆州襄阳郡，位于汉水与唐白河交汇处，当中原与荆楚陆路要冲，为当时南北方对峙之前沿重镇。　按：晋康帝建元元年（343），庾翼派使者联络前燕慕容皝和凉州张骏，准备大举攻后赵、成汉，在所统六州

今译 庾翼经常已有出兵北伐恢复中原的志愿，但在庾亮当权的时候，权力不在庾翼自己手中。等到庾冰作丞相，又忌用兵，怕祸患，与庾翼意见不同而相持了好久，后来庾翼才得以北伐。他征发了荆、汉一带的人力和战船战车，出兵北进，驻扎在襄阳。他召集僚属，举行盛大集会，陈设耀眼的旗帜，排开披甲的士兵，亲自拿起弓箭，说："我这次出征，就像这射箭一样。"他三发三中，部下全都注视着，一时士气高昂，十倍于前。

中征发人丁及车牛驴马，发兵北进。朝廷遣使谕止，庾翼违诏辄行，上表迁镇襄阳。　⑧陈：陈列。引申为展示。　旌（jīng 精）甲：旗帜和披甲的士兵。　⑨援：拿起。原作“授”，据唐写本改。弧（hú 狐）矢：弓箭。　⑩三起三叠（dié 谍）：三发三中。起，发射。叠，军中阅射，中的则以击鼓为号。三叠，三次击鼓，即三次中的。　⑪属（zhú 嘱）目：注视。

（八）桓宣武平蜀①，集参僚置酒于李势殿②，巴、蜀搢绅莫不来萃③。桓既素有雄情爽气，加尔日音调英发④，叙古今成败由人，存亡系才⑤，其状磊落⑥，一坐叹赏。既散，诸人追味余言，于时寻阳周馥曰⑦：“恨卿辈不见王大将军⑧。”

①桓宣武：桓温。　蜀：指成汉，十六国之一。晋惠帝光熙元年（306），氐族李雄所建，国号大成，建都成都。晋成帝咸康四年（338），李雄侄李寿改国号为汉。凡传五帝，至李寿子李势，于晋穆帝永和三年（347），为东晋桓温所灭。史称成汉。辖境包括今四川全境、陕西南部及云南、贵州北部。　②参僚：僚属。　李势：见《识鉴》20 注②。　③巴、蜀：巴郡和蜀郡。包括今四川全境。　萃：会集。　④尔日：此日。　音调英发：谓讲话声调激昂动听。　⑤系：关涉。　⑥磊落：形容风姿杰出。⑦周馥：字湛隐。寻阳（今江西九江）人。曾为王敦掾。　⑧王大将军：王敦。

桓温平定成汉之后，在蜀主李势殿上摆下酒席，会集僚属，巴蜀地方的官员士绅都纷纷与会。桓温既是素来有豪迈英武的神情风度，又加上这天他讲话声调激昂动听，叙述古往今来成败取决于人，存亡关系乎才的事理，显得胸襟坦白，很有气度。满座的人都赞叹欣赏。集会结束之后，大家还在回忆品味先前桓温的话，这时，寻阳周馥说：“遗憾的是你们没有见到过王敦大将军。”

（九）桓公读《高士传》①，至於陵仲子②，便掷去，曰：“谁能作此溪刻自处③！”

①桓公：桓温。　《高士传》：书名。三国魏嵇康撰。已佚，今有清严可均辑本。　按：另有西晋皇甫谧所作《高士传》，《世说新语》中之《高士传》，据《品藻》80 刘注知为嵇康所撰。　②於陵仲子：陈仲子，战国时齐隐士。兄名戴，相齐，食禄万钟。仲子以兄之禄为不义，故避兄离母，携妻子赴楚。居於陵，自称於陵仲子。楚王闻其贤，欲聘为相，仲子逃去，为人灌园，自食其力。事见《孟子·滕文公下》，《淮南子·氾论》，《史记·鲁仲连邹阳列传》裴骃集解引《列士传》。　③溪刻：苛刻。　处（chǔ 楚）：对待。

桓温读《高士传》，读到於陵仲子的传记时就把书丢开，他说：“谁能这样苛刻地对待自己！”

（一〇）桓石虔①，司空豁之长庶也②，小字镇恶，年

桓石虔，是司空桓豁的妾所生的大儿子，小名镇恶。十七八岁时，还没有被正式承认其身份地位，但童仆们已经称呼他“镇恶少爷”了。他曾住在桓温的书斋里。他随从桓温北征，来到枋头，作战中，车骑将军桓冲陷落在敌军

十七八，未被举[3]，而童隶已呼为镇恶郎[4]。尝住宣武斋头[5]。从征枋头[6]，车骑冲没陈[7]，左右莫能先救。宣武谓曰："汝叔落贼，汝知不[8]？"石虔闻之，气甚奋，命朱辟为副[9]，策马于数万众中，莫有抗者，径致冲还[10]，三军叹服。河朔后以其名断疟[11]。

包围之中，左右将士没有能冲上前去援救的。桓温对石虔说："你叔叔身陷敌阵，你知道不知道？"桓石虔听后，意气奋发，叫朱辟担任副将，跃上战马，驰骋于几万敌军中，没有人敢抵挡他的，他直接救引桓冲回来，全军都赞叹心服。黄河以北地方的人后来就用呼叫桓石虔名字的办法来吓退疟鬼。

注释

①桓石虔（？—388）：小字镇恶，东晋谯国龙亢（今安徽怀远西北）人，桓豁子，桓温侄。随桓温征战，以骁勇称。后任冠军将军，屡破秦军于荆襄。官至豫州刺史。后继桓冲监豫州、扬州五郡军事，镇历阳。　②司空豁：桓豁，字朗子。桓温弟。为右将军，继监荆扬雍州军事、荆州刺史。太元初，迁征西大将军、开府，固辞。卒赠司空。　长（zhǎng 涨）庶：庶出长子，妾所生而年居长的儿子。　③举：指庶出子女被正式承认身份地位。举有抚育长养义，引申为收养而承认身份地位。魏晋重门阀世系，严于嫡庶之分，庶出子女极受歧视，甚至不予承认。东晋南朝之士族，亦沿此中原习惯，故庶出子女有见举与否之别。　④童隶：未成年的奴仆。　郎：犹言少爷、郎君。　按：童仆称石虔为少爷，等于他们已承认其身份地位。　⑤宣武：桓温。　斋：书房。　⑥从征枋头：谓随桓温北征，战于枋头。枋头，地名，在今河南浚县西南，古称淇水口。晋废帝海西公太和四年（369），桓温率步骑五万人攻前燕，初连胜，七月军至枋头；前秦出兵助前燕，九月因粮尽失利，败退。　按：《晋书·桓石虔传》所记，与此不同，谓石虔从桓温入关，桓冲为前秦苻健所围，石虔跃马救冲于数万之中而还。事在晋穆帝永和十年（354），时石虔年少，较可信。　⑦车骑冲：桓冲，桓石虔叔，见《夙惠》7 注④。　没陈（zhèn 阵）：陷入敌围。陈，通"阵"。　⑧不（fǒu 缶）：同"否"。　⑨朱辟：东晋人，生平不详。　为副：担任副将。　⑩径：直接。　致：招引。　⑪河朔：泛指黄河以北地区。　断疟：禁断疟鬼。旧俗相传疟疾因鬼而得病，其鬼小弱，畏惧壮士，认为呼壮士之名可以拒退疟鬼。此谓桓石虔勇壮威名已遍及河北民间。

一一　陈林道在西岸[1]，都下诸人共要至牛渚会[2]。陈理既佳[3]，人欲共言折[4]。陈以如意拄颊[5]，望鸡笼山叹曰[6]："孙伯符志业不遂[7]！"于是竟坐不得谈[8]。

今译　陈逵在长江西岸，京都一些人共同邀约到牛渚山聚会。陈逵谈论的事理很佳妙，众人想共同辩论来折服他。他用如意支着面颊，眺望着鸡笼山感叹地说："当年孙伯符的志向事业未能成就！"于是满座的人都谈不下去了。

注释 ①陈林道：陈逵，字林道，东晋颍川许昌（今属河南）人。少有声名。袭封广陵公，历黄门郎、西中郎将，领梁、淮南二郡太守。　西岸：江水西岸。　②都下：京都。此指建康。要（yāo 腰）：通"邀"，相约。　牛渚：山名。在今安徽当涂西北。山脚突入长江部分，称采石矶，景色奇绝。汉献帝兴平二年（195），孙策在此大败扬州刺史刘繇。　③陈理：谓陈逵所谈的事理。④言折：以言折服。折，唐写本作"析"。　⑤如意：器物名。见本篇4注③。　拄：支撑。　⑥鸡笼山：山名。在今安徽和县西北，附近为孙策当年战场。　⑦孙伯符：孙策（175—200），汉末吴郡富春（今浙江富阳）人，字伯符。孙坚长子，孙权兄。初与周瑜友善。孙坚死后，他率坚旧部渡江，平江东，据有吴、会稽、豫章、丹阳、庐陵、庐江等郡，以周瑜、张昭等为辅佐，建立政权。曹操表之为讨逆将军，封吴侯。后遇刺死，弟孙权代统其众。孙权称帝后，追谥为长沙桓王。　志业：志向事业。　遂：成就。　⑧竟坐：满座。坐，通"座"。

今译 王胡之在谢安客座间，吟诵"入不言兮出不辞，乘回风兮载云旗"诗句，他对人家说："当此之时，觉得满座无人。"

一二 王司州在谢公坐①，咏"入不言兮出不辞，乘回风兮载云旗"②，语人云："当尔时，觉一坐无人。"

注释 ①王司州：王胡之，见《言语》53 注④。　谢公：谢安。②"入不言兮"两句：屈原《九歌·少司命》中句，意谓：少司命神从来到去，一言不发，便乘风驾云而逝。辞，告别。回风，旋风。云旗，以云为旗。

今译 桓玄西下，进入石头城，外面有人禀报说梁王司马珍之逃跑了。桓玄当时觉得自己称帝的形势很好，他坐在大船上，笳鼓乐声同时大作，只是高声吟诵阮籍的《咏怀》诗说："箫管有遗音，梁王安在哉？"

一三 桓玄西下①，入石头②，外白司马梁王奔叛③，玄时事形已济④，在平乘上笳鼓并作⑤，直高咏云⑥："箫管有遗音，梁王安在哉⑦？"

注释 ①桓玄西下：晋安帝元兴二年（403）十二月，桓玄称帝于姑孰（今安徽当涂），又入建康。　②石头：城名。在建康城西。　③司马梁王：司马珍之，字景度。晋元帝司马睿四世孙，袭父龢爵为梁王。桓玄废晋安帝而自居帝位，他避祸于寿阳，玄败方归。历左卫将军、太常卿。刘裕伐姚泓，以他为谘议参军，终为刘裕所杀。　奔叛：逃亡。　④事形：形势；情势。　济：成功。⑤平乘：一种大船。　⑥直：仅，只。　⑦"箫管有遗音，梁王安在哉"两句：阮籍《咏怀》诗之三十一中句。阮诗是凭吊战国时魏国古迹吹台（故址在今河南开封东南），有慨讽时政的寄托。梁王，旧说指魏婴。两句意谓：如今还听到当时流传下的箫管音乐，但是在吹台宴乐的梁王却在何处呢？　按:桓玄自恃势力已成,对梁王司马珍之的逃跑表示不在话下,借阮籍诗中提到的梁王一语双关,来影射司马珍之。

容止第十四

容色、动静

（译）曹操将要接见匈奴使者，他自己认为形貌猥琐，不能在远方国家使者的面前显示威仪，就让崔琰装扮成魏王代替他接见，他自己则握着刀站在坐榻旁边。接见完毕，曹操派间谍去问匈奴使者："你看魏王怎么样？"使者回答说："魏王那雅正的仪容风度不同寻常，但是坐榻旁的持刀人，这才是真正的英雄啊！"曹操听说之后，立即派人追杀了这个使者。

（一）魏武将见匈奴使①，自以形陋②，不足雄远国③，使崔季珪代④，帝自捉刀立床头⑤。既毕，令间谍问曰："魏王何如？"匈奴使答曰："魏王雅望非常⑥，然床头捉刀人，此乃英雄也。"魏武闻之，追杀此使⑦。

（注释）①魏武：魏武帝，指曹操。　匈奴：北方游牧民族。东汉初，匈奴分裂为南北两部。北匈奴为汉所败，西迁。南匈奴由呼韩邪单于率领入臣于汉。汉以列侯待之，分并州北界之朔方诸郡以安其众，遂与汉人杂处。献帝建安中，曹操任丞相，复分其众为左、右、南、北、中五部，部立其贵者为帅，选汉人为司马督制之。②形陋：形貌难看。刘注引《魏氏春秋》，说曹操"姿貌短小"。《三国志·武帝纪》裴松之注引《曹瞒传》，说曹操"为人佻易无威重"，"每与人谈论，戏弄言诵，尽无所隐，及欢悦大笑，至以头没杯案中，肴膳皆沾污巾帻"。　③雄：称雄。此处有威慑之意。　④崔季珪：崔琰，字季珪，三国魏东武城（今山东武城西）人。美容姿，有威重。少好武事，后师事大儒郑玄。袁绍辟为骑都尉。后归曹操，历任丞相掾、魏国尚书、中尉。为人梗直，后被谗，自杀。　代：此指使崔琰装扮成魏王代见匈奴使者。　⑤帝：指曹操。　捉刀：持刀；握刀。后来以"捉刀"为代人做文章之典，本此。　床：坐榻。⑥雅：雅正高尚。　望：仪容风采。　⑦追杀此使：按此事恐不可全以信实求之。

（译）何晏姿容秀丽，脸很白。魏明帝怀疑他是搽了粉的。当时正值夏天，故意给何晏吃热汤面。何晏吃过之后，一身大汗，就用红色公服自己擦脸，脸色更加洁白光亮。

（二）何平叔美姿仪①，面至白②。魏明帝疑其傅粉③。正夏月，与热汤饼④。既啖⑤，大汗出，以朱衣自拭，色转皎然⑥。

注释 ①何平叔：何晏，见《言语》14 注①。　姿仪：容貌仪态。②至：最；极。　③魏明帝：曹叡，见《言语》13 注①。按：此则故事，《太平御览》卷二一引《语林》作"魏文帝"，是。傅粉：搽粉。刘注引《魏略》："晏性自喜，动静粉帛不去手，行步顾影。"《宋书·五行志一》还记何晏"好服妇人之服"。　按：汉末魏晋，直至南朝，上层社会中的男子讲究修饰仪容，傅粉施朱，熏衣剃面，成为风气。　④汤耕：汤面。耕，同"饼"。　⑤啖（dàn 淡）：吃。　⑥转：更；愈。　皎然：洁白的样子。

（三）魏明帝使后弟毛曾与夏侯玄共坐①，时人谓"蒹葭倚玉树"②。

译 魏明帝让毛皇后的弟弟毛曾与夏侯玄坐在一起，当时人说"芦苇靠着玉树"。

注释 ①魏明帝：曹叡。　毛曾：魏明帝毛皇后之弟，河内（治所在今河南武陟西南）人。明帝太和元年（227），毛皇后立，毛曾为骑都尉，迁驸马都尉、散骑侍郎。毛曾暴富贵，虽受明帝宠赐，然容止粗鄙，为时人所笑。　夏侯玄：见《方正》6 注①，以善清谈而貌美著称。　②蒹葭（jiān jiā 兼嘉）：荻和芦苇，两种平常的草本植物。　玉树：传说中的仙树。比喻姿质秀美的人。

（四）时人目夏侯太初"朗朗如日月之入怀"①，李安国"颓唐如玉山之将崩"②。

译 当时人品评夏侯玄"光洁明亮，胸襟开朗，就像日月进入他的怀抱"，李丰"即使在神情萎靡的时候，还是像一座玉山将要崩塌"。

注释 ①夏侯太初：夏侯玄，见前则注①。　朗朗：光洁明亮。②李安国：李丰（？—254），字安国，三国吴卫尉李义之子。才识过人，名被吴越。魏明帝得吴降人，问江东闻中原名士为谁，众皆以李丰对。是时丰为黄门郎，仕至中书令。他在讨论"四本论"中主张才性异。后为司马昭所杀。有一女，嫁贾充，因丰被诛而离婚。　颓唐：萎靡不振貌。　玉山：比喻仪容俊美的人。

（五）嵇康身长七尺八寸①，风姿特秀②。见者叹曰："萧萧肃肃，爽朗清举③。"或云："肃肃如松下风，高而徐引④。"山公曰⑤："嵇叔夜之为人也，岩岩若孤松之独立⑥；其醉也，傀俄若玉山之将崩⑦。"

译 嵇康身长七尺八寸，风度姿容美秀出众。见到他的人赞叹说："风度潇洒，清朗挺拔。"有人说："潇洒得就像松树林中的风，清高幽雅而舒缓绵长。"山涛说："嵇叔夜的为人，品格高峻，如同孤松之岸然独立；他在酒醉的时候，倾颓如玉山之将要崩塌。"

注释 ①嵇康：见《德行》16 注②。　②特秀：美好出众。　③萧萧肃肃：原形容风声，此借喻人风度潇洒。　爽朗清举：开朗秀拔。　④高而徐引：原谓松下之风，清高而舒缓，此借喻人意态高雅,行止从容。 ⑤山公:山涛,见《言语》78 注①。 ⑥岩岩:高峻貌。此以孤松独立比喻嵇康品格高峻。 ⑦傀(guī 龟)俄:倾颓貌。

【今译】裴楷品评王戎:"目光炯炯,好像山岩下的闪电。"

六 裴令公目王安丰[1]:"眼烂烂如岩下电[2]。"

【注释】①裴令公:裴楷,曾为中书令,见《德行》18 注③。 王安丰:王戎,封安丰侯,见《德行》16 注①。 ②烂烂:光亮貌。刘注:"王戎形状短小,而目甚清炤,视日不眩。"

【今译】潘岳姿容秀美,神态动人。他少年时拿着弹弓在洛阳街上走,妇女们看到他,没有不手拉着手围住他的。左思长得极其丑陋,他也仿效潘岳,到街上去游逛,于是妇女们一齐朝他乱吐唾沫,左思被弄得没精打彩地回家。

七 潘岳妙有姿容[1],好神情。少时挟弹出洛阳道[2],妇人遇者,莫不连手共萦之[3]。左太冲绝丑[4],亦复效岳游遨,于是群妪齐共乱唾之[5],委顿而返[6]。

【注释】①潘岳:见《言语》107 注④,幼有奇童之誉,才貌并美。 ②挟弹:拿着弹弓。 ③萦:围绕。 ④左太冲:左思,见《文学》68 注①,据《晋书》本传,左思容貌丑陋,口才不佳,但长于写作,辞藻壮丽。 ⑤妪:妇人。 ⑥委顿:委靡疲顿。

【今译】王衍容貌端正,姿态清丽,他长于谈论玄理,经常手握白玉柄的麈尾,白玉与手简直没有分别。

八 王夷甫容貌整丽[1],妙于谈玄,恒捉白玉柄麈尾[2],与手都无分别。

【注释】①王夷甫:王衍,见《言语》23 注②,他是高官而又是西晋清谈领袖。 整丽:端正而漂亮。 ②麈(zhǔ 主)尾:魏晋六朝时一种兼具拂尘和凉扇功用的器具。清谈家常执持指拂,以示风雅。

【今译】潘岳、夏侯湛都有美好的姿容,两人又喜欢一起走,当时人称他们为"连璧"。

九 潘安仁、夏侯湛并有美容[1],喜同行,时人谓之连璧[2]。

【注释】①潘安仁:潘岳。 夏侯湛:见《言语》65 注③。 ②连璧:并联在一起的玉璧,比喻同样佳美的人物。

【今译】裴楷有俊美的姿容,有一天他有病,病情很重,晋惠帝派王衍去看望他。裴楷正面朝墙壁睡着,听说惠帝所派的使者到了,勉强回过头来

一〇 裴令公有俊容姿[1],一旦有疾,至困[2],惠帝

使王夷甫往看。裴方向壁卧，闻王使至，强回视之。王出，语人曰："双眸闪闪若岩下电[③]，精神挺动[④]，体中故小恶[⑤]。"

看看。王衍探病出来，对别人说："裴令公双目闪闪像山岩下的闪电，精神有些迟滞，体内确实稍感不适。"

注释 ①裴令公：裴楷，见《德行》18注③。 俊：特出；优秀。 ②困：疲困，特指病情严重。 ③眸（móu侔）：眼珠。 ④挺动：迟滞。 ⑤故：自；确实。 小恶：略有不适。

一一 有人语王戎曰[①]："嵇延祖卓卓如野鹤之在鸡群[②]。"答曰："君未见其父耳[③]。"

译 有人对王戎说："嵇绍卓然特立，就像一只野鹤在鸡群中那样突出。"王戎回答说："您还未曾见到他父亲呐。"

注释 ①王戎：见《德行》16注①。 ②嵇延祖：嵇绍，嵇康之子，见《政事》8注②。 卓卓：特立貌。 野鹤之在鸡群：比喻嵇绍的仪表才质在一群人中显得非常突出。后有成语"鹤立鸡群"，本此。 ③其父：指嵇康，见《德行》16注②。

一二 裴令公有俊容仪[①]，脱冠冕[②]，粗服乱头皆好[③]，时人以为"玉人"。见者曰："见裴叔则[④]，如玉山上行，光映照人。"

译 裴楷仪容俊爽，即使脱掉了礼冠，穿着粗劣的衣服，头发蓬乱而不梳理，都是很美好的，当时人们称他是"玉人"。见到他的人说："见到裴叔则，就像在玉石山上行，光采照人。"

注释 ①裴令公：裴楷。 ②冠冕：帝王、官员所戴的礼帽。 ③粗服乱头：粗劣的衣着，乱蓬蓬的头发。形容不修饰仪表。后用为成语，比喻美好的人或物，不事修饰雕琢，显现自然本色，本此。 ④裴叔则：裴楷字叔则。

一三 刘伶身长六尺[①]，貌甚丑悴[②]，而悠悠忽忽[③]，土木形骸[④]。

译 刘伶身长六尺，容貌丑陋而憔悴，然而超然自得，神情恍惚，毫不修饰，看其形体，如同土块木头。

注释 ①刘伶：见《文学》69注①。 ②丑悴：丑陋而瘦瘠。悴，原作"顇"，据影宋本改。 ③悠悠忽忽：形容超然闲适，恍恍惚惚。 ④土木形骸：谓乱头粗服，不修边幅，视其形骸，如土块木头。

一四 骠骑王武子是卫玠之舅[①]，俊爽有风姿[②]。见玠，辄叹曰："珠玉在侧，觉我形秽[③]。"

译 骠骑将军王济是卫玠的舅父，俊迈豪爽，颇有风度。他看到卫玠，总是赞叹说："就像珍珠美玉在我旁边，相比之下，觉得我的姿容很丑陋。"

①骠骑：骠骑将军，将军名号。　王武子：王济，字武子，见《言语》24注①。　卫玠：见《言语》32注①，以貌美著称。　②俊爽：俊迈豪爽。　③觉我形秽：感觉到自己姿容丑陋。后演化为成语：自惭形秽。

有人去拜访太尉王衍，遇上安丰侯王戎、大将军王敦、丞相王导也在座。到别的屋子里去，又见到王诩、王澄。返回以后，他对别人说："今天走这一趟，眼睛里看到的都是琳琅珠玉。"

一五　有人诣王太尉[①]，遇安丰、大将军、丞相在坐[②]。往别屋，见季胤、平子[③]。还，语人曰："今日之行，触目见琳琅珠玉[④]。"

①王太尉：王衍。　②安丰：王戎。　大将军：王敦。　丞相：王导。　③季胤：王诩（xǔ许），字季胤，王衍弟。仕至修武令。　平子：王澄，王衍弟，见《德行》23注①。　④琳琅：美玉。后成语"琳琅满目"本此。

丞相王导见到太子洗马卫玠，说："卫洗马明显地有病弱的状态，虽然整天调适舒畅，但还是弱不禁风，好像连罗绮衣裳也承受不了。"

一六　王丞相见卫洗马[①]，曰："居然有羸形[②]，虽复终日调畅[③]，若不堪罗绮[④]。"

①王丞相：王导。　卫洗马：卫玠。　②居然：显然。　羸（léi雷）形：瘦弱的形状。　③调畅：调适舒畅。　④堪：胜；任受。　罗绮：两种有花纹的轻而薄的丝织品。

大将军王敦称誉王衍，说他"处在众人之中，好像珍珠宝玉在瓦片石头之间"。

一七　王大将军称太尉[①]："处众人中，似珠玉在瓦石间。"

①王大将军：王敦。　太尉：王衍。

庾敳长不满七尺，腰带十围，是个身材不高的胖子，然而他颓唐放浪，不自拘束而从容自适。

一八　庾子嵩长不满七尺[①]，腰带十围[②]，颓然自放[③]。

①庾子嵩：庾敳，字子嵩，见《文学》15注①。　②十围：极言粗大。围，量词，计算圆周长度。其说不一，或说双手两拇指与两中指相接成圈为一围。　③颓然自放：颓唐放浪，不自拘检。《晋书》本传说庾敳"腰带十围，雅有远韵。为陈留相，未尝以事婴心，从容酣畅，寄通而已。处众人中，居然独立"。

（一九）卫玠从豫章至下都[①]，人久闻其名，观者如堵墙[②]。玠先有羸疾[③]，体不堪劳，遂成病而死。时人谓"看杀卫玠"。

注释 ①卫玠：见《言语》32 注①。 豫章：郡名。治所在今江西南昌。 下都：指东晋都城建康，与上都（西晋都城洛阳）相对而言。 ②堵墙：墙壁。多用以比喻围观之人密集拥挤。③羸疾：弱症。

今译 卫玠从豫章到下都，城里的人早就听说他的美名，前去观看的人拥挤得围成了墙。卫玠本就有虚弱的症候，经受不了劳累，就积劳成病而死。那时候，人们都说"看死卫玠"。

（二〇）周伯仁道桓茂伦"嵚崎历落，可笑人"[①]。或云谢幼舆言[②]。

注释 ①周伯仁：周顗，见《言语》30 注①。 桓茂伦：桓彝，见《德行》30 注①。 嵚崎（qīn qí 钦祁）：山势高峻。此处形容人品奇崛。 历落：犹磊落，形容人俊伟卓越。 ②谢幼舆：谢鲲，见《言语》46 注②。

今译 周顗评价桓彝"人品奇崛，卓荦不群，世多忽视，见笑于人"。有人说这是谢鲲的话。

（二一）周侯说王长史父"形貌既伟[①]，雅怀有概[②]，保而用之，可作诸许物也"[③]。

注释 ①周侯：周顗。 王长史父：王长史指王濛，见《言语》66 注①。刘注引《王氏谱》谓王濛之父王讷，字文开，东晋初仕至新淦令。 伟：壮美。 ②雅怀有概：谓胸怀高尚有志节。③诸许：许多；众多。许，在数词或"多"、"少"、"诸"之后，表约数。物：事；事情。

今译 周顗评说长史王濛的父亲，说他"形貌既很壮美，胸怀又高尚有志节，保护他，任用他，可以做许多事情"。

（二二）祖士少见卫君长云[①]："此人有旄仗下形[②]。"

注释 ①祖士少：祖约。 卫君长：卫永，见《赏誉》107 注③。②旄仗：旗帜和仪仗。旄，竿头以旄牛尾为饰的旗。

今译 祖约见到卫永，说："这个人有处于旗帜仪仗下那种达官贵人的仪表。"

（二三）石头事故[①]，朝廷倾覆，温忠武与庾文康投陶公求救[②]。陶公云："肃祖顾命不见及[③]。且苏峻作乱，衅由诸庾[④]，诛其兄弟，不足以谢天下。"

今译 苏峻兴兵入建康，迁晋成帝于石头城，朝廷被颠覆，温峤和庾亮投奔陶侃求救。陶侃说："当初肃祖皇帝遗诏指定的顾命大臣中没有我。

况且苏峻作乱，事情的根源在庾氏弟兄，诛杀庾氏弟兄，还不能够向天下人谢罪。”此时庾亮在温峤船后，听到这话，忧虑恐怖，毫无办法。后来某一天，温峤劝庾亮去见陶侃，庾亮还犹豫不决，不敢前往。温峤说：“溪狗是我所了解的，你只管去，一定不会有甚么问题的。”庾亮的风度姿态和神情相貌，使陶侃一见之后，立即改变了原先的看法。两人叙谈饮宴了一整天，使陶侃顿时产生喜爱看重庾亮之情。

于时庾在温船后，闻之，忧怖无计。别日，温劝庾见陶，庾犹豫未能往。温曰：“溪狗我所悉⑤，卿但见之⑥，必无忧也。”庾风姿神貌，陶一见便改观，谈宴竟日，爱重顿至。

注释 ①石头事故：指晋成帝咸和二年(327)苏峻与祖约以讨伐庾亮为名而起兵，次年，攻破建康，迁成帝于石头城的事。②温忠武：温峤，卒谥忠武。他当时任江州刺史，与荆州刺史陶侃联军讨伐苏峻。　庾文康：庾亮，卒谥文康。他当时是辅政大臣，欲夺苏峻兵权，峻遂以讨伐他为名起兵。　陶公：陶侃。当时他任荆州刺史，掌长江上游重兵。　③肃祖：晋明帝司马绍，死后庙号肃祖。　顾命：本为《尚书》篇名，记周成王临终遗命。后因用以称天子之遗诏。　不见及：没有涉及到我。见，用在动词前，相当于前置的“我”。《晋书·明帝纪》载，明帝临终，召太宰、西阳王司马羕，司徒王导，尚书令卞壸，车骑将军郗鉴，护军将军庾亮，领军将军陆晔，丹阳尹温峤受遗诏为顾命大臣，辅太子（成帝）。陶侃不在顾命大臣之列，而庾亮又在成帝司马衍即位后，以帝舅任中书令，实际掌握朝政。此时危急，与温峤同来求救，陶侃说“顾命不见及”，含有不平之意。　④衅（xìn 信）：事情引起的缘由；根源。　诸庾：指庾亮、庾翼等弟兄。　⑤溪狗：“溪”亦作“徯”。徯人是居住在今江西一带的少数民族。晋宋时人，尤其是北来的世家大族，呼江西人为“溪”（徯），含轻贱意。溪狗，则是骂人的话。陶侃本鄱阳人，家于寻阳，皆在今江西，又是寒族出身，故温峤在背后以此呼之。⑥但：只管。

今译 太尉庾亮在武昌时，秋天的晚上，天高气爽，景物清朗，他的僚属殷浩、王胡之等辈登上南楼在音乐伴奏下吟咏。音调正高亢有力的时候，听到楼梯上有阁阁的木屐声，走得很快，当时料想定是庾亮来了。一会儿，庾亮带领了左右侍从十几个人走来，各位名士要起身避开，庾亮舒缓地说：“诸位稍留，老夫对于此处，兴致也不浅。”就靠在折叠椅上与大家吟咏戏笑，满座的人很感到自在愉快。后来，王羲之到建康，跟丞相王导谈到这件事，王导说：“元规在那个时候，他那副风度和气派总要稍微减弱一点了。”王羲之说：“不过高雅的品格仍然存在。”

二四 庾太尉在武昌①，秋夜气佳景清，佐吏殷浩、王胡之之徒登南楼理咏②，音调始遒③，闻函道中有屐声甚厉④，定是庾公。俄而率左右十许人步来，诸贤欲起避之，公徐云：“诸君少住，老子于此处兴复不浅⑤。”因便据胡床与诸人咏谑⑥，竟坐甚得任乐⑦。后王逸少下⑧，与丞相言及此事⑨，丞相曰：“元规尔时风范不得不小颓⑩。”右军答曰：“唯丘壑独存⑪。”

注释 ①庾太尉：庾亮。　武昌：郡名。治所在今湖北鄂州。陶侃死后，庾亮镇武昌。　②佐吏：僚属官吏。“佐”原作“使”，据影宋本改。　南楼：楼名。在今湖北鄂州南。　理咏：调理音律，吟咏诗歌。　③遒：高亢有力。　④函道：扶梯。

厉:迅疾。 ⑤老子:犹言老夫,有自谦意。 ⑥据:犹言踞,伸腿垂足而坐。 胡床:东汉后期传人我国的一种坐具。收拢可携带,放开即可坐,可高可低,可躺可坐,即今之折叠椅。魏晋六朝时使用已极普遍。 咏谑:吟咏戏笑。 ⑦竟坐:满座。 任乐:自在快乐。 ⑧王逸少:王羲之。 下:从上游到下游。此指到建康。 ⑨丞相:王导。 ⑩元规:庾亮,字元规。 风范:风度气派。 小:稍微。 颓:减弱。 ⑪丘壑:指高雅的品格。

(二五)王敬豫有美形①,问讯王公②。王公抚其肩曰:"阿奴③,恨才不称④。"又云:"敬豫事事似王公⑤。"

译 王恬容貌很美好。一天,他去问候父亲王导,王导拍拍他的肩膀说:"阿囡,可惜的是你的才学不相称。"又有人说:"王敬豫各方面都像他父亲王导。"

注释 ①王敬豫:王恬,字敬豫,王导次子。见《德行》29 注③。 ②问讯:问候。 ③阿奴:尊者对幼者的昵称。 ④恨才不称:谓相貌美好,遗憾的是才学不相配称。 按:王恬厌学而尚武,王导不喜欢他,以其才不称貌为恨事。 ⑤事事:犹言处处,各方面。

(二六)王右军见杜弘治①,叹曰:"面如凝脂②,眼如点漆③,此神仙中人。"时人有称王长史形者④,蔡公曰⑤:"恨诸人不见杜弘治耳。"

译 王羲之看到杜乂,赞叹说:"脸面像凝冻的油脂,眼珠像点上的黑漆,这真是神仙中人。"当时有人称赞王濛貌美的,蔡谟说:"可憾的是那些人没有看到过杜乂啊。"

注释 ①王右军:王羲之。 杜弘治:杜乂,见《赏誉》68 注①。 ②凝脂:凝冻的油脂。用以比喻柔滑洁白。语出《诗·卫风·硕人》"肤如凝脂"。 ③点漆:点上的漆。用以比喻黑而亮。 ④王长史:王濛。 ⑤蔡公:蔡谟,见《方正》40 注③。

(二七)刘尹道桓公①:鬓如反猬皮②,眉如紫石棱③,自是孙仲谋、司马宣王一流人④。

译 刘惔称道桓温:他的双鬓像翻过来的刺猬皮,眉毛如同紫色石的棱角,自然是孙权、司马懿一类人物。

注释 ①刘尹:刘惔。 桓公:桓温。 ②反猬皮:翻过来的刺猬皮。 ③紫石棱:紫色石的棱角。 按:"反猬皮"、"紫石棱"都是比喻桓温形貌奇伟。 ④孙仲谋:孙权(182—252)。刘注引《吴志》,说他"形貌魁伟,骨体不恒"。 司马宣王:司马懿。

(二八)王敬伦风姿似父①。作侍中②,加授桓公公

译 王劭风度姿态很像他父亲王导。他作侍中,奉旨授予桓温升职的官服,从大门进入。桓温远远望着他,说:"大奴确实有风毛。"

服[3]，从大门入。桓公望之曰："大奴固自有凤毛[4]。"

注释 ①王敬伦：王劭，王导第五子，见《雅量》26注①。 ②侍中：官名。魏晋时为门下省长官，常在皇帝左右，预闻朝政。《晋书·王劭传》不言王劭为侍中，此处恐有误。 ③桓公：桓温。见前则。公服：官服。官阶等级不同，官服亦有异。《太平御览》卷二百七引《晋中兴书》："桓温授侍中太尉，固让不受。旬月之中，使者八至，轺轩相望于道。"是桓温升官，王劭奉旨赴桓府授以公服。 ④大奴：指王劭。或谓王劭小字。 凤毛：六朝时南方人称才干可以比并父辈者为"有凤毛"。见梁元帝《金楼子·杂记》。

（二九）林公道王长史[1]："敛衿作一来[2]，何其轩轩韶举[3]！"

今译 支道林称道王濛："他整饬衣襟，一举一动，是多么的器宇轩昂，举止优美啊！"

注释 ①林公：支道林。 王长史：王濛。 ②敛衿：整饬衣襟。作：站起来。 一来：做一个动作。来，指某种动作。 ③轩轩：高昂貌。 韶：美好；优美。 举：向上。 按：王濛美姿容，《晋书》本传记他有一次帽子破了，自己到市场上去买。卖帽子的妇人喜欢他的美貌，竟白送他一顶新帽子。

（三〇）时人目王右军[1]："飘如游云，矫若惊龙[2]。"

今译 当时人品评王羲之说："飘逸如同流动的云，矫健有如迅疾的龙。"

注释 ①王右军：王羲之。 ②"飘如游云，矫若惊龙"：两句在《晋书》本传中作"飘若浮云，矫若惊龙"，是用以赞他的书法笔势的。此处赞其风采出众。矫，矫健。惊，迅疾。

（三一）王长史尝病[1]，亲疏不通[2]。林公来[3]，守门人遽启之[4]，曰："一异人在门[5]，不敢不启。"王笑曰："此必林公。"

今译 有一次王濛生病，谢绝来访的亲朋，无论亲疏，都不通报。支道林来访，管门人急忙报告，说："有个形貌古怪的人来，我不敢不禀报。"王濛笑着说："这一定是支道林。"

注释 ①王长史：王濛。 ②亲疏：亲近的和疏远的。指亲友。通：通报；传达。 ③林公：支道林。 ④遽（jù 惧）：急忙。 启：禀报；报告。 ⑤异人：不同寻常的人。此指支道林形貌特异。刘注引《语林》，说有人邀阮裕一同去拜会支道林，阮裕说："欲闻其言，恶见其面。"可见支道林之形貌异常。

(三二)或以方谢仁祖不乃重者[①],桓大司马曰[②]:“诸君莫轻道,仁祖企脚北窗下弹琵琶[③],故自有天际真人想[④]。”

注释 ① 方:评论。 谢仁祖:谢尚,见《言语》46注①。 乃:如此;这么。 重:庄重;雅重。 按:或以为此句上下似有缺文。 ②桓大司马:桓温。 ③企:通“跂(qǐ)”。抬起脚后跟站着。按:《晋书》本传说谢尚“及长,开率颖秀,辨悟绝伦,脱略细行,不为流俗之事”。弹琵琶事见《乐府诗集》卷七十五载谢尚《大道曲》引《乐府广题》:“谢尚为镇西将军,尝著紫罗襦,据胡床,在市中佛国门楼上弹琵琶,作《大道曲》。市人不知其三公也。” ④真人:得道的人;仙人。 想:情怀。

今译 有人评论谢尚不那么庄重,大司马桓温说:“诸位不要对谢仁祖轻率地说三道四,他踮着脚在北窗下弹琵琶,还真有天边得道仙人的情怀气概呢。”

(三三)王长史为中书郎[①],往敬和许[②]。尔时积雪,长史从门外下车,步入尚书[③],著公服。敬和遥望,叹曰:“此不复似世中人[④]!”

注释 ①王长史:王濛。 中书郎:官名。 ②敬和:王洽,见《赏鉴》114注③。 许:处所。 ③尚书:指尚书省,官署名。 ④世中人:世间之人。不似世中人,意谓有出世仙姿。

今译 王濛做中书郎,一天,到王洽处去。那时正积雪,王濛从门外下车,走进尚书省,身穿官服。王洽远远望见王濛,赞叹说:“这不再像世间尘俗之人了!”

(三四)简文作相王时[①],与谢公共诣桓宣武[②]。王珣先在内[③],桓语王:“卿尝欲见相王,可住帐里[④]。”二客既去,桓谓王曰:“定何如[⑤]?”王曰:“相王作辅[⑥],自然湛若神君[⑦]。公亦万夫之望[⑧],不然,仆射何得自没[⑨]?”

注释 ①简文:东晋简文帝司马昱。 相王:位为丞相而又封王者。此指司马昱。晋废帝(海西公)司马奕太和元年(366),司马昱以会稽王进位丞相,故称。 ②谢公:谢安。 桓宣武:桓温。 ③王珣:见《言语》102注③,王导孙、王洽子、谢安婿,弱冠为桓温幕宾。 ④住:停留。 帐:指帷幕。 ⑤定:究竟。表疑问。 ⑥作辅:做辅佐君主执政的大臣。 ⑦湛(zhàn绽):深沉安详。 神君:形容人贤明如神。刘注引《续晋阳秋》,说司马昱“美风姿,举止端详”。 ⑧万夫:万人;万众。 望:指所仰望企慕之人。 按:此王珣奉承桓温之言。 ⑨仆射(yè夜):官名,主尚书省。刘注谓指谢安。 按:余嘉锡笺疏引程炎震说,当

今译 晋简文帝司马昱在以会稽王而任丞相的时候,有一天,与谢安一同过访桓温。当时王珣先在桓府中,桓温对王珣说:“你曾经说过想要见见相王,现在可以留在帷幕中。”两位客人离开之后,桓温问王珣道:“究竟怎么样?”王珣说:“相王作为辅政大臣,当然深沉安详,有如神人。不过,您也是万人所仰慕的人,否则,仆射怎么会自作自受,以致埋没沉沦呢?”

指王彪之。彪之(305—377),字叔虎,王导从子。为尚书仆射,出为会稽内史。晋哀帝兴宁三年(365)为桓温劾奏免官下吏,会赦免,左降为尚书。顷之,复为仆射。彪之力阻桓温谋夺帝位,温死,始迁尚书令,与谢安共执朝政。此处王珣向桓温提及“仆射”,因珣为彪之子侄辈,乘机以恭顺之语为彪之消解被劾之嫌隙耳。 自没:自己埋没自己。

(三五)海西时①,诸公每朝,朝堂犹暗,唯会稽王来②,轩轩如朝霞举③。

译 海西公为帝时,众大臣每次上朝,朝堂上还暗,只有会稽王司马昱来,气宇轩昂,好像早晨的霞光升起,光彩照人。

注 ①海西:海西公司马奕,即晋废帝。 ②会稽王:即晋简文帝司马昱,未即帝位时封会稽王,任丞相。 ③轩轩:形容气宇轩昂。 举:升起。

(三六)谢车骑道谢公①:“游肆复无乃高唱②,但恭坐捻鼻顾睐③,便自有寝处山泽间仪④。”

译 车骑将军谢玄称道谢安说:“他出外遨游,不需要高声吟唱,只要端坐下来,捏着鼻子,目光四顾,就自然有栖息在山林川泽之间的高逸风采。”

注 ①谢车骑:谢玄,谢安侄。 道:称道。 谢公:谢安。 ②游肆:游逛;遨游。《识鉴》21刘注引宋明帝《文章志》:“安纵心事外,疎略常节,每畜女妓,携持游肆也。” 复:此处无实义,只起强调作用。 无乃:无须;不需。 ③恭坐:端正地坐着。 捻(niē捏):捏。 顾睐:游目顾盼。 ④寝处:坐卧。引申为栖息。 山泽:山林川泽。 仪:仪容;仪态。

(三七)谢公云①:“见林公双眼黯黯明黑②。”孙兴公见林公③:“棱棱露其爽④。”

译 谢安说:“看见支道林的双眼,漆黑明亮,黑白分明。”孙绰见了支道林也说:“威严方正,露出爽朗的气概。”

注 ①谢公:谢安。 ②林公:支道林。 黯黯(àn暗):漆黑发亮的样子。 ③孙兴公:孙绰。 按:此句“见林公”后似当有“亦云”二字。 ④棱棱(léng楞):威严方正的样子。 爽:指爽朗的气概。

(三八)庾长仁与诸弟入吴①,欲住亭中宿②。诸弟先上,见群小满屋③,都无相避意。长仁曰:“我试观之。”乃策杖将一小儿④,始入门,诸客望其神姿,一时退匿。

译 庾统与几个弟弟去吴郡,途中要在驿亭中住宿。他几个弟弟先上去,看到一群平民百姓住满了一屋子,全没有避让他们的意思。庾统说:“我去试试,看他们怎么样。”他就拄着拐杖,带了一个小童,刚一进门,屋里的那些客人望见他的神气姿态,一下子都退避开去了。

注释 ①庾长仁：庾统，庾亮从子，见《赏鉴》69 注④。刘注说，本则所记，一说是庾亮之事。 吴：郡名。 ②亭：驿亭，供行旅住宿之所。 ③群小：一般平民百姓。此指住宿亭中的寻常百姓。 按：古代士大夫称庶民为“小人”。 ④策杖：拄着拐杖。 将（jiāng 浆）：带领。

（三九）有人叹王恭形茂者[1]，云：“濯濯如春月柳[2]。”

今译 有人赞赏王恭形貌美好，说：“鲜明光亮，简直像春季的柳条，秀美多姿。”

注释 ①叹：赞赏。 王恭：见《德行》44 注①。 茂：美。 ②濯濯（zhuó 浊）：鲜明有光泽的样子。

自新第十五

改过自新

一 周处年少时[①]，凶强侠气[②]，为乡里所患[③]，又义兴水中有蛟[④]，山中有邅迹虎[⑤]，并皆暴犯百姓[⑥]，义兴人谓为“三横”[⑦]，而处尤剧。或说处杀虎斩蛟[⑧]，实冀三横唯余其一。处即刺杀虎，又入水击蛟，蛟或浮或没，行数十里，处与之俱，经三日三夜，乡里皆谓已死，更相庆[⑨]，竟杀蛟而出。闻里人相庆，始知为人情所患，有自改意。乃自吴寻二陆[⑩]，平原不在[⑪]，正见清河[⑫]，具以情告，并云欲自修改而年已蹉跎[⑬]，终无所成。清河曰：“古人贵朝闻夕死[⑭]，况君前途尚可。且人患志之不立，亦何忧令名不彰邪？”处遂改励，终为忠臣孝子[⑮]。

注释 ①周处(？—297)：字子隐，西晋义兴阳羡(今江苏宜兴)人。少时横行乡里，与蛟、虎并称“三害”，后斩蛟射虎，发愤攻读。三国吴时为无难督。晋平吴后，任新平太守，迁御史中丞。权贵疾其强直，会氐人齐万年起兵，使处将兵西征，兵败战死。 ②凶强：凶狠横暴。 侠气：任性使气。 ③患：认为祸害。 ④蛟：古人传说中龙一类的动物，能发洪水为害。 ⑤邅(zhān 沾)迹虎：一作白额虎。跛足虎。 ⑥暴犯：凶暴地侵害。 ⑦横(hèng 横去声)：指横暴的人和物。 ⑧说(shuì 税)：劝说，用言语打动。 ⑨更(gēng 庚)相：互相；交互。 ⑩二陆：指陆机、陆云。此句中“自吴”，影宋本作“入吴”。 ⑪平原：指陆机，曾为平原内史，故称。 ⑫正：只；仅。 清河：指陆云，曾任清河内史，故称。 ⑬蹉跎(cuō tuó 搓陀)：岁月白白过去。 ⑭朝(zhāo 招)闻夕死：语本《论语·里仁》“朝闻道，夕死可矣。”意

译文 周处年轻时，强凶霸道，任性惹事，被乡里人们认为是个祸害。另外，义兴郡水中有条蛟龙，山上有只邅迹虎，都暴戾地侵害百姓，义兴人称为“三害”，而周处的危害最为严重。有人劝说周处去杀虎斩蛟，实际上是希望三害除掉两害而只剩下一害。周处就立即刺杀了老虎，又下水去击杀蛟龙。蛟龙时浮时沉，游了几十里，周处始终和蛟龙缠在一起。经过三天三夜，乡里的人以为他已经死了，就互相庆贺。不料周处竟杀掉了蛟龙，从水里出来了。他听到乡里人们互相庆贺，才知道自己为人们所厌恶，就有了悔改的心思。于是他到吴郡去寻访陆机、陆云兄弟，陆机不在，只见到陆云。周处把事情的经过通通告诉了陆云，并且说自己想修正悔改而岁月蹉跎，年纪大了，恐怕最终没有甚么成就。陆云说：“古人以‘朝闻夕死’为贵，何况您还前途远大着呢。再说，人只怕不能立志，何必担忧美名得不到显扬呢？”周处就努力改过自新，砥砺志节，后来终于成了忠臣孝子。

谓早晨听闻了圣贤之道，即使晚上死了也不算虚度此生了。⑮忠臣孝子：周处出征时，孙秀说他家有老母，不便远征，但他仍坚持领兵出征。结果，力战至矢尽弦绝而死。故称。

（二）戴渊少时游侠[①]，不治行检[②]，尝在江淮间攻掠商旅[③]。陆机赴假还洛[④]，辎重甚盛[⑤]，渊使少年掠劫。渊在岸上，据胡床指麾左右[⑥]，皆得其宜。渊既神姿锋颖[⑦]，虽处鄙事[⑧]，神气犹异。机于船屋上遥谓之曰："卿才如此，亦复作劫邪[⑨]？"渊便泣涕，投剑归机，辞厉非常[⑩]，机弥重之[⑪]，定交[⑫]，作笔荐焉[⑬]。过江[⑭]，仕至征西将军。

注释 ①戴渊：见《赏鉴》54注③。 游侠：指好交游、轻生急难、勇于不轨行为。 ②治：整治。 行检：操行；品行。 ③江淮：泛指处于江淮流域的今江苏、安徽地区。 攻掠：攻击抢劫。 ④赴（fù付）假：销假回任。 ⑤辎（zī资）重：行装；行李。辎，一种有帷盖可载重的车。 ⑥据：伸腿垂足而坐。胡床：一种坐具。见《容止》24注⑥。 指麾（huī挥）：指令，调遣。⑦锋颖：秀美突出。锋，原作"峰"，据《太平御览》卷四百九改。⑧处：处理。 鄙事：被人鄙视的事情。此指抢劫行为。 ⑨作劫：做强盗。 ⑩辞厉：言辞激切。《太平御览》卷四百九作"辞属"。 ⑪弥：更加。 重：看重。 ⑫定交：确立交谊。⑬笔：文章。特指无韵的散文。如书、论、表、奏之类。刘注引虞预《晋书》，载陆机向赵王司马伦荐举戴渊的书信。 ⑭过江：渡过长江。特指晋元帝司马睿过江建立东晋王朝。

今译 戴渊年轻时，游侠逞强，不检点行为，曾经在江淮地区抢劫行商旅客的财物。陆机休假完毕返回洛阳，路上携带的行李很多。戴渊让少年们去抢劫掠夺，他自己在岸上，伸开两腿，踞坐在椅子里，指挥喽啰们，事情都安排得非常妥帖。戴渊风度翩翩，出类拔萃，虽然干的是卑劣勾当，但还是神采不同一般。陆机在船棚中远远地对他说："你才能如此杰出，也还作强盗吗？"戴渊就哭泣流泪，丢掉宝剑，投靠陆机。他言辞犀利，非同寻常，陆机更加看重他，就此确立彼此间的交情；随即写文章推荐戴渊。过江以后，戴渊官至征西将军。

企羡第十六

企望仰慕

（一）王丞相拜司空[1]，桓廷尉作两髻[2]，葛裙策杖[3]，路边窥之，叹曰："人言阿龙超[4]，阿龙故自超[5]！"不觉至台门[6]。

【译】王导被授司空官职，桓彝梳了两个发髻，穿着葛布裙子，拄着拐杖，在路边隐蔽处看王导。他赞叹说："人们都说阿龙高超，阿龙确实高超！"不知不觉跟着走到了台城门。

【注释】①王丞相：王导。　司空：官名。晋代属一品官。　②桓廷尉：桓彝。　③葛裙：葛布下裳。裙，形制为前三幅、后四幅分别联缀为各成单元的两片，腰间由一条带子联结而成，穿著时系在腰部。古代男女都穿。　④阿龙：王导小字。超：高超，超群出众。　⑤故自：确实。加强判断语气。　⑥台门：台城门，中央官署之门。晋宋间称朝廷禁省为台，禁城称台城。

（二）王丞相过江[1]，自说昔在洛水边[2]，数与裴成公、阮千里诸贤共谈道[3]。羊曼曰[4]："人久以此许卿[5]，何须复尔？"王曰："亦不言我须此[6]，但欲尔时不可得耳[7]！"

【译】丞相王导渡江南下之后，仍然说起从前在洛水边上，与裴頠、阮瞻等名士一同谈论玄理的事。羊曼说："人们长久以来就以善谈玄理赞许你了，何必再这样旧事重提呢？"王导说："这倒也不是我需要这名声，只是想再有那清谈的时光，已经不可复得了！"

【注释】①王丞相：王导。　过江：谓永嘉之乱，渡江南下。　②自：仍然；还。　洛水：河流名。在西晋京都洛阳附近。　③数（shuò 朔）：屡屡。　裴成公：裴頠，见《言语》23 注③。阮千里：阮瞻，见《赏誉》29 注⑧。　谈道：指谈论玄理。　④羊曼：见《雅量》20 注③，为丞相主簿。　⑤此：这。此处指谈玄。许：称赞。　⑥须：通"需"，需要。　⑦尔时：那时。

（三）王右军得人以《兰亭集序》方《金谷诗序》[1]，又以己敌石崇[2]，甚有欣色。

【译】右军将军王羲之听说有人把他的《兰亭集序》和《金谷诗序》相比，又把他与石崇并列，很有得意之色。

①王右军：王羲之。　《兰亭集序》：东晋穆帝永和九年(353)，王羲之与谢安、孙绰等名士四十余人在会稽山阴(今浙江绍兴)之兰亭集会，饮酒赋诗。把这些诗汇集起来，王羲之亲笔写了序言，称《兰亭集序》。文章清新自然，全文载《晋书·王羲之传》中；墨迹成为著名法帖，后世推崇为"行书第一"。方：比拟。　《金谷诗序》：金谷在洛阳西北。西晋惠帝元康六年(296)，石崇与诸名士游宴于河南金谷园中，弹琴赋诗，饮酒取乐。石崇作序以志盛况，即《金谷园序》。文见《太平御览》卷九百十九引。　②敌：匹敌。　石崇：见《品藻》57注③。

四　王司州先为庾公记室参军[1]，后取殷浩为长史[2]，始到，庾公欲遣王使下都[3]。王自启求住[4]，曰："下官希见盛德[5]，渊源始至[6]，犹贪与少日周旋[7]。"

王胡之起初做庾亮的记室参军，后来庾亮又聘用殷浩做长史。殷浩才到，庾亮要派王胡之出使到下都去。王胡之自己打报告请求暂停，他说："下官很少见到大德美名的贤者，殷浩刚到这里，我还贪图与他交往几天。"

①王司州：王胡之。　庾公：庾亮。　记室参军：官名。魏晋以降，诸王、三公及将军等幕府中均置掌文书之幕僚，称记室参军。　②取：聘用。此指庾亮召聘录用。　殷浩：见《政事》22注①。　长史：官名。汉相国、丞相，后汉太尉、司徒、司空、将军府各有长史，为辅佐官。　③使：出使。　下都：东晋人指建康。④启：禀报。　住：停留。　⑤下官：下级官员对上的自称，犹卑职。　希见：少见。　盛德：有大德美名之人。此指殷浩。　⑥渊源：殷浩，字渊源。　⑦少日：几日；几天。　周旋：来往；交往。

五　郗嘉宾得人以己比苻坚[1]，大喜。

郗超得知人们把自己比作苻坚，大为高兴。

①郗嘉宾：郗超，字嘉宾。　苻坚：十六国时前秦皇帝。

六　孟昶未达时[1]，家在京口[2]，尝见王恭乘高舆[3]，被鹤氅裘[4]。于时微雪，昶于篱间窥之，叹曰："此真神仙中人！"

孟昶在还没有得志的时候，家住京口。他曾经看到王恭坐在高高的车子上，身披鹤氅裘。当时正下小雪，孟昶在篱笆间窥视王恭，赞叹说："这真是神仙中人啊！"

①孟昶：见《文学》104注⑥。　达：得志显贵。　②京口：地名。今江苏镇江。王恭为青、兖二州刺史，镇京口。③王恭：见《德行》44注①。　高舆：高车。　④被：穿着；披上。　鹤氅裘：用鹤类羽毛制成的外套。

伤逝第十七

感伤死者

（一）王仲宣好驴鸣①，既葬，文帝临其丧②，顾语同游曰："王好驴鸣，可各作一声以送之。"赴客皆一作驴鸣③。

今譯 王粲喜欢听驴子叫，他去世安葬之后，魏文帝曹丕亲临祭吊。他回头对王粲生前共同交游的朋友们说："王粲爱听驴子叫，可以各学一声驴叫来送送他。"于是，参加丧礼的人都学了一次作驴鸣。

注釋 ①王仲宣：王粲（177—217），字仲宣，东汉末山阳高平（今山东邹县西南）人。先依荆州刘表，以貌寝体弱，通脱不羁，未受重用。刘表卒，他为曹操幕僚，官侍中。从操征吴，途中病死。善诗赋，为"建安七子"之一。　②文帝：魏文帝曹丕。　临（lìn 蔺）：哭吊死者。　按：王粲死时，曹丕尚为太子，以生前友好身份来临其丧。　③赴客：指送葬的客人。

（二）王濬冲为尚书令①，著公服，乘轺车②，经黄公酒垆下过③。顾谓后车客："吾昔与嵇叔夜、阮嗣宗共酣饮于此垆④。竹林之游⑤，亦预其末⑥。自嵇生夭、阮公亡以来，便为时所羁绁⑦。今日视此虽近，邈若山河⑧。"

今譯 王戎任尚书令的时候，有一天，他身著官服，乘坐轻便小马车，从黄公酒家旁经过，回头对后面车上的人说："我过去和嵇叔夜、阮嗣宗一起在这家酒店里痛饮，竹林之下的游乐，我也参预末座。自从嵇生早逝、阮公亡故以来，我就被时势所拘束。今天看到这家酒店虽然很近，却又像隔着山河那样的遥远了。"

注釋 ①王濬冲：王戎，字濬冲。　尚书令：官名。尚书省的长官。　②轺（yáo 摇）车：一匹马拉的轻便小马车。　③黄公酒垆（lú 卢）：酒家名。垆，酒店里安放酒坛的土台，借指酒店。按：余嘉锡笺疏以为"黄公酒垆"是由"黄垆"附会而成，黄垆犹言黄泉；疑王戎追念稽康、阮籍已亡，生死永隔，故有黄垆之叹。　④嵇叔夜：嵇康，见《德行》16 注②。　阮嗣宗：阮籍，见《德行》15 注①。　⑤竹林：魏晋间阮籍、嵇康、山涛、刘伶、阮咸、向秀、王戎常集于竹林之下，称"竹林七贤"。参看《赏誉》29。　⑥预其末：参与末座。 按：王戎在“竹林七贤”中年纪最小。 ⑦羁绁(jī xiè 机屑)：络系犬马的用具。比喻束缚、拘束。 ⑧邈(miǎo 眇)：遥远。刘注于此则末引《竹林七贤论》：“俗传若此。颍川庾爰之尝以问其伯文康(庾亮)，文康云：‘中朝所不闻，江左忽有此论，皆好事者为之也。’”

（三）孙子荆以有才[1]，少所推服[2]，唯雅敬王武子[3]。武子丧时[4]，名士无不至者。子荆后来，临尸恸哭，宾客莫不垂涕。哭毕，向灵床曰[5]：“卿常好我作驴鸣，今我为卿作。”体似真声[6]，宾客皆笑。孙举头曰：“使君辈存，令此人死！”

注释 ①孙子荆：孙楚，见《言语》24 注①。 以：因为。 ②推服：推许佩服。 ③雅：素来；一向。 王武子：王济，见《言语》24 注①。 ④丧(sāng 桑)时：治丧之时。 ⑤灵床：为死者神灵所虚设的坐卧之具。 ⑥真声：《晋书·王济传》作“声真”，是。

今译 孙楚因为有才华，平素很少推许佩服别人，只是一向敬佩王济。王济死后治丧的时候，名士们没有不到场的。孙楚后到，临尸痛哭，宾客们莫不为之流泪。哭罢，他向王济灵床说：“你素常喜爱听我学驴子叫，今天我为你再学一学。”他学驴叫学得体态相似，声音逼真，惹得宾客都为之发笑。孙楚抬起头来说：“怎么会让你们这些人活着，而叫这个人死的！”

（四）王戎丧儿万子[1]，山简往省之[2]，王悲不自胜[3]。简曰：“孩抱中物[4]，何至于此？”王曰：“圣人忘情，最下不及情[5]；情之所钟[6]，正在我辈。”简服其言，更为之恸[7]。

注释 ①万子：王戎子，名绥，字万子。参看《赏誉》29。刘注：“一说是王夷甫(王衍)丧子，山简吊之。”《晋书·王衍传》载“衍尝丧幼子，山简吊之。”或当是。 ②山简：山涛子，见《赏誉》29 注⑥。 省(xǐng 醒)：看望。 ③胜(shēng 升)：禁得住。常用在“不”后。 ④孩抱中物：已经会笑而还要人抱的婴儿。泛指幼儿。 ⑤最下：此指下愚之人。 ⑥钟：专注。 ⑦更：竟然；反而。

今译 王戎死了儿子王万子，山简去看望他，王戎悲痛得不能自禁。山简说：“还是个要人提抱的幼儿，何至于如此伤心？”王戎说：“圣人能不动感情，下愚的人到不了有感情的地步，而感情专注的，正是我们这样的人。”山简佩服他的说法，反而为之悲痛。

（五）有人哭和长舆曰[1]：“峨峨若千丈松崩[2]。”

注释 ①和长舆：和峤，见《德行》17 注①。 ②峨峨：高峻貌。 千丈松：比喻和峤的才用。 崩：倒塌。

今译 和峤去世之后，有人哭他说：“真如同高高的千丈乔松倒塌下来。”

今译 太子洗马卫玠死于永嘉六年，谢鲲痛哭致哀，感动了路人。咸和年间，丞相王导发布教令说："卫洗马应当改葬。这人是仪容俊美、超凡脱俗的大名士，是国中之人所仰望尊重的，可以准备一份俭约的祭礼，表示看重旧日的交情。"

（六）卫洗马以永嘉六年丧[①]，谢鲲哭之[②]，感动路人[③]。咸和中[④]，丞相王公教曰[⑤]："卫洗马当改葬[⑥]。此君风流名士，海内所瞻，可修薄祭[⑦]，以敦旧好[⑧]。"

注释 ①卫洗马：卫玠，官太子洗（xiǎn 铣）马，故称，见《言语》32注①。 以：于，表示行为的时间。 永嘉：西晋怀帝年号，六年为公元312年。 ②谢鲲：见《言语》46注②。 ③感动路人：刘注引《永嘉流人名》，说卫玠死于永嘉六年六月二十日，葬于南昌。谢鲲在武昌致祭，哀痛不能自禁，有人问他为何如此哀痛，谢鲲回答："栋梁折矣，何得不哀？" ④咸和：东晋成帝年号（326—334）。 ⑤丞相王公：王导。 教：王公大臣发布的命令、指示称"教"。 ⑥改葬：卫玠死后葬于南昌，咸和中迁葬于建康新亭之东。 ⑦修：治备。 薄祭：俭约的祭礼。 ⑧敦：使加厚。 旧好：老交情。

今译 顾荣平生喜爱琴，去世之后，家里人常常把琴放在他的灵床上。张翰前往哭祭，悲痛不能自持，就直接上床弹琴，弹完了几曲，他抚摸着琴说："顾彦先可再能欣赏这琴曲吗？"因而又大为悲伤，竟未按常礼握握孝子的手就出去了。

（七）顾彦先平生好琴[①]，及丧，家人常以琴置灵床上。张季鹰往哭之[②]，不胜其恸，遂径上床鼓琴[③]，作数曲竟，抚琴曰："顾彦先颇复赏此不[④]？"因又大恸，遂不执孝子手而出[⑤]。

注释 ①顾彦先：顾荣，见《德行》25注①。 ②张季鹰：张翰，见《识鉴》10注①。 ③径：直接。 鼓琴：弹琴。 ④颇：犹言可，与句末"不（否）"相呼应，表疑问。 不（fǒu缶）：通"否"。 ⑤不执孝子手：不握孝子之手。孝子，指居父母丧者。 按：《颜氏家训·风操》："江南凡吊者，主人之外，不识者不执手。"则魏晋时丧礼，凡吊唁须执丧主之手。此处言"不执孝子手"，表示于死者悼恸极深，无心顾及常礼。

今译 庾亮的儿子遭遇苏峻兵乱，被杀害了。诸葛恢的女儿是庾亮儿子的妻子，守寡之后，将要改嫁，诸葛恢在写给庾亮的信中提到此事。庾亮回答说："令嫒还年轻，本来应当如此。只是我感念死去的儿子，就像他当初才死去时一样悲痛。"

（八）庾亮儿遭苏峻难遇害[①]。诸葛道明女为庾儿妇[②]，既寡，将改适[③]，与亮书及之。亮答曰："贤女尚少，故其宜也。感念亡儿，若在初没[④]。"

注释 ①庾亮：见《德行》引注①。 儿：指庾亮之子庾会，见《方正》25刘注引《庾氏谱》。 遭苏峻难遇害：苏峻，见《方正》25注③。东晋成帝咸和二年（327），时庾亮辅政，欲夺苏峻兵权，内调峻为大司农。峻遂与祖约合谋，以讨伐庾亮为名，举兵南渡长江。次年，攻破建康，纵兵大掠。 ②诸葛道明：诸葛恢，见

《方正》25 注①。　女：指诸葛恢之女，庾会之妻，名文彪。　③改适：改嫁。　按：诸葛文彪在庾会死后，改嫁江虨，见《方正》25。④初没：刚才死去。

（九）庾文康亡[①]，何扬州临葬[②]，云："埋玉树著土中[③]，使人情何能已已[④]！"

译：庾亮去世，何充亲临葬礼，说："把玉树埋在泥土里，使人们情感上的伤痛怎么能停止啊！"

注释：①庾文康：庾亮，卒谥文康。死于东晋成帝咸康六年(340)。②何扬州：何充，历任扬州刺史，故称，见《言语》54 注①。③玉树：比喻姿貌秀美才能出众的人。此指庾亮。著(zhuó着)：安置。　④已已：停止；休止。

（一〇）王长史病笃[①]，寝卧灯下，转麈尾视之[②]，叹曰："如此人，曾不得四十[③]！"及亡，刘尹临殡[④]，以犀柄麈尾著柩中[⑤]，因恸绝[⑥]。

译：王濛病重，睡在灯下，转动手中的麈尾，看着看着，感叹说："像这样的人，竟活不到四十岁！"他去世之后，刘惔亲临殡葬，把一柄用犀牛角做柄的麈尾安放在灵柩中，竟悲痛得一时气噎。

注释：①王长史：王濛，见《言语》66 注①。　笃：病重。　②麈(zhǔ 主)尾：一种兼具拂尘和凉扇功用的器具。魏晋清谈之士均甚爱赏，以为风雅之物。　③曾(zēng 增)：乃；竟。加强否定语气。　不得四十：王濛死于东晋穆帝永和三年(347)，年三十九，见《法书要录》卷九载张怀瓘《书断》。　④刘尹：刘惔，见《德行》35 注①。刘王两人是至交。　殡：殓入停放灵柩。⑤柩(jiù 旧)：盛有尸体的棺材。　⑥恸绝：悲痛过分而一时气噎。

（一一）支道林丧法虔之后[①]，精神霣丧[②]，风味转坠[③]。常谓人曰："昔匠石废斤于郢人[④]，牙生辍弦于钟子[⑤]，推己外求[⑥]，良不虚也[⑦]。冥契既逝[⑧]，发言莫赏[⑨]，中心蕴结[⑩]，余其亡矣[⑪]！"却后一年[⑫]，支遂殒[⑬]。

译：支道林在他的同学法虔亡故之后，精神垮掉了，风采也渐渐衰减。他常对人说："从前匠石因为对手郢人之死而废弃斧子不用，伯牙由于知音钟子期亡故而停止弹琴，从我自己丧失好友的心情来推想，这的确不是虚假的。深相投合的知心人逝世之后，我发言也没有人欣赏，内心郁闷，恐怕我也将死了！"过后一年，支道林就去世了。

注释：①支道林：支遁。　法虔：晋时僧人。与支道林同学，俊朗有义理，甚受支道林推重。　②霣(yǔn 陨)丧：坠落丧失。③风味：风采；神韵。　转：逐渐。　坠：衰落；丧失。　④匠石废斤于郢(yǐng 影)人：事见《庄子·徐无鬼》。说春秋时有一个郢地的人，在刷墙时，鼻子尖上落着苍蝇翅膀大的一点粉污，他让匠石用斤把粉污斫掉。匠石运斤成风，斫掉粉污而伤不着鼻子，郢人也稳稳地站着，面不改色。后来，宋国国君请匠石再次表演，匠石说，现在不行了，我的对手（指郢人）已经死了。斤，斧子。　⑤牙生辍弦于钟子：事见《吕氏春秋·本味》。说春秋时俞伯牙（牙生）善于弹琴，他的朋友钟子期（钟子）善听，能够领会他弹琴的旨趣，或志在高山，或志在流水。后来钟子期死了，俞伯牙破琴绝弦，终身不再弹琴，以为世无知音了。又见于《韩诗外传》卷九、《列子·汤问》、《说苑·尊贤》等。　⑥推己外求：谓由自己丧失好友的心情推测外人，匠石废斤，牙生断弦，都可理解。　⑦良：的确。不虚：不是虚假的。　⑧冥契：指深相投合的知己。　⑨莫：没有人。　⑩蕴结：郁闷。　⑪余：我。　其：恐怕；大概。表示揣测。　⑫却后：过后；此后。　⑬殒（yǔn 允）：死亡。

（一二）郗嘉宾丧①，左右白郗公②："郎丧③。"既闻不悲，因语左右："殡时可道④。"公往临殡，一恸几绝。

今译　郗超死，左右侍从把凶讯报告郗愔说："少东家去世了。"郗愔听到之后也不悲伤，继而对左右说："到殡殓时可以对我说一声。"后来郗愔亲临殡殓，一下子悲痛得几乎噎了气。

注释　①郗嘉宾：郗超，见《言语》59 注⑤。　按：《资治通鉴》系郗超之死在晋孝武帝太元二年（377）十二月，年四十二。　②郗公：郗愔，郗超父，见《品藻》29 注④。　③郎：左右之人呼少主人，犹郎君、少爷。　④道：讲；说。

（一三）戴公见林法师墓①，曰："德音未远②，而拱木已积③。冀神理緜緜④，不与气运俱尽耳⑤。"

今译　戴逵看到支道林法师的墓，说："您的美好的言论还留在人间，离我们不远，而墓上的树木却已经合抱了。希望您的精神义理长存不绝，不要与年寿命运一同消失。"

注释　①戴公：戴逵，见《雅量》34 注①。　林法师：支道林。支道林死于东晋废帝太和元年（366），其墓在剡（今浙江嵊县）之石城山。　②德音：善言。此尊称支之言谈。　③拱木：两手能合抱的树。语出《左传·僖公二十三年》："尔何知！中寿，尔墓之木拱矣。"后因以拱木称墓旁树木。　④神理：精神义理。　緜緜：连续不断。　⑤气运：气数命运。引申指年寿。

（一四）王子敬与羊绥善①。绥清淳简贵②，为中书郎，少亡。王深相痛悼，语东亭云③："是国家可惜人④。"

今译　王献之与羊绥友好。羊绥为人清雅淳厚，简朴高贵，官为中书郎，年纪很轻就死了。王献之深深悼念他，对王珣说："这是个国家值得珍惜的人。"

注释　①王子敬：王献之，见《德行》39 注①。　羊绥：见《方正》60 注①。　②清淳简贵：清雅淳厚，简朴高贵。此谓羊绥品格高尚。　③东亭：王珣，封东亭侯，故称，见《言语》102 注③。　④可惜：值得珍惜。

一五 王东亭与谢公交恶①。王在东闻谢丧，便出都②，诣子敬③，道欲哭谢公。子敬始卧，闻其言，便惊起，曰："所望于法护④。"王于是往哭。督帅刁约不听前⑤，曰："官平生在时⑥，不见此客。"王亦不与语，直前哭，甚恸，不执末婢手而退⑦。

注释 ①王东亭：王珣。　交恶：互相憎恨。　按：王珣、王珉兄弟都是谢氏之婿，因猜嫌致使离婚，由是王谢交恶。　②出都：赶到京都。出，赴，到。　③子敬：王献之，字子敬。④法护：王珣小名。　⑤督帅：帐下之领兵者，犹后世之卫队长。刁约：生平不详。　不听前：不让上前。　⑥官：称长官、上司。此指谢安。　⑦末婢：谢安少子谢琰，小名末婢。　不执手：见本篇7注⑤。

今译 王珣与谢安有仇，互相憎恨。王珣在东边听到谢安死亡的信息，就赶到京都，去拜访王献之，说自己要去哭吊谢安。王献之起初躺着，听了他的话，就吃惊而起，喊着王珣的小名说："法护，这正是我所希望于你的。"王珣于是就到谢府去哭吊。谢安手下带兵的督帅刁约不许王珣上前，说："长官生前，不见这位客人。"王珣也不跟他说甚么，径直向前哭祭，哭得非常哀痛，没有执谢安幼子谢琰之手就告退了。

一六 王子猷、子敬俱病笃①，而子敬先亡。子猷问左右："何以都不闻消息？此已丧矣。"语时了不悲②。便索舆来奔丧③，都不哭。子敬素好琴，便径入坐灵床上，取子敬琴弹，弦既不调④，掷地云："子敬，子敬，人琴俱亡！"因恸绝良久。月余亦卒。

注释 ①王子猷：王徽之，字子猷，王羲之子，王献之兄，见《雅量》36注①。　子敬：王献之，字子敬，见《德行》39注①。②了：完全。多用于否定词前。　③索舆：吩咐备车。④调（tiáo条）：和谐。

今译 王徽之、王献之兄弟俩都病得很重，而献之先去世了。徽之问身边的人说："为甚么总是听不到子敬的消息？看来，他已经死了。"说话的时候，徽之一点也不悲伤。他就吩咐备车去奔丧，一点也不哭。王献之平素喜爱弹琴，徽之就直接进去，坐上灵床，取过献之的琴来弹奏，琴弦已经调不准了，他就把琴掷在地上，说："子敬，子敬！人和琴都不复存在了！"于是悲痛得噎过气去，好久才苏醒。过了一个多月，王徽之也死了。

一七 孝武山陵夕①，王孝伯入临②，告其诸弟曰："虽榱桷惟新③，便自有《黍离》之哀④。"

注释 ①孝武：东晋孝武帝司马曜，见《言语》89注②。孝武帝死于太元二十一年（396），年三十五，葬隆平陵。　山陵：帝王坟墓。此借指帝王丧葬。　②王孝伯：王恭，见《德行》44注①。　入：特指入朝。《晋书·安帝纪》："太元二十一年……冬十月甲申，葬孝武帝于隆平陵。"王恭自京口入赴。　临：哭吊。③榱桷（cuī jué 崔决）：椽子；屋椽。此比喻身负重任、支撑局面的人。　惟新：指新的人。惟，语气词，表强调。　④便自：却就，表示强调兼转折。　《黍离》：《诗·王风》篇名，首句为"彼黍离离，彼稷之苗。"据《诗序》，周室东迁，周大夫行役至西周故都镐京，见宗庙宫室尽为禾黍，闵周室之颠覆，彷徨不忍去，乃作此诗。后常借喻

今译 孝武帝驾崩之后，丧葬之夕，王恭入朝祭吊，告诉他的几个弟弟说："虽然身负重任、支撑局面的是新人，却就有《黍离》之诗的悲哀。"

亡国的悲哀。 按：东晋孝武帝末年，丞相谢安在淝水之战后，因声望极高而招致孝武帝同母弟会稽王司马道子的排斥，被迫离开朝廷，不久病死。司马道子遂代谢安为相。孝武帝沉溺于酒色，道子亦宴饮无度，刑政谬乱。孝武帝与道子兄弟之间也是君相之间，发生摩擦。孝武帝任命王恭为南兖州刺史，镇北府；任命殷仲堪为荆州刺史，掌上游军权，以地方力量牵制朝中权臣。孝武帝死，子司马德宗即位，是为安帝。安帝"口不能言，虽寒暑之变无以辨"；而司马道子以太傅摄政，事权集中其手。道子引用王坦之之子王国宝为心腹，任中书令、尚书左仆射，拟削弱地方军权，以对付王恭、殷仲堪。故王恭发此感慨。次年(397)，王恭(此时王恭已成为皇帝的舅父)以诛王国宝为名，从京口起兵，殷仲堪亦在荆州举兵相应。司马道子无奈而杀王国宝。又次年(398)，王恭第二次举兵，因北府将领刘牢之倒戈袭击，兵败而死。

一八 羊孚年三十一卒①，桓玄与羊欣书曰②："贤从情所信寄③，暴疾而殒④，祝予之叹⑤，如何可言！"

今译 羊孚三十一岁时死了，桓玄在写给羊欣的信中说："您的堂兄，在情谊上是可以信托的人，现在突患急病亡故，真是老天断送了我，这种哀悼叹息，真是无法用言辞来表达！"

注释 ①羊孚：见《言语》104注①。 按：此处言羊孚年三十一卒，《言语》104刘注引《羊氏谱》，说羊孚年四十六卒，二说不知孰是。 ②桓玄：见《德行》41注①。 羊欣(370—442)：字敬元，南朝宋初泰山南城(今山东费县西南。一说平阳，今山东新泰)人。东晋末为桓玄平西参军，转主簿，参预机要。旋称病自免，家居十余年。入宋，为新安太守十余年，以简惠称。转义兴太守，又称病自免。欣泛览经籍，尤工书法，少时亲受王献之指点。好黄老，善医药。羊孚为羊欣之从祖兄。 ③贤从：尊称人之堂兄弟。贤，尊称。从(旧读zòng纵)，堂房亲属。 情：情谊。 寄：托。 ④暴疾：急病。 ⑤祝予之叹：(老天)断送我的叹息。语出《公羊传·哀公十四年》："颜渊死，子曰：'天丧予！'子路死，子曰：'噫，天祝予！'"后以"祝予"为悼念晚辈死亡之词。

一九 桓玄当篡位①，语卞鞠云②："昔羊子道恒禁吾此意③。今腹心丧羊孚④，爪牙失索元⑤，而忽忽作此诋突⑥，讵允天心⑦？"

今译 桓玄将要篡位称帝，对卞范之说："从前羊孚经常制止我这一心愿。如今丧失了羊孚这样的心腹，又失去了索元这样的得力干将，而匆匆忙忙去干冒天下大不韪的事，难道是符合天意的吗？"

注释 ①当：将；将要。 篡位：篡夺帝位。桓玄于东晋安帝元兴二年(403)，废晋安帝；十二月，称帝，国号楚，年号建始，旋改永始。参看《言语》106、107。 ②卞鞠：卞范之(？—405)，字敬祖，小字鞠，东晋济阴冤句(今山东菏泽西南)人。桓玄为江州刺史，引为长史，深相倚重。桓玄称帝，他官侍中尚书仆射。事败后被杀于江陵。　③羊子道：羊孚，见《言语》104 注①。羊孚为桓玄记室参军。　此意：指称帝之意。　④腹心：喻亲信而可以信赖之人。　⑤爪牙：喻得力干将。　索元：字天保，东晋凉州敦煌人。南渡为桓玄部将，历征虏将军、历阳太守。病卒于官。⑥诋（dǐ 抵）突：触犯；冒犯。此指称帝之事。　⑦讵（jù 距）：岂；难道。　允：符合；相当。

栖逸第十八

隐逸山林

（一）阮步兵啸闻数百步[①]。苏门山中[②]，忽有真人[③]，樵伐者咸共传说。阮籍往观，见其人拥膝岩侧。籍登岭就之，箕踞相对[④]。籍商略终古[⑤]，上陈黄农玄寂之道[⑥]，下考三代盛德之美以问之[⑦]，仡然不应[⑧]。复叙有为之教[⑨]，栖神导气之术以观之[⑩]，彼犹如前，凝瞩不转。籍因对之长啸。良久，乃笑曰："可更作。"籍复啸。意尽，退还半岭许，闻上啾然有声[⑪]，如数部鼓吹[⑫]，林谷传响[⑬]，顾看，乃向人啸也[⑭]。

【译】阮籍善啸，啸声能传到几百步。苏门山中，忽然有个得道真人，打柴的人都这样传说。阮籍就前去观看，看到那个人抱着膝盖坐在山岩旁边。阮籍就登上山岭去接近他，对着他岔开双足，箕踞而坐。和他商讨古昔的史事，先上陈述黄帝、神农的玄远幽寂之道，往下稽考夏、商、周三代德政之美，用以问他，那人只是昂着头，并不应答。阮籍接着再叙说有所作为的教义，凝神导引的道术，用以观察他，那个人仍然像先前一样，两眼注视，目不转睛。阮籍就对他长啸。好久，那人笑着说："可以再来一次。"阮籍再次长啸。意兴已尽，退回下山到半山腰处，听到上面啾然有声，如同几部鼓吹同时奏起，山林幽谷，回声传播，回头一看，正是先前那人在长啸。

【注释】①阮步兵：阮籍，曾为步兵校尉，故称。　啸：吹口哨。撮口吹气以发长声，或辅以手指。其音或清越矫厉，或婉约悠长。魏晋间倨傲狂放之士多好此道，每于意趣恬适、心情旷放，或挥麈玄谈、登高临远时为之，以逞其超迈洒脱之襟怀，成为当时名士风度之一种表现。　②苏门山：山名。亦名苏岭、百门山。在今河南辉县西北，属太行山支脉。　③真人：道家称修心养性得道之人。　④箕踞：坐时两足岔开，形似簸箕，一种倨傲轻慢的坐姿。　⑤商略：商讨。　终古：此指古昔之事。　⑥黄农：黄帝和神农氏。均传说中上古帝王。　玄寂：玄远幽寂，清静无为。　⑦三代：夏、商、周三代。　盛德：儒家以夏禹、商汤、周代的文王、武王为圣明之君，德政施行，民风淳厚。　⑧仡（yì 忆）然：昂头貌。　⑨有为之教：有所作为的教义，指儒家学说。　⑩栖神导气之术：道家的修炼方法。栖神，凝定心神，使不散乱。导气，即导引，摄气运息的养生术。　⑪啾（jiū 啾）然：拟声词。　⑫鼓吹：乐名。主要乐器有鼓、钲、箫、笳。本为军中之乐，出自北方民族。　⑬响：回声。　⑭向人：刚才那个人。

二 嵇康游于汲郡山中[1]，遇道士孙登[2]，遂与之游。康临去，登曰："君才则高矣，保身之道不足[3]。"

译 嵇康在汲郡的山中游览，遇到道士孙登，就与他一起游逛。嵇康临别时，孙登说："您才学诚然很高，然而保全自身之道有所不足。"

注释 ①嵇康：见《德行》16注②。　汲郡：郡名。治所在今河南汲县西南。辖境相当今河南新乡、汲县、辉县、获嘉、修武等地。　②孙登：字公和，魏晋之际汲郡共（今河南辉县附近）人。隐于郡之北山，以读《易》抚琴自娱，性无喜怒。后不知所终。　③君才则高矣，保身之道不足：刘注引《文士传》，说嵇康从孙登游三年，将别，登谓康曰："子识火乎？生而有光，而不用其光，果然在于用光。人生有才，而不用其才，果然在于用才。故用光在乎得薪，所以保其曜；用才在乎识物，所以全其年。今子才多识寡，难乎免于今之世矣！子无多求！"这是规诫嵇康晦才自保，所谓"识寡"，不过是众醉独醒，不能为时所容而已。后嵇康受吕安事牵连，遭钟会构陷，在狱作《幽愤》诗，有"昔惭下惠，今愧孙登"之句。

三 山公将去选曹[1]，欲举嵇康[2]，康与书告绝[3]。

译 山涛将要离开尚书选曹郎的官职，他想荐嵇康来代替自己，嵇康就写信给山涛宣告绝交。

注释 ①山公：山涛，见《言语》78注①。　去：离开。　选曹：指尚书省选曹。主管官吏选举、考校、任免等。山涛任选曹郎不久，迁散骑常侍，离开尚书选曹郎之职。　②举：荐举。　③康与书告绝：山涛想荐举嵇康来替代自己任选曹郎的官职，嵇康写信给他表示绝交。时约在三国魏元帝景元三年到四年之间（262—263）。全文载《昭明文选》，题为《与山巨源绝交书》。信中列陈自己不能出仕的原因"有必不堪者七，甚不可者二"，大胆立论，说自己"每非汤武而薄周孔"，"刚肠疾恶，轻肆直言，遇事便发"。信中推崇老庄，强调任真，痛责山涛不该纠缠自己出仕，更重要的是对司马氏所提倡的"以孝治天下"的虚伪性给以尖锐的讥刺，满腔愤慨攻击时政。大将军司马昭得知此信，极为愤怒。对此，鲁迅评论说："非薄了汤武周孔，在现时代是不要紧的，但在当时却关系非小。汤武是以武定天下的；周公是辅成王的；孔子是祖述尧舜，而尧舜是禅让天下的。嵇康都说不好。"司马氏篡位的时候，"怎么办才是好呢？没有办法，在这一点上，嵇康于司马氏的办事上有了直接影响，因此就非死不可了。"

四 李廞是茂曾第五子[1]，清贞有远操[2]，而少羸病[3]，不肯婚宦[4]。居在临海[5]，住兄侍中墓下[6]。既有高名，王丞相欲招礼之[7]，故辟为府掾[8]。廞得笺命[9]，笑曰："茂弘乃复以一爵假人[10]。"

译 李廞是李重的第五个儿子，清高雅正，怀有高远的志向，而他从小就体弱多病，一直不肯结婚和做官。后居住在临海郡，住在他长兄侍中李式的墓地。他既已享有很高的名声，丞相王导想要招他为官，以示礼遇，特意聘他为丞相府掾。李廞接到任命为官的文件，笑着说："王茂弘竟然拿一个官位送给我。"

注释 ①李廞(xīn 歆,? —约350):字宗子,东晋初江夏钟武(今河南信阳东南)人。好学,善草隶,与长兄式齐名。因残不能行坐,常仰卧,弹琴诵读不辍。河间王辟太尉掾,以疾不赴。后避乱随兄南渡。穆帝永和中卒。 茂曾:李重,字茂曾,见《品藻》46注④。 ②清贞:清高雅正。 远操:高远的志向。 ③羸(léi 雷)病:体弱多病。 ④婚宦:结婚和出仕。 ⑤临海:郡名。治所在今浙江临海。 ⑥兄侍中:指李廞之兄李式,字景则。东晋时累迁临海太守、侍中等职。年五十四而卒。 墓下:犹墓地、墓所。 ⑦王丞相:王导。 招礼:招聘为官,以礼相待。 ⑧故:特意。 辟(bì 壁):征召;招聘。 府掾:丞相府的属官。 ⑨笺命:授任官职的文书。 ⑩茂弘:王导,字茂弘。 乃复:竟然。 爵:指官位。 假:借,引申为给予。

（五）何骠骑弟以高情避世①,而骠骑劝之令仕,答曰:“予第五之名,何必减骠骑②?”

今译 骠骑将军何充的五弟何准以清高的性情远避世事,而何充却劝他出来做官,他回答说:“我这老五的名望,不见得比你骠骑将军差吧?”

注释 ①何骠骑:何充,见《言语》54注①。 弟:指何充之五弟何准,字幼道。雅好高尚,不就征聘。兄充位居宰相,权倾人主,而准隐居不预世事。年四十七卒。其女为东晋穆帝后。 ②何必:不见得;未必。

（六）阮光禄在东山①,萧然无事②,常内足于怀③。有人以问王右军④,右军曰:“此君近不惊宠辱⑤,虽古之沈冥⑥,何以过此?”

今译 阮裕住在东山,过着清静的生活,没有什么世俗的事情,而内心经常感到很充足。有人拿他的情况去问王羲之,王羲之说:“这位先生近来连宠辱得失都无所惊扰于心,即使是古代深藏不露的隐者,又怎么能超过这种境界呢?”

注释 ①阮光禄:阮裕,见《德行》32注①。 东山:山名。在今浙江上虞西南。 ②萧然:清静貌。 ③内足于怀:在胸怀之间有一种内在的充足。 ④王右军:王羲之。 ⑤不惊宠辱:不以宠辱得失而惊扰自己。语出《老子》:“宠为下,得之若惊,失之若惊,是谓宠辱若惊。” ⑥沈(chén 沉)冥:汉扬雄《法言·问明》:“蜀庄沈冥。”李轨注:“沈冥,犹玄寂,泯然无迹之貌。”指深藏不露之人。多指隐逸之士。

（七）孔车骑少有嘉遁意①,年四十余,始应安东命②。未仕宦时,常独寝,歌吹自箴诲③。自称孔郎,游散名山。百姓谓有道术,为生立庙④,今犹有孔郎庙。

今译 车骑将军孔愉年轻时有隐居不仕的意向,四十多岁,才接受安东将军的任命出来任参军之职。当他还没有出来做官时,常常独自寝处,歌唱规戒自己。他自称孔郎,在名山间游览。百姓们认为他有道术,在他活的时候就为他立庙,现今还有孔郎庙。

注释 ①孔车骑：孔愉，见《方正》38注①。　嘉遁：指隐居不仕。语出《易·遯》："嘉遯，贞吉。"遯，同"遁"。　②安东：指东晋元帝司马睿。睿初为安东将军，镇扬州，当时任命孔愉为参军。　③歌吹：影宋本无"吹"字。歌，歌唱。　箴诲：规戒。④为生立庙：谓在孔愉生时，为之立庙。《晋书·孔愉传》："东还会稽，入新安山中，改姓孙氏，以稼穑读书为务，信著乡里。后忽舍去，皆谓为神人，而为之立祠。"

（八）南阳刘驎之[①]，高率善史传[②]，隐于阳岐[③]。于时苻坚临江[④]，荆州刺史桓冲将尽讦谟之益[⑤]，征为长史，遣人船往迎，赠贶甚厚[⑥]。驎之闻命，便升舟，悉不受所饷[⑦]，缘道以乞穷乏[⑧]，比至上明亦尽[⑨]。一见冲，因陈无用，翛然而退[⑩]。居阳岐积年，衣食有无，常与村人共。值己匮乏，村人亦如之。甚厚为乡闾所安[⑪]。

译 南阳刘驎之，为人高超真率，通晓史事，隐居在阳岐村。当时前秦苻坚兵临长江，意欲攻打东晋，荆州刺史桓冲想尽心竭力实施抵御苻坚的大计，就聘请刘驎之为长史，派人备船去迎接他，并且赠送他很多财物。刘驎之听到这一任命，就登船上路，对桓冲所赠财物，都接受下来，沿路分送给穷苦困乏的人，等到抵达上明城，财物也分送完了。他一见桓冲，就陈述自己是无用之人，然后就无拘无束地退了出来。刘驎之在阳岐村居住多年，凡是吃的穿的，不论多少有无，常和村里人共同享用。遇到他自己穷困时，村里人也像他那样热情地帮助他。乡里人都感到和他相处十分安适。

注释 ①南阳：郡名。治所在今河南南阳。　刘驎之：字子骥，东晋南阳人。少尚质素，虚退寡欲，好游山泽，有遁逸之志。桓冲闻其名，请为长史，固辞不受。后居阳岐，以信义著称。以寿终。陶渊明《桃花源记》叙及有南阳刘子骥，欲往寻桃花源而未果者，即此人。《晋书·刘驎之传》说他曾到衡山采药，深入忘返，见一溪水之南有两个石仓，一开一闭，因水深不能渡。欲还家，又迷了路，幸遇伐木作弓的人，问清道路才得以回家。后来听说石仓里有仙灵方药，想再去找，但已不知所在。　②高率：超逸真率。　史传（zhuàn 撰）：史事。　③阳岐：村名。距荆州二百里，濒临长江。　④苻坚：见《言语》94注③。　临江：指前秦苻坚兵临长江，欲进攻东晋。　⑤桓冲：桓温弟，见《夙惠》7注④。　讦谟：宏图大计。　⑥赠贶（kuàng 况）：馈赠财物。　⑦悉不受：据李慈铭说，"不"字衍，当作"悉受所饷"，是。饷，赠送。　⑧缘道：沿路。　乞：给与。　穷乏：穷苦困乏之人。　⑨比：及；等到。　上明：城名。桓冲任荆州刺史时为抵御苻坚南下而筑，故址在今湖北松滋西，长江南岸。城成，桓冲即将荆州州治移此。⑩翛（xiāo 萧）然：无拘无束，自由自在。　⑪甚厚为乡闾所安：据李慈铭说，"厚"字疑衍。乡闾，乡里，所处的乡间。

（九）南阳翟道渊与汝南周子南少相友[①]，共隐于寻阳。庾太尉说周以当世之务[②]，周遂仕。翟秉志弥固[③]。其后周诣翟，翟不与语。

译 南阳翟汤和汝南周邵，从小就是朋友，一同隐居在寻阳。太尉庾亮用时势的需要说服了周邵，周邵就出去做官了。而翟汤更加坚持自己的志向。此后，周邵去拜访翟汤，翟汤不跟他讲话。

注释 ①南阳：郡名。　翟道渊：翟汤，字道渊（《晋书》本传作“道深”，为唐人避唐高祖李渊讳而改），东晋南阳（今河南南阳。一说寻阳，今湖北黄梅与江西九江一带）人。以仁让廉洁著称，隐居不仕，耕而后食。司徒王导辟，太守干宝馈，征西大将军庾亮荐，晋成帝、康帝累征，并辞不受。人称“卧龙”。　汝南：郡名。　周子南：周邵，字子南，东晋汝南（治所在今河南汝南）人。初与翟汤隐于寻阳庐山，后庾亮强起之，官至镇蛮参军、西阳太守。参看《尤悔》10。　②庾太尉：庾亮。　说（shuì 税）：劝说，用言语打动。　③秉志：谓坚持隐逸不仕之志。　弥：更；愈。

一〇 孟万年及弟少孤①，居武昌阳新县。万年游宦②，有盛名当世。少孤未尝出。京邑人士思欲见之，乃遣信报少孤云③：“兄病笃。”狼狈至都④。时贤见之者，莫不嗟重⑤。因相谓曰：“少孤如此，万年可死。”

今译 孟嘉和他的弟弟孟陋，住在武昌郡阳新县。孟嘉外出做官，在当时享有盛名。孟陋不曾离家外出过，京城里一些有名望的人想见见他，就派人去报告孟陋说：“令兄病重。”孟陋就慌慌忙忙赶到京都。当时的士大夫见到了，没有不赞叹器重他的，相互说道：“少孤这样高超，那万年可以死了。”

注释 ①孟万年：孟嘉，字万年，见《识鉴》16 注①。　少孤：孟陋，字少孤，东晋武昌阳新（今湖北阳新）人。孟嘉之弟。屏弃交游，不求闻达，布衣蔬食，以文籍自娱。晋简文帝为会稽王时辟为参军，托病不就。桓温慕其名，造访而不敢征召。博学多通，尤长“三礼”，曾注《论语》。以寿终。　②游宦：出外做官。③信：使者。　④狼狈：匆遽；慌忙。　⑤嗟重：赞叹推重。

一一 康僧渊在豫章①，去郭数十里立精舍②，旁连岭，带长川，芳林列于轩庭③，清流激于堂宇。乃闲居研讲，希心理味④。庾公诸人多往看之⑤，观其运用吐纳⑥，风流转佳⑦，加已处之怡然⑧，亦有以自得⑨，声名乃兴。后不堪，遂出。

今译 康僧渊在豫章郡，在离城几十里地建造了静修的精舍，旁连山岭，后带长河，廊庑庭院间布满了花草树木，厅堂屋宇旁腾涌着清澈流水。他就悠闲地居住其中，研讨佛学，倾心于义理之味。庾亮等人往往去看望他，观察他灵活地利用佛理，发为言谈，那风度神采更加美妙；加上相处和悦，也颇有自我安适之感，名声就越来越大了。后来他受不了这种情况，就离开了。

注释 ①康僧渊：东晋高僧，见《文学》47 注①。　豫章：郡名。治所在今江西南昌。　②去：离开。　郭：外城。　精舍：佛教徒静修的住所。　③轩：有栏杆的廊庑。　④希心：倾心。　理味：义理之味。　⑤庾公：庾亮。　按：汤用彤谓“庾公”恐指庾爰之。　⑥运用：谓灵活多变地利用。　吐纳：指谈吐，言谈。　⑦风流：风度神采。　转：更；愈。　⑧加已处之怡然：影宋本无“已”字。加，加上。　处（chǔ 楚），相处。　怡然，喜悦高兴貌。　⑨自得：自适。

（一二）戴安道既厉操东山[1]，而其兄欲建式遏之功[2]。谢太傅曰[3]：“卿兄弟志业[4]，何其太殊[5]！”戴曰：“下官不堪其忧，家弟不改其乐[6]。”

注释 ①戴安道：戴逵，字安道，见《雅量》34 注①。 厉操：砥砺节操。此指磨砺隐遁高逸，不趋荣利之操守。 东山：山名。在今浙江嵊县。 ②其兄：指戴逵之兄。刘注引《戴氏谱》，说戴逯（lù 录），字安丘，以武勇显，有功封广陵侯，仕至大司农。 按：《晋书·谢玄传》附戴遯（dùn 遁），字安丘，谓为戴逵之弟。仕历同，答谢安语亦同，但易“弟”为“兄”。 式遏：《诗·大雅·民劳》：“式遏寇虐，憯不畏明，柔远能迩，以定我王。”原意为制止寇盗暴虐，安定邦国。后以“式遏”泛指抵御侵略，为国立功。戴逵之兄从谢玄征战，抗击前秦苻坚时立有战功。 ③谢太傅：谢安。 ④志业：志趣事业。 ⑤殊：不同。 ⑥下官不堪其忧，家弟不改其乐：语本《论语·雍也》，孔子称赞弟子颜回能安贫乐道，说“贤哉回也！一箪食，一瓢饮，在陋巷，人不堪其忧，回也不改其乐”。两句意谓自己处贫，经不住忧苦，故出来做官，而弟弟安于贫苦，不改其乐，故隐居不仕。

译 戴逵砥砺操守，隐居在东山，而他的哥哥要建立为国御敌的功业。太傅谢安对戴逵的哥哥说：“你们兄弟两人的志趣业绩，多么悬殊啊！”戴逵哥哥回答说：“下官处于贫苦之境，受不了那种愁苦，而舍弟却不改变他原有的快乐。”

（一三）许玄度隐在永兴南幽穴中[1]，每致四方诸侯之遗[2]。或谓许曰：“尝闻箕山人似不尔耳[3]。”许曰：“筐篚苞苴[4]，故当轻于天下之宝耳[5]。”

注释 ①许玄度：许询，见《言语》69 注②。 永兴：县名。晋属会稽郡，故城在今浙江萧山西。 幽穴：指幽僻的山洞。 ②致：招引。 诸侯：此泛指地方高级官员。 遗（wèi 魏）：赠送。此指赠送之物。 ③箕山人：指许由，见《言语》1 注③。箕山，许由隐遁之处，在今河南登封东南。 尔：如此。此指接受馈赠。按：尧让天下于许由，许由不受，这是真正的隐士；因借同姓许又同为隐士之事来讥刺许询接受地方高官的馈赠。 ④筐篚（fěi 匪）苞（bāo 包）苴（jū 狙）：筐篚，竹器，方曰筐，圆曰篚；苞苴，蒲包。古人赠人礼物，用筐篚苞苴包装。后遂用以指代包装好的礼物。 ⑤故当：自然；当然。 天下之宝：指天子之位。语出《易·系辞下》：“天地之大德曰生，圣人之大宝曰位。” 按：隐居者的物质生活总是比较差的，他们的经济来源或是“躬耕”，或是“授徒”，再次就是名气大了，接受官员的馈赠。但到了接受官员馈赠的地步，离开真正的隐士就远了。许询用接受馈赠礼物比接受天子之位要轻来作答，是自我解嘲。

译 许询隐居在永兴县南的幽僻的山洞中，常常招引来四方高官慕名而向他赠送礼物。有人对许询说：“曾经听说过隐遁箕山的许由似乎不是这样的吧。”许询说：“那些竹筐蒲包，自然要比天下之宝的天子之位轻微吧。”

一四 范宣未尝入公门①,韩康伯与同载②,遂诱俱入郡③,范便于车后趋下④。

译 范宣从来没有进过官衙,韩伯与他同乘一辆车,就想骗他一起进郡守官衙,范宣就从车后急忙下车。

注释 ①范宣:见《德行》38 注①。 公门:官署。 ②韩康伯:韩伯,见《德行》38 注③。 ③郡:指郡太守官署。 ④车后:据《考工记》,周代车制皆从车后登降,晋时车制同。趋:快步走。

一五 郗超每闻欲高尚隐退者①,辄为办百万资②,并为造立居宇。在剡③,为戴公起宅④,甚精整。戴始往旧居⑤,与所亲书曰:"近至剡,如官舍。"郗为傅约亦办百万资⑥,傅隐事差互⑦,故不果遗⑧。

译 郗超常在听说有人要高超脱俗从事隐居时,总是为这人准备好大量的钱财,并且替他建造居住的宅子。在剡县,他为戴逵兴建住宅,造得非常精美整齐。戴逵开始迁去住时,给亲近的人写信说:"近来到剡县,住宅简直像官衙。"郗超为傅琼也准备了一大笔钱财,但傅琼隐居的事颇多曲折,没能如愿,所以赠钱的事也没有成为事实。

注释 ①郗超:见《言语》59 注⑤。 高尚:高超而不同流俗。 ②办:准备。 百万:极言数额大。 ③剡(shàn 善):县名。治所在今浙江嵊县。 ④戴公:戴逵,见《雅量》34 注①。 ⑤往旧居:徐震堮校笺谓"旧"字衍,无义。 ⑥傅约:傅琼,小字约。生平不详。余嘉锡笺疏疑为傅瑗之兄弟行。 ⑦差(cī 疵)互:参差曲折,未能如愿。 ⑧果:实现;成为事实。遗(wèi 魏):赠送。 按:郗超自己不能摆脱世情,却愿别人"高尚隐退",当时重视隐逸之风,可见一斑。再,东晋士大夫视隐逸为高尚而合乎理想之举,对统治者的反抗与不合作态度逐渐淡化,朝廷与地方高官且视有隐士栖遁,为政治升平之点缀。

一六 许掾好游山水①,而体便登陟②。时人云:"许非徒有胜情③,实有济胜之具④。"

译 许询喜欢游山玩水,身体便捷,极利攀登。当时人说:"许询不仅有喜爱胜境的情怀,他真有度越胜境、登山临水的身体条件。"

注释 ①许掾:许询,见本篇 13。 ②体便:身体便捷。 登陟:攀登。 ③非徒:不但;不只。 胜情:喜爱胜境的情怀。 ④济胜之具:登临揽胜的条件。指强健的体魄。

一七 郗尚书与谢居士善①,常称:"谢庆绪识见虽不绝人,可以累心处都尽②。"

译 郗恢与居士谢敷友好,常常称赞他说:"谢庆绪虽然见识并不出众,但能烦扰人心的世俗情怀却都没有了。"

注释 ①郗尚书:郗恢(? —398),字道胤,小字阿乞,东晋高平金乡(今山东金乡)人。郗昙子。初袭父爵为散骑侍郎。孝武帝擢为雍州刺史,镇襄阳。屡御姚苌南扰,进征虏将军,领秦州刺史。王恭、殷仲堪以讨王国宝为名起兵,恢与朝廷互为犄角。寻以尚书征还,途中为殷仲堪所杀。　谢居士:谢敷,字庆绪,东晋会稽(今浙江绍兴)人。崇信佛教,以长斋供养为业。在太平山中十余年。后以母老,还县南若邪山中。内史郗愔以主簿召,朝廷以博士征,并不就。人称谢居士。　②累心处:指烦扰人心的世俗之事。累,牵累挂碍。

贤媛第十九

贤明妇女

译 陈婴是东阳人，年轻时修养品德，著名于乡里之间。秦代末年，天下大乱，东阳人民起事，想拥戴陈婴做首领。陈婴的母亲说："不可以！自从我做了你陈家的媳妇以来，年轻时就看到家门贫贱，现突然之间富贵起来，不是什么吉祥的事。倒不如带领军队隶属别人，事情成功，稍微得到一些利益；如果不成功，祸患自有别人承担。"

（一）陈婴者①，东阳人②。少修德行，著称乡党③。秦末大乱，东阳人欲奉婴为主④，母曰："不可！自我为汝家妇，少见贫贱，一旦富贵，不祥。不如以兵属人⑤，事成少受其利；不成祸有所归。"

注释 ①陈婴：秦末东阳（治所在今安徽天长西北）人。为东阳令史。陈胜起兵，众杀县令，立婴为长帅，以兵属项梁。后归汉，封堂邑侯。参阅《史记·项羽本纪》。 ②东阳：县名。秦时属东海郡。 ③乡党：周制以五百家为党，一万二千五百家为乡。后以"乡党"泛称乡里。 ④奉：拥戴。 主：首领。⑤属：归属。

译 汉元帝后宫宫女很多，就让画工描绘下她们的相貌，元帝想找哪个宫女，就翻阅图像召唤。宫女中姿色平庸的，都向画工行贿。王明君容貌姿态非常美丽，但她不肯苟且求画工，画工就把她的容貌画得很难看。后来，匈奴前来和亲，向汉元帝请求赏赐美女，元帝就让王明君充当出行。召见以后，看到她那么美丽，又舍不得了。但是王明君的名字已经送往匈奴，不好中途更改，于是王明君就去了。

（二）汉元帝宫人既多①，乃令画工图之②，欲有呼者，辄披图召之③。其中常者④，皆行货赂⑤。王明君姿容甚丽⑥，志不苟求，工遂毁为其状。后匈奴来和⑦，求美女于汉帝，帝以明君充行⑧。既召见而惜之，但名字已去，不欲中改，于是遂行。

注释 ①汉元帝（前76—前33）：刘奭，西汉宣帝子。 ②图：描绘。 ③披：翻阅。 ④中常者：中等的平常的。此指宫女之姿色平庸者。 ⑤货赂：贿赂。此指宫女向画工行贿。 ⑥王明君：王嫱，字昭君，西汉南郡秭归（今湖北秭归）人，晋人避司马昭讳，改称"明君"。初为汉元帝宫人。竟宁元年（前33），嫁给匈奴呼韩邪单于，号宁胡阏氏（yān zhī 焉支）。卒葬匈奴。今内蒙古呼和浩特南有昭君墓，世称"青冢"。参《汉书·元帝纪》、

《匈奴传下》、《后汉书·南匈奴传》。　⑦匈奴来和：指竟宁元年（前33）呼韩邪单于向汉求和亲事。　⑧充行：谓充当宗室女出嫁。

（三）汉成帝幸赵飞燕[①]，飞燕谗班婕妤祝诅[②]，于是考问[③]。辞曰[④]："妾闻死生有命，富贵在天[⑤]。修善尚不蒙福，为邪欲以何望？若鬼神有知，不受邪佞之诉[⑥]；若其无知，诉之何益？故不为也。"

今译　汉成帝宠幸赵飞燕，飞燕诬陷班婕妤，说她向神明诅咒后宫，并连及皇上。于是就考讯审问班婕妤。班婕妤的供辞说："臣妾听说死生决定于命运，富贵由天意安排。修善行尚且不能得福，做坏事还想有什么指望？假如鬼神有知觉，就不会听从邪恶谄媚的诉说；假如鬼神没有知觉，向他们诉说又有什么益处？所以我是不做这种事的。"

注释　①汉成帝（前51—前7）：刘骜，西汉元帝子。在位期间，外戚王氏擅权。性好女色，以阳阿公主家歌者赵飞燕及其妹为婕妤，宠倾后宫。在位二十六年而暴死。　幸：宠爱。　赵飞燕（？—前1）：西汉人，始为阳阿公主家歌伎，以体轻善舞号曰"飞燕"。后与其妹同被汉成帝收入宫中封为婕妤，宠冠一时。谮废许皇后，立为后，与妹昭仪专宠十余年。成帝暴死，哀帝立，尊为皇太后。平帝即位，废为庶人，自杀。　②谗：用言语中伤。　班婕妤：西汉雁门郡楼烦班况女，班彪之姑。成帝时入宫为婕妤。后失宠，退居东宫，作赋自伤。成帝死，充奉园陵，死葬园中。婕妤（jié yú 捷予），宫中女官名。汉武帝时始置，位视上卿，秩比列侯。　祝诅（zhòu zǔ 咒祖）：祈告鬼神，求鬼神降祸于己所仇怨之人。　③考问：审问。　④辞：指供辞。　⑤"死生有命，富贵在天"：《论语·颜渊》："子夏曰：'商闻之矣，死生有命，富贵在天，君子敬而勿失。'"　⑥邪佞（nìng 泞）：邪恶谄媚。

（四）魏武帝崩[①]，文帝悉取武帝宫人自侍[②]。及帝病困[③]，卞后出看疾[④]。太后入户，见直侍并是昔日所爱幸者[⑤]。太后问："何时来邪？"云："正伏魄时过[⑥]。"因不复前而叹曰："狗鼠不食汝余[⑦]，死故应尔[⑧]！"至山陵[⑨]，亦竟不临[⑩]。

今译　曹操死后，曹丕把曹操的宫人统统要过来服侍自己。到曹丕病情危重时，卞太后来看望。卞太后一进房门，看见当班侍奉的都是从前曹操所宠爱的宫人。太后问："你们是什么时候过来的呢？"回答说："正当为先帝招魂的时候就过来了。"太后就不再前进而叹道："真是连狗鼠也唾弃而不吃你剩下的东西，确实该死！"到曹丕举行葬礼，太后也竟不到场哭吊。

注释　①魏武帝：曹操。　②文帝：魏文帝曹丕。　③病困：病情危重。　④卞后（160—240）：三国魏琅邪开阳（今山东临沂北）人，曹操妻，曹丕、曹植生母。本倡家女，曹操在谯时纳为妾，建安初扶为继室；操为魏王，拜为王后。曹丕为帝，尊为皇太后。　⑤直侍：当班侍候的人。直，同"值"。　⑥伏魄：亦作"复魄"，招魂。古时在人气绝时，持方死者之衣，登屋顶呼叫，谓可招回死者之魂。　⑦狗鼠不食汝余：此指曹丕的作为，简直狗鼠不如。《左传·庄公六年》记载，楚文王攻打申国，路过邓国。

邓祁侯说楚王是我的姨侄,把他留住而礼待他。骓甥、聃甥、养甥三人请求杀掉楚王。邓祁侯不同意,说:"人将不食吾余。"意谓如果这样做,人们会唾弃我而不吃我剩下的东西。下后语本此。 ⑧故:自;确实。加强判断语气。 尔:表肯定语气。 ⑨山陵:帝王陵墓。此指帝王葬礼。 ⑩临:哭吊。

（五）赵母嫁女[1],女临去,敕之曰[2]:"慎勿为好[3]!"女曰:"不为好,可为恶邪?"母曰:"好尚不可为,其况恶乎[4]?"

注释 ①赵母(? —243):刘注引《列女传》,说赵母是颍川(郡治在三国时当今河南许昌东)人,桐乡令东郡虞韪妻。聪慧博学,吴大帝孙权敬其文才,诏入宫省。作《列女传解》,号"赵母注"。赋数十万言。 ②敕:告诫。 ③慎勿为好:意谓到了婆家,切勿一心求好名声。此意在诫女勿露头角,斤斤为善,招人嫉妒。 ④其:岂。加强反问语气。

译 赵母嫁女儿,在女儿临去时,告诫女儿说:"要谨慎,切切不要过分做好事。"女儿说:"不做好事,可以做恶事吗?"赵母说:"好事尚且不可做,何况作恶呢?"

（六）许允妇是阮卫尉女[1],德如妹[2],奇丑。交礼竟[3],允无复入理,家人深以为忧。会允有客至,妇令婢视之,还,答曰:"是桓郎。"桓郎者,桓范也[4]。妇云:"无忧,桓必劝入。"桓果语许云:"阮家既嫁丑女与卿,故当有意[5],卿宜察之。"许便回入内,既见妇,即欲出。妇料其此出无复入理,便捉裾停之[6]。许因谓曰:"妇有四德[7],卿有其几?"妇曰:"新妇所乏唯容尔。然士有百行[8],君有几?"许云:"皆备。"妇曰:"夫百行以德为首。君好色不好德[9],何谓皆备?"允有惭色,遂相敬重。

注释 ①许允:见《赏誉》139注⑩。 阮卫尉:阮共,字伯彦,三国魏陈留尉氏(今河南尉氏)人。官至卫尉卿。 ②德如:阮侃,字德如。阮共子。有俊才,与嵇康为友。官至河内太守。 ③交礼:行交拜礼,即拜堂。 竟:完毕。 ④桓范:字元则,三国魏沛国(今安徽宿县)人。有文才。正始中为大司农,以廉约名于时。曹爽辅政,尤相钦重。司马懿起兵讨爽,范劝爽迁汉天子至许都,征兵抗懿,爽不纳而归罪请死。司马懿杀曹爽兄弟,并杀桓范。 ⑤故当:自然;当然。加强判断语气。 有意:有意识的。 ⑥捉裾:抓住衣襟。 ⑦四德:旧时认为妇女应当具备的四种德行:妇德,贞顺;妇言,辞令;妇容,美貌;妇功,纺织。见于

译 许允的妻子是卫尉阮共的女儿,阮侃的妹妹,容貌非常丑陋。结婚之日,行过交拜礼以后,许允不打算再进洞房,家里人为此深深地担忧。恰好许允有客人来,新娘让婢女去看看是谁,婢女回来说:"是桓郎。"桓郎,就是桓范。新娘说:"不用担忧了,桓郎一定会劝他进来的。"桓范果然对许允说:"阮家既然把丑女嫁给你,自然是有深深的用意的。你应当好好观察一下。"许允就回入内室,见了新娘以后,立即就想出去。新娘料他这次出去,就没有再进来的可能了,就抓住许允的衣襟让他留下来。许允就对新娘说:"妇女应该有四德,你有哪几种?"新娘说:"妇德、妇言、妇容、妇功,我所缺的只是美貌而已。但是士君子应该有许多优良品德,您有哪些呢?"许允说:"全都具备。"新娘说:"各种优良品德以德行为首。您喜爱美色而不喜爱德行,怎么能说全都具备呢?"许允露出了惭愧的神色,此后,他们夫妻俩就互相尊重了。

《周礼》。 ⑧百行：各种好品行。 ⑨好色不好德：语本《论语·子罕》："子曰：'吾未见好德如好色者也。'"

（七）许允为吏部郎[1]，多用其乡里[2]，魏明帝遣虎贲收之[3]。其妇出诫允曰："明主可以理夺，难以情求。"既至，帝核问之[4]，允对曰："'举尔所知'[5]，臣之乡人，臣所知也。陛下检校，为称职与不？[6]若不称职，臣受其罪。"既检校，皆官得其人，于是乃释。允衣服败坏，诏赐新衣。初允被收，举家号哭。阮新妇自若云[7]："勿忧，寻还。"作粟粥待。顷之，允至。

注释 ①许允：见前则。 吏部郎：官名。主管官吏的任免、铨叙、考绩等。魏晋时特别重视吏部郎的人选，其职位高于诸曹郎。 ②乡里：家乡人；同乡人。 ③魏明帝：曹睿。虎贲（bēn 奔）：官名。掌帝王出入仪卫之事。虎贲，言如猛虎之奔走，喻其勇猛。 收：逮捕。 ④核问：仔细审问。 ⑤"举尔所知"：语出《论语·子路》："（仲弓）曰：'焉知贤才而举之？'子曰：'举尔所知；尔所不知，人其舍诸？'"意谓荐举你所了解的人。⑥检校：考察。 不（fǒu 缶）：同"否"。 ⑦自若：举止从容，不改常态。

今译 许允任吏部郎，因为他所任用的人多半是同乡人，魏明帝就派宫中卫士将他逮捕。许允的妻子出来告诫他说："对贤明的君主可以用道理去争，而难以用感情去求。"到了朝廷上，明帝考查审问他，许允回答说："孔子说过，'举尔所知'，臣下的同乡人，是我所了解的。陛下可以考察这些人是否称职？假使不称职，臣下甘愿认罪。"考察之后，每个官职都得到了合适的人选，于是就释放了许允。许允的衣服都弄破了，明帝下诏赏赐他新衣服。当初，许允被逮捕时，全家人都号咷大哭。许允的妻子阮氏却举止从容，不改常态地说："不必担忧，不久就会回来的。"并且煮了小米粥等着，一会儿，许允果然回来了。

（八）许允为晋景王所诛[1]，门生走入告其妇[2]。妇正在机中[3]，神色不变，曰："蚤知尔耳[4]。"门人欲藏其儿，妇曰："无豫诸儿事。[5]"后徙居墓所，景王遣钟会看之[6]，若才流及父[7]，当收。儿以咨母，母曰："汝等虽佳，才具不多[8]，率胸怀与语，便无所忧。不须极哀，会止便止[9]。又可少问朝事[10]。"儿从之。会反[11]，以状对，卒免[12]。

注释 ①晋景王：司马师，见《言语》16注①。三国魏末为大将军，专朝政。刘注引《魏略》，说许允与李丰亲善，李丰为司马氏所杀，许允不安，司马师就生疑。正好镇北将军刘静死，就以许允任镇北将军，而司马师还写信给许允祝贺。"会有司奏允前擅以厨钱谷，乞诸俳及其官属。减死徙边，道死。"又引《魏氏春秋》："允之为镇北，喜谓其妻曰：'吾知免矣！'妻曰：'祸见于此，何免之有？'"可见司马师要除掉许允，是处心积虑的。他的妻子阮氏早就

今译 许允被司马师杀害了，门生走进来禀报他的妻子。许妻正在织机上，听到消息后，神色不变，说："早知道会如此的！"门人想把许允的儿子藏起来，许妻说："这不关孩子们的事。"后来许允的妻儿搬到许的墓地居住，司马师派钟会去察看，说如果孩子们的才华风度像他们的父亲，就把他们抓起来。儿子去与母亲商量怎么接待钟会，他们的母亲说："你们虽然很好，但是才干还不够，只要直率地用心里话和钟会交谈，就没有什么可以忧虑的。不要表现出过分的哀伤，

钟会止哀你们也止哀。还有,要少问一些朝廷上的事。”儿子们依照母亲的指示去做了。钟会回去之后,把看到的情况报告给司马师,许允的儿子终于免掉祸害。

王广娶诸葛诞的女儿为妻,进洞房后,两人刚开始交谈,王广就对新娘说:“新娘子神情容色很卑下,太不像你父亲公休了。”新娘说:“大丈夫不能像彦云那样,反而要求我一个女子与英雄豪杰相比并!”

王经小时候很贫苦,后来做到俸禄二千石的高官。他母亲对他说:“你本来是贫寒之家的孩子,官做到二千石,这就可以停止了吧!”王经没有听从。他后来任尚书,帮助曹魏,而不忠于司马氏,被拘捕。他边哭边向母亲辞别说:“没有听从母亲的教训,以至有今天的结局。”他母亲一点也没有忧伤的神色,对他说:“做儿子要尽孝,做臣子要尽忠。你有孝有忠,有什么地方辜负了我呢?”

山涛和嵇康,阮籍一见面,就非常投合。山涛的妻子韩氏,发觉丈夫与这两个人的交往非同寻常,就问山涛,山涛说:“我毕生可以作为朋友的,只有这两位先生啊。”妻子说:“春秋时僖负羁的妻子,亲自观察狐偃、赵衰,我也

看到这一点。　②门生:门下供使役之人。　③机:织机。　④蚤:通“早”。　尔:如此。　⑤豫:关涉。　⑥钟会:司马氏之亲信,见《言语》11 注①。　⑦才流:才华风度。　⑧才具:才干。　⑨会止便止:谓钟会止住悲哀你们也跟着止住(不必过分哀伤)。装作不知父亲死得惨,有似痴呆。　⑩少问朝事:谓少问朝廷上的事。装作愚不晓事又无意做官。　⑪反:通“返”。　⑫卒免:谓许允的儿子终于免祸。　按:许允有二子,长子许奇,字子太,仕至尚书祠部郎;次子许猛,字子豹,后为幽州刺史。

(九)王公渊娶诸葛诞女[①],入室,言语始交,王谓妇曰:“新妇神色卑下,殊不似公休[②]。”妇曰:“大丈夫不能仿佛彦云[③],而令妇人比踪英杰[④]!”

①王公渊:王广(?—251),字公渊,三国魏太原祁(今山西祁县)人。有才学,与傅嘏、李丰、钟会等论才性异同,广持才性离。历仕屯骑校尉、尚书。魏齐王芳嘉平三年(251),其父王凌谋立楚王曹彪为帝,事泄自杀。广亦因之为司马氏所杀。诸葛诞:见《品藻》4 注②。　②公休:诸葛诞字。此处王广当着新娘的面呼岳父的字,含取笑意。　③彦云:王凌,字彦云,见《方正》4 注③。此处新娘当着丈夫的面呼公公的字,是回报丈夫的取笑。　④比踪:比并追踪。

(一〇)王经少贫苦[①],仕至二千石[②],母语之曰:“汝本寒家子,仕至二千石,此可以止乎!”经不能用。为尚书,助魏[③],不忠于晋,被收,涕泣辞母曰:“不从母敕[④],以至今日。”母都无戚容,语之曰:“为子则孝,为臣则忠,有孝有忠,何负吾邪?”

①王经(?—260):字彦纬(一作“伟”),三国魏清河(今河北清河一带)人。与许允俱称冀州名士。历江夏太守、雍州刺史,入为司隶校尉。魏高贵乡公曹髦甘露中为尚书。时司马昭专擅朝政,髦率宫吏攻昭,被杀。经忠于魏,与其母并为司马昭所杀。　②二千石:汉代九卿郎将、郡守的俸禄等级为二千石。后因称郎将、郡守为二千石。　③助魏:谓王经帮助魏主高贵乡公曹髦。　④敕:告诫。

(一一)山公与嵇、阮一面[①],契若金兰[②]。山妻韩氏觉公与二人异于常交,问公,公曰:“我当年可以

为友者，唯此二生耳。”妻曰：“负羁之妻亦亲观狐、赵[③]，意欲窥之，可乎？”他日，二人来，妻劝公止之宿，具酒肉。夜穿墉以视之[④]，达旦忘反。公入曰：“二人何如？”妻曰：“君才致殊不如[⑤]，正当以识度相友耳[⑥]。”公曰：“伊辈亦常以我度为胜。”

注释 ①山公：山涛。 嵇：嵇康。 阮：阮籍。 一面：见一次。 ②契若金兰：比喻朋友意气相投。语本《易·系辞上》：“二人同心，其利断金；同心之言，其臭如兰。” ③负羁之妻亦亲观狐、赵：《左传·僖公二十三年》记载，晋公子重耳遭骊姬之谗，流亡在外，到了曹国。随从亲信中有晋大夫狐偃、赵衰（cuī 崔）等人。曹大夫僖负羁之妻对丈夫说：“吾观晋公子之从者，皆足以相国。”山妻韩氏语本此，借以欲一观嵇、阮人品。 ④墉：墙壁。 ⑤才致：才思风韵。 ⑥识度：见识度量。

想观察他们，可以吗？”过了几天，嵇康、阮籍二人来了，妻子劝山涛把他们留宿在家，亲自安排酒菜。晚上，她穿通了墙壁去观察，直到早晨都忘了回房。山涛进来说：“这两个人怎么样？”妻子说：“您的才气远不如他们，只能以您的见识度量和他们交朋友。”山涛说：“他们也常常认为我以度量见胜。”

一二 王浑妻钟氏生女令淑[①]，武子为妹求简美对而未得[②]。有兵家子有俊才[③]，欲以妹妻之，乃白母。曰：“诚是才者，其地可遗[④]，然要令我见。”武子乃令兵儿与群小杂处，使母帷中察之。既而母谓武子曰：“如此衣形者，是汝所拟者非邪？”武子曰：“是也。”母曰：“此才足以拔萃；然地寒[⑤]，不有长年[⑥]，不得申其才用[⑦]。观其形骨，必不寿，不可与婚。”武子从之。兵儿数年果亡。

注释 ①王浑（223—297）：字玄冲，晋太原晋阳（今山西太原）人。王昶子。初仕魏，入晋，迁扬烈将军、徐州刺史。后转征虏将军、领豫州刺史。以战功迁安东将军，镇寿春。以平吴功，进爵为公，转征东大将军，复镇寿春。征尚书左仆射，迁司徒。晋惠帝即位，加侍中，诏录尚书事。 令淑：美好美良。 ②武子：王济，王浑子，见《言语》24 注①。 简：选。 美对：美好的配偶。 ③兵家子：军人的儿子。 ④地：门地，亦作“门第”。 可遗：可以忽略不计。 ⑤地寒：门地寒微。 ⑥长年：长寿。 ⑦申：施展。

今译 王浑的妻子生一女儿，长得美好而性情善良，她的哥哥王济要替妹妹挑选一个好配偶而没有找到合适的。有一个军人的儿子，颇有美才，王济想把妹妹嫁给他，就禀告了母亲。母亲说：“假若真是有才能的人，他的门第高低可以不计较，但要让我见一见这个人。”王济就叫军人的儿子混杂在一群普通百姓中，让母亲从帷幕中观察。看毕，母亲对王济说：“穿这样衣服这样形状的那个人，是你准备把妹妹嫁给他的，是不是？”王济说：“是的。”母亲说：“这个人的才干是够得上出类拔萃的；但是门第寒微，不会有长寿，他不可能施展才能，为时所用。看他的形貌骨相，一定短寿，不可和他结为婚姻。”王济听从了母亲的话。这个军人之子过了几年果然死了。

一三 贾充前妇[①]，是李丰女[②]。丰被诛，离婚徙边[③]。后遇赦得还，充先已取郭配女[④]，武帝特听置左右夫人[⑤]。李氏别住外，不肯还充舍。郭氏语

今译 贾充的前妻，是李丰的女儿。李丰被司马氏杀害之后，贾充和妻子离婚，妻子被流放到边远地方去了。后来遇上大赦，得以回归中原，贾充早些时候，已经另娶了郭配的

女儿为妻，晋武帝特别批准贾充设置左右两个夫人。李氏另住在外边，不肯回到贾充家去。郭氏对贾充说，想去看访李氏，贾充说："那人刚直而有才气，你去看她不如不去。"郭氏于是盛设仪仗，多带侍婢，神气十足地过去。到了之后，一进门，李氏起身迎接，郭氏不知不觉双脚不由自主地弯曲下来，就跪下来，行再拜礼。回家之后，对贾充说了这样的情况。贾充说："我曾经对你说过的是什么？"

充，欲就省李[⑥]，充曰："彼刚介有才气[⑦]，卿往不如不去。"郭氏于是盛威仪[⑧]，多将侍婢[⑨]。既至，入户，李氏起迎，郭不觉脚自屈，因跪再拜。既反，语充。充曰："语卿道何物[⑩]？"

注释 ①贾充：见《政事》6注①。　前妇：前妻。刘注引《妇人集》："充妻李氏，名婉，字淑文。"　②李丰：见《容止》4注②。　③徙边：流放到边远地方。刘注引《妇人集》说"徙乐浪"。　④郭配女：郭配，官城阳太守，其女名槐，一说名玉璜。⑤武帝：西晋武帝司马炎，见《德行》17注④。　听：准许。　左右夫人：犹言第一夫人、第二夫人。两个都是正妻，与一般的妻妾关系不同。　⑥省（xǐng醒）：访问。　⑦刚介：性格刚直。　⑧威仪：仪仗。　⑨将：带领。　⑩何物：什么。晋时口语。

（一四）贾充妻李氏作《女训》[①]，行于世。李氏女[②]，齐献王妃[③]；郭氏女[④]，惠帝后[⑤]。充卒，李、郭女各欲令其母合葬，经年不决。贾后废，李氏乃祔葬[⑥]，遂定。

今译 贾充妻李氏作《女训》，刊行于世。李氏所生的女儿，是齐献王的王妃；贾充后妻郭氏所生的女儿，是晋惠帝的皇后。贾充死后，李氏和郭氏的两个女儿各自争着要让自己的母亲和贾充合葬，历年不能解决。等到郭氏的女儿贾后被废，李氏这才与贾充合葬，事情就这么定了。

注释 ①贾充妻李氏：见前则。　《女训》：书名。已佚。　②李氏女：贾充与李氏所生二女，一名荃，一名濬。荃嫁齐王司马攸。　③齐献王：司马攸，司马昭子，封齐王，谥献，见《品藻》32注①。　④郭氏女：贾充与后妻郭氏所生女，名南风，嫁晋惠帝司马衷，立为后。性妒悍，弄威权，杀害大臣，挑起司马氏宗室内战，史称"八王之乱"。　⑤惠帝：西晋惠帝司马衷。　⑥祔（fù附）葬：合葬。

（一五）王汝南少无婚[①]，自求郝普女[②]。司空以其痴[③]，会无婚处[④]，任其意，便许之。既婚，果有令姿淑德，生东海[⑤]，遂为王氏母仪[⑥]。或问汝南："何以知之？"曰："尝见井上取水，举动容止不失常，未尝忤观[⑦]，以此知之。"

今译 王湛年轻时没有解决婚姻大事，他要求娶郝普的女儿。他父亲王昶认为儿子有些痴呆，反正没有人和他结婚，就随他的意愿，应允了这件门第不相当的婚事。结婚之后，郝氏果然有美好的姿容和善良的品德。生了王承，就成为王氏家族中做母亲的典范。有人问王湛："怎么了解郝氏的？"王湛说："我曾经看见她到井上打水，举止行为都不失常，从未曾轻佻地东张西望，是从这点了解她的。"

注释 ①王汝南：王湛，历任汝南太守，故称。见《赏誉》17注①。②郝普：字道匡，晋襄城（在今河南）人。仕至洛阳太守。刘注引《汝南别传》，说郝家门第孤陋，与太原王氏不般配。③司空：王昶（？—259），字文舒，三国魏太原晋阳（今山西太原）

人。王浑、王湛之父。少知名。历仕太子文学、中庶子、兖州刺史、征南将军、司空。有才智文章，长于谋略。　④会：反正；终究。　⑤东海：王承，历任东海内史，故称。见《政事》9 注①。　⑥母仪：为人母的典范。　⑦忤观：不适当地观看；随意顾盼。

一六 王司徒妇[1]，钟氏女，太傅曾孙[2]，亦有俊才女德。钟、郝为娣姒[3]，雅相亲重[4]：钟不以贵陵郝[5]，郝亦不以贱下钟[6]。东海家内[7]，则郝夫人之法[8]；京陵家内[9]，范钟夫人之礼[10]。

注释 ①王司徒：王浑，王湛之兄，见本篇 12 注①。　②太傅曾孙：太傅钟繇的曾孙女。钟繇，见《言语》11 注③。王浑妻钟氏名琰；其父名徽，官黄门侍郎。《晋书·王浑妻传》："琰数岁，能属文，及长，聪慧弘雅，博览记籍，美容止，善啸咏，礼仪法度，为中表所则。"　③钟、郝：王浑妻钟氏和王湛妻郝氏。郝氏，见前则。　娣姒（dì sì 弟似）：妯娌互称，兄妻为姒，弟妻为娣。　④雅：颇；甚。　⑤贵：指出身高贵。　陵：凌驾于上。　⑥贱：指出身卑微。　下：居于下位。　⑦东海：王承，郝氏之子，见《政事》9 注①。　⑧则：效法。　法：法度。　⑨京陵：王浑，袭父爵京陵侯，其子王济先浑卒，孙王卓嗣京陵侯爵。　⑩范：遵循。　礼：礼仪规范。

今译 王浑的妻子是钟家的女儿，太傅钟繇的曾孙女，也有很好的才华德行。钟氏和王湛的妻子郝氏是妯娌，彼此颇为亲近敬重：钟氏不因自己出身高贵而凌驾于郝氏之上，郝氏也不因自己出身低微而自居于钟氏之下。东海太守家，效法郝夫人的法度；京陵侯家，遵循钟夫人的礼仪。

一七 李平阳[1]，秦州子[2]，中夏名士[3]，于时以比王夷甫[4]。孙秀初欲立威权[5]，咸云："乐令民望[6]，不可杀，减李重者又不足杀[7]。"遂逼重自裁[8]。初，重在家，有人走从门入，出髻中疏示重[9]，重看之色动[10]。入内示其女，女直叫"绝"[11]，了其意[12]，出则自裁。此女甚高明，重每咨焉。

注释 ①李平阳：李重，曾为平阳太守，故称，见《品藻》46 注④。　②秦州：李重之父李秉，字玄胄，曾任秦州刺史，故称。秉，刘注引《永嘉流人名》作"康"，字讹，据《三国志·魏志·李通传》裴松之注引王隐《晋书》改。　③中夏：中原地区。　④王夷甫：王衍。　⑤孙秀（？—301）：字俊忠，晋琅邪（今山东临沂北）人。司马伦初封琅邪王，秀以文才受赏识；及伦改封赵王，以秀为侍郎。晋惠帝永宁元年（301）正月，司马伦篡帝位，以秀为中书令，遂专擅朝政。同年四月，为齐王司马冏、成都王司马颖、河间王司马颙所诛。　⑥乐令：乐广，见《德行》23 注④。　民望：民众

今译 平阳太守李重，是秦州刺史李秉的儿子，中原地区的名士，当时人把他与王衍相比。孙秀专擅朝政，开始要树立威权，他的亲信们都说："尚书令乐广是民众仰望的人物，不可以杀；比李重差的，又不值得杀。"于是逼迫李重自杀。先前，李重在家，有人奔着从大门进来，拿出藏在发髻中的章奏给李重看，李重看后，脸色都变了。走进内室给他的女儿看，女儿一看就直叫"完了！"李重明白其中意思，出了内室就自杀了。这个女孩子很明智，李重有事常和她商量。

今译 周浚任安东将军时，外出打猎，正遇上暴雨，经过汝南李家。李家家境富足，只是男子不在家。有个女儿名叫络秀，听说外面有贵客来临，就和一个婢女在里面杀猪宰羊，准备了几十个人的饮食，每件事都料理精到，听不到有嘈杂的人声。周浚暗中察看，只看到一个女子，相貌不同寻常。周浚请求娶她为妾，女子的父兄不答应。络秀说："我们家门第低微，为什么舍不得一个女儿呢？如果和贵族结为婚姻，将来也许会有很大的好处。"父兄就听从了她。后来，她生了周顗弟兄三人。络秀对周顗弟兄说："我之所以委屈自己嫁到你们家做偏房，完全出于为我李家的门第打算。你们如果以为李家门第低微，不肯作亲戚往来，那我也不爱惜我的晚年了！"周顗弟兄都听从母命。因此，李氏在当时得到正式的礼遇。

今译 陶侃年轻时有大志，家里很贫困，和母亲湛氏住在一起。同郡人范逵一直很有名，应举孝廉时，到陶侃家投宿。当时，天寒地冻，连日冰雪，陶侃家里空空如也，而范逵的马匹仆从很多。陶侃母亲湛氏对陶侃说："你只管出去把客人留下来，我自会作出安排的。"湛氏头发长得可以垂地，她剪下来做成两股假发，卖了出去换得几斛米。又斫倒屋柱，劈下一半做柴火，把草垫拆开切碎做马料。到了晚上，她就准备好了精美的晚餐，范逵

所仰望的人。指有德有才而又有声望者。　⑦减：次于；亚于。不足：不值得；不必。　⑧自裁：自杀。　⑨疏：章奏。　⑩色动：脸色发生变化。　⑪绝：死亡。　⑫了：明白。

一八　周浚作安东时[1]，行猎，值暴雨，过汝南李氏[2]。李氏富足，而男子不在。有女名络秀[3]，闻外有贵人，与一婢于内宰猪羊，作数十人饮食，事事精办，不闻有人声。密觇之[4]，独见一女子，状貌非常。浚因求为妾，父兄不许。络秀曰："门户殄瘁[5]，何惜一女？若连姻贵族，将来或大益。"父兄从之。遂生伯仁兄弟[6]。络秀语伯仁等："我所以屈节为汝家作妾，门户计耳[7]。汝若不与吾家作亲亲者[8]，吾亦不惜余年[9]！"伯仁等悉从命。由此李氏在世得方幅齿遇[10]。

注释 ①周浚：字开林，三国魏汝南安成（今河南正阳东北）人。仕魏为尚书郎，累迁御史中丞，拜折冲将军、扬州刺史，封射阳侯。随王浑伐吴，以功封成武侯。迁侍中，后代王浑为使持节、都督扬州诸军事、安东将军。卒于位。　作安东：任安东将军。②汝南：郡名。在今河南。　李氏：李家。　③络秀：晋汝南人，李伯宗之女。嫁周浚，生三子：周顗、周嵩、周谟，分见《言语》30注①、《方正》26注①②。　④觇（chān 搀）：暗中察看。　⑤殄瘁（tiǎn cuì 忝粹）：衰弊。此指家世寒微，非仕宦世族。　⑥伯仁兄弟：周顗兄弟。顗，字伯仁。　⑦门户计耳：意谓攀亲世族，为母家门第打算罢了。　⑧亲亲：亲戚。作亲亲，犹言作亲戚相往来。　⑨不惜余年：不爱惜晚年。意谓但愿早死。　⑩方幅齿遇：正式的礼遇。方幅，规矩、整齐，引申为正式、正规。

一九　陶公少有大志[1]，家酷贫，与母湛氏同居[2]。同郡范逵素知名[3]，举孝廉，投侃宿。于时冰雪积日，侃室如悬磬[4]，而逵马仆甚多。侃母湛氏语侃曰："汝但出外留客[5]，吾自为计。"湛头发委地，下为二髲[6]，卖得数斛米。斫诸屋柱，悉割半为薪，剉诸荐以为马草[7]。日夕，遂设精食，从者皆无所乏。逵既叹其才辩，又深愧其厚意。明旦去，侃追送不已，且百里许。逵曰："路已远，君宜还。"侃犹不返。逵曰："卿可去矣。至洛阳，当相为美谈。"侃

乃返。逵及洛，遂称之于羊晫、顾荣诸人[8]，大获美誉。

注释 ①陶公：陶侃。 ②湛（zhàn 战）氏：陶侃之母，晋豫章新淦（在今江西）人。刘注引《晋阳秋》："湛虔恭有智算，以陶氏贫贱，纺绩以资给侃，使交结胜己。" ③范逵：晋鄱阳（在今江西）人。举孝廉，闻名乡里。陶侃知名，逵有力焉。 ④室如悬磬：比喻贫穷，家中空无所有。语出《国语·鲁语上》："室如悬磬，野无青草，何恃而不恐？"韦昭注："悬磬，谓鲁府藏空虚。" ⑤但：只管。 ⑥髲（bì 弊）：假发。 ⑦剉：铡碎。 荐：草垫。 ⑧羊晫：《晋书·陶侃传》作"杨晫"。历豫章郎中令、十郡中正。 顾荣：见《德行》25 注①。

的随从人员也得到周到的招待，什么都不缺少。范逵对陶侃的才能和善辩已经很叹服，又对陶侃的深情厚意深感不安。第二天早晨，范逵告别，陶侃追上去送了一程又一程，走了将近一百里。范逵说："路已经很远了，您应该回去了。"陶侃还是不回去。范逵说："您可以回去了。到了洛阳，您的才识和待人接物，我一定传播开去，会成为美谈的。"陶侃这才回去。范逵到了洛阳，就在羊晫、顾荣等大名士面前称扬陶侃，陶侃获得了很大的美名。

（二〇）陶公少时作鱼梁吏[1]，尝以坩鲊饷母[2]。母封鲊付使，反书责侃曰[3]："汝为吏，以官物见饷[4]，非唯不益[5]，乃增吾忧也[6]。"

注释 ①陶公：陶侃。 鱼梁吏：管理水堰捕鱼的官吏。鱼梁，水泽间筑堰取鱼之所。 ②坩（gān 甘）：盛物的陶器。 鲊（zhǎ 诈上声）：经过加工的鱼类食品，如腌鱼、鱼干等。 ③反书：回信。 ④见：在动词之前，相当于前置的"我"。 饷：赠送。 ⑤非唯：非但。 ⑥乃：且。

译 陶侃年轻时，做管理水堰捕鱼的鱼官，他曾经把一瓦罐腌鱼托人送给母亲。母亲封好了腌鱼交给来人，回信责备陶侃说："你做官，拿公家的东西送给我，这不但没有益处，而且增添了我的忧虑啊！"

（二一）桓宣武平蜀[1]，以李势妹为妾[2]，甚有宠，常著斋后[3]。主始不知[4]，既闻，与数十婢拔白刃袭之。正值李梳头，发委藉地[5]，肤色玉曜[6]，不为动容，徐曰："国破家亡，无心至此，今日若能见杀，乃是本怀[7]。"主惭而退[8]。

注释 ①桓宣武：桓温。 平蜀：平定当时蜀地李氏成汉政权。 ②李势：成汉国君，见《识鉴》20 注②。 ③著（zhuó 着）：安置。 斋：房舍。此指燕居之室。 ④主：公主，指桓温之妻晋明帝女南康长公主。 ⑤委：垂下。 藉：散乱。 ⑥曜：发出光辉。 ⑦本怀：本心；本愿。 ⑧主惭而退：刘注引《妒记》，说南康长公主"乃拔刃往李所，因欲斫之。见李在窗梳头，姿貌端丽，徐徐结发，敛手向主，神色闲正，辞甚凄惋。主于是掷刀前抱之曰：'阿子，我见汝亦怜，何况老奴。'遂善之。"成语"我见犹怜"，本此。

译 桓温讨平蜀李氏政权以后，把蜀主李势的妹妹做自己的妾，非常宠爱，经常安置在他平时居住的房舍后头。桓温的妻子南康长公主起初不知道，听到这事之后，就带了几十个婢女拔出快刀去袭击。正好遇见李氏在梳头，头发很长，垂下来披散在地，皮肤的颜色像玉一样洁白，她一点也不因此改变脸色，缓缓地说："国破家亡，我也是无意间到了此地，假如今天能够杀了我，那正是符合我的本愿。"公主惭愧地退了出去。

二二 庾玉台[1]，希之弟也[2]。希诛，将戮玉台。玉台子妇[3]，宣武弟桓豁女也[4]，徒跣求进[5]。阍禁不内[6]，女厉声曰："是何小人！我伯父门，不听我前！"因突入，号泣请曰："庾玉台常因人[7]，脚短三寸，当复能作贼不[8]？"宣武笑曰："婿故自急[9]。"遂原玉台一门[10]。

注释 ①庾玉台：庾友，字惠彦，小字玉台。庾冰第三子。历中书郎、东阳太守。　②希：庾希，字始彦，庾冰长子。希为外戚，弟兄并显贵，桓温深忌之。及晋废帝废为海西公(371)，桓温陷希弟倩、柔以武陵王党，杀之。希逃于海陵陂泽中，温派兵捕希，希聚众起兵，败，被斩于建康。　③玉台子妇：庾友的儿媳妇。刘注引《庾氏谱》，说庾友的长子庾宣，娶桓温之弟桓豁之女，字女幼。　按：《晋书·庾冰传》谓庾友子妇为桓秘之女。桓秘，亦桓温弟。　④宣武：桓温。　⑤徒跣：赤脚。表示急切。　⑥阍：守门人。　不内（nà 纳）：不准进入。　⑦因人：依靠别人。⑧作贼：造反。　不（fǒu 缶）：同"否"。　⑨婿：此指侄女婿，即庾宣。　⑩原：赦免。

今译 庾友，小字玉台，是庾希的弟弟。庾希被杀，桓温将株连斩杀玉台。玉台的儿媳妇，是桓温弟弟桓豁的女儿，急得赤着脚来求见。管门人拦住她不让进去，她大声喊道："是哪个奴才！我伯父家的大门，竟不许我进去！"就冲了进去，大哭大叫，请求说："庾玉台经常要依靠别人，脚也短三寸，还能造反吗？"桓温笑着说："侄女婿的确着急了。"就赦免了庾友一家。

二三 谢公夫人帏诸婢[1]，使在前作伎[2]，使太傅暂见便下帏[3]。太傅索更开[4]，夫人云："恐伤盛德[5]。"

注释 ①谢公夫人：谢安夫人。据《德行》36刘注引《谢氏谱》，为沛国刘耽之女。　帏：帷帐，张起来作遮挡用的纺织物。此用作动词，谓用帷帐遮隔。　②作伎：指表演歌舞、演奏音乐等。伎，通"技"，技艺。　③太傅：谢安。　④索：乞求。⑤伤：伤害。

今译 谢安夫人用帷幕围起众多婢女，让她们在里面表演歌舞，让谢安观看很短暂的一会儿就放下了帷幕。谢安要求再次打开，让他继续看，夫人说："恐怕会损害你的美德。"

二四 桓车骑不好著新衣[1]。浴后，妇故送新衣与[2]。车骑大怒，催使持去。妇更持还，传语云："衣不经新，何由而故？"桓公大笑，著之。

注释 ①桓车骑：桓冲，桓温弟。　②妇：指桓冲妻。刘注引《桓氏谱》："冲娶琅邪王恬女，字女宗。"

今译 车骑将军桓冲不喜欢穿新衣服。一次，洗澡之后，妻子特地送新衣服给他。桓冲大怒，催促侍者拿走。妻子再派人把新衣服拿回去，还传话说："衣服不经过新的阶段，怎么能成为旧的呢？"桓冲大笑，就穿上了。

（二五）王右军郗夫人谓二弟司空、中郎曰[1]："王家见二谢[2]，倾筐倒庋[3]；见汝辈来，平平尔[4]。汝可无烦复往。"

注释 ①王右军郗夫人：王羲之的妻子郗夫人。郗夫人是郗鉴之女。　司空：郗愔，郗鉴长子，见《品藻》29注④。　中郎：郗昙（tán潭，320—361），字重熙。郗鉴次子。晋简文帝为抚军，引为司马。寻除尚书吏部郎，历御史中丞、北中郎将、领徐兖二州刺史。　②王家：指王羲之家的人。　二谢：谢安、谢万，分见《德行》33注②、《言语》77注①。按：王羲之子王凝之娶谢安兄谢奕女，即谢道韫，为有名才女。　③倾筐倒庋：谓尽出其所有，殷勤待客。庋（guī归），安放器物的架子。　④平平：谓平平淡淡，不热情。

今译 王羲之的妻子郗夫人，对她的两个弟弟郗愔、郗昙说："王家的人见到谢安、谢万两人来，就倾筐倒庋，尽其所有，热情招待；见到你们来，平平淡淡，一点也不热情。你们不必再上门去。"

（二六）王凝之谢夫人既往王氏[1]，大薄凝之[2]。既还谢家，意大不说[3]。太傅慰释之曰[4]："王郎，逸少之子[5]，人材亦不恶[6]，汝何以恨乃尔？"答曰："一门叔父，则有阿大、中郎[7]；群从兄弟[8]，则有封、胡、遏、末[9]。不意天壤之中，乃有王郎[10]！"

注释 ①王凝之：王羲之次子，见《言语》71注⑦。　谢夫人：谢韬元，字道韫，谢奕女，谢安侄女，见《言语》71注⑥。　②薄：轻视。　③说（yuè悦）：通"悦"。　④太傅：谢安。⑤逸少：王羲之，字逸少。　⑥人材：人才。一本作"人身"。指人的品貌、才智。　⑦阿大：或谓指谢安。余嘉锡谓谢道韫不应当面呼安为"阿大"，疑是谢尚。尚父鲲，只生尚一人，故称阿大。中郎：或说指谢万，万曾任抚军从事中郎。一说，指谢安次兄谢据。⑧群从兄弟：同族兄弟。　⑨封、胡、遏、末：《晋书·谢万传》："时谢氏尤彦秀者，称封、胡、羯、末。封谓韶，胡谓朗，羯谓玄，末谓川，皆其小字也。"遏，作"羯"。川，当为"渊"，唐人避高祖李渊讳改。按：《晋书·王凝之妻谢氏传》，封谓谢韶。　⑩"不意天壤之中"两句：此轻视王凝之语。天壤，天地。成语"天壤王郎"，本此。

今译 王凝之的妻子谢夫人嫁到王家之后，很轻视凝之，认为他才识不高。回到谢家后，心中大为不悦。叔父谢安宽慰她说："王郎是王逸少的儿子，人品也不坏，你为什么竟然恨到如此地步？"谢夫人回答说："谢家一族中，叔父有阿大、中郎，同族兄弟有封、胡、遏、末。想不到天地之间，竟有王家这位少爷！"

（二七）韩康伯母隐古几毁坏[1]，卞鞠见几恶[2]，欲易之。答曰："我若不隐此，汝何以得见古物？"

今译 韩康伯的母亲凭靠的一张古几坏掉了。她的外孙卞鞠见到这几坏了，想把它更换掉。韩母回答说："我假如不靠着这古几，你怎么能够看得到古物？"

注释 ①韩康伯母:殷氏,扬州刺史殷浩之姊,见《德行》47及刘注。隐:凭倚。 几:置于床榻上用以凭靠身体的矮桌。 ②卞鞠:卞范之,韩康伯母的外孙,见《伤逝》19注②。恶:坏。

今译 王凝之夫人对谢玄说:"你为什么完全不再有所长进?难道是世俗事务烦扰了你的心,还是你的天资有限呢?"

二八 王江州夫人语谢遏曰[1]:"汝何以都不复进?为是尘务经心[2],天分有限?"

注释 ①王江州夫人:王凝之妻谢道韫。王凝之历任江州刺史,故称。 谢遏:谢玄,道韫之弟,见《言语》78注③。 ②为是:岂是;难道是。 尘务:世事。 经心:烦心。

今译 郗超死后,他妻子周氏的兄弟要把妹妹迎归母家,周氏始终不肯回去,她说:"活着,即使不能与郗郎同室生活,死后,难道还不同穴合葬吗?"

二九 郗嘉宾丧[1],妇兄弟欲迎妹还[2],终不肯归,曰:"生纵不得与郗郎同室,死宁不同穴[3]!"

注释 ①郗嘉宾:郗超,见《言语》59注⑤。 ②妇:郗超之妻。刘注引《郗氏谱》:"超娶汝南周闵女,名马头。" 按:《晋书·郗超传》载,郗超年四十二卒,无子。可知郗超死后,周氏年纪不太大,又无子,故兄弟欲迎归。 ③同穴:指夫妻死后合葬。语出《诗·王风·大车》:"谷则异室,死则同穴。"

今译 谢玄很尊重他的姊姊。张玄常常称扬他的妹妹,想让妹妹能与谢道韫相匹敌。有个济尼,同时与张、谢两家交往,有人问她有关谢道韫和张玄妹妹的优劣,她答道:"王夫人神情潇洒,确有竹林名士的风度;顾家媳妇胸怀明净,自然是闺阁中的优秀女子。"

三〇 谢遏绝重其姊[1]。张玄常称其妹[2],欲以敌之[3]。有济尼者[4],并游张、谢二家,人问其优劣,答曰:"王夫人神情散朗[5],故有林下风气[6];顾家妇清心玉映[7],自是闺房之秀。"

注释 ①谢遏:谢玄,见《言语》78注③。 其姊:指谢道韫,见本篇26、28。 ②张玄:张玄之,见《言语》51注①。 称:赞扬。 其妹:他的妹妹,嫁给顾家。 ③敌:比并;对当。 ④济尼:一个名叫济的尼姑。 ⑤王夫人:指谢道韫,王凝之夫人。 散朗:潇洒开朗。 ⑥林下风气:指竹林名士的风度。 ⑦顾家妇:指张玄之妹,顾家媳妇。 清心玉映:比喻胸怀明净。

今译 尚书王惠曾经去看望王羲之夫人,问道:"眼睛和耳朵还不曾觉得不好吧?"夫人回答说:"头发变白,牙齿脱落,那是属于形体方面的事;至于眼睛耳朵,是有关精神方面的,怎么能与别人隔断呢!"

三一 王尚书惠尝看王右军夫人[1],问:"眼耳未觉恶不[2]?"答曰:"发白齿落,属乎形骸[3];至于眼耳,关于神明[4],那可便与人隔!"

注释 ①王尚书惠：王惠（385—426），南朝宋人，字令明。王导之曾孙，于王羲之为孙辈。历吏部尚书。 王右军夫人：王羲之夫人郗氏。此时年约九十岁。 ②恶：不好。 不（fǒu 缶）：同“否”。 ③属乎：属于。 形骸：形体。 ④神明：精神。

（三二）韩康伯母殷[①]，随孙绘之之衡阳[②]，于阖庐洲中逢桓南郡[③]。卞鞠是其外孙[④]，时来问讯。谓鞠曰：“我不死，见此竖二世作贼[⑤]。”在衡阳数年，绘之遇桓景真之难也[⑥]，殷抚尸哭曰：“汝父昔罢豫章，征书朝至夕发。汝去郡邑数年，为物不得动[⑦]，遂及于难，夫复何言！”

今译 韩康伯母亲殷夫人，随着孙子韩绘之到衡阳去，在阖庐洲中碰到桓玄。卞鞠是殷夫人的外孙，时常来问候。殷夫人对卞鞠说：“我还没有死，看到这小子两代造反！”住在衡阳几年，韩绘之在桓亮作乱中遇难被害，殷夫人抚着尸首痛哭说：“你父亲当年免去豫章太守之职的时候，征召他的文书早上到晚上就动身出发了。你离开郡城几年，为事所牵不能移动，就遭了难，还有什么话好说啊！”

注释 ①母殷：母亲殷氏。 ②绘之：韩绘之，字季伦。韩康伯之子。仕至衡阳太守。桓温孙桓景真作乱，绘之被杀。 ③阖庐洲：长江中小洲。余嘉锡笺疏谓其地当距夏口不远。该洲现已不存。 桓南郡：桓玄，桓温之子。 ④卞鞠：卞范之，见《伤逝》19注②。范之在桓玄篡位称帝时，为玄出谋画策，后被斩于江陵。 ⑤竖：对人的蔑称，犹言小子。 二世：两代。此指桓温、桓玄父子。 作贼：造反。 ⑥桓景真：桓亮，字景真。桓温孙，桓玄侄。桓玄败死，亮聚众于长沙，自号湘州刺史。杀太宰甄恭、衡阳前太守韩绘之等。后为刘毅军人郭珍所杀。 ⑦为物不得动：为事所牵，不能移动。此谓韩绘之已离开衡阳太守官职，但仍在湘中。

术解第二十

方术技艺，解释问题

（一）荀勖善解音声[①]，时论谓之"闇解"[②]，遂调律吕[③]，正雅乐[④]。每至正会[⑤]，殿庭作乐，自调宫商，无不谐韵。阮咸妙赏[⑥]，时谓"神解"[⑦]。每公会作乐[⑧]，而心谓之不调，既无一言直勖[⑨]，意忌之，遂出阮为始平太守[⑩]。后有一田父耕于野[⑪]，得周时玉尺，便是天下正尺，荀试以校己所治钟鼓金石丝竹[⑫]，皆觉短一黍[⑬]，于是伏阮神识[⑭]。

今譯 荀勖精通乐理，当时人评论他是心领神会，他就调节乐律，校正雅乐。每逢正月初一朝会，殿庭上奏乐，他亲自调整宫商音阶，没有不和谐合乐的。阮咸有卓越的鉴赏力，当时人称他是神妙理解。每逢因公聚会奏乐，他心里认为不协音律，并无片言只语称赞荀勖正确，荀勖就心中忌恨他，把他调出朝廷，去做始平太守。后来有一个农夫在田野里耕地，得到一根周代玉尺，就是天下的标准尺，荀勖用这根尺来考校自己所制的钟鼓乐器，发现都短了一黍，于是心服阮咸的高超识解。

注釋 ①荀勖：见《方正》14注①。勖博学多能，西晋初，与贾充共定律令；既掌乐事，又修律吕；又领秘书监，整理典籍。 善解：精通。 音声：音乐。亦指乐理。 ②闇解：谓心中自然领悟。闇（àn暗），暗中。 ③调（tiáo条）：调节；调整。 律吕：泛指乐律。中国古乐分十二律，阳律六，称"律"，为黄钟、太簇、姑洗、蕤宾、夷则、无射；阴律六，称"吕"，为大吕、夹钟、仲吕、林钟、南吕、应钟。 ④雅乐：古代用于郊庙朝会等大典的雅舞，意谓典雅纯正之乐。每当改朝换代，新朝君主率皆循例更制雅乐，意在歌颂本朝功德。 ⑤正（zhēng征）会：夏历正月初一，皇帝朝会群臣。亦称"元会"。 ⑥阮咸：见《赏誉》12注①。阮咸妙解音律，善弹琵琶。相传他所创制的一种古琵琶，形状略似今之月琴，柄长而直，四弦有柱，即名"阮咸"，亦称"阮"。参阅《通典》卷一四四、刘悚《隋唐嘉话》卷下。 妙赏：有卓越的鉴赏力。 ⑦神解：神妙的理解。 ⑧公会：因公集会。 ⑨直勖：认为荀勖正确。 ⑩始平：郡名。治所在槐里（今陕西兴平）。 ⑪田父：农夫。 ⑫校（jiào较）：查核；较量。 金石：指钟磬一类乐器。 丝竹：指管弦乐器。 ⑬黍：古代度量单位。一粒中等黍实的长度为一分，百黍为一尺。 ⑭伏：心服。

〔二〕荀勖尝在晋武帝坐上食笋进饭[1]，谓在坐人曰："此是劳薪炊也[2]。"坐者未之信，密遣问之，实用故车脚[3]。

注释 ①晋武帝：司马炎。 ②劳薪：柴火。用旧车轮当柴火，车以运载，车轮运转最为劳苦，析以为薪，故称"劳薪"。 炊：烧火蒸饭。 ③故车脚：旧的车轮。

今译 荀勖曾经在晋武帝客座上吃笋用饭，他对在座的人说："这饭菜是用劳苦多时的旧木料柴火烧煮的。"在座的人不相信他，暗中派人去问，确实是用旧车轮做柴火的。

〔三〕人有相羊祜父墓[1]，后应出受命君[2]。祜恶其言，遂掘断墓后，以坏其势。相者立视之，曰："犹应出折臂三公。"俄而祜坠马折臂，位果至公。

注释 ①羊祜：见《言语》86注②。 ②后：后代。 受命君：受天命的君王。

今译 有人给羊祜父亲的坟墓看风水，说后代应当出受天之命的君主。羊祜对这话很反感，就掘断了坟墓后部，让墓的风水形势受到破坏。那看风水的人立即来看，说："即使这样，还会出断臂的三公。"不久，羊祜从马上摔下来，摔断了手臂，他的官果然做到三公的地位。

〔四〕王武子善解马性[1]，尝乘一马，著连钱障泥[2]，前有水，终日不肯渡。王云："此必是惜障泥。"使人解去，便径渡。

注释 ①王武子：王济，见《言语》24注①。 ②连钱障泥：绣着连钱花纹的障泥。障泥，马鞯，垫在鞍下，垂覆马背两旁以障泥水。

今译 王济很懂马性，曾经骑一匹马，马背上披覆绣着连钱花纹的障泥，走到前面，有一条河，这匹马整天不肯涉水渡河。王济说："这一定是它爱惜障泥。"派人为马解下障泥，那马就一直渡过河去了。

〔五〕陈述为大将军掾[1]，甚见爱重。及亡，郭璞往哭之[2]，甚哀，乃呼曰："嗣祖，焉知非福！"俄而大将军作乱[3]，如其所言。

注释 ①陈述（？—322）：字嗣祖，东晋颍川许昌（在今河南）人。有令名，王敦辟以为掾。早卒。 大将军：指王敦。 ②郭璞：见《文学》76注①。据《晋书·郭璞传》记载，璞精于阴阳历算，善卜筮。 ③大将军作乱：王敦于晋元帝永昌元年（322），以讨刘隗、刁协为名，在武昌（今湖北鄂州）起兵，沿江东下至建康石头城。

今译 陈述做王敦大将军府中的属官，很受到敬重亲近。到他死了，郭璞前去哭吊，十分哀伤，却大声呼唤道："嗣祖啊，你英年早逝，怎么知道不是幸运呢！"不久，王敦起兵作乱，竟像郭璞所说的那样。

〔六〕晋明帝解占冢宅[1]，闻郭璞为人葬[2]，帝微服

今译 晋明帝懂得占断坟墓、宅舍风水吉凶的事，听说精于此道的郭璞替人家相地安葬，晋明帝就换上便服去私行察看，他问墓地主人说："为什么葬在龙角上？按这种葬法

会灭亡全族的。"主人说:"郭先生说这是葬在龙耳上,不出三年,会招致天子。"明帝问:"难道是你家出个天子吗?"主人答道:"不是出个天子,是能够招致天子的询问而已。"

往看[3],因问主人:"何以葬龙角[4]?此法当灭族[5]。"主人曰:"郭云此葬龙耳,不出三年,当致天子[6]。"帝问:"为是出天子邪[7]?"答曰:"非出天子,能致天子问耳。"

注释 ①晋明帝:司马绍。 占冢宅:判断墓地、宅舍的风水吉凶。占,根据事物现象以断吉凶。 ②为人葬:替人家相地安葬。 ③微服:穿便服。帝王、大臣出行时为隐匿身分而故意改换平民服装。 ④龙角:龙的角。看风水的堪舆家以山势为龙。 ⑤灭族:灭亡全族。刘注引青乌子《相冢书》:"葬龙之角,暴富贵,后当灭门。" ⑥致:招致;得到。 ⑦为是:岂是;难道是。

今译 郭璞渡江以后,住在暨阳县,他家的墓地离江水不满一百步。当时人以为这离水太近了,郭璞说:"这里将要成为陆地的。"现在沙涨积起来,离郭家墓地几十里都是桑田了。郭璞有诗说:"北面有土山,高高的山顶;东临着大海,波涛翻不停。紧相连啊紧相连,是我家三个坟;有两位兄长,陪伴着母亲。"

(七)郭景纯过江[1],居于暨阳[2],墓去水不盈百步[3]。时人以为近水,景纯曰:"将当为陆。"今沙涨,去墓数十里皆为桑田。其诗曰:"北阜烈烈[4],巨海混混[5]。垒垒三坟[6],唯母与昆[7]。"

注释 ①郭景纯:郭璞,字景纯。 过江:指郭璞于永嘉之乱时从北方移家江南。 ②暨阳:古县名。晋武帝太康二年(281)分毗陵县置,治所在今江苏江阴东南长寿镇南。 ③墓:指郭璞家族墓地。 ④阜:土山。 烈烈:高峻险阻。 ⑤混混(gǔn gǔn 滚滚):波涛翻腾;大水奔流。 ⑥垒垒:重叠的样子。 ⑦唯:语气词。表强调。 昆:兄长。

今译 丞相王导叫郭璞试占一卦,卦占好后,郭璞脸上的神情很难看,说:"丞相您有雷击之灾。"王导问:"有没有可以消除之法?"郭璞说:"您动身往西,走出几里路,可以看到一棵柏树,把柏树截断,截成像您一般长,放在床上您经常寝卧之处,灾难就可以消除了。"王导照着郭璞的指点去做,几天之中,果然一阵雷击,把柏树击得粉碎。王家子弟们都为之庆贺。大将军王敦却对王导说:"你竟然把罪过推卸给树木!"

(八)王丞相令郭璞试作一卦[1],卦成,郭意色甚恶,云:"公有震厄[2]。"王问:"有可消伏理不[3]?"郭曰:"命驾西出数里,得一柏树,截断如公长,置床上常寝处,灾可消矣。"王从其语,数日中,果震柏粉碎。子弟皆称庆。大将军云[4]:"君乃复委罪于树木[5]!"

注释 ①王丞相:王导。 ②震厄:遭到雷击的灾难。 ③消伏:消除。 理:方法。 不(fǒu 缶):同"否"。 ④大将军:王敦。 ⑤乃复:竟然。 委:推卸。

(九)桓公有主簿[1],善别酒[2],有酒辄令先尝,好者谓“青州从事”[3]，恶者谓“平原督邮”[4]。青州有齐郡，平原有鬲县；“从事”言到脐[5]，“督邮”言在鬲上住[6]。

注释 ①桓公：桓温。 ②别酒：品酒，辨别酒质优劣。 ③青州：州名，古九州之一。汉代亦置青州，魏晋因之。《后汉书·郡国志四》载，青州统郡国六：济南、平原、乐安、北海、东莱、齐国。地当今山东省东部。 从事：官名。州刺史之属官。 ④平原：郡名，属青州。《后汉书·郡国志四》载，平原郡辖县九：平原、高唐、般、鬲、祝阿、乐陵、湿阴、安德、厌次。 督邮：官名，郡守佐吏。 ⑤脐：用青州属下的“齐”与“脐”谐音，说好酒入口，酒力可下达至脐。 ⑥鬲：用平原辖下的“鬲”与“膈”谐音，说薄酒力小，饮后只停留在膈上。膈，横隔膜。

今译 桓温有个主簿，善于辨别酒质的优劣，有了酒，总是让他先品尝，他把好酒叫做“青州从事”，把劣酒叫做“平原督邮”。青州有齐郡，平原有鬲县。叫“青州从事”是说好酒入口，酒力下达肚脐（齐）下；叫“平原督邮”是说劣酒力小，喝下去只停留在膈（鬲）上。

一〇 郗愔信道甚精勤[1]，常患腹内恶[2]，诸医不可疗，闻于法开有名[3]，往迎之。既来便脉[4]，云：“君侯所患，正是精进太过所致耳[5]。”合一剂汤与之[6]。一服即大下[7]，去数段许纸[8]，如拳大，剖看，乃先所服符也[9]。

注释 ①郗愔：见《品藻》29注④。 信道：指信奉天师道。 精勤：虔诚勤奋。 ②恶：不适；不舒服。 ③于法开：东晋高僧。精佛法，擅医术。每与支道林争论即色空义。《隋书·经籍志》著录于法开《议论备豫方》一卷。《高僧传》卷四亦载其视脉精湛之事迹。 ④脉：诊脉。 ⑤君侯：对高官的尊称。 精进：佛教以布施、持戒、忍辱、精进、禅定、知慧为成佛之本，称作“六度”。精进，谓能持善乐道不自放逸。此处指信道教。 ⑥合：调配。 一剂汤：一剂汤药。 ⑦大下：大泻。 ⑧许：表示约略估计。 ⑨所服符：信奉天师道者，皆以符水治病；也有无病服符者，朱书纸上，再拜服之，一月三服。

今译 郗愔信奉道教，非常虔诚勤奋。他常常觉得腹中不适，很多医生都不能治疗。听说于法开医术著名，就去请他来看病。于法开来到之后，就为郗愔诊脉，说：“君侯所患的病，只是信道太过而引起的。”就配了一剂汤药给郗愔。郗愔喝下汤药之后，立即大泻，泻出约几段纸团，都像拳头般大，剖开一看，原来是先前所吞服的符。

一一 殷中军妙解经脉[1]，中年都废[2]。有常所给使[3]，忽叩头流血。浩问其故，云：“有死事，终不可说。”诘问良久，乃云：“小人母年垂百岁，抱疾来久[4]，若蒙官一脉[5]，便有活理，讫就屠戮无恨[6]。”浩感其至性[7]，遂令舁来[8]，为诊脉处方。始服一剂汤便愈。于是悉焚经方[9]。

今译 殷浩精通诊脉治病之术，到了中年时候都荒废了。有一个日常侍奉他的仆役，忽然对他叩头以至流血。殷浩问他是什么缘故，他说：“有件关系人命的事，终究是不能说的。”盘问他究竟是什么事，问了好久才说：“小人的母亲年纪将近百岁，身染疾病已经很久，倘若能蒙官人诊治一下，就有活命的可能，至于小人冒犯了官人，即使死于刀下也绝对没有遗恨了。”殷浩被他的一片诚心所感动，就叫他把母亲抬来，替她诊脉开药方。才吃了一剂汤药，就霍然而愈。殷浩于是把所收存的经方悉数烧毁了，表示自己从此与医道绝缘。

注释

①殷中军：殷浩，见《政事》22注①。　经脉：经络血脉，人体气血运行的通路。引申为诊脉治病。　②废：荒废。　③常所给使：平日当差的仆役。　④抱疾：身带疾病。　⑤官：官人，奴仆称主人为官人。　⑥讫：终于；甚至。　屠戮：杀害。按：古代医生的社会地位很低，殷浩的奴仆求做大官的主人看病，有犯上不敬的罪嫌，所以说自己甘受屠戮，承认有死罪。　⑦至性：真诚的心性。　⑧舁（yú 鱼）：抬。　⑨经方：古代医药方书的统称。《汉书·艺文志》“方伎”类载经方十一家，言对症药方及治疗之法。书多不传。　按：殷浩自以为高门达官，因精医道而被奴仆求治病，成为一累，故焚毁经方，表示从此与医道断绝。

巧艺第二十一

工程技艺，精巧高妙

（一）弹棋始自魏宫内用妆奁戏[①]。文帝于此戏特妙[②]，用手巾角拂之[③]，无不中。有客自云能，帝使为之。客著葛巾角，低头拂棋，妙逾于帝。

【今译】弹棋开始从魏宫内用妆奁来作游戏。魏文帝在这种游戏方面特别巧妙，他用手巾角来拂棋，没有不命中的。有位客人自己说擅长此道，客人戴着葛布头巾，低着头用头巾角拂棋子，巧妙超过文帝。

【注释】①弹棋：汉魏一种博戏。旧说起于汉成帝时，一说，汉武帝时东方朔所创。盛行于六朝，衰落于唐后，北宋时即已消亡。弹棋棋盘二尺见方，中心高如覆盂；棋子分黑白、贵贱，黑白各十二子。两人对局，黑白相对，以手指或他物弹动己方棋子碰撞对方棋子，进而攻破对方棋门，每破门一次得一筹，十八筹取胜。参阅柳宗元《序棋》。　用妆奁戏：《太平御览》卷七五五引《弹棋经后序》："自后汉冲、质已后，此艺中绝。至献帝建安中，曹公执政，禁阑幽密，至于博弈之具，皆不得妄置宫中。宫人因以金钗玉梳戏于妆奁之上，即取类于弹棋也。及魏文帝受禅，宫人所为，更习弹棋焉。"妆奁，妇女梳妆用盒，漆木制，或陶制，亦用铜制；圆形或长方形，或多边形。　②文帝：魏文帝曹丕。　③用手巾角拂之：时人皆以手弹棋子，而魏文帝不用手，所以为巧。

（二）陵云台楼观精巧[①]，先称平众木轻重，然后造构，乃无锱铢相负揭[②]。台虽高峻，常随风摇动，而终无倾倒之理。魏明帝登台[③]，惧其势危，别以大材扶持之，楼即颓坏。论者谓轻重力偏故也。

【今译】陵云台高楼结构精巧，建造的时候，先把要用的许多木头一一称过，然后建造，就没有丝毫的高下不平衡了。这台虽然高峻，常常随风摇动，然而始终没有倾倒的可能。魏明帝登上陵云台，担心它危险，叫人另外用大木材支撑着，楼随即倒塌。议论的人都说是轻重失去平衡的缘故。

【注释】①陵云台：楼台名。在今河南洛阳东，魏文帝所造。刘注引《洛阳宫殿簿》："陵云台上壁方十三丈，高九尺。楼方四丈，高五丈。栋去地十三丈五尺七寸五分也。"《艺文类聚》卷六二引杨龙骧《洛阳记》："陵云台高二十三丈，登之见孟津。"刘注所引文"十三丈"上疑脱去"二"字。　楼观：指高大的楼台。　②锱铢（zī zhū 资朱）：形容极小的分量，犹言丝毫。古代六铢为一锱，四锱为一两。　负揭：负为欠负，揭为高举。负揭即或坠或翘，高下不平衡。　③魏明帝：曹叡。

（三）韦仲将能书[①]。魏明帝起殿[②]，欲安榜[③]，使仲将登梯题之。即下，头鬓皓然[④]。因敕儿孙勿复学书。

译：韦诞擅长书法。魏明帝造一座殿，要安装匾额，让韦诞登上梯上在匾额上题字。到得下来后，鬓发都雪白了。就此告诫子孙切勿学习书法。

注释：①韦仲将：韦诞，字仲将，三国魏京兆杜陵人。初仕汉，为郡上计吏。魏明帝及齐王芳时为侍中，仕至光禄大夫。终年七十五。工书法，师邯郸淳，特精楷书大字。曹魏时宝器铭题皆韦诞所为。　②魏明帝：见前则。　③安：安设。　榜：匾额。　④皓然：白貌。

（四）钟会是荀济北从舅[①]，二人情好不协[②]。荀有宝剑，可直百万，常在母钟夫人许。会善书，学荀手迹，作书与母取剑，仍窃去不还。荀勖知是钟而无由得也，思所以报之。后钟兄弟以千万起一宅，始成，甚精丽，未得移住。荀极善画，乃潜往画钟门堂作太傅形象[③]，衣冠状貌如平生。二钟入门[④]，便大感恸，宅遂空废。

译：钟会是济北郡公荀勖的堂舅，两人感情不好。荀勖有一把宝剑，价值百万金，经常放在母亲钟夫人处。钟会长于书法，就模仿荀勖的笔迹，写信给荀勖的母亲，骗取了宝剑，窃走之后再也不还。荀勖明知是钟会干的，而没有办法取回，就想怎样来报复钟会。后来钟会、钟毓弟兄俩用千万巨资建造一所住宅，刚刚落成，极为精致华丽，还没有来得及搬进去居住。荀勖很善于作画，就潜入钟宅，在门堂上画了一幅太傅钟繇的像，衣冠容貌就像生前一样。钟氏弟兄一进门，就大为感伤悲痛，这所住宅从此就空废不用了。

注释：①钟会：钟繇之子。　荀济北：荀勖，曾封济北郡公，故称。　从舅：堂房舅父，即母亲的堂兄弟。　②不协：不和睦。　③太傅：钟繇，见《言语》11 注③。　④二钟：指钟会与其兄钟毓。

（五）羊长和博学工书[①]，能骑射，善围棋。诸羊后多知书[②]，而射弈馀艺莫逮。

译：羊忱博学工书法，能骑马射箭，擅长围棋。羊家的后代多数懂得书法，但射箭弈棋的技艺则没有及得上羊忱的。

注释：①羊长和：羊忱，见《方正》19 注①。　②诸羊：指羊氏后人。

（六）戴安道就范宣学[①]，视范所为：范读书亦读书，范抄书亦抄书。唯独好画，范以为无用，不宜劳思

译：戴逵向范宣学习，仿效范宣的行为：范宣读书他也读书，范宣抄书他也抄书。只有喜欢作画这件事，范宣认

于此[2]。戴乃画《南都赋》图[3]，范看毕咨嗟，甚以为有益，始重画。

为没有什么用处，不宜在这方面多花心思。戴逵就画了一幅《南都赋》图，范宣看了赞叹不止，以为绘画很有好处，就开始重视绘画了。

注释 ①戴安道：戴逵，见《雅量》34 注①。　就：向。　范宣：见《德行》38 注①。　②劳思：耗费心思。　③《南都赋》：文篇名。东汉张衡作，今存《昭明文选》。南都，即汉之南阳郡治宛县（今河南南阳），为东汉光武帝刘秀生长之地，因建为南都。《南都赋》描述南都形势险要，宫室华美，地灵人杰，物产丰盛。戴逵就赋作画。

七 谢太傅云[1]："顾长康画[2]，有苍生来所无[3]。"

今译 太傅谢安说："顾恺之的画，是自有人类以来所没有的。"

注释 ①谢太傅：谢安。　②顾长康：顾恺之，东晋著名画家，见《言语》85 注④、《言语》88。　③苍生：生民；生灵。

八 戴安道中年画行像甚精妙[1]。庾道季看之[2]，语戴云："神明太俗[3]，由卿世情未尽。"戴云："唯务光当免卿此语耳[4]。"

今译 戴逵中年画佛像画得很精妙。庾龢看了之后，对戴逵说："你画的佛像，看上去神情太俗，这是由于你没能完全超脱世俗之情的缘故。"戴逵说："看来只有务光能免受你这种批评了。"

注释 ①行像：原指奉佛像出行。泛称佛像。《大唐西域记·屈支国》："诸僧伽蓝庄严佛像，莹以珍宝，饰之锦绮，载诸辇舆，谓之行像。"　②庾道季：庾龢，见《言语》79 注①。　③神明：神情。　④务光：相传为夏时隐士。汤闻其贤，咨以伐桀之事，务光不为谋。及汤灭桀，欲以天下让于务光，光谓汤废上非义，杀民非仁；非其义者，不受其禄，无道之世，不践其土。遂负石自沉于水。后世以为廉士之楷模。事见《庄子·让王》、《史记·伯夷列传》。

九 顾长康画裴叔则[1]，颊上益三毛[2]。人问其故，顾曰："裴楷俊朗有识具[3]，正此是其识具。"看画者寻之[4]，定觉益三毛如有神明[5]，殊胜未安时。

今译 顾恺之画裴楷的肖像，在面颊上添了三根毫毛。有人问他为什么这样做，顾恺之说："裴楷俊逸秀朗，有见识才具，这正是体现他的见识才具的地方。"看画的人仔细端详，确实觉得添了三根毫毛好像更有精神，远远胜过没有添加的时候。

注释 ①顾长康：见本篇 7。　裴叔则：裴楷，见《德行》18 注③。　②益：增加。　③俊朗：俊逸秀朗。　识具：见识才具。　④寻：寻味；寻思。　⑤定：的确；确实。　神明：精神。　按：成语"颊上添毫"，本此。

今译 王坦之把围棋称为“坐隐”，支道林把围棋叫作“手谈”。

（一〇）王中郎以围棋是坐隐[①]，支公以围棋为手谈[②]。

注释 ①王中郎：王坦之。　坐隐：在座上隐居。围棋的别称。　②支公：支道林。　手谈：用手谈话。亦围棋别称。　按：《颜氏家训·杂艺》：“围棋有手谈、坐隐之目，颇为雅戏。”旧题宋高承撰《事物纪原·博弈嬉戏部》也提到这两个别称，并认为历来说法有同异，但均是晋代以来的名称。

今译 顾恺之喜欢画人像，他想给荆州刺史殷仲堪画像，殷仲堪说：“我形象丑陋，不烦劳你了。”顾恺之说：“明府公只是因为眼睛的缘故罢了。这只要清晰地点出瞳子，再用飞白笔法在瞳子上拂拭一下，使得形象如同微云遮蔽了太阳，岂不是很美吗？”

（一一）顾长康好写起人形[①]，欲图殷荆州[②]，殷曰：“我形恶[③]，不烦耳[④]。”顾曰：“明府正为眼尔[⑤]。但明点童子[⑥]，飞白拂其上[⑦]，使如轻云之蔽日[⑧]。”

注释 ①起：放在动词后，表示动作涉及的对象。　人形：人像。按：顾恺之说，画人最难，其次是山水狗马，台阁之类是容易画的。见《历代名画记》卷一。　②图：画。　殷荆州：殷仲堪。　③形恶：形象丑陋。　④烦：烦劳。　耳：语气词，表肯定。　⑤明府：对太守的尊称。　正：只。　为眼：因为眼睛的缘故。殷仲堪一眼瞎，故自承“形恶”，不欲画像。　⑥但：只要；只须。　明：明显；清晰。　点：用墨笔加点。　童子：瞳子。　⑦飞白：书法笔法之一。笔势飞举，笔画露白。此指作画，谓在瞳子上显示白痕。　⑧轻云之蔽日：《晋书·顾恺之传》作“使如轻云之蔽月，岂不美乎”，语意较完备。

今译 顾恺之为谢鲲画像，把他画成身处岩石之间。人家问他这是什么缘故，顾恺之说：“谢鲲自己说过‘一丘一壑，自谓过之’，那么，这位先生应当安排在山林丘壑之中了。”

（一二）顾长康画谢幼舆在岩石里[①]。人问其所以[②]，顾曰：“谢云：‘一丘一壑，自谓过之[③]。’此子宜置丘壑中。”

注释 ①谢幼舆：谢鲲。　②所以：原因；缘故。　③“一丘一壑”两句：见《品藻》17，乃谢鲲答晋明帝语，意高情雅致，超过庾亮。

今译 顾恺之画人像，有时几年不点上眼珠子。有人问他什么原因，顾恺之说：“四肢的美丑，本来就与画的精妙之处并无多大关系；而要表现出精神风采，画好人像，正在这一点上。”（指画眼珠）

（一三）顾长康画人，或数年不点目精[①]。人问其故，顾曰：“四体妍蚩[②]，本无关于妙处；传神写照[③]，正在阿堵中[④]。”

注释 ①目精：眼珠子。 ②四体：四肢。 妍蚩：美丑。 ③传神：表现出精神、风采。 写照：写真，画人物肖像。 ④阿堵：这；这个。成语“传神阿堵”，本此。

一四 顾长康道：“画‘手挥五弦’易①，‘目送归鸿’难②。”

今译 顾恺之说：“画一个人手指拨动五弦琵琶，这容易；画一个人的眼睛注视着归来的鸿雁，就难了。”

注释 ①“手挥五弦”：此句与下句俱出嵇康《送秀才入军》诗：“目送归鸿，手挥五弦。俯仰自得，游心太玄。”五弦，弦乐器之一种，称五弦琵琶。似琵琶而小，共五弦，故名。有直项、曲项之别。横抱演奏，可手弹，亦可拨弹。音色脆而明快。源于中亚，经龟兹传入，流行于魏晋南北朝及隋唐。顾恺之引此句谓画人手的动作不难。 ②送：用目光追视。 归鸿：春时北归的鸿雁。成语“手挥目送”或“目送手挥”，本此。顾恺之引此句谓画人的眼神很难。

宠礼第二十二

宠幸礼遇

（一）元帝正会[①]，引王丞相登御床[②]，王公固辞，中宗引之弥苦[③]。王公曰："使太阳与万物同晖[④]，臣下何以瞻仰？"

注释 ①元帝：东晋元帝司马睿。　正会：夏历正月初一朝会。　②王丞相：王导。　御床：皇帝的坐榻。　按：司马睿为琅邪王时，就与王导素相亲善，王导对司马睿也是倾心推奉。东晋政权的建立，琅邪王氏翼戴之功居多。王导任丞相，从兄王敦都督江、扬、荆、湘、交、广六州军事，居长江上游重镇。《太平御览》卷四九五引《晋中兴书》说"王与马，共天下"，故元帝要引王导"登御床"共坐。　③中宗：晋元帝的庙号。此乃后来追叙之辞。　弥苦：更加殷切。　④太阳：比喻皇帝。

今译 晋元帝在正月初一朝廷聚会的时候，挽着王导要他一同坐上皇帝的御榻，王导坚决辞让，而元帝更加恳切地挽住他让他坐。王导说："使太阳与世间万物发出同样的光辉，叫臣下怎么仰望示敬呢？"

（二）桓宣武尝请参佐入宿[①]，袁宏、伏滔相次而至[②]。莅名[③]，府中复有袁参军，彦伯疑焉[④]，令传教更质[⑤]。传教曰："参军是袁、伏之袁，复何所疑？"

注释 ①桓宣武：桓温。　参佐：僚属。　②袁宏：时为桓温记室，见《言语》83注①。　伏滔：时为桓温参军，见《言语》72注①。　③莅（lì例）名：通名，通报来客姓名。莅，到。　④彦伯：袁宏，字彦伯。　⑤传教：传达教令的小吏。　更质：再次询问。

今译 桓温曾经请手下的参军属官入府住宿，袁宏、伏滔先后来到。到通报来客姓名的时候，府中又有袁参军，袁宏就怀疑起来，叫传达教令的小吏再去问问清楚，小吏说："参军就是袁、伏两位的袁，还有什么可疑的？"

（三）王珣、郗超并有奇才[①]，为大司马所眷拔[②]。

今译 王珣和郗超都有不寻常的才干，受到大司马桓温的宠爱和提拔。王珣任主簿，郗超任记室参军。郗超此人多须髯，王珣状貌矮小。当时荆州地方的人为此编出话语说："多髯的参军，短小的主簿，能使桓公高兴，能使桓公恼怒。"

珣为主簿[3]，超为记室参军[4]。超为人多髯[5]，珣状短小，于时荆州为之语曰："髯参军，短主簿，能令公喜，能令公怒。"

注释 ①王珣：见《言语》102注③。郗超：见《言语》59注⑤。②大司马：指桓温。眷拔：宠爱提拔。③主簿：官名。负责文书簿籍，掌印鉴，为掾史之首。④记室参军：官名。掌管文书记录，犹今之秘书。⑤多髯：原作"多须"，据影宋本改。髯，两颊的胡子。

（四）许玄度停都一月[1]，刘尹无日不往[2]，乃叹曰："卿复少时不去，我成轻薄京尹[3]。"

注释 ①许玄度：许询。停都：停留在京都建康。②刘尹：刘惔。③轻薄：行为不庄重。此谓荒废职事。京尹：京兆尹，京师地方的行政长官。此时刘惔任丹阳尹。

今译 许询在京都停留了一个月，丹阳尹刘惔没有一天不去拜访的，就叹息说："你再停留些时候不离开京都，我要成为行动轻薄、有亏职守的京兆尹了。"

（五）孝武在西堂会[1]，伏滔预坐[2]。还，下车呼其儿，语之曰："百人高会[3]，临坐，未得他语，先问：'伏滔何在？在此不[4]？'此故未易得[5]。为人作父如此，何如？"

注释 ①孝武：东晋孝武帝司马曜。西堂：东晋皇宫厅堂名，即太极殿之西厅。②伏滔：见《言语》72注①。③高会：大会。④不（fǒu 缶）：同"否"。⑤故：确实。

今译 晋孝武帝在西堂聚会，伏滔参预就座。回家时，下车就呼唤他的儿子，对儿子说："今天百人大会，天子莅临，没有说别的话，先问：'伏滔在哪里？在不在这里？'这实在是不容易得到的宠礼。我做人，作为你的父亲，怎么样？"

（六）卞范之为丹阳尹[1]。羊孚南州暂还[2]，往卞许[3]，云："下官疾动[4]，不堪坐[5]。"卞便开帐拂褥，羊径上大床，入被须枕。卞回坐倾睐[6]，移晨达莫[7]。羊去，卞语曰："我以第一理期卿[8]，卿莫负我。"

注释 ①卞范之：见《伤逝》19注②。丹阳尹：丹阳郡的长官。丹阳郡，三国吴置，治建业，故城在今江苏江宁东。按：卞范之是桓玄的心腹，他任丹阳尹在桓玄专擅朝政时。②羊孚：桓玄的记室参军。南州：城名。东晋时筑，又名姑孰，故址在今安徽当涂。地当长江渡口，为京都建康西南门户。③许：处

今译 卞范之任丹阳尹。羊孚从南州城暂时回都，住在卞范之处，说："下官疾病发作了，不能够坐。"卞范之就打开帐子，拂拭被褥，羊孚就直上大床，钻入被头，靠枕睡下。卞范之转身坐定，侧着身子看着羊孚，两人谈论，从早晨直到夜晚。羊孚离开时，卞范之对他说："我以第一等善谈哲理的人期望于你，你不要辜负我。"

所。　④下官：谦词。此羊孚自称。　疾动：疾病发作。　⑤堪：能。　⑥倾睐：侧着身子看着。此谓倾注谈心。　⑦莫（mù 暮）：同“暮”。　⑧第一理：第一等善谈哲理之人。期：望。

任诞第二十三

任意而行，放诞不拘

（一）陈留阮籍[①]、谯国嵇康[②]、河内山涛[③]，三人年皆相比，康年少亚之[④]。预此契者[⑤]，沛国刘伶[⑥]、陈留阮咸、河内向秀、琅邪王戎[⑦]。七人常集于竹林之下，肆意酣畅，故世谓“竹林七贤”。

注释 ①陈留：郡名。治所即今河南开封。 ②谯国：即谯郡。治所在今安徽亳县。 ③河内：郡名。相当今河南黄河南北两岸地区。 ④少亚之：谓嵇康年龄比阮籍、山涛略小。亚，次。 ⑤预：参与。 契：志同道合的交游。 ⑥沛国：即沛郡。治所在今安徽濉溪西北。 ⑦琅邪：郡名。治所在今山东临沂北。

今译 陈留阮籍、谯国嵇康、河内山涛，三人的年龄相近，嵇康稍微小一点。参与这些人相知交游的还有：沛国刘伶、陈留阮咸、河内向秀、琅邪王戎。七个人常常会集在竹林之下，毫无顾忌地开怀畅饮，所以当时人称他们为“竹林七贤”。

（二）阮籍遭母丧，在晋文王坐[①]，进酒肉。司隶何曾亦在坐[②]，曰：“明公方以孝治天下，而阮籍以重丧显于公坐饮酒食肉，宜流之海外[③]，以正风教。”文王曰：“嗣宗毁顿如此[④]，君不能共忧之，何谓？且有疾而饮酒食肉，固丧礼也[⑤]。”籍饮噉不辍[⑥]，神色自若。

注释 ①晋文王：司马昭，晋朝建立后，追尊为文帝，史亦称文王。 ②司隶：官名，即司隶校尉。汉武帝始置，初掌察举百官以下及京师近郡犯法者，后改专察三辅、三河及弘农七郡。曹魏及西晋沿置。 何曾（199—278）：字颖考，晋阳夏（今河南太康）人。三国魏时官至司徒，党附司马氏。为人外宽内忌，生活奢侈，日食万钱，犹云无下箸处。 ③流：流放。 海外：四海之外，指边

今译 阮籍母亲死后，在居丧期间，他在司马昭处的客座上，照常进食酒肉。司隶何曾也在座，对司马昭说：“阁下正倡导以孝道来治理天下，然而阮籍身有重丧，却公然在您的座上饮酒吃肉，应当把他流放到海外去，藉以匡正风俗教化。”司马昭说：“阮嗣宗居丧哀伤，以致身体亏损，精神委顿到了如此地步，您不能一起为他担忧，是什么意思？况且居丧期间因为有病而饮酒吃肉，本来也合乎丧礼的。”当时阮籍照常吃喝不停，神色自如。

远地区。　④嗣宗：阮籍，字嗣宗。　毁顿：谓居丧哀伤，以致身体亏损，精神疲惫。刘注引《魏氏春秋》："籍性至孝，居丧虽不率常礼，而毁几灭性。"　⑤"且有疾而饮酒食肉"两句：《礼记·曲礼上》："居丧之礼，头有创则沐，身有疡则浴，有疾则饮酒食肉，疾止复初。不胜丧，乃比于不慈不孝。"此司马昭引儒家礼教，谓居丧期间，有疾病而饮酒食肉，本来符合丧礼规定，为阮籍开脱。　⑥噉（dàn 淡）：吃。

（三）刘伶病酒[①]，渴甚，从妇求酒[②]。妇捐酒毁器[③]，涕泣谏曰："君饮太过，非摄生之道[④]，必宜断之！"伶曰："甚善。我不能自禁，唯当祝鬼神自誓断之耳。便可具酒肉[⑤]。"妇曰："敬闻命。"供酒肉于神前，请伶祝誓。伶跪而祝曰："天生刘伶，以酒为名[⑥]。一饮一斛，五斗解酲[⑦]。妇人之言，慎不可听！"便引酒进肉，隗然已醉矣[⑧]。

注释　①病酒：醉酒后隔夜仍存余醉。　②从：向。　妇：指妻子。　③捐：舍弃。　④摄生：养生。　⑤具：准备；备办。　⑥名：通"命"。　⑦解酲：解除醉酒的状态。酲（chéng 呈），醉酒后神志不清的状态。　⑧隗（wěi 颜）然：倒下；倾颓。

译　刘伶因为上一天喝醉酒后尚有余醉，感到非常口渴，向妻子讨酒喝。他妻子倒掉了酒，毁坏了酒器，哭着规劝刘伶说："您喝酒喝得太厉害了，这不是养生之道，一定要戒掉这酒！"刘伶说："很好。但我不能自己戒断酒，只有向鬼神祷告，并且自己起誓才能断酒，你就准备好酒肉吧。"妻子说："我按照您的吩咐去办。"于是把酒肉供在神前，请刘伶去祷告罚誓。刘伶跪着祷告说："天生我刘伶，把酒当性命。一次喝一斛，五斗除酒病。女人的言语，万万不可听。"说完，拿过酒肉就吃喝起来，不多一会，已经醉得颓然倒下了。

（四）刘公荣与人饮酒[①]，杂秽非类[②]。人或讥之，答曰："胜公荣者不可不与饮，不如公荣者亦不可不与饮，是公荣辈者又不可不与饮。故终日共饮而醉。"

注释　①刘公荣：刘昶，字公荣，晋沛国（治所在今安徽濉溪西北）人。为人通达，仕至兖州刺史。　②杂秽：杂乱。　非类：不是同样身份的人。

译　刘昶同人家喝酒，常常和一些不是同样身份、同一层次的人混杂在一起。有人讥笑他，他回答说："度量超过我刘昶的，不可以不同他们喝酒；不及我刘昶的，也不可以不同他们喝酒；是我刘昶同类的人，又不可以不同他们喝酒。所以我只能整天同他们一起喝酒喝得醉醺醺的。"

（五）步兵校尉缺[①]，厨中有贮酒数百斛，阮籍乃求为步兵校尉[②]。

注释　①步兵校尉：官名。东汉时掌宿卫兵，秩比二千石。下有司马一人，领吏员七十三人，兵士七百人。　②阮籍：见《德行》15注①。刘注引《文士传》，说阮籍放诞狂傲，不乐仕宦。

译　步兵校尉的官职空缺，官署厨房中贮存了几百斛酒。阮籍就要求担任步兵校尉之职。

但司马昭亲爱阮籍，经常与他谈笑，任其所欲，不以官事逼迫他。他喜欢东平的风土，愿做东平太守，司马昭就满足了他。可是他只停留了十几天，就骑着驴子离开了。后来听说步兵校尉官厨中有酒三百石，又请求去做步兵校尉。获得任命以后，就进官府，与刘伶喝个痛快。后称阮籍为“阮步兵”。

（六）刘伶恒纵酒放达[1]，或脱衣裸形在屋中。人见讥之，伶曰：“我以天地为栋宇[2]，屋室为裈衣[3]，诸君何为入我裈中？”

注释 ①放达：放纵而不受拘束。 ②栋宇：屋梁和屋檐。指代房屋。 ③裈（kūn 昆）：有裆的裤子。

译 刘伶经常纵情喝酒，任性狂放，有时在屋里脱掉衣服，全身赤裸。有人看到就讥笑他，刘伶说：“我把天地当作房屋，把房屋当作衣裤，你们为什么钻到我的裤子里来？”

（七）阮籍嫂尝还家[1]，籍见与别。或讥之[2]，籍曰：“礼岂为我辈设也？”

注释 ①还家：此指返回其母家。 ②或讥之：有人讥笑他。按：《礼记·曲礼上》：“嫂叔不通问。”郑玄注：“皆为重别防淫乱。……通问，谓相称谢也。”以此有人讥笑阮籍。

译 阮籍的嫂嫂有一次回娘家，阮籍与她相见道别。有人讥笑阮籍违礼，阮籍说：“礼，难道是为我们这些人而设的吗？”

（八）阮公邻家妇[1]，有美色，当垆酤酒[2]。阮与王安丰常从妇饮酒[3]，阮醉，便眠其妇侧。夫始殊疑之，伺察，终无他意[4]。

注释 ①阮公：阮籍。 ②垆：放置酒瓮的土台。借指酒店。酤（gū 姑）：卖酒。 ③王安丰：王戎封安丰侯，故称。 ④他意：别的意图。刘注引王隐《晋书》，说阮籍邻家有个处女，才貌双全，还没出嫁就死了。阮籍与她并无亲属关系，她活着的时候与阮籍也不相识，死后，阮籍却去哭她，而且哭得很哀伤，哭罢就走了。

译 阮籍邻家的妇女，有美丽的容貌，在酒店里卖酒。阮籍和王戎常常到这个妇女那里去喝酒，阮籍喝醉之后，就睡在这妇女旁边。妇女的丈夫起初非常怀疑，经过一段时间的暗中观察，才知道阮籍始终是没有什么别的意图的。

（九）阮籍当葬母[1]，蒸一肥豚[2]，饮酒二斗，然后临诀[3]，直言“穷矣”[4]！都得一号[5]，因吐血，废顿良久[6]。

译 阮籍在安葬他母亲的时候，蒸了一只很肥的小猪，喝了两斗酒，然后去向母亲的遗体作最后告别。他直接喊了一声“穷矣”！总共大哭一次，就此吐血，身体受损伤，精神委顿了好长一段时间。

注释 ①当：在……时。　②豚：小猪。　按：葬母而饮酒吃肉，在当时是违礼的。　③临诀：到遗体前作最后的告别。　④直言：径直说。　穷矣：完了；走投无路啦。按：晋时风俗，孝子遭父母之丧时循例要哭唤"奈何"，哭唤"穷已(矣)"。见《艺文类聚》卷八五引《笑林》。　⑤都：总共。　号：大声哭。　⑥废顿：身体损伤，精神委顿。

一〇 阮仲容、步兵居道南①，诸阮居道北。北阮皆富，南阮贫。七月七日②，北阮盛晒衣，皆纱罗锦绮③。仲容以竿挂大布犊鼻裈于中庭④。人或怪之，答曰："未能免俗，聊复尔耳。"

今译 阮咸、阮籍住在路南，其他的阮氏族人住在路北。路北的阮家都很富裕，路南的阮家比较贫穷。七月初七那天，路北的阮氏各家大晒衣服，都是纱罗锦绮等珍贵华丽的衣裳。阮咸用竹竿挂起粗布犊鼻裈晾在庭院中。有人对他举动感到奇怪，他回答说："我不能免除世俗之情，姑且也这样应应景罢了。"

注释 ①阮仲容：阮咸，字仲容，阮籍从子，竹林七贤之一。　步兵：阮籍。一说"步兵"二字为衍文，本则只记阮咸之事。　②七月七日：夏历七月初七。《太平御览》卷三一引《韦氏月录》："七月七日晒曝革裘，无虫。"又引崔寔《四民月令》："七月七日暴经书及衣裳，习俗然也。"　③纱罗锦绮：泛指珍贵的丝织品。　④大布：粗布。　犊鼻裈：一种作杂活时穿的裤子，无裆，形如犊鼻，类似后之套裤。一说，如今之围裙，但以蔽前，反系于后。刘注引《竹林七贤论》，说阮氏老一代人都尊奉儒学，善理家业，惟阮咸一家崇尚道教，不务实际，好酒而贫。所以诸阮晒绮罗而阮咸只能高挂大布犊鼻裈。

一一 阮步兵丧母，裴令公往吊之①。阮方醉，散发坐床，箕踞不哭②。裴至，下席于地③，哭，吊唁毕便去④。或问裴："凡吊，主人哭，客乃为礼。阮既不哭，君何为哭？"裴曰："阮方外之人⑤，故不崇礼制；我辈俗中人，故以仪轨自居⑥。"时人叹为两得其中⑦。

今译 阮籍死了母亲，裴楷前往吊唁。当时阮籍正喝醉了酒，披散着头发坐在床榻上，两足伸开，也不哭。裴楷到了之后，离开座席，哭悼死者，又向家属表示慰问，完了就离开了。有人问裴楷道："凡是吊丧，丧家主人哀哭，客人就按礼行事。阮籍既然不哭，您为甚么哭？"裴楷说："阮籍是超脱于世俗礼教的人，所以不崇尚礼制；我们是世俗中人，所以要以礼法规范自守。"当时人们赞叹他两方面处理得都很得当。

注释 ①裴令公：裴楷，见《德行》18注③。　②箕踞：两足伸开坐着，形如簸箕。这是被视为轻慢的态度。　③下席：古人席地而坐，丧时对人尊敬时离开席位。　④吊唁：吊丧。唁(yàn谚)，通"唁"。慰问死者家属。　⑤方外：谓超脱于世俗礼教之外。　⑥仪轨：礼法；规范。　居：守。　⑦中：合适。

一二 诸阮皆能饮酒①，仲容至宗人间共集②，不复用常杯斟酌，以大瓮盛酒，围坐相向大酌，时有

今译 阮氏诸人都能喝酒，阮咸到本族人的共同集会上，不再用通常的杯子来斟酒，而用大瓮装酒，大家团团围坐，大口大口地喝。当时有一群猪也来喝，它们径直窜在前头，诸阮就与猪同饮这瓮酒。

群猪来饮，直接去上[3]，便共饮之。

注释 ①诸阮：阮氏同族人。　②仲容：阮咸。　宗人：本家族的人。　③直接去上：《晋书·阮咸传》作“咸直接去其上”；《册府元龟》卷八五五作“直接其上”，疑是。

一三　阮浑长成[1]，风气韵度似父，亦欲作达[2]。步兵曰[3]：“仲容已预之[4]，卿不得复尔[5]。”

注释 ①阮浑：阮籍之子，见《赏誉》29注③。　②作达：做放任不羁的事。　③步兵：阮籍。　④仲容：阮咸，阮籍之侄。　预：参与。　⑤尔：如此。

今译 阮浑长大成人，风格气度很像父亲，也想做出一些任性放达的事情。阮籍说：“阮咸已参与进去了，你不能再这样了。”

一四　裴成公妇[1]，王戎女。王戎晨往裴许，不通径前[2]。裴从床南下，女从北下，相对作宾主[3]，了无异色。

注释 ①裴成公：裴頠，见《言语》23注③。　②不通：未经通报。③作宾主：王戎为宾，裴頠夫妇为主。

今译 裴頠的妻子是王戎的女儿。王戎一天早晨到裴頠家去，不待通报就直接进入了内室。裴頠从床的南面下床，女儿从床的北面下来，互相面对着作宾客和主人，大家神态如常，一点难为情的表情都没有。

一五　阮仲容先幸姑家鲜卑婢[1]，及居母丧，姑当远移，初云当留婢，既发，定将去。仲容借客驴，著重服[2]，自追之，累骑而返[3]，曰：“人种不可失[4]！”即遥集之母也[5]。

注释 ①阮仲容：阮咸。　幸：宠爱。　鲜卑：北方民族名。初为东胡族之一支。魏晋时分为慕容、拓跋、乞伏、秃发、宇文等部，居于北方及西北一带，呈大散居小聚居局面，势力强大。本以游牧为业，内迁者多转事农耕，逐渐与汉族等民族融合。　②著重服：身穿重孝。　③累骑：两人共一骑。　④人种：繁育后代的种子。　按：意谓鲜卑婢已怀孕。　⑤遥集：阮孚，字遥集，阮咸之子，为鲜卑婢所生，见《文学》76注③。

今译 阮咸起先爱着姑母家的一个鲜卑族丫头，到他为母亲守孝的时候，他姑母要搬家到远处去了，起初说要把这丫环留下来，出发之时，又一定要把她带走。阮咸知道了，借了一位客人的驴子，身穿重孝，亲自追去，和鲜卑丫头两人同乘一骑而归。他说：“后代种子是不能丢失的！”她就是阮孚的母亲。

一六　任恺既失权势[1]，不复自检括[2]。或谓和峤曰[3]：“卿何以坐视元裒败而不救[4]？”和曰：“元裒如北夏门[5]，拉攞自欲坏[6]，非一木所能支。”

今译 任恺失掉权势之后，不再自己检点约束。有人对和峤说：“你为什么坐视任恺失败而不去援救他？”和峤说：“任恺就像洛阳城北面的大夏门，崩塌断裂自然要坏，不是一根木头能支撑得住的。”

注释 ①任恺(约220—约280):字元裒,晋乐安博昌(今山东博兴南)人。初仕魏,尚魏明帝女,为中书侍郎。入晋,历侍中、太子少傅、吏部尚书。有识鉴,勤职守,晋武帝器之。与贾充争权,渐失势,以太常终。和峤与任恺亲善,为晋武帝所素知,于恺之败,峤不以口舌相救。 ②检括:检点约束。《晋书·任恺传》:"恺既失职,乃纵酒耽乐,极滋味以自奉养。"生活奢侈,是任恺不自检点处。 ③和峤:见《德行》17注①。 ④元裒(póu剖阳平):任恺字。 ⑤北夏门:洛阳城北门名。《晋书·地理志》:"洛阳北有大夏、广莫二门。"《洛阳伽蓝记·序》:"北面有二门,西头,曰大夏门。汉曰夏门,魏晋曰大夏门。尝造三层楼,去地二十丈。" ⑥拉㩧(luǒ裸):断裂。㩧,撕裂。

一七 刘道真少时①,常渔草泽②,善歌啸,闻者莫不留连。有一老妪,识其非常人,甚乐其歌啸,乃杀豚进之。道真食豚尽,了不谢。妪见不饱,又进一豚。食半余半,乃还之。后为吏部郎,妪儿为小令史③,道真超用之④。不知所由,问母,母告之,于是赍牛酒诣道真⑤。道真曰:"去,去!无可复用相报。"

注释 ①刘道真:刘宝,字道真,见《德行》22注①。 ②草泽:荒野湖沼。 ③小令史:主管文书庶务的小吏。 ④超用:不拘常格,越级任用。 ⑤赍(jī鸡):携带;带着。

今译 刘宝年轻时,常在荒凉的湖沼中打鱼,他善于唱歌、呼啸,听到的人没有不被他的歌啸之声所吸引的。有一个老妇人,看到他不是一个平常的人,又非常喜欢他的唱歌和呼啸,就杀了一只小猪送给他。刘宝把小猪吃光了,一点也不表示感谢。老妇人见他没有吃饱,就再送一只小猪给他。刘宝吃了一半还剩下一半,就把剩下的一半送还给老妇人。后来刘宝做了吏部郎,老妇人的儿子做小令史,刘宝越级提拔了他。他不知道是什么原因,去问母亲,母亲把事情经过告诉了他。于是他带着牛肉和酒去拜见刘宝。刘宝说:"走开,走开!我再也没有甚么可以报答你的了。"

一八 阮宣子常步行①,以百钱挂杖头,至酒店,便独酣畅②。虽当世贵盛③,不肯诣也。

注释 ①阮宣子:阮修,字宣子,见《文学》18注①。 ②酣畅:尽兴饮酒。 ③贵盛:地位高、名声大的人。

今译 阮修经常徒步漫游,把一百个铜钱挂在手杖头上,到了酒店,就独自开怀畅饮。即使是当代的权贵名流,他也不肯去拜访。

一九 山季伦为荆州①,时出酣畅②,人为之歌曰:"山公时一醉,径造高阳池③。日莫倒载归④,茗艼无所知⑤。复能乘骏马,倒著白接䍦⑥。举手问葛彊⑦,何如并州儿⑧?"高阳池在襄阳。彊是其爱将,并州人。

今译 山简做荆州刺史的时候,经常外出痛饮,人们为他编了一首歌谣,说:"山府君,醉醺醺,径直来到高阳池。黄昏倒卧车中归,懵懵懂懂无所知。忽然又能骑骏马,倒戴一顶白帽子。举起手来问葛彊,我怎比并州小伙子?"高阳池在襄阳。葛彊是山简的爱将,并州人。

注释 ①山季伦:山简,字季伦,见《赏誉》29注⑥。 荆州:此指荆州刺史。 ②酣畅:痛饮。 ③径:即刻。 造:到;至。 高阳池:池名。刘注引《襄阳记》:"汉侍中习郁于岘山南,依范蠡养鱼法作鱼池,池边有高隄,种竹及长楸,芙蓉蓤芡覆水,是游燕名处也。"又见《水经注·沔水》。山简镇襄阳而临池痛饮,谓"此是我高阳池也",盖用西汉郦食其故事。郦为高阳人,自称"高阳酒徒"。 ④莫:同"暮"。 倒(dǎo 祷)载:倒卧车中。 ⑤茗艼:同"酩酊"。形容喝酒大醉,懵懵懂懂。 ⑥倒(dào 到)著:颠倒戴。 接䍦(lí 离):一种用白鹭羽毛装饰的便帽。 ⑦葛彊:山简的爱将。《晋书·山简传》作葛疆。 ⑧并(bīng 兵)州:州名。晋时并州地约当今山西汾水中游地区。

二〇 张季鹰纵任不拘[①],时人号为"江东步兵"[②]。或谓之曰:"卿乃可纵适一时[③],独不为身后名邪?[④]"答曰:"使我有身后名,不如即时一杯酒[⑤]。"

今译 张翰任性放纵,不拘礼法,当时人把他比作阮籍,称为"江东步兵"。有人对他说:"你哪可纵情适意于一时,难道不为身后的名声着想吗?"张翰回答说:"让我有身后的名声,还不如眼前的一杯好酒。"

注释 ①张季鹰:张翰,字季鹰,见《识鉴》10注①。 纵任:放纵任性。 ②江东步兵:步兵,指阮籍,参看本篇5。把张翰比作阮籍,张是吴郡人,故称"江东步兵"。江东,指自今安徽芜湖以下的长江下游南岸地区。 ③乃可:岂可;哪可。一说,犹言纵然可以。 纵适:放纵适意。 ④独:难道。表反诘。 ⑤即时:当今;眼前。按:《识鉴》10刘注引《文士传》,记张翰辟齐王司马冏东曹掾,就对顾荣说:"天下纷纷未已,夫有四海之名者,求退良难。吾本山林间人,无望于时久矣。"则是逃名为避祸乱。

二一 毕茂世云[①]:"一手持蟹螯,一手持酒杯,拍浮酒池中[②],便足了一生[③]。"

今译 毕卓说:"一只手拿着蟹螯,一只手拿着酒杯,在酒池中击水游泳,过完这一生,也就很值得了。"

注释 ①毕茂世:毕卓,字茂世,晋新蔡鲖阳(今河南新蔡东北)人。晋元帝时为吏部郎,常嗜酒废职。后从温峤为平南长史,卒官。 ②拍浮:以手击水浮游。 ③足:值得。 了:结束。刘注引《晋中兴书》,说毕卓的邻居酿酒熟了,毕卓乘醉在晚上到邻家酒瓮间取酒喝。主人以为是小偷,把他捆起来。后来知道是吏部郎,才放了他。他随即拉着主人在酒瓮旁再畅饮一番,到醉了才离去。

二二 贺司空入洛赴命[①],为太孙舍人[②],经吴阊

今译 贺循到洛阳去接受皇帝的诏命,做皇太孙舍人,路经吴郡阊门,在船中弹琴。张翰与贺循本来不相识,他先在金阊亭,听到琴声很清雅,便下到船中拜访贺循,一经交谈,彼此就大为赏识喜悦。张翰问贺循:"您要到哪里去?"贺循

门[3]，在船中弹琴。张季鹰本不相识[4]，先在金阊亭[5]，闻弦甚清，下船就贺，因共语，便大相知说[6]。问贺："卿欲何之？"贺曰："入洛赴命，正尔进路。"张曰："吾亦有事北京[7]。"因路寄载，便与贺同发。初不告家，家追问，乃知。

注释 ①贺司空：贺循，见《言语》34 注①。　赴命：前往接受诏命。　②太孙舍人：官名。《晋书·贺循传》作"太子舍人"，则是指愍怀太子。晋惠帝永康元年(300)，愍怀太子已废，后为贾后矫诏杀死。后立其子为皇太孙，太子官属转为太孙官属。　③吴：吴郡。治今江苏苏州。　阊门：吴郡西门。　④张季鹰：张翰。　⑤金阊亭：驿亭名。在阊门内。　⑥说：通"悦"。　⑦北京：指洛阳。西晋建都洛阳，东晋时南人称之为"北京"。

说："到洛阳去接受诏命，正在路上。"张翰说："我也有事要到洛阳去。"就顺路搭载，与贺循同路而行。一开始张翰并没有告诉家里，家里人见他不回家而追寻，才知道事情的原委。

二三　祖车骑过江时[1]，公私俭薄[2]，无好服玩。王、庾诸公共就祖[3]，忽见裘袍重叠，珍饰盈列。诸公怪问之，祖曰："昨夜复南塘一出[4]。"祖于时恒自使健儿鼓行劫钞[5]，在事之人亦容而不问[6]。

注释 ①祖车骑：祖逖。　②公私：公家和私门。　俭薄：谓资用贫乏。　③王、庾：王导和庾亮。　④南塘：地名。秦淮河之南塘岸，在今南京附近。　⑤健儿：军卒。　鼓行：击鼓行进。此谓祖逖军卒公开抢劫。　按：《晋书·祖逖传》亦有相同记载，但说并非祖逖自己让军卒行劫，而是包庇回护行劫之人。⑥在事：居官任职。

译 祖逖渡江南下的时候，公家和私人两方面的资财都很贫乏，没有什么美好的衣服和玩物。王导、庾亮等人一起去看祖逖，忽然看到他那里皮毛衣服层层堆积，珍贵饰物陈列满架。他们觉得很奇怪，就问祖逖怎么会一下子富起来，祖逖说："昨夜又到南塘出去了一次。"祖逖在当时常常让部下军士出去公开抢劫，而那些当政管事的人也容忍他们如此，不加过问。

二四　鸿胪卿孔群好饮酒[1]，王丞相语云[2]："卿何为恒饮酒？不见酒家覆瓿布[3]，日月糜烂[4]？"群曰："不尔。不见糟肉，乃更堪久？"群尝书与亲旧："今年田得七百斛秫米[5]，不了麴糵事[6]。"

注释 ①鸿胪卿：官名。掌朝贺庆吊等赞导相礼。鸿，声；胪，传。传声赞导，故称。　孔群：见《方正》36 注②。　②王丞相：王导。　③瓿(bù 部)：小瓮。此指酒瓮。　④日月：犹言一天天、一月月。　⑤秫(shú 述阳平)米：黏性的高粱米。一说，黄米。　⑥了：解决。　麴糵(qū niè 曲孽)：酒母。麴糵事，指酿酒。

译 鸿胪卿孔群喜爱喝酒，丞相王导对他说："你为什么经常喝酒？难道没有看见卖酒的人家覆盖在酒瓮上的布，日子一久就烂掉了吗？"孔群说："并非如此。不见那酒糟腌制的肉反倒更加耐久不坏吗？"孔群曾经写信给亲戚故旧说："今年田里收成七百斛秫米，还不能满足酿酒之用。"

二五 有人讥周仆射与亲友言戏秽杂无检节①。周曰："吾若万里长江，何能不千里一曲②。"

注释 ①周仆射：周顗。 秽杂：粗野杂乱。 无检节：没有检点节制。刘注引邓粲《晋纪》："王导与周顗及朝士诣尚书纪瞻观伎。瞻有爱妾，能为新声。顗于众中欲通其妾，露其丑秽，颜无怍色。有司奏免顗官，诏特原之。" 按：此亦当时风气。《宋书·五行志一》："晋惠帝元康中，贵游子弟相与为散发倮身之饮，对弄婢妾。逆之者伤好，非之者负讥。希世之士，耻不与焉。" ②千里一曲：谓长江千里间必有一弯曲处。借喻一生行为，不免小有错失。

今译 有人讥刺仆射周顗与亲朋谈笑戏乐，常有粗野秽亵的言行而自己却一点也不知约束。周顗说："我就像万里长江，怎么能在千里之间没有一点儿弯曲。"

二六 温太真位未高时①，屡与扬州、淮中估客樗蒱②，与辄不竞③。尝一过大输物④，戏屈⑤，无因得反⑥。与庾亮善，于舫中大唤亮曰："卿可赎我！"庾即送直⑦，然后得还。经此数四⑧。

注释 ①温太真：温峤。 ②扬州：州名。晋时治所在建康。淮中：指淮河流域一带。 估客：商贩。 樗蒱（chū pú 初蒲）：盛行于汉魏六朝的一种博戏。 ③不竞：不强；不赢。 ④一过：一回。 物：指资财。 ⑤戏：指赌博。 屈：挫败。 ⑥反：通"返"。 ⑦直：同"值"。指可以抵当赌债的资财。 ⑧数（shuò 朔）四：多次。

今译 温峤在官位还没有高的时候，屡屡和扬州、淮中一带的商贩赌博，而参与进去总是不赢。有一回，他大大输了一笔钱，赌输了，没办法脱身回去。他与庾亮友好，就在船中大叫庾亮说："你快来赎我！"庾亮就送去抵偿赌债的钱，然后温峤才能回来。这种情况，发生过好多次。

二七 温公喜慢语①，卞令礼法自居②。至庾公许③，大相剖击④，温发口鄙秽⑤，庾公徐曰："太真终日无鄙言。"

注释 ①温公：温峤。 慢语：说轻慢别人的话。 ②卞令：卞壸。 ③庾公：庾亮。 许：住处。 ④剖击：辩驳。 ⑤发口：出言。 鄙秽：粗鄙庸俗。

今译 温峤爱讲一些轻慢别人的话，卞壸以谨守礼法自居。两人到庾亮处，进行激烈的辩驳，温峤说话很粗野，庾亮缓缓地说："温太真整天没有不雅的言论。"

二八 周伯仁风德雅重①，深达危乱②。过江积年，恒大饮酒。尝经三日不醒。时人谓之"三日仆射"③。

今译 周顗品德高尚，能洞察危机祸乱。渡江南下多年之后，经常纵情喝酒。有一次曾醉得三日不醒，当时人称他为"三日仆射"。

注释 ①周伯仁：周顗，字伯仁。风德：风操德行。雅重：雅正庄重。②达：洞察。危乱：危险动乱。③仆射(yè夜)：官名。为尚书令之副手，职权甚重。周顗任尚书左仆射。

（二九）卫君长为温公长史①，温公甚善之。每率尔提酒脯就卫②，箕踞相对弥日③。卫往温许亦尔。

注释 ①卫君长：卫永，字君长。温公：温峤。长史：官名。②率尔：随便；随意。脯：干肉。泛指不带汤汁的食品。③箕踞：古人席地而坐，臀部着席，屈两膝而前伸其足，足仍着地，形如簸箕。这是一种不拘礼法的坐法。弥日：终日。

译 卫永做温峤的长史，温峤对待他很好。往往随便地提着酒菜到卫永那里去，两人箕踞而坐，不拘礼节地对饮终日。卫永到温峤那儿去时也是这样。

（三〇）苏峻乱①，诸庾逃散②。庾冰时为吴郡③，单身奔亡。民吏皆去，唯郡卒独以小船载冰出钱塘口④，籧篨覆之⑤。时峻赏募觅冰，属所在搜检甚急⑥。卒舍船市渚，因饮酒醉，还，舞棹向船曰⑦："何处觅庾吴郡？此中便是！"冰大惶怖，然不敢动。监司见船小装狭，谓卒狂醉，都不复疑。自送过浙江⑧，寄山阴魏家，得免。后事平，冰欲报卒，适其所愿⑨。卒曰："出自厮下⑩，不愿名器⑪。少苦执鞭⑫，恒患不得快饮酒。使其酒足余年，毕矣，无所复须。"冰为起大舍，市奴婢⑬，使门内有百斛酒，终其身。时谓此卒非唯有智，且亦达生⑭。

注释 ①苏峻乱：晋明帝太宁三年(325)，明帝死，成帝即位，年五岁，庾太后临朝，王导、庾亮(庾太后之兄)等辅政，事决于亮。庾亮疑忌苏峻、祖约等，于晋成帝咸和二年(327)征苏峻入朝，谋夺其兵权。苏峻与祖约以讨庾亮为名，起兵反。咸和三年(328)，苏峻兵至建康，朝廷兵败，庾亮投奔温峤。②诸庾：庾氏族人。③庾冰：庾亮之弟，见《政事》14注①。为吴郡：任吴国内史，即吴郡太守。④钱塘口：钱塘江口。⑤籧篨(qú chú 衢除)：粗竹席。⑥属：同"嘱"。叮嘱；嘱咐。所在：所在之处。指所辖之各地。搜检：搜索。⑦舞棹：挥舞船桨。⑧浙江：水名。此指钱塘江。⑨适：适合；满足。⑩厮下：仆役。⑪名器：标志尊卑等级的名号与车服等器物。后泛指官职爵位。⑫执鞭：原谓持鞭为人驾车。此泛指供人役使。⑬市：买。⑭达生：指对人生世事持达观态度。语出《庄子·

译 苏峻作乱，庾氏诸兄弟都逃散了。庾冰当时任吴郡太守，单身逃亡。百姓和属官都离散了，只有一个府役独自用小船载着庾冰逃出钱塘江口，用粗竹席遮盖着他。当时苏峻正悬赏捉拿庾冰，嘱咐部下到处搜查，十分紧急。府役离开了小船到近市的江中小洲上去，喝醉了酒回来，手里挥舞着船桨，面对着小船说："你们要到哪里去寻找庾吴郡？这条船里就是！"庾冰大为惊慌，但又不敢动一动。搜查的人看看船很狭小，认为府役是酒醉了说胡话，就一点也不怀疑。府役把庾冰送过钱塘江，寄居在山阴魏家，才得以免祸。后来叛乱平息，庾冰要报答府役，说可以满足他的愿望。府役说："我出身于贱役，不愿意做什么官。从小就苦于为人服役，经常觉得不能痛快地喝酒，是一大憾事。假如让我有足够的酒以度余年，我也就满足了，再也没有甚么要求了。"庾冰就给他盖了大房子，买了奴婢，让他家里有上百斛的酒，一直供养终身。当时人说这位府役不但有智谋，而且对人生也很达观。

达生》。

（三一）殷洪乔作豫章郡[1]，临去，都下人因附百许函书[2]。既至石头[3]，悉掷水中，因祝曰：“沉者自沉，浮者自浮，殷洪乔不能作致书邮[4]。”

注释 ①殷洪乔：殷羡，字洪乔，晋陈郡长平（今河南西华东北）人。殷浩父。为长沙太守，有贪残之名。陶侃作荆州刺史，以为左长史。苏峻之难，说陶侃攻石头。后任豫章太守，仕至光禄勋。 豫章郡：郡名。治在今江西南昌。此指豫章郡太守。②都下：指东晋都城建康。 按：《太平御览》卷七一引沈约《晋书》作“郡人”附书，则是南昌人寄信。 函：量词。用于书信。 书：信件。 ③石头：山名。在今南京市西。 按：《太平御览》卷七一引《晋书》作“江西石头渚岸”，此石头渚在今江西新建西北。④致：送。 邮：邮差。

今译 殷羡做豫章郡太守，临离开时，京都的人托他带了上百封信。他到了石头山，把信全都抛入江中，还祝祷说：“沉的自己沉下去，浮的自己浮起来。我殷洪乔不能做那送信的邮差。”

（三二）王长史、谢仁祖同为王公掾[1]，长史云：“谢掾能作异舞[2]。”谢便起舞，神意甚暇。王公熟视[3]，谓客曰：“使人思安丰[4]。”

注释 ①王长史：王濛。 谢仁祖：谢尚。 王公：王导。 掾：僚属。 ②异舞：奇异的舞蹈。刘注引《语林》，说谢尚善鸲鹆舞。 ③熟视：注目细看。 ④安丰：王戎，封安丰侯。

今译 王濛和谢尚同是丞相王导的僚属，王濛说：“谢尚会跳奇异的舞。”谢尚就立即起舞，神态安详，悠然自得。王导仔细看着他，对在座的客人说：“真使人想起王戎。”

（三三）王、刘共在杭南[1]，酣宴于桓子野家[2]。谢镇西往尚书墓还[3]，葬后三日反哭[4]。诸人欲要之[5]，初遣一信[6]，犹未许，然已停车；重要[7]，便回驾[8]。诸人门外迎之，把臂便下[9]。裁得脱帻[10]，著帽酣宴。半坐，乃觉未脱衰[11]。

注释 ①王：王濛。 刘：刘惔。 杭：指朱雀桁，即朱雀桥，在建康城南朱雀门外，横跨秦淮河上。东晋时王、谢诸族家居朱雀桥附近。 ②桓子野：桓伊，见《方正》55注①。 ③谢镇西：谢尚，曾为镇西将军，故称。 尚书：指谢裒，谢尚叔父，任吏部尚书，见《方正》25注⑤。 ④反哭：古代丧礼，安葬后，丧主奉神主归寝宫，哭祭以安魂灵。 ⑤要（yāo邀）：邀约。 ⑥信：

今译 王濛、刘惔同在朱雀桥南，在桓伊家里畅饮。谢尚到尚书谢裒坟墓上回来，是葬后三日的反哭。众人想约谢尚来共饮，起初派了一个使者去请，他还不答应，然而已经把车子停了下来；再次邀请，就掉转车头来了。众人到门外去迎接他，他拉着别人的臂膀就下车了。刚刚脱去头巾，换戴便帽就痛饮起来。到坐下了好一阵时，竟发觉没有脱下丧服。

使者。 ⑦重要：重新约请。 ⑧回驾：掉转车头。 ⑨把臂：拉着别人的臂。 ⑩裁：通“才”。 帻(zé 责)：包头发的巾。 ⑪衰(cuī 崔)：通“缞”。用麻布制作的丧服。

三四 桓宣武少家贫[1]，戏大输[2]，债主敦求甚切[3]。思自振之方[4]，莫知所出。陈郡袁耽俊迈多能[5]，宣武欲求救于耽。耽时居艰[6]，恐致疑，试以告焉。应声便许，略无慊吝[7]。遂变服[8]，怀布帽，随温去，与债主戏。耽素有艺名，债主就局，曰：“汝故当不办作袁彦道邪[9]？”遂共戏。十万一掷，直上百万数，投马绝叫[10]，傍若无人，探布帽掷对人曰：“汝竟识袁彦道不[11]？”

注释 ①桓宣武：桓温。 ②戏：博戏；赌博。 ③敦求：催索。此谓催讨赌债。 ④自振之方：自己振作的办法。此指反输为赢之法。 ⑤陈郡：郡名。治所在今河南淮阳。 袁耽：字彦道，晋陈郡阳夏(今河南太康)人。少有才气，倜傥不羁，为士人所重。初为王导参军，以平苏峻乱有功，授建威将军，仕至司徒从事中郎。 俊迈：杰出豪迈。 ⑥居艰：居丧。在直系亲长丧期间，按礼当在家守丧，不预外事。 ⑦慊吝：谓为难而不允所请。慊(qiǎn 遣)，不满；遗憾。 ⑧变服：变换服装。此谓脱去孝服，改穿常服。 ⑨故当：或许；可能。表拟测。 不办：不会；不能。 作：如；像。 按：债主只闻袁耽之名，不识其人，故作此问。 ⑩马：赌博时用以计钱数的筹码。 绝叫：大声喊叫。 ⑪竟：终于。 不(fǒu 缶)：同“否”。

译 桓温年轻时家里贫穷，一次赌博，赌得大输，债主催逼他偿还赌债，催得很急。他要想一个自己振作起来反输为赢的办法，可又不知道用什么法子好。陈郡袁耽，为人慷慨豪迈，又多才多艺，桓温想向他求救。袁耽当时正在守孝期间，去求他又怕他为难，只能试试看把这事告诉他。不料袁耽一听立即答应，一点为难的意思都没有。他就脱去孝服，改穿便装，怀藏布帽，跟着桓温走了，去找那个债主赌钱。袁耽平素在技艺游戏方面是颇有名气的，那个债主闻其名而不识其人，上了赌局，债主说：“你或许不可能像袁彦道吧？”就一起赌起来了。这场赌博，下注极大，十万一掷，直到百万之数，袁耽投下筹码，大喊大叫，傍若无人，从怀中摸出布帽往桌上一抛，对那个人说：“你终于认得袁彦道了吗？”

三五 王光禄云[1]：“酒正使人人自远[2]。”

注释 ①王光禄：王蕴，见《赏誉》137 注②。刘注引《续晋阳秋》：“蕴素嗜酒，末年尤甚。及在会稽，略少醒日。” ②正：的确。 自远：谓自然有超逸的情致。

译 王蕴说：“酒的确能使每个人都自然地超脱世务，心怀高远。”

三六 刘尹云[1]：“孙承公狂士[2]，每至一处，赏玩累日，或回至半路却返[3]。”

注释 ①刘尹：刘惔。 孙承公：孙统，见《赏誉》75 注②。 ③却返：返回。

译 刘惔说：“孙统是个狂放不羁的人，每到一个地方，赏玩好几天，有时回来到半路上又返回原处。”

三七 袁彦道有二妹①:一适殷渊源②,一适谢仁祖③。语桓宣武云④:"恨不更有一人配卿!"

注释 ①袁彦道:袁耽,见本篇34。刘注引《袁氏谱》,谓袁耽大妹名女皇,嫁殷浩;小妹名女正,嫁谢尚。②适:嫁。殷渊源:殷浩。③谢仁祖:谢尚。④桓宣武:桓温。

今译 袁耽有两个妹妹,一个嫁给殷浩,一个嫁给谢尚。他对桓温说:"可惜我不能再有一个妹妹许配给你!"

三八 桓车骑在荆州①,张玄为侍中②,使至江陵③,路经阳岐村④。俄见一人持半小笼生鱼,径来造船,云:"有鱼欲寄作脍⑤。"张乃维舟而纳之,问其姓字,称是刘遗民⑥。张素闻其名,大相忻待⑦。刘既知张衔命⑧,问:"谢安、王文度并佳不⑨?"张甚欲话言,刘了无停意。既进脍,便去,云:"向得此鱼,观君船上当有脍具,是故来耳。"于是便去,张乃追至刘家。为设酒,殊不清旨⑩,张高其人,不得已而饮之。方共对饮,刘便先起,云:"今正伐荻⑪,不宜久废⑫。"张亦无以留之。

注释 ①桓车骑:桓冲,时任荆州刺史。②张玄:张玄之,见《言语》51注①。③江陵:县名。为南郡治所,今湖北江陵。④阳岐村:村名,距荆州二百里,濒临长江。⑤寄:寄放。脍(kuài 狯):细切的鱼、肉。⑥刘遗民:刘驎之,见《栖逸》8注①。刘注引《中兴书》:"刘驎之,一字遗民。"⑦忻:同"欣"。喜悦。⑧衔命:担负着使命。⑨王文度:王坦之。不(fǒu 缶):同"否"。⑩不清旨:谓酒不清,味不美。⑪伐荻:砍荻。荻(dí 狄),多年生草本植物,形似芦苇,生于水边。⑫废:搁置。

今译 车骑将军桓冲在荆州时,张玄任侍中,出使到江陵,路过阳岐村。一会儿看见一个人拿了半小笼鲜鱼,径直到船边来,说:"我有点鱼,想暂托船上制成鱼脍。"张玄就叫船停下来接待他,问他的姓字,自称是刘遗民。张玄素闻其名,非常高兴接待他。刘遗民知道张玄是肩负使命而来之后,就问:"谢安、王坦之都好吗?"张玄很想与刘谈谈,可刘却完全没有停留的意思。送上做好的鱼脍之后,就走了,他说:"先前打了这些鱼,看您船上应当有制鱼脍的用具,我是为此而来的。"于是就离去了,张玄就追赶他,一直追到他家。刘遗民就为张备酒,酒不清,酒味也不美,张玄看重刘的人品,不得已才喝酒。正在一起对饮的时候,刘就先起身离席,说:"现在正在砍伐芦荻,不宜搁下多时。"张玄也没有办法留住他。

三九 王子猷诣郗雍州①,雍州在内,见有㲪㲪②,云:"阿乞那得此物③?"令左右送还家。郗出觅之④,王曰:"向有大力者负之而趋⑤。"郗无忤色⑥。

注释 ①王子猷:王徽之。郗雍州:郗恢,见《栖逸》17注①。②㲪㲪(tà dēng 榻登):织物名。西域一种质地细密的羊毛毯,以波斯产为最。汉时传入中国,用作榻、床等坐卧之具的褥垫。㲪,一本作"氍",疑是。③阿乞:郗恢小字。④觅:原作"见",从别本改。⑤"大力者"句:语出《庄子·大宗师》:

今译 王徽之去拜访郗恢,郗恢在内室,王徽之看到一条西域产的细羊毛毯,说:"阿乞怎么得到这东西?"就叫左右侍从拿了送回自己家里去。郗恢出来,寻找这毛毯,王徽之说:"先前有个大力士背着它急急忙忙走了。"郗恢脸上一点也没有什么不愉快的表情。

“夫藏舟于壑，藏山于泽，谓之固矣。然而夜半有力者负之而走，昧者不知也。”此王徽之借《庄子》语为自己攫取毛毯解嘲。 ⑥怍色：不顺悦的脸色。

四〇 谢安始出西戏，失车牛，便杖策步归。道逢刘尹①，语曰：“安石将无伤②？”谢乃同载而归。

注释 ①刘尹：刘惔。 ②安石：谢安，字安石。 将无：莫非；恐怕。表示揣度而意思侧重肯定。

译 谢安起初到西边去游玩，后来找不到他的车和牛，就拄着手杖徒步而归。半路上遇见刘惔，刘惔对他说：“安石恐怕受伤了吧？”谢安就搭乘刘惔的车一同回去。

四一 襄阳罗友有大韵①，少时多谓之痴。尝伺人祠②，欲乞食，往太蚤③，门未开。主人迎神出见，问以非时何得在此，答曰：“闻卿祠，欲乞一顿食耳。”遂隐门侧，至晓得食便退，了无怍容④。为人有记功⑤，从桓宣武平蜀⑥，按行蜀城阙观宇，内外道陌广狭，植种果竹多少，皆默记之。后宣武溧洲与简文集⑦，友亦预焉。共道蜀中事，亦有所遗忘，友皆名列⑧，曾无错漏。宣武验以蜀城阙簿，皆如其言，坐者叹服。谢公曰：“罗友讵减魏阳元⑨。”后为广州刺史，当之镇，刺史桓豁语令莫来宿⑩，答曰：“民已有前期⑪，主人贫，或有酒馔之费，见与甚有旧。请别日奉命。”征西密遣人察之⑫，至日，乃往荆州门下书佐家⑬，处之怡然，不异胜达⑭。在益州⑮，语儿云：“我有五百人食器。”家中大惊，其由来清，而忽有此物，定是二百五十沓乌樏⑯。

注释 ①襄阳：郡名。治所在今湖北襄樊。 罗友：字宅仁，东晋襄阳人。博学能文，不持节检，嗜酒。桓温以才学遇之，以为襄阳太守，累迁广州、益州刺史，卒于益州。 大韵：特殊的风格。 ②伺：守候。 祠：祭祀。 ③蚤：通“早”。 ④了：全。 怍（zuò 坐）容：惭愧的脸容。 ⑤记功：特别强的记忆力。⑥桓宣武：桓温。 平蜀：讨平蜀地成汉政权。 ⑦溧洲：原作“漂洲”，从李慈铭校改。亦作“洌洲”。长江自采石矶东下，未至三山（今南京西南长江东岸），江中有洌山，即洌洲。 简文：东晋简文帝司马昱。简文帝会桓温于洌洲，时正辅政，在晋哀帝兴宁三年（365），上距桓温平蜀，已事隔十九年。 ⑧名列：条列其名目。

译 襄阳罗友，为人有特殊风格，年轻时很多人认为他痴呆。有一次，他知道有人家正祭祀，便守候在门口，要讨点吃喝，可又去得太早，人家门还没开。主人在迎神时出来看到他，问他还不是时候为什么在此，他回答说：“听说您祭祀，想要讨一顿吃喝罢了。”就躲在门边，到天亮，得到了食物就走了，一点也没有羞惭的脸色。他有很强的记忆力，跟随桓温平定蜀地，他巡视蜀中城池楼台屋宇，城里城外的大小道路的阔狭，以及种植的果树、竹子的多少，都默默地记在心里。后来桓温在溧洲与简文帝会面，罗友也参预其事。他们一同谈起当年蜀中的事情，也有所遗忘，而罗友却一一条列名目，竟然毫无遗漏。桓温取出记载蜀城情况的簿籍来对证，都像罗友所说的一样，在座的人都赞叹佩服。谢安说：“罗友哪里比魏舒差。”后来，罗友做广州刺史，当他往驻地去时，刺史桓豁让他晚上来住宿。他回答说：“下民已经有约在先，那家主人穷，可能会破费钱财准备酒菜，我与他是很有些老交情的。请允许我改日奉命拜访。”桓豁暗中派人去观察罗友，到那天，他竟到荆州的下属

⑨魏阳元：魏舒，字阳元，见《赏誉》17注⑱。　按魏舒，《晋书》有传，但不言能强记，谢安所说之事未详。　⑩桓豁：桓温之弟。　莫(mù暮)：同“暮”。　⑪民：部民对地方长官的自称。罗友襄阳人，属荆州，故对任荆州刺史的桓豁自称“民”。　前期：事前的约会。　⑫征西：桓豁，曾任征西将军，故称。　⑬门下：指下属。　书佐：州的属吏名。　⑭胜达：名流。　⑮益州：州名。治所在今四川成都。　⑯沓(dá答)：量词。套；副。　乌：黑色的。　樏(lěi儡)：一种食盒，即攒盒。形似盘，中有隔，每具有底有盖，谓之一沓。

书佐家去了，彼此相处十分融洽，跟对待名流达官没有什么不同。他在益州时，对儿子说：“我有可供五百人吃喝的餐具。”家里人大为吃惊，他一向清贫，却突然会有这些东西，估计一定是二百五十沓黑色的食盒碟子。

（四二）桓子野每闻清歌[①]，辄唤“奈何”[②]。谢公闻之[③]，曰：“子野可谓一往有深情[④]。”

注释　①桓子野：桓伊，小字子野，见《方正》55注①。　清歌：无管弦伴奏的歌唱。一说，挽歌，哀悼死者的歌。　②唤“奈何”：晋时风俗，父母之丧，有人吊丧，孝子循例哭唤“奈何”。见《艺文类聚》卷八五引《笑林》。　③谢公：谢安。　④一往：一吐，谓痛快地宣泄感情。成语“一往情深”，本此。

今译　桓伊每每在听到无音乐伴奏的歌唱时，总是喊“奈何”。谢安听说此事，说：“桓子野真可以说是一倾吐而有深情。”

（四三）张湛好于斋前种松柏[①]。时袁山松出游[②]，每好令左右作挽歌[③]。时人谓“张屋下陈尸[④]，袁道上行殡[⑤]。”

注释　①张湛：字处度，小字驎，东晋高平（治所在今山东金乡）人。仕至中书郎。精医术，善养生。尝著《养生要籍》、《延年秘录》，又为《庄子》、《文子》、《列子》作注。今仅存《列子注》，余均佚。　斋：房舍。　②袁山松：见《德行》45注⑦。　③挽歌：挽柩者所唱哀悼死者之歌。后泛指对死者表悼念的诗歌。《后汉书·五行志》“灵帝数游戏于西园中”，刘昭注引应劭《风俗通》：“酒酣之后，续以挽歌。”又：“挽歌，执绋相偶和之者。”　④屋下陈尸：墓地多种松柏，此谓张湛屋下满种松柏如墓地。　⑤行殡：出殡，送灵柩去墓地。

今译　张湛喜欢在房屋前种松树和柏树。当时袁山松外出游览，往往叫左右侍从唱挽歌。人们就说“张湛屋下陈尸，袁山松路上出殡。”

（四四）罗友作荆州从事[①]，桓宣武为王车骑集别[②]。友进，坐良久，辞出，宣武曰：“卿向欲咨事[③]，何以便去？”答曰：“友闻白羊肉美，一生未曾得吃，故冒求前耳[④]，无事可咨。今已饱，不复须驻[⑤]。”了无惭色。

今译　罗友做荆州从事，桓温为王洽集会送别。罗友进见，坐了好久，告辞退出，桓温问：“你先前说要汇报公事，为什么就走了？”罗友回答：“罗友听说白羊肉味道极好，一生没有机会吃过，所以冒昧地请求允许我进来，其实没有什么事情要汇报的。现在已经吃饱，不再须要在此停留了。”说的时候他一点没有惭愧的脸色。

注释 ①罗友：见本篇41注①。 荆州从事：荆州刺史的从事。从事，属官名。 ②桓宣武：桓温。 王车骑：王洽，王导子，见《赏誉》114注③。 集别：集会送别。 ③咨事：汇报公事。 ④冒：冒昧。 前：进入。 ⑤驻：停留。

（四五）张驎酒后[1]，挽歌甚凄苦[2]。桓车骑曰[3]："卿非田横门人[4]，何乃顿尔至致[5]？"

今译 张湛喝酒之后，唱挽歌唱得很悲苦，桓冲说："你又不是田横的门客，为什么突然会有这样的情趣？"

注释 ①张驎：张湛，小字驎，见本篇43。 ②挽歌：此指唱挽歌。 ③桓车骑：桓冲，桓温弟。 ④田横门人：田横为秦末齐王田荣之弟，荣既战死，横代领其众，立田荣子田广为齐王，自为相。田广为汉将韩信所虏，田横自立为齐王，率众五百余人逃亡海岛。刘邦称帝后，遣使招降。横与五百部众皆自杀。见《史记·田儋列传》。刘注引谯子《法训》，谓田横自刎后，"从者挽至于宫，不敢哭而不胜哀，故为歌以寄哀音"。相传挽歌起于田横之门人。刘注又加按语，说《庄子》有《绋讴》，《左传》有《虞殡》，认为"挽歌之来久矣，非始起于田横也"。 ⑤顿尔：顿然；突然。致：意趣；情味。

（四六）王子猷尝暂寄人空宅住[1]，便令种竹。或问："暂住何烦尔？"王啸咏良久，直指竹曰："何可一日无此君[2]？"

今译 王徽之曾经暂时寄居在别人的空宅子里，就叫人种上竹子。有人问："临时住住，何必如此麻烦呢？"王徽之又长啸又吟咏，好一会儿，直指竹子说："怎么能一天没有这位先生呢？"

注释 ①王子猷：王徽之。 ②此君：指竹。此以竹拟人。刘注引《中兴书》："徽之卓荦不羁，欲为傲达，放肆声色颇过度。时人钦其才，秽其行也。"

（四七）王子猷居山阴[1]，夜大雪，眠觉，开室，命酌酒，四望皎然[2]。因起仿偟，咏左思《招隐诗》[3]，忽忆戴安道[4]。时戴在剡[5]，即便夜乘小船就之。经宿方至[6]，造门不前而返。人问其故，王曰："吾本乘兴而行，兴尽而返，何必见戴？"

今译 王徽之住在山阴的时候，一天夜里下大雪，他睡觉醒来，打开房门，叫左右备酒，环顾四周，一片洁白。他就起身徘徊，吟咏左思的《招隐诗》，又忽然想起戴逵。当时戴逵住在剡县，王徽之就连夜乘了小船去拜访他。船行一夜方才到达，王徽之到了戴家门口却不进去，又返回山阴去了。有人问他这是什么缘故，王徽之说："我本来是乘兴而去，而今兴尽而回，为什么一定要见到戴逵呢？"

注释 ①王子猷：王徽之。 ②皎然：洁白貌。此形容雪色。 ③左思：见《文学》68注①。 《招隐诗》：凡二首，歌咏隐居乐趣。诗见《昭明文选》。 ④戴安道：戴逵。 ⑤剡(shàn善)：县名。今浙江嵊县。地有剡溪，为曹娥江上游，自山阴可溯流而达。 ⑥经宿：经过一夜。

四八 王卫军云①："酒正自引人著胜地②。"

今译 王荟说："酒实在能自然地引人进入美妙境地。"

注释 ①王卫军：王荟，王导幼子，见《雅量》26注①。 ②著(zhuó着)：到；在。 胜地：佳境。参阅本篇35。

四九 王子猷出都①，尚在渚下②。旧闻桓子野善吹笛③，而不相识。遇桓于岸上过，王在船中，客有识之者，云是桓子野，王便令人与相闻④，云："闻君善吹笛，试为我一奏。"桓时已贵显⑤，素闻王名，即便回下车，踞胡床⑥，为作三调⑦。弄毕⑧，便上车去。客主不交一言。

今译 王徽之奉召赴京都，船还停泊在青溪渚下。他从前就听说桓伊擅长吹笛子，但是不相识。这回正遇上桓伊从岸上经过，王徽之在船中，门客中有认得桓伊的，说那是桓伊。王徽之就派人去和他互通信息，说："听说您善于吹笛子，请您为我演奏一段。"桓伊当时已经做贵官有重名，但他素来知道王徽之的大名，就回头下车，坐在交椅上，为王徽之演奏了三支曲子。演奏完毕，就上车离开了。客人和主人连一句话也没有交谈过。

注释 ①王子猷：王徽之。 出都：赴都。 ②渚：水中小洲。 ③桓子野：桓伊。 ④相闻：相告。 ⑤贵显：桓伊官西中郎将、豫州刺史，淝水之战中与谢玄、谢琰大破前秦苻坚军，以功封永脩县侯，进号右军将军，故谓贵显。 ⑥胡床：一种坐具，即今之交椅。 ⑦调(diào吊)：曲调。 ⑧弄：谓演奏乐曲。

五〇 桓南郡被召作太子洗马①。船泊荻渚②，王大服散后已小醉③，往看桓。桓为设酒，不能冷饮④，频语左右，令温酒来。桓乃流涕呜咽⑤。王便欲去，桓以手巾掩泪，因谓王曰："犯我家讳⑥，何预卿事⑦？"王叹曰："灵宝故自达⑧。"

今译 桓玄被征召做太子洗马，他坐的船停泊在荻渚，那时王忱服食了五石散已经微醉，前去看望他。桓玄为王忱备酒，知道王忱服五石散之后不能喝冷酒，多次吩咐左右的人，叫他们拿温酒来。说罢，桓玄竟流泪哭泣。王忱就要离去，桓玄用手巾掩拭眼泪，并对王忱说："我犯了家讳，关你什么事？"王忱叹服说："灵宝真是通达。"

注释 ①桓南郡：桓玄。 太子洗马：官名。为太子属官，职如谒者、秘书郎。桓玄任此职时二十三岁，时东晋孝武帝太元十六年(391)。 ②荻渚：小洲名。 ③王大：王忱，小字佛大，时为荆州刺史。 服散：服食五石散。 ④冷饮：谓喝冷酒。服五石散宜冷服，惟饮酒须热酒，不然，便违药性。故下文桓玄令左右温酒。 ⑤流涕呜咽：古人忌直称父亲、祖父等尊长之名，称为"避家讳"。魏晋六朝人对此极为敏感，听见别人说出了自己父亲或祖父名字，就要哭泣。桓玄父名"温"，而呼"温酒"，是自犯家讳，故流泪哭泣。 ⑥家讳：指父亲、祖父的名字。此指"温"字。 ⑦预：关涉。 ⑧灵宝：桓玄小字。 故自：确实。达：通达；放达。

译 王恭问王忱："阮籍比起司马相如来怎么样？"王忱说："阮籍胸中有许多郁结不平之气，所以要用酒来浇。"

五一 王孝伯问王大[1]："阮籍何如司马相如？"王大曰："阮籍胸中垒块[2]，故须酒浇之。"

注释 ①王孝伯：王恭。 王大：王忱。 ②垒块：土石堆积。比喻胸中郁结不平之气。

译 王忱叹息说："三天不喝酒，就觉得形体和精神不相亲近而魂不附体了。"

五二 王佛大叹言[1]："三日不饮酒，觉形神不复相亲[2]。"

注释 ①王佛大：王忱。 ②形：形体。 神：精神。刘注引《晋安帝纪》："忱少慕达，好酒，在荆州转甚，一饮或至连日不醒，遂以此死。"

译 王恭说："做名士，不一定需要什么特别的才能，只要让他经常闲着没事，尽情喝酒，熟读《离骚》，就可以称作名士了。"

五三 王孝伯言[1]："名士不必须奇才，但使常得无事，痛饮酒，熟读《离骚》，便可称名士。"

注释 ①王孝伯：王恭。

译 王廞登茅山，大声痛哭，说："琅邪王伯舆啊，最终将为性情而死。"

五四 王长史登茅山[1]，大恸哭曰："琅邪王伯舆[2]，终当为情死。"

注释 ①王长史：王廞，曾任司徒左长史，故称。见下注②。 茅山：山名。在江苏句容东南。原名句曲山。传说汉茅盈与弟茅衷、茅固得道于此，因名。为道教灵山之一。 ②琅邪：郡名，治所在今山东临沂北。 王伯舆：王廞(xīn 欣)，字伯舆。王导孙，王荟子。历太子中庶子、司徒左长史。母丧，居于吴。东晋安帝隆安元年(397)，王恭、殷仲堪起兵讨王国宝。王恭假廞建武将军、吴国内史，令起兵声援。廞即在孝服中纠合兵众，诛杀异己，以为可乘间而取富贵。不料不旬日而王国宝赐死，王恭罢兵，并传檄王廞也罢兵回家守丧。王廞至此，不得已而以讨王恭为名继续起兵，王恭派刘牢之进击，王廞败走，不知所终。

简傲第二十四

轻率傲慢

（一）晋文王功德盛大①，坐席严敬②，拟于王者。唯阮籍在坐，箕踞啸歌，酣放自若。

注释 ①晋文王：司马昭。 ②坐席：坐在席位上。 严敬：严肃庄重。

今译 晋文王司马昭功高德盛，坐在席位上严肃庄重，可与帝王相比。只有阮籍在座位上，箕踞而坐，且啸且歌，纵酒狂放，一如平时。

（二）王戎弱冠诣阮籍①，时刘公荣在坐②。阮谓王曰："偶有二斗美酒，当与君共饮，彼公荣者，无预焉③。"二人交觞酬酢④，公荣遂不得一杯，而言语谈戏，三人无异。或有问之者，阮答曰："胜公荣者，不得不与饮酒；不如公荣者，不可不与饮酒；唯公荣可不与饮酒⑤。"

注释 ①弱冠：谓男子二十左右年纪。 按：阮籍长于王戎二十四岁。 ②刘公荣：刘昶，字公荣，见《任诞》4注①。 ③无预：不相关涉。 ④交觞：接杯相对饮酒。觞，古代酒器。用同杯。酬酢（zuò 作）：主宾相互敬酒。宾回敬主人曰酢，主人还答曰酬。 ⑤"胜公荣者"五句：参阅《任诞》4。或以为两则所记一事而传闻异辞。

今译 王戎二十岁左右时去拜访阮籍，当时刘昶也在座。阮籍对王戎说："正好有两斗美酒，可以和你同饮。那个刘公荣，同他没有关系。"两个人就连杯对饮，相互敬酒，刘昶竟没有得到一杯，但是言语谈笑，三个人并无异样。有人问起这件事，阮籍回答说："度量胜过刘公荣的，不得不和他饮酒；不如刘公荣的，又不可不与他饮酒；只有刘公荣，可以不与他饮酒。"

（三）钟士季精有才理①，先不识嵇康。钟要于时贤俊之士②，俱往寻康。康方大树下锻③，向子期为佐鼓排④。康扬槌不辍，傍若无人，移时不交一

今译 钟会精明有才智，原先他不认识嵇康。钟会约了当时一些贤能杰出的人一起去找嵇康。嵇康正在大树下打铁，向秀当助手，替他拉风箱。嵇康不停地挥槌，旁若无人，过

言[5]。钟起去，康曰："何所闻而来？何所见而去？"钟曰："闻所闻而来，见所见而去。"

了好久也没跟钟会等谈一句话。钟会起身离去，嵇康问道："你们听到什么而来？又看到什么而去？"钟会说："听到了我们所听到的而来，看到了我们所看到的而去。"

注释 ①钟士季：钟会，司马师、司马昭兄弟的亲信。 才理：才智；才思。 ②要（yāo 邀）：约请。 ③锻：打铁。 ④向子期：向秀，嵇康好友，见《言语》18注②。 为佐：当助手。 鼓排：拉风箱。鼓，鼓风。排，通"鞴"，鼓风吹火用具，即风箱，古代用皮革制造。 ⑤移时：过了好些时候。刘注引《魏氏春秋》："钟会为大将军兄弟所暱，闻康名而造焉。会名公子，以才能贵幸，乘肥衣轻，宾从如云。康方箕踞而锻，会至不为之礼，会深衔之。后因吕安事，而遂谮康焉。"参阅《雅量》2。

四 嵇康与吕安善[1]，每一相思，千里命驾[2]。安后来，值康不在，喜出户延之[3]，不入，题门上作"鳳"字而去。喜不觉，犹以为欣故作。"鳳"字，凡鸟也[4]。

今译 嵇康与吕安交情很深，每当想念的时候，即使相隔千里也立即吩咐备车前去拜访。吕安后来去拜访嵇康，正值嵇康不在家，嵇喜出门迎接他，他不进门，只在门上题了个"鳳"字就离去了。嵇喜不了解吕安题"鳳"字的用意，还以为吕安是欣赏他才写的。"鳳"字，就是凡鸟啊。

注释 ①嵇康、吕安：俱见前则。 ②命驾：吩咐驾车。 ③喜：嵇喜，字公穆。嵇康之兄。举秀才，历仕扬州刺史、太仆、宗正。刘注引《晋百官名》，说阮籍能为青白眼，见凡俗之士，以白眼相对。阮籍居丧，嵇喜往吊，阮籍不哭而以白眼对喜。 延：接引；邀请。 ④凡鸟："鳳"字上下拆开为"凡鸟"，以普通的鸟比喻庸俗的人。按，"鳳"是"凤"的繁体字。

五 陆士衡初入洛[1]，咨张公所宜诣[2]，刘道真是其一[3]。陆既往，刘尚在哀制中[4]。性嗜酒，礼毕，初无他言[5]，唯问："东吴有长柄壶卢[6]，卿得种来不[7]？"陆兄弟殊失望，乃悔往。

今译 陆机初到洛阳，去请教张华应当拜候哪些人物，刘宝是所当访问的人之一。陆机到了刘宝处，当时刘还在礼制规定的守丧期间。他性嗜好喝酒，见礼完毕，刘宝全没有别的话，只问："你们东吴有一种长柄葫芦，你能种出来吗？"陆机兄弟大失所望，很后悔去拜会此人。

注释 ①陆士衡：陆机，字士衡。 ②张公：张华，时在洛阳，官任太常。 所宜诣：应当拜访的人物。 ③刘道真：刘宝，字道真，见《德行》22注①。 ④哀制：礼制规定的居丧期间。 ⑤初：全；都。 ⑥东吴：三国时孙氏所建吴国，因地域居东，故称。此泛指吴地。陆机吴人，故刘宝作此问。 壶卢：即葫芦，植物名。果实可作器皿，亦可用以盛酒，故刘问此。 ⑦不（fǒu 缶）：同"否"。

六 王平子出为荆州[1]，王太尉及时贤送者倾

今译 王澄出京去做荆州刺史，太尉王衍和当时的贤达们去送行的，塞满了道路。其时，庭院中有棵大树，树上有

路②。时庭中有大树，上有鹊巢，平子脱衣巾，径上树取鹊子，凉衣拘阂树枝③，便复脱去。得鹊子还下弄，神色自若，旁若无人。

注释 ①王平子：王澄，王衍之弟。　荆州：此指荆州刺史。刘注引《晋阳秋》，说太尉王衍在西晋惠帝时，让弟弟王澄做荆州刺史，从弟王敦为青州刺史，对两人说："今王室将卑，故使弟等居齐、楚之地，外可以建霸业，内足以匡帝室，所望于二弟也！"②王太尉：王衍。　倾路：满路。　③凉衣：贴身的内衣。　拘阂（hé 何）：拘束阻碍。　按：王澄因内衣为树枝所阻碍而脱去，就在众多"时贤"面前袒臂露胸了。

（七）高坐道人于丞相坐①，恒偃卧其侧②。见卞令③，肃然改容④，云："彼是礼法人。"

注释 ①高坐道人：帛尸黎密多罗，晋高僧，西域人，见《言语》39注①。　丞相：王导。　②偃卧：仰卧。　③卞令：卞壸，任尚书令，故称。《晋书》本传称卞壸勤于吏事，正直不阿，尊守礼法，反对任达。　④肃然：严肃庄重的样子。刘注引《高坐传》，说这位高僧在王导面前解带偃卧，见卞壸而敛衿饰容，当时人叹为"皆得其所"。

（八）桓宣武作徐州①，时谢奕为晋陵②，先粗经虚怀③，而乃无异常。及桓还荆州，将西之间，意气甚笃④，奕弗之疑。唯谢虎子妇王悟其旨⑤，每曰："桓荆州用意殊异⑥，必与晋陵俱西矣⑦。"俄而引奕为司马。奕既上，犹推布衣交⑧。在温坐，岸帻啸咏⑨，无异常日。宣武每曰："我方外司马⑩。"遂因酒，转无朝夕礼⑪，桓舍入内，奕辄复随去。后至奕醉，温往主许避之⑫。主曰："君无狂司马，我何由得相见？"

注释 ①桓宣武：桓温。　作徐州：做徐州刺史。　按：东晋康帝建元元年（343），桓温为徐州刺史；州治在今江苏镇江。穆帝永和元年（345），迁荆州刺史，州治在今湖北江陵。　②谢奕：谢安长兄，见《德行》33注①。　为晋陵：做晋陵太守。晋陵，郡名。郡治在今江苏常州。　③粗经虚怀：谓粗略地叙寒暄。

鹊巢，王澄脱下外衣和头巾，径直爬到树上去捉小鹊，他的贴身内衣又牵绊树枝，他就再脱掉内衣。捉到小鹊就下树玩弄，神色自如，旁若无人。

今译 高坐道人在丞相王导座上，常常仰卧其旁。见了尚书令卞壸，就改成严肃庄重的样子，说："他是个尊重礼法的人。"

今译 桓温做徐州刺史，当时谢奕任晋陵太守，起初桓温对谢奕只是粗叙寒温，原本没有什么不同寻常的交往。等到桓温调任荆州刺史，将要往西边去的期间，桓温对谢奕表现得情谊深厚，谢奕也并不怀疑他。只有谢据的妻子王氏领悟了桓温的用意，常说："桓荆州用意很不一般，一定是要与谢晋陵一同往西边去。"不久，桓温就荐举谢奕做他的司马。谢奕上任之后，还以不拘身份地位的旧交对待桓温。他在桓温客座上，把头巾掀得高高的，露出前额，又长啸又吟咏，与平常日子没有什么不同。桓温往往说："他是我世俗之交以外的司马。"于是由于多喝酒而变得日常礼节都不管了，桓温避开他躲入内室，谢奕总是跟着进去。后来，到谢奕酒醉时，桓温到南康长公主的住处躲避他。南康长公主说："如果您没有这位狂司马，我怎能有机会和您相见呢？"

④意气：情谊。 笃：深厚。 ⑤谢虎子妇王：谢虎子的妻子王氏。谢虎子，谢据，谢奕弟，谢安二兄，小字虎子。王氏，名绥，谢朗母，见《文学》39 注④。 悟：领会。 旨：意图。 ⑥桓荆州：指桓温。 ⑦晋陵：指谢奕。 西：往西。此指到荆州去。 ⑧布衣交：不拘身份地位高低的朋友。 ⑨岸帻（zé 责）：掀高头巾，露出前额，形容洒脱而不拘礼节。帻，包发的巾。 ⑩方外：世俗之外。 司马：官名。桓温以州刺史带将军开府，得置司马，为其专主兵事的属官。 ⑪朝夕礼：早早晚晚的日常礼节。 ⑫主：指南康长公主，桓温之妻，东晋明帝女。 许：住处。

（九）谢万在兄前[1]，欲起索便器[2]。于时阮思旷在坐[3]，曰："新出门户[4]，笃而无礼[5]。"

今译 谢万在兄长面前，要起身索取夜壶。当时阮裕在座，就说："新兴的暴发户，天真直率而不懂礼节。"

注释 ①谢万：谢奕、谢据、谢安之弟。 ②便器：夜壶。 ③阮思旷：阮裕，见《德行》32 注①。 ④新出门户：新兴的名门望族。犹今之讥人为"暴发户"。 按：陈郡谢氏本非名门望族，谢安祖谢衡西晋时仅仕国子祭酒。至西晋、东晋之交，经谢衡之子谢鲲、谢鲲之子谢尚，始逐渐形成门户。谢尚族弟谢安兄弟于东晋崛起，方使谢氏与王氏并称"王谢"而为东晋第一流大族。与之相对，陈留阮氏自东汉已为名门望族，故阮裕讥谢氏为"新出门户"。 ⑤笃：真率。 无礼：不懂礼节。

（一〇）谢中郎是王蓝田女婿[1]。尝著白纶巾[2]，肩舆径至扬州听事[3]，见王，直言曰："人言君侯痴，君侯信自痴[4]。"蓝田曰："非无此论，但晚令耳[5]。"

今译 谢万是蓝田侯王述的女婿。他曾经戴着白纶巾，坐着肩舆直上扬州刺史署的厅堂上，谒见王述，直率地说："人家说君侯您有点痴呆，您还真是痴呆。"王述说："并不是没有这种议论，但是到后来就显得优秀了。"

注释 ①谢中郎：谢万，历任西中郎将，故称。 王蓝田：王述，袭爵蓝田侯，故称。 ②纶（guān 关）巾：用丝带做的头巾。 ③肩舆：一种两人抬的轻便轿子。 扬州听事：指扬州刺史官署的厅堂。时王述任扬州刺史。听事，官署中处理公务的厅堂。 ④君侯：对尊者的敬称。 信自：的确。 王述少有痴名，参阅《赏誉》62、91， 但谢万当面称岳父痴，可见其人简傲无礼。 ⑤晚令：谓人较晚方显得特出优秀。刘注引《王述别传》："述少真独退静，人未尝知，故有晚令之言。"

（一一）王子猷作桓车骑骑兵参军[1]。桓问曰："卿何署[2]？"答曰："不知何署，时见牵马来，似是马曹[3]。"桓又问："官有几马[4]？"答曰："不问马[5]，何

今译 王徽之做车骑将军桓冲的骑兵参军。有一次，桓冲问："你在哪个部门？"王徽之答："我也不知道什么部门，时常看见牵马来，好像是马曹吧。"桓冲又问："公家有多少马？"王徽之答："'不问马'，怎么知道马的数目？"桓冲又问："马近来死了多少？"王徽之答："'未知生，焉知死'？"

由知其数？”又问：“马比死多少[⑥]？”答曰：“未知生，焉知死[⑦]？”

注释 ①王子猷：王徽之。　桓车骑：桓冲。　骑兵参军：官名。将军府属官，掌内外杂畜簿帐收养马匹诸事。　②署：官署。此处指部门。　③马曹：掌管马匹的机构。　按：当时有骑兵曹，无马曹，可见王徽之之懵懂。　④官：公家；官家。⑤不问马：《论语·乡党》记孔子退朝回来，知道马棚失火的事，“曰：‘伤人乎？’不问马。”此为贵人而贱马。王徽之借此语作答，是表示一向不曾关心过马。　⑥比：近来。　⑦未知生，焉知死：《论语·先进》记子路问孔子有关死的事情，孔子回答：“未知生，焉知死？”意谓要重视人事，难明死事。王徽之借此语表示活的马也弄不清楚，怎么说得清死马之数呢。　按：魏晋士大夫以超脱世务、不以物务营心为高，做了官也不理公事，还引经据典、理直气壮地作解释，于此可见一例。

（一二）谢公尝与谢万共出西[①]，过吴郡[②]，阿万欲相与共萃王恬许[③]，太傅云：“恐伊不必酬汝[④]，意不足尔[⑤]。”万犹苦要[⑥]，太傅坚不回，万乃独往。坐少时，王便入门内，谢殊有欣色，以为厚待己。良久，乃沐头散发而出，亦不坐，仍据胡床[⑦]，在中庭晒头[⑧]，神气傲迈，了无相酬对意[⑨]。谢于是乃还，未至船，逆呼太傅[⑩]。安曰：“阿螭不作尔[⑪]！”

注释 ①谢公：谢安。　谢万：谢安弟。　出西：往西边去。当时谢安寓居会稽。　②吴郡：郡名。治所在今江苏苏州。　③萃：聚集。　王恬：王导次子，时任吴郡太守。　④不必：未必；不一定。　酬：应酬；答理。　⑤不足：不值得。　尔：如此。　⑥苦要（yāo 邀）：竭力邀请。　⑦据：犹言踞，伸腿垂足而坐。　胡床：即交椅。　⑧中庭：庭院中。　⑨了：全；都。酬对：应酬答对。　⑩逆呼：迎头呼叫。　太傅：谢安。　⑪阿螭（chī 痴）：王恬，小字螭虎。　不作：不来往；不打交道。一说，“不作”应为“不足”，意为不值得，乃谢安重述前语。　按：王恬乃贵游子弟，对谢万不以礼相待，系出于门第偏见，参阅本篇9注④。

（一三）王子猷作桓车骑参军。桓谓王曰：“卿在府久，比当相料理[①]。”初不答[②]，直高视[③]，以手版拄颊云[④]：“西山朝来[⑥]，致有爽气[⑦]。”

今译 谢安曾经与谢万一同西行，经过吴郡，谢万想与谢安一起到王恬处会集，谢安说：“恐怕他不一定答理你，想想不值得这样做。”谢万还是苦苦相邀，谢安坚决不改变主意，于是谢万独自前往。谢万到了王恬处，坐了不久，王恬就进入房门去了，谢万脸上露出特别喜悦的神色，以为王恬要厚厚地款待自己。过了好久，王恬竟是洗过头披散着头发出来，仍然靠在交椅上，在庭院中晒头，神气傲慢，完全没有招呼谢万的意思。谢万于是就回来了，还没有到船上，就迎头呼叫谢安，谢安说：“王阿螭没跟你打交道吧。”

今译 王徽之做车骑将军桓冲的参军，桓冲对王徽之说：“你在军府中好久了，近来一切都安排就绪了吧？”王徽之全不作答，只是高高地望着远处，用手板撑着自己的面颊说：“西山的早晨，最有清爽之气。”

注释 ①比:近来。 料理:安排。 ②初不:全不。 ③直:通"特"。只是。 高视:远望。 ④手版:同"手板"。即笏。官吏随身携带的狭长形板,不用时插于腰带,有事则握在手中以记事。 拄:撑。 ⑥朝(zhāo 昭):早晨。 ⑦致:通"至"。最。 爽气:清爽之气。 按:王徽之答非所问,乃是不屑勤于公务、崇尚心神超逸的表现。

一四 谢万北征[①],常以啸咏自高,未尝抚慰众士。谢公甚器爱万[②],而审其必败[③],乃俱行,从容谓万曰[④]:"汝为元帅,宜数唤诸将宴会[⑤],以说众心。"万从之。因召集诸将,都无所说,直以如意指四坐云[⑥]:"诸君皆是劲卒[⑦]。"诸将甚忿恨之。谢公欲深著恩信[⑧],自队主将帅以下[⑨],无不身造[⑩],厚相逊谢。及万事败[⑪],军中因欲除之。复云:"当为隐士[⑫]。"故幸而得免。

今译 谢万带兵北征,经常自命高超脱俗,且啸且咏,从来不曾去安抚慰问众将士。谢安非常器重爱护谢万,但审察形势,料定他一定要失败,就与谢万一起出行,又借机随便地对谢万说:"你是元帅,应当经常召唤将领们来参加宴会,以博得众将的欢心。"谢万听从了谢安的话。就召集诸将,在筵席上,谢万全没有什么好说的,只是用如意指着满座的将领说:"你们诸位都是精壮的士兵。"诸将更加痛恨谢万。谢安为了让恩情信用深入人心,从队长以至将帅,挨着次序,没有不亲自问候,并表示深厚的逊让感谢之意的。后来,谢万作战失败了,军中将士要杀掉他。又说:"应当为隐士(谢安)着想。"所以谢万幸免一死。

注释 ①谢万北征:东晋穆帝升平二年(358),谢万任豫州刺史。次年,谢万受命与徐、兖二州刺史郗昙北攻前燕。郗昙因病退守彭城,谢万以为前燕大军压境,仓惶撤退,军队溃散,谢万单骑逃回。于是许昌、颍川、谯、沛诸城相继为前燕所攻没。参阅《品藻》49 注①、《方正》55。 ②谢公:谢安,谢万之兄。 器爱:器重爱护。 ③审:察知。 ④从容:随便地。 ⑤数(shuò 朔):经常。 ⑥如意:一种用具。柄细长而微曲,前端作手指状。魏晋清谈家好持以指划。 ⑦劲卒:精壮的士兵。按:《资治通鉴》卷一〇〇胡三省注:"凡奋身行伍者,以兵与卒为讳。既为将矣,而称之为卒,所以益恨也。"兵,音近"殡";卒,死亡,此所以为行伍中人讳言。 ⑧著:显扬;彰明。 ⑨队主:队长。 ⑩身造:亲自访问。 ⑪事败:指谢万兵败事。 ⑫当为隐士:谓当为隐士着想。隐士,指谢安。谢安素有名望而隐居于会稽,谢万兵败之次年(360),才应桓温征召为司马。

一五 王子敬兄弟见郗公[①],蹑履问讯[②],甚修外生礼[③]。及嘉宾死[④],皆著高屐[⑤],仪容轻慢。命坐,皆云:"有事不暇坐。"既去,郗公慨然曰:"使嘉宾不死,鼠辈敢尔[⑥]!"

今译 王献之兄弟几人去见舅舅郗愔,穿着鞋问候起居,很讲求外甥应有的礼节。到郗超死了之后,他们都着了高齿木屐,流露出一副轻慢的仪容态度。郗愔叫他们坐,都说:"有别的事,没有空坐。"他们离去之后,郗愔感慨地说:"假如嘉宾不死,小子们怎敢如此无礼!"

注释 ①王子敬:王献之。 郗公:郗愔,见《品鉴》29 注④。②蹑(niè 聂)履:穿着鞋。穿鞋是正式着装,表示有礼貌。③修:讲求。 外生:即外甥。王羲之是郗鉴的女婿,见《雅量》19；郗愔是郗鉴之子，故王羲之之子王献之与郗愔为甥舅关系。④嘉宾：郗超，郗愔之子。⑤高屐：装有高齿的木屐。晋时贵族子弟好着高齿木屐，是一种休闲服饰，如在正式场合穿着，被认为失礼。⑥鼠辈：鼠类。对晚辈或年少者的轻蔑称呼，犹言小子。

一六 王子猷尝行过吴中[①]，见一士大夫家极有好竹，主已知子猷当往[②]，乃洒扫施设[③]，在听事坐相待[④]。王肩舆径造竹下[⑤]，讽啸良久，主已失望，犹冀还当通[⑥]，遂直欲出门[⑦]。主人大不堪[⑧]，便令左右闭门不听出。王更以此赏主人，乃留坐，尽欢而去。

注释 ①王子猷：王徽之。吴中：吴郡，治今江苏苏州。②知子猷当往：王徽之爱竹，见《任诞》46。③施设：陈设。④听事：厅堂。⑤径：直接。造：到；至。⑥通：通报相见。⑦遂：竟；终。⑧不堪：不能忍受。

今译 王徽之有一次出行经过吴郡，看一个士大夫家很有些好竹子，主人已经知道王徽之将要去，就清扫庭园，摆好陈设，坐在厅堂上等候。王徽之坐着轻便小轿直接到竹林下，吟咏长啸了许多时候。主人已经失望了，还期待着王徽之返回时应当来通报相见。王徽之竟打算径直出门离去了。主人感到这使他极其难堪，就吩咐左右的人把大门关上，不许王徽之出门。王徽之却因此愈加欣赏这位主人，就留下来进入客座，尽情欢乐之后才离去。

一七 王子敬自会稽经吴[①]，闻顾辟疆有名园[②]，先不识主人，径往其家。值顾方集宾友酣燕[③]。而王游历既毕，指麾好恶[④]，傍若无人。顾勃然不堪曰[⑤]："傲主人，非礼也；以贵骄人，非道也。失此二者，不足齿人[⑥]，伧耳[⑦]！"便驱其左右出门。王独在舆上[⑧]，回转顾望，左右移时不至，然后令送著门外，怡然不屑[⑨]。

注释 ①王子敬：王献之。②顾辟疆：东晋吴郡人。历仕郡功曹、平北参军。③酣燕：设宴痛饮。燕，通宴。④指麾：指点；评论。⑤勃然：发怒而脸色突变的样子。⑥齿：谈论；提及。⑦伧（cāng 仓）：六朝时南人对北人或南渡北人的鄙称。王献之祖籍琅邪（在今山东），故顾辟疆目之为"伧"。伧，粗俗鄙陋，亦指粗野的人。⑧王独在舆上：六朝贵游，外出游览，多乘肩舆。顾辟疆怒而驱王献之的侍从出门，故王独自留在肩舆上。⑨怡然：喜悦高兴的样子。不屑：淡然而不介意。

今译 王献之从会稽经过吴郡，听说顾辟疆家有一处著名的园林，他原先并不认识园主，就直接到他家去。正逢顾辟疆邀集宾朋，大开筵席。而王献之游览完园林之后，指指点点，评论园林的好坏，旁若无人。顾辟疆十分难堪，勃然大怒说："傲视主人，是不合礼节；凭藉高贵的身份而对人骄横，是不懂道理。失去了礼节和道理这两者，是不值得提及的人，一个伧夫罢了！"就把王献之的左右侍从赶出大门。王献之独自一人留在肩舆上，回头张望，等了多时，左右侍从还不来，然后就叫主人把自己送到门外，可还是一副欣然喜悦的样子，毫不在意。

排调第二十五

嘲笑戏弄

（一）诸葛瑾为豫州①，遣别驾到台②，语云："小儿知谈③，卿可与语。"连往诣恪④，恪不与相见。后于张辅吴坐中相遇⑤，别驾唤恪："咄咄郎君⑥。"恪因嘲之曰："豫州乱矣，何咄咄之有？"答曰："君明臣贤⑦，未闻其乱。"恪曰："昔唐尧在上，四凶在下⑧。"答曰："非唯四凶，亦有丹朱⑨。"于是一坐大笑。

译 诸葛瑾做豫州刺史，派他的别驾到朝廷去，他对别驾说："小儿还懂得谈论，你可以找他谈谈。"别驾连续几次去拜访诸葛恪，诸葛恪不接见他。后来在辅吴将军张昭座上相遇了，别驾招呼诸葛恪，说："喂喂，郎君。"诸葛恪就嘲笑他说："豫州乱了，有什么好喂喂乱叫的？"别驾回答说："豫州长官圣明，属下贤良，没听说豫州有什么乱。"诸葛恪说："从前唐尧这样的明君在上，臣下中还有四凶呢。"别驾回答说："唐尧不但有四凶这样的臣下，也还有丹朱这个不肖儿子。"于是满座的人都大笑起来。

注 ①诸葛瑾：见《品藻》4 注①。　为豫州：做豫州刺史。②别驾：官名。汉置，为州刺史之属官，随刺史巡行，别乘传车，故称。魏晋沿置。　台：魏晋间称朝廷禁省。　③小儿：此诸葛瑾自称其子诸葛恪。　知谈：善于谈赏辩论。　④连：连续。　恪：诸葛恪（203—253），字元逊，三国琅邪阳都（今山东沂水南）人。诸葛瑾长子。年三十二，拜抚越将军，领丹阳太守。陆逊卒，恪迁大将军，代逊领荆州。孙权临终，恪受遗诏辅政。孙亮立，封阳都侯，加荆扬州牧，督中外诸军事。恪锐意进取，数兴兵伐，民心渐失。被孙峻诬陷，杀害。　⑤张辅吴：张昭（156—236），字子布，三国彭城（今江苏徐州）人。孙策长史、抚军中郎将。策死，辅立孙权。赤壁战前，主张迎降曹操，为孙权所不满。官至辅吴将军。　⑥咄咄：此指吆喝声。犹今之喂喂。　郎君：汉制，二千石以上得任其子为郎。后来门生故吏称长官或师门子弟为郎君，犹言公子。此别驾以僚属身份称呼其主诸葛瑾之子诸葛恪。　⑦君：长官。　臣：指属下官吏。当时州郡长官与僚属之关系，一般亦视为君臣关系。别驾此语，指诸葛瑾与其属官，也包括他自己在内。⑧四凶：古代传说尧、舜时代的四个恶人。一说为共工、驩兜、三苗、鲧，见于《尚书·舜典》；一说为浑敦、穷奇、梼杌、饕餮，见于《左传·文公十八年》。此诸葛恪用以影射别驾，是开玩笑。 ⑨丹朱：相传为唐尧之子，不肖，尧因传位于舜。见于《史记·五帝本纪》。这是别驾用以影射诸葛恪，也是开玩笑。

（二）晋文帝与二陈共车①，过唤钟会同载②，即驶车委去③。比出④，已远。既至，因嘲之曰：“与人期行⑤，何以迟迟？望卿遥遥不至⑥。”会答曰：“矫然懿实⑦，何必同群⑧？”帝复问会：“皋繇何如人⑨？”答曰：“上不及尧、舜，下不逮周、孔，亦一时之懿士⑩。”

今译 司马昭与陈骞、陈泰同车，经过钟会家门时喊钟会出来同车而行，又立即驾车走了，丢下了钟会。等到钟会出来，车已走远。到了目的地之后，司马昭和陈骞、陈泰就嘲弄钟会说：“跟别人约好同走，为什么行动如此迟缓？我们遥遥相望，你却不来。”钟会回答说：“矫然高举的懿美果实，何必与一般同群？”司马昭又问钟会说：“皋繇是怎样的人？”钟会回答：“他上不及唐尧、虞舜，下不及周公、孔子，然而也是当时的懿美之士。”

注释 ①晋文帝：司马昭。晋朝建立，追尊为文帝。 二陈：陈骞、陈泰。陈骞，见《方正》7 注②。陈泰，见《方正》8 注②。 ②过唤：经过时呼唤。 ③委去：弃去。 ④比：及至。 ⑤期行：相约同行。 ⑥遥遥：长远。钟会父钟繇，繇、遥同音。魏晋人重视避讳，此故意呼其父名讳以为戏谑。 ⑦矫然懿实：矫然高举的美好果实。陈骞父陈矫，司马昭父司马懿，陈泰祖父陈寔（实）。 ⑧何必同群：谓何必与一般果实同群。陈泰父陈群。此句连同上句，表面意义是钟会自称其美，不与人同列，解释当时没有同载之故；其实利用意义或声音的双关，故意犯了陈骞、司马昭、陈泰的父祖名讳，以此反嘲他们犯己父钟繇之讳。 ⑨皋繇：即皋陶。虞舜之臣，掌刑法。此司马昭故意再次犯钟会父亲钟繇的讳。 ⑩懿士：品德高尚的美士。此钟会犯司马昭父亲司马懿的讳，但说他“美士”，既能反嘲而又寓颂扬之意。

（三）钟毓为黄门郎①，有机警②，在景王坐燕饮③。时陈群子玄伯、武周子元夏同在坐④，共嘲毓。景王曰：“皋繇何如人⑤？”对曰：“古之懿士⑥。”顾谓玄伯、元夏曰⑦：“君子周而不比，群而不党⑧。”

今译 钟毓任黄门郎，机敏警觉，应对敏捷，一次在司马师座上饮酒取乐。当时陈群的儿子陈泰、武周的儿子武陔都在座，他们一起嘲弄钟毓。司马师说：“皋繇是什么人？”钟毓回答：“是古代的懿美之士。”掉转头，他又对陈泰和武陔说：“君子周密团结但不相互勾结，合群齐心而不结党营私。”

注释 ①钟毓：钟繇子，钟会兄，见《言语》11 注①。 黄门郎：官名。即黄门侍郎，职为侍从皇帝，传达诏命，掌门下事。 ②机警：机敏警觉，应对敏捷。 ③景王：司马师，晋朝建立，追尊景帝。 燕：通“宴”。 ④陈群：见《德行》6 注④。 玄伯：陈泰，字玄伯，见《方正》8 注②。 武周：字伯南，三国魏沛国竹邑（今安徽宿县北）人，仕至光禄大夫。 元夏：武陔，字元夏，见《赏誉》14 注①。 ⑤皋繇：见前则注⑨。此司马师故意犯钟毓父钟繇名讳，以为戏乐。 ⑥懿士：见前则注⑩。此钟毓以犯司马师父司马懿名讳为反嘲。　⑦顾：掉过头。　⑧周而不比，群而不党：前句出自《论语·为政》："子曰：'君子周而不比，小人比而不周。'"原谓君子是团结，而不是勾结。后句出自《论语·卫灵公》："子曰：'君子矜而不争，群而不党。'"原谓君子合群而不闹宗派。此钟毓截取《论语》成句犯武陔父武周、陈泰父陈群的名讳以为反嘲，又含讥刺陈泰、武陔结党嘲弄人之意。

（四）嵇、阮、山、刘在竹林酣饮①，王戎后往②，步兵曰③："俗物已复来败人意④！"王笑曰："卿辈意，亦复可败邪？"

嵇康、阮籍、山涛、刘伶在竹林中畅快地喝酒，王戎后到，阮籍说："这个俗人又来败坏人们的雅兴。"王戎笑着说："你们的雅兴，也是可以败坏的吗？"

①嵇、阮、山、刘：嵇康、阮籍、山涛、刘伶，都是"竹林七贤"中人。　②王戎："竹林七贤"中年最轻者。　③步兵：阮籍。　④俗物：世俗之人。刘注引《魏氏春秋》："时谓王戎未能超俗也。"　败：败坏；损害。　意：心绪；意兴。

（五）晋武帝问孙皓①："闻南人好作《尔汝歌》②，颇能为不③？"皓正饮酒，因举觞劝帝而言曰："昔与汝为邻，今与汝为臣。上汝一杯酒，令汝寿万春！"帝悔之④。

晋武帝问孙皓："听说南方人喜欢唱《尔汝歌》，你可会唱吗？"孙皓正在喝酒，就举杯劝晋武帝饮酒，说："从前和你是乡邻，现今和你称君臣。向你献上一杯酒，使你长寿万年春！"晋武帝很后悔此事。

①晋武帝：司马炎，西晋开国之君。　孙皓：三国吴亡国之君。　②《尔汝歌》：魏晋时南方民歌名。内容多亲昵嘲弄之辞。　尔、汝，你、你们，为对人亲昵的称呼。　③颇：犹言可，表疑问。　不：同"否"。　④帝悔之：谓晋武帝后悔让孙皓唱《尔汝歌》，因歌辞不恭而有讽嘲意。

（六）孙子荆年少时欲隐①，语王武子"当枕石漱流"②，误曰"漱石枕流"。王曰："流可枕，石可漱乎？"孙曰："所以枕流，欲洗其耳③；所以漱石，欲砺其齿④。"

孙楚年轻时想隐居，对王济说"当枕石漱流"，一时错说成"漱石枕流"。王济说："流水能当枕头，石头能用以漱口吗？"孙楚说："之所以枕流的缘故，是要洗清耳朵；之所以漱石的缘故，是要磨砺牙齿。"

①孙子荆：孙楚，字子荆，见《言语》24注①。　②王武子：王济，与孙楚友善，见《言语》24注①。　枕石漱流：谓以石为枕，以流水漱口。指林泉隐居生活。　③欲洗其耳：刘注引《逸士传》："许由为尧所让，其友巢父责之。由乃过清泠水洗耳拭目，曰：'向闻贪言，负我之友。'"此孙楚引古隐许由洗耳的典

故为自己说"枕流"作解释。 ④砺:磨砺。

（七）头责秦子羽云[①]:"子曾不如太原温颙[②],颍川荀寓[③],范阳张华[④],士卿刘许[⑤],义阳邹湛[⑥],河南郑诩[⑦]。此数子者,或謇吃无宫商[⑧],或尪陋希言语[⑨],或淹伊多姿态[⑩],或讙哗少智谞[⑪],或口如含胶饴[⑫],或头如巾齑杵[⑬],而犹以文采可观,意思详序[⑭],攀龙附凤[⑮],并登天府[⑯]。"

【今译】秦子羽的脑袋责备秦子羽说:"你简直比不上太原温颙,颍川荀寓,范阳张华,宗正卿刘许,义阳邹湛和河南郑诩。这几个人,有的说话结巴,发音不准;有的瘦小丑陋,寡言少语;有的卑躬屈膝,故作姿态;有的大声嚷嚷而胸无智谋;有的像口含饴糖而嗫嚅不清;有的头小而尖,像捣齑之杵而戴着头巾。但是他们还是因为文才可观,表述周详而攀龙附凤,登上了朝廷。"

【注释】①头责秦子羽:张敏撰俳谐文《头责子羽》,其中人物秦子羽,为一不得志文士。刘注:"子羽未详。"疑为虚拟人物。头,指子羽之头,拟人化而责备子羽之怀才不遇。刘注引《张敏集》载《头责子羽》序及全文。文长不录(本则文字即文中一节),其序曰:"余友有秦生者,虽有姊夫之尊,少而狎焉。同时好昵,有太原温长仁颙、颍川荀景伯寓、范阳张茂先华、士卿刘文生许、南阳邹润甫湛、河南郑思渊诩。数年之中,继踵登朝,而此贤身处陋巷,屡沽而无善价,亢志自若,终不衰堕,为之慨然。又怪诸贤既已在位,曾无《伐木》嘤鸣之声,甚违王贡弹冠之义,故因秦生容貌之盛,为《头责》之文以戏之,并以嘲六子焉。虽似谐谑,实有兴也。"张敏,晋太原中都(今山西平遥西)人,仕历平南参军、太子舍人、济北长史。晋武帝咸宁中为尚书郎,领秘书监,太康初出为益州刺史。②曾(zēng增):竟;简直。 太原:郡名。 温颙(yóng喁):字长仁,晋太原(今山西太原)人。与任恺、庾纯、张华、向秀、和峤等同朝友善。 ③颍川:郡名。 荀寓(yǔ宇):字景伯,晋颍川颍阴(今河南许昌)人。荀式孙。一说名寓,荀彧孙,见《三国志·魏志·荀彧传》裴松之注,当是。晋惠帝世为太常。仕至尚书。 ④范阳:郡名。故城在今河北涿县。 张华:见《德行》12注⑤。⑤士卿:官名。即宗正卿,为掌管皇族事务之官。 刘许:字文生,晋涿(今河北涿县)人。魏骠骑将军刘放之子。晋惠帝时任宗正卿。 ⑥义阳:郡名。治所在新野。 邹湛(?—299?):字润甫,晋南阳新野(今河南新野)人。晋武帝泰始中官太子中庶子,太康中官侍中。因事免官,寻起为散骑常侍、国子祭酒,转少府。⑦河南:郡名。治洛阳。 郑诩:字思渊,晋荥阳开封(今河南开封)人。官卫尉卿。 ⑧謇(jiǎn简)吃(旧读jī击):口吃。 宫商:音乐有五音,即宫、商、角、徵(zhǐ旨)、羽。此以宫商代称五音,无宫商,即五音不全,发音不准。吃,原作"喫",据影宋本改。⑨尪(wāng王阴平)陋:瘦小丑陋。 ⑩淹伊:屈曲佞媚貌。⑪讙(xuān喧)哗(huá华):嘈乱吵闹。 智谞(xū胥):才智;智谋。 ⑫胶饴(yí怡):麦芽糖一类的黏性食物。 ⑬巾齑杵:捣齑之杵,而冠之以巾。齑(jī跻),把菜切细或捣碎做成的醃菜。

⑭详序：周详表述。序，通“叙”。　⑮攀龙附凤：比喻依附高贵之人而致显荣。　⑯天府：指朝廷。

今译　王浑与妻子钟氏一同坐着，看到王济从庭前走过，王浑喜悦地对妻子说：“生个儿子能够如此，也足以宽慰人意了。”他妻子笑着说：“假使我能和王沦成婚，生出的儿子可能不止如此。”

（八）王浑与妇钟氏共坐[①]，见武子从庭过[②]，浑欣然谓妇曰：“生儿如此，足慰人意。”妇笑曰：“若使新妇得配参军[③]，生儿故可不啻如此[④]。”

注释　①王浑：太原王氏，王昶子，王济父。　钟氏：名琰，钟繇孙女，见《贤媛》12、16。　②武子：王济，见《言语》24注①。　③新妇：已婚妇人自称。　参军：刘注引《王氏家谱》，谓王伦，字太冲。王昶中子，王浑弟。醇粹简远，崇尚老庄之学，著《老子例略》、《周纪》。年二十余，举孝廉，不行。历司马昭大将军参军，年二十五卒。　按：伦当作“沦”。《太平御览》卷三九一引《郭子》正作王沦，《晋书·王浑妻钟氏传》同。　④不啻（chì 翅）：不止。

今译　荀隐和陆云，两人互不相识，一起在张华客座上会面了。张华让他们交谈。因为他们都有高超的才学，希望他们不作一般的通常客套。陆云举手说：“我是云间陆士龙。”荀隐说：“我是日下荀鸣鹤。”陆云说：“既然已经拨开青云，看见白雉，为什么不拉开你的弓，搭起你的箭？”荀隐回答说：“本以为云中之龙，矫健非常，却只是山野中的麋鹿，兽弱小而弓强劲，所以才迟迟发射。”张华于是拍手大笑。

（九）荀鸣鹤、陆士龙二人未相识[①]，俱会张茂先坐[②]。张令共语。以其并有大才，可勿作常语。陆举手曰：“云间陆士龙[③]。”荀答曰：“日下荀鸣鹤[④]。”陆曰：“既开青云，睹白雉[⑤]，何不张尔弓，布尔矢[⑥]？”荀答曰：“本谓云龙骙骙[⑦]，定是山鹿野麋[⑧]。兽弱弩强，是以发迟。”张乃抚掌大笑。

注释　①荀鸣鹤：荀隐，字鸣鹤，晋颍川（今河南许昌一带）人。晋惠帝元康中为司徒左西曹掾，历太子舍人、廷尉平。早卒。　陆士龙：陆云，字士龙。　②张茂先：张华，字茂先。　③云间：古华亭、松江府的别称。陆云家在华亭。华亭为古地名，又名华亭谷，在今上海市松江西，唐天宝十载（751）始置县。陆云自报籍贯姓字，用“云间”与“龙”并举，暗示雄健不凡。　④日下：旧时以帝王比日，因称京都为日下。荀隐，颍川人，自报籍贯姓字，因颍川与西晋京都洛阳而自称“日下”，与“鹤”并举，暗示高超异常。　按：西晋平吴之后，于吴蜀旧地虽多防范，然司马氏对江南士大夫亦颇笼络。但北方人士对南人仍有偏见，故二陆境遇初不佳妙，不免有自卑情绪与桑梓之感，因与荀隐通名时，在“勿作常语”要求下，自称“云间陆士龙”以自壮，而荀隐即答以“日下荀鸣鹤”，亦北人藉京都以自高也。　⑤白雉：一名银雉。雄鸟上体和两翼白色，尾长，中央尾羽纯白，常栖息高山竹林间。　⑥布尔矢：谓把你的箭搭在弓弦上，准备射击。陆云此语有向荀隐挑战意。

⑦云龙骙骙：谓云中之龙十分矫健。骙（kuí 逵）骙，马行雄壮貌。此处“云龙”即承上文“云中陆士龙”而来。　⑧定：却。　山鹿野麋：山野间的麋鹿。意谓寻常兽类，影射陆云庸弱，不堪一击。

一〇　陆太尉诣王丞相①，王公食以酪②。陆还，遂病。明日，与王笺云③：“昨食酪小过④，通夜委顿⑤。民虽吴人⑥，几为伧鬼⑦。”

今译　太尉陆玩拜访丞相王导，王导给陆玩吃乳酪。陆玩回家就病了。明天，陆玩写信给王导说：“昨天吃乳酪稍微多了点，弄得整夜困顿。小民虽是吴人，却几乎成了北人之鬼。”

注释　①陆太尉：陆玩。陆氏为江南世家大族。　王丞相：王导。王氏为过江南下之北方世家大族。　②酪：用牛、羊或马的乳汁制成的半凝固食品。　③笺：书信。多指下属给上级的。　④小过：稍微过分。　⑤委顿：疲困。　⑥民：部民对地方长官的自称。　⑦伧鬼：北人之鬼。　按：酪为北方食物，南人不惯食此；王导祖籍琅邪，为南下北人，故陆玩以此调笑。此亦东晋时南方与北方、南人与北人之间隔阂之一例。

一一　元帝皇子生①，普赐群臣。殷洪乔谢曰②：“皇子诞育③，普天同庆。臣无勋焉，而猥颁厚赉④。”中宗笑曰⑤：“此事岂可使卿有勋邪？”

今译　晋元帝生了个皇子，普遍赏赐群臣。殷羡向元帝致谢说：“皇子降生，普天同庆。臣下没有什么功劳，而承蒙分发了优厚的赏赐。”元帝笑道：“这件事难道可以让你有功劳吗？”

注释　①元帝：东晋元帝司马睿。　皇子：东晋元帝有六个皇子，只有后来简文帝司马昱是生于即位之后，此当是司马昱。②殷洪乔：殷羡，见《任诞》31 注①。　③诞育：降生。④猥颁：分赐；赐与。猥，谦词，用于修饰对方施加于己的动作。赉（lài 睐）：赏赐。　⑤中宗：晋元帝的庙号。

一二　诸葛令、王丞相共争姓族先后①。王曰：“何不言葛王，而云王葛②？”令曰：“譬言驴马，不言马驴，驴宁胜马邪③？”

今译　诸葛恢和王导两人一起争论姓氏家族的先后优劣。王导说：“为什么不说‘葛王’，而说‘王葛’？”诸葛恢说：“譬如说‘驴马’，不说‘马驴’，驴子难道胜过马吗？”

注释　①诸葛令：诸葛恢，为尚书令，故称，见《方正》25 注①。　王丞相：王导。　姓族：姓氏家族。　先后：优劣。在先为优，在后为劣。　②王葛：谓王在先为优。　③驴宁胜马：驴难道优于马吗？意谓言“驴马”，驴虽在先而不优于马，马虽在后而实优于驴。先后不能定优劣，此针对上文“王葛”而言。　按：余嘉锡谓，汉语中二名并列，除有时间、辈份上之先后如“夏商”、“汉唐”、“孔孟”、“老庄”之类以外，一般二者本身并无一定之先后高下，而二字平仄不同者，往往平声在先，仄声在后，故言“王葛”、“驴马”，此顺乎汉语声音之自然，本不以先后分优劣。

（一三）刘真长始见王丞相①，时盛暑之月，丞相以腹熨弹棋局②，曰：“何乃渹③！”刘既出，人问：“见王公云何？”刘曰：“未见他异，唯闻作吴语耳④。”

【注释】①刘真长：刘惔。　王丞相：王导。　②熨（yùn 蕴）：紧贴。　弹棋局：弹棋盘。弹棋，参阅《巧艺》1。　③渹（chèng 秤）：即“瀞”，吴方言，冷；凉。《说文·水部》：“瀞，冷寒也。”段玉裁注：“吴人以冷为渹。《太平御览》引此事，渹作瀞。《集韵》、《类篇》皆云瀞渹二同，楚庆切，吴人谓冷也。今吴俗谓冷物附他物，其语如郑国之郑，即瀞字也。”　④作吴语：讲吴地方言。　按：陈寅恪谓：“盖东晋之初，基业未固，导欲笼络江东之人心，作吴语者，乃其开济政策之一端也。”

【译】刘惔初见丞相王导，当时正是大热天，王导把肚皮紧贴在弹棋盘上，说：“为什么这样冷渹渹！”刘惔出来之后，有人问他：“你见了王丞相，感觉如何？”刘惔说：“也没见到什么与众不同，只听见他讲吴方言罢了。”

（一四）王公与朝士共饮酒①，举琉璃碗谓伯仁曰②：“此碗腹殊空，谓之宝器，何邪？”答曰：“此碗英英③，诚为清彻，所以为宝耳。”

【注释】①王公：王导。　朝士：朝廷官员。　②琉璃：一种有色半透明的矿石。学名青金石，又名天蓝石。可制器皿，古人视为珍品。　伯仁：周𫖮，见《言语》30注①。　③英英：莹亮貌。

【译】王导与朝廷官员一起喝酒，他举起琉璃碗对周𫖮说：“这碗腹中空空，称之为宝贵的器皿，为什么？”周𫖮回答：“这碗晶莹光亮，真是清明通透，所以是珍宝啊。”

（一五）谢幼舆谓周侯曰①：“卿类社树②，远望之，峨峨拂青天③；就而视之④，其根则群狐所托，下聚溷而已⑤？”答曰：“枝条拂青天，不以为高；群狐乱其下，不以为浊。聚溷之秽，卿之所保⑥，何足自称⑦！”

【注释】①谢幼舆：谢鲲。　周侯：周𫖮。　②社树：种在土地神坛周围的树木。社，土地神。　③峨峨：高峻貌。　④就：靠近。　⑤溷（hùn 混）：秽物；粪便。此谢鲲讽刺周𫖮。刘注：“谓𫖮好媟渎故。”参阅《任诞》25。　⑥保：占有；具有。⑦称：称颂；赞扬。

【译】谢鲲对周𫖮说：“你像土地神坛边的大树，远远望去，又高又大，上拂青天；走近些看一看，那树根是一群狐狸寄居之处，下面堆集着粪便秽物。”周𫖮回答说：“社树枝条上拂青天，并不意味着高大；一群狐狸在根下作乱，并不意味着恶浊。至于堆集粪便秽物的污浊，也是你所具有的，不值得自我赞扬！”

（一六）王长豫幼便和令①，丞相爱恣甚笃②。每共

【译】王悦小时候就温顺乖巧，他父亲王导丞相深深地爱他又很放纵他。往往在

围棋，丞相欲举行③，长豫按指不听④。丞相笑曰："讵得尔⑤？相与似有瓜葛⑥。"

①王长豫：王悦，字长豫，王导长子，见《德行》29注①。　和令：温顺乖巧。　②丞相：王导。　爱恣：爱护放任；溺爱。笃：深厚。　③举行：谓举棋落子。　④听：准许；允许。⑤讵：岂；难道。　尔：如此。　⑥相与：相互；彼此。　瓜葛：瓜和葛都是蔓生植物，藤蔓攀援牵连，故以"瓜葛"喻互相牵连或有某种亲戚关系。

父子两人下围棋时，王导正要举棋落子，王悦就按住他的手指不许他下。王导笑着说："难道可以这样吗？互相之间似乎有亲属关系呢。"

（一七）明帝问周伯仁①："真长何如人②？"答曰："故是千斤犗特③。"王公笑其言④。伯仁曰："不如卷角牸⑤，有盘辟之好⑥。"

①明帝：东晋明帝司马绍。　周伯仁：周𫖮。　②真长：刘惔。　③故：的确。　千斤：谓有千斤之力。　犗（jiè介）特：阉割过的公牛。特，公牛。　按：以骟牛比刘惔，谓驯服而有大力。　④王公：王导。　⑤卷角牸：弯角的老母牛。牸（zì字）：母牛。　⑥盘辟：盘旋进退。此以喻王导之从容雅步而不能速进。余嘉锡谓："导在当时虽为元老宿望，而有不了事之称，故伯仁以此戏之。"

晋明帝问周𫖮："刘惔是个怎样的人？"周𫖮答道："真是一头有千斤之力的骟过的公牛。"王导听了这话发笑。周𫖮说："不及弯角的老母牛，那真有盘旋进退的妙处。"

（一八）王丞相枕周伯仁膝①，指其腹曰："卿此中何所有②？"答曰："此中空洞无物，然容卿辈数百人。"

①王丞相：王导。　周伯仁：周𫖮。　按：王导枕周𫖮之膝，又相戏笑，可见二人情谊亲密。　②此中何所有：此笑周𫖮腹中空洞，参阅本篇14。

王导把头枕在周𫖮的膝上，指着周的肚子说："你这中间有些什么？"周𫖮回答："我肚子里空洞无物，然而容得下像你这样的几百个人。"

（一九）干宝向刘真长叙其《搜神记》①，刘曰："卿可谓鬼之董狐②。"

①干宝及《搜神记》：干宝，字令升，晋新蔡（今河南新蔡）人。以才器召为著作郎。平杜弢有功，赐爵关内侯。晋元帝时领修国史，著《晋纪》二十卷，时称良史。书已佚。他性好阴阳术数，撰集古今神鬼灵异变化，为《搜神记》三十卷，为魏晋志怪小

干宝向刘惔讲说他的《搜神记》，刘惔说："你可以说是鬼的董狐了。"

说之代表作。其书多叙神仙鬼怪，因果报应，保存了大量古代传说和民间故事。原书亡于南宋，今本二十卷，为后人辑集，已非原貌，然十之八九属原书内容。　刘真长：刘惔。　②董狐：春秋时晋国史官。晋灵公无道，赵盾屡谏，灵公欲杀盾，盾出奔。盾族弟赵穿杀灵公。赵盾还，董狐书“赵盾弑其君”示于朝。孔子称董狐为古之良史，谓其书法不隐。见《左传·宣公二年》。后因以董狐为良史之代称。

（二〇）许文思往顾和许[1]，顾先在帐中眠，许至，便径就床角枕共语。既而唤顾共行，顾乃命左右取枕上新衣[2]，易己体上所著[3]。许笑曰：“卿乃复有行来衣乎[4]？”

许文思到顾和住处去，顾和先前睡在帐子里，许文思来了，就靠着床角的枕头一起讲话。随后，许叫顾一同出去。顾和就叫左右把枕上的新衣服拿过来，换掉身上所穿的衣服。许文思笑着说：“你竟然也有出门时穿的衣服吗？”

①许文思：不详。刘注“许琛已见。”前实未见。《雅量》16有许璪，字思文。或即其人，“琛”为璪之误。　顾和：见《言语》33注①。　许：住处。　②枕：一本作“杭”。杭，通“桁”（hàng 沆），衣架。　③易：换。　④行来衣：指出门时穿的衣服。来，词缀，构成表时间名词。此讥顾和出门还要换衣服，有欠真率。

（二一）康僧渊目深而鼻高[1]，王丞相每调之[2]。僧渊曰：“鼻者，面之山；目者，面之渊[3]。山不高则不灵，渊不深则不清。”

康僧渊眼睛深凹而鼻子很高，丞相王导经常以此取笑他。他说：“鼻子是脸上的山峰，眼睛是脸上的深潭。山不高就不灵，潭不深就不清。”

①康僧渊：晋高僧，西域人，见《文学》47注①。　②调（tiáo 迢）：嘲弄。　③渊：深潭；深水池。

（二二）何次道往瓦官寺礼拜甚勤[1]，阮思旷语之曰[2]：“卿志大宇宙[3]，勇迈终古[4]。”何曰：“卿今日何故忽见推[5]？”阮曰：“我图数千户郡[6]，尚不能得，卿乃图作佛，不亦大乎？”

何充到瓦官寺去礼拜佛像，十分勤恳，阮裕对他说：“你志向大如宇宙，勇气超过古人。”何充说：“你今天怎么忽然推崇起我来了？”阮裕说：“我谋个有几千户的郡的太守做做也不能得到，而你竟谋求做佛，志向不是很大吗？”

①何次道：何充，信佛教，见《言语》54注①。　瓦官寺：佛寺名。位于建康城西南隅。　礼拜：向所信仰的佛像行礼。　②阮思旷：阮裕，见《德行》32注①。　③宇宙：刘注引《尹子》：“天地四方曰宇，往古来今曰宙。”泛指天地之间。　④迈：超过。　终古：往古。　⑤见推：推崇我。见，相当于前置的

"我"。　⑥图：谋取。　郡：此指郡太守。

（二三）庾征西大举征胡①，既成行，止镇襄阳②。殷豫章与书③，送一折角如意以调之④。庾答书曰："得所致⑤，虽是败物⑥，犹欲理而用之⑦。"

注释　①庾征西：庾翼，庾亮少弟。　大举征胡：东晋成帝咸康六年(340)，庾亮死，弟庾翼代之镇武昌。晋康帝建元元年(343)，庾翼准备大举攻后赵、成汉，在所统六州中征发奴及车牛驴马，发兵北进。兄庾冰出镇武昌，为其后援。次年，康帝死，庾冰亦死，庾翼还夏口，命长子庾方之守襄阳，参军毛穆之为辅。穆帝永和元年(345)，庾翼死。参阅《豪爽》7。　②止：停留。　襄阳：县名。东晋属荆州襄阳郡，为州郡治所。故地即今湖北襄樊，当时为南北方对峙之前沿重镇。　③殷豫章：殷羡，见《任诞》31注①。　④折角：残缺一只角。如意而缺角，谓不如意。　调：嘲弄；讽嘲。　⑤所致：所送的东西。此指折角如意。致，送。⑥败物：已损坏之物。　⑦理：修理。

今译　征西将军庾翼大举进攻胡人，出发之后，停留镇守在襄阳。殷羡写信给他，又送一只缺角的如意去嘲笑他。庾翼回信说："得到你所送的东西，虽是破败之物，然而还想修整好了再用它。"

（二四）桓大司马乘雪欲猎①，先过王、刘诸人许②。真长见其装束单急③，问："老贼欲持此何作④？"桓曰："我若不为此，卿辈亦那得坐谈⑤？"

注释　①桓大司马：桓温。　②王、刘：王濛，刘惔。　③装束单急：谓穿着轻便，指着军装。装束，衣着。单急，服装单薄而便捷。　④老贼：犹言老家伙。此调笑语。　⑤坐谈：谓坐着清谈。刘注："《语林》曰：'宣武征还，刘尹数十里迎之，桓都不语，直云："垂长衣，谈清言，竟是谁功？"刘答曰："晋德灵长，功岂在尔？"'二人说小异，故详载之。"

今译　桓温乘着下雪要出去打猎，先到王濛、刘惔等人的住处。刘惔看到他穿着军装，显得单薄而轻便，就问："老家伙拿着这些要干啥？"桓温说："要是我不干这行当，像你们这些人怎么能安然坐着清谈呢？"

（二五）褚季野问孙盛①："卿国史何当成②？"孙云："久应竟③。在公无暇④，故至今日。"褚曰："古人'述而不作'⑤，何必在蚕室中⑥！"

注释　①褚季野：褚裒，见《德行》34注①。　孙盛：先后为陶侃、庾亮、庾翼、桓温属官，累迁秘书监，著《魏氏春秋》、《晋阳秋》。见《言语》49注①。　②国史：指当代人修纂的本朝实录或本朝历史。　③竟：完毕。　④在公：在官署办公事。⑤述而不作：语出《论语·述而》："子曰：'述而不作，信而好古，窃

今译　褚裒问孙盛："你修的国史什么时候可以完成？"孙盛说："早就该完毕了。只是忙于公事，没有闲工夫，所以拖到现在。"褚裒说："古人'述而不作'，修史是阐述而不是创作，何必要到在蚕室中才有工夫！"

比我于老彭。'"述,传旧;作,创新。老彭,人名。意谓修史是阐述而并非创作。　⑥蚕室:狱名。受宫刑者所居之室。受宫刑者怕风而须暖,故作窨室蓄火如饲蚕之室,因以为名。《史记》作者司马迁因替李陵辩解而受宫刑,下蚕室。

二六 谢公在东山[1],朝命屡降而不动[2]。后出为桓宣武司马[3],将发新亭[4],朝士咸出瞻送[5]。高灵时为中丞[6],亦往相祖[7]。先时,多少饮酒,因倚如醉[8],戏曰:"卿屡违朝旨,高卧东山[9],诸人每相与言:'安石不肯出,将如苍生何[10]?'今亦苍生将如卿何?"谢笑而不答。

注释 ①谢公:谢安。　东山:山名。在今浙江上虞。谢安早年隐居于此。　②朝命:指朝廷征召谢安的命令。　③桓宣武:桓温。　司马:官名。高级武官的属官,专主军事。谢安出山事,参阅《简傲》14注⑫。　④发:出发。　新亭:亭名。旧址在今江苏南京西南。　⑤瞻送:看望送别。　⑥高灵:高崧,小字阿酃,见《言语》82注④。灵、酃,同音而形近,以此相混。　中丞:官名。东汉以后,中丞为御史台长官。　⑦祖:古人出行时祭路神。引申为送别。　⑧倚:假托;借着。　⑨高卧:高枕而卧。谓隐居而安闲无事。　⑩如苍生何:把百姓怎么办。苍生,百姓。如……何,把……怎么办。

今译 谢安在东山隐居,朝廷征召的命令屡次下来而他不为所动。后来他出山做桓温的司马,将从新亭出发上任,朝中官员都到场看望送别。高崧当时任中丞,也去送别,起初,多少喝了一点酒,就借着好像醉了的势头,调侃他说:"你多次违背朝廷征召的诏令,闲适地高卧在东山,人们往往相互谈论说:'安石不肯出山,将要拿百姓怎么办呢?'现在也是百姓将拿你怎么办呢?"谢安笑而不答。

二七 初,谢安在东山居[1],布衣时[2],兄弟已有富贵者[3],翕集家门[4],倾动人物[5]。刘夫人戏谓安曰[6]:"大丈夫不当如此乎?"谢乃捉鼻曰[7]:"但恐不免耳[8]。"

注释 ①谢安在东山:见前则。　②布衣:平民。　③兄弟已有富贵者:当时谢安堂兄谢尚、兄谢奕、弟谢万,都已任高官。　④翕(xī 悉)集:聚集;齐集。　⑤倾动:轰动;耸动。　⑥刘夫人:谢安妻,刘惔妹。　⑦捉鼻:捏着鼻子。谢安有鼻疾,语音重浊,捏着鼻子说话,要使声音轻细,以示鄙夷不屑之意。　⑧但恐不免:谓只怕免不了像兄弟们那样。余嘉锡谓:"安意盖谓己本无心于富贵,故屡辞征召而不出。但时势逼人,政恐终不得免耳。"

今译 当初,谢安隐居在东山,还是个平民百姓的时候,他的兄弟中已经有富贵的了,集中在一个家族之中,人们为之十分轰动。谢安妻子刘夫人跟他开玩笑说:"大丈夫不应当这样吗?"谢安竟捏着鼻子说:"只恐怕免也免不了啊。"

二八 支道林因人就深公买印山[1],深公答曰:

今译 支道林托人向竺法深买岇山,竺法深回答说:"没听说过巢父、许由是买了山而隐居的。"

"未闻巢由买山而隐[2]。"

注释 ①因：凭藉。 就：往；走向。 深公：竺法深，晋高僧，见《德行》30注①。 印山：当为岇山。印，"岇"之讹。岇(àng昂去声)山，在会稽剡县(今浙江嵊县)之东。 ②巢由：巢父、许由，相传上古唐尧时的两个隐士。

二九 王、刘每不重蔡公[1]。二人尝诣蔡语，良久，乃问蔡曰："公自言何如夷甫[2]？"答曰："身不如夷甫[3]。"王、刘相目而笑曰[4]："公何处不如？"答曰："夷甫无君辈客[5]。"

注释 ①王、刘：王濛和刘惔。二人是当时齐名的清谈家。 蔡公：蔡谟，性方正笃慎。见《方正》40注③。 ②夷甫：王衍，居高官而又为清谈领袖，当时名重天下。 ③身：我。 ④相目：相视。 ⑤君辈客：像你们这样的客人。此蔡谟反嘲王、刘。

今译 王濛、刘惔经常看不起蔡谟。有一次，两人去拜访蔡谟，谈了好久，就问蔡谟说："您自己说说，您和王夷甫比起来怎么样？"蔡谟回答说："我不如王夷甫。"王濛和刘惔互相看了看，笑着说："您什么地方不如王夷甫呢？"蔡谟回答："夷甫没有像你们这样的客人。"

三〇 张吴兴年八岁[1]，亏齿[2]，先达知其不常[3]，故戏之曰："君口中何为开狗窦[4]？"张应声答曰："正使君辈从此中出入。"

注释 ①张吴兴：张玄之，曾任吴兴太守，故称。 ②亏：缺。 ③先达：负有声望的前辈。 不常：不平常。谓聪明卓异。 ④狗窦：狗洞。

今译 张玄之八岁的时候，缺了牙齿，前辈们知道这个孩子不平常，因而戏谑他说："你嘴里为什么开了个狗洞？"张玄之应声回答说："正是为了让你们这些人从这儿进出。"

三一 郝隆七月七日出日中仰卧[1]，人问其故，答曰："我晒书[2]。"

注释 ①郝隆：字佐治，东晋汲郡(今河南汲县西南)人。仕至征西参军。 七月七日：夏历七月初七，旧时习尚于此日晒书籍、衣服，谓可避蠹。 ②晒书：此处谓晒腹中之书。

今译 郝隆在七月初七那天，仰天躺在大太阳底下，有人问他这是干什么，他回答说："我晒书。"

三二 谢公始有东山之志[1]，后严命屡臻[2]，势不获已[3]，始就桓公司马[4]。于时人有饷桓公药草[5]，中有远志[6]。公取以问谢："此药又名小草，何一

今译 谢安当初在东山，有隐居不仕的志向，后来朝廷征召他的严切的命令多次下达，看情势无法摆脱，不得已而出任桓温的司马。当时，有人给桓温送药草，其中有一味远志。桓温拿着它问谢安："这种

物而有二称？”谢未即答。时郝隆在坐，应声答曰：“此甚易解：处则为远志[7]，出则为小草[8]。”谢甚有愧色。桓公目谢而笑曰：“郝参军此过乃不恶[9]，亦极有会[10]。”

注释 ①谢公：谢安。　东山之志：谓在东山隐居之志。　②严命：指朝廷征召的严切命令。　臻（zhēn 榛）：至；到。　③势不获已：谓情势所迫，出于不得已。　④就：就任。　桓公司马：桓温军府的司马官职。　⑤饷：赠送。　⑥远志：草名。茎细，高七八寸，叶卵形，夏季开紫色花，生山野间。根入药，旧谓服之可以补不足，除邪气，逆九窍，益智慧，耳目聪明不忘，强志倍力。其叶名小草。　⑦处：退隐。此借远志根埋土中之义，比喻隐居则为远志，双关高远志向之义。　⑧出：出仕。此借远志长出地面之叶为小草，比喻出来做官就是小草，双关出仕即轻微之义。按：晋代士大夫以隐为高，故有此论，以讥谢安初隐居而终出仕，出处异称，声价不同。　⑨此过：《太平御览》卷九八九引本文作“此通”，是。通，阐述。此通，即此论。　⑩会：意味。

药又叫小草，为什么同样事物有两种名称？”谢安没有立即回答。其时郝隆也在座，应声答道：“这很容易解释：隐处时就是远志，出山了就是小草。”谢安很有些惭愧的神色。桓温看了看谢安，笑着说：“郝参军这通议论不坏，也很有意味。”

三三 庾园客诣孙监[1]，值行[2]，见齐庄在外[3]，尚幼，而有神意[4]。庾试之曰：“孙安国何在[5]？”即答曰：“庾稚恭家[6]。”庾大笑曰：“诸孙大盛[7]，有儿如此。”又答曰：“未若诸庾之翼翼[8]。”还，语人曰：“我故胜，得重唤奴父名[9]。”

注释 ①庾园客：庾爰之，小字园客，庾翼子。见《识鉴》19 注②。孙监：孙盛，任秘书监，故称。见《言语》49 注①。　②行：出行。　③齐庄：孙放，字齐庄，孙盛次子，见《言语》49 注③。　④神意：神俊之意。　⑤孙安国：孙盛，字安国。魏晋人重避讳，庾爰之当面呼孙放父字，试他懂不懂避讳。　⑥庾稚恭：庾翼字。孙放也直呼庾爰之父字，以为报复。　⑦诸孙大盛：谓孙氏家大为昌盛。中嵌“孙盛”二字，是直呼孙放父名，进一步冒犯。　⑧诸庾之翼翼：庾氏家兴隆。翼翼，蕃庶貌。中嵌“庾翼”二字，亦直犯庾爰之父名，相应还击。　⑨重唤奴父名：重复叫了那个奴才的父名。奴，指庾爰之，为鄙称。重唤，指“翼翼”二字。

今译 庾爰之去拜访秘书监孙盛，正碰上孙盛外出，看见他儿子孙放在外边，年纪还小而颇为神俊。庾爰之试探他说：“孙安国在什么地方？”孙放立即回答说：“庾稚恭家。”庾爰之大笑，说：“孙氏家大为昌盛，有这样好的儿子。”孙放又回答说：“还比不上庾氏家的翼翼兴隆。”回来之后，孙放对人说：“自然是我赢了，我重复呼叫了那奴才父亲的名字。”

三四 范玄平在简文坐[1]，谈欲屈[2]，引王长史曰[3]：“卿助我！”王曰：“此非拔山力所能助[4]。”

今译 范汪在简文帝客座上，清谈快输了，拉住王濛说：“你帮帮我！”王濛说：“这可不是有拔山的大力气所能帮得上忙的。”

注释 ①范玄平：范汪，字玄平，东晋颍阳（今河南许昌东南）人。博学多通，善谈名理。为庾亮佐吏十余年，征拜中书侍郎。简文帝为相时，汪仕至安北将军、徐兖二州刺史。桓温北伐，令汪率文武出梁国，失期，免为庶人。 简文：东晋简文帝司马昱。②谈：清谈。 屈：挫败。 ③引：拉。 王长史：王濛。 ④拔山力：谓力大。语本《史记·项羽本纪》，羽被汉军困于垓下时，夜起歌曰“力拔山兮气盖世，时不利兮骓不逝”。

（三五）郝隆为桓公南蛮参军[①]。三月三日会[②]，作诗。不能者罚酒三升。隆初以不能受罚，既饮，揽笔便作一句云：“娵隅跃清池[③]。”桓问：“娵隅是何物？”答曰：“蛮名鱼为娵隅。”桓公曰：“作诗何以作蛮语？”隆曰：“千里投公，始得蛮府参军，那得不作蛮语也！”

注释 ①郝隆：见本篇31注①。 桓公：桓温。桓温于东晋穆帝时任都督荆梁六州诸军事、安西将军、荆州刺史，领护南蛮校尉，假节。 南蛮参军：南蛮校尉的属官，为重要幕僚。南蛮，古称南方少数民族。 ②三月三日：夏历三月初三，为上巳节。是日，士民到水边洗涤饮酒，以祈福驱邪。 会：集会。 ③娵（jū 苴）隅：鱼的别称。

今译 郝隆做桓温的南蛮参军。在三月初三的集会上，大家都要做诗。不会做的，罚酒三升。郝隆起初因为不会做诗而受罚，饮酒之后，拿起笔来就写了一句道：“娵隅跃清池。”桓温问：“娵隅是什么东西？”郝隆回答：“南蛮地方把鱼叫作娵隅。”桓温说：“做诗，为什么用蛮方语言？”郝隆说：“我千里迢迢来投奔明公，才得了南蛮参军，怎么能不讲蛮话啊！”

（三六）袁羊尝诣刘恢[①]，恢在内眠未起。袁因作诗调之曰[②]：“角枕粲文茵，锦衾烂长筵[③]。”刘尚晋明帝女[④]，主见诗不平[⑤]，曰：“袁羊，古之遗狂！”

注释 ①袁羊：袁乔，小字羊，见《言语》90注④。 刘恢：当作刘惔，下同，各本皆误。下文“刘尚晋明帝女”，《晋书·刘惔传》正载此事，可证。 ②调：调侃；嘲弄。 ③“角枕”两句：描述内室衾枕的华丽光彩。角枕，用骨角装饰的枕头。粲、烂，华美鲜明。文茵，织有花纹的褥子。锦衾，锦制的被子。长筵，竹席。语出《诗·唐风·葛生》：“角枕粲兮，锦衾烂兮。予美亡此，谁与独旦？”原意为女子思夫。袁乔取其意以讽嘲刘惔为妻所恋而贪眠迟起。 ④尚：娶地位高贵的女子，多指皇家之女。 晋明帝女：指庐陵长公主。 ⑤主：公主。 不平：不满。

今译 袁乔曾经去拜访刘惔，刘惔还在内室睡着没有起来。袁乔就此写诗嘲弄他说：“角装的枕头真华美，陪着光彩的花褥子；锦缎的被子真漂亮，垫着长长的竹席子。”刘惔娶晋明帝的女儿为妻，公主见到这诗很不满，说：“这个袁羊，真是古代遗留下来的狂人！”

（三七）殷洪远答孙兴公诗云[①]：“聊复放一曲[②]。”刘真长笑其语拙[③]，问曰：“君欲云那放？”殷曰：

今译 殷融答孙绰诗，道：“聊复放一曲。”刘惔笑他的诗造语拙劣，问道：“您要说怎么放？”殷融说：“榻腊的鼓声也是放，何必那枪铃的钟铃之声呢？”

“榻腊亦放④，何必其枪铃邪⑤？”

注释 ①殷洪远：殷融，见《品藻》36注⑭。 孙兴公：孙绰。 ②放一曲：谓放声长歌。 ③刘真长：刘惔。 ④榻腊：叠韵联绵词，象鼓声。亦作榆榆、榆拉、答腊。 ⑤枪铃：枪，钟声；铃，铃声。泛指美妙的乐音。“榻腊”“枪铃”对举，盖以各种乐器合奏为喻，均可聊备一格，表示自己作诗虽拙，亦如鼓声之有作用。

（三八）桓公既废海西①，立简文②。侍中谢公见桓公③，拜，桓惊笑曰：“安石④，卿何事至尔？”谢曰：“未有君拜于前，臣立于后⑤。”

今译 桓温废黜了海西公之后，立了简文帝。侍中谢安见到桓温，行下拜礼，桓温吃惊而笑着说：“安石，你有什么事而至于如此？”谢安说：“从来没有君下拜在前，而臣子还直立在后的。”

注释 ①桓公：桓温。 海西：海西公司马奕。刘注引《晋阳秋》：“海西公讳奕，字延龄，成帝子也。兴宁中即位。少同阉人之疾，使宫人与左右淫通生子。大司马温自广陵还姑孰，过京都，以皇太后令，废帝为海西公。” ②简文：晋简文帝司马昱。③侍中：官名。常在皇帝左右，预闻朝政，为亲信贵重之职。 谢公：谢安。 ④安石：谢安，字安石。 ⑤“未有”两句：谓君主已下拜于前，臣在后不敢不拜。婉讽桓温势压天子。 按《晋书·简文帝纪》载：“温既仗文武之任，屡建大功，加以废立，威振内外。帝虽处尊位，拱默守道而已，常惧废黜。”

（三九）郗重熙与谢公书①，道：“王敬仁闻一年少怀问鼎②，不知桓公德衰③，为复后生可畏④？”

今译 郗昙写信给谢安，说：“王脩听说有一个少年人胸藏问鼎之想，不知是齐桓公德望衰落了呢，还是后生可畏？”

注释 ①郗重熙：郗昙，见《贤媛》25注①。 谢公：谢安。 ②王敬仁：王脩，见《文学》38注②。 怀：心中藏着。 问鼎：《左传·宣公三年》：“楚子伐陆浑之戎，遂至于雒，观兵于周疆。定王使王孙满劳楚子，楚子问鼎之大小轻重焉。”古以鼎为传国之宝，楚王问鼎，意在暗示要夺周天子之位。 ③桓公德衰：刘注引《春秋传》：“齐桓公伐楚，责苞茅之不贡。” 按：齐桓公为春秋五霸之一，任管仲为相，尊周室，攘夷狄，九合诸侯，一匡天下，以成霸业。管仲死，佞臣用事，桓公怠于政，德望遂衰。此以齐桓公德衰，比喻当权者失势。 ④后生可畏：语出《论语·子罕》：“子曰‘后生可畏，焉知来者不如今也？’”谓年轻人使人畏服敬佩。后生，少年人。

四〇 张苍梧是张凭之祖[1]，尝语凭父曰："我不如汝。"凭父未解所以[2]，苍梧曰："汝有佳儿。"凭时年数岁，敛手曰[3]："阿翁[4]，讵宜以子戏父[5]？"

注释 ①张苍梧：张镇，字义远，三国吴吴郡（今江苏苏州）人。晋惠帝太安中除苍梧太守。讨王含有功，封兴道县侯。 张凭：见《文学》53注①。 ②所以：因由。 ③敛手：拱手。表示恭敬。 ④阿翁：称祖父。 ⑤讵：岂。

今译 张镇是张凭的祖父，曾经对张凭的父亲说："我不如你。"张凭父亲弄不清这是什么缘故，张镇说："你有个好儿子（指张凭）。"张凭当时年纪才几岁，拱手说："爷爷，难道可以用儿子来戏弄他的爸爸吗？"

四一 习凿齿、孙兴公未相识[1]，同在桓公坐[2]。桓语孙："可与习参军共语。"孙云："蠢尔蛮荆，敢与大邦为仇[3]？"习云："薄伐猃狁，至于太原[4]。"

注释 ①习凿齿：见《言语》72注①。 孙兴公：孙绰。 ②桓公：桓温。 ③"蠢尔蛮荆"两句：语出《诗·小雅·采芑》："蠢尔荆蛮，大邦为仇。"原为周宣王南征之诗，谓蠢动的荆楚南蛮，把我大国作对头。此借以调侃习凿齿，习是襄阳人，正荆楚之人。 ④"薄伐猃狁"两句：语出《诗·小雅·六月》。原为周宣王北伐之诗，谓于是讨伐猃狁，一直到了太原。薄，语助词。猃狁（xiǎn yǔn 险允）：上古北方民族名。此借以戏嘲孙绰，孙是太原人。

今译 习凿齿和孙绰在没有互相认识的时候，同在桓温客座上。桓温对孙绰说："你可以与习参军一起谈谈。"孙绰说："蠢尔荆蛮，竟敢与大国为仇？"习凿齿回答说："薄伐猃狁，直抵太原。"

四二 桓豹奴是王丹阳外生[1]，形似其舅，桓甚讳之。宣武云[2]："不恒相似，时似耳。恒似是形，时似是神。"桓逾不说[3]。

注释 ①桓豹奴：桓嗣，字恭祖，小字豹奴。桓冲长子。仕至西阳、襄城二郡太守，领江夏相。在官简约。 王丹阳：王混，字奉正。王导孙，王恬子。导长子王悦亡而无子，以混为嗣，遂袭导爵，为丹阳尹。有才学，晋孝武帝讲《孝经》，使王混与车胤摘句，时论以为荣。 外生：外甥。 ②宣武：桓温，为桓嗣伯父。 ③说（yuè 悦）：同"悦"。

今译 桓嗣是丹阳尹王混的外甥，形貌像他舅父，对于这一点，桓嗣非常忌讳。桓温说："也不是经常相像，只是有时像罢了。经常像是形貌相像，有时像是神情相像。"桓嗣更加不高兴。

四三 王子猷诣谢万[1]，林公先在坐[2]，瞻瞩甚高[3]。王曰："若林公须发并全，神情当复胜此不[4]？"谢曰："唇齿相须[5]，不可以偏亡。须发何关于神明[6]！"林公意甚恶，曰："七尺之躯，今日委君

今译 王徽之去拜访谢万，支道林先在座位上，目光四顾，神情高傲。王徽之说："假使林公胡须头发都齐全，他的神情气度该是胜过现在这样子吗？"谢万说："嘴唇和牙齿互相依存，不可以失去一样。至于胡须头发，那跟神情气韵有什么关系？"支道林心里很不愉快，说："我这堂堂七尺身躯，今天竟托付给您二位贤者了。"

二贤[7]。"

①王子猷:王徽之。　②林公:支道林。　③瞻瞩:目光;神情。　④不(fǒu 缶):同"否"。　⑤相须:互相需要。须,通"需"。　⑥神明:精神气韵。　⑦委:托付。参看《容止》31,支道林的容貌是丑陋异常的。

郗愔拜授北府军职,黄门侍郎王徽之到郗家拜贺,说:"应变将略,非其所长。"反复诵说,多次不停。郗融对郗超说:"老人家今天拜官,王子猷说的话太不恭敬了,实在难以容忍。"郗超说:"这是陈寿对诸葛亮所作的评语,人家把你家的人都比作诸葛武侯了,还多说什么!"

四四 郗司空拜北府[1],王黄门诣郗门拜[2],云:"应变将略,非其所长[3]。"骤咏之不已[4]。郗仓谓嘉宾曰[5]:"公今日拜,子猷言语殊不逊[6],深不可容。"嘉宾曰:"此是陈寿作诸葛评[7],人以汝家比武侯[8],复何所言!"

①郗司空:郗愔,见《品藻》29 注④。　拜:授官。　北府:东晋建都建康,军府设建康之北的广陵(今江苏扬州),称为北府。刘注引《南徐州记》:"旧徐州都督以东为称。晋氏南迁,徐州刺史王舒加北中郎将,'北府'之号自此始也。"　按:《晋书·海西公纪》载:太和二年(367)"秋九月,以会稽内史郗愔为都督徐兖青幽四州诸军事、平北将军、徐州刺史。"拜北府,当指此事。②王黄门:王徽之,历任黄门侍郎,故称。　拜:此指拜贺。　③"应变将略"两句:谓随机应变的用兵策略,不是他所擅长的事。④骤:屡次;多次。　⑤郗仓:郗融,字景山,小字仓。郗愔次子。辟琅邪王文学,不拜而卒。　嘉宾:郗超,字景兴,一字嘉宾,郗愔长子。　按:郗愔为王徽之之舅父;郗超、郗融与王徽之为表兄弟。参阅《简傲》15。　⑥子猷:王徽之,字子猷。　不逊:不恭敬。⑦陈寿(233—297):字承祚,晋巴西安汉(今四川南充北)人。仕蜀为令史;入晋,为著作郎、御史治书。著《三国志》、《益部耆旧传》等。　作诸葛评:对诸葛亮所作的评语。　按:陈寿所作《诸葛亮传》在《三国志·蜀志》中,传末有评,云:"可谓识治之良才,管萧之亚匹矣。然连年动众,未能成功,盖应变将略,非其所长欤!"此即王徽之所引以评郗愔两句之所出。　⑧汝家:你家里人。家,六朝称家,犹人,且含尊敬意。　武侯:指诸葛亮。亮死后谥忠武侯,故称。

王徽之去拜访谢安,谢安问:"何为七言诗?"王徽之承接了这问题,回答说:"昂昂若千里之驹,泛泛若水中之凫。"

四五 王子猷诣谢公[1],谢曰:"云何七言诗[2]?"子猷承问,答曰:"昂昂若千里之驹,泛泛若水中之凫[3]。"

注释 ①王子猷：王徽之。 谢公：谢安。 ②云何：何为。 七言诗：此指每句七字、句数不限的一种古体诗。刘注："《东方朔传》曰：'汉武帝在柏梁台上使群臣作七言诗。'七言诗自此始也。" 按：七言诗之起源，其说不一，或言柏梁诗乃伪作。③"昂昂"两句：刘注："出《离骚》。"实出于屈原《卜居》。原句为："宁昂昂若千里之驹乎？将泛泛若水中之凫乎？与波上下，偷以全吾躯乎？"昂昂，气概高昂貌。泛泛，漂浮无定貌。凫，野鸭。 按：王徽之改《卜居》两句，不过凑成七字句式，尚不成七言诗体。

四六 王文度、范荣期俱为简文所要[①]，范年大而位小，王年小而位大。将前，更相推在前，既移久，王遂在范后。王因谓曰："簸之扬之，糠秕在前[②]。"范曰："洮之汰之，沙砾在后[③]。"

注释 ①王文度：王坦之。 范荣期：范启，见《文学》86注②。简文：东晋简文帝司马昱。 要（yāo 邀）：约请。 ②"簸之扬之"两句：谓簸扬谷米，糠秕在前。此以糠秕嘲在前之范启。 ③"洮之汰之"两句：谓淘米冲洗杂质，沙砾在后。此以沙砾反嘲在后之王坦之。

今译 王坦之和范启一同受到晋简文帝的邀请。范启年纪大但职位低，王坦之年纪小但职位高。在将要向前走时，两人互相推让，请对方走在前面。经多时谦让移动，王坦之就走在范启的后面。王坦之就对范启说："簸扬之后，糠秕浮在前面。"范启说："淘汰之后，沙砾沉在后面。"

四七 刘遵祖少为殷中军所知[①]，称之于庾公[②]。庾公甚欣然，便取为佐。既见，坐之独榻上，与语。刘尔日殊不称[③]，庾小失望，遂名之为"羊公鹤"。昔羊叔子有鹤善舞[④]，尝向客称之。客试使驱来，氃氋而不肯舞[⑤]，故称比之。

注释 ①刘遵祖：刘爰之，字遵祖，晋沛国（治在今安徽濉溪西北）人。少有才学，能言理。历仕中书郎、宣城太守。 殷中军：殷浩。 ②庾公：庾亮。 ③尔日：这天。 不称：谓与才名不相称。 ④羊叔子：羊祜，见《言语》86注②。 有鹤善舞：《舆地纪胜》卷六四："晋羊祜镇荆州，江陵泽中多有鹤，常取之教舞以娱宾客。" ⑤氃氋（tóng méng 童蒙）：联绵词，毛羽松散貌。一说，痴昧貌。

今译 刘爰之年轻时为殷浩所赏识，在庾亮面前称道他。庾亮非常高兴，就录用他做僚属。见面之后，让刘爰之坐在一人独坐的小榻上，以示尊敬，并且与他谈论。刘爰之这天的言谈和他的才名很不相称，庾亮稍微有点失望，就称刘为"羊公鹤"。从前羊祜有鹤，善于起舞，曾向客人称道。客人请把鹤赶过来试试，这鹤羽毛松散，呆呆地不肯起舞，所以用"羊公鹤"来称呼比喻刘爰之。

四八 魏长齐雅有体量[①]，而才学非所经[②]。初宦当出，虞存嘲之曰[③]："与卿约法三章[④]：谈者死[⑤]，文笔者刑[⑥]，商略抵罪[⑦]。"魏怡然而笑，无忤

今译 魏颢为人雅正而有气度，但文才学问不是他之所长。开始做官要去上任，虞存嘲弄他说："跟你约法三章：清谈玄理，要处死；执笔为文，要判刑；品评人事，要按律定罪。"魏颢只是嘻嘻地笑，脸上一点没有不顺心的神情。

于色⑧。

①魏长齐：名颉，字长齐，东晋会稽（今浙江绍兴）人。与同郡孔沈、虞球、虞存、谢奉并称四族之俊。何充为会稽内史，拔为佐吏。仕至山阴令。　体量：品质气度。　②经：修治；擅长。　③虞存：见《政事》17 注②。　④约法三章：语出《史记·高祖本纪》，刘邦入咸阳，向关中父老宣布："与父老约法三章耳：杀人者，死；伤人及盗，抵罪。"后借指双方相约定之事。⑤谈：特指清谈玄理。　⑥文笔：指写文章。　刑：施以刑罚。⑦商略：品评。此指品评人物、议论国事。　抵罪：按所触犯之刑律定罪。　⑧忤：违忤；不合。

四九　郗嘉宾书与袁虎①，道戴安道、谢居士云②："恒任之风③，当有所弘耳④。"以袁无恒，故以此激之。

①郗嘉宾：郗超。　袁虎：袁宏。　②道：说。　戴安道：戴逵。　谢居士：谢敷，见《栖逸》17 注①。　③恒任之风：任事时持之以恒的作风。　④弘：扩充。

郗超写信给袁宏，在谈起戴逵、谢敷时说："做事情能持之以恒的作风，想必有所发扬光大吧。"因袁宏没有恒心，所以用这样的话来激励他。

五〇　范启与郗嘉宾书曰①："子敬举体无饶②，纵掇皮无余润③。"郗答曰："举体无余润，何如举体非真者④？"范性矜假多烦⑤，故嘲之。

①范启：见《文学》86 注②。　郗嘉宾：郗超。　②子敬：王献之。　举体：全身；浑身。　饶：指多余之物。　③纵：即使。　掇（duō 多）皮：削去皮；剥去皮。　润：光泽。按：此语当是讥王献之为人枯燥乏味，缺少风采。　④何如：比……怎么样。　⑤矜假：矜持做作；装腔作势。　烦：繁琐。

范启写信给郗超说："王子敬浑身没有一点丰裕多余的东西，即使剥了皮也没有留存下的油水。"郗超回答说："浑身没有一点油水，比起浑身没有一点真的来，怎么样？"范启为人矜持虚假，又很繁琐，所以这样嘲弄他。

五一　二郗奉道①，二何奉佛②，皆以财贿③。谢中郎云④："二郗谄于道⑤，二何佞于佛⑥。"

①二郗：郗愔和郗昙。　②二何：何充和何准。刘注引《晋阳秋》："何充性好佛道，崇修佛寺，供给沙门以百数。久在扬州，征役吏民，功赏万计，是以为遐迩所讥。充弟准，亦精勤，唯读佛经，营治寺庙而已矣。"　③皆以财贿：谓信道信佛，都不惜大费钱财。贿，财物。　④谢中郎：谢万。　⑤谄：奉

郗愔、郗昙信奉道教，何充、何准信奉佛教，他们都不惜为之大费钱物。谢万说："二郗巴结道教，二何迷信佛门。"

承;亲媚。　⑥佞:谄谀。

(五二)王文度在西州[1],与林法师讲[2],韩、孙诸人并在坐[3],林公理每欲小屈[4]。孙兴公曰:"法师今日如著弊絮在荆棘中[5],触地挂阂[6]。"

注释 ①王文度:王坦之。　西州:东晋人谓设在台城(东晋宫城)之西的扬州治所。此本王敦、王导任扬州刺史时所创,后会稽王司马道子为扬州刺史,改治东府城,故称台城西之旧州治为西州。　②林法师:支道林。下文"林公"同。　讲:讲说,指谈论经典义理。　③韩、孙:韩,韩伯;孙,孙绰。　④小屈:稍处劣势。　⑤孙兴公:孙绰。　著:穿着。　弊絮:破烂的棉絮。　⑥触地:凡所涉及之处。犹言随处。　挂阂(hé何):牵掣阻碍。

译 王坦之在西州城与支道林讲论义理,韩伯、孙绰等人都在座,支道林所讲的道理往往稍处劣势。孙绰说:"法师今天好像穿了破棉絮在荆棘丛中行走,到处碰着牵掣阻碍。"

(五三)范荣期见郗超俗情不淡[1],戏之曰:"夷齐巢许[2],一诣垂名[3],何必劳神苦形[4],支策据梧邪[5]?"郗未答,韩康伯曰:"何不使游刃皆虚[6]?"

注释 ①范荣期:范启。　俗情:世俗之情。多指功名利禄等。　②夷齐:伯夷、叔齐。　巢许:巢父、许由。　③一诣:一样达到。　垂名:传下名声。　④劳神苦形:谓劳累精神,辛苦形体。　⑤支策据梧:拄杖凭几。形容形劳神倦的状态。语出《庄子·齐物论》:"昭文之鼓琴也,师旷之枝策也,惠子之据梧也。"枝,通"支"。郭象注:"夫三子者,皆欲辩非己所明以明之,故知尽虑穷,形劳神倦,或枝策假寐,或据梧而瞑。"　⑥游刃皆虚:运刀所至,都是骨节之间隙空虚处。谓顺应自然,超脱牵挂,保全自己。语出《庄子·养生主》:"彼节者有间,而刀刃者无厚;以无厚入有间,恢恢乎其于游刃必有余地矣,是以十九年而刀刃若新发于硎。"

译 范启看到郗超有世俗之情而不够淡泊,跟他开玩笑说:"伯夷叔齐,巢父许由,一样达到传名后世的地步,你又何必使自己精神劳倦,形体辛苦,像师旷之支策、惠子之据梧呢?"郗超没有回答,韩康伯说:"为什么不让他像庖丁那样游刃皆虚呢?"

(五四)简文在殿上行[1],右军与孙兴公在后[2]。右军指简文语孙曰:"此啖名客[3]!"简文顾曰[4]:"天下自有利齿儿[5]。"后王光禄作会稽[6],谢车骑出曲阿祖之[7],王孝伯罢秘书丞[8],在坐,谢言及此事,因视孝伯曰:"王丞齿似不钝[9]。"王曰:"不钝,颇亦验[10]。"

译 晋简文帝在殿上走,王羲之和孙绰在后面。王羲之指着孙绰说:"这是个好吃石头的人!"简文帝回过头来说:"天下自有伶牙利齿的人。"后来王蕴做会稽内史,谢玄到曲阿去为他饯行,当时王恭正罢免了秘书丞的官职,也在座上,谢玄谈到此事,就看着王恭说:"王丞的牙齿好像也不钝。"王恭说:"不钝,也很有效验。"

注释 ①简文：晋简文帝司马昱。　②右军：王羲之。　孙兴公：孙绰。　③"右军指简文"两句：余嘉锡以为句中文字或有误，《类说》卷四九载《殷芸小说》引《世说》作"右军指孙曰：'此是啖石客。'简文曰：'公岂不闻天下自有利齿儿耶？'"是为王羲之谓简文帝，以此讥孙绰。　按：此说当是，以下今译用此意。啖名客，好名之人。如依余嘉锡说作"啖石客"，则以孙绰善议论而多强辞夺理，故戏之为"啖石客"。　④顾：回头看。　⑤利齿儿：原指齿牙坚利之人，比喻能言善辩之人。　⑥王光禄：王蕴，赠光禄大夫，故称，见《赏鉴》137 注②。　作会稽：做会稽内史。⑦谢车骑：谢玄。　出：到；往。　曲阿：古县名。治所在今江苏丹阳。　祖：饯行。　⑧王孝伯：王恭，王蕴子。　秘书丞：官名。⑨王丞：指王恭。　齿似不钝：谓也是利齿儿。　⑩验：应验。

五五 谢遏夏月尝仰卧[1]，谢公清晨卒来[2]，不暇著衣，跣出屋外[3]，方蹑履问讯[4]。公曰："汝可谓前倨而后恭[5]。"

今译 谢玄在大热天有一次正仰天躺着，谢安一清早突然来了，谢玄来不及穿衣服，光着脚跑到屋外，才穿上鞋向谢安问候。谢安说："你真可以说是前倨而后恭。"

注释 ①谢遏：谢玄，小字遏，谢安兄谢奕之子。　②谢公：谢安。卒（cù 猝）：同"猝"。突然。　③跣：赤脚。　④蹑履：穿鞋。　问讯：问候。　⑤前倨而后恭：先前傲慢而后来恭敬有礼。

五六 顾长康作殷荆州佐[1]，请假还东。尔时例不给布帆[2]，顾苦求之，乃得。发至破冢[3]，遭风大败[4]。作笺与殷云[5]："地名破冢，真破冢而出[6]。行人安稳，布帆无恙[7]。"

今译 顾恺之做荆州刺史殷仲堪的僚属，请假返回东边。此时按例官家不给僚佐提供出行用的布帆，顾恺之苦苦请求，才得到布帆。出发到破冢地方，遭到大风，布帆被损坏了。他写信给殷仲堪说："地名破冢，我真是破冢而出。幸好行人安稳，布帆无恙。"

注释 ①顾长康：顾恺之。　殷荆州：殷仲堪，任荆州刺史，故称。②"尔时"句：谓此时公家照例不供给僚佐出行用的布帆。③破冢：地名。在今湖北江陵东三十里长江东岸。　④败：毁坏。此指布帆为大风所坏。　⑤笺：书启。　⑥真破冢而出：借地名双关，谓真是打开坟墓跑出来。比喻死里逃生。冢，坟墓。　⑦布帆无恙：余嘉锡谓："汉晋时常语于人之无忧无病者，皆谓之无恙。布帆，物也，非人也，安得谓之无恙乎？盖本当云：'布帆安稳，行人无恙。'因帆已破败，不可言安稳，故易其语以见意。此乃以文滑稽耳。"

五七 苻朗初过江[1]，王咨议大好事[2]，问中国人

今译 苻朗初到江南，骠骑咨议王肃之十分多事，去问他中原地区的人物、风俗土宜和出产的物产等情况，一问到底，没完没了。苻朗很为王肃之的多问所苦恼。后来又问奴婢价格的贵贱，苻朗说："谨慎老实而有知识的，竟至十万；无知无识而做奴婢的，只值几千罢了。"

物及风土所生③，终无极已④，朗大患之。次复问奴婢贵贱，朗云："谨厚有识中者⑤，乃至十万；无意为奴婢问者⑥，止数千耳。"

注释 ①苻朗：字元达，东晋时略阳临渭（今甘肃秦安东南）人，氐族。苻坚从兄子。征拜镇东将军、青州刺史，封乐安县男。后降晋，加员外散骑侍郎。朗多才善辞令，矜高忤人，不为流俗所容，终为王国宝谗死。有《苻子》传世。　初过江：指苻朗降晋南来。　②王咨议：王肃之，字幼恭。王羲之第四子。历仕中书郎、骠骑咨议。　好（hào 浩）事：喜欢多事。　③中国：指中原地区。　风土：风俗土宜。　所生：指物产。　④极已：穷尽。⑤有识中者：指有知识的奴婢。识中，知识，六朝人口语。　⑥"无意"句：指无知识而做奴婢的。"无意"与"有识"相对而言。"问"字疑衍。

五八 东府客馆是版屋①。谢景重诣太傅②，时宾客满中③，初不交言④，直仰视云⑤："王乃复西戎其屋⑥。"

今译 东府的宾馆是用木板建造的房屋，谢重去拜见太傅司马道子，当时屋中宾客满座，他全不交谈，只是仰头看着说："大王竟然使这屋子像西戎族所住的屋子。"

注释 ①东府：东晋南朝时扬州刺史治所，在今江苏南京东。南朝陈顾野王《舆地志》："晋安帝义熙十年筑东府城，西本简文帝为会稽王时第，其东则丞相会稽文孝王道子府。谢安薨，以道子代领扬州，第在州东，故时人号为东府。"　客馆：接待宾客的馆舍。　版屋：用木板建造的房子。　②谢景重：谢重，谢朗子，见《言语》98 注③。　太傅：司马道子。　③满中：充满屋中。④初：全，都。　⑤直：通"特"，只；只是。　⑥西戎其屋：谓使客馆为西戎族房屋的构制。暗含使人心烦意乱之意。西戎，古西方民族名。语本《诗·秦风·小戎》序"《小戎》，美襄公也，备其兵甲以讨西戎，西戎方强而征伐不休"；及诗"在其板屋，乱我心曲"。

五九 顾长康啖甘蔗①，先食尾②。人问所以，云："渐至佳境。"

今译 顾恺之吃甘蔗，先吃甘蔗梢。有人问他什么缘故，他说："逐渐进入美好的境地。"

注释 ①顾长康：顾恺之。　②尾：物体的末端。此指甘蔗梢，甜味较差。

六〇 孝武属王珣求女婿①，曰："王敦、桓温，磊

今译 东晋孝武帝托王珣寻求女婿，他说："像王敦、桓温之流，固然俊伟卓越，但已不可能再有，而且他们稍稍得志，

砢之流[2]，既不可复得，且小如意[3]，亦好豫人家事[4]，酷非所须[5]。正如真长、子敬比[6]，最佳。”珣举谢混[7]。后袁山松欲拟谢婚[8]，王曰：“卿莫近禁脔[9]！”

注释 ①孝武：东晋孝武帝司马曜。 属（zhǔ 嘱）：通“嘱”。托付。 王珣：王导孙，见《言语》102 注③。 ②磊砢：形容人俊伟卓越。 ③小：稍微。如意：得志。 ④豫：干预；干涉。 人家事：别人的家事。 按：王敦是晋武帝的女婿，妻襄城公主；桓温是晋明帝的女婿，妻南康长公主。他们都拜驸马都尉。他们又都是手握重兵的权臣，先后都曾拥兵觊觎帝位，所以孝武帝谓“好豫人家事”而表示不需要这样的人做女婿。 ⑤酷：极；甚。 ⑥正：只；只要。 真长：刘惔，晋明帝的女婿，妻庐陵公主。 子敬：王献之，晋简文帝的女婿，继妻新安公主。 比：类似。此孝武帝再举两个皇家女婿来作为榜样，表示要选有人品才学之人为婿。 ⑦谢混：谢安孙，谢琰子，少以文学砥砺，颇获美誉，得王珣荐，谓其虽不及刘惔，亦不减王献之，遂尚晋陵公主。 ⑧袁山松：见《德行》45 注⑦。 拟谢婚：谓打算与谢混结为婚姻。按：王珣向孝武帝荐举谢混为女婿人选后不久，孝武帝死，故袁山松欲以女妻之。见《晋书·谢混传》。 ⑨禁脔：东晋元帝初渡江至建业，公私窘困。每得一猪，视为珍品。猪项上一脔，其味尤美，群下未尝敢食，辄以进帝，人呼“禁脔”。禁，宫禁，皇帝居住之处。脔（luán 鸾），切成块或片状的肉。

也就喜欢干预别人的家事，这是我极不需要的。只要与刘惔、王献之相类似的最好。”王珣荐举了谢混。后来袁山松想与谢混结为婚姻，王珣说：“你不要去接近只供皇上独吃的好肉！”

（六一）桓南郡与殷荆州语次[1]，因共作了语[2]。顾恺之曰：“火烧平原无遗燎[3]。”桓曰：“白布缠棺竖旒旐[4]。”殷曰：“投鱼深渊放飞鸟[5]。”次复作危语[6]。桓曰：“矛头淅米剑头炊[7]。”殷曰：“百岁老翁攀枯枝[8]。”顾曰：“井上辘轳卧婴儿[9]。”殷有一参军在坐[10]，云：“盲人骑瞎马，夜半临深池[11]。”殷曰：“咄咄逼人[12]！”仲堪眇目故也[13]。

注释 ①桓南郡：桓玄。 殷荆州：殷仲堪。 语次：言谈之间。 ②因：继而；又。 了语：表示事情完全完结的话。了，了结，终了。 ③燎：放火烧田除草。此指火烧过后的余烬。火无余烬，完结了。 ④旒旐（liú zhào 流赵）：出殡在灵柩前的旗幡。人死出殡，完结了。旒，旗帜悬垂的飘带一类饰物。旐，出丧时引路的旗，俗称招魂幡。 ⑤渊：深潭。鱼鸟放生，一去不返，完

译 南郡公桓玄与荆州刺史殷仲堪在一起谈论，谈着谈着，继而一起谈形容事情彻底了结的话。顾恺之说：“火烧平原无遗燎。”桓玄说：“白布缠棺竖旒旐。”殷仲堪说：“投鱼深渊放飞鸟。”接着又说形容处于非常危险的境地的话。桓玄说：“矛头淅米剑头炊。”殷仲堪说：“百岁老翁攀枯枝。”顾恺之说：“井上辘轳卧婴儿。”殷仲堪有个参军当时也在座，他说：“盲人骑瞎马，夜半临深池。”殷仲堪说：“啊呀，这话太伤人了！”因为殷仲堪有一只眼睛是瞎的。

结了。　按：了语，如联句作诗，三句末字"燎"、"旐"、"鸟"都与"了"同韵。　⑥次：接着。　危语：叙述危险之事的话。　⑦矛：兵器。长柄，有刃，用以刺敌。　淅（xī 西）米：淘米。　炊（chuī 吹）：烧火蒸饭。余嘉锡谓于战场中造饭，生死呼吸之间，此所以为危。　⑧攀：拉住。老人力弱，枯枝易折，此所以为危。　⑨辘轳：即滑轮，安装在井上用以汲水的装置。辘轳转动，婴儿坠井，此所以为危。　⑩参军：官名。高级武官的僚属。　⑪临：靠近；临近。盲人、瞎马、夜半，再前一步，坠入深池，此所以为危。　按：四人句末"炊"、"枝"、"儿"、"池"都与"危"同韵。　⑫咄咄逼人：形容事情使人惊惧。晋人口头常语。此殷仲堪针对参军之危语而言。咄咄，叹词，表示吆喝，惊叹或恼怒等感情。　⑬仲堪眇目：刘注引《中兴书》："仲堪父尝疾患经时，仲堪衣不解带数年。自分剂汤药，误以药手拭泪，遂眇一目。"眇目，一只眼瞎。

六二 桓玄出射[1]，有一刘参军与周参军朋赌[2]，垂成[3]，唯少一破[4]。刘谓周曰："卿此起不破，我当挞卿[5]。"周曰："何至受卿挞？"刘曰："伯禽之贵[6]，尚不免挞，而况于卿[7]！"周殊无忤色。桓语庾伯鸾曰[8]："刘参军宜停读书，周参军且勤学问[9]。"

【今译】桓玄到射堂去看僚属分组比赛射箭，有个刘参军与周参军分在一组，与人赌胜负，将要得胜，只差再次一箭中靶。刘参军对周参军说："你这一下子射不中的，我要打你。"周参军说："怎么至于挨你的打呢？"刘参军说："周公的儿子伯禽，算得尊贵了吧，尚且免不了挨打，何况是你呢！"周参军听了，仍旧脸色如常，一点没有不愉快的样子。桓玄对庾鸿说："刘参军应当停止读书，周参军应当勤求学问。"

【注释】①出射：谓往射堂观习射。　②朋赌：谓桓玄僚属分组赌赛射箭，刘参军与周参军为一组。朋，组成队。　按：东晋南朝士大夫有聚集习射之举。　③垂成：谓刘、周一组即将获胜。　④一破：一次射中靶子。　⑤挞：鞭打。　⑥伯禽：周公之子。周公相成王，留居东都。伯禽封于鲁。此处伯禽受挞事，刘注引《尚书大传》，谓伯禽与康叔见周公，三见而三笞。　按：《礼记·文王世子》："成王幼，不能莅阼。周公相，践阼而治，抗世子法于伯禽，欲令成王知父子君臣长幼之道也。成王有过，则挞伯禽，所以示成王世子之道也。"刘参军引用此例，是自比周公而以周参军为其子，比拟失当。　⑦而况：何况。　⑧庾伯鸾：庾鸿，字伯鸾。仕至辅国内史。　⑨"刘参军"两句：谓刘参军引伯禽之例，为比拟不伦，是读书欠通而徒资口辩，故宜停止读书；周参军被骂而面无忤色，是本不知伯禽为何人，故应勤求学问。且，应当。按：桓玄所语，乃长官处分公事之口吻。

六三 桓南郡与道曜讲《老子》[1]，王侍中为主簿[2]，在坐。桓曰："王主簿可顾名思义[3]。"王未答，且大笑[4]。桓曰："王思道能作大家儿笑[5]。"

【今译】南郡公桓玄与道曜讲论《老子》，王桢之任主簿，也在座。桓玄说："（我们讲论《老子》的义理，）王主簿可以顾名思义。"王桢之没有回答，只是大笑。桓玄说："王思道能够作大家子弟的笑容。"

注释 ①桓南郡：桓玄。　道曜：晋人。刘注："未详。"　《老子》：即老子所著《道德经》。　②王侍中：王桢之，字公幹，小字思道。王徽之之子。历侍中、大司马长史、主簿。晋安帝时为御史中丞。　主簿：官名。　③顾名思义：刘注："思道，王桢之小字也。《老子》明道，祯之字思道，故曰'顾名思义'。"　④且：暂且，引申为只是。　⑤大家儿：名门望族的子弟。　按：大家子弟往往轻浮少礼，王桢之为王羲之之孙，出自琅邪王氏，故桓玄讥之。

（六四）祖广行恒缩头[①]。诣桓南郡[②]，始下车，桓曰："天甚晴朗，祖参军如从屋漏中来[③]。"

译 祖广走路时常常缩着头。他去拜见南郡公桓玄，刚刚下车，桓玄说："天气很晴朗，祖参军为甚么像从漏雨的房子中出来似的？"

注释 ①祖广：字渊度，东晋范阳（治所在今河北涿县）人。历桓玄参军，仕至护军长史。　②桓南郡：桓玄。　③屋漏：本指屋内施设小帐以藏神主的西北隅。此用字面义，指漏雨的房屋。

（六五）桓玄素轻桓崖[①]。崖在京下有好桃[②]，玄连就求之[③]，遂不得佳者[④]。玄与殷仲文书[⑤]，以为嗤笑曰："德之休明[⑥]，肃慎贡其楛矢[⑦]；如其不尔，篱壁间物亦不可得也[⑧]。"

译 桓玄一向瞧不起桓脩。桓脩在京都有品种很好的桃树，桓玄多次前去讨桃树种，竟不能得到好品种。桓玄写信给殷仲文，拿这件事来讥笑说："如果德行美好清明，连肃慎也会进贡楛矢；假如不是如此，即使家园中的产品，也得不到啊。"

注释 ①桓崖：桓脩，字承祖，小字崖。桓冲第三子，于桓玄为堂兄弟。尚晋简文帝女武昌公主。历吏部郎，迁左卫将军。曾代王凝之为中护军。桓玄破殷仲堪、杨佺期，诏以脩为征虏将军、江州刺史。桓玄称帝，进位抚军大将军，安成王。后为刘裕所杀。　②京下：京都。指建康。　好桃：结实味美的桃树。　③就：前去。　④遂：竟；终于。　⑤殷仲文：时为桓玄咨议参军，见《言语》106 注④。　⑥德之休明：谓德行美好清明。　⑦肃慎：古族名。商周时居不咸山（今长白山）北，东滨大海，北至黑龙江中下游。从事狩猎。所产楛矢、石弩有名，每以为贡物。　楛矢：楛木作杆的箭。楛（hù 祜），树木名，荆类。肃慎氏贡楛矢，事见《国语·鲁语上》。　⑧篱壁间物：指家园所产之物。亦泛指常见之物。此指好桃。

轻诋第二十六

轻蔑、诋毁

（一）王太尉问眉子[①]："汝叔名士[②]，何以不相推重？"眉子曰："何有名士终日妄语！"

今译 王衍问王玄："你叔父是名士，为什么不推重他？"王玄说："哪有名士整天胡说八道的！"

注释 ①王太尉：王衍。　眉子：王玄，王衍子，见《识鉴》12 注①。　②叔：指王澄，王衍弟。

（二）庾元规语周伯仁[①]："诸人皆以君方乐[②]。"周曰："何乐？谓乐毅邪[③]？"庾曰："不尔，乐令耳[④]。"周曰："何乃刻画无盐[⑤]，以唐突西子也[⑥]。"

今译 庾亮对周顗说："很多人把您比作乐氏。"周顗说："哪个乐氏？是说乐毅吗？"庾亮说："并非如此。是乐广啊。"周顗说："为什么精心美化无盐，用以冒犯西施啊。"

注释 ①庾元规：庾亮，字元规。　周伯仁：周顗，字伯仁。　②方：比。　乐（yuè 岳）：姓。此指乐姓人。　③乐毅：战国时燕昭王大将。前 284 年领燕、秦、韩、赵、魏五国之兵伐齐，破临淄（今山东淄博东北），连下七十余城。以功封昌国君。燕惠王时中齐反间之计而出奔赵国。　④乐令：乐广。　⑤刻画：精细地描绘。　无盐：即钟离春。传为战国齐无盐（今山东东平）人，貌丑。自诣齐宣王陈析时弊，宣王纳为后。事见刘向《列女传》卷六。后多用为丑女之代称。　⑥唐突：冒犯。　西子：即西施。传为春秋越之美女。

（三）深公云[①]："人谓庾元规名士[②]，胸中柴棘三斗许[③]。"

今译 竺法深说："人们说庾亮是名士，他胸中柴草荆棘就有三斗多。"

注释 ①深公：竺法深，晋高僧。　②庾元规：庾亮。　③柴棘：柴草荆棘之类。

今译 庾亮权势很重，足以压倒王导。庾亮在石头城，王导在冶城坐着，有一阵大风扬起灰尘，王导用扇子拂去尘土，说："庾元规的尘土沾污人。"

（四）庾公权重[①]，足倾王公[②]。庾在石头[③]，王在冶城坐[④]，大风扬尘，王以扇拂尘曰："元规尘污人[⑤]。"

注释 ①庾公：庾亮。　权重：庾亮是晋明帝庾皇后之兄。明帝死，庾太后临朝，亮以帝舅与王导同受顾命，辅助幼主成帝。此后庾亮威权自专，颇失人心。及至成帝咸和九年(334)，陶侃死，庾亮代侃镇武昌，都督江、荆、豫、益、梁、雍六州诸军事，领江、豫、荆三州刺史，进号征西将军，权势益重。时王导在朝中为丞相，庾亮欲起兵废导，为郗鉴劝阻。参阅《雅量》13。　②倾：压倒；排挤。　王公：王导。　③石头：城名。故址在今南京西。④冶城：城名。故址在今南京附近。参阅《言语》70。　⑤元规：庾亮，字元规。

今译 王羲之年轻时很不善言辞，在大将军王敦那里，王导、庾亮两位后到，王羲之就起身想离开。大将军留住他，对他说："你家司空，还有庾元规，又有什么为难的？"

（五）王右军少时甚涩讷[①]，在大将军许[②]，王、庾二公后来[③]，右军便起欲去。大将军留之，曰："尔家司空、元规[④]，复可所难[⑤]？"

注释 ①王右军：王羲之。　涩讷：说话迟钝，不流畅。　②大将军：王敦。　许：住所。　③王、庾二公：王导、庾亮。④尔家司空：指王导。王导官司空。王羲之与王导同族而低一辈，故称"尔家"。　元规：庾亮，字元规。　⑤可：一本作"何"，当是。

今译 王导丞相轻视蔡谟，他说："我跟王安期、阮千里一共在洛水边上游宴时，哪里听说过有个蔡充的儿子？"

（六）王丞相轻蔡公[①]，曰："我与安期、千里共游洛水边[②]，何处闻有蔡充儿[③]？"

注释 ①王丞相：王导。　蔡公：蔡谟，见《方正》40 注③。　②安期：王承，见《政事》9 注①。　千里：阮瞻，见《赏誉》29 注③。　③蔡充儿：蔡充的儿子，指蔡谟。称其父名，含轻蔑意。蔡充，刘注引《晋诸公赞》、《蔡充别传》，谓蔡充，字子尼，陈留雍丘(今河南杞县)人，少好学，有雅尚。历成都王司马颖东曹掾。但影宋本及《晋书·蔡谟传》均作"蔡克"，字、籍贯、事迹略同。王导贬诋蔡谟之原因，刘注引《妒记》，谓王导妻曹夫人性妒，不许王导有姬妾。王导不能忍受，就密置别馆，众妾罗列，儿女成行。后在元旦日，曹夫人在台上窗隔中望见有两三个小孩骑羊，长得端正可爱，问是谁家孩子，身边的人说：“是第四、第五位少爷。”曹夫人大怒，带领奴役婢女二十人，拿了刀，前去寻事责问。王导知道后，急忙坐牛车赶去，他嫌车慢，就左手攀着车栏板，右手拿着麈尾，用麈尾柄帮驾车人鞭打拉车的牛，匆匆赶到，仅仅比曹夫人先到一会。蔡谟听说此事，故意跟王导开玩笑，对他说：“朝廷要给您加九锡，您知道吗?”王导以为是真的，还谦逊一番。蔡谟说：“没听说有其他东西，只听说有短辕牛车和长柄麈尾。”王导才明白蔡谟在揭露他的狼狈相，因而恨他。

（七）褚太傅初渡江[①]，尝入东，至金昌亭[②]，吴中豪右燕集亭中。褚公虽素有重名，于时造次不相识别[③]，敕左右多与茗汁[④]，少著粽[⑤]，汁尽辄益，使终不得食。褚公饮讫，徐举手共语云：“褚季野[⑥]。”于是四坐惊散，无不狼狈。

注释 ①褚太傅：褚裒，见《德行》34 注①。　②金昌亭：即金阊亭，驿亭名。在吴县（今江苏苏州）城西阊门内。以位在西，西为金，且与阊门近而得名。　③造次：仓猝。　识别：辨别。　④茗汁：茶水。　⑤著（zhuó 着）：放置。粽：粽子。据李慈铭校，当作“糉（sǎn 伞）”，蜜渍瓜果，即今蜜饯，用以佐茶。此说可从。　⑥褚季野：褚裒，字季野，此乃自报姓字，以明身份。

今译 太傅褚裒初到江南，有一次到东边去，抵达金昌亭，吴郡豪门大族在亭中开宴会。褚裒虽然素来有着很高的名望，当时仓猝之间人们不能辨别认识他，那些豪族就吩咐左右侍从，给褚裒多上茶水，少放蜜饯，茶水喝完就添，使褚裒终于吃不到东西。褚裒喝罢茶，缓缓地举手对大家说：“我是褚季野。”于是满座的人都吃惊走散，一个个都十分狼狈。

（八）王右军在南[①]，丞相与书[②]，每叹子侄不令[③]，云：“虎㹠、虎犊[④]，还其所如[⑤]。”

注释 ①王右军：王羲之。　②丞相：王导。　③令：美好；良善。　④虎㹠：王彭之，字安寿，小字虎㹠。王彬子，王导族侄，王彪之兄。仕至黄门侍郎。㹠（tún 屯），小猪。　虎犊：王彪之（305—377），字叔虎，小字虎犊。王彭之弟。王彬诸子中最有名。年二十而须鬓皓白，人称“王白须”。历康、穆、哀、海西、简文、孝武诸朝，官至尚书令。性刚正，博学多谋，简文帝倚重之，誉其“谋无遗策，张（良）陈（平）复何以过之”。犊，小牛。⑤还其所如：谓虎㹠、虎犊两人才质，如同其小名所称。

今译 王羲之在南边，丞相王导给他写信，往往慨叹子侄辈才质不美，说：“虎㹠、虎犊，正像他们的小名所称的。”

（九）褚太傅南下[①]，孙长乐于船中视之[②]。言次[③]，及刘真长死[④]，孙流涕，因讽咏曰：“人之云亡，邦

今译 褚裒南下，孙绰到船上去看望他。言谈之间，提到刘惔的死，孙绰流下眼泪，继而讽咏诗句说：“人之云亡，邦国殄瘁。”褚裒听了大怒，说：“刘真长生前，何尝看得起你，而你今天竟对人做出这样一副面孔！”孙绰收泪对褚裒说：“你要怜悯我啊！”当时人们都笑他有才而品格鄙俗。

国殄瘁⑤。”褚大怒，曰：“真长平生，何尝相比数⑥，而卿今日作此面向人！”孙回泣向褚曰：“卿当念我⑦！”时咸笑其才而性鄙。

注释 ①褚太傅：褚裒。 ②孙长乐：孙绰，袭爵长乐侯，故称。 ③言次：言谈之间。 ④刘真长：刘惔。 ⑤“人之云亡”两句：语见《诗·大雅·瞻卬》，意谓贤人丧亡，国家遭殃。云，语助词。殄（tiǎn 舔）瘁，衰败。此孙绰借《诗》句来说刘惔的好话。 ⑥比数：重视；看重。 ⑦念：怜悯；同情。

一〇 谢镇西书与殷扬州①，为真长求会稽②，殷答曰：“真长标同伐异③，侠之大者④。常谓使君降阶为甚⑤，乃复为之驱驰邪⑥？”

注释 ①谢镇西：谢尚，号镇西将军，故称。 殷扬州：殷浩，为扬州刺史，故称。 ②真长：刘惔。 求会稽：请求授予会稽郡的官职。 ③标同伐异：颂扬同道，攻击异己。 ④侠：指好行侠仗义之人。 ⑤使君：魏晋时对州郡长官的尊称。此称谢尚。 降阶：走下面。比喻自己谦逊而尊重别人。 ⑥乃复：竟；竟然。 驱驰：奔走效力。

今译 镇西将军谢尚写信给扬州刺史殷浩，替刘惔请求会稽郡的官职，殷浩回答：“刘真长颂扬同道，攻击异己，他是那些仗义行侠的人中影响大的。我常认为您自谦而降低身份，已经过头了，竟然为他奔走效力吗？”

一一 桓公入洛①，过淮泗②，践北境，与诸僚属登平乘楼③，眺瞩中原。慨然曰：“遂使神州陆沉④，百年丘墟⑤。王夷甫诸人不得不任其责⑥！”袁虎率尔对曰⑦：“运自有废兴，岂必诸人之过？”桓公懔然作色⑧，顾谓四坐曰：“诸君颇闻刘景升不⑨？有大牛重千斤，啖刍豆十倍于常牛⑩，负重致远，曾不若一羸牸⑪。魏武入荆州⑫，烹以飨士卒，于时莫不称快。”意以况袁⑬。四坐既骇，袁亦失色。

今译 桓温进入洛阳，经过淮水、泗水，到达北方边境，与他的僚属登上战船楼上眺望中原大地，十分感慨地说：“终于使得神州沦陷，百年来成了荒丘废墟，王衍等人是不能不承担责任的。”袁宏轻率地说：“天运气数自有衰落和兴盛的变化，难道一定是他们这些人的过错吗？”桓温神色严峻，环顾在座的人说：“各位曾经听说过刘表吗？他有一头大牛，体重千斤，吃饲料是一般牛的十倍，然而它载重物，走远路，竟不如一头瘦弱的母牛。曹操进入荆州，就把这大牛烹了犒劳士兵，当时没有人不叫好的。”桓温的用意是用大牛来比况袁宏。满座的人都非常吃惊，袁宏也吓得脸色都变了。

注释 ①桓公：桓温。 入洛：晋穆帝永和十二年（356），朝廷命桓温讨羌族酋长姚襄，自江陵北伐，至伊水，破姚襄，收复洛阳，修诸陵，留兵戍守而归。 ②淮泗：淮水、泗水。 按：桓温军过淮、泗，乃晋海西公太和四年（369），攻前燕慕容暐时事，此处所叙似有误。 ③平乘楼：平乘，一种大船。平乘楼指大船之楼。 ④神州陆沉：谓中原沦丧。神州，战国时驺衍称中国为赤县神州，后遂以神州泛称中原一带。陆沉，语出《庄子·则阳》，谓无水而沉，此喻国土沦丧。⑤百年丘墟：谓百年来中原成为荒丘废墟。按：自西晋永嘉年间（307—312）至东晋永和年间（345—356），不到五十年，此云"百年"，强调中原沦丧之久。⑥王夷甫：王衍。此谓王衍等人清谈误国。按：《晋书·殷浩传》载庾翼致殷浩书，亦持与桓温同样观点。庾翼说："王夷甫，先朝风流士也，然吾薄其立名非真，而始终莫取。……高谈《老》《庄》，说空终日，虽云谈道，实长华竞。及其末年，人望犹存，思安惧乱，寄命推务。"⑦袁虎：袁宏，时为桓温记室。率尔：轻率貌。按：袁宏作《名士传》，以裴楷、乐广、王衍、庾敳、王承、阮瞻、卫玠、谢鲲为中朝（西晋）名士，见《文学》94刘注。桓温所说："王夷甫诸人"，正指中朝名士，所以袁宏要为之辩护。⑧懔然：严正貌。作色：改变脸色；发怒。⑨刘景升：刘表（142—208），字景升，东汉末山阳高平（今山东巨野南）人。汉献帝时为荆州牧。官渡之战前，袁绍求助于表，表表面应允而暗守中立，静观时变。绍败后，曹操将讨表，兵未至而表病死。不：同"否"。⑩啖：吃。刍豆：喂牲口的草料和豆类。⑪羸㹀：瘦弱的母牛。⑫魏武：曹操。入荆州：汉献帝建安十三年（208），曹操南征，荆州牧刘表死，刘表少子刘琮，降曹操。⑬况袁：比喻袁宏。《资治通鉴》卷一百胡三省注："温意以牛况宏，徒能糜俸禄，而无经世之用。"

（一二）袁虎、伏滔同在桓公府[①]，桓公每游燕[②]，辄命袁、伏[③]。袁甚耻之，恒叹曰："公之厚意，未足以荣国士[④]，与伏滔比肩[⑤]，亦何辱如之！"

【注释】①袁虎：袁宏。伏滔：见《言语》72注①。②游燕：游乐。燕，通"宴"。③辄命袁、伏：总是叫袁宏、伏滔参与游乐。参阅《宠礼》2。④国士：一国之中的杰出人才。此为袁宏自许。⑤比肩：并肩。谓地位相等。

【今译】袁宏、伏滔同在桓温军府中做僚属，桓温每次游乐，总叫袁宏、伏滔一起参加。袁宏对此感到耻辱，常常感叹说："桓公的盛情厚意，并不足以使国士感到荣耀，与伏滔平起平坐，还有什么耻辱能比得上的！"

（一三）高柔在东[①]，甚为谢仁祖所重[②]，既出[③]，不为王、刘所知[④]。仁祖曰："近见高柔大自敷奏[⑤]，然未有所得。"真长云[⑥]："故不可在偏地居，轻在角䚡中为人作议论[⑦]。"高柔闻之，云："我就伊无所求[⑧]。"人有向真长学此言者[⑨]，真长曰："我实亦无可与伊者。"然游燕犹与诸人书："可要安固[⑩]。"安固者，高柔也。

【今译】高柔在东边，很受到谢尚的器重。出仕之后，没有为王濛、刘惔所了解。谢尚说："近来看到高柔大量地给皇上上奏疏，然而未有所得。"刘惔说："本来嘛，一个人不能住在偏僻地方，轻率地在角落里为人家发表议论。"高柔听说这话，说："我接近他，并无所求。"有人向刘惔把高柔的话学说了一遍，刘惔说："我也确实没有什么可以给他的。"然而每逢游乐的时候，刘惔还在写给人们的信中说："可以邀请安固。"安固，就是高柔。

注释 ①高柔：字世远，东晋乐安（今浙江仙居）人。多才博识，淡于名利。历任司空参军、安固令，后为何充冠军参军。　东：东晋时以吴郡、会稽一带为东边。　②谢仁祖：谢尚。③出：出仕。　④王、刘：王濛和刘惔。　⑤大自：大大地。自，词缀，无实义。　敷奏：向君主进奏。语出《书·舜典》："敷奏以言，明试以功。"　⑥真长：刘惔，字真长。　⑦角觮（nuò 诺）：角落；屋角。此比喻偏僻地区。　按：高柔来自东边，京都中人轻视之，谓为来自僻地，目光偏狭。　⑧就：接近。　⑨学：学舌，把听到的话传播给有关的人。　⑩要（yāo 邀）：约请。　安固：指高柔。以曾任安固令，故称。

一四　刘尹、江虨、王叔虎、孙兴公同坐[①]，江、王有相轻色。虨以手歙叔虎云[②]："酷吏[③]！"词色甚强。刘尹顾谓："此是瞋邪[④]？非特是丑言声、拙视瞻[⑤]。"

今译 刘惔、江虨、王彪之、孙绰坐在一起，江虨和王彪之有互相轻视的脸色。江虨用手抓住王彪之说："酷吏！"说话的口气和脸色都很强硬。刘惔回头看着说："这是发火吗？不仅仅是说话声音难听和眼光脸色难看。"

注释 ①刘尹：刘惔。　江虨（bīn 彬）：见《方正》25 注④。　王叔虎：王彪之，见本篇 8 注③。　孙兴公：孙绰。　②歙（shè 摄）：捉持；抓。一说，音 dié，通"惵"，恐吓。　③酷吏：指王彪之。　按：王彪之性刚正，曾任廷尉（掌刑法狱讼）、吏部尚书，执法严明。　④瞋（chēn 嗔）：通"嗔"。发怒；生气。　⑤非特：非但；不仅。　视瞻：顾盼张望的样子。

一五　孙绰作《列仙·商丘子》赞曰[①]："所牧何物？殆非真猪。傥遇风云，为我龙摅[②]。"时人多以为能。王蓝田语人云[③]："近见孙家儿作文[④]，道'何物真猪'也[⑤]。"

今译 孙绰作《列仙传》中商丘子的赞语，说："所牧何物？殆非真猪。傥遇风云，为我龙摅。"当时很多人认为他很有才能。王述对人家说："近来看到孙家孩子作文，说什么'何物真猪'的。"

注释 ①《列仙》：指《列仙传》，书名。旧题西汉刘向撰。后人断为伪托，当为东汉人所作。共两卷，记赤松子等神仙故事七十则，每则均有四言赞语，篇末又有总赞。晋以后言神仙故事者，多依据此书。　商丘子：《列仙传》中所记仙人，名晋。出商邑（今陕西商县东南）。好吹竽牧猪，年七十，不娶妻而不老。自言以老朮、菖蒲根为食，饮水，可不饥不老。　赞：一种文体。用于赞美、颂扬。多为韵文。　②"所牧何物"四句：殆，或许；大概。　傥，倘使。　摅（shū 枢）：奔腾。"猪"、"摅"叶韵。意谓所放牧的是什么，大概不是真的猪；倘使遇上风云，让我们看到龙的飞腾。　③王蓝田：王述，袭爵蓝田县侯，故称。　④孙家儿：孙家的孩子。指孙绰，含轻视意。　⑤何物真猪：什么样的真正的猪。王述把两句节缩成一句，成为可笑的话，以表轻视。

（一六）桓公欲迁都[1]，以张拓定之业[2]。孙长乐上表谏[3]。此议甚有理。桓见表心服，而忿其为异[4]。令人致意孙云："君何不寻《遂初赋》[5]，而强知人家国事[6]！"

【译】桓温主张迁都洛阳，藉此扩大开疆拓土的事业。长乐侯孙绰上奏本谏阻。孙绰这一议论很有道理。桓温见了孙绰的表章也心服，但恨孙绰的提出异议。他就派人向孙绰转致意见说："您为什么不去温习温习《遂初赋》，却来硬管别人的国家大事！"

【注释】①桓公：桓温。　欲迁都：晋穆帝永和十二年(356)，桓温北伐，收复洛阳，上表主张迁都洛阳。　②张：扩大。　拓定：开拓平定。　③孙长乐：孙绰。上表谏：谓上表谏止迁都之事。　按：桓温主张迁都，并主张把永嘉以来播流江南的北人，全部北徙。那时南渡的世家大族，已在江南置立庄园，自然不愿北迁，纷纷反对。孙绰在反对北迁洛阳的表文中说：一朝北迁，"离坟墓，弃生业，富者无三年之粮，贫者无一餐之饭，田宅不可复售，舟车无从而得，舍安乐之国，适习乱之乡，出必安之地，就累卵之危，将顿仆道涂，飘溺江川，仅有达者。……自古今帝王之都，岂有常所？时隆则宅中而图大，势屈则遵养以待会。……今天时人事，有未至者矣，一朝欲一宇宙，无乃顿而难举乎？"这是东晋士大夫贪恋安乐、偏安江南、不图恢复的代表性主张。　④忿其为异：恼怒孙绰对迁都洛阳提出异议。　⑤寻：重温；温习。一说，依循。　《遂初赋》：赋名。孙绰自陈知止知足、不务名利之作。　⑥知：掌管。

（一七）孙长乐兄弟就谢公宿[1]，言至款杂[2]。刘夫人在壁后听之[3]，具闻其语。谢公明日还，问："昨客何似？"刘对曰："亡兄门未有如此宾客[4]！"谢深有愧色。

【译】孙绰、孙统弟兄俩到谢安处住宿，说话空泛杂乱。刘夫人在壁后听，他们的谈话，全都听到了。第二天谢安返回，问道："昨天的客人怎么样？"刘夫人回答说："在亡兄门下，从来没有这样的宾客！"谢安深感惭愧。

【注释】①孙长乐兄弟：指孙绰与其兄孙统。孙统，见《赏誉》75注②。　谢公：谢安。　②款杂：空泛芜杂。　③刘夫人：谢安妻，刘惔妹。　④亡兄：称刘惔。时惔已死。

（一八）简文与许玄度共语[1]，许云："举君亲以为难[2]。"简文便不复答，许去后而言曰："玄度故可不至于此[3]。"

【译】晋简文帝与许询谈论，许询说："对待君王和父母，哪方面在先，忠孝一体，难于分先后。"简文帝就不再答言。许询走后，简文帝说："许询本可以不至于如此的。"

【注释】①简文：晋简文帝司马昱。　许玄度：许询。　②举君亲以为难：谓对待君亲，忠孝一体，难分先后。君，君王；亲，父母。　③故：原本。刘注："君亲相校，自古如此，未解简文诮许意。”

译 谢万在寿春大败之后，写信给王羲之说：“非常惭愧，我辜负您当初的眷顾。”王羲之推开书信说：“这是像禹、汤那样责戒自己？”

（一九）谢万寿春败后[①]，还，书与王右军云[②]：“惭负宿顾[③]。”右军推书曰[④]：“此禹、汤之戒[⑤]？”

注释 ①谢万寿春败：参阅《品藻》49注①、《简傲》14。 ②王右军：王羲之。 ③负：辜负。 宿顾：当初的眷顾。 按：《晋书·王羲之传》载，谢万为豫州都督，羲之与书曰：“愿每与士之下者同，则尽善矣。食不二味，居不重席，此复何有，而古人以为美谈。济否所由，实在积小以致高大，君其存之。”谢万不能接受王羲之劝戒，不改平日居上傲下作风，终于致败，故有此语。 ④推：推开。 ⑤此禹、汤之戒：这是仿效禹和汤的自责。

译 蔡邕看到竹椽而用来做成的笛子，孙绰在听歌女演唱时，挥动而敲断了。王羲之听说此事，大为恼怒说：“祖上三代保存的乐器，竟像打碎纺锤那样，被孙家小子给打断了。”

（二〇）蔡伯喈睹睐笛椽[①]，孙兴公听妓振且摆折[②]。王右军闻[③]，大嗔曰：“三祖寿乐器[④]，虺瓦吊孙家儿打折[⑤]。”

注释 ①蔡伯喈：蔡邕，见《品藻》1注③。 睹睐笛椽：指蔡邕所制之笛。刘注引伏滔《长笛赋叙》：“余同寮桓子野有故长笛，传之耆老云‘蔡邕伯喈之所制也’。初，邕避难江南，宿于柯亭之馆，以竹为椽，邕仰眄之，曰：‘良竹也。’取以为笛，音声独绝。历代传之于今。”柯亭，在会稽（治所在今浙江绍兴），一名高迁亭。见《后汉书·蔡邕传》注引张骘《文士传》。 按：徐震堮谓“笛椽”疑当作“椽笛”。椽已取为笛，不当仍目之为椽。 ②孙兴公：孙绰。 听妓：听歌女演唱。 振且摆折：挥动而敲断。 ③王右军：王羲之。 ④三祖寿乐器：指蔡邕所制之笛。 按：“三祖寿”，语义未详。一说，谓上三代传守此笛。 ⑤虺（huǐ 毁）瓦吊：语义未详。刘注：“一作甂凡。”一说，“虺瓦”为对女子的蔑称。语本《诗·小雅·斯干》：“维虺维蛇，女子之祥。……乃生女子，……载弄之瓦。”此指歌妓。吊，未详。又一说，“虺”通“甂”。《广韵》十五灰：“甂，相甂击。”即击、打捧之意，今浙江义乌方言有此。“瓦吊”，盖即陶制纺锤。《诗·小雅·斯干》“载弄之瓦”毛传：“瓦，纺砖也。”言珍贵乐器被孙绰之妓像打碎纺锤那样毫不爱惜地打折了。 按：本则文字疑有讹夺或倒文，刘注亦未详其义，仅注“一作”，亦难读解。录数说备参。以下译文，姑存其意而已。

译 王坦之与支道林非常不融洽，王坦之说支道林谈论是诡辩，支道林品评王坦之说：“戴着污垢的便帽，穿着粗布单衣，挟着一部《左传》，追随在郑玄的车子后面，问装着尘埃污垢的袋子里是什么！”

（二一）王中郎与林公绝不相得[①]。王谓林公诡辩，林公道王云：“著腻颜帢[②]，缔布单衣[③]，挟《左传》[4]，逐郑康成车后[5]，问是何物尘垢囊[6]！”

注释 ①王中郎：王坦之。　林公：支道林。　绝不相得：谓两人相处，非常不融洽。得，谐和融洽。　按：王坦之尚刑名之学，性严整，著《废庄论》以非时俗之放荡，故难与尚玄虚之支道林相得。　②腻：污垢。　颜帢（qià 洽）：一种便帽。相传为曹操创制。　③缯布：一种粗厚的布。缯，不见于字书。疑为“榆”字之讹。榆，同“榻”。《史记·货殖列传》“榻布皮革千石”，张守节正义引颜师古曰：“粗厚之布也。”　④《左传》：史书名。　按：余嘉锡谓：“《晋书·坦之传》及《经典释文叙录》并不言坦之治《左传》。《隋书·经籍志》有《春秋左氏经传通解》四卷、《春秋旨通》十卷并王述之撰。六朝人名有‘之’字者，多去‘之’字为单名。述之疑即王述。……坦之传其父学，故支遁因而讥之耳。”可参。⑤郑康成：郑玄，见《文学》1 注①，参阅《文学》2 注①。　⑥尘垢囊：盛尘埃污垢的袋子。　按：《庄子·逍遥游》有“是其尘垢秕糠将犹陶铸尧舜者也”之语，《维摩经·佛国品》有“远离尘垢”之语。王坦之不喜《老》、《庄》，怀疑佛教，而好儒学训诂，故支道林如此诋毁他。

（二二）孙长乐作王长史诔云[1]：“余与夫子[2]，交非势利。心犹澄水，同此玄味[3]。”王孝伯见曰[4]：“才士不逊，亡祖何至与此人周旋[5]！”

译 孙绰给王濛作诔文说：“我与您老夫子，相交并不是为权势财利。我们的心好比清澈的水，同样赞赏这玄妙的趣味。”王恭看了之后，说：“有才华的人不懂谦恭，先祖父何至于跟这种人往来！”

注释 ①孙长乐：孙绰。　王长史：王濛。　诔（lěi 耒）：叙述死者生平德行以示哀悼之文。　②夫子：此尊称王濛。　③玄味：玄妙的旨趣。　按：四句中“子”、“水”叶韵，“利”、“味”叶韵。　④王孝伯：王恭。　⑤亡祖：指王濛。王濛为王恭祖父。　周旋：往来。

（二三）谢太傅谓子侄曰[1]：“中郎始是独有千载[2]。”车骑曰[3]：“中郎衿抱未虚[4]，复那得独有[5]？”

译 谢安对子侄们说：“中郎才是才识冠世，为千年所独有。”谢玄说：“中郎胸襟还不谦虚，又怎么说得上独有？”

注释 ①谢太傅：谢安。　②中郎：谢万，谢安弟。　始：才；方才。　独有千载：意谓谢万才识冠绝一时，无与伦比。③车骑：谢玄，谢安兄谢奕之子。　④衿抱：胸襟怀抱。⑤复：还，于此表强调。

（二四）庾道季诧谢公曰[①]："裴郎云[②]：'谢安谓裴郎乃可不恶[③]，何得为复饮酒[④]？'裴郎又云：'谢安目支道林如九方皋之相马[⑤]，略其玄黄[⑥]，取其俊逸[⑦]。'"谢公云："都无此二语，裴自为此辞耳。"庾意甚不以为好，因陈东亭《经酒垆下赋》[⑧]。读毕，都不下赏裁[⑨]，直云：[⑩]"君乃复作裴氏学[⑪]！"于此《语林》遂废[⑫]。今时有者，皆是先写[⑬]，无复谢语。

【注释】①庾道季：庾龢，见《言语》79注①。　诧（chà 姹）：惊讶。此处谓带着惊讶的口气告知。　谢公：谢安。　②裴郎：裴启，见《文学》90注①。　按：裴启作《语林》，此"裴郎云"指裴启在《语林》中记载说。　③乃可：确实。　不恶：不坏。④为复：还是。　⑤目：品评。　如九方皋之相马：像九方皋的相马。九方皋，春秋时人，善相马。相传受伯乐之荐为秦穆公求马，他不辨毛色、雌雄而察马之内神，因得天下良马，为伯乐所称道。事见《列子·说符》、《淮南子·道应》。此处借喻支道林解释文字，唯领会其神韵而有所漏略。刘注引《支遁传》："遁每标举会宗，而不留心象喻，解释章句，或有所漏。文字之徒，多以为疑。谢安石闻而善之曰：'此九方皋之相马也，略其玄黄，而取其俊逸。'"　⑥略：忽略。　玄黄：黑和黄。此指马之毛色。　⑦俊逸：高超。此指马之神采。　⑧东亭：王珣。　《经酒垆下赋》：赋名。裴启《语林》载此赋，参阅《文学》90。　按：此赋叙王戎经黄公酒垆而悼念亡友嵇康、阮籍，当时庾亮已说此事不实。参阅《伤逝》2。　⑨不下赏裁：谓谢安对经《酒垆下赋》不加赞赏评价。　按：谢安与王珣有怨隙，参《伤逝》15。　⑩直：通"特"。只；只是。　⑪此指庾龢。乃复：竟然。　作裴氏学：做裴启那样的学问。此为反语，讥裴启记载虚妄，不成其为学问。　⑫《语林》遂废：《语林》此书就废而不行。《语林》，裴启所作书名。《隋书·经籍志》即说已亡佚。今有鲁迅辑本，见《古小说钩沉》。　⑬先写：早先抄写的。

【今译】庾龢惊讶地告诉谢安说："裴启说：'谢安说裴启确实不坏，怎么还会喝酒呢？'裴启又说：'谢安评论支道林像九方皋相马一样，略去了表面上黑或黄的颜色，而取得其高超的神采。'"谢安说："都没有这两段话，是裴启自己编造这些言辞的。"庾龢意中很不以为满足，于是陈述王珣的《经酒垆下赋》。庾龢读完，谢安一点也不加赞赏和评论，只是说："您竟然做起姓裴的那种学问来了！"于是《语林》这部书从此废而不行。现在有的，都是先前抄写的，其中没有谢安的话。

（二五）王北中郎不为林公所知[①]，乃著论《沙门不得为高士论》[②]，大略云：高士必在于纵心调畅[③]，沙门虽云俗外[④]，反更束于教[⑤]，非情性自得之谓也[⑥]。

【注释】①王北中郎：王坦之。　林公：支道林。　知：赏识。　②《沙门不得为高士论》：文篇名。支道林以清谈著名，时人目为高士。王坦之作此文以难之。沙门，指依照戒律出家修行

【今译】王坦之不为支道林所赏识，他就撰写了《沙门不得为高士论》，大致意思是说：高士一定要任意适情。和尚虽然说是世俗之外的人，反而更加受佛教戒律的束缚，说不上是纵情任性，自由自在。

的佛教徒，通称和尚。 ③纵心调畅：任意适情。 ④俗外：世俗之外。 ⑤束于教：谓受佛教戒律之束缚。 ⑥自得：自由自在。

二六 人问顾长康[①]："何以不作洛生咏[②]？"答曰："何至作老婢声[③]！"

注释 ①顾长康：顾恺之。 ②洛生咏：学洛阳书生吟诵诗文的声调来诵诗。 按：谢安能作洛生咏，参阅《雅量》29。 ③老婢声：老婢，骂人用的卑称。刘注："洛下书生咏，音重浊，故云老婢声。" 按：顾恺之世为晋陵无锡（今江苏无锡）人，习于南方言，故于北方音调露鄙夷不屑之情。

今译 有人问顾恺之："为什么不学洛阳书生吟诵诗文的声调？"他回答说："我怎么至于去学作老婢女的声音！"

二七 殷觊、庾恒并是谢镇西外孙[①]，殷少而率悟[②]，庾每不推[③]。尝俱诣谢公[④]，谢公熟视殷，曰："阿巢故似镇西[⑤]。"于是庾下声语曰[⑥]："定何似[⑦]？"谢公续复云："巢颊似镇西。"庾复云："颊似，足作健不[⑧]？"

注释 ①殷觊：字伯通，一作伯道，小字巢，东晋陈郡长平（今河南西华东北）人。殷融孙，殷仲文兄。性通率，有才气，少与从弟仲堪俱知名。晋孝武帝太元中由中书出为南蛮校尉，在任有政绩。王恭兴兵诛王国宝，仲堪苦邀响应，殷觊固辞不从，托疾离职，以忧卒。 按：刘注：谢尚"次女僧韶适殷歆"，则觊父名歆，但《晋书·殷觊传》载其父名康，未知孰是。 庾恒：字敬则。庾亮孙，庾龢子。仕至尚书仆射。刘注：谢尚"长女僧要适庾龢。" 谢镇西：谢尚，谢安从兄。 ②率悟：坦率聪明。 ③推：赞许；推崇。 ④谢公：谢安。 ⑤阿巢：殷觊。 故：确实。 ⑥下声：低声，小声。 ⑦定：究竟，表疑问。 ⑧足：够得上。 作健：成为强者，能奋发称雄。 不（fǒu 缶）：同"否"。

今译 殷觊、庾恒同是镇西将军谢尚的外孙，殷觊年纪小而坦率聪明，庾恒常常不服气。有一次他们一起去拜候谢安，谢安仔仔细细看殷觊，说："阿巢的确像镇西将军。"于是庾恒小声对谢安说："究竟什么地方像？"谢安继续又说："阿巢面颊像镇西将军。"庾恒又说："面颊像，就足以称雄了吗？"

二八 旧目韩康伯[①]：将肘无风骨[②]。

注释 ①旧：先前；原先。 目：品评；评论。 韩康伯：韩伯。 ②将肘：壮大的胳膊肘。将，壮大。韩伯肥胖，参阅《品藻》66；刘注引《语林》，说韩伯似肉鸭。 按：将，影宋本作"捋"。捋肘，把袖子往上推，露出胳膊。 风骨：指骨骼。

今译 前人评论韩伯，说他肥胖的胳膊，连骨骼也没有了。

苻宏背叛了前秦来归顺我国，太傅谢安经常予以接待。苻宏自以为有才，多次喜欢凌驾在别人之上，座中的人没有能使他折服的。恰好遇上王徽之来，谢安让王徽之去与苻宏一起谈谈。王徽之只是仔细把苻宏看了好久，掉转头来对谢安说："也毕竟跟一般人没有什么两样！"苻宏大为惭愧地退走了。

（二九）苻宏叛来归国①，谢太傅每加接引②。宏自以有才，多好上人③，坐上无折之者④。适王子猷来⑤，太傅使共语。子猷直孰视良久⑥，回语太傅云："亦复竟不异人⑦！"宏大惭而退。

注释 ①苻宏：十六国时前秦国君苻坚之太子。苻坚为姚苌所杀，宏携母妻投奔东晋，赏赐甚厚，为辅国将军。后桓玄以苻宏为将。玄败后，宏谋叛，入湘中，被杀。　叛：谓苻宏叛前秦。　归国：归顺国家（东晋）。　②谢太傅：谢安。　接引：接待援引。　③好（hào 浩）：喜欢。　上人：凌驾众人之上。　④折：使屈服。　⑤王子猷：王徽之。　⑥直：通"特"。只；只是。　孰视：仔细看。孰，通"熟"。　⑦亦复：也，表示类同关系或强调。复，虚化无义。　竟：终于；到底。　不异人：谓苻宏与一般人无甚差异。

支道林到东边去，见到王徽之兄弟。回来以后，有人问他："你见到的王家兄弟怎么样？"支道林回答说："看到一群白颈乌鸦，只听见哑哑的叫声。"

（三〇）支道林入东，见王子猷兄弟①。还，人问："见诸王何如？"答曰："见一群白颈乌②，但闻唤哑哑声③。"

注释 ①王子猷兄弟：王徽之兄弟，即王羲之诸子。　②白颈乌：比喻王氏兄弟。旧说谓王氏兄弟多服白领，故作此喻。　③哑哑声：乌鸦叫声。旧说谓王氏兄弟对人行拱手礼，同时口出声致敬，叫"唱喏"。见陆游《老学庵笔记》卷八。余嘉锡谓支道林之言为讥王氏兄弟言语作吴地方音。类似《排调》13 中刘惔讥王导作吴语。

王坦之荐举许询做吏部郎，郗昙说："丞相会稽王喜欢多事，不宜让许询在他座上。"

（三一）王中郎举许玄度为吏部郎①，郗重熙曰②："相王好事③，不可使阿讷在坐④。"

注释 ①王中郎：王坦之。　举：荐举。　许玄度：许询。　吏部郎：官名。主管选举事。魏晋时特别重视吏部郎的人选。　②郗重熙：郗昙，见《贤媛》25 注①。　③相王：称位为丞相而又封王者。此称简文帝司马昱，海西公时，他以会稽王为丞相。　好（hào 浩）事：喜欢多事。　④阿讷：许询小字。　在坐：在座；在场。影宋本"坐"下有"头"字。　按：司马昱与许询俱爱清谈，恐其误事。

王和之评论说"望蔡公谢琰性急浮躁好像一个失掉了鹰的驯鹰师"。

（三二）王兴道谓"谢望蔡霍霍如失鹰师①。"

注释 ①王兴道：王和之，字兴道。王胡之子，王羲之从子。历永嘉太守、正员常侍。 谢望蔡：谢琰（？—400），字瑗度，小字末婢。谢安子，谢混父。淝水之战中以辅国将军率精兵八千，与从兄谢玄破苻坚军，以功封望蔡公。孝武帝太元末为护军将军，加右将军，迁卫将军、徐州刺史。孙恩起事后，加督吴兴、义兴二郡军事，遂为会稽内史、都督五郡军事。后为孙恩所败，亡。 霍霍：急切躁动貌。 失鹰师：失掉了鹰的驯鹰师。

（三三）桓南郡每见人不快①，辄嗔云："君得哀家梨②，当复不烝食不③？"

今译 桓玄每每看到别人做事不痛快，总是恼怒地说："您得到哀家梨，想必不会蒸着吃吧？"

注释 ①桓南郡：桓玄。 不快：不痛快；不利索。 ②哀家梨：刘注："旧语：秣陵有哀仲家梨甚美，大如升，入口消释。言愚人不别味，得好梨烝食之也。" ③当复：犹必定、会。表示肯定或推断。 烝：通"蒸"。 不（fǒu 缶）：同"否"。

假谲第二十七

诡诈、欺骗

（一）魏武少时①，尝与袁绍好为游侠②。观人新婚，因潜入主人园中，夜叫呼云："有偷儿贼！"青庐中人皆出观③，魏武乃入，抽刃劫新妇，与绍还出。失道④，坠枳棘中⑤，绍不能得动。复大叫云⑥："偷儿在此！"绍遑迫自掷出⑦，遂以俱免。

注释 ①魏武：曹操。 ②袁绍：见《捷悟》4 注①。 好（hào 浩）为游侠：喜欢作出游侠的行为。多谓不循规矩、呼朋引类、任性行事甚至招惹是非之行为。刘注引《曹瞒传》："操小字阿瞒，少好谲诈，游放无度。" ③青庐：用青布幔搭成的棚屋，设于新郎家门旁。汉魏南北朝婚俗，于青庐中交拜迎新妇。 ④失道：迷路。 ⑤枳棘：枳木与棘木。均多刺。 ⑥大叫云：此指曹操大叫。 ⑦遑迫：惊慌窘急。遑，通"惶"。 掷出：跳出。

今译 魏武帝曹操年轻时，曾经与袁绍一起喜欢干些游侠的行为。一次，他们看人家新结婚，就偷偷地进入主人家园中，夜间大声呼叫"有小偷！有贼！"青庐里的人都跑出来察看，曹操就进去，拔出刀来，劫持了新娘，与袁绍一起跑了出来。路上迷了路，跌进多刺的树丛中，袁绍不敢动。曹操又大叫道："小偷在这里！"袁绍大为惊慌，急得跳了出来，两人这才免了被抓住的危险。

（二）魏武行役①，失汲道②，军皆渴，乃令曰："前有大梅林，饶子③，甘酸，可以解渴。"士卒闻之，口皆出水④。乘此得及前源⑤。

注释 ①行役：行军。 ②汲道：指通向水源的道路。 ③饶：多。 ④口皆出水：谓士卒想梅子的甘酸之味而流口水。成语"望梅止渴"出此。 ⑤前源：前面的水源。

今译 魏武帝曹操在行军途中，找不到水源所在，士兵们都很渴。于是他传令说："前面有一片大梅林，梅子很多，又甜又酸，可以解渴。"士兵一听，嘴里都涌出口水，乘此机会，得以抵达前面有水的地方。

（三）魏武常言："人欲危己①，己辄心动②。"因语所亲小人曰③："汝怀刃密来我侧④，我必说心动，执

今译 魏武帝曹操经常说："如果有人要谋害我，我就会心跳的。"于是他悄悄地对他所亲近的侍从说："你怀着刀偷偷地到我身旁来，我一定说心跳，捉住了你去执行刑罚，你只要不说出是谁叫你这么干的，那就没事儿，我一定要重金报答你。"被捉的侍从信以为真，被抓后毫不畏惧，就被斩杀了。这个人到死也不明白是怎么回事。曹操周围的人都以为想害曹操曹操便会心跳是真实的事，想图不轨的人也就此灰心丧气不敢下手了。

汝使行刑，汝但勿言其使⑤，无他⑥，当厚相报。”执者信焉⑦，不以为惧。遂斩之，此人至死不知也⑧。左右以为实，谋逆者挫气矣⑨。

注释 ①危：伤害。此谓谋害。 ②心动：谓心脏不正常地跳动。 ③所亲小人：指所亲近的近侍仆从。 ④怀刃：怀藏利刃。 ⑤但：只要。 使：指使的人。 ⑥无他：没有别的。谓没有危险，犹今言“没事儿”。 ⑦执者：被捉者。即上文“所亲小人”。 ⑧此人至死不知也：这人到死也不知道中了曹操的计。刘注引《曹瞒传》，说曹操军营里粮食不足，他问主管军粮的人该怎么办，主管者说：可以用小斛来量给大家，曹操同意了。后来军营中众人闹起来，曹操就说主管者克扣军粮，把他杀了，还说：“特当借汝死以厌众心。”刘注又说：“其变诈皆此类也。” 按：曹操善用权术、阴谋险诈之事例，在《三国志·魏志·武帝纪》及裴松之注中记载颇多，可参看。 ⑨挫气：犹言丧气。

四 魏武常云：“我眠中不可妄近①，近便斫人，亦不自觉。左右宜深慎此。”后阳眠②，所幸一人窃以被覆之③，因便斫杀。自尔每眠④，左右莫敢近者。

注释 ①妄近：随便靠近。 ②阳眠：假装入睡，阳，通“佯”。 ③幸：宠爱。 ④自尔：从此。

五 袁绍年少时，曾遣人夜以剑掷魏武，少下①，不著。魏武揆之②，其后来必高，因帖卧床上，剑至果高。

注释 ①少下：谓方位稍低。 不著：谓未掷中。 ②揆（kuī 窥）：揣度。

六 王大将军既为逆①，顿军姑孰②。晋明帝以英武之才，犹相猜惮③，乃著戎服④，骑巴賨马⑤，赍一金马鞭⑥，阴察军形势。未至十余里，有一客姥居店卖食⑦，帝过愒之⑧，谓姥曰：“王敦举兵图逆，猜

今译 魏武帝曹操常常说：“我睡觉的时候，切不可随便靠近我，靠近我，我就会砍杀人，我自己也是不知不觉的。左右的人们要特别小心这件事。”后来，他假装入睡，有一个他所宠爱的人悄悄地拿被子来替他盖上，曹操就把这人砍杀了。从此曹操睡觉，左右侍从没有人敢走近的。

今译 袁绍年轻的时候，曾经派人用剑去掷杀曹操。剑刺掷过去，位置稍微低了些，没有刺中。曹操揣想，那后来掷过来的一剑一定会高些，因而伏卧在床上，第二剑过来，果然高了。

今译 大将军王敦造反之后，驻军于姑孰。晋明帝凭着英武的才能，还是对他有所疑虑和惧怕，就穿了军服，骑巴賨良马，带了一根金马鞭，暗地里去侦察王敦部队的形势。在不到王敦军队驻地十多里的地方，有一外地来的老妇人住在店里卖食品，明帝经过，在那里休息，他对老妇人说：“王敦起兵造反，忌害忠良，朝廷惊惧，

害忠良，朝廷骇惧，社稷是忧[9]。故劬劳晨夕[10]，用相觇察[11]，恐形迹危露，或致狼狈[12]，追迫之日，姥其匿之[13]。"便与客姥马鞭而去，行敦营匝而出。军士觉，曰："此非常人也！"敦卧心动，曰："此必黄须鲜卑奴来[14]！"命骑追之。已觉多许里[15]，追士因问向姥："不见一黄须人骑马度此邪？"姥曰："去已久矣，不可复及。"于是骑人息意而反[16]。

注释 ①王大将军：王敦。　为逆：造反。　②顿军：驻军。　姑孰：今安徽当涂。　③猜惮：疑惧。　④戎服：军服。　⑤巴赍（cóng 琮）马：巴地赍人所养之马。巴，地名，今四川东部一带。赍，古少数民族名，其中心地区在今四川渠县一带。　⑥赍（jī 齑）：携带。　⑦客姥（mǔ 母）：客居于此的老妇。　⑧愒（qì 憩）：同"憩"。休息。　⑨社稷：喻指国家。　是：用于动词前，提前宾语，表示强调。　⑩劬劳：劳累。　⑪觇（chān 搀）察：侦察。　⑫狼狈：困顿窘迫。　⑬其：助词。表示祈使、期望。犹今言"可要"。　⑭黄须鲜卑奴：指晋明帝，含轻蔑意。刘注引《异苑》："帝所生母荀氏，燕国人，故貌类焉。"鲜卑，古北方民族名。　⑮觉（jiào 较）：差；相差。　⑯息意：谓止息了追赶之意。

大家担忧国家的存亡。所以日夜辛劳，以此来侦察他的动向。恐怕显露形迹，可能陷入困境，到了有人来追赶的时候，老大娘可要帮助隐匿一下。"就把马鞭留给这位外地老妇人而离开了，走到王敦军营环绕一周而出。军士们发觉了，说："这人不是一般的人啊！"王敦正睡着，感到心跳，说："这一定是那黄胡须的鲜卑奴来了。"吩咐骑兵去追赶。但是已经相差了很多里程，追兵就问那老妇人："你没看见一个黄胡须的人骑马经过此地吗？"老妇人说："离开此地已经好久了，追不上了。"于是骑兵打消了追赶的念头而回。

（七）王右军年减十岁时[1]，大将军甚爱之[2]，恒置帐中眠。大将军尝先出，右军犹未起，须臾钱凤入[3]，屏人论事[4]，都忘右军在帐中，便言逆节之谋[5]。右军觉，既闻所论，知无活理[6]，乃剔吐污头面被褥[7]，诈孰眠[8]。敦论事造半，方忆右军未起，相与大惊曰："不得不除之。"及开帐，乃见吐唾从横[9]，信其实孰眠，于是得全。于时称其有智[10]。

注释 ①王右军：王羲之。羲之是王敦从子。　减：不到。　②大将军：王敦。　③钱凤（？—324）：东晋吴郡嘉兴尉钱某之子。为王敦铠曹参军。与沈充同为王敦起兵之谋主。后王敦事败，被诛。　④屏（bǐng 秉）：使避开；屏退。　⑤逆节：违逆君臣大节。谓谋反。　⑥活理：活命的可能。　⑦剔吐：谓挖自己咽喉使呕吐。　剔，一本作"阳"，通"佯"。　污：沾污。　⑧诈孰眠：假装熟睡。孰，通"熟"，下同。　⑨从横：交错貌。从（zòng 纵），通"纵"。　⑩称其有智：赞扬他有智谋。刘注："按诸书皆云王允之事，而此言羲之，疑谬。"　按：王允之，字

今译 右军将军王羲之年龄不到十岁的时候，大将军王敦非常喜爱他，经常安排他在自己军帐中睡觉。有一次，王敦先起床，王羲之还没有起来。一会儿，钱凤进帐，叫左右侍从避开议论事情，两人都忘掉了王羲之还在军帐里，就商议起了叛逆的阴谋。王羲之醒了，听到了他们所谈的内容，知道如果被他们发现，就没有活命的可能了，就用手指挖咽喉使自己呕吐，弄脏了头、脸和被褥，假装睡得很熟。王敦谈话谈到一半，才想起王羲之还没有起床，他与钱凤大惊失色，说："不能不把他除掉。"及至打开帐子，只见王羲之吐得狼藉不堪，相信他确实还在熟睡，于是王羲之得以保全性命。当时人都称赞他有智谋。

渊猷。王舒子，王敦从子。以讨苏峻功封番禺县侯。历仕建武将军、钱塘令，晋成帝咸和末，除宣城内史、监扬州、江西四郡事；咸康中，进号西中郎将、假节，迁南中郎将、江州刺史。仕至卫将军、会稽内史。《太平御览》卷四三二引《晋中兴书》、《晋书·王允之传》均载此事。《世说》本则故事误记为王羲之，殆无可疑。

（八）陶公自上流来①，赴苏峻之难②，令诛庾公③。谓必戮庾，可以谢峻④。庾欲奔窜则不可⑤，欲会恐见执⑥，进退无计。温公劝庾诣陶⑦，曰："卿但遥拜，必无他，我为卿保之。"庾从温言诣陶，至便拜，陶自起止之，曰："庾元规何缘拜陶士行⑧？"毕，又降就下坐⑨，陶又自要起同坐⑩。坐定，庾乃引咎责躬⑪，深相逊谢，陶不觉释然⑫。

注释 ①陶公：陶侃。 上流：指长江上游。时陶侃任荆州刺史，带兵东下。 ②苏峻之难：指苏峻起兵攻入建康的战乱。参阅《任诞》30注①。 ③令诛庾公：谓陶侃主张诛杀庾亮。 ④谢峻：向苏峻谢罪。苏峻是以诛庾亮为名起兵的。 ⑤奔窜：逃走。 不可：不能。 ⑥会：谓与陶侃会面。 见执：被逮捕。 ⑦温公：温峤。时温峤任江州刺史，正与陶侃联军东下讨苏峻，庾亮投奔温峤。 ⑧庾元规：庾亮，字元规。 何缘：为什么。 陶士行：陶侃，字士行。 ⑨降：自高而下，表示谦逊。谓庾亮就下座。 ⑩要（yāo 邀）：邀请。 ⑪引咎：归罪于自己。 躬：自身。 ⑫释然：谓陶侃心中的怒气、不快都消除了。 按：本则所记与《容止》23实为一事，可参阅。

（九）温公丧妇①。从姑刘氏家值乱离散②，唯有一女，甚有姿慧③。姑以属公觅婚④，公密有自婚意，答曰："佳婿难得，但如峤比，云何⑤？"姑云："丧败之余，乞粗存活⑥，便足慰吾余年，何敢希汝比？"却后少日⑦，公报姑云："已觅得婚处，门地粗可⑧，婿身名宦尽不减峤。"因下玉镜台一枚⑨。姑大喜。既婚，交礼⑩，女以手披纱扇⑪，抚掌大笑曰："我固疑是老奴⑫，果如所卜⑬。"玉镜台，是公为刘越石长史⑭，北征刘聪所得⑮。

今译 陶侃从长江上游东下，去平定苏峻之乱。他主张杀庾亮，认为如果杀了庾亮，就可以向苏峻致歉，战乱可平。庾亮想逃走，已无可能；想会见陶侃又怕被拘捕，进退两难，无计可施。温峤劝庾亮去拜访陶侃，说："你只管远远地下拜，一定没事儿，我为你担保。"庾亮听从了温峤的话去拜访陶侃，到了那里就下拜，陶侃自己站起来制止，说："庾元规为什么拜陶士行？"见面毕，庾亮又谦逊地坐到位次最低的座位上去，陶侃又亲自邀请他起来与自己同坐。坐定以后，庾亮就归罪于己，责备自身，深深地表示谦恭谢罪，陶侃在不知不觉中消除了心中的不满情绪。

今译 温峤死了妻子。他的堂姑刘氏家遭遇战乱，家人流离散失，只有一个女儿，非常美丽聪明。堂姑把女儿的婚事托给温峤，请他为女儿找个合适的婆家。温峤暗地有自己娶她的意思，就回答说："好女婿不容易找到，只要能找个像我这样的，怎么样？"堂姑说："兵荒马乱，家族衰败，但求苟全性命，生活过得去，就足以安慰我的晚年了。哪里还希望能找到像你这样的人呢？"过后不多几天，温峤来回复堂姑说："已经找到可以议婚的人家了，门第还过得去，女婿的名声官职，都不比我差。"就留下玉镜台一座作为聘礼。堂姑大为高兴。到结婚那天，行过交拜礼之后，新娘用手拨开遮面的纱扇，拍手大笑说："我本来就怀疑是你这老家伙，果不出我所料！"玉镜台，是温峤做刘琨的长史，北征刘聪时得到的。

注释 ①温公：温峤。 ②从姑：父亲的堂姊妹。 值乱：碰上战乱。 ③姿慧：谓姿色美好而有才智。 ④属（zhǔ 嘱）：通"嘱"。托付。 ⑤云何：如何；怎样。 ⑥乞：求。 粗：马虎。 存活：生存活命。 ⑦却后：此后；过后。少日：几天。 ⑧门地：门第，家世地位。魏晋人婚姻重门第。粗可：还算可以；大致过得去。 ⑨镜台：镜座，用以架镜。⑩交礼：交拜礼。旧时婚礼，新郎伴新娘拜舅姑（公婆），入室拜天地，最后夫妻互拜，宣告礼成。 ⑪披：拨开。 纱扇：纱制障扇。行婚礼时新娘用以障面，与新郎交拜后去扇，称"却扇"或"披扇"。⑫固：本来。 老奴：犹言"老家伙"、"老东西"。亲昵而开玩笑之称。温峤续娶时已是中年人。 按：本则故事，元关汉卿据以撰作杂剧《玉镜台》。 ⑬卜：预料。 ⑭刘越石：刘琨，见《言语》35 注①。 长史：官名。 ⑮刘聪（？—318）：字玄明，十六国时汉国国君。匈奴族。刘渊子。河瑞二年（310），刘渊死，聪杀兄并夺取君位。后派刘曜等攻破洛阳、长安，俘西晋怀帝、愍帝。在位时穷兵黩武，广建宫室，沉溺酒色。

一〇 诸葛令女[①]，庾氏妇[②]，既寡，誓云不复重出[③]。此女性甚正强[④]，无有登车理[⑤]。恢既许江思玄婚[⑥]，乃移家近之。初诳女云："宜徙于是。"家人一时去，独留女在后。比其觉[⑦]，已不复得出。江郎莫来[⑧]，女哭詈弥甚[⑨]，积日渐歇。江虨暝入宿，恒在对床上。后观其意转帖[⑩]，虨乃诈厌[⑪]，良久不悟，声气转急。女乃呼婢云："唤江郎觉！"江于是跃来就之，曰："我自是天下男子，厌，何预卿事而见唤邪[⑫]？既尔相关，不得不与人语。"女默然而惭，情义遂笃。

注释 ①诸葛令：诸葛恢，见《方正》25 注①。 ②庾氏妇：庾家的媳妇。诸葛恢女名文彪，嫁庾亮子庾会。庾会在苏峻兵乱中遇害。参阅《伤逝》8。 ③重出：谓再嫁。 ④正强：刚正而倔强。 ⑤登车：古代婚仪，女子出嫁，乘车送往夫家。理：可能。 ⑥江思玄：江虨，字思玄，见《方正》25 注④。 ⑦比：等到。 ⑧莫：同"暮"。影宋本正作"暮"。 ⑨詈（lì 吏）：骂。 弥甚：更加厉害。 ⑩帖：平顺。 ⑪厌（yǎn 掩）：梦魇，做恶梦。今作"魇"。 ⑫预：关涉。

一一 愍度道人始欲过江[①]，与一伧道人为侣[②]。

今译 诸葛恢的女儿，是庾家的媳妇。她守寡以后，发誓说不再出嫁。这个女子性子非常刚正倔强，她这样立志不再嫁，就没有再让她登上婚车的可能了。诸葛恢把女儿许婚给江虨之后，就搬家靠近江家。起初，骗女儿说："搬迁到这里比较适宜。"家里的人一时都离开了，只留女儿在后面。等到她发觉，已经再也出不去了。江虨晚上过来，她又哭又骂，闹得更加厉害。江虨在天黑后进房睡觉，经常睡在对面的床上。后来，看看她的感情逐渐平和了，江虨就假装梦魇，好久不醒，说梦话和呼吸的声音逐渐急起来了。她就喊婢说："快把江郎叫醒！"江虨于是跳起来靠近她，说："我本是世界上的一个男人，我发梦魇，关你什么事而叫醒我呢？既然这样关心我，你不能不跟人家讲讲话了。"她默不作声而有点难为情，从此夫妻俩的情爱就深厚起来了。

今译 支愍度和尚起初要渡江南下的时候，和一个北方籍和尚做伴侣。他们商量着说："用旧的教义到江东去，恐怕混口饭吃也不能。"就一起立"心无义"。后来这个北方和尚南渡没有成功，支愍度倒果真讲述心无义多年。后来有北方人来到江东，先前那个和尚托带口信说："请替我传话给支愍度，心无义怎么能立？当初设立这个办法，是姑且找个糊口之计罢了，不要就此违背了如来的教义啊！"

谋曰："用旧义往江东③，恐不办得食④。"便共立"心无义"⑤。既而此道人不成渡，愍度果讲义积年⑥。后有伧人来⑦，先道人寄语云⑧："为我致意愍度⑨，无义那可立⑩？治此计，权救饥尔⑪，无为遂负如来也⑫！"

注释 ①愍度道人：支愍度，一作"敏度"，晋高僧。晋成帝时(326—342)，与康僧渊、康法畅等俱过江。立"心无义"。事见慧皎《高僧传》卷四"康僧渊"。道人，指僧人。　②伧：六朝时南人对北人的鄙称。有粗俗、鄙陋之意。　③旧义：旧来教义。　江东：指长江下游南岸地区。当时指东晋地区。　④不办：不能；不会。　⑤心无义：佛教术语，即心无之义。为魏晋佛教"般若"所谓"六家七宗"中之一宗，传为支愍度所创。刘注："旧义者曰：'种智有是，而能圆照。然则万累斯尽，谓之空无；常住不变，谓之妙有。'而无义者曰：'种智之体，豁如太虚，虚而能知，无而能应。居宗至极，其唯无乎？'"　按：陈寅恪谓心无义之旨，与《老子》及《易·系辞》之旨相符合，而非般若空宗之义，实取外书之义，以释内典之文。参阅其《支愍度学说考》。　⑥讲义：谓讲述心无义之说。　积年：多年。　⑦伧人：指北方人。　⑧先道人：指先前那个伧道人。　⑨致意：传话。　⑩无义：即心无义。⑪权：姑且。　⑫无为：不要。　负：辜负。　如来：佛教释迦牟尼佛十种称号之一。谓从如实之道而来、开创并揭示真理之人。

（一二）王文度弟阿智①，恶乃不翅②，当年长而无人与婚。孙兴公有一女③，亦僻错④，又无嫁娶理。因诣文度，求见阿智。既见，便阳言⑤："此定可，殊不如人所传，那得至今未有婚处！我有一女，乃不恶，但吾寒士⑥，不宜与卿计，欲令阿智娶之。"文度欣然而启蓝田云⑦："兴公向来⑧，忽言欲与阿智婚。"蓝田惊喜。既成婚，女之顽嚚⑨，欲过阿智。方知兴公之诈⑩。

注释 ①王文度：王坦之，王述子。　阿智：王处之，字文将，小字阿智。辟州别驾，不就。　按：处之，一作"处之"。　②恶：谓性情恶劣。　不翅：同"不啻"。不仅；不止。　③孙兴公：孙绰。其女名阿恒。　④僻错：谓性情乖张。　⑤阳言：诈言。阳，通"佯"。　⑥寒士：出身寒微的读书人。　⑦启：禀报。　蓝田：王述，王坦之、王处之父，见《文学》22注④。　⑧

今译 王坦之的弟弟王处之，小名阿智，性情恶劣，那劣性真是不止一点点，到他成年时也没有人与他成婚。孙绰有一个女儿，也是性情乖僻，也没有与人论嫁娶的可能。孙绰就去拜访王坦之，请求见一见阿智。见面之后，孙绰就假装说："阿智为人肯定是不错的，很不像人家所传的那样，怎么至今没有结亲的人家！我有一个女儿，倒也不差，但是我是出身寒微的读书人，不宜和你计议，想让阿智娶她。"王坦之高兴地向父亲蓝田侯王述报告说："孙兴公刚才来，忽然提出要与阿智攀亲成婚。"王述又惊又喜。成婚之后，这个女子的愚昧和固执，超过阿智。这才知道孙绰的骗术。

向：刚才。　⑨顽嚚（yín 吟）：愚昧固执。　⑩诈：诈骗。

一三　范玄平为人好用智数[①]，而有时以多数失会[②]。尝失官居东阳[③]，桓大司马在南州[④]，故往投之。桓时方欲招起屈滞[⑤]，以倾朝廷[⑥]；且玄平在京，素亦有誉。桓谓远来投己，喜跃非常。比入至庭，倾身引望，语笑欢甚。顾谓袁虎曰："范公且可作太常卿[⑦]。"范裁坐[⑧]，桓便谢其远来意。范虽实投桓，而恐以趋时损名[⑨]，乃曰："虽怀朝宗[⑩]，会有亡儿瘗在此[⑪]，故来省视。"桓怅然失望，向之虚伫[⑫]，一时都尽。

注释　①范玄平：范汪，见《排调》34注①。　智数：才智谋略；心计。　②多数：谓过多的谋算。　失会：错过时机。　③失官：丢掉官职。范汪为安北将军、领徐兖二州刺史。桓温北伐，令范汪率军出梁国，以失期而免官。见《晋书·范汪传》。东阳：郡名。治所在今浙江金华。　④桓大司马：桓温。　南州：城名。即姑孰，在今安徽当涂。　⑤招起：招聘起用。　屈滞：屈居下位久不升迁之人；受挫不遇之人。　⑥倾：倾覆。　⑦袁虎：袁宏。　太常卿：官名。　⑧裁：通"才"。　⑨趋时：谓迎合时势，趋奉权贵。　⑩朝宗：原谓诸侯朝见帝王。魏晋时礼谒上官，亦称朝宗。　⑪会：适逢。　瘗（yì 意）：埋葬。　⑫虚伫：虚心期待。刘注引《中兴书》，谓范汪被桓温挟憾免官后，居于吴。后至姑孰见桓温，桓拟起用范为护军，数日后，范即托以迎小儿丧事已毕而辞归。桓温愈怒而范汪竟不屑意。此与本则所记不同，谓范汪本无投桓温之心。

今译　范汪为人好用心计，但有时因太多的谋算而错失机会。他曾经在罢官后居住在东阳郡，桓温大司马在南州城，因而去投奔他。桓温当时正要招聘起用一些屈居下位久不得志的人，以便颠覆朝廷；而且范汪在京都，素有声誉。桓温认为范汪远远地来投奔自己，欣喜非常。等到进入庭院，就侧身引颈而望，谈笑十分欢洽。桓温回头对袁宏说："范公应当可以做太常卿。"范汪才入座，桓温就对他远远来此表示感谢。范汪虽然实际上是投奔桓温的，但又怕人家说他迎合时势而有损名誉，就说："我虽然怀着朝见长官之心，恰好我有死去的孩子埋葬在此，所以来此看望。"桓温听了，怅然失望，原先虚心期待的情致，一时全消。

一四　谢遏年少时[①]，好著紫罗香囊，垂覆手[②]，太傅患之[③]，而不欲伤其意。乃谲与赌[④]，得即烧之。

注释　①谢遏：谢玄，谢安侄。　②覆手：手巾之类。　③太傅：谢安。　④谲（jué 诀）：设诡计。

今译　谢玄年轻时，喜欢佩带紫色锦罗制成的香袋，还垂着手巾之类的饰物，谢安为之忧虑，又不想伤害他的感情。就设计与他赌，赌赢了这些东西就把它烧掉。

黜免第二十八

贬斥罢免

一 诸葛厷在西朝[①]，少有清誉，为王夷甫所重[②]，时论亦以拟王[③]。后为继母族党所谗[④]，诬之为狂逆[⑤]。将远徙[⑥]，友人王夷甫之徒诣槛车与别[⑦]，厷问："朝廷何以徙我？"王曰："言卿狂逆。"厷曰："逆则应杀，狂何所徙[⑧]？"

注释 ①诸葛厷：字茂远，晋琅邪（治所在今山东临沂北）人，有逸才，仕至司空主簿。 西朝：东晋人称西晋。西晋都洛阳，东晋都建康，洛阳在建康之西，故称。 ②王夷甫：王衍。王衍看重诸葛厷，参阅《文学》13。 ③拟王：比拟王衍。 ④族党：同族亲属。 谗：以言语中伤。 ⑤诬：陷害。 狂逆：狂，放肆妄为；逆，图谋不轨。 ⑥远徙：古代流刑，把犯罪者发配到远地。 ⑦徒：同类的人。 槛车：周围以木板封闭的车，用以押解犯人。 ⑧狂何所徙：谓狂妄放肆不足成罪，为甚么要流放。

今译 诸葛厷在西晋时，年轻时就有清高的声誉，受到王衍的重视，当时的议论也把他比作王衍。后来诸葛厷被继母的同族亲属所中伤，诬陷他是狂妄悖逆，将受流放到远方的刑罚。他的朋友王衍等人到槛车边送别，诸葛厷问："朝廷为甚么流放我？"王衍说："说你狂妄悖逆。"诸葛厷说："悖逆，那就应该杀；狂妄，为甚么要流放？"

二 桓公入蜀[①]，至三峡中，部伍中有得猿子者[②]，其母缘岸哀号[③]，行百余里不去，遂跳上船，至便即绝。破视其腹中，肠皆寸寸断。公闻之怒，命黜其人[④]。

注释 ①桓公入蜀：东晋穆帝永和二年（346），桓温出兵攻蜀。 ②部伍：部曲行伍，指军队。 猿子：小猿。 ③缘：沿。 哀号（háo 濠）：悲伤地号叫。 ④黜（chù 触）：黜退；罢免。

今译 桓温率军攻蜀，行进到三峡中，队伍中有人捕得一只小猿的，母猿沿岸悲号啼叫，跟着走了一百多里还不离开，就跳上船，到船上就气绝了。剖开母猿的肚子一看，肚肠都断成一寸寸的了。桓温听说此事，大为恼火，下令开除了那个捕猿的人。

(三) 殷中军被废①，在信安②，终日恒书空作字。扬州吏民寻义逐之③，窃视，唯作“咄咄怪事”四字而已④。

注释 ①殷中军：扬州刺史、中军将军殷浩。晋穆帝永和十年(354)，桓温以殷浩北伐失败为由，上疏请废浩。执政的抚军大将军、会稽王司马昱遂废殷浩为庶民。 ②信安：县名。故地在今浙江衢州。 ③扬州吏民：指殷浩任扬州刺史时之旧属。 寻义：谓追念殷浩的情义。 逐：追随；跟随。 ④咄咄(duō 夺阴平)怪事：稀奇古怪、不合情理的事。咄咄，叹词，表吆喝、惊叹或恼怒等感情。 按：殷浩被废事，参阅《文学》50。

译 中军将军殷浩被废为庶民，住在信安县，整天用手对空写字。扬州的一些旧属吏民追念他的情义而追随到信安，偷偷地看他，见他对空只是写“咄咄怪事”四个字而已。

(四) 桓公坐有参军椅烝薤①，不时解②；共食者又不助，而椅终不放，举坐皆笑③。桓公曰：“同盘尚不相助，况复危难乎？”敕令免官。

注释 ①桓公：桓温。 坐：通“座”。 参军：官名。 椅：通“攲(jī 饥)”。用筷子夹取食物。 烝薤(xiè 懈)：烝，通“蒸”。薤，藠头。蒸薤，《齐民要术》卷九有“薤白蒸”，据说是用秫米(黏高粱)熟舂，葱、薤寸切，合和蒸之，调以油和豉汁。这样蒸熟后就黏结如糕，用筷子夹取较难。 ②不时解：谓一时拨不开。 ③举坐：满座。

译 桓温饭桌座上有个参军用筷挟蒸薤，一时拨不开，一起进餐的人又不去帮助他，而他一直挟住不放，满座的人都笑起来。桓温说：“在同一个菜盘里吃东西尚且不肯相助，何况在危难之际呢？”下令把那些发笑的人全都免除官职。

(五) 殷中军废后①，恨简文曰②：“上人著百尺楼上③，儋梯将去④。”

注释 ①殷中军废后：参阅本篇3。 ②简文：晋简文帝司马昱。当时穆帝接位，褚太后摄政，司马昱以抚军大将军、会稽王的身份总理朝政。他起初重用殷浩，北伐兵败，桓温上表请废殷浩为庶民，司马昱同意。 ③著(zhuó 着)：到；在。 ④儋(dān 单)：负；扛。 将：取。刘注引《续晋阳秋》，说殷浩被废为庶民后，神情平和，吟咏不辍，即使家里的人也看不到他有哀戚之情。他的外甥韩伯起初跟他同到信安，一年后离去。殷浩一向爱韩伯，送别时吟曹摅的《感旧诗》“富贵它人合，贫贱亲戚离”，因而掉泪。殷浩的悲伤之情流露出来的，仅此一次，“书空”(本篇3)、“去梯”等说法，未必都是事实。

译 中军将军殷浩被废为庶民之后，怨恨当时执政的司马昱说：“让人家登上百尺高楼，却把梯扛走了。”

(六) 邓竟陵免官后赴山陵①，过见大司马桓公②，

译 竟陵太守邓遐被免去官职后，因奔赴帝王丧事，过访大司马桓温，桓温问他说：“你为什么更加瘦了？”邓遐说：“我感到有愧于孟叔达，不能不对破甑还引以为恨。”

公问之曰:“卿何以更瘦?”邓曰:“有愧于叔达,不能不恨于破甑③!”

注释

①邓竟陵:邓遐(?—370),字应远,东晋陈郡(治所在今河南项城东北)人。勇力过人,当时比之西汉樊哙。为桓温参军,屡从征伐,官至竟陵太守。后桓温于晋海西公四年(369)北伐攻燕,兵败于枋头(今河南浚县西南淇门渡),迁怒于邓遐,免其官职。　山陵:指帝王陵墓。亦指帝王去世或其葬礼。②大司马桓公:桓温。桓温于晋哀帝兴宁元年(363),加侍中、大司马、都督中外诸军、录尚书事。　③“有愧于叔达”两句:孟敏,字叔达,东汉末冀州钜鹿杨氏县(今河北宁晋)人。为人敦朴质直。尝客居太原(在今山西),所荷甑(古代炊具)堕地毁坏,不顾而去。名士郭太见而问其意,孟敏回答,甑已经破了,看它还有何益处。事见《后汉书·郭太传》。后遂“破甑”喻虽有所失而不必介意之事。此以“破甑”喻失去之官职,又反其意而谓不能不怀遗憾。

(七)桓宣武既废太宰父子①,仍上表曰:“应割近情②,以存远计③。若除太宰父子,可无后忧。”简文手答表曰:“所不忍言,况过于言④。”宣武又重表⑤,辞转苦切⑥。简文更答曰:“若晋室灵长⑦,明公便宜奉行此诏⑧;如大运去矣⑨,请避贤路⑩!”桓公读诏,手战流汗,于此乃止⑪。太宰父子远徙新安。

今译

桓温废了太宰司马晞和他的儿子司马综之后,继而上表说:“皇帝应当割舍亲属之情,而作长远打算。假如除掉了太宰父子,可以免除日后的忧患。”简文帝亲笔批答奏表,说:“这种事是我所不忍说的,何况说的也太过份了。”桓温又再次上表,表中言语更加急切。简文再答复道:“假如我晋朝能绵延久长,那就请明公奉行我颁发的诏书;如果晋朝的气运尽了,那就请允许我退位,让出贤者登进之路。”桓温读这份诏书时,两手发抖,浑身冒汗,到这时才停止了杀司马晞的打算。司马晞父子就远远流放到新安。

注释

①太宰父子:太宰,司马晞,见《雅量》25注①。　子,指司马晞之子司马综。晋简文帝初即位(371),新蔡王司马晃在桓温逼迫下,供认与司马晞及其子综谋反,桓温把他们逮捕起来。简文帝下诏把司马晞父子流放往新安(今浙江淳安西)。桓温上表,请斩司马晞父子,固执再三,简文帝不许。事见《晋书·简文帝纪》及《元四王传》。　②近情:指亲属之情。　按:简文帝司马昱与司马晞俱为晋元帝子,简文帝为幼弟,晞为兄。　③远计:长远打算。　④过于言:谓所言过份。　⑤重(chóng 崇)表:再次上表。　⑥辞:言辞。　转:更;愈。　苦切:急切。　⑦灵长:绵延久长。　⑧明公:对有位者的尊称。此称桓温。　此诏:指流放司马晞父子的诏令。　⑨大运:指王朝的气运。⑩请避贤路:谓请允许我退位,以避开贤者进身之路。　按:此语辞婉而意严,无异指斥桓温违抗诏令、逼帝退位而自行执政。　⑪止:谓桓温才停止了要杀司马晞父子的打算。　按:桓温逼新蔡王司马晃供认共谋反叛的,除司马晞父子外,还有著作郎殷涓(殷浩

之子）、太宰长史庾倩（庾亮之子）等，桓温杀司马晞未遂，却杀了殷涓、庾倩等，因为殷、庾是强宗大族。

（八）桓玄败后[①]，殷仲文还为大司马咨议[②]，意似二三[③]，非复往日。大司马府听前有一老槐[④]，甚扶疏[⑤]。殷因月朔[⑥]，与众在听，视槐良久，叹曰："槐树婆娑[⑦]，无复生意[⑧]！"

今譯 桓玄失败之后，殷仲文返回晋朝，任大司马咨议，他有点三心二意，不像过去那样。大司马府厅堂前有一棵老槐，枝叶凋零，一副败落的样子。殷仲文因初一集会，与众多的人在厅堂上，对槐树看了好久，慨叹说："槐树枝叶剥落，横七竖八，再也没有生趣了。"

注釋 ①桓玄败后：桓玄，桓温子。桓玄于东晋安帝元兴二年（403），废安帝而自称帝，国号楚。次年，刘裕入京，刘毅、何无忌等破桓玄军，玄西逃，为益州兵所杀。 ②殷仲文：殷仲文为桓玄姊夫，任咨议参军，后为侍中，领左卫将军。桓玄篡位失败，仲文反正，投大司马、琅邪王司马德文，为大司马咨议参军。③意似二三：犹言三心二意。 ④听：通"厅"。厅堂。 ⑤扶疏：凋零败落的样子。 ⑥月朔：夏历月之初一。 ⑦婆娑：原为舞貌。引申为人偃息纵弛之状。 ⑧生意：生趣。

（九）殷仲文既素有名望，自谓必当阿衡朝政[①]。忽作东阳太守[②]，意甚不平。及之郡，至富阳[③]，慨然叹曰："看此山川形势，当复出一孙伯符[④]！"

今譯 殷仲文本来素有名望，自以为一定能担当辅佐帝王、主持朝政之职。忽然命令他去做东阳太守，心中极为不满。在往东阳郡的时候，到了富阳，就感叹说："看这里的山河形势，将会再出现一个孙伯符！"

注釋 ①阿衡：原为商代官名。伊尹曾任商汤阿衡。引申为辅佐帝王，主持国政。 ②东阳：郡名。治所在今浙江金华。③富阳：县名。今浙江富阳。 ④孙伯符：孙策，字伯符。孙权兄。 按：殷仲文此语，颇有野心，后以谋反被诛。

俭啬第二十九

节俭、吝啬

一 和峤性至俭[①]，家有好李，王武子求之[②]，与不过数十。王武子因其上直[③]，率将少年能食之者，持斧诣园，饱共噉毕，伐之。送一车枝与和公，问曰："何如君李？"和既得，唯笑而已。

注释 ①和峤：见《德行》17注①。 俭：吝啬。 ②王武子：王济，见《言语》24注①。王济为和峤妻弟。刘注引《语林》："峤诸弟往园中食李，而皆计核责钱。故峤妇弟王济伐之也。" ③上直：谓官员值班。直，通"值"。

今译 和峤性情极为吝啬，家里有味美的李子，王济向他索讨，他给王济不过几十颗。王济就乘他上朝值班的时候，带领一帮能吃的少年，拿了斧头到李园中，饱吃李子之后，把李树都砍了。然后送了一车李树枝条给和峤，问他说："比您家的李树怎么样？"和峤收到这些李树枝以后，只好笑笑罢了。

二 王戎俭吝[①]，其从子婚[②]，与一单衣，后更责之[③]。

注释 ①王戎：见《德行》16注①。刘注引王隐《晋书》："戎性至俭，不能自奉养，财不外出。天下人谓为膏肓之疾。" ②从子：侄儿。 ③责：索取。

今译 王戎吝啬贪财，他的侄儿结婚，他给了一件单衣，后来又讨了回来。

三 司徒王戎既贵且富，区宅、僮牧、膏田、水碓之属[①]，洛下无比。契疏鞅掌[②]，每与夫人烛下散筹算计[③]。

注释 ①水碓(duì 对)：利用水力转动木轮带动杵碓以加工粮食的作坊。碓，舂谷米等的器具。 ②契疏：券契账册。 鞅掌：叠韵联绵词。繁多。 ③筹：记数和计算用的筹码。刘注引王隐《晋书》："戎好治生，园田周遍天下。翁妪二人，常以象

今译 司徒王戎既做了高官，又富有财产，他所占有的屋舍庭院、放牧的奴仆、肥沃的田地、加工谷米的水碓作坊之类，洛阳一带无人可比。契约帐册十分繁多，经常与夫人在烛光下摊开筹码，计算家产。

牙筹昼夜算计家资。”

今译 王戎有品种很好的李子，他卖出李子，恐怕别人得到良种，就经常在李子核上钻个洞。

四 王戎有好李，卖之，恐人得其种①，恒钻其核②。

注释 ①种：种子。此指李子的核。 ②钻：打洞。核上打洞，种子就种不出芽了。

今译 王戎女儿嫁给裴颜，借了她父亲数万钱。女儿回娘家，王戎露出不愉快的脸色。女儿急忙把钱还给他，王戎才消除了胸中的不快。

五 王戎女适裴颜①，贷钱数万②。女归，戎色不说③。女遽还钱，乃释然。

注释 ①裴颜：见《言语》23注③。 ②贷：借。此指王戎女儿向父亲借钱。 ③说（yuè 悦）：通“悦”。

今译 江州刺史卫展在寻阳，有个要好的老朋友来投奔他，他全不照顾，只送他一斤药草王不留行。这个朋友得到了所赠中药就吩咐驾车动身离去了。李弘度听说了，说：“我舅舅很刻薄，竟然利用到药草来让人家走。”

六 卫江州在寻阳①，有知旧人投之②，都不料理③，唯饷王不留行一斤④，此人得饷便命驾⑤。李弘范闻之⑥，曰：“家舅刻薄，乃复驱使草木⑦。”

注释 ①卫江州：卫展，字道舒，晋河东安邑（今山西运城东北）人。晋惠帝时官尚书郎、南阳太守，怀帝时任江州刺史。入东晋，为廷尉。 寻阳：晋惠帝时置寻阳郡，属江州，治所在今湖北黄梅西南（东晋咸和中始移今江西九江）。 ②知旧人：相知的老友。 ③料理：照顾；安排。 ④饷：赠送。 王不留行：中药名。一称“王不留”，一年生草本植物，属石竹科。《本草纲目·草五》谓王不留行“性走而不得住，虽有王命不能留其行，故名。”按：卫展送王不留行给老朋友，是用字面意义，双关不留待客人之意。 ⑤命驾：吩咐驾车。表示动身。 ⑥李弘范：李轨，字弘范，南朝宋江夏（治所在今湖北云梦）人。仕至尚书郎。刘注：“按轨，刘氏之甥。此应弘度，非弘范也。”弘度，李充，字弘度，见《言语》80注①。 ⑦乃复：竟然。 驱使：驱遣役使。 草木：指植物。此指中药王不留行。

今译 王导丞相生活节俭，帐下的甜美水果，积得很多也不分发掉。经过春天，果子腐烂了，都督向他报告，王导吩咐丢掉，并说：“当心，不能让大郎知道。”

七 王丞相俭节①，帐下甘果，盈溢不散②。涉春烂败③，都督白之④，公令舍去，曰：“慎不可令大郎知⑤。”

注释 ①王丞相：王导。 ②盈溢：充满。 散：分发。 ③涉春：经春。 ④都督：三国时，帐下领兵者称都督，犹后世之侍卫长。晋代沿之。 白：禀报。 ⑤大郎：指王导长子王悦。

（八）苏峻之乱，庾太尉南奔见陶公[①]，陶公雅相赏重[②]。陶性俭吝[③]，及食，啖薤[④]，庾因留白[⑤]。陶问："用此何为？"庾云："故可种[⑥]。"于是大叹庾非唯风流[⑦]，兼有治实[⑧]。

今译 苏峻作乱，太尉庾亮向南投奔陶侃，陶侃很赏识推重庾亮。陶侃性情节俭得近乎吝啬，进餐时，吃藠头，庾亮就留下薤白。陶侃问："留这东西做什么？"庾亮说："还可以种。"于是陶侃对庾亮大加赞叹，说他非但气度高雅，而且具有办事的实际才能。

注释 ①苏峻之乱，庾太尉南奔见陶公：见《假谲》8。庾太尉，庾亮。 陶公：陶侃。 ②雅：甚；很。 ③俭吝：过于节俭；吝啬。 ④薤：藠头。 ⑤因：便；于是。 白：指薤茎连根部分。 ⑥故：仍然；还。 ⑦非唯：非但；不但。 风流：气度高雅脱俗。 ⑧治实：治理事情的实际才能。

（九）郗公大聚敛[①]，有钱数千万，嘉宾意甚不同[②]。常朝旦问讯[③]，郗家法，子弟不坐，因倚语移时[④]，遂及财货事。郗公曰："汝正当欲得吾钱耳[⑤]！"乃开库一日，令任意用。郗公始正谓损数百万许[⑥]，嘉宾遂一日乞与亲友，周旋略尽[⑦]。郗公闻之，惊怪不能已已[⑧]。

今译 郗愔大肆搜刮钱财，有钱几千万，郗超心中很不以为然。有一次，早晨去请安，郗家的礼法，子弟们在长辈前不能坐，因此站着说话说了很久，就说到了钱财的事。郗愔说："你只不过要得到我的钱罢了！"于是打开钱库一天，让郗超任意使用。郗愔起初只以为损失几百万左右，郗超却在一天里把钱分给亲戚、朋友们，几乎用光。郗愔听了，惊怪不已。

注释 ①郗公：郗愔。 聚敛：收集。特指搜刮钱财。 ②嘉宾：郗超，郗愔子。 ③常：通"尝"。曾经。 朝旦：早晨。 问讯：问安。 ④倚语：立着说话。倚，站立。 ⑤正：仅；只。 当：将；将要。 ⑥损：损失。 许：用于数词后，表比某数稍多或稍少。 ⑦乞与：给与。 周旋：打交道、应付。 ⑧已已：停止。

汰侈第三十

骄奢无度

（一）石崇每要客燕集[①]，常令美人行酒，客饮酒不尽者，使黄门交斩美人[②]。王丞相与大将军尝共诣崇[③]，丞相素不能饮，辄自勉强，至于沉醉。每至大将军，固不饮以观其变[④]，已斩三人，颜色如故，尚不肯饮。丞相让之[⑤]，大将军曰："自杀伊家人[⑥]，何预卿事！"

注释 ①石崇：见《品藻》57注③。刘注引王隐《晋书》："石崇为荆州刺史，劫夺杀人，以致巨富。" 要（yāo 邀）：约请。 ②黄门：宦者。魏晋时高官豪富也有宦者在家庭内侍奉。交：更替；轮番。 ③王丞相：王导。 大将军：王敦。 ④固：固执；坚持。 ⑤让：责备。 ⑥伊家：他家。 按：刘注引《王丞相德音记》，谓王恺请王敦、王导欣赏歌舞，一个吹笛的歌妓稍失声律，王恺就叫人在阶下打杀该歌妓，颜色不变。又《晋书·王敦传》亦记行酒和吹笛两事，都说是王恺，而非石崇，两说不同。

今译 石崇每次请客设宴，总要叫美女斟酒劝饮。宾客如果不能干杯的，石崇就命令家奴把劝酒的美女轮番杀掉。王导和王敦曾经一同去拜访石崇，王导平常一向不会喝酒，这时就勉强喝，以致大醉。每当美女给王敦劝酒时，王敦坚持不喝，看石崇究竟怎么样。石崇已经接连斩了三个美女，王敦神色如常，还是不肯喝。王导责备他，王敦说："石崇自己杀他家里的人，关你什么事！"

（二）石崇厕常有十余婢侍列，皆丽服藻饰[①]，置甲煎粉、沉香汁之属[②]，无不毕备。又与新衣著令出，客多羞不能如厕[③]。王大将军往，脱故衣，著新衣，神色傲然。群婢相谓曰："此客必能作贼！"

注释 ①藻饰：修饰；打扮。 ②甲煎粉：即甲香膏，用作唇脂的芳香软膏。用一种产于江南水边形似蜗牛的软体动物叫做"甲香"的甲或盖，磨碎，和以药草、果花，或再加沉香、麝香之类，浸渍在蜂蜡中制成。参李时珍《本草纲目》卷四六。 沉香

今译 石崇家的厕所里经常有十几个婢女环立侍候，她们都穿着华丽的衣服并经过修饰打扮；厕所里凡是甲煎粉、沉香汁之类，没有不置备齐全的。客人上过厕所之后，又给新衣服，叫客人穿上才让他出去，很多客人因羞于脱衣而不去厕所。王敦到石家厕所里去，脱下旧衣，穿上新衣，神情高傲，满不在乎。婢女们相互议论说："这个客人一定会做贼！"

汁：一种沉香洗剂，用外皮朽烂的沉香木枝条浸泡在水中制成。参《本草纲目》卷三四。　③客多羞不能如厕：谓客人多因羞于脱衣而不去上厕所。如，往。《晋书·王敦传》作“客多羞脱衣”，刘注引《语林》，说刘寔拜访石崇，去上厕所，看见有绛纱帐大床，垫褥很华丽，有两个婢女手持锦香囊。他急忙退出，对石崇说：“刚才误入你的内室。”石崇说：“这是厕所呀。”《晋书·刘寔传》所记同。

（三）武帝尝降王武子家[1]，武子供馔，并用瑠璃器[2]。婢子百余人，皆绫罗绔䙰[3]，以手擎饮食[4]。烝㹠肥美[5]，异于常味。帝怪而问之，答曰：“以人乳饮㹠。”帝甚不平[6]，食未毕，便去。王、石所未知作[7]。

今译　晋武帝曾经莅临王济家，王济供应酒食，用的都是琉璃食器。婢女一百多人，穿的都是绫罗衣裤，用手托着酒食。有一味蒸乳猪味道肥嫩鲜美，与一般的不一样。武帝觉得奇怪而问为什么这蒸乳猪味道特别好，王济回答说：“用人乳来饲养小猪。”武帝对此很为不满，没吃完就离去了。这是连王恺、石崇也不知道该怎么做的佳肴。

注释　①武帝：晋武帝司马炎。　降：降临。　王武子：王济。王济之妻为晋武帝女常山公主，双目失明而妒忌尤甚。晋武帝到王济家，是到女婿家。　②瑠璃：一种有色半透明的矿石。学名青金石，又名天蓝石。由于颜色美观，硬度较大，被看作贵重材料。　③绔：同“袴”。裤子。　䙰（luó 罗）：女子上衣。刘注：“䙰，一作裸。”裸（bēi 卑）：裙子。　④以手擎饮食：谓酒食都让婢女托在手里，供宾客饮用。　⑤烝：通“蒸”。　㹠：同“豚”。小猪。　⑥不平：不满。　⑦王、石：王恺、石崇。两人均豪侈奢靡。

（四）王君夫以粭糒澳釜[1]，石季伦用蜡烛作炊[2]。君夫作紫丝布步障碧绫里四十里[3]，石崇作锦步障五十里以敌之[4]。石以椒为泥[5]，王以赤石脂泥壁[6]。

今译　王恺用饴糖、干饭擦洗锅子，石崇用蜡烛烧饭。王恺做了一个长达四十里的紫丝布、碧绫里子的步障，石崇做一个长达五十里的锦步障来匹敌。石崇用花椒和泥涂墙，王恺用赤石脂来涂壁。

注释　①王君夫：王恺，字君夫，晋东海郯（今山东郯城北）人。王肃子，晋武帝司马炎之舅。少有才力，历位清显。以讨杨骏功，封山都县公。迁龙骧将军，领骁骑将军，加散骑常侍，仕至后将军。恺以世族兼国戚，性侈靡，与石崇、羊琇等斗富，穷极侈靡，盛致声色。卒谥丑。　粭（yí 怡）：同“饴”。饴糖，麦芽糖。糒（bèi 备）：烘干的饭。一说，“糒”疑为衍文，《晋书·石崇传》无此字。　澳（ào 奥）：擦洗。　釜（fǔ 腐）：炊具。似锅，上可置甑。②石季伦：石崇。　作炊：烧饭。　③步障：一种帷幕。贵人外出时张设于道路两侧，以避尘或避寒；或用以隔离内外。　④锦：有彩色大花纹的丝织品。　敌：匹敌；对抗。　⑤以椒为泥：用花椒和泥涂壁，室内芳香。汉代皇后所居宫殿，以椒和泥涂壁。 ⑥赤石脂：风化石的一种，色红，以色理细腻者为胜，可以涂饰墙壁。

（五）石崇为客作豆粥，咄嗟便办[①]。恒冬天得韭萍齑[②]。又牛形状气力不胜王恺牛，而与恺出游，极晚发，争入洛城，崇牛数十步后迅若飞禽，恺牛绝走不能及[③]。每以此三事为搤腕[④]，乃密货崇帐下都督及御车人[⑤]，问所以。都督曰："豆至难煮，唯豫作熟末[⑥]，客至，作白粥以投之。韭萍齑是捣韭根，杂以麦苗尔。"复问驭人牛所以驶。驭人云："牛本不迟，由将车人不及制之尔[⑦]。急时听偏辕[⑧]，则驶矣[⑨]。"恺悉从之，遂争长[⑩]。石崇后闻，皆杀告者。

注释 ①咄嗟：本为吆喝声。又用以形容时间短暂。 ②韭萍齑：用韭菜和艾蒿切细做成的腌菜。韭菜和艾蒿都是冬天不易得之物。萍，藾萧，即艾蒿。 齑（jī 赍）：把菜切细或捣碎做成的腌菜或酱菜。 ③绝走：极力奔跑。 ④搤腕：即扼腕，一只手握住另一只手的腕，表示激怒、惋惜或遗憾。搤（è 遏），用手抓住或掐住。 ⑤货：用财物贿赂；收买。 都督：指贵官帐下的侍卫长。 御：驾御。 ⑥豫：同"预"，预先。 末：碎屑。 ⑦将车人：驾车人。 制：控制。此句《晋书·石崇传》作"良由驭者逐之不及反制之"。 ⑧听：听任。 偏辕：驾车时让车的重心偏向一辕，减轻另一车轮同地面的摩擦，以加快车速。 ⑨驶：迅疾。 ⑩争长（zhǎng 涨）：争得优胜。

今译 石崇为宾客做豆粥，仓猝之间一呼即能办到。整个冬天有切成细末的韭菜艾蒿腌菜。还有，他的牛无论形状和气力都比不上王恺的牛，但他与王恺出去游玩，很晚才出发，二人争着先进洛阳城，石崇的牛在跑了几十步后便快速得如同飞鸟，王恺的牛极力奔跑也追不上。王恺经常为这三件事比不过石崇而气恼。于是他秘密买通石崇帐下的侍卫长和驾车人，问其中的原因。侍卫长说："豆子最难煮熟，只不过是预先把豆烧熟成碎屑，客人来了，做白粥时把熟豆倒进去。韭菜艾蒿腌菜，是捣韭菜根，用麦苗混杂进去罢了。"又问驾车人牛跑得飞快的原因，驾车人说："牛本来跑得不慢，由于驾车的人控制不好，用强力拉住牛。在着急的时候，听任车子偏辕，让车的重心偏向一边，牛就跑得快速了。"王恺全都照着做，就争得优胜。石崇后来听说了这一情况，就把泄密的人都杀掉了。

（六）王君夫有牛名八百里駮[①]，常莹其蹄角[②]。王武子语君夫[③]："我射不如卿，今指赌卿牛，以千万对之[④]。"君夫既恃手快，且谓骏物无有杀理[⑤]，便相然可[⑥]，令武子先射。武子一起便破的[⑦]，却据胡床[⑧]，叱左右："速探牛心来[⑨]！"须臾炙至[⑩]，一脔便去[⑪]。

注释 ①王君夫：王恺。 八百里駮（bó 驳）：牛名。八百里，形容其日行之快。駮，毛色不纯。 ②莹：使光洁明亮。 ③王武子：王济。 ④以千万对之：以千万钱抵对牛。谓王恺出的赌注是牛，王济出的赌注是千万钱。 ⑤骏物：杰出不

今译 王恺有条名叫八百里駮的牛，经常把牛的蹄和角弄得精光闪亮。王济对王恺说："我射箭本领不及你，现在指定赌你的牛，我用千万钱来作抵你那条牛的赌注。"王恺既自恃手的动作敏捷熟练，又认为神骏的牛决没有杀死的道理，就应诺了这次打赌，并叫王济先射。王济一射就中靶心，退回来坐在交椅上，大声吩咐侍从们说："快拿牛心来！"一会儿，烤好的牛心炙拿来了，他只割一块吃了就离去了。

凡之物。此指八百里駮牛。　⑥然可：应诺。　⑦起：发射。破的：射中箭靶。　⑧却：退。　据：伸腿垂足而坐。　胡床：交椅。　⑨探：拿取。　牛心：晋时俗重牛心炙，视为美味。　⑩炙：烤肉。此指烤牛心。　⑪脔（luán 䜌）：切成块状或片状的肉。一脔，指切一块或一片。

（七）王君夫尝责一人无服余衵[①]，因直内著曲閤重闺里[②]，不听人将出[③]。遂饥经日，迷不知何处去。后因缘相为[④]，垂死，乃得出。

注释　①无：通"毋"。勿。　服：穿着。　余：另外。　衵（rì 日）：贴身内衣。　②直：值班。　内（nà 纳）著：放入。　曲閤（gé 阁）：曲折的内室。　重闺：重叠的闺房。指须经过许多门户才能到达之处。　③听：允许；同意。　将出：带领出去。　④因缘：指朋友；同伙。　相为：相帮。

今译　王恺曾经责备一个人不要穿另外的贴身内衣，趁着值班，把此人放入曲折深邃的内室里，不许别人带他出去。这人就饿了好几天，迷迷糊糊不知从什么地方出去。后来，同伙帮助了他，到快死的时候，才得以出来。

（八）石崇与王恺争豪[①]，并穷绮丽[②]，以饰舆服[③]。武帝[④]，恺之甥也，每助恺。尝以一珊瑚树高二尺许赐恺[⑤]，枝柯扶疏[⑥]，世罕其比。恺以示崇，崇视讫，以铁如意击之，应手而碎。恺既惋惜，又以为疾己之宝[⑦]，声色甚厉。崇曰："不足恨[⑧]，今还卿。"乃命左右悉取珊瑚树，有三尺四尺、条干绝世[⑨]、光彩溢目者六七枚，如恺许比甚众[⑩]。恺惘然自失[⑪]。

注释　①争豪：争豪富，比阔绰。刘注引《续文章志》，说石崇资产多到巨万金，住宅舆马，比拟王者。饮食穷尽了水陆珍品。姬妾数百，都穿丝绸绣品，戴金翠首饰，其中擅长音乐歌舞的，都是当代的尖子。筑台榭，开池沼，用尽技巧。他与贵戚羊琇、王恺等相互斗富，穷极侈靡，羊琇等自愧不如。　②绮丽：华美艳丽之物。　③饰：装饰；修饰。　舆服：车乘、衣冠章服的总称。④武帝：西晋武帝司马炎。武帝母王太后是王恺姊。　⑤珊瑚树：亦称"珊瑚"。古代名贵的红珊瑚树由地中海地区输入，作为珍贵摆设或装饰品。　⑥枝柯：枝条。　扶疏：繁茂貌。　⑦疾：通"嫉"。妒忌。　⑧不足：不值得。　⑨条干绝世：谓条干之大，世上无比。　⑩恺许：王恺处。　比：相当。　⑪惘然：惆怅如有所失貌。

今译　石崇与王恺比赛豪富，两人都用尽了最最华丽的珍贵物品来装饰衣冠和车马。晋武帝是王恺的外甥，常常帮助王恺。曾经把一株二尺多高的珊瑚树赏赐给王恺，枝条繁茂，世界上少有比得上的。王恺把珊瑚树给石崇看，石崇看罢，就用铁如意去敲击，珊瑚树随手而碎。王恺既是惋惜珊瑚树，又认为石崇是妒忌自己拥有的宝物，因而说话的声音和脸色都严厉起来了。石崇说："这不值得发火，我现在就赔还给你。"于是叫侍从把家中所有的珊瑚树都拿来，其中高达三四尺的、枝条举世无双、光彩夺目的，有六七枚，相当于王恺家那样的就更多了。王恺看了，怅然若失。

（九）王武子被责[1]，移第北邙下[2]。于时人多地贵，济好马射，买地作埒[3]，编钱匝地竟埒[4]。时人号曰“金沟”[5]。

注释 ①王武子：王济。　被责：被斥免官。《晋书·王济传》载，王济与从兄王佑不和，王佑之党告发王济不能顾父，出为河南尹，未拜。坐鞭王官吏免官。王佑，刘注作“王恬”。　②北邙：山名。在今河南洛阳北。　③埒（liè 裂）：矮墙。此指骑射场地的围墙。　④编钱：穿联铜钱。钱有方孔，可用绳编串。匝（zā 咂）：环绕一周。　竟：满；遍。　⑤金沟：刘注：“沟，一作埒。”

译 王济被斥责免官，搬家到北邙山下。当时人多地贵，王济喜欢骑马射箭，便买下地筑骑射场地周围的矮墙。他把铜钱编串起来，环绕着场地四周摆满了筑墙的地方。当时人称之为“金沟”。

（一〇）石崇每与王敦入学戏[1]，见颜、原象而叹曰[2]：“若与同升孔堂[3]，去人何必有间[4]！”王曰：“不知余人云何？子贡去卿差近[5]。”石正色云：“士当令身名俱泰[6]，何至以瓮牖语人[7]！”

注释 ①学：指太学。古代贵族子弟求学之处。　②颜、原：颜回、原宪，俱孔子弟子。颜回好学不倦，安贫乐道，在孔门中以德行称。原宪，字子思。亦能安贫乐道。　③同升孔堂：谓同为孔门弟子。　④去：距离。　有间：有差别。　⑤子贡（前520—?）：端木赐，字子贡。孔子弟子。善言辞，精商贾，家累千金，富比王侯。　差近：比较近似。　⑥泰：安泰亨通。　⑦瓮牖：以破瓮口为窗。喻贫寒。语出《庄子·让王》：“原宪居鲁，环堵之室，茨以生草，蓬户不完，桑以为枢而瓮牖。”

译 石崇常与王敦到太学里去游玩，看到颜回、原宪的像而感叹地说：“假若同为孔门弟子，何必与常人有差别！”王敦说：“不知其余的人怎样？子贡距离你还比较近似。”石崇脸色庄重地说：“士大夫应当让自己的身份名望都安泰亨通，何至于用安贫乐道的话头去告诫人！”

（一一）彭城王有快牛[1]，至爱惜之。王太尉与射[2]，赌得之。彭城王曰：“君欲自乘[3]，则不论；若欲啖者，当以二十肥者代之。既不废啖，又存所爱。”王遂杀啖[4]。

注释 ①彭城王：司马权，字子舆。司马懿弟司马馗之子。封彭城王。　②王太尉：王衍。　③乘：使驾车。　④遂：竟；终于。

译 彭城王有条快牛，十分爱惜。王衍与彭城王射箭，赌得了这条牛。彭城王说：“您要自己用来驾车，那就不必说了；假如要吃的话，我愿用二十条肥牛来代替它。这样，既不放弃了吃，又保全了所爱的牛。”王衍竟把这条快牛杀掉吃了。

（一二）王右军少时[1]，在周侯末坐[2]，割牛心啖之，于此改观[3]。

译 王羲之年轻时，在周顗客座上坐在最末的座位，周顗把当时人们看重的牛心炙割给王羲之吃，于是人们改变了对王的看法。

注释

①王右军:王羲之。 ②周侯:周颉。 末坐:离主人最远的座位。 ③改观:谓时人因周颉给珍贵食物牛心给王羲之吃,因而改变了对王的看法,对他器重了。

忿狷第三十一

愤怒、急躁

（一）魏武有一妓[①]，声最清高[②]，而情性酷恶[③]。欲杀则爱才，欲置则不堪[④]。于是选百人，一时俱教。少时还有一人声及之[⑤]，便杀恶性者。

注释 ①魏武：曹操。　妓：古代贵族家中从事音乐、歌舞表演的女侍。　②清高：指声音清亮激越。　③酷恶：极坏。酷，极，甚。　④置：赦免；宽免。　不堪：承受不了。　⑤还：影宋本作“果”。

今译 曹操有一个歌女，声音清越高昂，但脾气极坏。曹操想杀掉她，又可惜她的才华；想宽免她，却又不能忍受。于是挑选了一百个人同时训练。不久，发现有一个歌女的声音能赶上了她，曹操就把那坏脾气的歌女杀了。

（二）王蓝田性急[①]。尝食鸡子[②]，以筯刺之[③]，不得，便大怒，举以掷地。鸡子于地圆转未止，仍下地以屐齿蹍之[④]，又不得。瞋甚，复于地取内口中[⑤]，齧破即吐之[⑥]。王右军闻而大笑曰[⑦]：“使安期有此性[⑧]，犹当无一豪可论[⑨]，况蓝田邪？”

注释 ①王蓝田：王述，袭爵蓝田侯，故称。　②鸡子：鸡蛋。　③筯：同“箸”。筷子。　④仍：于是。　屐齿：木屐底上的齿。　蹍（zhǎn 展）：踩；踏。　⑤于：从。　内（nà 纳）：通“纳”。放入。　⑥齧（niè 孽）：咬。　⑦王右军：王羲之。　⑧使：假使。　安期：王承，王述父。　⑨犹：尚且。　豪：通“毫”。　可论：值得称道。意谓即使王承有此急性，尚且一无可取，何况其子王述德望不及其父，自然更不值一提。

今译 蓝田侯王述性情急躁。有一次他吃鸡蛋，用筷子去刺，刺不住，就大为恼火，把鸡蛋拿起来扔在地上。鸡蛋在地上转个不停，他就跳下地提起脚用木屐的齿去踩，又没有踩住。他愤怒极了，又从地上捡起鸡蛋放进嘴里，把鸡蛋咬破了又马上吐出来。王羲之听说这件事后大笑说：“即使王安期有这种脾气，尚且毫不足取，何况他的儿子王蓝田呢？”

（三）王司州尝乘雪往王螭许[①]。司州言气少有牾逆于螭[②]，便作色不夷[③]。司州觉恶[④]，便舆床就

今译 王胡之有一次趁着大雪天到王恬家去。王胡之言谈语气之间稍微有点得罪了王恬，王恬就板起脸显得很不高兴。王胡之发觉不好，就提起坐榻去靠近王恬，握着他手臂说：“你难道值得与老兄我计较？”王恬拨开王胡之的手说：“冷得像鬼手似的，硬要来抓住人家的手臂！”

之[⑤]，持其臂曰："汝讵复足与老兄计[⑥]？"螭拨其手曰："冷如鬼手馨[⑦]，强来捉人臂！"

注释 ①王司州：王胡之，曾任司州刺史，故称。　王螭（chī 痴）：王恬，小字螭虎，王导次子。　许：住处。　②言气：言语声气。　牾（wǔ 忤）逆：冒犯；违逆。牾，不顺。　③作色：变了脸色。　不夷：不愉快；不高兴。夷，平和。　④觉：感到；发觉。　恶：不好。　⑤舆：抬。床：坐具。　就：靠近。⑥讵复：岂；难道。　足：值。老兄：王胡之对王恬自称，含亲热意。王胡之与王恬是堂兄弟。　计：计较。　⑦馨：助词。犹言般、样、似的。

四　桓宣武与袁彦道樗蒱[①]，袁彦道齿不合[②]，遂厉色掷去五木[③]。温太真云[④]："见袁生迁怒[⑤]，知颜子为贵[⑥]。"

注释 ①桓宣武：桓温。　袁彦道：袁耽，参阅《任诞》34。　樗（chū 初）蒱：盛行于汉魏六朝的一种博戏。　②齿：骰子上的点数。　不合：谓不如己所期望。　③五木：樗蒱赌戏中所用色子。初为木制，每副五枚，故名。其形制为：两头尖细，中间扁平，一面为黑色，绘小犊图案，另一面为白色，绘雉鸡图案。掷时以五枚均黑色面朝上为上采。　④温太真：温峤。　⑤袁生：指袁耽。生，"先生"的省称。　迁怒：怒于甲而移于乙。⑥颜子：指孔子弟子颜回。《论语·雍也》："有颜回者好学，不迁怒，不贰过。"

译 桓温与袁耽作樗蒱赌戏。袁耽掷子的点数不合自己所期望的，就面色一板掷掉了五木。温峤说："看到袁生迁怒，才知道颜回的可贵。"

五　谢无奕性粗强[①]。以事不相得[②]，自往数王蓝田[③]，肆言极骂。王正色面壁不敢动，半日。谢去良久，转头问左右小吏曰："去未？"答云："已去。"然后复坐。时人叹其性急而能有所容[④]。

注释 ①谢无奕：谢奕，谢安长兄。　粗强：浮躁倔强。　②不相得：互相不融洽；不和谐。　③数：数落。　王蓝田：王述。④性急而能有所容：谓性虽急躁而能容人。

译 谢奕性情浮躁倔强。一次因某事与王述不相融洽，就亲自跑去数落王述，毫无顾忌地破口大骂。王述脸色严正，面对墙壁一动也不敢动地坐了老半天。谢奕离开了好久，他才掉转头问身边侍从说："走没走？"回答说："已经走了。"然后他才重新正面坐下。当时的人都赞叹王述性情急躁，但也有能够容忍的时候。

六　王令诣谢公[①]，值习凿齿已在坐[②]，当与并榻[③]。王徙倚不坐[④]，公引之与对榻[⑤]。去后，语胡

译 王献之拜访谢安，正碰上习凿齿已先在客座，王献之应当与他合坐一榻。王犹豫着不肯坐，谢安就拉着王献之与习凿齿对榻而坐。宾客走后，谢安对谢朗说："子敬确实清高特立，但是过多地拘执于人为的这些习尚，很会损害他的自然气度。"

儿曰[⑥]:“子敬实自清立[⑦],但人为尔多矜咳[⑧],殊足损其自然[⑨]。”

注释 ①王令:王献之。 谢公:谢安。 ②值:逢;遇到。 刁凿齿:见《言语》72注①。 ③併榻:合坐一榻。 ④徙倚:徘徊;徬徨。 ⑤引:牵挽。 与对榻:谓与刁凿齿对榻而坐。 ⑥胡儿:谢朗,谢安侄,见《言语》71注③。 ⑦子敬:王献之,字子敬。 清立:清高特立。刘注引刘谦之《晋纪》:“王献之性甚严峻,不交非类。” 按:“不交非类”谓不与门第不当之人相来往。晋人重视门第,刁凿齿出身寒门,王献之拘执于士庶不同席,故不与刁合坐一榻。 ⑧但人为尔多矜咳:谓但是过于拘执于人为的这种习尚。矜咳,一本作“矜硋(ài碍)”,疑是,矜持拘执。 ⑨殊:颇;甚。 足:可;能。 自然:指不做作而恰到好处的气度。

（七）王大、王恭尝俱在何仆射坐[①]。恭时为丹阳尹[②],大始拜荆州[③]。讫将乖之际[④],大劝恭酒,恭不为饮,大逼强之转苦,便各以裙带绕手。恭府近千人,悉呼入斋;大左右虽少,亦命前,意便欲相杀。何仆射无计,因起排坐二人之间,方得分散。所谓势利之交[⑤],古人羞之。

注释 ①王大:王忱,小字佛大。 王恭:王忱族侄。 按:王忱、王恭俱出太原王氏。王忱乃王坦之第四子,弱冠知名,与王恭、王珣均享誉于一时。王恭为孝武帝王皇后之兄。由于袁悦离间,王忱、王恭有嫌隙。参阅《赏誉》153。 何仆射:何澄,字子玄。何充弟。历官秘书监、太常、中护军,孝武帝太元末征拜尚书。安帝即位,迁尚书左仆射。 ②丹阳:郡名。治建康,故城在今江苏江宁东。 尹:官名。指一地的行政长官。王恭于晋孝武帝太元中代沈嘉为丹阳尹。 ③拜荆州:授予荆州刺史官职。晋孝武帝太元十四年,荆州刺史桓石民死,王忱继任荆州刺史。 ④乖:分别;分开。 ⑤势利之交:谓凭藉权势与财利相交。语出《汉书·张耳陈余传赞》“势利之交,古人羞之”。

今译 王忱、王恭曾一起在何澄座上。王恭当时任丹阳尹,王忱刚授任荆州刺史。到了将要分别的时候,王忱向王恭劝酒,王恭不肯喝,王忱硬逼王恭喝,越逼越厉害,两人就各自用裙带绕在手上。王恭府中随从近千人,通通叫他们进屋;王忱左右侍从虽然少,也吩咐他们上来,双方的用意都想互相攻杀。何澄没有办法,就起来把自己座位排在他们两人之间,方才得以解开一场恶斗。这是凭藉权势财利相交往,并无真正情谊,古人也认为是可耻的。

（八）桓南郡小儿时[①],与诸从兄弟各养鹅共斗。南郡鹅每不如,甚以为忿。乃夜往鹅栏间,取诸兄弟鹅悉杀之。既晓,家人咸以惊骇,云是变怪,以白车骑[②]。车骑曰:“无所致怪[③],当是南郡戏耳[④]!”

今译 桓玄小时候,与堂兄弟们各自养鹅来斗。桓玄的鹅常常不如别人的,感到很忿恨。于是在夜里到养鹅的栅栏里,把堂兄弟们的鹅通通杀掉。天亮之后,家里人都因此而惊吓起来,说是变出怪来了,把这件事报告桓冲。桓冲说:“没有什么可以招致怪异的,想必是桓玄恶作剧罢了!”一问,果然如桓冲所说。

问，果如之。

注释 ①桓南郡：桓玄。　②车骑：桓冲，桓玄叔。　③致：招致；引来。　④戏：戏谑。引申为恶作剧。

谗险第三十二

轻信谗言，毁害贤能

今译 王澄外表很闲适疏朗，而内心实在刚强而以豪侠自许。

（一）王平子形甚散朗[①]，内实劲侠[②]。

注释 ①王平子：王澄，王衍弟。 形：形象。引申为外表。 散朗：闲适疏朗。 ②劲侠：谓性刚而以豪侠自喜。刘注引邓粲《晋纪》："刘琨尝谓澄曰：'卿形虽散朗，而内劲狭，以此处世，难得其死！'澄默然无以答。后果为王敦所害。刘琨闻之曰：'自取死耳！'"

今译 袁悦有口才，能作纵横捭阖的说辞，也有精密的义理。他起初做谢玄的参军，很受礼遇。后来他遭父母丧事，到守孝期满除去孝服后回到京都，只带了一部《战国策》。他对人家说："少年时我读《论语》、《老子》，又看《庄子》、《周易》，这些都是病痛时的事，会有什么益处呢？天下重要之物，只有《战国策》。"他到京都之后，去劝说当政的司马道子，极大地受到亲近宠爱，几乎被他搅乱了朝纲。不久，他就被孝武帝诛杀了。

（二）袁悦有口才[①]，能短长说[②]，亦有精理。始作谢玄参军，颇被礼遇。后丁艰[③]，服除还都，唯赍《战国策》而已[④]。语人曰："少年时读《论语》、《老子》，又看《庄》、《易》，此皆是病痛事，当何所益邪？天下要物，正有《战国策》[⑤]。"既下[⑥]，说司马孝文王[⑦]，大见亲待，几乱机轴[⑧]，俄而见诛[⑨]。

注释 ①袁悦：见《赏誉》153注②。 ②短长说：原指战国时策士纵横捭阖之说。据刘向《战国策叙》之说，《战国策》亦名"短长书"。此谓袁悦能作政治上纵横捭阖的权术之说。 ③丁艰：遭父母之丧。 ④赍（jī 斋）：携带。 ⑤正有：只有；仅有。 ⑥下：到……去。此指袁悦到建康。 ⑦说（shuì 税）：游说；用言语打动。 司马孝文王：当作"司马文孝王"。司马道子。 按：晋孝武帝太元十年(385)，谢安死，司马道子是孝武帝的同母弟，遂以司徒、录尚书事、兼领扬州刺史、都督中外诸军事，继谢安为相，主持朝政。 ⑧机轴：机，弩牙；轴，车轴。比喻国家的枢要和朝廷的法度。 ⑨见诛：指袁悦被杀。刘注引《袁氏谱》："太元中，悦有宠于会稽王（司马道子），每劝专揽朝权，王颇纳其言。王恭闻其说，言于孝武。乃托以它罪，杀悦于市中。既而朋党同异之声，播于朝野矣。” 按：晋孝武帝沉溺于酒色，司马道子更是宴饮无度，刑政谬乱；但是他们兄弟之间同时又是君相之间也有矛盾。袁悦劝司马道子专权，自为孝武帝所怒；王恭为孝武帝王皇后之兄，袁悦又离间王恭、王忱的关系，故向孝武帝进言。袁悦遂为孝武帝所杀。

（三）孝武甚亲敬王国宝、王雅①。雅荐王珣于帝②，帝欲见之。尝夜与国宝及雅相对，帝微有酒色，令唤珣，垂至③，已闻卒传声④。国宝自知才出珣下，恐倾夺要宠⑤，因曰：“王珣当今名流，陛下不宜有酒色见之，自可别诏召也⑥。”帝然其言⑦，心以为忠，遂不见珣。

【注释】①孝武：东晋孝武帝司马曜。 王国宝：王坦之第三子，王忱兄。王国宝以从妹为司马道子妃，遂攀援为其心腹。孝武帝时，司马道子当政，引国宝为侍中、中书令、中领军，结党弄权。 王雅(334—400)：字茂达，一作茂建，东晋东海郯(今山东郯城)人。晋孝武帝时历官尚书左右丞、廷尉、侍中、丹阳尹、太子少傅、领军、尚书、散骑常侍，深受孝武帝礼遇，大事多参谋议。晋安帝即位，迁尚书左仆射。他慎默奉公，不能犯颜廷争。善知人。 ②王珣：王导孙，王洽子。 ③垂：将。 ④卒传声：士卒传报之声，表示人已到门。 ⑤倾夺：争夺。 要宠：指君主宠爱。要，影宋本作“其”。 ⑥别诏：谓改日另下诏书召见王珣。 ⑦然：以为是。

【今译】孝武帝非常亲近宠爱王国宝和王雅。王雅向孝武帝推荐王珣，孝武帝打算召见王珣。有一天晚上，孝武帝与王国宝、王雅在一起，孝武帝已经有醉意，下令传唤王珣。王珣将到，已经听到士卒传报之声了。王国宝自知才能在王珣之下，恐怕王珣争夺他得宠的地位，就说：“王珣是当今名流，皇帝陛下不宜在有醉酒容色的情况下接见他，可以改日另外下诏召见。”孝武帝认为王国宝说得对，心里还以为王国宝很忠诚，就没有接见王珣。

（四）王绪数谗殷荆州于王国宝①，殷甚患之，求术于王东亭②。曰：“卿但数诣王绪，往辄屏人③，因论它事。如此，则二王之好离矣。”殷从之。国宝见王绪，问曰：“比与仲堪屏人何所道？”绪云：“故是常往来④，无它所论。”国宝谓绪于己有隐，果情好日疏⑤，谗言以息。

【注释】①王绪：见《规箴》26注①。 殷荆州：殷仲堪。 ②术：方法；办法。 王东亭：王珣。 ③屏人：叫人避开。屏(bǐng饼)，屏退。 ④故：只；不过。 ⑤情好日疏：刘注谓王国宝与王绪是“同恶相求，有如市贾”，一直到被诛戮，也不曾有过嫌隙，不会让殷仲堪略施离间之计而感情疏远。

【今译】王绪屡次对王国宝说殷仲堪的坏话，殷仲堪为此非常忧虑，向王珣去请教应付的方法。王珣说：“你只要经常去拜访王绪，去了就总是把左右的人打发走，趁此谈论其他的事。这样，那二王的交情就可以疏远了。”殷仲堪照着王珣的话去做了。王国宝见到王绪，就问道：“近来你与殷仲堪避开了众人，说些什么？”王绪说：“只不过是日常往来，并没有议论什么。”王国宝认为王绪对自己有所隐瞒，果然两人的感情日渐疏远，对殷仲堪的谗言也就停息了。

尤悔第三十三

过错、懊悔

（一）魏文帝忌弟任城王骁壮[①]，因在卞太后閤共围棋[②]，并噉枣，文帝以毒置诸枣蒂中[③]，自选可食者而进。王弗悟，遂杂进之[④]。既中毒，太后索水救之。帝预敕左右毁缾罐[⑤]，太后徒跣趋井[⑥]，无以汲。须臾，遂卒。复欲害东阿[⑦]，太后曰："汝已杀我任城，不得复杀我东阿[⑧]！"

注释 ①魏文帝：曹丕。 任城王：曹彰（？—223），字子文。曹操子，与兄曹丕俱卞后所生。尚武厌文，骁勇善射，屡有军功。曹操爱之，以其须黄，呼为"黄须儿"。初封鄢陵侯。曹丕代汉，封任城王。后为曹丕所忌，毒杀。谥威。 骁壮：勇猛健壮。②因：趁着。 卞太后：曹操妻，曹丕、曹彰、曹植母，见《贤媛》4注④。 閤（gé阁）：通"阁"。内室。 ③蒂：瓜果与枝茎相连的部分。 ④杂进：谓把有毒无毒的枣子混杂吃了。进，指进食。⑤敕：命令。 缾罐：指汲水用的瓦器。古人相传井水可以解毒，故曹丕令人毁汲水用具。 ⑥徒跣：赤脚。表示仓促不及穿鞋。⑦东阿：东阿王曹植。 ⑧不得复杀我东阿：按曹植于魏明帝太和三年（229）始由雍丘徙封东阿王，此时曹丕已死去三年。此是记事疏失。

译 魏文帝曹丕忌惮弟弟任城王曹彰的勇猛强壮，就趁在卞太后房中下围棋，一同吃枣子的机会，把毒药暗放入枣蒂中，他自己挑选可以吃的来吃。任城王不知道，就把有毒药的和没有毒药的混杂吃了。中毒之后，卞太后找水来救他。魏文帝预先命令侍从把瓶瓶罐罐都捣毁了，卞太后急忙中赤脚赶到井边，却没有器具可以用来汲水。一会儿，任城王就死了。魏文帝又想害死东阿王曹植，卞太后说："你已经害死了我的任城王，不许再杀害我的东阿王了！"

（二）王浑后妻[①]，琅邪颜氏女[②]。王时为徐州刺史，交礼拜讫，王将答拜，观者咸曰："王侯州将[③]，新妇州民[④]，恐无由答拜[⑤]。"王乃止。武子以其父不答拜[⑥]，不成礼[⑦]，恐非夫妇，不为之拜[⑧]，谓为"颜妾"。颜氏耻之。以其门贵[⑨]，终不敢离。

译 王浑的后妻，是琅邪颜家的女儿。王浑当时是徐州刺史，行交拜礼时颜氏拜毕，王浑将要答拜，观礼的人都说："王侯爷是一州长官，新娘是本州百姓，恐怕没有理由答拜。"王浑就停止答拜。王济因为他父亲不答拜，婚礼不完备，恐怕不能算正式夫妻，就不拜后母，称颜氏为"颜妾"。颜氏引以为耻。但因为王家门第高贵，也始终不敢离婚。

注释 ①王浑:王济父。 ②琅邪:郡名。治所在开阳(今山东临沂北),属徐州。 ③王侯:王浑袭父爵京陵侯,故称。州将:指州刺史。东汉以后,州郡长官兼领军事,多有将军称号,故州刺史、郡太守又称"州将"、"郡将"。 ④新妇:指颜氏女。 州民:颜氏琅邪人,琅邪属徐州,故为州刺史管辖下之民。⑤无由:没有理由。 ⑥武子:王济,王浑之子,前妻钟氏生。⑦不成礼:谓婚礼未完成。 ⑧不为之拜:谓王济不拜后母。⑨门贵:门第高贵。王浑出自太原王氏,是高门世族。

(三)陆平原河桥败[1],为卢志所谗[2],被诛。临刑叹曰:"欲闻华亭鹤唳[3],可复得乎?"

今译 陆机在河桥战败,受到卢志的谗害,被诛杀。在临刑之时,他叹息道:"要想听家乡华亭鹤的长鸣,还听得到吗?"

注释 ①陆平原:陆机,任平原内史,故称。 河桥败:晋惠帝太安二年(303),成都王司马颖、河间王司马颙起兵攻长沙王司马乂。司马颖的前锋都督陆机和司马颙的部将张方,分别进军洛阳。陆机军至河桥,与司马乂军战,陆机大败,溃不成军。长史卢志与黄门孟玖谗诬陆机谋反。陆机与弟陆云同为司马颖所杀。河桥,桥名,在今河南孟县南,为洛阳外围戍守要地。 ②卢志:见《方正》18 注①。 ③华亭:刘注引《八王故事》:"华亭,吴由拳县郊外墅也,有清泉茂林。吴平后,陆机兄弟共游于此十余年。"由拳,即今浙江嘉兴。 按:《资治通鉴》卷八五胡三省注:"华亭时属吴郡嘉兴县,界有华亭谷、华亭水。至唐始分嘉兴县为华亭县。今县东七十里,其地出鹤,土人谓之鹤窠。"陆机、陆云所居华亭谷,在今上海松江西。 鹤唳(lì 戾):鹤鸣。刘注引《语林》:"机为河北都督,闻警角之声,谓孙丞曰:'闻此不如华亭鹤唳。'故临刑而有此叹。" 按:后以"华亭鹤唳"为典故,指遇害者生前依恋旧游景物,含伤痛惋惜之意。

(四)刘琨善能招延[1],而拙于抚御[2]。一日虽有数千人归投,其逃散而去亦复如此。所以卒无所建[3]。

今译 刘琨善于招揽人才,但拙于抚慰使用。一日之间,虽然有几千人来归附投奔,但逃散离去的也有这个数目。因此终于没有甚么建树。

注释 ①刘琨:见《言语》35 注①。 招延:招引延请。 ②抚御:指安抚驾驭部下。 ③卒:结果;最终。 建:建树。指建功立业。 按:西晋末至东晋初年,匈奴刘聪的势力,才扩张到今晋南、豫北和关中一带;羯人石勒南进江汉失败,退而北据襄国,开始经营河北。由于刘聪、石勒仇视汉人,肆行残害,激起北方汉人纷起抗敌。西晋怀帝永嘉元年(307),刘琨为并(bīng 兵)州刺史,进屯晋阳(今山西太原)。时并州饥荒,诸将率吏民外出就食，刘琨至晋阳，招集流民，此后十余年间，屡次打败刘聪。本则刘注下有敬礿（影宋本作“敬胤”，不知何人）按语，驳斥本则所记，谓刘琨为并州刺史时，晋阳是座空城，“而能收合士众，抗行渊、勒，十年之中，败而能振，不能抚御，其得如此乎？”再参阅《晋书·刘琨传》中刘琨在途中上晋怀帝表，当时并州饥荒，民之所以逃散，恐因乏食之故。

五 王平子始下①，丞相语大将军②：“不可复使羌人东行③。”平子面似羌。

译 王澄开始东下，王导对王敦说：“不能再让那个羌人向东行进了。”王澄的面貌像羌族人。

注释 ①王平子：王澄，字平子。　始下：王澄历任荆州刺史，下，谓自上游而下。　②丞相：王导。　大将军：王敦。　③羌人：指王澄。王澄貌似羌人，故称。　东行：向东行进。谓王澄自荆州赴建康。　按：王澄名望甚高，兄王衍称其才能在王敦之上。晋惠帝末为荆州刺史，纵酒废事，又诱杀益梁流民数千，激起杜弢等流民之变，致内外怨叛，兵败逃亡。旋应琅邪王司马睿（即后之东晋元帝）之征召，为军谘祭酒，东下时道经豫章，时王敦为江州刺史，杀王澄。《方正》31刘注引《晋阳秋》及《裴子》，即叙此事，《晋书·王澄传》同。本则刘注谓王澄自为王敦所害，王导不会说这样的话。

六 王大将军起事①，丞相兄弟诣阙谢②。周侯深忧诸王③，始入，甚有忧色。丞相呼周侯曰：“百口委卿④！”周直过不应。既入，苦相存救⑤。既释⑥，周大说⑦，饮酒。及出，诸王故在门⑧。周曰：“今年杀诸贼奴，当取金印如斗大，系肘后⑨。”大将军至石头⑩，问丞相曰：“周侯可为三公不⑪？”丞相不答。又问：“可为尚书令不⑫？”又不应。因云：“如此，唯当杀之耳！”复默然。逮周侯被害⑬，丞相后知周侯救己⑭，叹曰：“我不杀周侯，周侯由我而死，幽冥中负此人！”

译 大将军王敦起兵，丞相王导兄弟亲赴朝廷请罪。周顗深为王导等人担忧，刚进朝廷时，脸上很有忧虑之色。王导呼叫周顗说：“我全家性命都拜托给你了！”周顗径直走过去，没有应他。进去见了晋元帝，周顗苦苦地说情保全救援王导。得到元帝宽赦之后，周顗大为高兴，就喝酒。等到出来，王导等人仍然在宫门口。周顗说：“今年杀掉那些贼奴，要取颗金印像斗那样大，系在胳膊肘儿后头。”后来王敦到了石头城，问王导说：“周顗可以让他做三公吗？”王导不答复。又问：“可以做尚书令吗？”王导又不吭声。于是王敦说：“这样，只有把他杀掉了！”王导还是默不作声。等到周顗被杀害之后，王导后来知道周顗曾救过自己，悲叹说：“我没杀周顗，但周顗却由于我而死，到了阴曹地府，我对不起此人啊！”

注释 ①王大将军起事：王敦是西晋武帝司马炎的女婿，于晋元帝永昌元年（322）以讨刘隗、刁协为名，从武昌（今湖北鄂州）起兵攻建康。　②丞相兄弟：王导兄弟。王敦为王导从兄，王敦既反，刘隗劝晋元帝尽诛王氏。　诣阙谢：谓王导等到朝廷请罪。　③周侯：周顗，字伯仁，时官尚书左仆射。　深忧诸王：深深地为王导诸人担忧。　按：周顗与王导交谊甚厚，参阅《排调》

14、17、18诸则。 ④百口委卿：谓以全家性命都托付给你了。百口，指全家人。 ⑤存救：保全援救。 ⑥既释：谓得到晋元帝允许宽免王导等之后。 ⑦说（yuè 悦）：通"悦"。 ⑧故：仍旧。 ⑨"今年杀诸贼奴"三句：谓今年当杀贼立功，升官进爵。 按：王敦入据石头城，戴渊、刘隗率众攻之，周顗亦出战，晋朝廷军大败。此语乃周顗出战前豪语。 ⑩石头：石头城，故址在今江苏南京西。《晋书·元帝纪》载，王敦入据石头城后，自为丞相、都督中外诸军、录尚书事，封武昌郡公。他总揽朝政大权，任意黜陟官吏。 ⑪周侯：周顗。 三公：辅佐君主掌握军政大权的最高官员。晋以太尉、司徒、司空为三公。 不：同"否"。 ⑫尚书令：尚书省长官，负责政令。魏晋时亦为朝廷重要官职。⑬逮：及；到。 ⑭丞相后知周侯救己：《晋书·周顗传》载，王导后来整理中书文件，看到周顗营救他的奏表，说得十分恳切，才知道周顗尽力保全他而未对他说，乃执表流泪，悲不自胜。

（七）王导、温峤俱见明帝[①]，帝问温前世所以得天下之由[②]。温未答。顷[③]，王曰："温峤年少未谙[④]，臣为陛下陈之。"王乃具叙宣王创业之始[⑤]，诛夷名族，宠树同己[⑥]，及文王之末高贵乡公事[⑦]。明帝闻之，覆面著床曰[⑧]："若如公言，祚安得长[⑨]！"

注释 ①明帝：东晋明帝司马绍。 ②前世：前代；前朝。此指西晋王朝。 ③顷：一会儿。 ④谙（ān 安）：熟悉；了解。 ⑤具叙：详述。 宣王：司马懿。 ⑥宠树：宠爱树立。同己：党同于己者。刘注："宣王创业，诛曹爽，任蒋济之流者是也。"《晋书·宣帝纪》："帝（司马懿）内忌而外宽，猜忌多权变。……及平公孙文懿（公孙渊），大行杀戮。诛曹爽之际，支党皆夷及三族，男女无少长，姑姊妹女子之适人者皆杀之，既而竟迁魏鼎云。"可见司马懿之残忍惨酷。 ⑦文王：司马昭。 末：末年。高贵乡公事：魏齐王芳嘉平六年（254），司马师废齐王芳，立魏文帝曹丕孙十四岁的高贵乡公曹髦为帝。次年，司马师死，弟司马昭擅权。甘露五年（260），二十岁的曹髦率殿中宿卫苍头官僮讨司马昭，被司马昭党羽杀死。司马昭迎立常道乡公曹璜，改名奂，是为魏元帝。司马昭死。其子司马炎嗣为相国、晋王；不久，司马炎逼魏主禅位，曹魏亡，建晋朝，是为晋武帝。 ⑧床：坐具。 ⑨祚（zuò 阼）：皇位；国统。一本作"胙"。安：如何；怎么。

译 王导、温峤一起去见晋明帝，明帝问温峤前代之所以能取得天下的来由。温峤没有答复。一会儿，王导说："温峤年纪轻，对这许多事情不熟悉，让臣给陛下讲一讲。"王导就详细叙述了晋宣帝司马懿开始创立晋朝基业时，诛灭名门望族，宠幸树立党同于自己的人，一直到晋文帝司马昭末年，杀掉高贵乡公曹髦的种种事情。晋明帝听后，把脸贴在坐着的椅子背上，说："假如像您所说的那样，晋朝的国统怎么能长久！"

（八）王大将军于众坐中曰[①]："诸周由来未有作三公者[②]。"有人答曰："唯周侯邑五马领头而不

译 大将军王敦在座上许多人前说："周氏家族中的人从来没有做到三公职位的。"有人回答说："只有周顗像樗蒱戏中已经五马领头但没有成功。"王敦说："我与周顗在洛阳相遇时，一见面就倾心尽情。正碰上世事纷乱，就到了这个地步！"他就为此而流下泪来。

克③。”大将军曰：“我与周洛下相遇，一面顿尽④。值世纷纭，遂至于此⑤！”因为流涕。

【注释】①王大将军：王敦。　②诸周：指周氏家族中诸人。此指周颉一族。　由来：从来。　③周侯：周颉。　邑：据李慈铭校当为“已”字。　五马领头：刘注引邓粲《晋纪》，谓此系王敦属下一参军以樗蒱博具之五马为喻，临成而马头被杀，因喻周颉已位至尚书左仆射，将作三公而不果。《晋书·周颉传》略同。不克：不成。　④一面顿尽：谓一见面就倾心尽情。　⑤遂至于此：指周颉被杀。参阅本篇6。

（九）温公初受刘司空使劝进①，母崔氏固驻之②，峤绝裾而去③。迄于崇贵④，乡品犹不过也⑤。每爵皆发诏⑥。

【注释】①温公：温峤。　刘司空：刘琨。　劝进：旧时臣下劝说、拥戴某人正式做皇帝。东晋琅邪王司马睿在建康即晋王位(317)，司空、并州刺史刘琨等一百八十人上书劝晋王进尊号即帝位，派温峤为使者到建业劝进。参阅《言语》35、36。　②母崔氏：温峤之母。刘注引《温氏谱》：“峤父襜，娶清河崔参女。”固：固执；坚持。　驻：阻止；阻拦。　③绝裾：割断衣服的大襟。谓温母拉住温峤衣襟，阻拦他出使远行，温峤割断衣襟，离母而去。④崇贵：地位显赫高贵。　⑤乡品：乡里品评。按：魏晋选拔人才、任用官吏，实行九品中正制。对选拔任用对象，由他所属郡中正（由朝廷现任官兼任）进行品评，向朝廷提供所评对象的家世、行状（有关道德才能的叙述）、品（根据家世、行状评定应入某品）。必须列入上品，才可得到选拔或任用。　不过：不能通过其品。过，通过，认可。此指温峤不顾老母而绝裾南行，母死又不归葬，都被视为有亏于孝道，所品评不得上品。《晋书·孔愉传》有此记载。⑥每爵：每次加官进爵。　皆发诏：谓乡评不得上品，所以升官要用皇帝特旨施行。

【今译】温峤当初受司空刘琨的命令，出使到建康劝进，他母亲崔氏硬是阻拦他，他割断了衣襟，离母南下。一直到他位居高官地位显赫时，乡里品评还不能通过他列入上品。所以，他每次升官进爵，都要皇帝特发诏书。

（一〇）庾公欲起周子南①，子南执辞愈固②。庾每诣周，庾从南门入，周从后门出。庾尝一往奄至③，周不及去，相对终日。庾从周索食，周出蔬食，庾亦强饭极欢，并语世故④，约相推引⑤，同佐世之任⑥。既仕，至将军二千石⑦，而不称意。中宵慨然曰：“大丈夫乃为庾元规所卖⑧！”一叹，遂发背

【今译】庾亮要起用周邵，周邵托辞拒绝，更加固执。庾亮每次去拜访周邵，常常是庾亮从南面大门进去，周邵从后门走出。有一次，庾亮径直突然来到，周邵来不及离开，两人便整天相对而坐。庾亮向周邵索取食物，周邵拿出蔬菜饭食，庾亮也勉强进食，极为欢洽，同时谈论当前世事，约定要把周邵推荐为官，一起承担辅助君主治理天下的任务。周邵做官后，官做到将军二千石，他不称心。在半夜里感慨地说：“大丈夫竟被庾元规出卖了！”一声长叹，背疮迸发溃裂而死。

而卒[9]。

注释 ①庾公：庾亮。　起：起用。　周子南：周邵，见《栖逸》9注①。　②执辞愈固：谓言辞愈加固执，拒不接受。　③奄：猝然；突然。　④世故：世事。　⑤推引：推荐引进。　⑥佐世：辅佐君主治理天下。　⑦将军二千石：周邵官至镇蛮护军、西阳太守。太守俸禄二千石。　⑧庾元规：庾亮，字元规。　⑨发背：背疮迸发溃裂。

一一　阮思旷奉大法[1]，敬信甚至。大儿年未弱冠[2]，忽被笃疾[3]。儿既是偏所爱重，为之祈请三宝[4]，昼夜不懈。谓至诚有感者，必当蒙祐。而儿遂不济[5]。于是结恨释氏，宿命都除[6]。

注释 ①阮思旷：阮裕。　奉：信奉。　大法：佛教指大乘佛教之法。亦泛指佛法。　②大儿：刘注引《阮氏谱》："牖，字彦伦，裕长子也。仕至州主簿。"　弱冠：男子二十岁之代称。　③被：遭受。　笃疾：重病。　④祈请：祈祷以求保祐。　三宝：佛教称佛、法、僧为三宝。　⑤不济：不救，犹言死去。　⑥宿命：佛教谓人过去之世皆有生命，辗转轮回，皆由前世所定，故称前世之命为宿命。亦指佛教宿命论。此处指阮裕所信奉的佛教教义。

今译 阮裕信奉佛法，虔敬信仰到了极点。他的大儿子年龄不满二十，忽然染上重病。儿子既然是他非常喜爱和看重的，就为儿子祈求佛教三宝显灵，消除病殃，白天黑夜都不敢懈怠。他认为心意至诚，有所感动的，一定会蒙受佛的保祐。但是他儿子终于没有救活。从此，他就结怨于佛教，原来信奉的宿命之说全都抛弃了。

一二　桓宣武对简文帝[1]，不甚得语[2]。废海西后[3]，宜自申叙[4]，乃豫撰数百语[5]，陈废立之意。既见简文，简文便泣下数十行。宣武矜愧[6]，不得一言。

注释 ①桓宣武：桓温。　简文帝：司马昱。　②不甚得语：不大能说话，谓言谈不能投合。　③废海西：晋海西公太和六年(371)，桓温废晋帝司马奕为东海王，立会稽王司马昱为帝，即简文帝。同年，又改封司马奕为海西公。　④申叙：说明；表白。　按：桓温在北伐中枋头败后，为了挽救自身威望的低落，问计于郗超，废帝而立简文帝，见《晋书·桓温传》。废君既没有多少坚强理由，就需要有所表白。参阅《排调》38。　⑤豫撰：预先写好。豫，通"预"。　⑥矜愧：痛苦内疚。

今译 桓温面对晋简文帝时，言谈不很投合。他废黜海西公之后，应当自己作些表白，就预先写了几百字的发言稿，陈述废立的本意。见了简文帝，简文帝就哭泣起来，下泪不止。桓温感到痛苦内疚，竟说不出一句话来。

一三　桓公卧语曰[1]："作此寂寂[2]，将为文、景所笑[3]。"既而屈起坐曰[4]："既不能流芳后世，亦不足

今译 桓温躺着说："像这样冷冷落落，无声无息，将要为文帝、景帝所耻笑。"后来又一下子坐起来说："既不能流芳后世，难道也不能遗臭万年吗？"

复遗臭万载邪⑤？”

注释 ①桓公：桓温。 ②作：如；像。 寂寂：落寞而无所作为。 ③文、景：指晋文帝司马昭、晋景帝司马师。 ④屈起：一下子起来。屈（jué 崛），通“崛”。 ⑤不足：不能。

（一四）谢太傅于东船行①，小人引船②，或迟或速，或停或待，又放船从横③，撞人触岸，公初不呵谴④，人谓公常无嗔喜。曾送兄征西葬还⑤，日莫雨⑥，驶小人皆醉⑦，不可处分⑧，公乃于车中手取车柱撞驭人⑨，声色甚厉。夫以水性沉柔，入隘奔激⑩，方之人情⑪，固知迫隘之地⑫，无得保其夷粹⑬。

今译 谢安在会稽坐船出行，仆役行船，有时慢有时快，有时停顿有时等待，又听任那船纵来横去，撞着人触着岸，谢安从来都不加斥责。人们说他性情和顺，经常喜怒不形于色。曾有一次为他的兄长征西将军谢奕送葬回来，天晚了，又下着雨，车夫都喝醉了，简直没有办法，谢安就在车中亲手拿了车柱撞击车夫，声色俱厉。水性是深沉和柔的，流入狭窄之处就急速奔涌，比之于人的性情，自然可知处于逼仄之地，就不能保持心平气和的态度了。

注释 ①谢太傅：谢安。 东：东边。此指会稽。 ②小人：指仆役。 引船：犹行船。引，使车船行驶。 ③从横：同“纵横”。交错不顺。 ④初不：从来不；全不。 呵谴：斥责。 ⑤征西：刘注：“征西，谢奕。”谢奕为谢安长兄。 按：《晋书·谢奕传》作“安西将军”，《穆帝纪》同，卒于穆帝升平二年（358）秋八月。 ⑥莫（mù 暮）：同“暮”。 ⑦驶小人：《太平御览》卷十雨部引“驶”作“驭”，无“小”字。驭人，车夫。 ⑧处分：处理；安排。 ⑨柱：泛指能起支撑作用的柱子。 ⑩隘：狭窄之处。 ⑪方：比。 ⑫迫隘之地：逼仄的地方。 ⑬无得：不能。 夷粹：平和纯正。

（一五）简文见田稻不识①，问是何草，左右答是稻。简文还，三日不出，云：“宁有赖其末②，而不识其本③！”

今译 简文帝看到田里的稻子，不认识，问是什么草，侍从回答说是稻子。简文帝回去后，三天没有出门，说：“怎么能依赖它的末梢生活，却不认识它的茎干呢！”

注释 ①简文：晋简文帝司马昱。 ②末：梢；末端。此指稻谷。 ③本：草木的茎干。此指稻禾。刘注：“纵不识稻，何所多悔！此言必虚。”意谓君子之学务其大者远者，薄物细故，虽不知亦无害。

（一六）桓车骑在上明畋猎①，东信至②，传淮上大捷③，语左右云：“群谢年少大破贼④。”因发病薨。谈者以为此死，贤于让扬之荆⑤。

今译 车骑将军桓冲在荆州上明城打猎，有东边的信使到，传来淮水边抗击前秦军大胜的消息。他对左右侍从说：“谢家一群少年人竟大破贼军。”就此发病而死。当时议论以为桓冲这一死，比先前让出扬州刺史而到荆州去当刺史还要贤明。

注释 ①桓车骑：桓冲，桓温之弟，时任荆州刺史。　上明：城名。桓冲任荆州刺史时为抵御前秦苻坚南侵而筑，故址在今湖北松滋西之长江南岸。城成，冲移荆州治所于此。　②东信：东边来的使者。　③淮上大捷：指淝水之战晋军大胜，击退前秦苻坚军。　④群谢年少：谢家一群少年人。　贼：指前秦苻坚大军。　⑤贤于让扬之荆：谓桓冲让出扬州刺史而到荆州去任刺史。　按：东晋孝武帝宁康三年(375)，桓冲以扬州刺史让于谢安，自任徐州刺史，镇京口(今江苏镇江)。后又调任荆州刺史。淝水之战时，桓冲轻视谢安不长于军事，所任诸将又皆年轻，故发必败之论。淝水大捷后，桓冲在荆州已六年，抗前秦无功，见大功出于向所轻视之谢氏子弟，不免相形见绌，自以失言惭恨，本有疾病，至太元九年(384)，发病而死。但桓冲惭恨而不跋扈生事，故论者以为此死较让扬州刺史尤为贤明。

（一七）桓公初报破殷荆州[①]，曾讲《论语》[②]，至“富与贵，是人之所欲，不以其道得之，不处”[③]，玄意色甚恶。

今译 桓玄刚刚得到击破荆州刺史殷仲堪的报告，适逢讲说《论语》。讲到“富与贵，是人之所欲，不以其道得之，不处”这几句，桓玄的神情脸色都显得很难看。

注释 ①桓公：应作“桓玄”，本书例称桓温为“桓公”。桓玄，桓温之子。　报：告知。　破：打败。　殷荆州：殷仲堪，时为荆州刺史。　按：东晋安帝隆安二年(398)，王恭、殷仲堪再起兵，号称讨谯王司马尚之等。殷仲堪用杨佺期、桓玄统兵，进逼建康(今江苏南京)。王恭部将刘牢之杀王恭，率北府兵救建康。晋朝廷以官爵收买杨佺期、桓玄，西军亦退。隆安三年(399)，晋朝廷离间殷仲堪、杨佺期与桓玄，加桓玄为都督荆州四郡。桓玄与殷仲堪有隙，遂袭击江陵，殷仲堪、杨佺期兵败。仲堪为桓玄兵所获，被逼自杀。次年，桓玄都督荆江等八州及扬豫八郡，领荆江二州刺史。②曾：据李慈铭校，当作会。会，正遇上。　③“富与贵”四句：见于《论语·里仁》，孔子语。意谓富和贵，这是人人想要的，不用正当的办法去得到富贵，则君子不接受。

纰漏第三十四

错失、疏漏

（一）王敦初尚主①，如厕，见漆箱盛干枣，本以塞鼻，王谓厕上亦下果，食遂至尽。既还，婢擎金澡盘盛水②，琉璃碗盛澡豆③，因倒著水中而饮之，谓是干饭。群婢莫不掩口而笑之。

注释 ①尚主：娶公主为妻。刘注："敦尚武帝女舞阳公主，字脩祎。"《晋书·王敦传》载王敦妻为晋武帝司马炎之女襄城公主。 ②澡盘：洗澡用的器皿。 ③澡豆：一种丸剂。用豌豆末和香药制成，以洗手面或衣物，使清洁而有光泽。唐代王焘《外台秘要》卷三二有澡豆方。

今译 王敦刚刚娶公主为妻的时候，有一次上厕所，看见漆箱中盛有干枣，本来是用来塞鼻孔的，王敦以为厕所里也吃果品，就把干枣全吃光。从厕所里回来，婢女擎着金的洗涤用盆盛了水，用琉璃碗盛了澡豆，请王敦洗手。王敦也不懂，把澡豆倒在水里喝了下去，还说是干饭。婢女们没有一个不掩口而笑他的。

（二）元皇初见贺司空①，言及吴时事②，问："孙皓烧锯截一贺头③，是谁？"司空未得言，元皇自忆曰："是贺劭④。"司空流涕曰："臣父遭遇无道，创巨痛深⑤，无以仰答明诏⑥。"元皇愧惭，三日不出。

注释 ①元皇：晋元帝司马睿。 贺司空：贺循。 ②吴时：三国吴的时候。 ③孙皓：吴末帝，三国吴最末的君主。 ④贺劭：《三国志·吴志》本传及刘注均作"贺邵"。见《政事》4注①。刘注谓贺邵即贺循之父，三国吴末帝孙皓凶暴骄矜，邵上书切谏，皓深恨之。被诬谤毁国事，收捕考掠，锯杀之。 ⑤创巨痛深：原谓伤口大，痛苦就厉害，短时间内难以愈合。语本《礼记·三年问》："创巨者其日久，痛甚者其愈迟。"后用以比喻遭受重大的、令人极其沉痛的伤害。 ⑥仰答：答复。仰，敬词，用以修饰下对上的行为。 明诏：英明的诏示。特用作对君主所言的敬称。

今译 晋元帝初次见到贺循的时候，谈到三国吴时的事情，问道："孙皓烧锯断一个姓贺的人的头，那人是谁？"贺循还来不及回答，元帝自己想起来说："是贺邵。"贺循就流着泪说："臣的父亲遭遇到无道暴君，真是创巨痛深，臣无法用言语来答复陛下的英明诏示。"晋元帝无意中触动了贺家的不幸事件，又犯了贺循的家讳，就自感惭愧，三天没有出朝。

（三）蔡司徒渡江[1]，见彭蜞[2]，大喜曰："蟹有八足，加以二螯[3]。"令烹之。既食，吐下委顿[4]，方知非蟹。后向谢仁祖说此事[5]，谢曰："卿读《尔雅》不熟[6]，几为《劝学》死[7]。"

今译 蔡谟到江南，看到彭蜞，大为高兴，说："蟹有八只脚，加上两只螯。"叫人煮熟了。吃了之后，上吐下泻，弄得委顿不堪，才知道吃的不是蟹。后来他对谢尚讲起这件事，谢尚说："你呀，《尔雅》读得不熟，几乎被《劝学》害死。"

注释 ①蔡司徒：蔡谟。 ②彭蜞：即蟛蜞。似蟹而小，生长在水边。 ③"蟹有八足"两句：刘注："《大戴礼·劝学篇》曰'蟹二螯八足，非蛇蟺之穴无所寄托者，用心躁也。'故蔡邕为《劝学章》取义焉。" 按：蔡邕，见《品藻》1注③，所作《劝学》皆四字句。蔡谟为蔡邕之从曾孙，所诵两句或即蔡邕《劝学》原句。 ④吐下：上吐下泻。 委顿：委靡疲顿。 ⑤谢仁祖：谢尚。 ⑥《尔雅》：字书名。秦汉以来经师递相增益而成。今本十九篇，前三篇解释语词，后十六篇解释名物词语。有郭璞注。此处指《尔雅·释鱼》："蜎蠌，小者蟧。"郭璞注："螺属，见《埤苍》。或曰即彭蜎也，似蟹而小。"彭蜎，即彭蜞。 ⑦《劝学》：指《大戴礼记·劝学》，或指蔡邕所作《劝学章》。意谓蔡谟未熟读《尔雅》，不知道《释鱼》中说到彭蜞，只知道《劝学》中所记蟹的形状，分不清而误食彭蜞，以致吐泻。

（四）任育长年少时[1]，甚有令名[2]。武帝崩[3]，选百二十挽郎[4]，一时之秀彦[5]，育长亦在其中。王安丰选女婿[6]，从挽郎搜其胜者，且择取四人[7]，任犹在其中。童少时，神明可爱[8]，时人谓育长影亦好。自过江，便失志[9]。王丞相请先度时贤共至石头迎之[10]，犹作畴日相待[11]，一见便觉有异。坐席竟，下饮[12]，便问人云："此为茶，为茗[13]？"觉有异色，乃自申明云："向问饮为热为冷耳。"尝行从棺邸下度[14]，流涕悲哀。王丞相闻之曰："此是有情痴[15]。"

今译 任瞻年轻时，很有些美名。晋武帝死，选用一百二十个挽郎，都是当时的俊秀人才，任瞻也在其中。王戎选女婿，就从这些挽郎中寻找才貌俱优的，只选取四人，任瞻也在其中。他在童年时，神情可爱，当时人说任瞻的影子也是美好的。自从渡江南下，就神志不清。王导请早先渡江南下的当时贤达一起到石头城去迎接任瞻，还是如同以前那样接待他，但一见面就觉得有些异常。大家坐席完毕，摆上茶，任瞻就问别人说："这是茶呢，还是茗？"他觉得别人有惊异的表情，就自己说明道："先前我问喝的是热的还是冷的呀。"他曾经从棺材店附近走过，就落泪悲哀。王导听说之后，说："这是有情感的痴呆。"

注释 ①任育长：任瞻，字育长，晋乐安（今山东博兴）人。晋成帝时为谒者仆射，历都尉、天门太守。 ②令名：好名声。 ③武帝：晋武帝司马炎。 ④挽郎：古时送葬，执绋牵引灵柩唱挽歌之少年。晋代帝后之丧，选公卿六品官子弟为挽郎。 ⑤秀彦：俊秀人才。 ⑥王安丰：王戎。 ⑦且：只是。 ⑧神明：指人的神情。 ⑨失志：失去神智；神志失常。 ⑩王丞相：王导。 先度时贤：较早渡江南下的当时贤达。度，通"渡"。石头：城名。 ⑪畴日：前时；先前的日子。 ⑫下饮：设茶；供茶。 ⑬"此为茶"两句：这是茶呢，还是茗？ 按：茶、茗实为一物，《尔雅·释木》"槚，苦荼"郭璞注："今呼早采者为荼，晚采者为茗。"任瞻此问正显示其糊涂。 ⑭棺邸：棺材店。 下：用于名词之后，泛指该名词所表示的范围。 度：经过。 ⑮有情痴：有情感的痴呆。

（五）谢虎子尝上屋熏鼠①。胡儿既无由知父为此事②，闻人道痴人有作此者，戏笑之。时道此非复一过③。太傅既了己之不知④，因其言次，语胡儿曰："世人以此谤中郎⑤，亦言我共作此。"胡儿懊热⑥，一月日闭斋不出。太傅虚托引己之过，以相开悟⑦，可谓德教。

注释 ①谢虎子：谢据，小字虎子，谢安次兄。 ②胡儿：谢朗，小字胡儿，谢据之子。 无由：无从。 ③非复一过：不是一次。 ④太傅：谢安。 了：晓；知。 己：用如第三人称代词，犹言他。 ⑤中郎：指谢据。 按：谢安兄弟六人，谢奕居长，谢据其次，谢安居三，此呼"中郎"，犹今呼次兄为老二。 ⑥懊热：烦恼羞惭。 按：谢朗不知其父作为而笑其痴，经谢安婉言点破，故觉羞恼。 ⑦开悟：开导使悟解。

今译 谢据曾经爬到屋上去熏老鼠，谢朗无从得知他父亲做了这件事，听别人说有个愚蠢的人做这样的事，就加以戏笑。谢朗时常提到这件事，还说了不止一次。谢安既已知道他并不知道底细，就趁着他在讲起的时候，对谢朗说："世人拿这事来毁谤老二，也有说我一起做这件事的。"谢朗听了十分羞恼，关在屋里一个月不出来。谢安假托把过错引到自己头上，用以开导谢朗，使他明白，这可以说是以德行相感化了。

（六）殷仲堪父病虚悸①，闻床下蚁动，谓是牛斗。孝武不知是殷公②，问仲堪："有一殷病如此不③？"仲堪流涕而起曰："臣进退唯谷④。"

注释 ①殷仲堪父：刘注引《殷氏谱》、《续晋阳秋》，谓仲堪父名师，字师子，仕至骠骑咨议。有失心病。 虚悸：中医病名。因气血亏虚而时感心跳发慌。 ②孝武：晋孝武帝司马曜。 殷公：此指殷仲堪之父。 ③不：同"否"。 ④进退唯谷：进退都陷于困难境地。语出《诗·大雅·桑柔》："人亦有言，进退维谷。" 唯：通"维"。 毛传："谷，穷也。" 按：此乃晋孝武帝疏忽失言，直问殷仲堪父之病，使仲堪答与不答，进退两难。

今译 殷仲堪的父亲得了虚悸病，听到床下蚂蚁动，认为是牛斗，就感到心慌气急。晋孝武帝不知道他是殷仲堪的父亲，问殷仲堪说："有一个姓殷的人，生的病是不是这样的？"殷仲堪流着眼泪起来说："臣进退两难。"

（七）虞啸父为孝武侍中①，帝从容问曰②："卿在门下③，初不闻有所献替④。"虞家富春⑤，近海，谓帝望其意气⑥，对曰："天时尚暖，𩸭鱼虾鲊未可致⑦，寻当有所上献⑧。"帝抚掌大笑。

今译 虞啸父做晋孝武帝的侍中，有一次他陪同孝武帝饮宴，孝武帝随便问他："你在门下省，怎么完全听不到你有什么献可替否。"虞啸父老家在富春，是靠近海的地方，他认为皇帝是希望他进献礼物，因而回答说："天气还暖和，𩸭鱼干、虾干等咸货还弄不到，不久就可以有所进献了。"孝武帝听了拍手大笑。

注释 ①虞啸父：晋会稽余姚（在今浙江）人。少历显位，后至侍中，为孝武帝所爱重。晋安帝隆安中，为吴国内史。王廞（见《任诞》54）起兵叛，啸父以兵响应。败后废为庶人。复起拜尚书。仕至护军将军、会稽内史。 孝武：晋孝武帝司马曜。侍中：官名。侍从君主左右，掌傧赞威仪，备切问近对，拾遗补缺。②帝从容问曰：《晋书·虞啸父传》在此句上有"尝侍饮宴"一句。③门下：门下省，官署名。为直属于君主之顾问机关。侍中属门下省。 ④初：全；都。 献替："献可替否"之省。语出《左传·昭公二十年》："君所谓可，而有否焉，臣献其否，以成其可；君所谓否，而有可焉，臣献其可，以去其否。"后遂"献可替否"谓臣下对君主劝善规过，议论兴革。省作"献替"。 ⑤富春：县名。在今浙江。⑥意气：谓奉献礼物。 ⑦鮆（zhì 制）鱼：一种咸水鱼，即"鲚"。可鲜食或制成鱼干。 鲝（zhǎ 诈上声）：原作"鲵"，据影宋本改。腌鱼，糟鱼。 致：得到。 ⑧寻：不久。

（八）王大丧后[①]，朝论或云国宝应作荆州[②]。国宝主簿夜函白事云[③]："荆州事已行[④]。"国宝大喜，其夜开阁[⑤]，唤纲纪[⑥]，话势虽不及作荆州[⑦]，而意色甚恬[⑧]。晓遣参问[⑨]，都无此事。即唤主簿数之曰[⑩]："卿何以误人事邪？"

今译 荆州刺史王忱死后，朝廷议论谁去接替，有人说王国宝应当做荆州刺史。王国宝的主簿连夜封呈了一份文书报告说："荆州刺史的事已经定了。"王国宝大为喜悦，那天晚上，打开衙署侧门，叫主簿等属官来，谈话的趋向虽然没有直接说到做荆州刺史，但他的神情气色很淡泊。到天亮时候，派人去探问，完全没有这件事。他立即把主簿叫来，数落说："你为什么误人家的事？"

注释 ①王大丧后：王忱死后。王忱为荆州刺史，死于晋孝武帝太元十七年（392）。 ②国宝：王国宝，王忱弟，时任中领军。 ③主簿：官名。负责文书簿籍，掌管印信，为掾史之首。 函：函封书牍。 白事：报告文书。 ④荆州事：指任命王国宝为荆州刺史之事。刘注引《晋安帝纪》："王忱死，会稽王欲以国宝代之。孝武中，诏用仲堪，乃止。" 已行：已经定了。 ⑤其夜：原作"而夜"，据影宋本改。 阁（gé 阁）：侧门。借指衙署。⑥纲纪：指公府主簿。大凡有政令，由主簿宣布，故称主簿为纲纪。⑦话势：话头，说话的趋势。 ⑧恬（tián 田）：淡泊。 ⑨遣：差遣；派。 参问：探询；验证。 ⑩数（shǔ 鼠）：数落。

惑溺第三十五

迷乱陷溺

【今译】三国魏文帝的甄皇后聪明而又美丽，原先是袁熙的妻子，非常得宠。曹操攻破邺城之后，命令急速召见甄氏，左右侍从说："五官中郎已经把她带走了。"曹操说："今年破贼，只是为了她这女人。"

（一）魏甄后惠而有色①，先为袁熙妻②，甚获宠。曹公之屠邺也③，令疾召甄，左右白："五官中郎已将去④。"公曰："今年破贼，正为奴⑤。"

【注释】①魏甄后：三国魏文帝曹丕之皇后。　惠：通"慧"。聪明。　②袁熙：字显奕，袁绍次子。为人有勇力。初领幽州。袁氏兵败，与弟袁尚奔辽东投公孙康，为康所杀。　③曹公：曹操。　屠邺：屠戮邺城。邺，县名。为冀州治所。故址在今河北临漳西南。东汉末袁绍为冀州牧，镇邺。绍死，其子袁尚守此。汉献帝建安九年(204)，曹操攻破邺城。　④五官中郎：汉献帝建安十六年(211)，曹丕始以曹操世子为五官中郎将，置官属，为丞相之副。破邺在建安九年，于此称为"五官中郎"，当为后来追记之称。将：带；带领。　⑤奴：犹言他(她)，含轻蔑意。此指甄氏。

【今译】荀粲和他妻子的情爱十分深厚，冬天，妻子生热病，他就走出屋子到庭院中冻冷自己，然后回房用身体紧贴妻子。妻子死了，荀粲过不久也死了，因此为世人所讥议。荀粲说："妇女的德行不值得称道，应当以姿色为主。"裴楷听到这话，说："这是一时兴趣所至的事，不是有美德的人说的话，希望后来的人不要为这话所蒙蔽。"

（二）荀奉倩与妇至笃①，冬月妇病热，乃出中庭自取冷，还以身熨之②。妇亡，奉倩后少时亦卒，以是获讥于世。奉倩曰："妇人德不足称，当以色为主。"裴令闻之③，曰："此乃是兴到之事④，非盛德言，冀后人未昧此语⑤。"

【注释】①荀奉倩：荀粲，字奉倩，三国魏颍川颍阴(今河南许昌)人。荀彧幼子。见《文学》9。刘注引《荀粲别传》，谓其妻系骠骑将军曹洪之女，有美色。妻死，约一年后，荀粲亦死，年二十九。　至笃：谓情爱深厚。　②熨(yùn蕴)：紧贴。　③裴令：裴楷，见《德行》18注③。　④兴到：兴之所至。　⑤昧：为……所蒙蔽。

（三）贾公闾后妻郭氏酷妒[1]。有男儿名黎民，生载周[2]，充自外还，乳母抱儿在中庭，儿见充喜踊[3]，充就乳母手中呜之[4]。郭遥望见，谓充爱乳母，即杀之。儿悲思啼泣，不饮它乳，遂死。郭后终无子。

【注释】①贾公闾：贾充，见《政事》6注①。　后妻郭氏：郭配之女，名槐，晋惠帝贾后之母，参阅《贤媛》13。　酷妒：极其妒忌。　②载周：才周岁。载，始。　③踊：跳跃。　④呜：通"歍"。亲吻。

【今译】贾充的后妻郭氏极其妒忌。她有个儿子名叫黎民，生下来才满周岁。一天，贾充从外面回家，乳母抱着孩子在庭院中，孩子看见贾充高兴得跳起来，贾就近在乳母手中亲了亲儿子。郭氏在远处望到了，以为贾充是爱上乳母了，立即把她杀了。孩子悲伤地想念乳母而哭泣，不肯吃别人的奶，就死了。郭氏后来终于没有儿子。

（四）孙秀降晋[1]，晋武帝厚存宠之[2]，妻以姨妹蒯氏[3]，室家甚笃[4]。妻尝妒，乃骂秀为"貉子[5]。"秀大不平，遂不复入。蒯氏大自悔责，请救于帝。时大赦，群臣咸见。既出，帝独留秀，从容谓曰："天下旷荡[6]，蒯夫人可得从其例不[7]？"秀免冠而谢，遂为夫妇如初。

【注释】①孙秀：字彦才，魏晋之际吴郡吴人。初为孙吴夏口督、前将军。为孙皓所逼，于晋武帝泰始六年(270)率部曲两千人降晋，拜骠骑将军、开府仪同三司，封会稽公。　②晋武帝：西晋武帝司马炎。　存宠：抚慰宠爱。　③妻：动词，嫁。　蒯(kuǎi)氏：孙秀之妻，襄阳(今湖北襄樊)人。姊为晋武帝妻。　④室家：指夫妇。　笃：谓情爱深厚。　⑤貉(hé 阖)子：一种哺乳动物。似狸。三国以来，中原士族多呼江东吴人为貉子，有轻蔑意。　⑥旷荡：浩荡宽宏。此承上文"大赦"，谓法度宽大。　⑦不：同"否"。

【今译】孙秀投降了晋朝，晋武帝很看重宠爱他，把自己的姨妹蒯氏嫁给了他。他们夫妻之间情感也很深厚。孙秀妻子曾经妒性发作，竟骂孙秀为"貉子"。孙秀心中大为不满，就不再进妻子的闺房。蒯氏非常后悔自责，向晋武帝请求帮助。当时正宣布大赦，满朝臣子都上朝。臣子们走出之后，武帝把孙秀单独留下来，不经意地问道："现在天下大赦，概从宽大，蒯夫人是不是也可以援例从宽？"孙秀脱下帽子，表示谢罪，夫妻关系遂恢复如初。

（五）韩寿美姿容[1]，贾充辟以为掾[2]。充每聚会，贾女于青琐中看[3]，见寿，说之[4]，恒怀存想[5]，发于吟咏。后婢往寿家，具述如此[6]，并言女光丽[7]。寿闻之心动，遂请婢潜修音问[8]，及期往宿。寿矫捷绝人[9]，踰墙而入，家中莫知。自是充觉女盛自拂拭[10]，说畅有异于常[11]。后会诸吏，闻寿有奇香

【今译】韩寿姿态容貌都很美，贾充征召他做属官。每次贾充和属官集会，他的女儿从窗格中偷看，看到韩寿，就喜爱他，经常想念，便在吟咏诗歌中表现出来。后来，她的婢女到韩寿家，详细叙述了这些情况，并说贾充女儿长得光艳美丽。韩寿一听就动了心，于是请婢女秘密传递音讯，到了约定的时间，就到贾充女儿那里

去过夜。韩寿手脚灵便，行动轻捷，超过常人，跳墙而入，贾充家里没有人知道。从此，贾充感觉到女儿总是盛装打扮。喜悦舒畅的神情也不同往常。后来，贾充会见属官，闻到韩寿身上有一股奇特的香气。这种香是外国进贡来的，一沾着人，香气经过几个月也不会消退。贾充自忖，晋武帝只把这种香赐给了自己和陈骞，别人家没有这种香，就怀疑韩寿和自己女儿私通。但又一想，家里围墙重叠严密，大门侧门都戒备森严，韩寿从哪里进来呢？就藉口发现盗窃，派人去修墙。派去的人返回报告："其他地方没有甚么异常，只有东北角好像有人的痕迹，但是墙很高，并不是人所能越过的。"贾充就把女儿身边的婢女叫来盘问，婢女把一切情况都说了出来。贾充为保守秘密，只得把女儿嫁给了韩寿。

之气，是外国所贡，一著人则历月不歇。充计武帝唯赐己及陈骞⑫，余家无此香，疑寿与女通，而垣墙重密，门阁急峻⑬，何由得尔？乃托言有盗，令人修墙。使反⑭，曰："其余无异，唯东北角如有人迹，而墙高，非人所踰。"充乃取女左右婢考问⑮，即以状对。充秘之，以女妻寿⑯。

注释 ①韩寿：晋南阳堵阳（今河南方城东）人。仕至散骑常侍，河南尹。晋惠帝元康初卒。赠骠骑将军。　②辟（bì 壁）：征召。　掾：属官。　③贾女：贾充女，名午。　青琐：古代富贵人家门窗上的装饰，刻成连琐形花纹，涂以青色。借指刻镂成格子的窗户。　④说（yuè 悦）：通"悦"。　⑤存想：思念。⑥具述：详细叙述。　⑦光丽：光艳美丽。　⑧潜：暗中。　修：备；具。　⑨矫捷：行动轻捷灵活。　绝人：超出常人。⑩盛：美盛。　拂拭：修饰打扮。　⑪说（yuè 悦）畅：喜悦舒畅。⑫计：估计；盘算。　陈骞：见《方正》7 注②。　⑬门阁：大门和侧门。泛指门。　急峻：犹言严紧。意谓戒备森严。　⑭使：奉命办事的人。　反：通"返"。　⑮考问：审问。　⑯以女妻寿：把女儿嫁给韩寿。刘注："寿敦家风，性忠厚，岂有若斯之事？诸书无闻，唯见《世说》，自未可信。"但又引《郭子》，谓"与韩寿通者，乃是陈骞女，即以妻寿，未婚而女亡。寿因娶贾氏，故世因传是充女"。　按：后以"偷香"指男女偷情，本此。

今译 王戎的妻子，常常称王戎为"卿"。王戎说："妇女用'卿'来称呼丈夫，从礼数上讲是不敬，你以后不要再这样了。"他妻子说："亲卿爱卿，所以才称你为卿。我不称你为卿，还有谁可以称你为卿呢？"于是王戎就听任她经常这样称呼自己。

（六）王安丰妇常卿安丰①。安丰曰："妇人卿婿，于礼为不敬②，后勿复尔③。"妇曰："亲卿爱卿，是以卿卿④。我不卿卿，谁当卿卿？"遂恒听之⑤。

注释 ①王安丰：王戎。　卿：此用作动词，称呼"卿"。　②"妇人卿婿"两句：卿，第二人称代词，称呼对低于自己或同辈中亲昵而不拘礼数者。按旧时礼数，男尊女卑，妇女称丈夫为"卿"是不敬。婿，夫婿，丈夫。　③尔：如此。　④卿卿：称你为卿。上一"卿"，动词；下一"卿"，指王戎。　按：后以"卿卿"为夫妻间之爱称，本此；亦用为对人亲昵的称呼，有时且含戏谑、嘲弄之意。如《红楼梦》之"反误了卿卿性命"。　⑤听：听任。

今译 丞相王导有个得宠的妾姓雷，很喜欢干预政事，收受贿赂。蔡谟称她为"雷尚书"。

（七）王丞相有幸妾姓雷①，颇预政事②，纳货③。蔡公谓之"雷尚书"④。

注释 ①王丞相：王导。　幸妾：爱妾。刘注引《语林》，谓王导的姓雷的妾，是王恬、王洽的生母。　②预：干预。　③纳货：收受钱财；纳贿。　④蔡公：蔡谟。　尚书：官名。掌管文书奏章，协助皇帝处理政事。　按：蔡谟称王导之妾为“尚书”，乃讽刺其干预政事。

仇隙第三十六

仇恨嫌隙

（一）孙秀既恨石崇不与绿珠[1]，又憾潘岳昔遇之不以礼[2]。后秀为中书令，岳省内见之，因唤曰："孙令，忆畴昔周旋不[3]？"秀曰："中心藏之，何日忘之[4]！"岳于是始知必不免。后收石崇、欧阳坚石[5]，同日收岳。石先送市，亦不相知。潘后至，石谓潘曰："安仁[6]，卿亦复尔邪？"潘曰："可谓'白首同所归'[7]。"潘《金谷集诗》云[8]："投分寄石友[9]，白首同所归。"乃成其谶[10]。

今译 孙秀既恨石崇不肯把绿珠送给他，又恨潘岳对他不以礼相待。后来孙秀任中书令，潘岳在中书省遇见他，就唤住他，说："孙令，还记得我们从前在一起的交往情景吗？"孙秀借用《诗经》的句子说："中心藏之，何日忘之！"潘岳就知道要遭到孙秀的报复是一定避不开的了。后来孙秀收捕石崇、欧阳建，同一天又收捕了潘岳。石崇先被送到行刑的市上，互相间也不知道。潘岳后到，石崇对潘岳说："安仁，你也这样了吗？"潘岳说："真所谓'白首同所归'！"原来潘岳在《金谷集诗》里写道："投分寄石友，白首同所归。"这诗句竟成了谶语。

注释 ①孙秀（？—301）：字俊忠，晋琅邪（今山东临沂北）人。以文才见长，赵王司马伦用为侍郎。晋惠帝永康元年（300），司马伦为相国，以孙秀为中书令，遂专擅朝政。次年，司马伦篡帝位；同年四月，秀与司马伦同为齐王司马冏、成都王司马颖、河间王司马颙所诛。　按：晋有两孙秀，本则孙秀与《贤媛》17之孙秀为同一人，而与《惑溺》4之孙秀为两人。　绿珠（？—300）：石崇的歌妓。貌美，善吹笛。赵王司马伦杀贾皇后，自为相国。孙秀仗势向石崇索取绿珠。石崇不允，孙秀遂力劝赵王司马伦杀石崇，母兄妻子十五人同时被害。甲士到门，绿珠跳楼自尽。　②憾：恨。遇之不以礼：谓不按礼数对待孙秀。潘岳父文德为琅邪太守，孙秀作小吏。潘岳随父在郡，深恶孙秀为人狡黠，屡次侮辱他。孙秀因而怀恨在心。　③周旋：交往。　不：同"否"。　④"中心藏之"两句：出自《诗·小雅·隰桑》，原意谓心里正中意了他，哪一天忘记了他。此借用表示不忘旧日受辱之仇。　⑤收：逮捕。　欧阳坚石：欧阳建（265？—300），字坚石，晋渤海（今河北南皮东北）人。石崇外甥。因石崇之牵连而被杀。　⑥安仁：潘岳，字安仁。⑦白首同所归：白首，指老年时。归，归向。潘岳《金谷集诗》最后两句："投分寄石友，白首同所归。"全诗存《昭明文选》。 ⑧金谷集诗：洛阳东北有石崇所筑金谷园。晋惠帝元康六年(296)，石崇在金谷园集会，与会诸人各赋诗抒怀，称金谷集诗。参阅《品藻》57。 ⑨投分(fèn 份)：志趣投合。 石友：交情坚如磐石之友。 ⑩谶(chèn 趁)：预言吉凶得失的文字、言语。 按：潘岳两句诗原意为把互相投合的志趣告诉情谊坚如磐石的朋友，到了我们白头年老之时有相同的归向。但"归"又与"死"义有关，如"归天"、"归西"、"大归"，意义双关为潘、石二人一起被杀，同此归宿。几年前所作的诗句，成为预言凶兆的谶语。

（二）刘玙兄弟少时为王恺所憎[①]，尝召二人宿，欲默除之[②]。令作阬[③]，阬毕，垂加害矣[④]。石崇素与玙、琨善，闻就恺宿，知当有变，便夜往诣恺，问二刘所在。恺卒迫不得讳[⑤]，答曰："在后斋中眠。"石便径入，自牵出，同车而去。语曰："少年，何以轻就人宿！"

注释 ①刘玙兄弟：刘玙，《晋书》本传作"刘舆"，字庆孙，晋中山(治所在今河北定县)人。刘琨之兄。有才名，辟宰府尚书郎。兄弟俱侮孙秀，孙秀执权时，免官。后复为散骑侍郎。齐王司马冏辅政，以为中书侍郎。后为魏郡太守，又为东海王司马越左长史。 ②默除：暗中除去，谓暗暗杀掉。 ③阬：同"坑"。土坑。 ④垂：将近。 ⑤卒迫：仓猝急迫。卒(cù 猝)：通"猝"。 讳：隐瞒。

译 刘玙兄弟俩年轻时，为王恺所憎恨。王恺曾经召他们到家去住，想暗中杀害他们。王恺派人去挖土坑，挖好以后，将要加害他们。石崇一向与刘玙、刘琨友好，他听说他们到王恺那里去住宿，知道其中必有变故，就连夜赶去拜访王恺，问刘氏兄弟所在的地方。王恺仓猝之间不能隐瞒，只好回答："在后房中睡觉。"石崇就径直进去，亲自领出他们，同车离开王家。他对刘氏兄弟说："少年人，怎么能轻易到别人家里去住宿！"

（三）王大将军执司马愍王[①]，夜遣世将载王于车而杀之[②]，当时不尽知也。虽愍王家亦未之皆悉，而无忌兄弟皆稚[③]。王胡之与无忌长甚相暱[④]。胡之尝共游，无忌入告母，请为馔。母流涕曰："王敦昔肆酷汝父[⑤]，假手世将[⑥]，吾所以积年不告汝者，王氏门强，汝兄弟尚幼，不欲使此声著[⑦]，盖以避祸耳。"无忌惊号，抽刃而出[⑧]。胡之去已远。

注释 ①王大将军：王敦。 执：捉；逮捕。 司马愍王：司马丞(264—322)，字元敬，《晋书》本传作司马承，字敬才。司马懿侄孙，晋元帝司马睿族叔。西晋惠帝时官游击将军。晋元帝时袭封谯王，任散骑常侍。辅国将军、领左军将军。王敦欲以沈充为湘州刺史，元帝命司马丞为南中郎将、湘州刺史，以牵制王敦。

译 大将军王敦抓住了谯王司马丞，夜晚间派王廙把司马丞装在槛车里而杀了他，当时人们并不都知道这件事。即使司马丞家里的人也并不是都知道的，而司马丞的儿子无忌兄弟都在幼年。王廙的儿子王胡之与司马无忌长大后互相亲近，王胡之曾与无忌共游，无忌进屋告诉母亲，请备好酒食。母亲流着泪说："王敦从前肆无忌惮地残害你父亲，是假手于王廙的。我多年不告诉你的缘故，是王氏家族强盛，你们兄弟还幼小，不想使此事声张开来，那是藉以避祸罢了。"司马无忌吃惊大叫，拔刀而出，但王胡之已经远远地离去了。

王敦起兵，请丞为军司，而丞兴诸郡兵声讨，斩王敦姊夫湘东太守郑澹。战败，槛送荆州，敦使荆州刺史王廙中途害之。谥愍王，《晋书》作闵王。　②世将：王廙（yì异，276—322），字世将。王敦从弟，晋元帝姨弟。善属文，通书画音乐博弈等技艺。南渡后历仕司马、鄱阳内史。王敦贬斥陶侃，以王廙代侃为荆州刺史。大诛侃之将佐，甚失民情。王敦起兵，晋元帝遣廙晓喻，反为敦所留用，加平南将军。寻病卒。　③无忌：司马无忌（？—350），字公寿。司马丞子。晋成帝时累迁屯骑校尉、黄门侍郎。康帝时转御史中丞，出为长沙相、江夏相，转南郡、河东太守。随桓温伐蜀，以功进前将军。　穉：同"稚"。幼小。　④王胡之：王廙子。　长（zhǎng涨）：长大。　⑤肆酷：放肆地残害。　⑥假手：利用别人之手做某事。　⑦声著：声张开来。　⑧刃：指刀剑类兵器。

（四）应镇南作荆州[1]，王脩载、谯王子无忌同至新亭与别[2]。坐上宾甚多，不悟二人俱到[3]。有一客道："谯王丞致祸，非大将军意，正是平南所为耳[4]。"无忌因夺直兵参军刀[5]，便欲斫脩载。走投水，舸上人接取得免[6]。

今译　应詹做江州刺史，王耆之和谯王司马丞的儿子司马无忌一起到新亭去送别。座上宾客很多，不晓得他们两个人都到了。有一个客人说："当年谯王司马丞遭到祸害，不是大将军王敦的意思，只是平南将军王廙所干的。"司马无忌就夺过值班参军的刀，就要去砍杀王耆之。王耆之逃奔出去，跳进河里，船上人把他救起，才得免于一死。

注释　①应镇南：应詹（279—331），字思远，晋汝南南顿（今河南项城西）人。应璩孙。历赵王司马伦、成都王司马颖掾属，迁南平太守。东晋元帝初营江左，詹为建武将军。历后军将军、吴国内史、光禄勋。王敦攻建康，詹为都督前锋军事、护军将军，于朱雀桥距之，以军功封观阳县侯。迁都督江州诸军事、江州刺史。卒赠镇南大将军。　作荆州：当作"作江州"。刘注引王隐《晋书》及《晋书》本传均谓应詹作江州刺史。　②王脩载：王耆之，字脩载，王廙第三子，见《赏誉》122注②。　谯王：司马丞。无忌：司马丞子。　新亭：亭名。故址在今南京西南。　③悟：知晓。　④正：只；仅。　平南：王廙。　⑤直兵参军：值班警卫的参军。　⑥舸（gě歌上声）：船。　按：刘注引《中兴书》及《晋书·司马无忌传》均谓此事发生于江州刺史褚裒上任，司马无忌与王耆之同去送别之时，当是。应詹作江州刺史，在晋明帝太宁二年（324），上距司马丞之死才三年，司马无忌尚在幼年，不可能报仇。褚裒任江州刺史，在晋成帝咸康八年（342），司马丞死已二十一年，司马无忌已任黄门侍郎。

（五）王右军素轻蓝田[1]，蓝田晚节论誉转重[2]，右军尤不平。蓝田于会稽丁艰[3]，停山阴治丧[4]。右军代为郡[5]，屡言出吊[6]，连日不果[7]。后诣门自

今译　王羲之素来轻视王述，而王述晚年声望渐渐高起来，羲之尤其不服。王述在会稽内史任上遭遇母亲之丧，停留在山阴办理丧事。王羲之接替王述做会稽内史，几次说要到王述家去吊唁，又接连多日没有实现。后来王羲之登门通报吊丧，主人王述按礼哀哭之后，王羲之不上前见面慰问而离开了，藉此轻侮王述。于

通[8]，主人既哭，不前而去[9]，以陵辱之[10]。于是彼此嫌隙大构[11]。后蓝田临扬州[12]，右军尚在郡[13]。初得消息，遣一参军诣朝廷，求分会稽为越州[14]。使人受意失旨，大为时贤所笑。蓝田密令从事数其郡诸不法[15]，以先有隙，令自为其宜[16]。右军遂称疾去郡[17]，以愤慨致终。

注释 ①王右军：王羲之。　蓝田：王述。　按：王羲之出自琅邪王氏，王述出自太原王氏，同出高门大族而非一家。　②晚节：晚年。　论誉：舆论的评价，指声望。　转：逐渐。　③丁艰：遭父母之丧。　④山阴：县名。属会稽郡，今浙江绍兴。　⑤右军代为郡：谓王羲之接替王述做会稽内史。　⑥出吊：前往吊唁。　⑦不果：没有实现。果，成为事实。　⑧诣门自通：谓登门通报，指吊丧。　⑨不前：谓不趋前会见丧主（王述）。　⑩陵辱：侮辱。　按：吊丧乃哀悼死者并慰问死者家属。往吊而不与丧主会见，是有怨隙而不为礼。参阅《伤逝》15、《任诞》11。　⑪嫌隙：怨恨。　构：结成。　⑫蓝田临扬州：谓王述任扬州刺史，王述于晋穆帝永和十年（354）为扬州刺史。　⑬右军尚在郡：谓王羲之仍在会稽内史任上。　⑭求分会稽为越州：会稽郡属扬州管辖，王述既任扬州刺史，王羲之正受其管而耻居其下，故请求朝廷把会稽郡从扬州分出而另置越州。　按：当时未置越州，至隋始于会稽置越州。　⑮从事：官名。州刺史之属官，主管文牍，察举是非。　数：列举罪状。　⑯令自为其宜：谓命令王羲之自作适当处理。　⑰称疾：声称有病。多指以有病为藉口。　去郡：离开了会稽内史官职。　按：王羲之去官在永和十一年（355）三月，有誓墓文，载《晋书》本传。此后不再出仕，优游山水。

是彼此间结成深怨。后来，王述任扬州刺史，王羲之还在会稽内史任上。刚得到这个消息，王羲之就派一个参军到朝廷去，请求把会稽郡从扬州分出来另置越州。这个使者接受了差使而违背了长官意旨，事情没办成，很为当时的贤达们所讥笑。王述秘密地派他的从事列举会稽郡许多行政上不合法度的罪状上奏朝廷，因为先前互有怨隙，朝廷就命令王羲之自己作出适当处理。王羲之就声称有病而离开了会稽内史官职，以愤激感慨告终。

（六）王东亭与孝伯语，后渐异[1]。孝伯谓东亭曰："卿便不可复测[2]！"答曰："王陵廷争，陈平从默[3]，但问克终云何耳[4]。"

注释 ①"王东亭与孝伯语"两句：东亭，王珣，王导孙。孝伯，王恭，孝武帝王皇后之兄。青兖二州刺史，镇京口，欲以制骄横之司马道子。王珣、王恭深恶王国宝谄佞，均与国宝不协。孝武帝死（396），是时司马道子为会稽王，仍重信王国宝同管朝政。两句谓王珣、王恭交谈，在除去王国宝一事上，后来意见逐渐不同。　②测：预料。　③"王陵廷争"两句：汉惠帝时，吕后当政，以王陵为右丞相，陈平为左丞相。汉惠帝死后，吕后要立吕氏诸人为王，王陵当面直言反对，举出汉高祖刘邦说过非刘氏不能封王的话为理

今译 王珣与王恭交谈，后来意见逐渐不同。王恭对王珣说："你就是这样叫人无法预料。"王珣回答说："王陵面折廷争，陈平顺从缄默，只问最后结果怎样罢了。"

由，吕后不悦。吕后把封诸吕为王之事问陈平和周勃，他们都说“无所不可”，吕后高兴。退朝后，王陵责备陈平、周勃，陈平说：“于面折廷争，臣不如君；全社稷，定刘氏后，君亦不如臣。”事载《汉书·王陵传》。廷争，在朝堂上直言谏争。从默，顺从缄默。　按：此谓二者意向一致而策略不同，王珣以王陵比王恭，而以陈平比自己。此后不久，王恭从京口举兵，以诛王国宝为名，殷仲堪也从荆州举兵，响应王恭。司马道子无法抵御，杀王国宝，请王恭退兵。事实上这是朝廷与方镇的权力之争。　④克终：最终；末了。

（七）王孝伯死[①]，县其首于大桁[②]。司马太傅命驾出至标所[③]，孰视首[④]，曰：“卿何故趣欲杀我邪[⑤]？”

【译】王恭死后，朝廷把他的首级悬挂在大桥那里。司马道子吩咐驾车前往到悬挂首级的高杆处，仔细看了首级，说：“你为什么急于要杀我呀？”

【注释】①王孝伯死：孝伯，王恭，见前则。　按：王恭于司马道子杀王国宝后罢兵还镇。谯王司马尚之劝说司马道子，以为方镇强盛而宰相权弱，要加强朝廷威权。晋安帝隆安二年（398），司马道子就以王愉为江州刺史，督豫州四郡，削弱豫州刺史庾楷（庾亮孙）的军权。庾楷劝说王恭，王恭联络荆州的殷仲堪、桓玄，以讨司马尚之为名，起兵攻建康，王恭为盟主。晋朝廷派司马元显（司马道子之子）及王珣、谢琰等抵御。司马元显用重利收买王恭部将刘牢之，刘牢之倒戈袭击王恭。王恭兵败后躲在小船苇席下，将投奔桓玄，被收捕送京师。司马道子原想当面数王恭之罪，而桓玄军已至石头城，即斩之。　②县：同“悬”。悬挂。　大桁（háng杭）：大浮桥。此指朱雀桥，位于建康城南，正对朱雀门。③司马太傅：司马道子。　标：悬物的高杆。此指悬挂王恭首级之杆。　所：处所。　④孰视：细看。孰，通“熟”。　⑤趣（cù促）：急；急促。

（八）桓玄将篡[①]，桓脩欲因玄在脩母许袭之[②]。庾夫人云[③]：“汝等近过我余年[④]，我养之[⑤]，不忍见行此事[⑥]。”

【译】桓玄将要篡位，桓脩想趁着桓玄在桓脩母亲处时去袭击他。庾夫人说：“你们都已接近我过完晚年的时候了，我抚养桓玄长大，不忍看到你们做出这样的事来。”

【注释】①桓玄将篡：桓玄，桓温子。将篡，指桓玄攻入建康，废晋安帝，自称帝，国号楚。　②桓脩：桓冲第三子，桓玄之从兄弟。　因：趁着。　许：处所。　③庾夫人：桓冲妻，桓脩母，刘注引《桓氏谱》：“桓冲后娶颍川庾蔑女，字姚。”　④汝等：指桓脩和桓玄。　余年：晚年。　⑤我养之：我抚养他。之，指桓玄。　按：桓温死时，桓玄才五岁，由叔父桓冲抚养，爱护过于所生，故庾夫人如此说。参阅《夙惠》7。　⑥此事：指桓脩欲袭杀桓玄事。刘注引《晋安帝纪》：“脩少为玄所侮，言论常鄙之，脩深憾焉，密有图玄之意。脩母曰：‘灵宝（桓玄）视我如母，汝等何忍骨肉相图！’脩乃止。” 按：桓脩一直得到桓玄重用，桓玄执政，以桓脩都督六州、右将军、徐兖二州刺史；桓玄称帝，又以桓脩为抚军大将军，封安成王。据此，本则所记未必属实，或出一时私愤。